Rachel Crane

RAYNE

DIE MACHT DER SCHATTEN

Foto: © Lalo Jodlbauer

DIE AUTORIN

Rachel Crane ist das Pseudonym einer bekannten Autorin. Nach zwei kaufmännischen Ausbildungen, einem Fachwirt und beinahe einem Jahrzehnt bei einer Bank entdeckte sie das Schreiben für sich. Und obwohl das inzwischen mehr als 15 Jahre her ist, hat es sie noch immer nicht losgelassen. Die Autorin lebt und arbeitet in München.

Von Rachel Crane sind bei cbj erschienen:
Elathar – Das Herz der Magie (31028)

Mehr über cbj/cbt auf Instagram
unter @hey_reader

Rachel Crane

Rayne

Die Macht der Schatten

cbt

Sollte diese Publikation Links auf Webseiten Dritter enthalten, so übernehmen wir für deren Inhalte keine Haftung, da wir uns diese nicht zu eigen machen, sondern lediglich auf deren Stand zum Zeitpunkt der Erstveröffentlichung verweisen.

Dieses Buch ist auch als E-Book erhältlich.

Am Ende des Buches findest du eine Karte von Tharennia

MIX
Papier aus verantwortungsvollen Quellen
FSC® C083411
FSC www.fsc.org

Verlagsgruppe Random House FSC® N001967

1. Auflage März 2019

Neumarkter Str. 28, 81673 München
Dieses Werk wurde vermittelt durch die
AVA international GmbH
Autoren- und Verlagsagentur, München
www.ava-international.de

Umschlaggestaltung und Artwork:
© Isabelle Hirtz, Inkcraft und Verwendung
mehrerer Bilder von Shutterstock
(nizas; Stefanie Angele; FlexDreams)
Landkarte © Erhard Ringer
ml · Herstellung: eR
Satz: KompetenzCenter, Mönchengladbach
Druck: CPI books GmbH, Leck
ISBN 978-3-570-31157-8
Printed in the Czech Republic
www.cbj-verlag.de

»Wenn ich dich erwische, wirst du das fressen. Jeden einzelnen Krümel!«

Wie ein Rachegeist folgten dem Jungen die Rufe seines Bruders zwischen den Felsen hindurch. Immer tiefer lief er in das Labyrinth aus grauem Stein, kletterte über schmale Stege nach unten und folgte dem Verlauf enger Spalten, in der Hoffnung, seinen Bruder abzuhängen.

Der Junge sah sich um. Alles, was er brauchte, war ein Versteck. Einen Ort, an dem er ausharren konnte, bis der Zorn seines Bruders verraucht war. Inzwischen war er von den vertrauten Pfaden abgekommen und hatte einen Weg eingeschlagen, den er niemals zuvor gegangen war. Einen Weg, von dem er sicher war, dass er vor ein paar Monaten noch nicht existiert hatte. So wie es aussah, war er durch einen Felsrutsch entstanden, vielleicht nach den Regenfällen im letzten Winter. Überall lagen Geröll und Felsbrocken. Der Untergrund war tückisch und steil, trotzdem lief er weiter. Seine Flucht führte ihn den Abhang hinab, fort von dem Plateau, auf dem sie ihr Lager aufgeschlagen hatten, hinunter zum zerklüfteten Fuß des Berges. Kein Pfad war hier zu erkennen und auch keine Spuren, weder von Mensch noch von Tier. Die Felsen rückten enger zusammen und zwangen den Jungen, über sie hinwegzuklettern oder sich zwischen ihnen hindurchzuzwängen. Immer weiter arbeitete er sich voran, verfolgt von den wütenden Rufen.

Solange sein Bruder noch geschlafen hatte, war es ihm spaßig erschienen, dessen Reitstiefel mit Pferdemist zu füllen.

Natürlich hatte er gewusst, dass sein Bruder wütend werden würde. Aber gleich so sehr? Wegen einem Paar Stiefel?

Der Junge konnte sich ein Grinsen nicht verkneifen. Die Vorstellung, wie sein Bruder den Ritt nach Hause in den stinkenden Stiefeln zurücklegen würde, war einfach zu komisch.

Er bezweifelte, dass sein Bruder ihn den Mist wirklich essen lassen würde. Daran allerdings, dass ihm eine ordentliche Abreibung bevorstand, zweifelte er keinen Moment.

Er umrundete einige Felsen, bis er von einer steilen Wand aus grobem Stein zum Anhalten gezwungen wurde. In der Ferne hörte er die Rufe seines Bruders. Flüche und Drohungen, von den Steinwänden aufgefangen und in unzähligen Echos zurückgeworfen. In der Hoffnung, doch noch einen Weg zu finden, folgte er dem Fels erst in die eine, dann in die andere Richtung. Beide Male beendeten andere Felsen nach wenigen Schritten seinen Weg. Der Junge hielt inne und ließ seinen Blick schweifen. Da drüben in den Schatten war etwas. Er machte ein paar Schritte auf die Stelle zu. Tatsächlich! Eine Spalte. Wenn er sich dünn machte, konnte er hineinschlüpfen.

Der Junge holte tief Luft und schob sich seitwärts in die Spalte. Der scharfkantige Stein schrammte schmerzhaft über seinen Rücken. Einen Moment fürchtete er, stecken zu bleiben, dann jedoch erweiterte sich der Spalt zu einem Gang.

Er machte ein paar Schritte vorwärts, darauf gefasst, jeden Moment auf eine Felswand zu stoßen, doch da war nichts. Der Gang war breit genug, dass er sich nicht mehr hindurchzwängen musste, und hoch genug, um sich nicht den Kopf zu stoßen. Das Licht, das durch die Spalte drang, war bald nur noch auszumachen, wenn er den Kopf wandte. Vor ihm erstreckte sich die Dunkelheit. Er tastete sich an der Wand entlang und folgte dem Gang um eine Biegung. Hier hätte er bleiben können, doch die Neugier trieb ihn weiter. Zwanzig Schritte. Dreißig. Nach fünfzig Schritten bemerkte er, dass der Gang nicht länger eben verlief, sondern sanft abfallend in die Tiefe führte. Bisher war er weder an eine Abzweigung gelangt, noch hatte sich die Breite merklich verändert, sodass er selbst im Dunklen nicht Gefahr lief, sich zu verirren. Der Junge war jetzt mehr als weit genug vom Eingang entfernt. Er wollte stehen bleiben, doch etwas trieb ihn weiter voran. Es war, als hätte ein anderer die Kontrolle über seine Beine übernommen. Und dieser andere wollte, dass er weiterging.

Angst breitete sich in ihm aus, als er begriff, dass er keine Kontrolle mehr über seinen Körper hatte. Er kämpfte dagegen an, geriet bei dem Versuch, stehen zu bleiben, immer wieder ins Stolpern, doch seine Fußsohlen scharrten unaufhörlich über den Stein. Schritt um Schritt zog es ihn weiter, bis der Gang abrupt endete.

Er tastete über die Wand, auf der Suche nach einem Weg. Doch es gab nur Felsen zu drei Seiten und den Gang, durch den er gekommen war. Der Zwang, der ihn vorwärtsgedrängt hatte, war fort. Erleichtert, wieder Herr über seinen Körper zu sein, lehnte der Junge sich an die Wand und atmete durch. Obwohl es kühl war, stand ihm kalter Schweiß auf der Stirn. Er wischte ihn weg.

Getrieben von dem Wunsch, umzukehren, strichen seine Finger auf der Suche nach Orientierung über den Fels. Er bemerkte die Runen nicht, deren verwitterte Reste er mit seiner Berührung zerstörte. Ein bläuliches Licht flackerte auf und hüllte das Ende des Ganges in schwachen Schein. Der Junge taumelte zurück. Dort, wo seine Finger noch vor wenigen Herzschlägen die Felswand gespürt hatten, eröffnete sich ihm nun der Blick auf eine Nische. Darin stand ein steinernes Gefäß, so groß wie der Kopf eines Mannes. In das Gefäß selbst und rundherum in die Wände der Nische waren fremdartige Zeichen in den Stein getrieben.

Der Junge, der erst jetzt bemerkte, dass er den Atem angehalten hatte, stieß die Luft aus. Er hatte einen Schatz gefunden.

Wenn sein Bruder das sah, würde er seinen Zorn rasch vergessen.

Er wischte Staub und feine Steinchen von dem Gefäß und wollte es von seinem Sockel heben. Als er es berührte, leuchteten die eingravierten Zeichen auf. Der Junge erschrak so sehr, dass ihm das Gefäß entglitt und zu Boden fiel, wo es zerbrach.

Feiner silbriger Nebel erhob sich aus den Scherben und stieg in die Luft. Vor Angst erstarrt beobachtete er, wie sich der Nebel wirbelnd und kreiselnd erhob, mal hierhin und mal dorthin wogte, ehe er sich mehr und mehr verdichtete, bis der Junge eine vage menschliche Form darin zu erkennen glaubte.

Du hast mich errettet, erklang eine warme Stimme im Kopf des Jungen. Die darin schwingende Dankbarkeit ließ ihn schlagartig seine Angst vergessen. *Dafür will ich mich erkenntlich zeigen. Sag mir, was ist dein größter Wunsch?*

Darüber musste der Junge nicht lange nachdenken. Lächelnd sprach er aus, wonach er sich am meisten sehnte – nicht ahnend, dass dieser Wunsch ihn und seine Familie ins Unglück stürzen sollte.

8 Jahre später …

Prolog

Rissa Fjal'Har, die Königin von Tharennia, stand auf dem Südturm und blickte auf die nächtliche See hinaus. Zu ihrer Rechten lag Naranor, die bunte und pulsierende Stadt, die sich vom Hafen die Klippen hinauf bis zur Königsburg zog und die seit mehr als zwei Jahrzehnten ihr Zuhause war. Sie liebte die Stadt und die Burg, der Südturm jedoch war von Anfang an ein besonderer Ort gewesen. Er erinnerte sie an den Turm in jener Passfestung, in der sie und Elathar vor vielen Jahren Zuflucht gefunden hatten. Elathar war damals der Einzige gewesen, der es gewagt hatte, dem Thronräuber Falinn die Stirn zu bieten. Monatelang hatten sie sich in der alten Festung verborgen und all jenen Zuflucht gewährt, die vor Falinn und seinen Seelenlosen auf der Flucht gewesen waren. Innerhalb der überfüllten Festungsmauern war der halb verfallene Turm der einzige Ort gewesen, an dem Elathar und sie Ruhe gefunden hatten.

Falinn war längst besiegt und sie und Elathar seit Langem vermählt, doch noch immer genossen sie es, einen Platz nur für sich zu haben. Wann immer es möglich war, kamen sie nach Einbruch der Dunkelheit hierher, besprachen die Ereignisse des Tages oder genossen gemeinsam die Stille, die sonst so schwer zu finden war.

Heute würde Elathar nicht kommen. Er war im Morgengrauen mit seinen alten Freunden Dainn und Beolan zu einem Jagdausflug in den Königswald aufgebrochen. Natürlich war ein Trupp Wachen bei ihnen, etwas anderes würden Dainn und Beolan, die als Kommandanten der königlichen Garde für Elathars Sicherheit verantwortlich waren, gar nicht zulassen. Während der Stunden im Wald jedoch würden die Krieger unsichtbar bleiben. Nah genug, um bei Gefahr jederzeit zur Stelle zu sein, aber weit genug entfernt, um nicht zu stören. Elathar und seine Gefährten würden die Nacht im Wald verbringen und erst am nächsten Morgen zurückkehren. Rissa gönnte ihrem Gemahl diese wenigen Stunden abseits aller Pflichten von Herzen.

So viele Jahre war alles ruhig geblieben. Nach Falinns Sturz hatte Rissa zusammen mit Lyanna und Garri in der Stadt ein Haus der Heilung aufgebaut. Eine Weile hatte sie geholfen, die Kranken und Verletzten zu versorgen, doch nach Elathars Krönung und ihrer beider Vermählung war es komplizierter geworden. Anfangs war sie, ungeachtet ihres Ranges, weiterhin gekommen, um zu helfen. Die Wachen jedoch, die ihrer Königin auf Schritt und Tritt folgten, waren ständig im Weg gewesen, sodass Rissa bald das Gefühl hatte, mit ihrer Anwesenheit mehr zu stören, als zu helfen. Sie hatte mit Elathar darüber gesprochen und versucht, ihn dazu zu bewegen, auf die Wachen zu verzichten oder sich wenigstens auf einen oder zwei Krieger zu beschränken, doch ihr Gemahl hatte sich nicht erweichen lassen.

Noch vor seiner Krönung hatte Elathar das Verbot der Zauberei aufgehoben und verkündet, dass Rissas Magie nicht gefährlich war. Er ließ alle wissen, dass es ihnen ohne sie nicht möglich gewesen wäre, Falinns durch Zauberwerk erschaffene Armee zu besiegen. Rissas Gabe war anders als jene Magie, die vor langer Zeit verboten, verfolgt und nahezu ausgerottet worden war. Trotzdem fürchtete Elathar, jemand könne Rissa aus altem Hass oder tief verwurzelter Angst heraus angreifen.

Um nicht länger im Haus der Heilung zu stören, hatte sich Rissa eine andere Aufgabe gesucht. Sie hatte Boten ausgesandt, die überall im Land nach Zauberern suchen und sie bitten sollten, zu ihr nach Tharennia zu kommen. Während sie wartete, hatte sie sich – begleitet von ihren Wachen – unter das Volk begeben, um den Menschen begreiflich zu machen, dass Magie nicht länger etwas war, das sie fürchten mussten. Mit der Zeit war es ihr gelungen, das Vertrauen der Leute zu gewinnen und ihnen die Angst zu nehmen. Händler und Reisende begannen, ihre Botschaft überall im Königreich zu verbreiten.

Je weiter die Angst der Menschen schwand, desto häufiger wurde Rissa um Hilfe gebeten, wenn Magie zu Problemen führte. Meist handelte es sich um Artefakte oder um Menschen, die eine gering ausgeprägte magische Gabe nutzten, um andere zu betrügen und auszunehmen.

Im Laufe eines Jahres folgte ein gutes Dutzend Zauberer ihrem Ruf. Allesamt Männer und Frauen, die seit Jahren im Verborgenen lebten und die nun Hoffnung auf ein neues Leben hegten, in dem sie nicht länger verheimlichen mussten, was sie waren.

Mit ihnen zusammen gründete Rissa die Akademie des Bronn. Einen Ort, an dem Menschen mit magischem Talent ausgebildet und im moralisch korrekten Umgang mit ihrer Gabe unterwiesen werden sollten. Sieben der Zauberer erklärten sich bereit, sich dort dauerhaft als Lehrmeister niederzulassen. Die anderen zogen es vor, durch die Lande zu reisen und überall dort, wo Menschen mit weniger ausgeprägter Gabe Unterweisung suchten, ihre Dienste anzubieten.

Die meisten Menschen waren mit der Angst vor Magie groß geworden. Sie alle kannten die Gründe, die einst zum Krieg gegen die Zauberer geführt hatten. Grundlage der Magie war Energie. Diese Energie war nichts anderes als Lebenskraft, die ein Zauberer aus seiner Umgebung zog. In ihrer Gier nach Macht hatten die Zauberer sich irgendwann nicht länger mit der Energie zufriedengegeben, die sie mit jedem Atemzug aus ihrer Umgebung aufnahmen. Stattdessen hatten sie begonnen, Mensch, Tier und Natur bewusst

Lebenskraft zu entziehen. Ganze Landstriche hatten sie verwüstet, Dörfer entvölkert und Tausende Menschen als Sklaven gehalten – ein lebendiger Energievorrat, den sie bis zum letzten Lebensfunken aussaugten. Den Fürsten war keine andere Wahl geblieben, als gegen die Zauberer zu Felde zu ziehen, bevor sie deren Macht nichts mehr entgegensetzen konnten. Unter großen Verlusten war es ihnen gelungen, den Sieg zu erringen. Alle Magie war verboten, noch lebende Zauberer waren über Jahrzehnte verfolgt und getötet worden.

Drei Jahrzehnte nach dem Krieg hatte es kaum noch Magie gegeben. Jene, die über die Gabe verfügten und nicht im Krieg umgekommen waren, hatten entweder das Land verlassen oder hielten sich wie Rissa verborgen. Rissas Magie jedoch war von Anfang an anders gewesen. Sie war die letzte Nachfahrin der Bronnéa, der Hüter eines in Vergessenheit geratenen Glaubens. Die Bronnéa waren nicht imstande, Energie mit Gewalt zu nehmen. Ihre Umgebung gab sie ihnen, und wenn sie aufgebraucht war, konnten sie keine Magie wirken, bis ihre Energie sich von selbst wieder regeneriert hatte. Im Kampf gegen Falinn war Rissa gezwungen gewesen, die reine Essenz der Magie in sich aufzunehmen, um zu verhindern, dass er sie an sich reißen konnte. Die Essenz – das Herz – der Magie war die Ansammlung der Macht aller Zauberer, die je gelebt hatten. Wann immer einer von ihnen starb, blieb der Kern seiner magischen Gabe zurück. Über Jahrhunderte hatte sich diese Essenz in der Grabkammer Nakkon Sawans, des Ersten Zauberers, gesammelt. Eine gewaltige, unsichtbare Energie, die nur von Zauberern aufgespürt werden konnte. Solange sie existierte, würde es auch Magie in dieser Welt geben.

Rissa hatte die Essenz nach Naranor getragen und dort freigelassen, wodurch Falinns magisch erschaffene Armee zerstört worden war. Damals war sie davon ausgegangen, dass die Magie aus der Welt verschwinden würde, wenn sie die Essenz freigab. Das hätte auch ihr eigenes Ende bedeutet, denn es war einzig die Magie, der sie es verdankte, noch am Leben zu sein. Doch es war anders gekommen. Ein winziger Teil der Essenz war in Rissa zurückgeblieben, ein Funke, der sie am Leben hielt. Das Herz der Magie existierte nicht mehr, die Essenz befand sich nicht länger gesammelt an einem Ort, doch sie hatte sich auch nicht verflüchtigt. Dank des Funkens, den sie in sich trug, konnte Rissa sie noch immer spüren: Sie war überall um sie herum, lag wie ein unsichtbarer Schleier über allem. Wie ein Schutzschild, der es den Zauberern fortan unmöglich machte, ihrer Umwelt mit Gewalt die Lebenskraft zu entziehen. Stattdessen nahmen sie nun, so wie es bei Rissa und allen Bronnéa vor ihr schon immer der Fall gewesen war, immer und überall ein klein wenig Energie in sich auf. Nur das, was ihnen die Natur freiwillig gab.

Ob sich das Wesen der Magie verändert hatte, weil sich ihre Essenz nicht länger an einem Ort konzentrierte, oder ob es daran lag, dass Rissa die Essenz in sich getragen und diese dadurch mit ihrer eigenen Magie in Berührung gekommen war, darüber konnte sie nur spekulieren. Zu wissen, dass jene Zauberer, die die Menschen so lange in Angst und Schrecken versetzt hatten, ein für alle Mal der Vergangenheit angehörten und niemand mehr die Macht der Magie missbrauchen konnte, genügte ihr.

Je mehr Zeit verstrich, desto mehr schwand die Furcht der Menschen. Die meisten Zauberer, die im Laufe der Jahre an der Akademie ausgebildet worden waren, hatten sich entschieden, ihre Gabe in den Dienst der Allgemeinheit zu stellen. Je nachdem, wo ihre Talente lagen, arbeiteten sie als Heiler, verhinderten, dass Vieh von Krankheit heimgesucht und Ernten durch Fäule verdorben wurden, oder halfen an anderer Stelle, an der ihr Rat und ihre Weisheit gebraucht wurde. Es gab nicht viele von ihnen, und sie konnten längst nicht überall sein, wo Hilfe vonnöten war, doch die Menschen begannen zu begreifen, dass die Zauberer nicht länger ihre Feinde waren.

Die ersten Jahre nach dem Sieg über Falinn waren ruhig verlaufen. Rissa hatte sich der Gründung der Akademie gewidmet, und je mehr Akzeptanz die Magie im Volk erfahren hatte, desto leichter war ihr ums Herz geworden. Dann jedoch hatte sie bemerkt, dass sich noch etwas verändert hatte. Während ein gewöhnlicher Zauberer nur eine begrenzte Menge an Energie in sich aufnehmen konnte, schienen Rissa in dieser Hinsicht keine Grenzen gesetzt zu sein.

Durch den Lebensfunken, den sie in sich trug, war sie mit dem Schleier verbunden, zu dem die Essenz geworden war, und wenn ihre eigenen Energiereserven gefüllt waren, nährte sie diesen mit der überschüssigen Energie. Rissa wusste instinktiv, dass sie ebenso jederzeit auf diese nahezu unerschöpfliche Energiereserve zugreifen könnte. Die Macht, die mit dieser Möglichkeit verbunden war, war so gewaltig, dass sie ihr Angst einjagte. Noch größer jedoch war ihre Furcht davor, jemand könne einen Weg finden, diese Macht an sich zu reißen.

Aus diesem Grund entschied Rissa, so wenig Magie wie möglich einzusetzen und nur dann, wenn es wirklich nötig war. Sie hatte so viele Jahre nur in einem sehr begrenzten Rahmen darauf zugreifen können, dass es ihr nicht schwerfiel, sich auch weiterhin zurückzuhalten. Solange niemand ahnte, über welche Macht sie verfügte, bestand auch keine Gefahr. Sie schwor sich, dass sie niemals zulassen würde, dass ein anderer ihre Kräfte missbrauchte. Schon einmal war sie bereit gewesen, ihr eigenes Leben zu geben, um zu verhindern, dass jemand die Magie für seine finsteren Zwecke nutzte. Wenn es nötig war, würde sie es, ohne zu zögern, noch einmal tun.

Erst als ihr Sohn Darragh zur Welt kam, war ihr bewusst geworden, wie verwundbar sie tatsächlich war. Was, wenn jemand sie mit seinem Leben erpresste? Wäre sie bereit, auch ihn zu opfern, um die Magie zu schützen?

Zu ihrer Erleichterung wurde sie nie vor diese Entscheidung gestellt. Die Jahre, die auf Darraghs Geburt folgten, verliefen weitgehend sorglos, und je mehr Zeit verstrich, desto sicherer begann Rissa sich zu fühlen. Bis zu jenem Tag, an dem die alte Malyn sie an ihr Sterbebett rufen ließ.

Während Rissa nun auf dem Südturm stand, glitt ihr Blick zum nachtschwarzen Himmel hinauf, zu jener Stelle, an der hell der Schweifstern über dem Meer stand. Jener Stern, dessen Erscheinen Malyn vor ihrem Tod prophezeit hatte. Zwanzig Jahre waren seitdem vergangen, und jedes Jahr, in dem sich der Stern nicht zeigte, hatte in Rissa die Hoffnung genährt, die alte Seherin möge sich geirrt haben. Doch Malyn hatte schon zu oft recht behalten, und jetzt, da der Schweifstern sich am Himmel zeigte, wusste Rissa, dass sie vergebens gehofft hatte.

Sie hatte sich in Gegenwart der Alten immer unwohl gefühlt, trotzdem war sie ihrem Ruf damals gefolgt. Wie hätte sie den Wunsch einer Sterbenden ausschlagen können? In den sieben Jahren, die seit ihrer letzten Begegnung vergangen waren, hatte sich die Alte kaum verändert. Schon damals war sie Rissa uralt und zerbrechlich erschienen, der Rücken gebeugt, die Haut vom Alter gezeichnet, die Zähne verfault und stinkend, die blinden Augen von einem milchigen Schleier überzogen. Nun hatte sie keine Zähne mehr, und der einzige Geruch, der sie umgab, war der des nahenden Todes. Ihre blinden Augen jedoch, davon war Rissa überzeugt, sahen noch immer mehr, als ihre eigenen Sinne zu erfassen vermochten.

Rissa nahm an Malyns Bett Platz und ließ zu, dass die Alte nach ihrer Hand griff. Die runzligen Finger waren kalt und kündeten vom Rückzug des Lebens aus ihrem Körper. Doch die Stimme der Seherin hatte nichts an Kraft verloren.

»Die Magie ist in Gefahr«, sagte Malyn fest. »Nicht heute

und nicht morgen, doch der Tag wird kommen. Wenn sich im Süden der Schweifstern am Himmel zeigt, ist es zu spät. Du musst jetzt handeln! Verhindere, dass *ER* sich deiner Gabe bemächtigt. Schütze die Magie und dein Volk!«

»*ER*?« Rissa beugte sich vor. »Wer ist *ER*?«

»*ER* ist nur die erste Gefahr von vielen, die noch folgen werden, wenn du nichts unternimmst. Schütze die Magie!« Dann sank die Alte in die Kissen zurück. Leer blickten ihre trüben Augen zur Decke, und für einen Moment dachte Rissa, dass das Leben sie verlassen hatte. Dann aber sah sie, wie sich der Brustkorb der Alten kaum merklich hob und senkte.

»Aber wie? Was kann ich tun, Malyn?«

Die Seherin wandte den Kopf, eine Bewegung, die ihr beinahe alle Kraft abzuverlangen schien. »Komm näher.« Die Worte kamen so leise, dass Rissa sie mehr von den Lippen der Alten ablas, als sie tatsächlich zu hören. Sie beugte sich nach vorne, bis Malyns Lippen dicht an ihrem Ohr waren. »Geh ins Hochland von Pyne«, flüsterte sie. »Finde Trevelian. Er wird wissen, was zu tun ist.«

Es dauerte noch einen weiteren Tag, bis der Tod Malyn endgültig zu sich holte, doch bis dahin sprach sie kein weiteres Wort mehr.

Nach Malyns Tod reiste Rissa ins Hochland. Sie sagte Elathar nichts von der Warnung der Seherin und ließ ihn in dem Glauben, im Hochland einen Zauberer aufzusuchen, den sie für die Akademie gewinnen wollte. Bevor sie Elathar einweihte und ihm verriet, wie mächtig ihre Magie geworden war, wollte sie herausfinden, ob dieser Trevelian ihr wirklich helfen konnte.

Das konnte er tatsächlich. Mit seiner Hilfe wagte Rissa einen drastischen Schritt, dessen Einfluss auf ihr Leben so groß war, dass sie es bis heute nicht über sich gebracht hatte, Elathar davon zu erzählen. Sie hatte immer gewusst, dass der Tag kommen würde, an dem sie ihm alles offenbaren musste, doch auch in den drei Monaten, die seit dem Erscheinen des Schweifsterns vergangen waren, hatte sie es noch immer nicht getan. Bisher hatte sie ihr Schweigen damit gerechtfertigt, dass es nicht nötig war, Elathar die Bürde aufzuerlegen, die dieses Wissen mit sich brachte, wenn Malyns Prophezeiung womöglich niemals eintrat. Doch seit Rissa den Stern zum ersten Mal erblickt hatte, fragte sie sich jeden Tag, ob nun das Unglück in ihrer aller Leben Einzug halten würde oder ob es ihr mit Trevelians Hilfe gelungen war, dies zu verhindern. Vielleicht war die Magie in Sicherheit, vielleicht auch nicht. Doch ganz gleich, was ihnen auch bevorstehen mochte, sie wollte nicht, dass Elathar unvorbereitet mit den kommenden Ereignissen konfrontiert wurde. Gleich morgen würde sie ihm alles offenbaren. Sie hatte es schon viel zu lange aufgeschoben.

Ein Geräusch in ihrem Rücken ließ sie innehalten. Die Tür zum Turmdach wurde geöffnet. *Elathar.* Sie freute sich über seine frühe Rückkehr, auch wenn das bedeutete, dass sie gleich jetzt mit ihm sprechen musste. *Immerhin kann ich es dann nicht länger vor mir herschieben.* Sie wandte sich um. Das Lächeln auf ihren Lippen erstarb, als sie die Dunkelheit auf sich zurasen sah.

Alles ging so schnell, dass ihr kaum Zeit blieb, nach ihrer Energie zu greifen. Noch bevor sie mit ihrer Magie einen Schutzschild um sich herum aufbauen konnte, hatte die Finsternis sie erreicht. Im selben Augenblick, in dem sie auf Rissa traf, fiel ihr Zauber in sich zusammen, die Energie verging. Ungebremst drang die körperlose Kreatur in Rissas Brust und strömte in ihr Innerstes. Eine durchdringende, eisige Kälte erfasste Rissa und zwang sie in die Knie.

Nur langsam begriff sie, dass das, was sie als Kälte empfand, nichts mit der Temperatur zu tun hatte, sondern mit dem Schwinden ihrer Kräfte. Etwas riss an ihr, zerrte an ihrer Energie, raubte sie ihr in rasender Geschwindigkeit. Rissa spürte, wie der Funke, der sie am Leben hielt, an Kraft verlor.

Sie kämpfte dagegen an, versuchte, sich gegen diesen brutalen Raub ihrer Lebenskraft zu wehren, doch sie hatte der Macht dieses Angriffs nichts entgegenzusetzen. In ihr war kein noch so kleiner Rest Energie mehr, den sie für ihre Magie hätte nutzen können, und noch immer hatte das dunkle Wesen nicht genug. Unnachgiebig saugte es das Leben aus ihrem Körper.

Rissa stürzte, zu schwach, um sich länger aufrecht zu halten. Undeutlich spürte sie den rauen Steinboden an ihrer Wange. Das Turmdach vor ihren Augen verschwamm, während der magische Funke in ihr zusehends schwächer wurde. Es gelang ihr kaum noch, die Augen offen zu halten, geschweige denn gegen die nahende Ohnmacht anzukämpfen.

Ihr Innerstes fühlte sich an, als stünde es in Flammen. Der Eindringling zerrte und riss an ihr, und Rissa spürte seinen wachsenden Zorn, als er nicht fand, wonach er suchte.

Grimmige Zufriedenheit erfüllte Rissa, als das Wesen brüllend vor Wut ihrem Körper entwich und sich zurückzog. Sie hatte gehofft, dass ihre Kräfte zurückkehren würden, wenn die Kreatur ihren Körper freigab. Doch das Monster hatte zu viel genommen. Sie würde keine Gelegenheit mehr haben, mit Elathar zu sprechen. Würde ihm das einzige Geheimnis, das sie je vor ihm gehabt hatte, nicht mehr rechtzeitig offenbaren können.

Die Götter seien uns gnädig. Es war ihr letzter Gedanke, ihr letztes Flehen, ehe ihr Geist in Schwärze versank.

1

Rayne Fjal'Har fing den Schwerthieb mit ihrer eigenen Klinge ab. Dabei unterschätzte sie die Wucht des Angriffs. Ein schmerzhafter Ruck fuhr durch ihren Arm und sie geriet ins Stolpern. Zwei schnelle Schritte, dann hatte sie ihr Gleichgewicht wiedergefunden. Sie riss ihr Kurzschwert herum und stürmte mit einem Schrei auf ihren Gegner zu. Natürlich hatte Bär ihren Angriff vorhergesehen. Das tat er immer. Er trat einen Schritt zur Seite und ließ Rayne ins Leere laufen. Sie fuhr herum und blickte in Bärs grimmiges Gesicht. Allein dieser Anblick hätte einen Gegner schon in die Flucht schlagen können. Ein wandelnder Muskelberg, der – obwohl er dreimal so alt war wie Rayne – die meisten jüngeren Krieger noch immer mühelos in die Tasche steckte.

Was vermutlich daran liegt, dass sein finsterer Blick sie erstarren lässt, bis es zu spät ist.

Rayne allerdings fiel nicht auf das grimmige Äußere herein. Weder die Statur noch der beeindruckend dichte, schwarze Bart, der die untere Hälfte seines Gesichts verbarg, vermochten es, sie zu täuschen. Die Falten um seine Augen herum verrieten dem aufmerksamen Betrachter, dass ihm das Lachen nicht fremd war.

Zu ihrem Leidwesen jedoch kannte Bär sie noch besser als sie ihn. Sie konnte nur hoffen, dass sie für einen echten Gegner weniger durchschaubar sein würde als für ihren Ausbilder.

»Komm schon, Mädchen!« Bärs raue Stimme donnerte über den Übungsplatz, an dessen Rand sich einige Zuschauer, vorwiegend Krieger ihres Vaters und ein paar Stallburschen, versammelt hatten. »Willst du dich von mir den ganzen Tag über den Platz jagen lassen?«

»Ich warte nur darauf, dass dir die Luft ausgeht, alter Mann. Dann ist der Sieg mein.«

Bär lachte, was Rayne für einen weiteren Angriff nutzte. Einmal mehr wurde ihre kurze Klinge von seinem Langschwert abgefangen und wie ein lästiges Insekt zur Seite gewischt. Entschlossen versuchte sie es erneut. Dieses Mal täuschte sie einen Angriff an. Im letzten Moment wich sie zur Seite aus, bückte sich und ließ ihre freie Hand über den Boden gleiten. Als Bär angriff, fuhr sie herum und schleuderte ihm die Erde ins Gesicht, die sie aufgenommen hatte.

»Du kämpfst schmutzig!« Mit einer Abfolge wilder Hiebe hielt er sie auf Abstand, während er sich den Dreck aus den Augen wischte. »Das habe ich dir nicht beigebracht!«

»Nein, das war Dainn. Er meint, das könnte nützlich sein.«

»Und recht hat er.« Langsam begannen sie einander zu umkreisen, ein jeder auf der Suche nach einer Lücke in der Deckung des anderen. »Wenn dich jemand angreift, musst du alle Mittel nutzen, um die Kraft deines Gegners auszugleichen.«

Wieder und wieder kreuzten sie die Klingen, und auch wenn es ihr hin und wieder gelang, die Oberhand zu gewinnen, so hatte sie die meiste Zeit über doch alle Hände voll zu tun, sich den alten Recken vom Hals zu halten. Die Zuschauer feuerten sie an, was sie mehr ablenkte, als dass es half. Und immer wieder zwang Bär sie in eine Position, in der ihr die Morgensonne ins Gesicht fiel und sie blendete.

Der Frühling lag noch nicht lange über dem Land, und der Wind, der vom Meer salzige Luft herantrug, kühlte ihre erhitzten Wangen. Sie war schmutzig und verschwitzt, und es schien kaum einen Muskel in ihrem Körper zu geben, den sie nicht spürte, trotzdem liebte sie diese Übungsstunden. Sie liebte es, sich zu verausgaben, und sie schätzte es, von Bärs Kampferfahrung zu lernen. Auch wenn das bedeutete, dass sie wieder und wieder im Dreck landete und sich mehr Blutergüsse und Prellungen einhandelte als wohl jede Prinzessin vor ihr. Sie war jedoch nicht sicher, wie viele Prinzessinnen vor ihr sich überhaupt mit einem Schwert in der Hand über den Übungsplatz hatten scheuchen lassen. Es bestand durchaus die Möglichkeit, dass sie die erste war.

Bär, der wegen seiner Stimme und dem grimmigen Äußeren so genannt wurde, hieß in Wirklichkeit Kearn und war, seit Rayne sich erinnern konnte, ein Teil ihres Lebens. Zusammen mit Dainn hatte er in einer Kompanie gedient, die ihrem Vater unterstellt gewesen war. Die drei waren Freunde gewesen, und als ihr Vater zum König gekrönt worden war, waren Dainn und Bär an seiner Seite geblieben. Offiziell waren sie Teil der königlichen Leibgarde, unterstanden jedoch nicht Kommandant Beolan, sondern nur ihrem Vater selbst.

Für Rayne waren die beiden weit mehr als nur Krieger ihres Vaters. Sie waren ihre Freunde, und besonders Bär, der in den siebzehn Jahren ihres Lebens stets als Beschützer an ihrer Seite gestanden hatte, war wie ein brummiger Onkel für sie. Ein Onkel mit einem großen Schwert, mit dem er sie nun einmal mehr vor sich hertrieb. Mit immer schneller werdenden Schritten wich Rayne zurück, bis sie mit dem Absatz ihres Stiefels an einer Unebenheit im Boden hängen blieb und stolperte. Um Bärs Hieb auszuweichen, blieb ihr keine andere Wahl, als sich fallen zu lassen. Sie landete hart auf dem Boden, rollte sich nach rechts und sprang wieder auf die Beine.

»Was ist mit deiner Magie?«, stichelte Bär. »Setz sie ein! Wehr dich!«

Schnaubend strich sich Rayne eine Locke, die sich aus ihrem Zopf gelöst hatte, aus dem Gesicht. Er wusste genau, dass ihre Magie in einer Situation wie dieser nutzlos war. Wenn sie auf ihre Gabe zugreifen wollte, musste sie sich konzentrieren. Dazu blieb während eines Kampfes keine Zeit. *Vor* dem Kampf hätte sie etwas mit ihrer Magie ausrichten und vielleicht sogar verhindern können, dass es überhaupt zu einem Angriff kam. Aber darum ging es nicht. Sie wollte in der Lage sein, sich zu verteidigen, wenn sie *nicht* die Möglichkeit hatte, ihre Gabe zu benutzen. Sie war beileibe kein Schwächling, trotzdem war sie einem Mann wie Bär nicht gewachsen. Alles, was sie seiner Stärke und Erfahrung entgegensetzen konnte, waren Geschick und Wendigkeit. Sie musste schneller sein als er, wenn sie gegen ihn bestehen wollte.

Unglücklicherweise war er ein Meister der Finten. Und Rayne fiel immer wieder darauf herein. Auch jetzt, als er einen Schritt zurück machte, vermeintlich um sich in eine bessere Position für den nächsten Angriff zu bringen, konnte sie nicht widerstehen. Mit erhobenem Schwert stürmte sie vor und hätte ihn getroffen ... hätte er nicht im selben Moment einen Schritt zur Seite gemacht. Und als wäre es nicht schon demütigend genug, dass er sie ins Leere laufen ließ, stellte er ihr auch noch ein Bein. Ein mitleidiges Raunen ging durch die Zuschauer, jemand lachte, als Rayne zu Boden ging. Ein ernsthafter Gegner hätte ihr, noch während sie fiel, das Schwert in den Rücken gestoßen. Bär stand lediglich da und wartete, bis sie sich aufsetzte.

»Du schlägst dich gar nicht übel, aber du solltest wirklich aufhören, dich von mir übertölpeln zu lassen.«

»Schlechte Angewohnheiten lassen sich nur schwer ablegen.« Sie ergriff die Hand, die er ihr hinhielt, und ließ sich von ihm auf die Beine ziehen. »Aber ich merke mir jede Demütigung und werde meine Wut darüber, sollte der Ernstfall je kommen, an meinem Gegner auslassen«

»Du schonst mich also.« Er grinste, wurde allerdings gleich wieder ernst. »Ich hoffe, dass es nie nötig sein wird. Aber ich bin immer wieder überrascht, wie zäh du bist. Ich dachte damals wirklich, dass du schnell die Lust verlieren würdest, wenn ich dich nur oft genug in den Dreck schicke. Aber du bist genauso stur wie deine Eltern.«

Damals war sie neun Sommer alt gewesen, und Darragh, ihr ältester Bruder, hatte ihr und ihrem Zwillingsbruder Taeril gerade von Carandir erzählt, dem Bruder ihres Vaters, den sie nie kennengelernt hatten. Der Thronräuber Falinn hatte ihrem Onkel alles genommen und ihn als gebrochenen Mann zurückgelassen. Rayne hatte in diesem Moment beschlossen, dass ihr so etwas niemals passieren würde. Niemand würde je die Menschen bedrohen, die sie liebte. Sie war geradewegs zu ihren Eltern gegangen und hatte verkündet, dass sie lernen wollte, zu kämpfen. Als ihre Eltern nach dem Grund für ihren Entschluss fragten, sagte sie ihnen, dass sie nicht wie Onkel Carandir enden wollte.

»Dein Onkel konnte kämpfen«, hatte ihr Vater daraufhin ernst erwidert. »Doch geholfen hat es ihm nichts. Es gibt immer wieder Situationen im Leben, in denen die Macht einer Klinge nichts ausrichten kann.«

Ihre Eltern hatten vermutlich angenommen, dass das Thema damit erledigt war, und waren nicht weiter darauf eingegangen. Rayne jedoch hatte sich nicht so leicht geschlagen gegeben und so lange auf ihre Brüder eingeredet, bis diese anfingen, mit ihr zu üben. Sie kämpften mit Holzschwertern und Darragh und Taeril waren alles andere als zimperlich mit ihr umgesprungen. Als ihr Vater davon erfuhr, war er zunächst wütend gewesen. Er hatte sie allesamt zu sich gerufen und ihre Brüder dafür gescholten, Rayne eine Waffe in die Hand zu geben, auch wenn diese nur aus Holz war. Dann hatte er die Jungen fortgeschickt und sich an Rayne gewandt. »Es ist dir also immer noch ernst damit?«

»Ja, Vater.«

»Dann werde ich dafür sorgen, dass du unterwiesen wirst. Vernünftig, deinem Alter und deinen Kräften entsprechend.«

Ab diesem Zeitpunkt war Bär für ihre Ausbildung zuständig

gewesen und manchmal ließ sich auch Dainn zu einer Übungsstunde überreden. Zuerst hatten sie ihr beigebracht, mit einem Dolch umzugehen, und sie dann mit einem Holzschwert üben lassen. Um ein echtes Schwert auch nur vernünftig heben zu können, war sie zu schmächtig gewesen. Der Umgang mit der Armbrust hingegen war ihr von Anfang an leichtgefallen, während ihr zum Spannen eines Bogens ebenfalls die nötige Kraft fehlte. Als sie schließlich sicher genug im Umgang mit dem Holzschwert war, hatte sie ihr Kurzschwert bekommen. Mittlerweile war sie auch in der Lage, mit einem Langschwert umzugehen, doch die Waffe war nach wie vor zu schwer und unhandlich für ein längeres Gefecht.

Rayne war keine herausragende Kämpferin, das würde sie auch nie werden. Ihr genügte es zu wissen, dass sie sich, sollte es nötig sein, verteidigen konnte. Das Hauptaugenmerk ihrer Ausbildung lag auf anderen Bereichen.

Obwohl sie nie ein Reich regieren würde, hatten ihre Eltern Wert darauf gelegt, dass sie dieselbe Ausbildung erhielt wie ihre Brüder, weshalb sie über die Geschichte des Landes ebenso viel wusste wie über Politik und Kriegstaktik. Darüber hinaus war sie mit der Hofetikette sowie mit Tänzen und Musik vertraut. Selbst in Diplomatie war sie geschult, auch wenn das ein Gebiet war, das ihr nicht sonderlich lag. Wie ihre Mutter auch, neigte sie dazu, zu sagen, was sie dachte, und sich nicht hinter höflichen Floskeln zu verbergen. Zu Raynes Erleichterung teilte ihre Mutter auch ihre Abneigung gegen Handarbeiten, weshalb sie sie nie dazu gezwungen und ihr stattdessen alles beigebracht hatte, was sie wissen musste, um einen großen Haushalt zu führen. Sie war so vertraut mit der Kalkulation und Beschaffung von Vorräten, dass sie vermutlich sogar in der Lage gewesen wäre, eine ganze Stadt zu verwalten. Zumindest in der Theorie.

Als sie vier Sommer alt gewesen war, hatte sich herausgestellt, dass sie – im Gegensatz zu ihren Brüdern – die magische Gabe ihrer Mutter geerbt hatte. Damals war sie mitten in der Nacht aus einem Albtraum erwacht. Die Dunkelheit im Raum hatte die Nachtmahre noch verstärkt und ihr solche Angst eingejagt, dass ihre Kräfte aus ihr herausgebrochen waren. In Panik und erfüllt von dem Wunsch nach Licht, hatte sie ihre Vorhänge in Brand gesetzt. Ihre Mutter, die ebenso wie ihr Vater und ihre Brüder von den Schreien aufgeschreckt worden war, hatte ihre eigene Magie eingesetzt, um die Flammen zu löschen. Rayne konnte sich selbst kaum an diese Begebenheit erinnern, Darragh und Taeril jedoch hatten jahrelang kaum eine Gelegenheit ausgelassen, sie damit aufzuziehen. Den Feuerdämon von Naranor hatten sie sie genannt.

Nach dem Zwischenfall mit den Vorhängen hatte ihre Mutter sie beiseitegenommen und ihr ein Medaillon gegeben, dessen Kristallanhänger die Form einer Sonne hatte, von der unzählige Lichtstrahlen abgingen.

»Das soll dich immer daran erinnern, wie hell die Magie strahlen kann«, hatte sie gesagt. »Und wie gefährlich sie ist, wenn du nicht lernst, sie zu beherrschen.« Sie legte ihr die Kette um den Hals, nahm sie in die Arme und strich ihr über das Haar. Als sie Rayne schließlich wieder freigab, lächelte sie. »Solange du den Anhänger trägst, brauchst du die Dunkelheit nicht zu fürchten. Sieh her.« Sie griff nach Raynes Hand, legte das Medaillon hinein und strich mit einem Finger über die Oberfläche. Ein bläulicher Lichtschimmer ließ den Kristall erstrahlen und breitete sich um Rayne und ihre Mutter herum aus. Staunend hatte Rayne den Kristall betrachtet, auch dann noch, als das Licht nach einer weiteren Berührung längst wieder erloschen war.

Noch am selben Tag hatte ihre Mutter begonnen, sie in der Magie zu unterweisen.

Während der ersten Zeit hatte Rayne ihre Gabe noch nicht ausüben dürfen. Stattdessen hatte ihre Mutter sie alles über die Grundlagen gelehrt, ihr Zusammenhänge deutlich gemacht und immer wieder eingeschärft, dass es eine machtvolle Gabe war, die überlegt eingesetzt werden musste und niemals missbraucht werden durfte. Sie hatte Rayne von jener Zeit erzählt, in der die Magie verfolgt und gefürchtet worden war. Einer Zeit, in der sie selbst nicht gewagt hatte, ihre Gabe einzusetzen. Zu Raynes Erleichterung gehörte das der Vergangenheit an, denn als sie endlich ihre ersten Zauber lernte, wusste sie sofort, dass die Magie ebenso zu ihr gehörte wie ihre Familie.

Der erste Zauber, den sie gelernt hatte, war, eine kleine Lichtkugel in ihre Hand zu rufen. Auch wenn das dem Effekt des Medaillons gleichkam, hatte sie es dennoch nie abgelegt. Sie trug es selbst zu den Übungsstunden mit Bär, sicher verborgen unter ihrem Wams und einer dünnen Lederrüstung.

In dem Sommer, als Rayne dreizehn geworden war, hatten ihre Eltern sie an die Akademie des Bronn geschickt. Ihre Mutter war der Ansicht, dass es ihr guttäte, auch von anderen Zauberern zu lernen. Natürlich verfügte Rayne noch lange nicht über so weitreichendes magisches Wissen wie ihre Mutter, doch sie interessierte sich ohnehin mehr für den praktischen Einsatz als für staubige Theorie. Wenn es um die Ausübung der Magie ging, hatte ihre Mutter erklärt, waren die Meister an der Akademie geübter als sie selbst und damit die besseren Lehrmeister.

Es war Rayne schwergefallen, Naranor zu verlassen, und sie genoss die wenigen freien Wochen zu Hause, die die Akademie ihren Schülern jedes Jahr zugestand, umso mehr. Das Wiedersehen mit ihrer Familie und ihren Freunden gehörte zu den wunderbarsten Momenten in ihrem Leben. Der einzige Wermutstropfen war, dass sie Taeril nur noch sehr selten sah. Als sie an die Akademie gegangen war, hatte ihr Zwillingsbruder entschieden, dass es – wenn sie ohnehin getrennt sein würden – auch für ihn gut wäre, seine Ausbildung fern der Heimat fortzusetzen. Er wollte lernen, die Dinge aus verschiedenen Blickwinkeln zu betrachten, und herausfinden, wie andernorts Burgen und Städte verwaltet und Kämpfe bestritten wurden. Ihr Vater war seinem Wunsch nachgekommen und hatte ihn nach Lendaé, zu Fürst Weldon Carr, geschickt. Da Taeril seitdem noch seltener nach Hause kam als Rayne, hatten sie sich während der letzten Jahre größtenteils über lange Schriftwechsel ausgetauscht.

Im Moment war sie froh darüber, dass er nicht hier war und sich über ihre, in seinen Augen, kümmerlichen Kampfkünste lustig machen konnte.

Bär hob ihr Schwert auf und reichte es ihr. »Immerhin scheinst du an der Akademie nicht zu verweichlichen.«

»Solange ich oft genug nach Hause komme, um mich von dir über den Übungsplatz jagen zu lassen, besteht wohl keine Gefahr.«

Bär hob sein eigenes Schwert und neigte das Haupt. »Stets zu Diensten. Wenn du willst, können wir gleich weitermachen. Ich freue mich immer, wenn ich helfen kann.« Er grinste und meinte in Wirklichkeit, dass er sich jedes Mal freute, wenn sie nach Hause kam.

Ihre Ausbildung stand kurz vor dem Abschluss und Rayne würde bald nach Naranor zurückkehren. Allerdings nur für kurze Zeit, denn am Abend ihres achtzehnten Wiegenfestes würde ihr Vater ihre Verlobung mit Eyron Khardal, dem Fürsten von Maél, verkünden. Wenn sie erst vermählt waren, würde sie Naranor verlassen und ihrem Gemahl in dessen Heimat folgen. Sie war noch nie in den Bergen gewesen, doch sie kannte die Geschichten ihres Vaters, der einen Teil seiner Kindheit in Valin, dem Sitz des Fürsten von Maél, verbracht hatte, und war überzeugt davon, dass es ihr dort gefallen würde.

Eyron war dreizehn gewesen – vier Sommer älter als sie selbst –, als er nach Naranor gekommen war. Schon damals hatte sein Anblick ihr Herz höherschlagen lassen, auch wenn er anfangs ungewöhnlich still und ernsthaft für einen Jungen seines Alters gewesen war. Von ihrem Vater hatten Rayne und ihre Brüder erfahren, dass es der Tod seines ältesten Bruders Yoren war, der Eyron belastete. Dieser Verlust war auch der Grund, warum er seinen Vater gebeten hatte, Valin für einige Zeit verlassen zu dürfen. Erst viel später hatte Rayne erfahren, welche Tragödie sich tatsächlich hinter Yorens Tod verbarg und wie weitreichend die Auswirkungen auf Eyrons gesamte Familie waren.

In den darauffolgenden Jahren waren Darragh und Eyron unzertrennlich geworden. Auch Rayne und Taeril hatten sich mit ihm angefreundet, und je älter Rayne geworden war, desto mehr Zeit hatte Eyron auch mit ihr verbracht. In dem Sommer, in dem sie fünfzehn geworden war, hatte er schließlich bei ihrem Vater um ihre Hand angehalten. Der König hatte ihm seinen Segen gegeben, unter der Bedingung, dass sie mit der offiziellen Verkündung bis zu Raynes achtzehntem Wiegenfest warteten und sie selbst der Verlobung ebenfalls zustimmte. Wäre es nach ihr gegangen, hätte sie Eyron sofort zu ihrem Gemahl genommen. Ihr Vater jedoch hatte darauf bestanden, dass sie erst ihre Ausbildung an der Akademie zu Ende brachte. »Wenn du ihn dann immer noch willst, habe ich nichts dagegen.«

Nur noch ein paar Monate, dann war es endlich so weit.

»Du grinst«, stellte Bär fest und warf ihr einen Lappen zu, mit dem sie ihr Schwert säubern konnte. Die Zuschauer begannen sich zu zerstreuen, als sie erkannten, dass das Schauspiel vorüber war. »Lass mich raten, wo deine Gedanken sind. Oder sollte ich besser sagen, bei wem?«

»Ich grinse nicht, ich lächle.« Rayne wischte den Staub von ihrer Klinge, hob die Scheide auf, die am Rand des Übungsplatzes an einen Pfosten gelehnt stand, und verstaute ihr Schwert.

Sie hatte Eyron nicht mehr gesehen, seit er Naranor vor

einem Dreivierteljahr verlassen hatte. Sein Vater war bei einem Reitunfall ums Leben gekommen und Eyron war als neuer Fürst nach Valin zurückgekehrt. Entsprechend groß war ihre Freude gewesen, als er vorgestern überraschend in der Königsburg angekommen war.

»Hast du überhaupt eine Gelegenheit gefunden, ihn zu sehen?«

»Kaum.«

Eyron hatte viel mit ihrem Vater zu besprechen gehabt, bevor dieser gestern Morgen mit Dainn und Beolan die Burg verlassen hatte. Den größten Teil des gestrigen Tages hatte er dann in der Stadt verbracht, um mit den hiesigen Händlern und Schiffseignern einige Verträge, die sein Vater noch geschlossen hatte, neu auszuhandeln.

Rayne waren nur die wenigen freien Momente dazwischen geblieben. Als Eyron heute bei Tagesanbruch wieder abgereist war, hatten sie gerade noch Zeit gefunden, sich zu verabschieden.

In den Monaten, die sie einander nicht gesehen hatten, war die Ernsthaftigkeit zurückgekehrt, die Eyron im Laufe ihrer gemeinsam verbrachten Jugend verloren hatte. Er war schon immer ehrgeizig gewesen, und jetzt war er mehr denn je entschlossen, seinem Vater ein würdiger Nachfolger zu sein.

»Ich kann nicht länger bleiben«, hatte er ihr heute Morgen am Tor erklärt und dabei ihre Hände in den seinen gehalten. »Ich habe viel zu tun und viel zu lernen. Ich will ein guter Fürst werden. Aber du wirst bald bei mir sein und darauf freue ich mich.« Dann hatte er sie noch einmal geküsst und war aufgebrochen.

»Wenn ich dein Vater wäre, würdest du die Burg nicht verlassen, bevor du dreißig bist«, brummte Bär und riss Rayne damit aus ihren Gedanken.

»Wenn du mein Vater wärst, würdest du mich im Turm einmauern.«

»Ich muss gestehen, dass die Vorstellung durchaus einen gewissen Reiz auf mich ausübt.«

Rayne seufzte. Von allen Menschen, die sie in Naranor zurücklassen musste, würde es für Bär am schwersten werden. Da sie wusste, wie sehr er sie vermissen würde, spielte sie mit dem Gedanken, ihn zu bitten, sie nach Valin zu begleiten. Er hatte zwar keine Familie, die ihn an Naranor band, doch all seine Freunde lebten hier. Ein Teil von ihr fand es selbstsüchtig, ihn vor die Wahl zwischen ihr und seinen Freunden zu stellen. Ein anderer Teil hingegen vertrat die Ansicht, dass es besser wäre, Bär diese Wahl selbst zu überlassen, anstatt sie für ihn zu treffen, indem sie allein ging.

Während sie noch nach Worten suchte, entdeckte sie Darragh, der ihnen entgegeneilte. Jeder seiner entschlossenen Schritte wirbelte kleine Staubwolken aus dem festgetretenen Erdboden auf, die seine Stiefel wie bräunlicher Nebel umgaben. Selbst in seiner Eile strahlte er den Stolz und die Würde eines künftigen Königs aus. Er war das jüngere Abbild ihres Vaters: lebendige blaugraue Augen, kantige Züge und eine Ernsthaftigkeit in seinem Blick, die davon zeugte, dass er sich seiner Verantwortung als Thronfolger nur zu bewusst war. Im Unterschied zu ihrem Vater jedoch war Darraghs Nase gerade und noch nie gebrochen worden, sein schwarzes Haar war weniger ungezähmt und sein Gesicht bartlos.

Manchmal war Rayne selbst überrascht, wie sehr Darragh ihrem Vater glich, während Taeril ganz nach ihrer Mutter kam und ihr rotbraunes Haar und die grünen Augen geerbt hatte. Man sollte meinen, dass sie und ihr Zwillingsbruder einander ähnelten, doch das war nicht der Fall. Ihre langen Locken waren haselnussbraun, ohne den roten Schimmer, den sie bei ihrer Mutter so sehr bewunderte, ihre Augen nicht grün oder grau, sondern bernsteinfarben mit einem dunkelbraunen Ring, der die Pupille umgab, und von langen Wimpern beschattet. Ihre hohen Wangenknochen fanden sich ebenso wenig bei ihren Brüdern oder Eltern wieder wie die lange, schmale Nase und die weichen Gesichtszüge. Einzig in Gestalt und Größe kam sie nach ihrer Mutter, schlank und groß für eine Frau, jedoch nicht so hochgewachsen wie die meisten Männer. Und ganz sicher nicht so groß wie Darragh, der jetzt so dicht vor ihr stehen blieb, dass sie zu ihm aufsehen musste.

2

Vater braucht dich!«

Rayne wollte ihrem Bruder sagen, dass sie ihren Vater aufsuchen würde, sobald sie sich gewaschen und umgezogen hatte, doch etwas an Darraghs Blick, gepaart mit dem Umstand, dass er sich nicht mit Höflichkeiten aufhielt und auch für Bär kaum mehr als ein knappes Nicken übrig hatte, sagte ihr, dass dafür keine Zeit blieb. *Warum sollte dafür keine Zeit sein?* Sie blinzelte irritiert. »Seit wann ist er wieder da?«

»Noch nicht lange. Beeil dich!«

Als Rayne Bär ansah, wirkte er ähnlich verwundert wie sie, bedeutete ihr aber, zu gehen. Sie warf ihm ihr Schwert zu und folgte Darragh, der mit so großen Schritten voranging, dass sie beinahe rennen musste, um mitzuhalten. Sie sparte es sich, ihn zu fragen, was passiert war, vermutlich würde er ohnehin keine Zeit mit einer Erklärung verschwenden. Bei den Göttern, was, wenn Eyron etwas zugestoßen war? Hatte ihr Vater sie rufen lassen, um ihr mitzuteilen, dass Eyron auf dem Weg nach Maél überfallen worden war oder sich bei einem Sturz vom Pferd das Genick gebrochen hatte, wie sein Vater?

Rayne zwang sich, jeden weiteren Gedanken von sich zu schieben. Sie würde es gleich erfahren. Es brachte nichts, wenn sie sich verrückt machte. Am Ende steckte etwas vollkommen Harmloses dahinter.

Sie verließen den Übungsplatz und eilten zwischen den Stallungen hindurch, an den Soldatenunterkünften vorbei, zu einer Seitentür, die neben der Küche ins Haupthaus führte. Während sie sich bemühte, mit Darragh Schritt zu halten, versuchte sie, die losen Strähnen wieder in ihren Zopf zu schieben, damit wenigstens ihre Frisur ordentlich aussah, wenn schon Hemd, Hosen und Stiefel voller Erd- und Grasflecken waren.

Statt sie zum Arbeitszimmer ihres Vaters oder zur Ratskammer zu bringen, eilte Darragh den Gang entlang, der tiefer ins Herz des Haupthauses führte. Er ignorierte die Wachen und betrat das Treppenhaus, das zum königlichen Flügel hinaufführte. Immer zwei Stufen auf einmal nehmend, eilte er die gewundenen Steinstufen hinauf und trat schließlich in den breiten, von Wandteppichen und Bannern gesäumten Gang, in dem die Gemächer ihrer Eltern lagen.

Wieder überraschte Darragh sie, denn er ließ den Privatsalon, in dem die Familie in ruhigen Stunden zusammenkam, links liegen und strebte geradewegs zum Schlafgemach ihrer Eltern.

»Ist Vater etwa krank?«

Darragh sagte noch immer nichts. Vor der Tür hielt er inne und klopfte an. Auf das »Herein« ihres Vaters hin öffnete er die Tür. Elathar saß auf einem Stuhl neben dem Bett. Als Darragh und sie eintraten, stand er auf. Rayne glaubte, einen Anflug von Erleichterung in seinen Zügen zu erkennen, als er ihnen entgegenkam.

»Danke, mein Sohn.« Er nickte Darragh zu, ehe er sich Rayne zuwandte und sie in die Arme schloss. »Ich bin froh, dass du da bist, Liebes.« Erst jetzt wurde ihr bewusst, dass er noch immer seine Jagdgewänder trug. Sie konnte den Wald und das Lagerfeuer noch an ihm riechen.

Raynes Blick glitt über seine Schulter zu Dainn, der mit ungewöhnlich ernster Miene am Fenster stand, und dann weiter zu Lyanna. Dainns Gemahlin stand an der Kommode und zerstieß Kräuter in einem Mörser. *Aber wenn Vater nichts fehlt ...* Beinahe widerstrebend sah sie zum Bett, auf das ihr Vater ihr beim Eintreten den Blick versperrt hatte. Beim

Anblick ihrer Mutter, die bleich und mit geschlossenen Augen in den Kissen lag, sog sie scharf die Luft ein. Sie löste sich von ihrem Vater und eilte an Rissas Seite.

»Mutter! Was ist mit ihr?«

»Wir wissen es nicht.« Ihr Vater war zu ihr getreten. Die Matratze gab unter seinem Gewicht nach, als er sich auf die Bettkante setzte und sanft die Hand seiner Gemahlin in die seine nahm. »Als wir im Morgengrauen zurückkehrten, traf ich sie nicht in unseren Gemächern an. Keiner der Diener und auch keine der Wachen hatte Rissa gesehen, weshalb ich sie auf dem Turm vermutete.«

Der Turm war der Lieblingsplatz ihrer Eltern, ein Ort, an dem sie nur ungern gestört wurden, weshalb Rayne und ihre Brüder früh gelernt hatten, sich von dort fernzuhalten.

»Dort fand ich sie reglos vor den Zinnen liegend.«

Rayne sah zu Lyanna hinüber. »Ist sie verletzt?«

Die Heilerin schüttelte den Kopf. Strähnen ihres goldenen Haars hingen ihr ins Gesicht. Sie wirkte müde. »Ich konnte keine Verletzungen finden und auch keine Spuren von Krankheit. Trotzdem wacht sie nicht auf.« Mit dem Stößel wies sie auf den Mörser vor sich. »Ich braue einen Trank, von dem ich hoffe, dass er sie aus ihrer Bewusstlosigkeit erweckt. In der Zwischenzeit ...« Lyanna richtete ihren Blick auf Raynes Vater.

Auch Rayne wandte sich ihm wieder zu. »Du willst, dass ich es versuche? Mit meiner Magie?«

Ihr Vater nickte. Behutsam legte er die Hand seiner Frau wieder aufs Bett, dann erhob er sich von der Bettkante und trat einen Schritt beiseite. Rayne zog sich einen Stuhl zurecht und setzte sich. Sie war keine Heilerin, und auch wenn ihre Magie vieles vollbringen konnte, zu heilen vermochte sie nicht. Sie konnte damit einen Schaden, der bereits angerichtet war, nicht ungeschehen machen. Allerdings konnte sie den Auslöser dahinter entfernen. Mit ihrer Gabe war sie in der

Lage, Fieber zu senken, Schmerzen zu lindern oder einer Entzündung Einhalt zu gebieten. Wenn jemand – Rayne wagte kaum, daran zu denken – ihre Mutter vergiftet hatte, wäre es ihr möglich, das Gift aufzuspüren und zu neutralisieren. In Verbindung mit Lyannas Heiltränken konnten sie dann nur noch darauf hoffen, dass es genügte und der Körper ihrer Mutter aus eigener Kraft heilen würde.

Mit einem Mal wurde Rayne die Verantwortung bewusst, die auf ihren Schultern lastete. Wenn sie nichts ausrichten konnte, was dann? Als sie die Hand ihres Vaters auf ihrer Schulter spürte, sah sie auf. Er nickte ihr aufmunternd zu. Rayne atmete durch, dann legte sie ihrer Mutter die Hand auf die Stirn und schloss die Augen.

Rissas Haut war kühl und trocken unter ihrer Berührung, kein Anzeichen von Fieber. Vorsichtig gab Rayne einen Teil ihrer Energie frei, ließ sie ihren Arm entlang, in die Fingerspitzen und dann in den Körper ihrer Mutter fließen. Konzentriert stellte sich Rayne vor, wie die Energie, von der Kraft ihres Willens gelenkt, zu reiner Magie wurde, die sich immer weiter ausbreitete. Tastend und suchend. Sie nahm sich Zeit, sandte ihre Gabe durch den Körper ihrer Mutter, auf der Suche nach einer Krankheit oder einer Verletzung, die sich dem bloßen Auge entzog. Aber da war nichts. Sie fand nicht den geringsten Anhaltspunkt dafür, was ihrer Mutter zugestoßen sein mochte und warum sie nicht bei Bewusstsein war. Wieder und wieder sandte sie ihre Energie aus. Suchte jetzt nicht mehr nach allen Möglichkeiten gleichzeitig, sondern konzentrierte sich bei jedem weiteren Mal auf etwas anderes. Krankheit. Verletzungen. Gift. Doch ganz gleich, wie oft sie es auch versuchte, da war nichts. Schließlich tastete sie nach dem Funken, der ihre Mutter am Leben hielt.

Als Rayne gerade erst begonnen hatte, ihre eigene Magie zu entdecken, hatte ihre Mutter ihr den Funken gezeigt und ihr erklärt, dass – nach allem, was damals im Kampf gegen

Falinn geschehen war – dieser Funke unerlässlich war, um ihren Körper am Leben zu erhalten. *Wie ein zweites Herz.* Vor einigen Jahren war ihre Mutter einmal vom Winterfieber heimgesucht worden, das sie von Tag zu Tag mehr geschwächt hatte. Die Heiler, selbst Lyanna, waren ratlos gewesen und hatten nichts weiter tun können, als Tränke gegen das Fieber zu brauen und das Beste zu hoffen. Rayne hatte das Warten damals nicht länger ausgehalten. Ihren Vater rastlos und voller Sorge zu sehen, war beinahe unerträglich gewesen. Deshalb hatte sie sich zu ihrer Mutter geschlichen und zum ersten Mal versucht, mit ihrer Magie zu heilen. Sie hatte schnell herausgefunden, dass das nicht möglich war. Immerhin war es ihr gelungen, das Fieber zu bekämpfen. Und dabei hatte Rayne den Funken gespürt, wie ein vor Leben pulsierender Schein. Hell und warm und voller Kraft. Trotz der Krankheit. Ihre Mutter war stark gewesen, und Rayne hatte erkannt, dass sie die Krankheit besiegen würde.

Als sie jetzt jedoch nach dem Lebensfunken tastete, fand sie statt der pulsierenden Kraft nur einen schwachen Schimmer. Gedämpft und kaum vorhanden. Nicht mehr als ein Echo jenes Funkens, den sie selbst während des Fiebers unvermindert stark gespürt hatte.

Rayne schnappte erschrocken nach Luft. Wie war das möglich?

»Was ist los?«, vernahm sie die Stimme ihres Vaters neben sich. »Was spürst du?«

Rayne antwortete nicht. Sie blendete alles um sich herum aus und konzentrierte sich allein auf ihre Mutter. Wenn der Funke Schaden genommen hatte, musste es dafür eine Ursache geben. Wieder ließ sie ihre Energie fließen, mehr als zuvor, und öffnete ihre Sinne auf der Suche nach etwas Ungewöhnlichem. Etwas, an das sie nicht gedacht hatte.

Anfangs war da nichts. Dann jedoch wurde Rayne bewusst, was sie übersehen hatte. Sie hatte nach Verletzungen, Krankheiten und Gift gesucht. Nach allem, das einem Körper Schaden zufügen konnte. Dabei war ihr etwas Entscheidendes entgangen: Ihre Mutter trug nicht die geringste Energie in sich. Ganz gleich wie sehr ihre Mutter sich verausgabt und wie viele Zauber sie auch gewirkt haben mochte, um ihre Kräfte derart aufzuzehren – sie hätten längst beginnen müssen, sich zu regenerieren. Aber da war nichts. Es war, als blickte sie in einen bodenlosen Abgrund aus tiefer Finsternis, dort wo eigentlich die Energie sein sollte.

Während sie suchte, fiel ihr etwas anderes auf, eine Art Ablagerung. Ein Überrest, der sich wie eine feine, kaum wahrnehmbare Spur durch den Körper ihrer Mutter zog.

Rayne schloss die Augen und konzentrierte sich darauf, diesen Überrest für ihr inneres Auge sichtbar zu machen. Sie wusste, wie es aussah und sich anfühlte, wenn an einem Körper Magie gewirkt worden war. Sie kannte die Anzeichen und die Spuren, die das hinterließ. Was sie jetzt jedoch wahrnahm, war anders als alles, was sie je gesehen hatte. Das war keine gewöhnliche Magie. Es war etwas anderes. Etwas ungleich Dunkleres und Mächtigeres.

Rayne sah auf. »Sie hat keinerlei Energie mehr in sich und ihr Lebensfunke ist nahezu ausgelöscht.«

Die Miene ihres Vaters versteinerte.

»Aber das wird sich wieder geben, oder?« Dainn war ans Fußende des Bettes getreten. »Ich meine, wenn sie erst wieder genug Energie aufgenommen hat, wird doch auch der Funke wieder … Elathar, speist sich dieser Funke nicht aus der Essenz, die überall um uns herum ist?«

Ihr Vater schüttelte den Kopf. »Ich glaube nicht, dass es so funktioniert«, sagte er ruhig. »So, wie ich es damals verstanden habe, ist dieser Funke zwar mit der Essenz verbunden, nimmt daraus aber keine weitere Kraft auf. Er ist einfach da. Immer gleichmäßig.«

Rayne wusste nichts über eine Verbindung zwischen dem

Funken und der Essenz, darüber hatte ihre Mutter nie mit ihr gesprochen.

»Sie müsste eigentlich längst wieder ein wenig Energie in sich haben. Aber da ist nichts«, sagte Rayne. »Das lässt nur einen Schluss zu: Sie hat ihre Kräfte nicht dadurch erschöpft, dass sie Magie gewirkt hat – jemand muss sie ihr entrissen haben.«

»Ein Angriff?« Ihr Vater fuhr auf. »Unmöglich! Wie hätte jemand auf den Turm kommen sollen? Die Wachen hätten doch …« Er verstummte, dann nickte er. »Zauberwerk. Wer auch immer es war, hat sich mit Magie Zutritt verschafft!«

Rayne erinnerte sich an die Erzählungen ihrer Mutter, über Falinns Zauberer, der versucht hatte, ihr das Herz der Magie zu entreißen, als sie es in sich getragen hatte. Damals hatte er mit ihrer Energie begonnen und sich langsam zur Essenz vorgearbeitet. Wenn es ihr nicht gelungen wäre, gegen ihn anzukämpfen, hätte er ihr das Leben genommen.

»Wer immer Mutter angegriffen hat, muss es auf ihre Magie abgesehen haben. Auf *all* ihre Magie. Dabei wurde ihr Lebensfunke nahezu ausgelöscht.«

Aber warum? Und wer? Ihre Mutter hatte großes Wissen über die Zauberei, doch ihre magischen Kräfte waren begrenzt. Der Angreifer hingegen schien über große Macht zu verfügen. Warum sollte er dann die Kräfte eines anderen rauben?

»Warum nahezu?« Lyanna hatte den Stößel sinken lassen und sich zu ihnen umgedreht. »Warum hat er den Funken nicht komplett ausgelöscht?«

Raynes Vater schnappte nach Luft. »Reicht es nicht, dass er sie beinahe umgebracht hat?«

Dainn hob beschwichtigend die Hände. Zum ersten Mal bemerkte Rayne, wie müde er aussah. Beinahe ebenso angegriffen wie ihr Vater. Seine freundlichen Züge wirkten ernst und angespannt, und der Schalk, der für gewöhnlich in seinen Augen blitzte, war verschwunden.

»Lyanna hat recht«, wandte er ein. »Ich verstehe nicht viel von Zauberei und weiß tatsächlich kaum mehr darüber als das; was Rissa und du mir in all den Jahren erzählt habt. Aber so viel habe ich begriffen: Rissas Lebensfunke ist ebenfalls magischen Ursprungs. Wenn jemand es also auf ihre Magie, ihre Kräfte abgesehen hat, warum hört er dann auf, bevor er diesen Funken vollständig aufgesogen hat?«

Während Rayne noch über Dainns Frage nachdachte, sagte ihr Vater: »Vielleicht weil Rissas Angreifer nicht gefunden hat, wonach er suchte.«

»Aber wonach hat er gesucht?«, wollte Rayne wissen.

Ihr Vater zuckte die Schultern. »Vielleicht ging er davon aus, dass sie doch noch einen Teil der Essenz in sich trägt. Und als er begriff, dass das nicht so ist, dass sie das Herz der Magie damals wirklich freigegeben hat, ließ er von ihr ab und ergriff die Flucht.«

»Aber wer?« Dainn rieb sich über das Kinn. »Wer wäre dazu in der Lage?«

Ihr Vater erhob sich. »Ich weiß es nicht. Aber wir werden es herausfinden.« Er blickte von einem zum anderen. »Niemand, der es nicht unbedingt wissen muss, darf etwas von Rissas Zustand erfahren. Auch nicht davon, dass es einen Überfall gegeben hat. Ich vertraue auf eure Verschwiegenheit.«

Darragh trat vor. »Wäre es nicht besser, es den Leuten zu erzählen? Vielleicht hat jemand etwas beobachtet und kann uns Informationen geben.«

»Wenn die Kunde sich erst verbreitet, wird es überall nur so vor Gerüchten wimmeln. Damit sorgen wir nicht nur für Unruhe und schüren erneut die Furcht vor Magie, sondern bringen uns auch um die Möglichkeit, dass sich der Angreifer – oder mögliche Mitwisser – selbst verraten könnte. Solange Rissas Zustand unter uns bleibt, steht jeder, der etwas in dieser Hinsicht äußert, unter Verdacht.« Er wandte sich an Dainn. »Ich möchte, dass du ein paar vertrauenswürdige

Männer auswählst, deren Gesichter in der Stadt noch nicht bekannt sind, und sie so weit wie nötig einweihst. Sie sollen sich unters Volk mischen und sich in den Schenken, auf den Märkten und am Hafen umhören. Wenn sich jemand verdächtig macht, soll er zum Verhör in die Burg gebracht werden.«

3

Die folgenden Tage verbrachte Rayne am Krankenbett ihrer Mutter. Während Lyanna stärkende Tränke mischte, versuchte Rayne weiterhin, etwas mit ihrer Magie auszurichten. Doch ganz gleich, was sie auch tat, nichts davon wirkte sich in irgendeiner Form auf den Lebensfunken ihrer Mutter aus oder brachte sie dazu, die Augen zu öffnen.

Es schmerzte zu sehen, wie ihr Vater Abend für Abend an der Seite ihrer Mutter saß und seine eigene Machtlosigkeit verfluchte. Rayne wusste, dass er nichts lieber getan hätte, als die Stadt und das Land nach dem Angreifer zu durchkämmen, doch seine Verantwortung dem Reich gegenüber zwang ihn, diese Aufgabe anderen zu überlassen.

Mittlerweile hatten sie die Suche über Naranor hinaus ausgeweitet, und Dainn und Bär waren mit einigen Männern aufgebrochen, um außerhalb der Stadt nach Spuren zu suchen. Ihr Vater baute darauf, dass sie ein Heilmittel für ihre Mutter finden würden, wenn sie den Schuldigen erst fassten und dieser ihnen verriet, was er getan hatte.

Für den Augenblick war die einzig gute Nachricht, dass sich der Zustand ihrer Mutter nicht verschlechterte. Der Lebensfunke nahm weder weiter ab noch erholte er sich. Solange dies der Fall war, blieb ihnen zumindest Zeit, nach einem Ausweg zu suchen.

Beolan hatte die Wachen im königlichen Flügel verstärken lassen und dafür gesorgt, dass stets jemand in Raynes und Darraghs Nähe war. Selbst vor ihren Gemächern stand Tag und Nacht ein Posten. In Raynes Augen hatte der Angriff allein ihrer Mutter gegolten und würde sich nicht wiederholen. Trotzdem ließen sich weder Beolan noch ihr Vater dazu bewegen, die zusätzlichen Wachen abzuziehen.

Nach einigen Tagen schlug Rayne vor, eine Nachricht an Meister Partan, den Obersten Zauberer der Akademie des Bronn, zu senden und diesen um Hilfe zu bitten. Ihr Vater dachte darüber nach, lehnte ihren Vorschlag dann aber ab, da er noch immer darauf baute, dass Verschwiegenheit ihre beste Waffe war, um den Angreifer zu entlarven.

»Aber womöglich kann er helfen!«, wandte Rayne ein. »Sein Wissen ist um ein Vielfaches größer als meines.«

»Und was, wenn er der Zauberer ist, der hinter dem Angriff steckt? Oder er ihn kennt?«

Meister Partan war ein gütiger, vom Alter gebeugter Mann. Ein Gelehrter, von dem Rayne sich nicht einmal vorstellen konnte, dass er zu einem derartig hinterhältigen Angriff imstande war. Aber selbst wenn er es gewesen wäre, würde er ihrer Mutter doch helfen. Tatsächlich wäre er sogar dazu gezwungen, um sich nicht verdächtig zu machen. Sie wollte schon weiter auf ihren Vater eindringen, als ihr ein anderer Gedanken kam: Was, wenn der Angreifer ihre Mutter für tot gehalten hatte? Wenn er fürchtete, dass sie sein Gesicht gesehen und ihn als den Schuldigen benennen könnte, sobald sie zu sich kam? *Dann würde er alles daransetzen, dass sie nicht mehr aufwacht.* Ihr Vater hatte recht, für den Augenblick war es zu gefährlich, Hilfe von außen zu suchen.

Da sie nicht wusste, was sie sonst tun konnte, begann sie, Bücher und Aufzeichnungen zurate zu ziehen. Sie suchte alles zusammen, was sie über Zauberei und deren Auswirkungen im Allgemeinen und über Gegenzauber im Speziellen finden konnte. Sie begann mit der erstaunlich umfangreichen Sammlung an Büchern und Schriften, die ihre Mutter im Laufe der Jahrzehnte zusammengetragen hatte. Als sie dort nicht fündig wurde, wandte sie sich der königlichen Bibliothek und dem

Archiv des Hohen Tempels der Kirk Tharennae zu, der sich auf dem Plateau zwischen der Königsburg und der Stadt erhob.

In den folgenden Wochen teilte Rayne ihre Zeit zwischen den Besuchen bei ihrer Mutter und ihren Nachforschungen auf und hoffte jeden Tag auf ein Wunder. Doch weder veränderte sich etwas am Zustand ihrer Mutter noch wurde sie in den Schriften fündig. Was ihrer Mutter zugestoßen war, schien einzigartig zu sein, etwas ganz und gar Ungewöhnliches, über das sich in keinem Lehrbuch und keiner noch so exotischen Niederschrift etwas finden ließ.

Morgen würde sie an die Akademie zurückkehren. Sie hatte ihren Aufenthalt schon wesentlich länger ausgedehnt als ursprünglich geplant und durchaus auch daran gedacht, in Naranor zu bleiben, bis es ihrer Mutter besser ging. Doch hier konnte sie nichts mehr tun. Ihre letzte Hoffnung war das Archiv der Akademie. Vielleicht gab es dort etwas, das ihr helfen konnte; einen Hinweis auf ein Artefakt oder eine Rezeptur für einen Trank, der den Funken stärken könnte … irgendetwas!

Ihr Vater bestärkte sie darin, ihre Ausbildung zu beenden. Seine Männer würden den Schuldigen schon finden und ihm das Wissen abtrotzen, wie sie den Prozess umkehren konnten. Rayne wusste, dass er sich an diesen Gedanken klammerte, weil er das Einzige war, das ihm Hoffnung gab. In Wahrheit glaubte er ebenso wenig daran wie sie selbst.

An ihrem letzten Vormittag in Naranor saß Rayne neben Darragh auf einer Bank im königlichen Garten, der durch eine Mauer und eine Pforte vom übrigen Burggelände abgetrennt war, und genoss die Sonne, die ihr Gesicht wärmte. Während der letzten Wochen war sie viel zu selten nach draußen gekommen. Sie zupfte an einem Faden, der sich aus der Stickerei ihres Kleides gelöst hatte. »Ich bin froh, dass Taeril nicht da ist«, sagte sie nach einer Weile.

Darragh nickte. »Er würde es zu schwer nehmen. Er war schon immer sehr sensibel.«

»Ach ja?« Plötzlich musste Rayne grinsen. »Wenn ich mich recht erinnere, war nicht er es, der heulend zu Vater gelaufen ist, weil er dachte, die Stute würde sterben.«

»Abgesehen davon, dass wirklich viel Blut im Spiel war und mir niemand gesagt hat, dass die Stute fohlt, war ich damals erst zehn Sommer alt!«, beschwerte sich Darragh. »Du und Taeril habt es nicht einmal *gesehen*. Sonst wärt ihr vermutlich beide ohnmächtig geworden.«

Dann brachen sie beide in Gelächter aus. Nach den vergangenen Wochen tat es gut, zumindest für ein paar Augenblicke fröhlich zu sein. Während Rayne die Burg morgen hinter sich lassen konnte, würde Darragh bleiben. Er war derjenige, der die Schwermut ihres Vaters weiterhin jeden Tag mit ansehen musste, ohne etwas tun zu können.

»Willst du wirklich zurück an die Akademie?«

Rayne nickte. Sie hatten während der vergangenen Tage oft darüber gesprochen, und im Gegensatz zu ihrem Vater hielt Darragh es für unvernünftig, dass sie ging.

»Vielleicht finde ich in den Archiven etwas, um Mutter zu helfen.«

»Aber was, wenn der Angreifer es auch auf dich abgesehen hat?«

»Das kann ich mir nicht vorstellen. Ich glaube, dass dieser Angriff Mutter allein gegolten hat. Es muss etwas mit der Essenz zu tun haben, mit der sie damals in Berührung kam. Ich denke, der Angreifer hat sich erhofft, noch etwas davon in ihr zu finden. Als er dann gespürt hat, dass der Lebensfunke immer weniger wurde, die Essenz aber nicht in ihn überging, muss er erkannt haben, dass er sich geirrt hat.«

Darragh schien noch immer nicht überzeugt. Er stieß einen Kieselstein mit der Stiefelspitze an und trat ihn über den Weg in den gegenüberliegenden Rasen. »Was, wenn derjenige auf die Idee kommt, dass die Essenz bei deiner Geburt vielleicht auf dich übergegangen ist? Dann wärst du sein nächstes Ziel.«

Rayne schüttelte den Kopf. »Wer das getan hat, muss ein Zauberer sein, und er muss Mutters Geschichte kennen.« Letzteres galt vermutlich für jeden im Reich, denn nach Falinns Sturz hatte sich die Kunde, was geschehen war, wie ein Lauffeuer verbreitet. »Derjenige war auf der Suche nach großer Macht. Und er wusste, dass – wenn überhaupt – er diese nur bei Mutter finden wird.«

»Vielleicht hast du recht«, seufzte Darragh. »Aber was, wenn du dich irrst?«

»Dann bin ich in der Akademie sicherer als hier. Wer könnte mich besser vor einem magischen Angriff schützen als ein Haufen Zauberer?«

»Unsere Wachen offensichtlich nicht« Er schwieg einen Moment nachdenklich, legte den Kopf in den Nacken und sah zum Himmel hinauf. »Bestimmt ist dieser verfluchte Stern schuld, der seit ein paar Monaten am Himmel steht.«

»Der Schweifstern? Was sollte der damit zu tun haben?«

Er zuckte die Schultern. »Vielleicht ist er ein böses Omen.«

Darragh sah müde aus, und zum ersten Mal wurde ihr bewusst, dass der Zustand ihrer Mutter für ihn womöglich noch schlimmer war als für sie. Darragh wusste kaum etwas über Magie, er konnte weder mit den Schriften etwas anfangen, noch verfügte er über Kräfte, mit denen er in dieser Situation helfen konnte. Nicht, dass sich Raynes Kräfte bisher als sonderlich hilfreich erwiesen hatten, doch im Gegensatz zu ihm konnte sie zumindest *versuchen*, etwas zu tun. Das nagte gewiss an ihm. Dabei hatte er alles getan, um ihren Vater zu entlasten. Unermüdlich hatte er jede Aufgabe übernommen, die er an seiner statt erledigen konnte.

Sie griff nach seiner Hand. »Vater würde mich nicht gehen lassen, wenn er eine Gefahr für mich sähe.« Ungeachtet dessen bestand ihr Vater jedoch darauf, dass sie dieses Mal nicht wie üblich zwei seiner Krieger zur Akademie eskortieren sollten, sondern ein ganzer Trupp.

Darragh drückte ihre Hand. »Einer Sache kannst du gewiss sein.«

»Ach ja, und die wäre?«

Ein grimmiges Grinsen breitete sich über seine Züge aus. »Wenn dir wirklich jemand etwas antut, werde ich dich fürchterlich rächen.«

»Danke, Darragh«, gab sie trocken zurück. »Das werde ich dir nie vergessen.«

Plötzlich mussten sie beide lachen und dann umarmten sie einander innig. »Du wirst mir fehlen«, flüsterte er ihr ins Ohr.

Rayne löste sich aus seiner Umarmung. »Zwei Stunden nachdem ich fort bin, hast du mich doch längst vergessen und steckst bis über beide Ohren in Waffenübungen und Amtsgeschäften.«

»Das stimmt. Aber in diesen zwei Stunden wird meine Sehnsucht grenzenlos sein.«

Rayne stieß ihn in die Seite, dann erhob sie sich. »Ich muss nach Mutter sehen. Kommst du mit?«

»Später. Ich muss zuerst noch etwas mit dem Stallmeister klären. Ich werde dich nämlich morgen zur Akademie begleiten, nur um sicherzugehen, dass ich deinen Tod nicht allzu bald rächen muss.«

Rayne war überrascht. Sie wollte ihn fragen, ob er Vater wirklich allein lassen wollte, doch sie fand die Antwort bereits in seinen Augen: Er brauchte für ein paar Tage Abstand, und sie sicher zur Akademie zu eskortieren, war vermutlich die einzige Möglichkeit für ihn, diesen Wunsch vor sich selbst zu rechtfertigen.

Seite an Seite verließen sie den königlichen Garten, an der Pforte schlossen sich ihnen ihre Wachen unauffällig an. Bei den Stallungen winkte Darragh ihr zum Abschied und hielt dann auf den Stallmeister zu. Auf dem Platz vor den Stallungen herrschte das gewohnte Durcheinander. Reiter kamen und gingen, manche von ihnen Soldaten, andere Boten, Händler, Gäste und Besucher.

Rayne wechselte im Vorübergehen mit dem einen oder anderen ein paar Worte. »Wie geht es Eurer Gemahlin, Meister Gralin?«, fragte sie den pausbackigen Weinhändler, der gerade sein Maultier vor einen Karren spannte.

»Schon viel besser, Prinzessin«, der Mann neigte das Haupt. »Bald kann sie mir wieder bei den Auslieferungen helfen. Der Besuch im Haus der Heilung hat wahre Wunder gewirkt.«

»Das tut er meistens.« *Leider nicht bei meiner Mutter.* »Bestellt ihr meine Grüße.«

Im Schlafgemach ihrer Eltern war alles unverändert. Die Vorhänge waren zurückgezogen und die Fenster weit geöffnet, um die laue Frühlingsluft hereinzulassen. Lyanna saß am Bett und flößte Raynes Mutter in kleinen Schlucken einen Trank ein. Rissa war dünn geworden, wirkte bleich und ausgezehrt. Natürlich konnte sie in ihrem Zustand keine Mahlzeiten zu sich nehmen. Lyanna hielt sie mit Suppen, Wasser und ihren kräftigenden Tränken am Leben.

»Hast du schon gepackt?«, begrüßte die Heilerin sie.

Rayne nickte und setzte sich auf den Stuhl, den Lyanna für sie frei machte. Sonst hatte sie sich immer darauf gefreut, an die Akademie zurückzukehren und ihre Lehrer und Mitschüler wiederzusehen. Dieses Mal war es einzig und allein die Hoffnung, in den Archiven Hilfe zu finden, die sie zur Akademie zurückzog. Die Ausbildung selbst erschien ihr zum ersten Mal nutzlos. Sie hatte ausgiebig geübt, Krankheiten und Verletzungen aufzuspüren und ihre Folgen magisch zu behandeln. Aber was half alle Magie, wenn sie nicht in der Lage war zu heilen?

Tatsächlich hatte sie plötzlich das Gefühl, sich während der Jahre ihrer Ausbildung nur mit nutzlosen Kleinigkeiten beschäftigt zu haben. Sie hatte gelernt, ihre Magie im Umgang mit alltäglichen Dingen einzusetzen. Doch was für eine Hilfe sollte es sein, wenn sie zwar in der Lage war, mit ihrer Magie ein Feuer im Kamin zu entfachen, es aber nicht vermochte, sich einen Angreifer vom Leib zu halten?

In der Akademie hatte es zahlreiche Diskussionen über Moral gegeben. Allein über die Frage, ob es rechtens sei, ein leidendes Tier mit Magie von seinen Qualen zu befreien, hatten sie endlos debattiert. So lange, bis Rayne am liebsten gerufen hätte, man solle das Tier mit einem Dolch erlösen und ihnen diese lächerliche Diskussion ersparen. Manchmal hatte sie das Gefühl, dass sie sich jeden sinnvollen Einsatz ihrer Magie selbst beigebracht hatte, während sie in der Akademie mehr mit philosophischen Disputen beschäftigt war als damit, tatsächlich Zauber zu üben.

Wie jeden Tag legte sie ihrer Mutter die Hand auf die Stirn und ließ ihre Energie fließen. Wie jeden Tag zeigte ihre Mutter keine Reaktion. Seufzend zog sie die Hand zurück.

Lyanna berührte sie an der Schulter. »Ich kümmere mich um sie, das verspreche ich dir.«

»Ich weiß. Es ist nur …«

»Du kannst hier nichts für sie tun, Rayne. Es hilft weder ihr noch dir, wenn du jeden Tag hier sitzt und Trübsal bläst. Und wer weiß, vielleicht wirst du im Archiv der Akademie ja fündig?«

»Ja, vielleicht.« Rayne wagte es nicht, ihre Hoffnungen zu hoch zu schrauben. Wenn sie in der Akademie nicht weiterkam, musste sie ihre Suche eben ausdehnen. Sie erhob sich. »Ich werde heute Abend noch einmal nach ihr sehen.«

»Mach das.« Als Rayne schon fast an der Tür angelangt war, fragte Lyanna: »Wusstest du, dass wieder ein Khardal aus Maél in der Burg ist?«

Rayne blieb stehen und drehte sich noch einmal um. »Eyron ist zurück?« Hatte er vom Zustand ihrer Mutter erfahren und war gekommen, um ihr beizustehen? Nein, das war nicht möglich. Ihr Vater hielt noch immer geheim, was geschehen war. Den Leuten, die nach ihrer Mutter fragten, erzählte man, dass sie in der Akademie weilte – was von Zeit zu Zeit vorkam, wenn auch sie ihr Wissen an die jungen Zauberer weitergab.

»Nicht Eyron.« Lyanna schüttelte den Kopf. »Der andere, sein Bruder. Er hat eine Audienz bei deinem Vater, das weiß ich von Tora.«

Und Tora wusste es zweifelsohne von Beolan, ihrem Gemahl. Für gewöhnlich zog Rayne sich nach den Besuchen bei ihrer Mutter zurück, um ihre Nachforschungen fortzusetzen. Jetzt jedoch war ihre Neugierde geweckt.

4

Als Rayne dieses Mal die königliche Bibliothek betrat, tat sie es nicht, um die Schriften zu studieren, die sie dort zusammengetragen hatte. Der dicke Teppich dämpfte ihre Schritte, als sie den Raum durchquerte. Sie ließ die bequemen Sessel ebenso links liegen, wie den großen Tisch im Zentrum, auf dem sich die von ihr gesammelten Schriften und Bücher stapelten, und hielt stattdessen auf die einzige Stelle an der Wand zu, die nicht hinter deckenhohen Regalen voller Bücher und Schriftrollen verborgen war. Der Wandteppich, der dort hing, zeigte eine kunstvolle Darstellung König Barra Melanthions und seiner Fürsten, unmittelbar vor der Schlacht gegen die Zauberer.

Rayne schob den Wandbehang zur Seite, löste die geheime Verriegelung der dahinter verborgenen Tür und schlüpfte hindurch. Bevor sie die Tür hinter sich schloss, zog sie den Kristallanhänger, den ihre Mutter ihr einst geschenkt hatte, aus dem Ausschnitt ihres Kleides und strich darüber. Ein blauer Schimmer erstrahlte und tauchte die hohe quadratische Steinkammer in ein sanftes Leuchten.

Rayne folgte einer Reihe ausgetretener Stufen nach unten und gelangte schließlich in einen schmalen, niedrigen Gang.

Früher einmal, lange bevor die Königsburg daraus geworden war, hatte hier nur ein befestigter Turm aus Stein und Holz gestanden. Im Laufe der Jahrhunderte hatten die jeweiligen Fürsten ihren Sitz immer weiter ausgebaut. Das einstige Haupthaus war größtenteils niedergerissen worden, während man an anderen Stellen lediglich außen herum gebaut hatte.

So kam es, dass sich tief im Kern noch immer Strukturen aus früheren Zeiten fanden, ein Labyrinth aus uralten, längst vergessenen Räumen, engen Gängen und morschen Holztreppen, das abseits der heute benutzten Wege durch die Eingeweide der Burg führte. Einen Teil dieser Gänge hatte Vater ihr und ihren Brüdern gezeigt, für den Fall, dass sie einmal fliehen oder sich verstecken mussten. Andere Teile hatten sie über die Jahre selbst entdeckt und erkundet. So auch den Weg, den sie jetzt nahm.

Wie oft waren Darragh, Taeril und sie genau diese Gänge entlanggelaufen, um heimlich die Audienzen zu beobachten? Zu dritt, manchmal auch zu viert, wenn Eyron dabei gewesen war, hatten sie sich auf der Empore über dem Thronsaal zusammengedrängt und gelauscht. Die ewig gleichen Streitigkeiten und Bittgesuche zu beobachten, mochte anfangs aufregend gewesen sein, im Laufe der Zeit jedoch war es ermüdend geworden. Selbst die Gerichtstage waren irgendwann nur noch anstrengend und endlos gewesen. Die wirklich interessanten Sachen, so hatten sie herausgefunden, besprach ihr Vater in der Ratskammer hinter dem Thronsaal, zu der sie jedoch – sosehr sie sich auch bemüht hatten – keinen geheimen Zugang zu entdecken vermochten.

Ihr Vater hielt an drei Tagen im Monat öffentliche Audienzen ab, heute aber war keiner dieser Tage. Der Thronsaal war also nicht voll von unzähligen Bittstellern, die darauf warteten, Gehör zu finden. Stattdessen wurden nur jene vorgelassen, denen eine private Audienz gewährt worden war. Bevor Rayne die Bibliothek und den Geheimgang betreten hatte, hatte sie einen der Schreiber ihres Vaters gefragt, wie viele Privataudienzen er heute abzuhalten gedachte, und erfahren, dass es nur eine einzige geben würde.

Getrieben von ihrer Neugier hatte sie sich daraufhin noch mehr beeilt. Auf keinen Fall wollte sie die Gelegenheit verpassen, einen Blick auf Eyrons jüngeren Bruder zu erhaschen.

Eyron war ausgesprochen zurückhaltend, wenn es um seine Familie und deren Vergangenheit ging, sodass Rayne nur wenig darüber wusste. Hätte sie nicht so viele Fragen gestellt, hätte sie nicht einmal erfahren, dass seine Mutter bei der Geburt seines Bruders gestorben war. Der Name dieses Bruders war Skandar, er war der jüngste der drei Brüder, zwei Sommer älter als sie selbst. Viel mehr war Eyron nicht zu entlocken gewesen. Alles andere hatte sie von Darragh, Bär und Dainn gehört. Man erzählte sich, dass Skandar seinen und Eyrons ältesten Bruder umgebracht hatte und deshalb von seinem Vater in die Verbannung geschickt worden war. Alle nannten ihn nur den *Brudermörder*. Erst vor Kurzem, nach dem Tod seines Vaters, war er nach Valin zurückgekehrt. Angeblich hatte Eyron ihn darum gebeten.

Rayne hatte nachgerechnet, und bei den Göttern, er war noch ein Kind gewesen, als das geschehen war! Nicht älter als elf Sommer. Ein Kind, das einen kaltblütigen Mord begangen hatte. Einmal hatte sie versucht, mit Eyron darüber zu sprechen, doch ihm war nichts zu entlocken gewesen. Als sie sich bei ihrer Mutter darüber beklagte, hatte diese ihr gesagt, dass das eine Angelegenheit der Khardals war, aus der sie sich heraushalten sollte. Einer der Soldaten hatte behauptet, dass der jüngste Khardal verflucht sei und allen in seiner Familie den Tod bringen würde. Das war natürlich Unsinn. Heute wusste sie das, damals jedoch hatten die Worte sie um Eyrons Leben fürchten lassen.

Nach einer Flut von Gängen und Treppen erreichte Rayne endlich eine schmale Holzstiege. Sie kletterte die steilen Stufen hinauf, die vermeintlich vor einer Wand endeten. Mit dem Daumen strich sie über die Kristallsonne. Sobald das Licht erlosch, betätigte sie den verborgenen Mechanismus in der Wand. Ein leises Klicken ertönte, als ein Stück der Wandvertäfelung zur Seite glitt und einen Durchlass öffnete. Rayne schlüpfte auf die dahinterliegende Empore. Bei offiziellen Anlässen oder Feierlichkeiten hatten die Musikanten hier oben ihren Platz. Jetzt jedoch lag die Empore verlassen da. Von unten drangen aufgeregte Stimmen an ihr Ohr. Geduckt schob sie sich an die Balustrade heran und spähte zwischen den säulenartigen Stützen nach unten, wo sich ihr der Blick auf den Thronsaal eröffnete.

Als sie den Kopf in Richtung des Throns wandte, fiel ihr zuerst ein hochgewachsener, schlanker Mann auf, der halb mit dem Rücken zu ihr stand. Das musste er sein, der Brudermörder. Skandar Khardal war größer und muskulöser als Eyron. Sein Haar war von einem dunklen Goldton und fiel ihm bis auf die Schultern herab. Zwei seitliche Strähnen hatte er mit einem Lederband am Hinterkopf zusammengefasst. Während Eyron sich wie ein Edelmann kleidete und Wert auf ein tadelloses Äußeres legte, trug sein Bruder die Gewänder eines Kriegers; Hemd und Hosen, dazu ein Lederwams und hohe Reitstiefel, alles in unauffälligen Erdtönen gehalten. Einzig das Schwert an seiner Seite fehlte. Niemandem, von den Wachen einmal abgesehen, war es gestattet, im Thronsaal Waffen zu tragen.

Rayne fragte sich, warum er zurückgekommen war. Hatte Eyron ihn wirklich gerufen? Und was wollte er von ihrem Vater?

Ihr Blick wanderte weiter zum Thron. Ihr Vater trug schwarze Hosen und ein dunkelblaues Wams mit silbernen Stickereien, Gewänder, die einerseits an die Uniform eines Offiziers erinnerten, andererseits angesichts der edlen Stoffe seinen Rang deutlich machten. Er saß aufrecht da, doch während er sich sonst bei allen Audienzen Mühe gab, sich interessiert und offen zu zeigen, manchmal auch besorgt, mitfühlend oder wütend, war seine Miene jetzt undurchdringlich. Sein Blick war ernst, fast schon abweisend. Selbst die Wachen, die zu beiden Seiten des Throns und an den Türen postiert waren, wirkten angespannt.

Rayne schob sich noch näher an die Balustrade heran und richtete ihre Aufmerksamkeit auf die Worte, die bisher nur in Form eines unartikulierten Dröhnens den Weg an ihr Ohr gefunden hatten.

»... diese Schatten töten Menschen!« Khardals Stimme war tief und bebte vor unterdrücktem Zorn. »Männer, Frauen und Kinder! Sie benutzen sie, und wenn sie sie nicht länger benötigen, lassen sie nur ihre Leichen zurück!«

Rayne kannte ihren Vater gut genug, um die Sorge in seinen Augen zu erkennen, auch wenn seine Züge sie perfekt zu verbergen wussten. Was er zu hören bekam, ließ ihn nicht kalt, trotzdem blieb seine Miene ausdruckslos. »Wendet Euch an die Akademie.«

Khardal ballte die Hände zu Fäusten, als kostete es ihn Mühe, ruhig zu bleiben. »Da war ich bereits. Sie wussten keinen Rat.« Er atmete tief durch, ruhiger sagte er: »Nur darüber, dass es sich um Magie handeln müsse, war man sich einig. Deshalb bin ich hier.«

Raynes Vater schüttelte den Kopf. »Kehrt nach Hause zurück und sagt Eyron, dass ...«

»Ich bin nicht im Auftrag meines Bruders gekommen.«

Rayne wusste nicht, was sie mehr erboste, dass er es wagte, ihrem Vater – dem König! – ins Wort zu fallen, oder dass er ohne das Wissen seines Bruders hier war.

»Mein Bruder ist der Meinung, dass wir allein damit fertigwerden, doch ich habe die Toten gesehen, die die Schatten zurücklassen. Er irrt sich.«

Schatten. Schon wieder dieses Wort. Rayne verfluchte sich, dass sie zu spät gekommen war, um Khardals komplette Ausführungen über jene zu hören, die er Schatten nannte. Zu gerne hätte sie erfahren, um wen es sich bei diesem Gegner handelte. Vielleicht ein Kult von Meuchelmördern, der sich *Die Schatten* nannte und der Magie für sein blutiges Handwerk missbrauchte?

»Wenn ich mich recht entsinne, ist noch immer Euer Bruder der Fürst von Maél und nicht Ihr.« Die leicht hochgezogene Augenbraue verriet, dass ihr Vater begann, die Geduld zu verlieren. »Ihr habt nicht das Recht, seine Entscheidungen infrage zu stellen.«

Der Nordländer setzte zu einer Antwort an, doch ihr Vater ließ ihn gar nicht erst zu Wort kommen. »Klärt diese Angelegenheit mit Eurem Bruder. Eurem *Fürsten.*«

»Aber, Majestät, Ihr könnt doch nicht …« Khardal sah aus, als würde er jeden Moment die Beherrschung verlieren. Seinen folgenden Worten war anzuhören, dass er die Zähne aufeinanderpresste. »Bitte, wenn sich Eure Gemahlin zumindest anhören könnte, was ich zu sagen habe. Vielleicht reicht das schon für eine Antwort.«

Die Miene ihres Vaters versteinerte. Und plötzlich begriff Rayne, warum er sich so abweisend verhielt. Es ging darum, den Zustand ihrer Mutter geheim zu halten. Deshalb konnte er nichts für den jüngsten Khardal tun. Bei den Göttern, es musste ihn beinahe zerreißen, diesen Mann abzuweisen, der so dringend um Hilfe bat!

»Wir können Euch nicht helfen«, sagte ihr Vater kalt.

Jetzt war es um Khardals Beherrschung geschehen. »Es sterben Menschen! Eure Untertanen! Bei den Göttern, Majestät, Eure Gemahlin ist eine mächtige Zauberin! Sie muss doch in der Lage sein, uns zu helfen!«

Er war rot vor Zorn, und auf dem kleinen Ausschnitt seines Gesichts, den Rayne von ihrem Versteck aus sehen konnte, pochte erkennbar eine Ader unter seiner Schläfe. So wie er sich benahm, konnte sie sich gut vorstellen, dass das, was man sich über ihn erzählte, der Wahrheit entsprach. Wenn er die Kontrolle verlor – wer konnte schon ahnen, wozu er dann fähig war?

»Ein letztes Mal«, sagte ihr Vater in gezwungener Ruhe. »Ich kann nichts für Euch tun. Und jetzt geht!«

Khardal starrte ihn an und öffnete schon den Mund zu einem Widerspruch, als ihr Vater aufsprang. »Verlasst augenblicklich meinen Thronsaal! Oder muss ich Euch von meinen Wachen entfernen lassen?«

So aufgebracht hatte Rayne ihren Vater noch nie erlebt.

»Das wird nicht nötig sein«, presste Khardal hervor. »Majestät.« Er verneigte sich knapp, machte ruckartig kehrt und stürmte davon. Als er unterhalb der Empore vorbeieilte, erhaschte Rayne einen kurzen Blick auf seine Wange, die von der Schläfe bis zum Kinn von einer langen Narbe gezeichnet war.

Khardals Anblick erinnerte Rayne an ein wild gewordenes Raubtier. Wäre ihr Vater nicht der König gewesen und hätte Khardal ein Schwert getragen – hätte er es gezogen und ihn in seinem Zorn angegriffen? War es diese Wut, die ihn dazu gebracht hatte, seinen eigenen Bruder zu töten?

Sobald der Krieger fort war, fuhr sich ihr Vater müde über die Augen. Alle Gleichgültigkeit und Kälte war von ihm abgefallen und mit einem Mal wirkte er nur noch erschöpft und besorgt. Rayne unterdrückte den Wunsch, zu ihm zu gehen. Sie wollte ihn nicht beschämen, indem sie ihn in diesem persönlichen Moment störte. Er hatte helfen wollen, aber ihm waren die Hände gebunden. Khardal jedoch hatte sich so verbissen und nachdrücklich für sein Anliegen eingesetzt, dass er sich niemals mit einem einfachen *Nein* zufriedengegeben hätte. Da er dem Krieger keine Erklärung geben konnte, nicht ohne den Zustand ihrer Mutter zu offenbaren, war ihrem Vater keine andere Wahl geblieben, als ihn rauszuwerfen.

Unbemerkt zog sich Rayne von der Empore zurück. Zum ersten Mal wurde ihr bewusst, welch weitreichende Auswirkungen das Fehlen ihrer Mutter hatte. Sie, Darragh und ihr Vater mochten sie vermissen, doch ebenso sehr wurde ihr Wissen über die Magie vermisst. Acht Wochen ohne Veränderung. Sie fragte sich, wie lange es noch möglich sein würde, den Zustand ihrer Mutter geheim zu halten. Und wie lange es noch sinnvoll wäre. Zwischenfälle wie der mit Khardal würden womöglich bald häufiger vorkommen. Wer auch immer ihrer Mutter das angetan hatte, war vermutlich längst außerhalb ihrer Reichweite.

5

Skandar Khardal stürmte über den Burghof zum Stall. Nur unter Aufbietung all seiner Willenskraft konnte er sich davon abhalten, gegen einen der Futtereimer neben der Pferdetränke zu treten. Dem Wachmann, der ihm am Ausgang des Haupthauses seinen Waffengürtel zurückgegeben hatte, hätte er am liebsten die Faust ins Gesicht gedroschen. Dieser Blick! Als fürchtete er, Skandar könnte die Waffe ziehen und sich auf den König stürzen. Stattdessen hatte er den nur Waffengurt angelegt und war gegangen. Was hätte ihm sein Schwert auch gegen die Ignoranz des Königs geholfen?

Wie konnte der Mann sich so ungerührt zeigen angesichts des Schicksals seiner Untertanen! Seines Volks, das zu schützen er geschworen hatte!

Als Skandar noch ein Kind gewesen war, hatte er von allen Seiten nur Gutes über König Elathar gehört. Ein gerechter Mann sei er, der sich für die Belange seines Volkes einsetzte. Ein Besserer als all jene, die vor ihm auf dem Thron gesessen hatten. Dieser König, von dem die Leute in seiner Kindheit gesprochen hatten, konnte unmöglich derselbe Mann gewesen sein!

Er bemerkte, dass er die Hände noch immer zu Fäusten geballt hatte. Mühsam löste er die verkrampften Finger. Der König hatte die Toten nicht gesehen. Skandar schon. Er war in die Dörfer gegangen und hatte mit den Hinterbliebenen gesprochen, die ihn unter Tränen und von Verzweiflung erfüllt um Hilfe angefleht hatten. Er hatte das Entsetzen in den bleichen Gesichtern der Toten gesehen. Keine Spur von

Gewalt oder Krankheit, nur dieses Entsetzen. Als hätten sie kurz vor ihrem Ende etwas Grauenvolles gesehen. Manche waren allein gestorben, manche im Beisein anderer. Eines war immer gleich: Es hatte vorher keinerlei Anzeichen gegeben. Das Leben schien sie von einem Moment auf den anderen einfach verlassen zu haben.

Einige berichteten davon, einen Schatten gesehen zu haben. »Die Seele«, sagte einer. »Ich habe gesehen, wie seine Seele den Körper verließ.«

Ein anderer widersprach: »Das war keine Seele. Es war genau das, was du gesehen hast: nur ein Schatten.«

Die Worte hatten sich Skandar ins Gedächtnis gebrannt, und da er das, was vor sich ging, irgendwie benennen musste, nannte er es fortan *Schatten*.

Skandar bezweifelte ebenfalls, dass es sich bei dem, was der Mann gesehen hatte, um die Seele des Verstorbenen handelte. Vielmehr vermutete er darin die Todesursache. Auch wenn er noch immer nicht verstand, was wirklich passiert war. Wenn er all die Fragmente zusammenfügte, auf die er bisher gestoßen war, gab es für ihn nur eine Erklärung: Ein Schatten ergriff vom Körper eines Menschen Besitz und ließ eine leere Hülle zurück, sobald er ihn wieder freigab. Aber warum? Ernährte er sich von den Menschen? Zehrte er sie innerlich aus, und wenn es nichts mehr zu holen gab, suchte er sich ein neues Opfer?

Sein Verdacht, dass sich etwas der Körper dieser Menschen bemächtigte, war zur Gewissheit geworden, nachdem er sich die Augen eines Toten näher angesehen hatte. Zähflüssige, schwarze Schlieren hatten sich über die Pupille gezogen und im Augenwinkel wie Tränen gesammelt. Als hätte der Schatten beim Verlassen des Körpers einen Teil seiner Selbst zurückgelassen. Dieselben Schlieren hatten sich bei allen Opfern wiedergefunden.

Doch neben den Toten gab es auch Vermisste. Einige waren

andernorts wieder aufgetaucht – tot. Andere blieben verschwunden.

Die Spur der Toten und Vermissten zog sich durch ganz Maél, von den höchsten Bergen bis in den flachen Süden des Fürstentums. Manchmal handelte es sich um einzelne, manchmal um ein ganzes Dutzend, was Skandar auf den Gedanken brachte, dass es sich um mehr als einen Angreifer handeln musste. Je weiter er in den Süden kam, desto »dünner« wurde die Spur, die die Schatten hinterließen.

Auch ohne zu sehen, wie die Menschen beim Anblick der Toten das Zeichen gegen den bösen Blick machten, war ihm bewusst, dass hier Kräfte am Werk waren, denen nicht mit Stahl beizukommen war.

Natürlich hatten die Menschen sich zunächst an ihren Fürsten gewandt. Eyron hatte zugesagt, dass sich seine Männer der Sache annehmen würden. Nachdem jedoch immer weitere Todesfälle gemeldet worden waren, war Skandar misstrauisch geworden. In seinen Gesprächen mit den Leuten erfuhr er, dass Eyrons Soldaten zwar da gewesen waren und Fragen gestellt hatten, doch mehr war nicht geschehen. Sie hatten sich nicht einmal die Leichen angesehen.

Natürlich hatte er Eyron darauf angesprochen.

»Meine Männer haben sich umgehört«, hatte sein Bruder gesagt. »Es gibt keinerlei Anzeichen dafür, dass etwas nicht stimmt. Menschen sterben. Und manchmal können die Hinterbliebenen mit einem Verlust nur umgehen, wenn sie jemanden haben, den sie beschuldigen können. Sie flüchten sich in Aberglauben oder in Geschichten über Monster und Dämonen. Hysterie ist so ansteckend wie das Winterfieber. Plötzlich glaubt jeder, etwas gehört oder gesehen zu haben, wo es nichts zu hören oder zu sehen gab.«

»*Ich* habe ebenfalls etwas gesehen. Hältst du mich auch für hysterisch?«

Als er vor einigen Monaten nach Valin zurückgekehrt war,

hatte Eyron ihn mit offenen Armen empfangen. Nachdem die erste Unsicherheit verflogen war und sie Zeit gehabt hatten, sich wieder aneinander zu gewöhnen, war es zwischen ihnen beinahe wie früher gewesen, vor Yorens Tod. Eyron war zu einem umsichtigen Mann herangewachsen, der sich aufrichtig für die Belange des Volks zu interessieren schien. Umso weniger verstand Skandar, wie er etwas, das die Menschen derart verängstigte, einfach so beiseitewischen konnte. »Etwas passiert hier, und ich glaube, dass wir das Wissen eines Zauberers benötigen, wenn wir herausfinden wollen, was es ist. Lass mich nach Naranor reiten und mit der Königin sprechen. Hast du nicht selbst gesagt, dass sie schon vielen geholfen hat?«

»Du wirst niemanden mit dieser Angelegenheit belästigen! Schon gar nicht die Königin oder den König! Ich kümmere mich selbst darum.«

Kurz darauf war Eyron nach Naranor aufgebrochen, ohne dass Skandar die Gelegenheit gefunden hatte, ihm von den schwarzen Schlieren in den Augen der Toten zu erzählen. Es wäre ohnehin sinnlos gewesen, denn statt Rat bei der Königin zu suchen, hatte Eyron lediglich mit dem König darüber gesprochen, wer Maél künftig im königlichen Rat vertreten sollte.

Nicht lange nach Eyrons Rückkehr hatte es einen weiteren Todesfall gegeben. Als Skandar seinen Bruder aufgefordert hatte, endlich etwas zu unternehmen, war es zum Streit gekommen. Eyron hatte ihm vorgehalten, sich in Dinge einzumischen, die ihn nichts angingen. *Du bist hier nicht der Fürst!* Nachdem Eyron ihm deutlich gemacht hatte, dass er davon nichts mehr hören wollte, hatte Skandar beschlossen, die Sache selbst in die Hand zu nehmen.

Natürlich war er nicht sofort nach Naranor geritten, sondern hatte zunächst Hilfe in der Akademie des Bronn gesucht. Nachdem die Zauberer dort ihre Archive zurate gezogen und sich beratschlagt hatten, war er jedoch an die Königin verwiesen worden.

Erst ein paar Monate waren vergangen, seit Eyron ihn nach Maél zurückgeholt hatte. Und nur ein paar Monate hatte Skandar gebraucht, seinen Bruder zu hintergehen. Doch er hätte unmöglich länger stillhalten und nichts tun können, ganz gleich, was er seinem Bruder versprochen haben mochte.

Aber was hatte es ihm gebracht, abgesehen davon, dass er neben dem Zorn seines Bruders nun auch noch den des Königs auf sich gezogen hatte?

Am Stall angekommen stellte er fest, dass sich die Stallburschen nicht die Mühe gemacht hatten, sein Pferd abzusatteln. Nicht einmal die Packtaschen hatte jemand heruntergenommen. Offensichtlich war man davon ausgegangen, dass sein Aufenthalt nicht von langer Dauer sein würde. Skandar ignorierte die Blicke der Burschen. Blicke wie diese waren ihm seit seiner Rückkehr nach Tharennia nur zu vertraut. Er wusste genau, was sie einander zuflüsterten, sobald sie sich unbeobachtet wähnten. *Brudermörder. Eiskalt. Ohne Skrupel. Warum hat Fürst Eyron ihn zurückgeholt?* Mit ihrer Furcht hätte er umgehen können, doch sie fürchteten ihn nicht – sie hassten und verachteten ihn. Das traf ihn weit schlimmer, als ihre Angst es je gekonnt hätte.

Skandar griff nach den Zügeln seines Braunen, als ein Mann neben ihn trat. Er war vielleicht ein oder zwei Sommer älter als er selbst, die Gewänder waren unauffällig, aber edel. Es war nicht die Arroganz, die sich bei Skandars Anblick über die Züge des jungen Mannes legte, die verriet, mit wem er es zu tun hatte, sondern die Ähnlichkeit zu dessen Vater.

Skandar neigte das Haupt vor dem Thronfolger.

»Ich weiß, wer Ihr seid«, sagte der Prinz kalt.

»Dann wisst Ihr ja bereits alles, was es über mich zu wissen gibt, Hoheit.«

»Kommt nicht noch einmal hierher. Im Gegensatz zu

Eurem Bruder seid Ihr hier nicht willkommen.« Er kniff die Augen zusammen. »Am besten verlasst Ihr Tharennia gleich ganz.«

»Ich danke Euch für Euren Rat.«

Der Prinz schnaubte und ging ohne ein weiteres Wort davon. Skandar blickte ihm nachdenklich hinterher. Bei seiner Ankunft hatte er die Schwester des Prinzen auf dem Hof gesehen. Sie hatte mit jemandem gesprochen und im Gegensatz zu ihrem Bruder war sie freundlich und aufmerksam gewesen. Skandar runzelte die Stirn. Womöglich führte der Weg zur Königin über sie.

6

Skandar wusste, dass er innerhalb der Burgmauern nicht an die Prinzessin herankommen würde. Während er noch nachdenklich bei seinem Pferd stand, hörte er jedoch, wie der Stallmeister einem seiner Burschen zurief, dass die Prinzessin im Morgengrauen aufbrechen wolle und ihr Pferd dann bereitstehen müsse. *Sie kehrt wohl an die Akademie zurück.* Wenn er noch etwas erreichen wollte, war das seine Gelegenheit.

Er führte sein Pferd aus der Burg, die Hauptstraße entlang und durch das Stadttor hinaus. Sobald Naranor hinter ihm lag, saß er auf und folgte der Königsstraße bis zu einem Waldstück im Westen. Dort schlug er im Schutz der Bäume sein Lager auf. Während er auf den Morgen wartete und beobachtete, wie der Schweifstern über den Himmel zog, reifte ein Plan in ihm.

Er war lange vor Tagesanbruch auf den Beinen. Als die Sonne aufging, löschte er die kümmerlichen Überreste seines Lagerfeuers und ging zum Waldrand. Sein Pferd ließ er am Lagerplatz zurück.

Er postierte sich im Schutz der Büsche, die noch feucht vom Morgentau waren, und wartete. Mit jedem verstreichenden Augenblick schwand seine Geduld ein wenig mehr. Händler, Bauern und Reisende passierten sein Versteck, folgten der Königsstraße nach Naranor oder von der Stadt fort, doch die Prinzessin war nicht unter ihnen. Die Sonne war bereits ein gutes Stück weitergewandert und der Tau getrocknet, als er den Hufschlag mehrerer Pferde vernahm, die sich aus Richtung der Stadt näherten.

Schon bald kam ein Trupp Reiter in Sicht, Soldaten in der Uniform des Königs. Fünf Männer hatten die Spitze übernommen, fünf weitere die Nachhut, dazwischen ritt die Prinzessin, flankiert von zwei Kriegern und einem weiteren Reiter neben sich. Skandar fluchte, als er ihren Bruder erkannte. Ein paar Wachen hätten kein Problem für ihn dargestellt. Auch mit so einem großen Trupp wäre er schon irgendwie fertiggeworden, aber mit der Gegenwart ihres Bruders hatte Skandar nicht gerechnet. Sie stellte ein ernsthaftes Problem dar.

Er ließ den Trupp passieren und wartete, bis die Reiter außer Sicht waren, ehe er sein Pferd holte und ihnen folgte. Alles, was er brauchte, war ein Moment, in dem er die Prinzessin allein abfangen konnte.

Während der folgenden Stunden war ihm jedoch kein derartiger Moment vergönnt. Und auch während der nächsten Tage nicht. Bei Tag war die Prinzessin nie allein, und in den Nächten, die sie und ihr Trupp in den Gasthäusern am Wegesrand verbrachten, standen stets Wachen vor ihrer Tür. Da Skandar wusste, dass es verrückt wäre, durch das Fenster der Prinzessin einzusteigen und zu riskieren, dass sie Alarm schlug, blieb ihm keine andere Wahl, als ihr bis zur Akademie zu folgen.

Neun Tage waren sie unterwegs, neun Nächte, in denen er vergebens auf eine Gelegenheit wartete, an die Prinzessin heranzukommen. Am Nachmittag des zehnten Tages erreichten sie ihr Ziel. Die Akademie des Bronn grenzte an die südöstlichen Ausläufer des Heiligen Hains von Ereleah. Ein ungewöhnlicher Ort, wenn man die Geschichte des Waldes und der Akademie bedachte. Der Wald war einst der heiligste Ort für die Bronnéa, die Hüter des alten Glaubens, gewesen. Das meiste, das den alten Glauben ausgemacht hatte, war inzwischen in Vergessenheit geraten. Skandar wusste nur, dass die Bronnéa über Magie verfügt hatten, ihre Gabe jedoch weniger brutal und offensiv gewesen war als die der alten

Zauberer. Im Krieg der Fürsten gegen diese hatten die Bronnéa auf Seiten der Fürsten gestanden – und waren allesamt ums Leben gekommen. Die Königin, so erzählte man sich, war die einzige noch lebende Nachfahrin.

Mit dem Tod der Bronnéa hatten sich die Menschen vollends Airleas und Warian, den Göttern von Anfang und Ende, zugewandt und die Kirk Tharennae gegründet. Der alte Glaube war in Vergessenheit geraten.

Das Bauwerk, in dem sich heute die Akademie des Bronn befand, hatte in den Tagen, als der alte und der neue Glaube Seite an Seite existierten, das erste Kloster der Kirk beherbergt. Im Laufe der Jahrzehnte waren überall im Land neue Tempel und Klöster entstanden, viele in der Nähe der Städte. Die meisten Priester hatten das alte Kloster deswegen nach und nach verlassen. Lediglich eine Handvoll war geblieben. Als Königin Rissa vor zwanzig Jahren im Hohen Tempel vorgesprochen und den Erzabt darum gebeten hatte, ihr das alte Kloster am Rande des Heiligen Hains für die Akademie zur Verfügung zu stellen, hatte dieser sich einverstanden erklärt. Seither teilten sich die wenigen verbliebenen Priester das Anwesen mit den Zauberern und deren Schülern.

Eine drei Meter hohe Steinmauer umgab das Areal der Akademie. Dahinter erhob sich ein hufeisenförmiger Bau, der sich auf drei Seiten um einen Innenhof erstreckte. Als das Tor geöffnet wurde, um die Prinzessin und ihr Gefolge einzulassen, führte Skandar den Braunen zwischen die Bäume am Wegrand. Er ließ das Pferd an einen Strauch angebunden zurück und suchte sich im Schutz des Grüns einen Platz, von dem aus er das Tor im Auge behalten konnte. Früher oder später würde der Prinz mit den Soldaten nach Naranor zurückkehren. Dann wäre endlich Skandars Stunde gekommen.

7

Als der alte Priester sein Maultier hinter sich aus dem Dorf führte, vertiefte ein zufriedenes Lächeln die Furchen in seinem Gesicht. Wie sehr würden sich seine Ordensbrüder freuen, wenn sie sahen, wie viel Fleisch, Wein und Mehl er gegen die geflochtenen Körbe aus der Klosterwerkstatt hatte eintauschen können. Vor allem der Wein würde seine Brüder entzücken. Die Straße war trocken und staubig, sodass er die Augen zusammenkneifen musste, um sie vor dem aufwirbelnden Sand zu schützen. Vielleicht merkte er deshalb nicht, dass er nicht mehr allein war. Vielleicht war er auch nur zu sehr mit seinen Gedanken beschäftigt, um seiner Umgebung genügend Beachtung zu schenken. Was auch immer der Grund dafür sein mochte, er bemerkte die Gestalt nicht, die ihm folgte. Ein Krieger, könnte man auf den ersten Blick vermuten, doch der Mann, der sich dem Priester näherte, war so viel mehr als das.

Als die Bäume des Heiligen Hains näher an den Straßenrand heranrückten und den Weg in Zwielicht hüllten, verließ der Verfolger die Straße und trat zwischen die Bäume. Durch das Dickicht vor aufmerksamen Blicken verborgen, streifte er den Körper ab, den er getragen hatte, ließ ihn wie ein überflüssiges Kleidungsstück zu Boden gleiten und labte sich für einen Moment an der Lebenskraft, die er beim Verlassen des Körpers mit sich nahm. Die Energie durchströmte sein Sein bis in die letzte Faser. Das Gefühl würde nicht lange anhalten, das hatte er inzwischen gelernt. Doch schon bald würde er es erneut spüren. Und dann wieder und wieder und wieder. Bis zu dem Tag, an dem *ER* ihm zurückgeben würde, was sein war: jenen Leib, der einmal ihm gehört hatte und der, lange zu Staub zerfallen, unerreichbar geworden war. *ER* würde dafür sorgen, dass das nicht so blieb.

Der Schatten wusste, dass sich im Schutz der Bäume noch andere verbargen, die waren wie er. Gekleidet in Körper, die nicht die ihren waren, hielten sie sich verborgen, bis er seinen Auftrag erfüllt hatte.

Bedauernd dachte er an den starken Körper, den er zwischen den Bäumen zurückgelassen hatte, während er sich dem Priester von hinten näherte. Das Maultier wurde unruhig und begann zu bocken, doch als der Priester ihn bemerkte, war es bereits zu spät. Mühelos drang der Schatten in den welkenden Leib und drängte das Bewusstsein des Priesters in einen Winkel seines Geistes zurück. Ein Stärkerer hätte zumindest versucht, sich zur Wehr zu setzen. Auch wenn es ihm nichts geholfen hätte.

Gelenkt vom Willen des Schattens ging der Priester zu jener Stelle, an der der Leichnam zurückgelassen am Waldrand lag. Er bückte sich, löste zwei kleine Lederfläschchen vom Gürtel des toten Kriegers und nahm sie an sich. Mit einem letzten bedauernden Blick auf diesen starken Körper wandte er sich ab, holte das Maultier und setzte seinen Weg zum Kloster fort. Der Körper des Alten war überaus nützlich, um zu tun, was *ER* ihm aufgetragen hatte. Wenn getan war, was getan werden musste, würde der Schatten diese Hülle hinter sich lassen und sich einen kräftigeren Körper wählen.

Nachdem *ER* bei der Königin nicht gefunden hatte, wonach *ER* suchte, hatte *ER* seinen Schatten den Auftrag erteilt, die Kinder der Königin zu überprüfen. Anfangen sollten sie bei dem Mädchen, von dem bekannt war, dass sie über die Gabe der Magie verfügte.

Niemand, auch nicht der Krieger, der sich gegenüber der Burg im Wald verbarg und das Tor beobachtete, schöpfte Verdacht, als der alte Priester an das Tor klopfte. Während er darauf wartete, dass man ihm öffnete, blickte der Alte zum Himmel. Die Nacht war nicht mehr fern. Seine runzlige Hand tätschelte die Fläschchen an seinem Gürtel. Nicht mehr lange. Auf der anderen Seite des Tors wurde der Querbalken zur Seite geschoben, dann öffnete sich einer der beiden Flügel, um ihn einzulassen. Seine Brüder hießen ihn willkommen, ohne zu ahnen, welche Gefahr sie mit ihm in ihre Mauern ließen. Lächelnd trat der Priester mit seinem Maultier durch das Tor.

8

Ein Geräusch weckte Rayne. Schritte auf dem Gang, Türen, die geöffnet und wieder geschlossen wurden. Nichts, was sie nicht schon tausend Mal gehört hätte, wenn ihre Mitschüler sich für die Nacht in ihre Kammern zurückzogen. Etwas allerdings war anders als sonst. Doch sie konnte nicht sagen, was es war.

Sie wollte die Augen öffnen, aber es gelang ihr nicht. Es war, als hätte ihr jemand einen Stein auf jedes Lid gelegt. Sie fühlte sich völlig zerschlagen, doch ihre Müdigkeit konnte unmöglich von der Reise kommen. Bei den Göttern, wie oft war sie schon zwischen Naranor und der Akademie hin- und hergereist? Natürlich war sie müde gewesen, aber doch nicht so sehr, dass sie die Augen kaum noch aufbekam.

Nach ihrer Ankunft war Darragh gerade so lange geblieben, wie es gedauert hatte, die Pferde zu tränken und zu füttern. Auch er und seine Männer hatten eine Stärkung zu sich genommen, Meister Partans Einladung, die Nacht über zu bleiben, hatte Darragh jedoch abgelehnt. Es war förmlich zu spüren gewesen, wie es ihn nach Naranor zurückzog. Schon während der Reise war Rayne seine Zerrissenheit nicht entgangen. Einerseits hatte er sie um nichts in der Welt allein reisen lassen wollen, zugleich aber wollte er für ihren Vater da sein und ihn unterstützen.

Sie hatten sich verabschiedet, und Rayne war, nachdem sie sich gewaschen und ein sauberes Kleid angezogen hatte, sofort in die Bibliothek gegangen. Schon nach kurzer Zeit hatte sie einen Stapel Bücher zusammengetragen, von dem sie sich erhoffte, etwas Hilfreiches darin zu finden. Sie hatte die Bücher in ihre Kammer gebracht, sich aufs Bett gesetzt und zu lesen begonnen.

Schließlich gelang es ihr doch, die Augen zu öffnen. In der Kammer war es dunkel. Das einzige Licht stammte vom Mond, dessen bleicher Schein durch die Fensteröffnung hereinfiel. *Der Mond.* Rayne blinzelte verwirrt. Als sie nach dem Abendessen, das sie vor Ungeduld kaum angerührt hatte, in ihre Kammer zurückgekehrt war, war es noch hell gewesen. So wie der Mond jetzt stand, musste es inzwischen fast Mitternacht sein. Das Buch, in dem sie zuletzt gelesen hatte, lag neben ihr auf dem Kopfkissen, die anderen waren vom Bett auf den Boden gerutscht. Soweit sie zurückdenken konnte, war sie noch nie so früh über einem Buch eingeschlafen. *Merkwürdig.* Sie wollte die Bücher aufsammeln und ordentlich zur Seite legen, doch ihr fielen schon wieder die Augen zu.

Draußen auf dem Gang kamen die Schritte näher. Noch während die Müdigkeit sie erneut übermannte, fragte Rayne sich, was damit nicht stimmte. Dann war sie wieder eingeschlafen.

Etwas zupfte an ihrer Energie. Zerrte daran, als versuchte es, sie zu fassen zu bekommen. Doch die Energie entwand sich dem Griff wie ein Aal.

»Es funktioniert nicht«, raunte jemand. »Wir müssen sie mitnehmen.«

Das war ein Traum. Es musste ein Traum sein. Andernfalls hätte es bedeutet, dass die Geräusche, die sie vom Gang her vernommen hatte, von Eindringlingen stammten. Eindringlinge, die eine Kammer nach der anderen abgesucht hatten – und nun in ihrer waren!

Neben ihr sank die Matratze ein.

Rayne riss die Augen auf. Absolute Finsternis hüllte sie ein, tief und undurchdringlich. Sie kämpfte gegen die Panik an, als sie begriff, dass das, was sie im ersten Moment für Finsternis gehalten hatte, der Schatten eines Mannes war, der sich über sie beugte.

»Sie ist wach!«

Rayne setzte zu einem Schrei an. Eine kalte Hand schloss sich über ihren Mund und erstickte jeden Laut. Doch es war nicht die Hand allein, die ihr die Stimme nahm. Etwas Bösartiges bemächtigte sich ihrer. Eine beinahe greifbare Dunkelheit, die von den Fingern auf ihren Lippen über ihren Hals nach unten kroch, unter ihre Haut drang und sich wie eine unsichtbare Hand um ihre Stimmbänder schloss. Noch einmal versuchte Rayne, zu schreien. Doch die Dunkelheit hatte ihre Stimme ausgelöscht.

»Gib dir keine Mühe«, zischte der Mann. Sein Speichel sprühte ihr ins Gesicht. »Mein Zauber hat deine Stimmbänder gelähmt.«

Allmählich hatten sich ihre Augen an die Dunkelheit gewöhnt, sodass sie den Kerl, der sich noch immer über sie beugte, besser erkennen konnte. Sein Gesicht war grobschlächtig und pockennarbig, das dunkle Haar kurz geschoren, wie es bei Soldaten oft der Fall war. Er roch nach Schweiß und Leder. Doch dieser Mann war kein Soldat, zumindest trug er keine Uniform, und sie konnte auch sonst keinerlei Wappen auf seiner Kleidung erkennen. Der Lederrüstung nach zu schließen, die sie unter ihren Fingern spürte, als sie versuchte, ihn von sich zu stoßen, war er vermutlich ein Söldner. Auch wenn sie es aus ihrem Blickwinkel nicht sehen konnte, trug er mit Sicherheit ein Schwert. Alles, was sie hatte, waren ein Dolch – unerreichbar, auf dem Schreibtisch unter dem Fenster – und ihre Magie.

Sie hörte auf, sich gegen seinen Griff zu wehren, und nutzte den Moment seiner Überraschung, um nach ihrer Energie zu greifen.

Doch da war nichts!

Abgesehen von der Müdigkeit fühlte sie sich nicht körperlich ausgelaugt, es konnte also unmöglich sein, dass der Angreifer ihr ihre Energie entrissen hatte. Wie konnte das sein? Sie versuchte es noch einmal, tastete mit allen Sinnen nach der Kraft, auf die sie für gewöhnlich mit einem beiläufigen Gedanken zugreifen konnte.

Nichts.

Der Kerl über ihr grinste. »Suchst du deine Energie, Prinzesschen?« Ein Schwall schlechten Atems fuhr ihr mit jedem seiner Worte ins Gesicht. »Wir haben euch nicht *nur* einen Schlaftrank ins Essen gemischt. Wir wollen doch nicht, dass hier eine Horde Zauberer herumläuft, die uns mit ihren Kunststückchen im Weg umgehen.«

Schlaftrank. Deshalb also die bleierne Müdigkeit. Und dazu offenbar etwas, das sie von ihrer Energie abschnitt. Wie lange? Stunden? Tage? Für immer? Bei dem Gedanken, womöglich nie wieder auf ihre Kräfte zugreifen zu können, erfasste Rayne eisige Angst. Wieder wollte sie schreien. Und wieder kam kein Laut über ihre Lippen.

»Genug gespielt«, sagte ein anderer, der außerhalb ihres Blickfelds stand. »Schick sie schlafen, dann nehmen wir sie mit.«

Der Mann über ihr zog einen Dolch. Rayne riss die Augen auf. Dass er die Waffe umdrehte, um sie mit einem Hieb mit dem Griff außer Gefecht zu setzen, machte es nur unwesentlich besser. »Ein bisschen Kopfschmerzen wirst du schon aushalten«, sagte er und holte aus.

Rayne drückte ihren Kopf so weit ins Kissen zurück, wie sie konnte. Für den Söldner musste es aussehen, als versuchte sie, seinem Schlag zu entgehen. In Wahrheit aber holte sie Schwung. Mit aller Kraft fuhr sie nach oben und rammte ihm ihre Stirn gegen die Nase. Noch etwas, das Dainn ihr beigebracht hatte. Beim Kampf Stirn gegen Nase gewann stets der härtere Knochen, und das war für gewöhnlich die Stirn.

Rayne hatte es noch nie versucht, und obwohl sie wusste, dass der Aufprall hart sein würde, traf der Schmerz sie unerwartet stark. Sie blinzelte gegen die Tränen an, die ihr in die Augen traten, riss ihr Knie hoch und stieß es ihrem Gegner zwischen die Beine.

Er gab sie nicht frei, doch sein Griff lockerte sich weit genug, dass sie sich ihm entwinden konnte. Sie schlüpfte unter ihm hindurch und sprang auf. Die Nachwirkung des Schlaftranks ließ sie taumeln, und dort, wo sie mit dem Kopf des Söldners zusammengeprallt war, breitete sich ein dumpfes Pochen hinter ihrer Stirn aus. Trotzdem hielt sie nicht inne. Während sein Kamerad sich noch mühte, auf die Beine zu kommen, bekam der andere sie an den Haaren zu fassen und riss sie zurück. Rayne stolperte, stemmte sich dann gegen den Griff und warf sich nach vorne. Schmerz breitete sich wie Feuer über ihre Kopfhaut aus, als ein ganzes Büschel Haare in seiner Hand zurückblieb. Dann war sie frei, und der Kerl, der sie mit ganzer Kraft an den Haaren zurückgezogen hatte, taumelte nach hinten.

Mit drei Schritten erreichte Rayne die Tür und stürzte auf den Gang hinaus. Sie wollte um Hilfe rufen, doch ihre Stimmbänder waren noch immer gelähmt. Nach allem, was die Kerle gesagt hatten, gab es ohnehin niemanden, der ihr helfen konnte. Die gesamte Akademie befand sich im Tiefschlaf.

Ihre Schritte waren noch immer unsicher, als sie den Gang entlanglief, trotzdem drosselte sie ihr Tempo nicht. Aus ihrer Kammer drangen die aufgebrachten Stimmen der Männer an ihr Ohr. Rayne rannte.

Im Vorüberlaufen glitt ihr Blick über die holzvertäfelten Wände, auf der Suche nach etwas, das sie als Waffe benutzen konnte. Zu Hause hätte sie Zierschwerter, Hellebarden oder Streitäxte an den Wänden gefunden. In Nischen hätten alte Rüstungen gestanden, die sie ihren Verfolgern hätte in den Weg werfen können. Doch dies war keine Burg, sondern ein

Kloster und eine Schule. Hier gab es nicht einmal Fackelhalter. Aus Angst, die Flammen könnten die Holzvertäfelung in Brand setzen, mussten sich die Schüler nachts mit Laternen ihren Weg suchen. Alles, was sie hier an den Wänden fand, waren Wandteppiche und Banner, nichts davon eignete sich als Waffe, sofern man nicht versuchen wollte, seinen Gegner mit Staub zu ersticken.

Ihre Verfolger waren nun ebenfalls auf dem Gang. Rayne bog um eine Ecke und verschwand aus ihrer Sicht. Ein paar Meter weiter erreichte sie einen Durchgang und folgte ihm in ein enges, gewundenes Treppenhaus aus Stein. Mit einer Hand an der Außenwand abgestützt, folgte sie den unregelmäßigen Stufen der Wendeltreppe nach unten. Es dauerte nicht lange, bis sie ihre Verfolger über sich hörte. Doch auch von unten waren jetzt Geräusche zu vernehmen. Stimmen und Schritte. Lange Schatten wuchsen an den Wänden empor, zum Leben erweckt vom flackernden Schein der Fackeln, die die Männer trugen. Vor ihr tat sich ein Durchgang auf. Rayne übersprang die letzten beiden Stufen und hetzte auf den Gang hinaus. Nach dem Zwielicht im Treppenhaus brauchte sie einen Moment, um sich in der plötzlichen Dunkelheit zu orientieren. Unwillkürlich tastete sie nach dem Sonnenmedaillon um ihren Hals. Eine Berührung konnte die Dunkelheit vertreiben. Doch die Gefahr, dass das Licht ihre Verfolger auf sie aufmerksam machte, war zu groß. Widerstrebend ließ sie ihre Hand sinken und rannte weiter. Wenn das Glück ihr gewogen war, würden ihre Verfolger erst bemerken, dass sie das Treppenhaus verlassen hatte, wenn die Männer von oben auf die von unten stießen.

In unvermindertem Tempo stürmte sie den Gang entlang. Noch immer fand sich nichts, das als Waffe getaugt hätte. Für einen Moment spielte sie mit dem Gedanken, sich in einer der Kammern ihrer Mitschüler zu verstecken. Abgesehen davon jedoch, dass sie fürchtete, jemanden mit ihrer Anwesenheit in

Gefahr zu bringen, gefiel ihr der Gedanke nicht, festzusitzen. Die bloße Hoffnung, dass niemand sie dort finden würde, war nicht genug.

Rayne wusste, dass der Gang einige Meter entfernt eine weitere Biegung machen und schließlich zu einem weiteren Treppenhaus führen würde. Dieses Mal wollte sie nach oben gehen. Wenn sie es unbemerkt bis in den Dachstuhl schaffte, konnte sie sich dort verstecken. Oder sich über das Dach in den Flügel der Priester retten, in den die Söldner womöglich nicht vorgedrungen waren.

Rayne rannte um die Ecke und prallte gegen eine Wand aus Muskeln. Obwohl der Zusammenstoß ihr die Luft aus der Lunge presste, kam noch immer kein Laut über ihre Lippen. Halb durch die Wucht des Aufpralls, halb vor Schreck taumelte sie zurück. Einen Herzschlag lang hoffte sie, einen der Meister oder einen ihrer Mitschüler zu erblicken, das Aufblitzen des Schwertes in der Hand ihres Gegenübers zerschlug ihre Hoffnung jedoch. Sie wich zurück, wollte kehrtmachen und ihr Glück nun doch in einer der Schlafkammern versuchen, als sie am Handgelenk gepackt und zurückgezogen wurde.

»Bleibt hier!«

Die Stimme ließ sie herumfahren. Erschrocken starrte sie Khardal ins Gesicht. Aber es waren nicht Eyrons freundliche Züge, sondern das zornige Antlitz seines Bruders, das ihr entgegenblickte. Im Mondschein wirkte er noch finsterer als bei Tageslicht! Sie wollte sich losreißen, doch sein Griff war unnachgiebig.

»Hört auf!«, zischte der Nordländer. »Sie sind überall. Wenn Ihr nicht still seid, werden sie uns finden.«

Rayne hielt inne und blinzelte. Gehörte er etwa nicht zu den Söldnern? Was tat er dann hier? Sie hatte so viele Fragen, doch noch immer gelang es ihr nicht, sich zu artikulieren.

9

Skandar nahm sich einen Moment Zeit, um die Prinzessin, die ihm so unerwartet in die Arme gelaufen war, zu mustern. »Seid Ihr verletzt?«

Sie schüttelte den Kopf.

»Gut. Kommt, wir müssen hier raus!« Statt nach ihrem Handgelenk griff er dieses Mal nach ihrer Hand und zog sie mit sich, in die Richtung, aus der sie gekommen war. Doch sie rührte sich nicht. Mit einem Ruck an seiner Hand brachte sie ihn dazu, stehen zu bleiben. »Was?«

Sie deutete mit dem Kinn den Gang entlang und schüttelte den Kopf.

Skandar runzelte die Stirn. »Nicht da entlang?«

Sie nickte.

»Doch?«

Kopfschütteln.

»Verflucht, macht den Mund auf!«

Bevor sie Gelegenheit zu einer Antwort fand, vernahm er die Schritte und Stimmen, die hinter der Ecke im Gang laut wurden. Schon auf seinem Weg nach oben war er immer wieder gezwungen gewesen, die Söldner zu umgehen. Gut zwei Dutzend hatte er gezählt, als sie durch das offen stehende Tor in die Akademie eingedrungen waren. Zwei Dutzend, die sich offenbar überall im Gebäude verteilt hatten.

Er brachte seinen Mund dicht an das Ohr der Prinzessin. »Wo entlang?«, flüsterte er.

Sie deutete in die Richtung, aus der er gekommen war. Das gefiel ihm nicht, denn auch dort waren Söldner gewesen.

Trotzdem nickte er. Sie rannten los, und Skandar entging nicht, dass sie die ersten beiden Schritte mehr stolperte als lief. Er zog fragend die Augenbrauen hoch, doch sie wedelte nur mit der freien Hand und bedeutete ihm, weiterzulaufen.

Tatsächlich fing sie sich nach ein paar Metern und schaffte es, mit ihm Schritt zu halten. Sie waren noch nicht weit gekommen, als Skandar weitere Stimmen vernahm. Dieses Mal von vorne.

Die Prinzessin zerrte an seiner Hand und zwang ihn erneut, stehen zu bleiben. Als er sich zu ihr umdrehte, wies sie auf einen Alkoven auf der anderen Seite des Ganges.

»Das scheint mir kein sonderlich gutes Versteck zu sein.« Im Mondschein war die Nische leicht auszumachen. Sie glaubte doch nicht ernsthaft, dass die Kerle vorbeilaufen würden, weil sie sie für Statuen hielten. Diese Männer mochten keine Gelehrten sein, das hieß jedoch nicht, dass sie Idioten waren.

Sie streifte seine Hand ab und lief zu der Nische. Wie erwartet, war sie darin bestens zu sehen. Ihre Finger tasteten über die Holzvertäfelung und einen Moment später öffnete sich eine schmale Tür. Sie winkte Skandar zu sich und schlüpfte hindurch.

Ein Teil von ihm hatte gehofft, dass sie ihn in ein verborgenes Treppenhaus führen würde, doch es war nur eine leere Abstellkammer, voller Spinnweben und so winzig, dass er mit ausgestrecktem Arm die gegenüberliegende Wand berühren konnte. Die Prinzessin schloss die Tür und die Kammer versank in Finsternis. Skandar spürte ihre Wärme neben sich.

»Wer sind diese Männer?«, flüsterte er, und abermals erntete er nur Schweigen. »Verdammt! Hat Euch der Schrecken die Sprache verschlagen?«

Er hätte gerne abzuschätzen versucht, ob sie noch Herrin ihrer Sinne war oder ob sie bald hysterisch heulend zusammenbrechen würde. Doch in der Dunkelheit konnte er nichts weiter tun, als ihrem Atem zu lauschen, und daran vermochte er ihren Zustand nicht abzulesen. Die Heftigkeit ihrer Atemzüge konnte sowohl dem Umstand geschuldet sein, dass sie gerannt war, als auch von einer nahenden Panikattacke künden.

Was, im Namen aller Dämonen, ging hier vor? Was wollten diese Söldner hier? Wie kam es, dass die Prinzessin mitten in der Nacht vollkommen angekleidet war? Und warum sprach sie kein Wort? Er hatte auf dem Burghof in Naranor doch gehört, wie sie mit jemandem gesprochen hatte!

Er suchte noch nach einem Weg, etwas aus ihr herauszubekommen, als draußen Stimmen laut wurden.

»Ausschwärmen!«, rief jemand. »Ich will das Mädchen!«

Ein Gewirr aus Stimmen und Schritten war zu hören, Skandar schätzte, dass es fünf oder sechs Männer sein mussten, die sich jetzt vor ihrem Versteck auf dem Gang befanden. Zu viele, um es mit ihnen aufzunehmen. Zumindest, wenn es sich vermeiden ließ.

Seit er in Naranor angekommen war, entwickelten sich die Dinge nicht, wie er es geplant hatte. Erst hatte der König ihn abgewiesen, dann hatte er die Freude einer Begegnung mit dem Thronfolger gehabt, und schließlich war er der Prinzessin tagelang durchs Land gefolgt, ohne an sie heranzukommen. Dass ihr Bruder nicht lange nach ihrer Ankunft mit seinen Soldaten wieder abgezogen war, war der erste Lichtblick gewesen.

Skandar hatte entschieden, der Prinzessin bis zum Morgen Zeit zu geben, sich zu erholen, und sein Lager in Sichtweite des Tors, hinter Büschen und Bäumen verborgen, aufgeschlagen. Nicht lange nach Einbruch der Dunkelheit tat sich plötzlich etwas. Der alte Priester, den er am Nachmittag mit einem Maultier gesehen hatte, öffnete das Tor und trat einen Schritt nach draußen. Ein kurzer Blick nach allen Seiten, ein schriller Pfiff, dann kehrte er in die Akademie zurück. Das Tor ließ er offen.

Von seinem eigenen Besuch hier wusste Skandar, dass

weder die Priester noch die Zauberer der Akademie Hilfesuchenden den Einlass verwehrten. Dennoch waren sie nicht so naiv, ihre Tore offen stehen zu lassen. Nichts Gutes ahnend, behielt er die Straße im Auge. Er musste nicht lange warten, bis sich auf der anderen Seite, kurz vor der nächsten Biegung, die Umrisse mehrerer Männer aus dem Dickicht schälten. Zwei Dutzend Krieger, allesamt mit Schwertern bewaffnet und gerüstet. Ohne große Eile waren sie durch das Tor gegangen und außer Sicht verschwunden. Skandar nahm sein Schwert und folgte ihnen in sicherem Abstand.

Er dankte den Göttern, dass er erst vor Kurzem hier gewesen war und sich deswegen zumindest grob zurechtfand. Obwohl es spät war, versuchte er sein Glück zunächst im Gemeinschaftsraum der Akademie. Erst dachte er, der große Raum mit seinen Tischen und Sesseln und dem gewaltigen Kamin sei verlassen, dann jedoch entdeckte er einen älteren Mann, vermutlich einen Lehrer, und ein paar Plätze weiter ein junges Mädchen. Sie waren in ihren Sesseln zusammengesunken und rührten sich nicht. Einen Moment lang fürchtete er, es könnte sich bei dem Mädchen um die Prinzessin handeln, als er jedoch näher kam, erkannte er, dass es eine Fremde war. Seine Versuche, die beiden zu wecken, scheiterten. Ihr Schlaf war von derartiger Tiefe, dass er unmöglich natürlichen Ursprungs sein konnte. Mit einem unguten Gefühl ließ Skandar die beiden zurück und machte sich auf die Suche nach der Prinzessin.

Niemand schien die Eindringlinge zu bemerken, niemand schlug Alarm. Tür um Tür öffnete er, ohne etwas anderes zu finden als verlassene Räume oder Menschen im Tiefschlaf. Immer wieder war er gezwungen, die Söldner zu umgehen oder sich vor ihnen zu verbergen, während er sich weiter voranarbeitete. In einem Gang fand er einen Mann, niedergestreckt von einer Klinge. Offenbar hatte er nichts von dem abbekommen, das alle anderen in Schlaf versetzt hatte.

An einer Ecke wäre er um ein Haar in zwei Söldner hineingelaufen. Er konnte gerade noch umkehren. Kurz darauf war er mit der Prinzessin zusammengestoßen.

Auf dem Gang vor ihrem Versteck war es inzwischen still geworden. Skandar beugte sich vor, legte ein Ohr an die Tür und lauschte. Als er noch immer nichts hörte, tastete er nach dem Riegel und öffnete vorsichtig die Tür einen Spaltbreit. Das Schwert kampfbereit, spähte er nach draußen. Sie waren fort.

Er trat einen Schritt in die Kammer zurück und flüsterte der Prinzessin ins Ohr: »Wir müssen hier raus. Könnt Ihr mich führen?«

Sie gab ein Krächzen von sich. Dann spürte er ihre Finger um seine Hand und einen kurzen Druck. *Ja.*

»In Ordnung, Ihr zeigt mir den Weg, und wenn uns jemand begegnet, dann haltet Euch hinter mir. Verstanden?«

Wieder ein Druck gegen seine Hand.

Nachdem er sich noch einmal vergewissert hatte, dass niemand mehr da war, trat er auf den Gang und bedeutete der Prinzessin, ihm zu folgen.

10

Rayne führte Khardal zu einem Treppenhaus. Doch statt den offensichtlichen Weg nach unten zu nehmen, lief sie die Stufen hinauf. Einmal mehr musste sie das Verlangen unterdrücken, nach der Kristallsonne an ihrem Hals zu greifen. *Die Dunkelheit ist unser stärkster Verbündeter!* Sie folgten unzähligen Gängen, schlugen immer wieder Umwege ein, wenn sie Stimmen oder Schritte auch nur zu hören glaubten. Zweimal waren sie gezwungen, sich in einer Schlafkammer zu verstecken, um die Söldner draußen passieren zu lassen. Da die Türen nur angelehnt waren, vermutete Rayne, dass sie hier bereits nach ihr gesucht hatten. Trotzdem verlangte der Nordländer, dass sie sich versteckte, während er selbst mit erhobenem Schwert hinter der Tür Posten bezog.

Während sie warteten, nahm Rayne sich die Zeit, ihn zu mustern. Aufrecht und konzentriert stand er da, bereit, jederzeit zuzuschlagen. Im schwachen Mondschein zeichnete sich die Narbe auf seiner Wange wie eine dunkle Linie ab. Seine Miene war angespannt, der Blick entschlossen. Jede seiner Bewegungen kündete von der Effizienz eines geübten Kriegers. Auch wenn sie nicht wusste, was er hier zu suchen hatte, war er im Augenblick ihre beste – und einzige – Hoffnung. Da er bisher keinerlei Anstalten gemacht hatte, ihr etwas anzutun, sie im Gegenteil sogar beschützte, sah sie keinen Grund, ihm – zumindest für den Moment – nicht zu vertrauen.

Sobald der Weg wieder frei war, verließen sie ihr Versteck und eilten weiter. Nicht sprechen und lediglich mit Blicken und Gesten ausdrücken zu können, was sie sagen wollte, war erstaunlich anstrengend. Nach wie vor verspürte sie den Klammergriff des Zaubers um ihre Kehle, und abgesehen von einzelnen Krächzlauten, die sich als wenig hilfreich erwiesen, war sie noch immer nicht imstande zu sprechen. Ihr blieb keine andere Wahl, als Khardal jedes Mal am Arm zu ziehen, wenn sie ihn auf etwas aufmerksam machen wollte, oder ihn mit Gesten in die Richtung zu lenken, die sie einschlagen mussten. Erklärungen oder Fragen waren unmöglich. Es war nervtötend! Ganz besonders, weil er sie dabei ansah, als sei sie eine Schwachsinnige.

In einem Gang wären sie beinahe mit Talina, einer ihrer Mitschülerinnen, zusammengestoßen. Das Mädchen war nicht beim Abendessen gewesen, was erklärte, warum es nicht schlief. Talina hielt abrupt inne, als sie Rayne erkannte. Für den Bruchteil eines Augenblicks machte sich Erleichterung in den Zügen des Mädchens breit. Dann fiel ihr Blick auf Khardals Schwert und sie machte abrupt kehrt und rannte davon. Rayne wollte ihr nachrufen, wollte ihr sagen, dass sie keine Angst vor dem Nordländer zu haben brauchte. Doch einmal mehr ließ ihre Stimme sie im Stich. Als sie Talina hinterherlaufen wollte, hielt Khardal sie zurück.

»Wenn Ihr dem Mädchen folgt und sie vor Angst zu schreien beginnt, wird sie uns damit an die Söldner verraten.«

Diese Gefahr bestand, trotzdem konnte Rayne unmöglich zulassen, dass Talina den Männern in die Hände fiel. Sie wollte sich aus Khardals Griff befreien, doch seine Finger hatten sich so unnachgiebig wie ein Eisenband um ihren Arm gelegt. Rayne spürte ein Summen in sich, gefolgt von einem Prickeln, das durch ihren Arm in ihre Fingerspitzen lief. Ihre Energie! Sofort streckte sie ihre Sinne danach aus. Es war nicht viel, kaum mehr als ein Schatten ihrer gewöhnlichen Kräfte, doch sie war da. Womöglich würde sie ausreichen, um Khardals Griff zu lösen. Aber was dann? Würde sie ihn stehen lassen, um Talina zu folgen? Würde sie ihn und sich in Gefahr bringen?

Rayne atmete einmal tief durch und ließ die Energie zur Ruhe kommen. Als sie schließlich nickte, gab Khardal sie frei.

Ihr Götter, sorgt dafür, dass Talina sich in Sicherheit bringt!

Sie arbeiteten sich auf Umwegen weiter nach unten. Immer wieder tastete Rayne nach ihrer Energie, vergewisserte sich, dass sie noch da war. Niemals zuvor war es so tröstlich gewesen, ihre Gabe zu spüren, auch wenn sie im Augenblick kaum genug Kraft hatte, um einen Lufthauch auszulösen.

Schließlich erreichten sie die Küche. Rayne ging an den großen Kaminen vorbei, die noch die Hitze des Feuers abstrahlten, und blieb vor einer Tür stehen.

»Ist das der Weg nach draußen?«, fragte Khardal leise.

Sie nickte und lauschte einen Moment. Als auf der anderen Seite nichts zu hören war, schob sie den Riegel zurück und öffnete die Tür einen Spaltbreit. Ein Schwall frischer Nachtluft drang in die Küche und wischte die letzten Nachwirkungen des Schlaftranks fort. Aus dem Küchengarten stieg ihr der Geruch von Kräutern in die Nase.

Rayne führte Khardal nach draußen. Sie befanden sich im hinteren Teil der Anlage, dicht an der Außenmauer. Die Priester hatten entlang des etwa drei Meter breiten Streifens, der das Haupthaus von der Mauer trennte, Beete angelegt, in denen sie Kräuter und Gemüse zogen. Mit Khardal dicht auf ihren Fersen ging sie an den Beeten entlang, auf die Vorderseite der Akademie zu. An der Ecke des Haupthauses blieben sie erneut stehen. Keine zwanzig Meter zu ihrer Linken lag das Tor. Zu ihrer Rechten führte ein überdachter Gang an der Innenseite des hufeisenförmigen Haupthauses um einen großen Hof herum. Rayne beugte sich vor und spähte in den Gang hinein. Überall herrschte dieselbe gespenstische Stille. Für sie war die Akademie immer ein Ort voller Leben gewesen, erfüllt von Diskussionen, Unterhaltungen und Gelächter. Jetzt jedoch waren die Mauern tot und leer.

Sie hoffte, dass ihre Mitschüler und Meister in ein paar Stunden unversehrt erwachen würden, doch die Stille erschien ihr wie ein böses Omen.

Warum waren diese Männer hier? Was wollten sie?

Ich will das Mädchen!, hatte einer von ihnen gesagt. Dem Verhalten der beiden in ihrer Kammer nach zu schließen, war *sie* dieses Mädchen. Was, wenn sie floh und diese Männer aus Wut darüber alle anderen umbrachten? Das durfte nicht passieren! Die Priester und Meister, ihre Mitschüler … Rayne hielt inne und wandte sich Khardal zu, der ihren Blick fragend erwiderte. Wie sollte sie ihm ohne Worte vermitteln, worum sie ihn bitten wollte? Sie legte sich die Hände an die Wange und tat, als schliefe sie. Dann deutete sie auf das Tor. *Wir müssen die Schlafenden fortbringen.*

Khardal zog eine Augenbraue in die Höhe. Rayne wiederholte die Geste, nachdrücklicher dieses Mal, und bevor sie auf das Tor zeigte, wies sie auf das Gebäude.

Dieses Mal hatte er verstanden. »Wir haben es selbst kaum unbemerkt hierhergeschafft«, sagte er leise. »Lasst uns verschwinden. Wenn diese Kerle Euch nicht finden, werden sie abziehen, und niemandem wird etwas geschehen.«

Er ging an ihr vorbei, doch Rayne hielt ihn zurück und zwang ihn, sich noch einmal zu ihr umzuwenden. Sie wusste, dass er recht hatte – es wäre nahezu unmöglich, alle unbemerkt aus der Akademie zu bringen. Trotzdem fiel es ihr schwer, diese Menschen, mit denen sie in den letzten Jahren ihr Leben geteilt hatte, die zu einer zweiten Familie für sie geworden waren, einfach zurückzulassen.

Können wir nichts tun?, fragte sie mit ihrem Blick.

Khardal schien sie zu verstehen. »Es tut mir leid, aber es sind einfach zu viele.«

Nach allem, was sie bisher beobachtet hatte, waren die Männer nicht einzeln unterwegs, sondern immer in Gruppen. Zu versuchen, sie auszuschalten, wäre in der Tat Wahnsinn.

Rayne seufzte. Sie wollte ihm gerade ein Zeichen geben, weiterzugehen, als sie ein paar Meter hinter ihm eine Gestalt am Tor ausmachte. Im ersten Moment dachte sie, es wäre ein weiterer Söldner, dann jedoch löste sich der Mann aus dem Schatten der Mauer, und sie erkannte Bruder Albus. Rayne war erleichtert und besorgt zugleich, ihn zu sehen. Erleichtert, dass der Schlaftrank bei ihm offenbar ebenso wenig Wirkung zeigte wie bei ihr, und besorgt, weil er sich hier draußen in großer Gefahr befand. Wusste er überhaupt von den Eindringlingen?

Der alte Priester hatte sie ebenfalls gesehen. Bei Khardals Anblick griff er in die Falten seiner Robe und zog einen Dolch hervor. Im ersten Moment fragte sie sich, woher er einen Dolch hatte – die Priester waren friedliche Männer, von denen keiner Zeit seines Lebens eine Waffe in Händen gehalten hatte –, dann wurde ihr bewusst, dass das nur eines bedeuten konnte: Er wusste von den Eindringlingen und er hielt Khardal für einen von ihnen.

Mit einer wilden Geste versuchte sie, Bruder Albus von einem Angriff abzuhalten, doch der Priester achtete gar nicht auf sie. Ihre Energie summte und rauschte im Rhythmus ihres Herzschlags durch ihren Körper. Rayne kämpfte um Worte, rang darum, ihre Stimme dem Gefängnis der fremden Magie zu entreißen, und plötzlich, als hätte jemand ihre Fesseln abgestreift, war sie frei.

»Nein! Nicht!« Im selben Moment, in dem der Ruf über ihre Lippen kam, fuhr Khardal herum und riss sein Schwert hoch. Die Klinge blitzte im Mondschein auf, als er zustieß. Nein! Er sollte Albus doch nicht angreifen! Der Priester hielt ihn doch nur für einen Eindringling!

»Nicht«, stieß sie noch einmal hervor und erkannte noch im selben Moment, dass es zu spät war. Das Schwert bohrte sich in den Brustkorb des alten Priesters. Der Dolch entglitt seiner Hand. Blankes Entsetzen zeichnete Bruder Albus' Züge.

Für einen Moment sah es aus, als wollte er fragen, was passiert war. Dann sackte er zu Boden.

Fluchend kniete Khardal neben dem Bruder nieder, das blutige Schwert noch immer in der Hand, und drehte ihn auf den Rücken. Ein feucht glänzender dunkler Fleck breitete sich auf seiner Brust aus. Bruder Albus' Blick war gebrochen, das Leben hatte seinen Körper verlassen, und lediglich das verzerrte Gesicht erinnerte noch an das Entsetzen, das ihn in den letzten Momenten seines Lebens erfüllt haben musste.

»Ihr habt einen Unschuldigen umgebracht!«

Khardal musterte sie mit gerunzelter Stirn, als wollte er fragen, warum sie plötzlich wieder sprechen konnte. Dann schüttelte er den Kopf. »Er war ein Verräter«, sagte er ruhig.

»Er hat Euch für einen von denen gehalten und nur versucht, mich zu beschützen.« Ihre Stimme war fest und klar. »Bruder Albus war ein harmloser Priester.« Er war ein netter Mann gewesen, einer, der einem Humpen Bier ebenso wenig widerstehen konnte wie einer guten Geschichte. Kein anderer hatte so gerne und viel gelacht und gesungen, wie er.

»Ich habe gesehen, wie er das Tor geöffnet hat, um die Söldner einzulassen«, sagte Khardal.

»Niemals! Nicht er.«

»Kommt her! Seht Euch das an.« Als Rayne näher kam, sagte er: »Seine Augen, seht Ihr diese dunklen Schlieren?«

Sie beugte sich herab und betrachtete das Auge des Bruders, dessen Lid der Nordländer zurückgezogen hatte. Ein dunkler Film schimmerte auf dem Augapfel, wie Lampenöl, das jemand in Wasser gegossen hatte.

»Was ist das?« Sie beugte sich noch ein Stück weiter nach vorne, dabei berührte sie den Arm des Bruders.

Die Wirklichkeit verschwamm. Rayne sah sich die Straße entlanggehen, ein Maultier hinter sich herführend. Sie war gut gelaunt, denn sie hatte viel für die Körbe bekommen. Auf den Rotwein freute sie sich besonders. Ein guter Tropfen, der nicht nur ihr, sondern auch den Brüdern vorzüglich munden würde. Sie sah an sich herab. Ihr Blick glitt über die braune Robe, hinab zu den einfachen Sandalen, da begriff sie, dass sie nicht sie selbst war. Sie steckte im Körper eines Fremden, nein, keines Fremden: Es war Bruder Albus' Körper, in dem sie steckte. Oder vielmehr in seiner Erinnerung. *Der Erinnerung eines Toten.* Das Maultier wurde unruhig. Als sie – nein, Bruder Albus – versuchte, es zu beruhigen, bemerkte er eine Bewegung im Augenwinkel. Er wandte den Kopf, doch es war zu spät. Die Dunkelheit kam über ihn, und als er seinen Weg fortsetzte, war er nicht länger er selbst.

Rayne riss die Hand zurück. Die Bilder verschwanden und sie kniete wieder über dem Leichnam des Priesters. Blinzelnd sah sie Khardal an, versuchte herauszufinden, ob er etwas bemerkt hatte. Doch sein Blick war unverändert auf den Bruder gerichtet.

Was auch immer gerade mit ihr geschehen war, konnte kaum länger als einige Herzschläge gedauert haben. Und doch hatte sich Albus' Anblick verändert. Dunkelheit kroch aus den Poren des Bruders und zog sich auf seiner Haut zusammen. Mit einem Mal war sie sich sicher, dass es dieselbe Dunkelheit war, die sich seiner zuvor bemächtigt hatte. Nur, dass sie jetzt seinen toten Körper verließ.

»Was ist das?«, fragte sie noch einmal und wich zurück.

»Er war nicht er selbst. Das ist …« Khardal verstummte, als Schritte hinter ihnen erklangen, und sprang auf. »Schnell! Zum Tor!«

Er verpasste ihr einen Stoß und Rayne setzte sich in Bewegung. Sie rannten, ohne nach links oder rechts zu sehen. Alle Vorsicht war vergessen. Dies war ihre letzte Hoffnung, zu entkommen.

Unzählige Fragen schwirrten Rayne wie ein Pfeilhagel durch den Kopf, sie drängte sie alle zurück und rannte. Sie stürmten durch das Tor, auf die Straße hinaus, und jedes Mal, wenn sie einen Fuß auf den Boden setzte, erwartete sie, hinter sich Rufe zu hören, die davon kündeten, dass sie entdeckt worden waren.

Der Nordländer lief zwei Schritte vor ihr, das blutige Schwert noch immer in der Hand, und wies ihr den Weg. Sie folgte ihm über die Straße und zwischen die Büsche. Bäume und Sträucher flogen an ihr vorbei, nichts weiter als dunkle Schatten, deren Umrisse sich vor dem Mondlicht abhoben. Immer wieder stolperte sie über Wurzeln und Unebenheiten, einmal fiel sie auf die Knie, sprang aber sofort wieder auf und rannte weiter. Der Weg erschien ihr endlos, obwohl sie nicht weit gelaufen sein konnten, denn hinter sich vernahm sie noch immer die Stimmen der Söldner, gedämpft durch die hohe Mauer.

Schließlich erreichten sie ein Pferd, das gesattelt auf einer Lichtung stand. Khardal steckte sein Schwert weg. Rayne stieß einen unterdrückten Schrei aus, als er sie packte. Er hob sie auf den Pferderücken, schwang sich hinter ihr in den Sattel und trat dem Tier in die Flanken.

Rayne dankte allen Göttern für den Mondschein, andernfalls hätten sie sich vermutlich beide das Genick gebrochen, als sie zwischen den nachtschwarzen Bäumen hindurchpreschten, über Wurzeln und umgestürzte Baumstämme hinweg, bis Khardal das Tier endlich auf die offene Straße trieb.

Mit einem Mal hatte Rayne Mühe, ihre Erschöpfung in Zaum zu halten. Ihre Gedanken drehten sich noch immer wild im Kreis. Immer wieder sah sie sich um, auf der Suche nach Verfolgern. Schon bald hatte sie jedes Zeitgefühl verloren, es mochten Stunden oder auch erst Minuten vergangen sein, als der Nordländer das Pferd von der Straße in den Heiligen Hain von Ereleah lenkte. Zwischen den dicht stehenden Bäumen kamen sie nur noch langsam voran, und immer wieder mussten sie sich ducken, um tief hängenden Ästen auszuweichen. Zweige schrammten ihr über Arme und Gesicht und zerrten an ihren Haaren, als Khardal das Tier immer tiefer in den Wald trieb.

Auf einer Hügelkuppe erhaschte sie einen Blick über die Baumwipfel des Eichenhains hinweg. Dort, wo die Akademie lag, erblickte sie einen zuckenden, orangen Schein am Nachthimmel. Bei den Göttern! Sie hatten das alte Kloster in Brand gesteckt!

»Es tut mir leid«, sagte Khardal leise.

Stumme Tränen rannen ihr über die Wangen. Waren sie alle tot? Gestorben in ihren Betten, betäubt von einem Schlaftrank, den jemand nur ihretwegen ins Essen gemischt hatte? Ihr wurde eiskalt.

Auch als sie die Hügelkuppe längst hinter sich gelassen hatten und der Himmel, ebenso wie der Schein des Feuers, hinter dem Blätterdach nicht länger auszumachen war, brauchte sie nur die Augen zu schließen, um das Echo der Flammen zu sehen.

Sie sind meinetwegen gestorben.

Und noch etwas war in den Flammen gestorben: Die Hoffnung, in den Archiven Hilfe für ihre Mutter zu finden.

In einer Senke, im Schutz einiger großer Felsbrocken, zügelte Khardal schließlich das Pferd und saß ab. »Wir rasten hier.«

Rayne glitt aus dem Sattel, bevor er sie herunterheben konnte. Der Gedanke, dass er sie berührte, erschien ihr mit einem Mal unerträglich. Noch immer sah sie vor sich, wie er sein Schwert in Bruder Albus' Brust gestoßen hatte. *Mörder.*

Sie wandte sich ab, um ihre Miene zu verbergen. Das Moos unter ihren Stiefeln war weich und nachgiebig, sodass sie unmöglich hätte sagen können, ob es am Boden oder an ihren zitternden Beinen lag, dass sich ihre Schritte so unsicher anfühlten.

Khardal reichte ihr eine Decke aus seiner Packtasche. »Ich halte Wache«, sagte er. »Versucht zu schlafen.« Er kletterte auf einen Felsen und setzte sich.

Rayne ließ sich auf dem Boden nieder, mit möglichst viel Abstand zu dem Nordländer, aber nicht so weit entfernt, dass er protestiert hätte, und rollte sich unter der Decke zusammen. Erschöpft schloss sie die Augen, die noch immer von den Tränen brannten.

Sie war dankbar, dass Khardal da gewesen war, um sie zu retten. Ohne ihn wäre sie den Söldnern womöglich nicht entkommen. Trotzdem bekam sie Bruder Albus' Blick nicht aus dem Kopf. Ebenso wenig wie die Leichtigkeit, mit der Khardal diesen harmlosen Mann getötet hatte. Kaltblütig und ohne auch nur zu versuchen, den Priester zu entwaffnen oder zu überwältigen. Die Bilder aus ihrer Vision tauchten wieder vor ihren Augen auf. *Einen harmlosen Mann, mit dem etwas Böses geschehen war*. Sie verscheuchte den Gedanken und rollte sich auf die Seite. Und wenn Bruder Albus tausendmal, wie der Nordländer behauptete, das Tor geöffnet und die Söldner hereingelassen hatte, hatte er deswegen wirklich den Tod verdient?

Jemand, dem das Töten so leicht fiel, war gefährlich. *Brudermörder*, hallte der Name in ihren Gedanken wider, den die Leute ihm gegeben hatten.

Natürlich war er gefährlich. Sie musste ihn loswerden. Und zwar schnell.

Ihr Blick wanderte zu Khardal, der sich aufmerksam umsah. Zu wachsam, um sich davonzuschleichen. Sie musste warten, bis er eingenickt war, dann würde sie sein Pferd nehmen und verschwinden.

Erneut begannen ihre Gedanken, sich im Kreis zu drehen. Wieder und wieder sah sie das Gesicht des Söldners vor sich, der sich über sie gebeugt hatte. Sie erinnerte sich an das Gefühl von Dunkelheit, das ihr unter die Haut gekrochen war und ihr die Stimme genommen hatte. Es war dieselbe Art von Magie gewesen, deren Nachhall sie auch im Körper ihrer Mutter gefunden hatte. Vermutlich dieselbe Magie, die auch

Bruder Albus verändert hatte. Die Magie des Söldners war weit weniger mächtig gewesen, weshalb Rayne nicht glaubte, dass es sich um denselben Angreifer handelte, aber sie war erfüllt von der gleichen boshaften Dunkelheit.

Ihr Vater musste dringend erfahren, was sie gesehen und gespürt hatte. Wenn es ihm gelang, diese Söldner zu fassen, konnten sie ihn womöglich zu demjenigen führen, der ihre Mutter angegriffen hatte.

Während sie darauf wartete, dass der Nordländer einschlief, glaubte sie zu spüren, dass die Wirkung des Trankes – oder was immer es gewesen war, das sie von ihrer Energie abschnitt – weiter nachließ.

Sie spürte dumpfen Ärger in sich aufsteigen. All die Übungsstunden auf dem Kampfplatz waren vollkommen nutzlos gewesen! Sie hatte nichts, aber auch gar nichts gegen diese Männer ausrichten können. Selbst, wenn sie in die Nähe ihres Dolchs gekommen wäre, bezweifelte sie, dass es ihr viel geholfen hätte. Nicht einmal ihre Magie hatte sie einsetzen können. Stattdessen war sie davongerannt wie ein Hase.

Unwillkürlich fragte sie sich, was ihre Lehrer und Mitschüler getan hätten. Wären sie nicht betäubt und ihrer Kräfte beraubt gewesen, hätten sie dann ihre Prinzipien fahren lassen und sich mit ihrer Magie zur Wehr gesetzt? Ein paar von ihnen vielleicht. Die Mehrheit allerdings hätte entweder darauf beharrt, mit ihrer Gabe niemanden etwas zuleide zu tun, oder gar nicht gewusst, *was* sie damit gegen die Angreifer ausrichten sollten, weil sie es nie gelernt hatten.

Es dämmerte bereits, als Khardal endlich einnickte. Rayne wartete noch eine Weile, um sicherzugehen, dass er auch wirklich schlief und nicht nur kurz die Augen geschlossen hatte, ehe sie die Decke zur Seite schlug und aufstand.

Sie hatte das Pferd beinahe erreicht, da vernahm sie seine Stimme: »Wo wollt Ihr hin?«

Als sie sich umwandte, war er bereits von dem Felsen gesprungen und stand vor ihr. »Ich wollte nur sehen, ob Ihr Wasser oder etwas zu essen in den Satteltaschen habt.«

Rayne tastete nach ihrer Energie. Es war, als versuchte man einen zu dicken Faden durch ein Nadelöhr zu ziehen; sie konnte die Energie spüren, sie vor ihrem inneren Auge sehen, doch was sie zu fassen bekam, war nicht mehr als eine einzelne Faser. Zu wenig, um damit etwas ausrichten zu können. Auf der Suche nach einer Alternative entdeckte sie aus dem Augenwinkel einen dicken Ast auf dem Boden neben sich.

Khardal musterte sie eingehend. »Ja natürlich«, sagte er. »Wie geht es Euch?«

Nachdem die Bilder von Bruder Albus' Tod sie die ganze Nacht über verfolgt hatten, traf die Freundlichkeit seines Mörders sie unvorbereitet. »Mir fehlt nichts.«

Sein Blick ruhte noch immer auf ihr, wanderte von ihren zerzausten Haaren, in denen Blätter und kleine Zweige hingen, über ihr zweifelsohne schmutziges Gesicht und das rostrote Kleid voller Erd- und Grasflecken, ehe er ihr wieder in die Augen sah. »Ich muss gestehen, dass Ihr nicht wie eine Prinzessin ausseht.«

»Ihr auch nicht.« Die Worte waren ihr entschlüpft, ehe sie sie zurückhalten konnte.

Plötzlich grinste der Nordländer und sah gar nicht mehr bedrohlich und einschüchternd aus. *So lange, bis er sein Schwert wieder in der Hand hat.* Es half nichts, den Moment länger hinauszuzögern. Sie richtete ihren Blick auf eine Stelle über seiner Schulter. »Bei den Göttern!«, rief sie. »Sie haben uns gefunden!«

Khardal fuhr herum.

Rayne bückte sich blitzschnell und hob den Ast auf.

»Da ist niemand.«

In dem Augenblick, in dem er sich wieder zu ihr herumdrehte, holte sie aus und schlug zu. Sie sah den Unglauben in seinem Blick. Sah, wie er versuchte, auszuweichen. Dann krachte der Ast gegen seinen Schädel und schickte ihn wie einen gefällten Baum zu Boden.

Rayne löste den Zügel des Braunen, schwang sich in den Sattel und ritt davon, ohne sich noch einmal umzudrehen.

11

Rayne widerstand dem Impuls, das Pferd aus dem Wald zurück auf die Straße nach Naranor zu treiben. Einer der Söldner hatte sie *Prinzesschen* genannt, und sie hielt es für unwahrscheinlich, dass er diesen Namen nur zufällig ausgewählt hatte. Diese Männer wussten, wer sie war, und wenn sie noch immer nach ihr suchten, würden sie in Richtung Naranor reiten, in der Hoffnung, sie auf dem Weg dorthin abzufangen.

Die nächste Garnison war mehrere Tagesritte entfernt, das nächstgelegene Fürstenhaus noch weiter. Abgesehen davon bestand durchaus die Gefahr, dass ihre Verfolger sich aufteilten und nicht nur die Straße nach Naranor im Auge behielten.

Da sie nicht wusste, was sie sonst tun sollte, trieb sie den Braunen tiefer in den Wald. Niemand würde auf die Idee kommen, dass sie sich hier versteckte, statt Hilfe zu suchen. Inzwischen war die Sonne aufgegangen, doch unter den Eichen war es kühl und schattig. Von Zeit zu Zeit verirrten sich ein paar Sonnenstrahlen durch das dichte Blätterdach und zeichneten helle Linien auf den Boden. Rayne ritt zwischen den Bäumen hindurch, ohne sich umzusehen. Sie hoffte, dass Khardal – falls sie ihn nicht umgebracht hatte – die Verfolgung bald aufgeben und nach Valin zurückkehren würde. Was wollte er ohne Pferd noch ausrichten?

Immer wieder kehrten ihre Gedanken zu den Söldnern zurück. Im Dämmerschlaf glaubte sie gespürt zu haben, wie einer nach ihrer Energie gegriffen, sie jedoch ebenso wenig zu fassen bekommen hatte wie sie selbst. War es das, was sie von ihr wollten? Ihre Energie? Oder hatten sie nur sichergehen wollen, dass sie sich nicht mit ihrer Magie zur Wehr setzen konnte? Hatte Darragh am Ende recht? Steckte derselbe geheimnisvolle Zauberer, der ihre Mutter angegriffen hatte, auch hinter dem Angriff auf die Akademie? Suchte er jetzt bei ihr, was er bei ihrer Mutter nicht hatte finden können? Beinahe mit jedem Schritt, den sie das Pferd tiefer in den Wald trieb, wurden ihre Fragen mehr. Die Antworten jedoch blieben aus, ganz gleich, wie sehr sie sich auch den Kopf zerbrach. Als sie am Abend auf einer Lichtung ihr Lager aufschlug, war sie der Lösung des Rätsels keinen Schritt näher gekommen.

Nachdem sie das Pferd versorgt hatte, sammelte sie Holz und errichtete eine kleine Feuerstelle. Glücklicherweise gelang es ihr jetzt wieder, ganz normal auf ihre Energie zuzugreifen, sodass sie das Feuer mit ihrer Magie entzünden konnte. Andernfalls hätte sie vermutlich die halbe Nacht dafür gebraucht. Wenn sie mit ihren Brüdern auf der Jagd gewesen war, hatten diese sich jedes Mal über sie lustig gemacht, weil sie es einfach nicht schaffte, ohne ihre Magie ein Feuer zu entfachen.

Obwohl Rayne gewusst hatte, dass ihre Energie noch da war und sie auch von Stunde zu Stunde mehr davon gespürt hatte, wurde ihr erst jetzt wirklich bewusst, wie groß ihre Angst gewesen war, sie für immer verloren zu haben. Als die winzige Flamme in ihrer Hand aufzüngelte, mit der sie das trockene Holz in der Feuerstelle in Brand steckte, hätte sie vor Erleichterung fast geweint.

In Khardals Satteltaschen fand sie unter anderem einen Wasserschlauch, etwas Proviant, einen Dolch in einer Scheide, den sie an ihren Gürtel steckte, und einen Umhang. Nachdem sie die Decke bei ihrer Flucht hatte zurücklassen müssen, wickelte sie sich für die Nacht darin ein und zog sich die Kapuze über den Kopf. Der Geruch nach Holzrauch stieg aus dem Stoff empor, gepaart mit einer anderen, würzigeren Note, die sie nicht zuzuordnen vermochte, von der sie sich aber unwillkürlich fragte, ob das *sein* Geruch war.

Zum wiederholten Mal drängte sich ihr die Frage auf, warum er überhaupt in der Akademie gewesen war. Nachts und mit einem Schwert bewaffnet. Er mochte nichts mit den Eindringlingen zu schaffen haben, trotzdem hatte er dort nichts zu suchen gehabt. Warum also?

Konnte es etwa sein, dass …? Sie wusste nur das über ihn, was sie von anderen gehört, und das wenige, was sie selbst gesehen hatte. Nichts davon sprach für ihn. Nur zu deutlich erinnerte sie sich daran, wie wütend er aus dem Thronsaal gestürmt war, nachdem ihr Vater ihn zum Gehen aufgefordert hatte. Einer wie er war zu allem imstande. Ganz bestimmt gab er nicht so einfach auf. Und offensichtlich glaubte er, einen Weg gefunden zu haben, die Aufmerksamkeit ihres Vaters zu erzwingen: Der Brudermörder war gekommen, um sie zu entführen!

Vielleicht hatte Darragh recht gehabt und der Schweifstern war wirklich ein böses Omen. Wie sonst ließen sich all die Dinge erklären, die während der letzten Wochen geschehen waren? Siebzehn Jahre lang war ihr Leben friedlich gewesen, ohne Sorgen und Probleme – und plötzlich schienen sie überall zu lauern.

12

Nach zwei weiteren Tagen entschied Rayne, dass es an der Zeit war, nach Hause zurückzukehren. Sie hielt sich im Wald, bis sie sein südöstliches Ende erreichte. Erst dann verließ sie den Schutz der Bäume. Statt jedoch den Weg über die Königsstraße zu nehmen, ritt sie an der Küste entlang und mied dabei die Fischerdörfer und die wenigen Gasthäuser am Wegesrand. Für den Fall, dass die Söldner auch hier nach ihr suchten, wollte sie lieber niemandem begegnen, der sich später an sie erinnerte. Ihr Nachtlager schlug sie stets abseits der Wege auf, im Schutz von Bäumen, Klippen oder Felsen. Sie lebte von den restlichen Vorräten aus Khardals Satteltaschen und von Wurzeln und Beeren, die sie am Wegesrand fand. Hätte sie nicht fürchten müssen, als allein reisende Frau aufzufallen, hätte sie längst ein Gasthaus aufgesucht, eine warme Mahlzeit zu sich genommen und eine Nacht in einem richtigen Bett verbracht. Schlimmer noch als die Nächte unter freiem Himmel war jedoch die Einsamkeit. Sie war es gewohnt, Menschen um sich zu haben. Die Stille, die nun schon seit Tagen ihr einziger Begleiter war, wurde immer erdrückender.

Als die Küste schließlich unwirtlicher und rauer wurde und die Siedlungen weiter ins Landesinnere rückten, endete die Uferstraße, und Rayne war gezwungen, ihren Weg über die Königsstraße fortzusetzen. Sie zog sich die Kapuze ins Gesicht und senkte den Kopf, wann immer sie jemandem begegnete. Meistens waren es Händler, die aus Naranor kamen, gelegentlich auch einzelne Reisende. Niemand sprach sie an, und niemand schenkte ihr lange genug Beachtung, um ihr Misstrauen zu wecken.

Sechs Tage nachdem sie den Wald verlassen hatte, machte sie in einiger Entfernung vor sich eine große Staubwolke aus. Die Wolke bewegte sich auf sie zu und schon bald vernahm Rayne schnellen Hufschlag. Waren das die Söldner, die auf der Königsstraße nach ihr suchten? Ebenso gut konnte es ein Trupp königlicher Soldaten sein, der sich auf dem Weg zur Garnison nördlich der Drei Seen befand. Da sie das erst herausfinden würde, wenn die Reiter in Sichtweite kamen – und das bedeutete, dass sie Rayne dann im Gegenzug ebenfalls sehen konnten –, entschied sie, dass sie nicht riskieren wollte, den Falschen in die Arme zu laufen. Sie lenkte den Braunen von der Straße und versteckte sich hinter einer Felsformation, bis die Reiter vorbei waren. Da sie von ihrem Versteck aus die Straße nicht sehen konnte, ließ sie noch einige Zeit verstreichen, ehe sie ihren Weg fortsetzte, für den Fall, dass es eine Nachhut gab.

Die Felsen waren für lange Zeit die letzte Deckung, die sich am Wegesrand bot. Während der nächsten Stunden führte die Straße durch offenes Gelände, vorbei an Wiesen und Feldern. Auf der Suche nach einem geschützten Platz für ein Nachtlager ritt Rayne, bis die Dämmerung hereinbrach und die untergehende Sonne den Horizont in rotes Licht tauchte. Endlich erreichte sie ein Waldstück, musste jedoch rasch feststellen, dass sie nicht die Einzige war, die zwischen den Bäumen Schutz suchte. Schon aus einiger Entfernung erkannte sie den Schein eines Lagerfeuers. Sie saß ab, nahm das Pferd am Zügel und wollte es in weitem Bogen daran vorbeiführen, als der Wind die Fetzen einer Unterhaltung zu ihr herübertrug. Rayne hielt inne und lauschte. Sie vermochte die Worte auf die Entfernung nicht zu erkennen, die Stimmen hingegen schon.

Da sie kein Risiko eingehen wollte, ließ sie das Pferd zurück und schlich näher an das Lager heran. Noch bevor sie die beiden Gestalten sah, die da am Feuer saßen, wusste sie, dass sie sich nicht geirrt hatte. Wie immer, wenn sie nicht gerade in offizieller Mission unterwegs waren, trugen sie weder Uniform noch Wappen oder Rangabzeichen. Sie trat an den Rand der Lichtung. »Dainn! Bär! Was macht ihr denn hier?«

Die beiden Männer sprangen auf. Dainn zog sein Schwert, Bär hatte die Hand am Griff, bereit die Waffe jederzeit zu ziehen. Beide starrten sie an, als hätten sie einen Geist gesehen.

»Ich bin es. Rayne.«

»Langsam«, sagte Dainn. »Komm ganz langsam zwischen den Bäumen hervor. Keine falsche oder schnelle Bewegung.«

Rayne runzelte die Stirn, folgte aber den Anweisungen. Sobald sie im Feuerschein stand, schnappte Bär nach Luft. »Du bist es wirklich!«

»Natürlich«, brachte sie gerade noch hervor, da stand er auch schon vor ihr und zog sie in eine Umarmung, die ihr die Luft aus der Lunge presste. Als er sie schließlich wieder freigab, sah sie den feuchten Schimmer in seinen Augen, dann fand sie sich auch schon in Dainns Umarmung wieder. Nachdem auch er sie wieder losgelassen hatte, standen die beiden stumm da und starrten sie an.

»Ich weiß ja, dass es eine Überraschung sein muss, mich hier zu sehen, aber mit so einer Begrüßung habe ich trotzdem nicht gerechnet? Was ist denn los?«

»Was los ist?«, schnappte Dainn. »Er hat gesagt, du wärst tot! Du und alle aus der Akademie und dem Kloster!«

»Ein Mädchen aus der Akademie ist dem Feuer entkommen«, erklärte Bär. »Sie ist auf einen Trupp aus der Garnison südlich der Drei Seen gestoßen. Von dort kam ein Bote mit der Nachricht zu deinem Vater.«

»Vater denkt, ich sei tot?« Rayne wurde übel. Erst die Krankheit ihrer Mutter und jetzt das! Sie hätte sich nicht tagelang im Wald verstecken dürfen. Sie hätte nach Hause reiten und ihn von seiner Qual erlösen müssen. Andererseits hatte sie ja einen guten Grund gehabt, sich zu verstecken.

Dainn erzählte, dass das Mädchen mitten in der Nacht aufgewacht sei und Eindringlinge in der Akademie bemerkt habe. Sie habe versucht, die anderen zu wecken, doch es war ihr nicht gelungen. »Dann ist sie dir begegnet, in der Gewalt eines dieser Männer. Sie war überzeugt davon, dass er dich umgebracht hat.«

Talina, schoss es Rayne durch den Kopf, als sie sich an die Begegnung mit dem Mädchen erinnerte und daran, wie sie davongelaufen war. Wenigstens war sie noch am Leben.

Während Bär ihr Pferd holte und absattelte, ließ sich Rayne am Feuer nieder. Dainn gab ihr Brot und Trockenfleisch, das sie hungrig verschlang. Nachdem Bär das Pferd versorgt hatte, setzte er sich zu ihnen.

»Was ist passiert, Rayne?«

»Ich bin aufgewacht, als jemand in meiner Kammer war«, begann sie und erzählte, wie die Söldner ihr die Stimme genommen und sie verfolgt hatten. Und wie sie auf Khardal gestoßen war.

Bär schlug sich mit der Faust in die Handfläche. »Darragh hatte recht! Als der Bote die Beschreibung des Mannes wiedergab, wusste er sofort, dass es der Brudermörder gewesen sein muss! Erwartet er etwa, deinen Vater mit einem Massaker umzustimmen?«

Natürlich, Talina hatte Khardal und sie gesehen. Ein Mann mit einer auffälligen Narbe im Gesicht. Kein Wunder, dass Darragh sofort ihn in Verdacht hatte. »Er war keiner von den Angreifern«, widersprach Rayne. »Er hat mich beschützt. Ohne ihn wäre ich vermutlich nicht entkommen.« Sie fuhr mit ihrem Bericht an der Stelle fort, an der sie auf den Nordländer gestoßen war, und erzählte, wie sie gemeinsam entkommen waren. »Einer der Mönche hat den Söldnern die Tore geöffnet. Khardal hat es gesehen und ist ihnen gefolgt.«

Dainn hob zweifelnd eine Augenbraue. »Und was wollte Khardal in der Akademie, wenn er keiner von denen war?«

»Ich glaube, er wollte mich entführen.«

Die beiden Männer wechselten einen überraschten Blick. Plötzlich grinste Dainn. »Entführungen haben in deiner Familie offenbar Tradition. Dein Vater hat deine Mutter damals auch entführt, um freien Abzug für uns zu erpressen. Was daraus geworden ist, weißt du ja.«

Rayne verdrehte die Augen. »Nur weil Vater einst Mutter verschleppt und später geheiratet hat, heißt das noch lange nicht … Abgesehen davon ist er der falsche Khardal. Er ist nicht Eyron.«

»Und wo ist er jetzt?«

Sie zuckte die Schultern und deutete auf das Pferd. »Der Braune gehört ihm. Vermutlich sitzt er irgendwo und bedauert seine wund gelaufenen Füße.« Sofern ihr Schlag ihn nicht umgebracht hatte. »Wie geht es Vater?«

»Nachdem er dich für tot hält? Was glaubst du wohl?« Bär schnaubte. »Darragh hat es beinah genauso schwer genommen. Er hat einen Trupp zusammengestellt und ist aufgebrochen, um Khardal aufzuspüren. Es ist eigentlich ein Wunder, dass du ihm nicht begegnet bist, er war uns nur einen halben Tag voraus.«

Rayne dachte an die Reiter zurück, vor denen sie sich am Vormittag versteckt hatte. Das musste Darragh gewesen sein und sie hatte ihn einfach vorüberreiten lassen. Wenn sie nur ein bisschen mutiger gewesen wäre und zur Straße gespäht hätte! Dann wüsste er jetzt, dass sie am Leben war. »Er jagt Khardal? Aber er war nicht derjenige, der die Akademie überfallen und niedergebrannt hat!«

»Nur, dass Darragh das nicht weiß.«

Rayne verspürte den Impuls, den Nordländer vor dem Zorn ihres Bruders zu schützen. Immerhin verdankte sie ihm ihr Leben. Andererseits hatte er auch versucht, sie zu entführen. Aber Darragh würde ihn ohnehin nach Naranor bringen, damit ihm der Prozess gemacht werden konnte. Es genügte also, wenn sie ihrem Vater alles erzählte. Er würde auch dafür sorgen, dass Darragh umgehend erfuhr, dass sie am Leben war.

Eine Weile starrte sie nachdenklich ins Feuer. Ihre Gedanken waren bei Darragh und ihrem Vater, und sie wünschte sich nichts sehnlicher, als die beiden so schnell wie möglich in die Arme schließen zu können. Noch einmal griff sie nach dem Wasserschlauch und trank.

»Ich bin mir ziemlich sicher, dass diese Söldner aus der Akademie etwas mit Mutters Angreifer zu tun haben.« Sie beschrieb den beiden, was sie in der Magie des Söldners gespürt hatte. »Es war nicht derselbe Mann, dafür war seine Magie nicht mächtig genug. Aber ich bin mir sicher, dass sie gemeinsame Sache machen.« Es wäre schon ein ziemlicher Zufall, wenn zweimal eine ähnliche Form von Magie auftauchte, der sie in ihrem ganzen Leben noch nie begegnet war, und das in keinem Zusammenhang stand.

»Das muss dein Vater dringend erfahren«, stimmte Bär zu. »Du musst wirklich so schnell wie möglich nach Naranor.«

»Ich? Kommt ihr denn nicht mit?«

Dainn schüttelte den Kopf. »Elathar hat uns ausgesandt, um ein Heilmittel für deine Mutter zu finden. Am liebsten wäre er selbst aufgebrochen, du kennst ihn ja, aber er wird in Naranor gebraucht.«

Als König konnte er seine Pflichten nicht einfach ignorieren, um seinen persönlichen Angelegenheiten nachzugehen. Er trug eine Verantwortung, die weit über seine eigene Familie hinausreichte und der er sich noch nie entzogen hatte. Dafür bedauerte und bewunderte sie ihn gleichermaßen, ihn und Darragh, der in seine Fußstapfen treten würde.

»Habt ihr eine Spur? Wisst ihr, wo ihr suchen müsst und wonach?«

»Es ist wohl eher die Hoffnung, jemanden zu finden, der uns helfen kann«, räumte Bär ein. Im Widerschein des Feuers wirkte sein Bart, als stünde er in Flammen, und seine Augen glommen rot. »Elathar hat sich an einen Zauberer namens Trevelian erinnert, den Rissa vor beinahe zwanzig Jahren aufgesucht hat. Sie hatte gehört, dass er mächtiger und weiser sein soll als alle anderen, und wollte ihn als Lehrer für die Akademie gewinnen. Wenn jemand etwas weiß, dann er.«

»Wo ist er?«

Dainn zuckte die Schultern. »Irgendwo im Hochland von Pyne.«

»Das ist groß.«

»Zudem meinte Elathar, er würde sich vermutlich verbergen.« Dainn seufzte, warf ein paar Äste ins Feuer und beobachtete, wie die Flammen daran leckten. »Eine alte Angewohnheit aus der Zeit, als Zauberer noch verfolgt wurden.«

»Was ist mit Mutter? Wie geht es ihr?«

»Ohne deine Magie können wir nicht sicher sein, doch wie es aussieht, wird sie schwächer.«

»Der Lebensfunke?«

Bär nickte. »Lyanna versucht, sie mit ihren Tränken zu stabilisieren.«

Rayne hatte sich gefreut, nach Hause zu kommen. Sie verspürte ein so dringendes Bedürfnis, ihre Eltern zu sehen, wie selten zuvor. Ihr Vater sollte erfahren, dass sie wohlauf war, und sie wollte nach ihrer Mutter sehen, doch wenn es wirklich stimmte, was Dainn und Bär sagten, durften sie keine Zeit verlieren. »Ich komme mit.«

»Auf keinen Fall!« Bär schüttelte vehement den Kopf und blickte so finster und entschieden drein, dass er seinem Namen alle Ehre machte. »Elathar würde uns den Kopf abreißen, wenn dir etwas zustößt.«

Sie sah die beiden ernst an. »Ich würde nichts lieber tun, als nach Hause zu reiten, aber das kann ich nicht. Nicht, solange

Mutters Leben auf dem Spiel steht. Was wollt ihr tun, wenn dieser Trevelian nicht gefunden werden will? Was, wenn er Magie einsetzt, um sich zu verbergen? Ihr könntet monatelang umherirren, ohne ihn zu finden. Ihr könntet sogar unmittelbar neben seinem Haus stehen und es nicht einmal bemerken. Ich hingegen kann ihn finden. Ihr braucht mich.« Sie hatte die Gabe ihrer Mutter geerbt, Magie aufzuspüren. Eine Gabe, die unter den Bronnéa einst verbreitet, bei den heutigen Zauberern jedoch nur selten zu finden war. »Außerdem kann ich diesem Mann beschreiben, wie sich die Magie anfühlt, mit der Mutter angegriffen wurde. Das könnte von entscheidender Bedeutung sein!«

Die beiden Männer wechselten einen Blick. Es war erstaunlich, wie gut sie einander ohne Worte verstanden und wie genau Rayne die Bedeutung ihrer Blicke abschätzen konnte. »Ja, ich kann ihn wirklich finden. Und nein, es wird euch nicht gelingen, mich davon abzuhalten. Es geht um das Leben meiner Mutter!«

»Elathar wird uns den Kopf abreißen«, wiederholte Dainn Bärs Worte.

»Wenn wir diesen Zauberer finden und ein Heilmittel nach Hause bringen, wird er euch für eure Umsicht und Klugheit danken.«

»Er wird uns anbrüllen«, sagte Bär, dann zuckte er die Schultern. »Und wenn schon. Ich fürchte, du hast recht und wir brauchen wirklich deine Hilfe.«

Dainn hob warnend einen Zeigefinger. »Aber du machst keine Dummheiten und hörst auf das, was wir sagen. Deine Mutter war im Übrigen nie so stur.«

»Du bist ein schlechter Lügner.« Nur zu gut erinnerte sie sich an die eine oder andere Geschichte, in der ihre Mutter sich als weitaus unnachgiebiger erwiesen hatte als Rayne in diesem Moment. »Abgesehen davon bin ich nicht stur.«

»Was dann?«

»Beharrlich«, sagte sie.

Bär warf einen Klumpen Erde nach ihr. Sie wich lachend aus, wurde jedoch sofort wieder ernst. »Welche Garnison ist uns am nächsten?«

»Drei Seen.«

Sie nickte. Der Umweg war nicht groß, aber notwendig. »Dann reiten wir als Erstes dorthin. Vater muss erfahren, was ich über die Söldner und deren Magie herausgefunden habe. Und natürlich, dass ich am Leben bin. Wir werden ihm aus der Garnison einen Boten mit einer Nachricht schicken.«

13

Skandar zügelte den Schimmel und blickte auf die Wegkreuzung, an der sich die Königsstraße gabelte. Die Abzweigung nach Osten führte nach Latmeria und zur Steppe von Sola. Wenn er der Straße weiter nach Norden folgte, würde sie ihn nach Maél und zur Burg seines Bruders in Valin bringen. Unwillkürlich schüttelte er den Kopf. Nicht einmal in Gedanken gelang es ihm, diesen Ort sein Zuhause zu nennen. Tatsächlich war er um jeden Tag froh, den seine Reise dauerte, denn das bedeutete einen weiteren Tag, den er Valin fernbleiben konnte.

Er hasste die Blicke, mit denen die Menschen ihn dort bedachten, wenn sie glaubten, er würde es nicht bemerken. Diese Mischung aus Angst und Verachtung, die niemand offen auszusprechen wagte. Wann immer er in der Burg weilte, war ihm nur zu sehr bewusst, dass die Leute ihm einzig und allein gehorchten, weil Eyron es ihnen befohlen hatte.

Das Pferd tänzelte zur Seite, während Skandar seine Möglichkeiten einschätzte. Er zog am Zügel, um es zu beruhigen. Dieser verfluchte Gaul bockte bei so ziemlich allem, das über Geradeausreiten hinausging. Immerhin hatte er wieder ein Pferd, auch wenn er es vor einer Schenke am Wegesrand hatte stehlen müssen. Abgesehen davon, dass sich in dieser verlassenen Gegend niemand freiwillig von seinem Pferd trennen würde, hätte seine Barschaft für einen Kauf ohnehin nicht ausgereicht.

Er konnte noch immer nicht fassen, dass die Prinzessin ihn niedergeschlagen hatte! Unwillkürlich tastete er nach der halb verheilten Platzwunde an seiner Schläfe. Er hatte ihr das Leben gerettet und das war der Dank!

Nicht nur, dass sie nicht wie eine Prinzessin aussah – keine kunstvoll von Zofen aufgesteckte Frisur, kein kostbares Geschmeide und auch keine edlen Gewänder –, sie benahm sich auch nicht so, wie er das von einer Frau ihres Ranges erwartet hätte.

Auf dem Burghof in Naranor hatte er sie gerade lange genug zu Gesicht bekommen, um sie später wiederzuerkennen. Weder da noch als er ihr zur Akademie gefolgt war, war ihm bewusst gewesen, wie wenig sie seiner Vorstellung von Eyrons zukünftiger Gemahlin entsprach. Wenn sein Bruder von ihr erzählte, hörte es sich an, als sei sie nicht anders als all die anderen Adligen – wenn man einmal davon absah, dass sie eine Zauberin war. Er wusste, dass Eyron sie vergötterte, wäre aber nie auf den Gedanken gekommen, dass sich hinter ihrem hübschen Gesicht mehr als ein stilles, fügsames Wesen verbergen könnte. Ganz sicher hatte er nicht damit gerechnet, dass sie imstande wäre, ihn im wahrsten Sinne des Wortes umzuhauen.

Wie oft hatte er sie in den letzten Tagen verflucht! Er verstand nicht, warum sie das getan hatte. Immerhin hatte er ihr doch zur Flucht verholfen! Allerdings musste er zugeben, dass sie vermutlich auch ohne seine Hilfe zurechtgekommen wäre. Zumindest bis zu dem Moment, in dem der Schatten im Körper des Priesters erschienen war. In ihm hätte sie keine Bedrohung gesehen. Skandar selbst zugegebenermaßen auch nicht, wenn er nicht Zeuge gewesen wäre, wie genau dieser Priester den Eindringlingen das Tor geöffnet hatte.

Wer verdächtigt schon einen alten Priester?

Als Skandar im Wald zu sich gekommen war, hatte er nicht gewusst, was er tun sollte. Ihr zu folgen hielt er für riskant, denn vermutlich würde sie in der nächsten Garnison oder im nächsten Dorf Hilfe suchen. Was die Prinzessin anging, konnte er seinen Plan wohl als gescheitert betrachten, deshalb hatte er sich auf den Weg nach Norden gemacht, zurück nach Valin.

Jetzt jedoch, nachdem er zehn Tage geritten war, kamen ihm Zweifel, ob er das Richtige tat. In Valin gab es nichts, das ihm gegen die Schatten helfen konnte. In der Akademie hingegen war mindestens ein Schatten anwesend gewesen, der mit den Söldnern zusammengearbeitet hatte. Was, wenn die Männer Spuren hinterlassen hatten, denen er folgen konnte? Oder wenn jemand gesehen hatte, wohin sie gegangen waren? Vielleicht einer der Bauern aus den umliegenden Gehöften oder die Leute in einem der Dörfer. Ein Trupp wie dieser musste auffallen. Einen Versuch war es wert. Und allemal besser, als mit leeren Händen nach Valin zurückzukehren.

Er verfluchte sich dafür, dass er nicht schon vor Tagen auf diese Idee gekommen war. So viel wertvolle Zeit – verloren!

Bisher hatte Skandar geglaubt, die Schatten würden sich der Menschen bemächtigen, um sich von ihnen zu ernähren. Während der letzten Tage jedoch war ihm ein anderer Gedanke gekommen. Was, wenn sie einen Körper benötigten, um sich fortzubewegen? Um Dinge zu tun? Wenn der Schatten in den Priester gefahren war, um in seinem Körper in die Akademie gelangen und das Tor öffnen zu können, dann bestand die Möglichkeit, dass auch in den Körpern der Söldner Schatten steckten. Skandar wusste nicht, was sie in der Akademie gewollt hatten, doch offenbar hatten sie etwas oder jemanden gesucht. Und wer wäre für so ein Unterfangen besser geeignet als ein geübter Kämpfer? Er dachte an die vermissten Männer und Frauen zurück, die in Maél beklagt worden waren. Was, wenn die Schatten sie als Gefäße benutzten und in ihnen reisten, bis sie einen geeigneteren Körper fanden?

Ganz gleich, ob nun Schatten in den Söldnern steckten oder sie lediglich in ihren Diensten standen, wenn er ihnen folgte, konnte er vielleicht herausfinden, woher diese Kreaturen kamen. Und wie sie zu besiegen waren. Er wendete das sich sträubende Pferd und trat ihm in die Flanken. Im Galopp folgte er der Straße, zurück in die Richtung, aus der er gekommen war.

14

Sechs Tage lang waren Rayne, Dainn und Bär der Königsstraße nach Westen gefolgt, vorbei am Graustrom und den ihn umgebenden Wäldern, Siedlungen und Gehöften, ehe sie, knapp zwei Tagesritte von der Akademie entfernt, an einer Wegkreuzung in Richtung Nordosten abgebogen waren. Mit jeder Stunde wurde das Land hügeliger. Aus anfänglichen Baumgruppen, die die Felder und Wiesen am Wegesrand durchbrachen, wurden immer häufiger kleine Waldstücke, die sich über die sanften Hügel zogen. Noch zwei oder drei Tage, dann würden sie endlich die Garnison erreichen. Wenn die Nachricht an ihren Vater erst auf dem Weg war, wäre zumindest diese Last von ihr genommen.

Dainn und Bär waren angenehme Wegbegleiter. Die Gegenwart der beiden half Rayne, nicht ständig in Grübeleien zu versinken. Einmal hatte Dainn sein Pferd neben ihres gelenkt und gesagt: »Du solltest aufhören, so dreinzublicken, als hättest du die Akademie selbst niedergebrannt.«

»Diese Männer waren meinetwegen da. Ohne mich …«

»So darfst du nicht denken. Es waren einzig und allein diese Männer, die in die Akademie eingedrungen sind und sie in Brand gesteckt haben. Es war deren Tun, nicht deines. Du hattest lediglich das Glück, ihnen zu entkommen. Wer weiß, was dir sonst zugestoßen wäre.«

»Aber wenn ich nicht dort gewesen wäre …«

»Dann wärst du woanders gewesen. Dann wäre nicht die Akademie zerstört worden, sondern vielleicht ein Gasthaus am Wegesrand, ein Teil der Königsburg oder irgendein anderer Ort. Du warst das Ziel, nicht der Auslöser, Rayne. Vergiss das nicht.«

Seine Worte halfen ihr, sich etwas weniger schuldig zu fühlen. Trotzdem verfolgte sie der orange-rote Feuerschein, der den Himmel über der Akademie erhellt hatte, noch immer in ihren Träumen.

Gestern Mittag hatte ein heftiges Gewitter sie gezwungen, Schutz in einem Gasthaus zu suchen. Der Regen war so stark gewesen, dass sie in seinem Rauschen kaum ihr eigenes Wort verstanden hatten. Als das Unwetter sich verzogen hatte, waren die Wege aufgeweicht und schwer passierbar gewesen, weshalb sie entschieden hatten, die Nacht abzuwarten.

Heute Morgen war die Luft frisch und klar gewesen, der Boden war immer noch durchdrungen vom Regen, doch selbst die matschigsten Stellen bereiteten den Pferden keine größeren Probleme.

Schon seit einer ganzen Weile führte der Weg nun durch ein Waldstück. Im Schatten der Bäume war es kühl, sodass Rayne sich Khardals Umhang umgelegt hatte. Regenwasser hatte sich in den Blättern gesammelt und tropfte in regelmäßigen Abständen auf ihre Kapuze. Nach der Hitze der letzten Tage hieß sie die Abkühlung dennoch willkommen.

Am frühen Nachmittag bemerkte Bär, dass jemand hinter ihnen auf dem Weg war. Ein- oder zweimal glaubte Rayne in der Ferne etwas zwischen den Bäumen auszumachen, sie hätte jedoch unmöglich sagen können, ob es Menschen oder Tiere waren. Sie wusste nicht einmal, ob sich das, was sie sahen, auf dem Weg hinter ihnen befand, oder irgendwo zwischen den Bäumen.

Dainn glitt aus dem Sattel. »Ich sehe mir das mal näher an. Wartet hier.« Ohne eine Antwort abzuwarten, trat er ins Unterholz. Mit jedem Schritt, den er sich weiter entfernte, verschmolz er mehr mit seiner Umgebung.

Er blieb mehrere Minuten verschwunden, und als er

schließlich zurückkehrte, trat er so überraschend zwischen den Büschen hervor, dass Rayne erschrocken zusammenfuhr. »Acht Männer auf Pferden«, berichtete er. »Alle gerüstet und bewaffnet. Keine sichtbaren Wappen und keine Uniformen. Vermutlich Söldner.«

Raynes Mund wurde trocken. Unwillkürlich tastete sie nach dem Dolch an ihrem Gürtel. »Das könnten die Männer sein, die die Akademie überfallen haben.« Wenn es wirklich dieselben waren, mussten sie sich aufgeteilt haben, denn in der Akademie waren es dreimal so viele gewesen. Zumindest hatte Khardal das gesagt.

Was wollt ihr von mir?

»Was machen wir jetzt?«, fragte Rayne.

Dainn schwang sich in den Sattel. »Wir verschwinden.«

Nachdem sie aufgesessen hatten, preschten sie los. Sie trieben die Pferde voran, um den Abstand zwischen sich und den Fremden zu vergrößern. Der Weg verlief in langen Windungen durch den Wald. Dainn hatte ein beträchtliches Stück abgekürzt, in dem er geradeaus zwischen den Bäumen hindurchgelaufen war, statt den ausufernden Kurven des Weges zu folgen, die sich den Hügel hinaufschlängelten. Auf diese Weise waren die Männer in ihrem Rücken zwar näher gekommen, aber noch nicht in Sichtweite.

»Ich konnte euch von da hinten sehen, das bedeutet, dass sie es ebenfalls können«, rief Dainn Bär zu. »Wenn wir sie abschütteln wollen, müssen wir uns in die Büsche schlagen.«

Sie folgten dem Weg noch ein Stück, bis sich eine Schneise im Unterholz öffnete.

»Mir nach!«, rief Dainn und trieb sein Pferd zwischen die Bäume.

Schon nach kurzer Zeit war der Weg hinter ihnen nicht mehr zu sehen. Die Spuren, die ihre Pferde im aufgeweichten Erdreich hinterließen, allerdings schon. Rayne zügelte ihr Pferd und drehte sich um.

»Komm weiter!«, rief Bär.

»Gleich!«

Sie richtete ihren Blick auf den Boden. In den Hufabdrücken im Moos hatte sich Wasser gesammelt. Bogenförmige Tümpel, die ihren Verfolgern die Richtung verraten würden, die sie eingeschlagen hatten.

Nicht, wenn ich es verhindern kann.

Rayne griff nach ihrer Energie. Den Blick auf den ersten Abdruck gerichtet, stellte sie sich vor, wie er verschwand. Die Energie wurde zu Magie, die ihre Vorstellung in Wirklichkeit verwandelte. Ein wenig anders allerdings, als Rayne sich das gedacht hatte, denn statt lediglich die Hufspuren verschwinden zu lassen, sah der Boden jetzt aus, als hätte ihn eine Rotte Wildschweine umgegraben. Zu viel Energie! Ihre Spuren aber waren in dem Durcheinander aus ausgeworfener Erde und Moos nicht mehr zu erkennen. Rayne trieb ihr Pferd wieder voran, blieb aber immer wieder stehen, um den Zauber zu wiederholen. Mit ein wenig Glück blieben die Männer auf dem Weg, dann wären sie in Sicherheit. Wenn sie ihnen jedoch tiefer in den Wald folgten, würden sie ihre Spur früher oder später wieder aufnehmen. Aber es würde Zeit kosten, herauszufinden, in welche Richtung Rayne, Bär und Dainn geritten waren, da Rayne nicht nur ihre Spuren verwischte, sondern mit ihrer Magie auch falsche Spuren legte.

Um nicht all ihre Energie zu verbrauchen, musste sie früher aufhören, als ihr lieb war. Trotzdem war sie mit dem Ergebnis zufrieden. Dainn und Bär, ihrem Grinsen nach zu schließen, ebenfalls.

Doch ihr Glück währte nicht lange. Der Boden wurde unwegsamer, und mehr als einmal waren sie gezwungen, einen Hügel zu umgehen, da die Pferde auf dem aufgeweichten Abhang immer wieder nach unten rutschten. Als sie eine Hügelkuppe erreichten und nach unten blickten, erkannte Rayne in einiger Entfernung ihre Verfolger. Sie hatten den Weg verlassen und trieben ihre Tiere gnadenlos zwischen den Bäumen voran. Einmal erhaschte sie einen klaren Blick auf einen der Männer. Sie glaubte, dass es der Kerl war, der ihr die Sprache genommen hatte.

Der Wald verlief in Wellen, einen Hügel hinauf, dann wieder hinab. Immer öfter waren sie gezwungen, abzusteigen und die Pferde an einer Engstelle vorbei oder einen Abhang hinunterzuführen.

Schließlich, sie hatten gerade eine weitere steile Stelle hinter sich gebracht, blieb Dainn stehen. »Sie sind uns immer noch auf den Fersen.« Sein Blick glitt zu Bär, und als dieser nickte, wandte er sich an Rayne. »Du gehst weiter. Bär und ich werden sie ausschalten.«

»Die sind zu acht!«, protestierte Rayne.

Bär zuckte die Schultern. »Wenn wir die Deckung des Waldes nutzen, werden wir mit ihnen fertig. Wir müssen sie nur überraschen.«

In der Akademie hatte man ihr nie beigebracht, ihre Magie offensiv oder gar aggressiv zu nutzen, denn genau das war es, was man vermeiden wollte: der Bevölkerung einen Grund geben, sich wieder vor der Magie und den Zauberern zu fürchten. Nach dem Abschluss der Ausbildung bekamen einige wenige Zauberer die Gelegenheit, Kampfmagie zu erlernen. Wer diesen Weg ging, stand im Dienste des Königs und verpflichtete sich, seinen Armeen im Kampf beizustehen, sollte er es verlangen. Ebenso verpflichtete er sich, das Gelernte niemals gegen Unschuldige einzusetzen. Raynes Blick glitt in Richtung ihrer Verfolger. Unschuldige waren das nicht. Außerdem beherrschte sie ohnehin keine Kampfmagie, die wirklich viel Energie und Kontrolle erforderte, sondern nur ein paar Tricks, die sie sich selbst beigebracht hatte. Und sie scheute nicht davor zurück, diese auch einzusetzen. »Ich kann euch helfen.«

»Wenn das jetzt wieder eine ›*Ich bin nicht stur, ich bin*

nur beharrlich‹-Rede wird, dann spar dir den Atem«, sagte Dainn.

»Ich dachte eher an eine ›*Ich kann euch mit meiner Magie aus sicherer Entfernung helfen*‹-Ansprache.«

Bär kniff die Augen zusammen. »Wie?«

»Du gibst mir deine Armbrust und ich gehe damit auf den Hügel. Dort suche ich mir eine Stelle, von der aus ich freies Schussfeld habe. Ihr dürft sie nur nicht zu weit zwischen die Bäume locken. Mit meiner Magie lenke ich die Bolzen ins Ziel.« Sie war eine gute Schützin und würde ihr Ziel auch ohne Magie treffen. Da sie jedoch wusste, dass die Erwähnung der Magie die Männer beruhigen und ihnen zeitraubende Diskussionen über ihre Sicherheit ersparen würde, sollte es ihr recht sein.

»Du eröffnest den Angriff«, sagte Dainn, nachdem er einen Moment nachgedacht hatte. »Wenn du von oben auf sie schießt, werden sie ihre Aufmerksamkeit auf den Hügel lenken, und wir können sie von der Seite überraschen. Auf mein Zeichen hin gibst du den ersten Schuss ab.«

Bär löste die Armbrust und den Köcher mit den Bolzen von seinem Sattel und reichte ihr beides. Als Rayne danach griff, ließ er nicht sofort los. Sein Blick bohrte sich in ihren. »Du versprichst mir, vorsichtig zu sein! Und beim ersten Anzeichen von Gefahr verschwindest du!«

»Mein Kampf-Lehrmeister hat mir nicht nur beigebracht, mit Waffen umzugehen, sondern auch, zu erkennen, wann es besser ist, den Rückzug anzutreten.«

Bär grinste. »Muss ein kluger Mann sein.«

Rayne nahm ihm Armbrust und Köcher ab und hängte sich beides über die Schulter. Der Hügel war steil und der Boden rutschig, sodass sie absitzen musste. Ein Stück führte sie den Braunen am Zügel, bemerkte jedoch, dass das Tier mehr Schwung brauchte, wenn es die Steigung schaffen wollte. Sie ließ den Zügel los und trieb das Pferd mit einem Schlag aufs

Hinterteil voran. Kurz vor der Hügelkuppe hielt sie inne und warf einen Blick zurück. Dainn und Bär hatten ihre Pferde ein Stück weggeführt, die Schwerter gezogen und sich hinter breiten Bäumen postiert – rechts und links der Stelle, an der ihre Verfolger den Hang erklimmen würden.

Rayne setzte ihren Weg fort. Das Pferd war bereits oben angekommen und neben ein paar Büschen am Rand des Abhangs stehen geblieben. Die Büsche waren perfekt. Dort würde sie sich postieren. Wenn sie sich auf den Bauch legte und weit genug nach vorne kroch, sodass die Sträucher ihr Schussfeld nicht einschränkten, hätte sie noch immer genug Deckung, um von unten nicht gesehen zu werden. Zum ersten Mal, seit sie vorgeschlagen hatte, die Männer von oben ins Visier zu nehmen, verspürte sie Unsicherheit. Niemals zuvor war sie in einen echten Kampf geraten oder hatte ihre Bolzen auf etwas anderes als Zielscheiben oder Wild abgeschossen. Jetzt war es an ihr, ihre Verfolger so weit abzulenken, dass Dainn und Bär das Überraschungsmoment auf ihrer Seite hatten.

Ursprünglich hatte sie nur behauptet, dass sie ihre Magie einsetzen würde, um die beiden zu beruhigen. Je länger sie aber darüber nachdachte, desto mehr wurde ihr bewusst, wie wichtig es war, dass ihre Schüsse saßen. Selbst, wenn es ihr gelang, zwei der Männer auszuschalten, blieben Dainn und Bär immer noch sechs Gegner. Das Risiko, dass ein Schuss sein Ziel verfehlte, konnte sie nicht eingehen. Dabei war sie sich plötzlich gar nicht mehr sicher, ob sie wirklich imstande sein würde, auf einen Menschen zu schießen. Einen Menschen zu töten.

Den Blick über die Schulter nach hinten gerichtet, um sich Dainns und Bärs Position einzuprägen, legte sie die letzten Schritte zurück. Ihre Verfolger kamen näher. Noch waren sie halb hinter Büschen und Bäumen verborgen, doch schon bald würden die ersten am spärlicher bewachsenen Fuß des Hügels auftauchen.

Rayne erreichte die höchste Stelle des Hügels und richtete ihre Aufmerksamkeit wieder nach vorne. Gerade rechtzeitig, um zu erkennen, dass der Hügel keine drei Schritte weiter an einer Bruchkante endete. Abrupt hielt sie inne und starrte in den Abgrund, der sich vor ihr in die Tiefe stürzte.

Sie griff nach dem Zügel, um den Braunen von der Kante wegzuziehen und ihn aus dem Blickfeld ihrer Verfolger zu bringen.

Sie war noch nicht weit gekommen, als der Boden nahe der Kante abzurutschen begann. Das Pferd wieherte und stieg, als das Erdreich unter seinen Hufen nachgab. Geistesgegenwärtig gab Rayne den Zügel frei. Der Braune schoss an ihr vorbei, auf sicheren Untergrund. Dann brach der Boden vollends weg und riss Rayne mit sich.

Mit einem Schrei fiel sie. Anfangs spürte sie noch das losgelöste Erdreich unter sich, dann war da nur noch bodenlose Leere. Panisch griff sie nach ihrer Energie. Ihr blieb nicht genug Zeit, zu überlegen, wie sie ihren Sturz abfangen sollte oder wie viel Energie sie dafür benötigen würde. Sie riss die Arme nach vorne und ließ die Energie strömen. Wild und ungebändigt schoss sie aus ihren Händen. Die Luft wurde dicker, fühlte sich jetzt beinahe wie Wasser an. Trotzdem dauerte es entsetzlich lang, bis sich ihr Sturz endlich verlangsamte. Wie von einer Welle erfasst, knallte Rayne mit dem Rücken gegen den Steilhang und rutschte daran entlang weiter nach unten. Der Aufprall war hart und ließ ihren Energiefluss abbrechen. Sie überschlug sich mehrmals, fiel durch eine Hecke und rollte weiter, bis ein Baum sie schließlich stoppte. Sie schlug mit dem Kopf gegen den Stamm, dann wurde es schwarz um sie.

15

Entfernte Rufe drangen an ihr Ohr, zerrten an ihr und trachteten danach, sie aus der gnädigen Dunkelheit zu reißen. Das Klirren von Stahl war zu vernehmen. Rayne versuchte es zu ignorieren, doch eine innere Stimme warnte sie. Sagte ihr, dass es etwas zu bedeuten hatte.

Widerwillig öffnete sie die Augen. Sie lag auf dem Rücken, Blätter und Äste versperrten ihr den Blick zum Himmel, doch es war noch immer hell, so viel konnte sie erkennen. Als sie den Kopf zur Seite drehte, blickte sie auf den Baumstamm, der ihrem Sturz ein schmerzhaftes Ende bereitet hatte. Vorsichtig hob sie erst einen Arm, dann den anderen und wiederholte dasselbe mit den Beinen. Ihre Gliedmaßen gehorchten ihr, auch wenn sich jede Bewegung anfühlte, als würde dabei jemand mit einem Stock auf sie einprügeln. Mit zitternden Fingern tastete sie nach der Stelle an ihrem Hinterkopf, mit der sie gegen den Baum geprallt war. Sie berührte eine Schwellung und zuckte vor Schmerz zusammen. Als sie die Hand jedoch zurückzog, war da kein Blut. Dafür dröhnte ihr Schädel dumpf im Takt ihres Herzschlags.

Erneut vernahm sie Rufe und dieses Klirren. Nun wieder etwas klarer im Kopf erkannte sie darin die Geräusche eines Kampfes. Dainn! Bär! Bei den Göttern, die beiden hatten auf sie gezählt und sich darauf verlassen, dass sie einen oder zwei ihrer Verfolger ausschaltete. Jetzt waren sie mit acht Gegnern konfrontiert. Sie musste ihnen helfen! Unwillkürlich tastete Rayne nach ihrer Energie und stöhnte auf. Sie hatte nahezu ihre gesamten Kräfte aufgebraucht, um ihren Sturz abzufangen.

Steif und unbeholfen kämpfte sie sich auf die Beine. Kaum hatte sie sich ganz aufgerichtet, überkam sie ein derart heftiger Schwindelanfall, dass sie sich am Baumstamm abstützen musste. Während sie darauf wartete, dass sich der Schwindel legte, sah sie sich nach der Armbrust und dem Bolzenköcher um. Sie fand beides ein paar Meter entfernt in einer Brombeerhecke, die Bolzen waren herausgefallen. Sobald sie sich wieder halbwegs sicher auf ihren Beinen fühlte, fischte sie Armbrust und Köcher aus dem Strauch und sammelte die Bolzen ein, nicht ohne sich dabei die Arme zu zerkratzen.

Noch immer drangen die Kampfgeräusche an ihr Ohr. *Das ist gut*, sagte sie sich. Solange etwas zu hören war, waren die beiden am Leben. Sie kehrte zu der Stelle zurück, an der sie abgestürzt war, und blickte nach oben. Der Abhang stieg beinage senkrecht in die Höhe und erstreckte sich zu beiden Seiten, so weit ihr Auge reichte. Der Hang musste hier bereits vor langer Zeit abgerutscht sein, denn außer an der Stelle, an der sie abgestürzt war, gab es nirgendwo Anzeichen eines frischen Erdrutsches. Gras und Moos überzogen den Boden mit einem dicken grünen Teppich. Erst zwei oder drei Meter vom Steilhang entfernt, wuchsen die ersten Büsche. Brombeeren, Ginster und Haselsträucher schimmerten hell im Sonnenlicht. Hinter dieser Schneise setzte sich der Wald fort.

Rayne richtete ihren Blick wieder auf die Steilwand vor sich. Unmöglich, es hier hinaufzuschaffen. Mit den Rufen der Kämpfenden und dem Klirren der Schwerter im Ohr, rannte sie am Fuß des Abhangs entlang, auf der Suche nach einer Stelle, an der sie nach oben klettern konnte. Jeder Schritt sandte Schmerzwellen durch ihren geschundenen Körper, doch sie verlangsamte ihr Tempo nicht. Immer weiter entfernte sie sich von ihren Freunden, bis sie sie nicht länger hören konnte. Es machte sie verrückt, nicht zu wissen, ob sie noch kämpften oder ob sie womöglich besiegt worden waren, sie wagte jedoch nicht, kostbare Zeit zu verschwenden, indem sie stehen blieb, um zu lauschen.

Es dauerte eine ganze Weile, bis sie endlich eine Stelle fand, an der der Hang zwar immer noch steil, aber zumindest nicht mehr senkrecht anstieg. Hier wuchsen auch wieder Büsche und Sträucher und sogar vereinzelte Bäume, die sich den Hang entlangzogen. Rayne machte ein paar vorsichtige Schritte nach oben. Der Boden war noch weich vom Regen, gab aber nicht zu sehr unter ihr nach, als sie hinaufkletterte. Sie überwand die steilsten Stellen, in dem sie sich an Wurzeln und Ästen nach oben zog. Obwohl sie Erschöpfung und Schmerzen beinahe in die Knie zwangen, kämpfte sie sich weiter voran. Als sie nach einer gefühlten Ewigkeit endlich oben ankam, fiel sie schwer atmend ins Moos. Keuchend wartete sie darauf, dass sich ihr Herzschlag beruhigte und ihre Beine aufhörten, zu zittern.

Dann bemerkte sie die Stille. Auch hier oben konnte sie nichts vom Kampf hören.

Sie vermochte nicht zu sagen, ob sie sich einfach zu weit entfernt hatte oder ob der Kampf vorüber war. Die Stille jedoch genügte, um ihre Kraftreserven zu mobilisieren. Sie stemmte sich auf die Beine und lief – in sicherem Abstand zur Kante – am Abhang entlang.

Als sie die Stelle, an der sie abgestürzt war, in der Ferne sah, folgte sie dem abfallenden Hügel im Schutz von Bäumen und Sträuchern nach unten. Vorsichtig schlich sie zu den breiten Baumstämmen, bei denen sie Dainn und Bär zuletzt gesehen hatte. Im Gehen griff sie nach der Armbrust, spannte sie und legte einen Bolzen auf. Noch immer war kein Laut zu hören. Selbst wenn ihre Freunde den Männern im Kampf unterlegen waren, sollte sie doch zumindest ihre Verfolger hören, die sich Befehle zuriefen oder zu ihrem Sieg gratulierten.

Das heißt noch lange nicht, dass sie tot sind! Ebenso gut war es möglich, dass Bär und Dainn die Flucht ergriffen hatten.

Doch auch dann hätte sie die Söldner hören müssen, die die Verfolgung aufnahmen.

Geduckt schlich Rayne durch das Unterholz. Im Schutz eines Busches hielt sie inne. Sie achtete nicht auf die Zweige, die ihr die Arme zerkratzten, ihre Aufmerksamkeit war auf eine Stelle vor ihr gerichtet. Dort wo der Boden aufgewühlt war vom Kampf.

Erleichtert stellte sie fest, dass keine Leichen zu sehen waren. Allerdings auch keine Lebenden. Nichts. Nur die Pferde. Ihr Brauner hatte sich zu Dainns und Bärs Reittieren gesellt, die ein Stück zu ihrer Linken zwischen den Bäumen grasten.

Rayne verharrte in ihrem Versteck, wartete ab und beobachtete. Erst, als sie wirklich sicher war, dass niemand hier war, wagte sie es, ihre Deckung zu verlassen. Ratlos sah sie sich um. Alles war niedergetrampelt, auf dem Boden, an einem Baumstamm und in den Blättern eines Farns entdeckte sie frisches Blut. Ein paar Meter weiter sah sie Hufabdrücke und Stiefelspuren, die vom Ort des Kampfes wegführten.

Wenn Bär und Dainn geflohen waren – sie hoffte aus tiefstem Herzen, dass es ihnen gelungen war –, waren die anderen ihnen zweifelsohne auf den Fersen.

Rayne holte die Pferde und folgte der Spur. Obwohl der Weg durch einigermaßen ebenes Gelände führte, kam sie nur langsam voran, da sie Mühe hatte, die Fährte nicht zu verlieren. Immer wieder blieb sie stehen, um sich zu vergewissern, dass sie noch auf dem richtigen Weg war, bis die Spur plötzlich endete.

Viel zu abrupt.

Sie ließ die Pferde stehen und ging ein paar Schritte in jede Richtung. Nichts. Aus zusammengekniffenen Augen starrte sie auf die Stelle, an der der letzte Abdruck im Boden zu sehen war, dann ließ sie ihren Blick ein Stück vorauseilen. Es war, als hätte kein Stiefel und kein Huf jemals diesen Boden berührt.

Rayne ging vor der Spur in die Knie und legte eine Hand auf den Boden, mitten in den letzten Abdruck hinein. Sie sammelte das bisschen Energie, das ihr geblieben war, und ließ einen Teil davon in ihre Hand fließen. Nichts. Dann legte sie die Hand auf die unberührte Erde, dort wo sich der nächste Abdruck hätte befinden müssen, und wiederholte das Prozedere. Während sie ihre Energie freiließ, bewegte sie ihre Hand langsam über den Boden. Dann spürte sie es: ein Echo jener Dunkelheit, die ihr in der Akademie unter die Haut gekrochen war. Die Männer hatten ihre Spuren mit Magie verwischt und sich dabei deutlich geschickter angestellt als Rayne.

Wie ihre Mutter, verfügte auch Rayne über die Gabe, Magie aufzuspüren. Sie konnte einen Teil ihrer Energie in eine bestimmte Richtung lenken, befand sich dort keine Magie, ganz gleich, ob in Form eines Zaubers oder eines Artefakts, geschah nichts. Stieß die Energie jedoch auf etwas Magisches, zeigte sich das durch ein Flirren in der Luft, ähnlich eines Hitzeflimmerns.

Auf diese Weise könnte sie selbst einer magisch verwischten Spur folgen. Nur, dass das, was sie hier fand, keine Magie war. Selbst an der Stelle, an der sie eben noch das Echo der Zauberei gespürt hatte, zeigte ihr ihre Gabe nicht das geringste Anzeichen davon. Was sie hier spürte, war nicht das Fehlen von Magie, vielmehr fühlte es sich an, als stieße sie gegen eine Wand. *Als würde jemand mein Aufspüren blockieren. Als hätten sie damit gerechnet, dass ich auf diese Weise versuchen würde, ihnen zu folgen.* Aber wie stellten sie das an? Sie hatte noch nie gehört, dass es überhaupt möglich war, den Einsatz von Magie zu verschleiern.

Vielleicht würde ihr das Aufspüren gelingen, wenn sie mehr Energie zur Verfügung hätte. Sie warf einen Blick zum Himmel, der in vereinzelten Flecken über den Baumkronen zu erkennen war. Es war spät geworden, nicht mehr lange bis zum Einbruch der Dunkelheit. Da sie in der Nacht ohnehin nichts ausrichten konnte, beschloss sie, in der Nähe ein Nachtlager aufzuschlagen und morgen erneut ihr Glück zu versuchen. Bis dahin sollte sich ihre Energie weitestgehend regeneriert haben.

Rayne nahm zwei lange Zweige, trieb sie rechts und links der Spur in den Boden und knotete einen Streifen Stoff, den sie aus dem Saum von Khardals Umhang trennte, an das obere Ende des einen. Auf diese Weise würde sie die Stelle morgen wiederfinden.

Nicht weit entfernt stieß sie auf einen Bachlauf, an dem sie die Pferde tränkte, ehe sie sie hinter eine Gruppe aus Bäumen und Büschen führte und sich selbst einen Platz im Schutz des Grüns suchte. Obwohl sie keinen großen Appetit hatte, zwang sie sich, etwas zu essen. Mit knurrendem Magen wäre sie schließlich niemandem eine Hilfe.

Nach dem Essen wickelte sie sich in den Umhang und ließ sich, mit dem Rücken an einen Baum gelehnt, nieder, die gespannte Armbrust auf den Knien. Sie wünschte, sie hätte noch genug Energie in sich, um den Schmerz in ihren Gliedern ein wenig zu dämpfen, doch im gleichen Moment wurde ihr klar, dass sie, selbst wenn das der Fall gewesen wäre, ihre Kräfte aufgespart hätte. Für die Schatten und ihre Suche nach Dainn und Bär.

16

Ein Geräusch schreckte Rayne auf. Ein entferntes Knacken, begleitet von einem Rascheln. Sie war im Schlaf zusammengesunken, ihre Glieder waren steif und schmerzten, als sie sich aufrichtete. Es war bereits hell, die Götter allein wussten, wie lange sie geschlafen hatte. Ihr Blick glitt zu den Pferden, die still dastanden. Was sie gehört hatte, war von weiter entfernt gekommen.

Da war es wieder!

Rayne drehte den Kopf zur Seite und lauschte. Waren das Stimmen? Wieder ein Knacken, dieses Mal näher. Vorsichtig kam sie auf die Beine. Sie schob die Satteltaschen unter einen Strauch, dann griff sie nach der Armbrust und dem Köcher. Geduckt schlich sie in die Richtung, aus der die Geräusche gekommen waren. Wieder erklangen die Stimmen, diesmal so nah, dass sie vereinzelte Wortfetzen verstand.

»… müssen … finden.«

»… in Schwierigkeiten.«

Rayne erkannte die Stimmen sofort. Erleichtert sprang sie auf. Mit zwei Schritten war sie aus dem Gebüsch. »Bär! Dainn!«

»Rayne?«

»Hier drüben!«

Als die beiden Männer auf der anderen Seite des Weges aus dem Unterholz traten, schnürte es ihr vor Erleichterung die Kehle zusammen. Dainn hatte eine Stelle an seinem Arm verbunden, über der sein Hemd zerschnitten war, und Bär eine Platzwunde an der Schläfe. Ansonsten schienen sie unverletzt.

»Bei den Göttern, Rayne!«

Sie wartete darauf, dass Bär sie in eine Umarmung riss, die ihr die Luft abdrücken und sie schmerzhaft an jede einzelne Prellung erinnern würde, die sie sich bei ihrem Sturz gestern zugezogen hatte. Doch der bullige Mann blieb einfach stehen und starrte sie an.

»Meine Güte, du siehst grässlich aus, Mädchen! Bist du verletzt? Was ist passiert? Wo warst du? Warum ...«

»Wenn sie dir antworten soll, musst du ihr schon die Gelegenheit dafür lassen«, mischte sich Dainn ein, dann wandte er sich Rayne zu. »Dieselben Fragen auch von mir.«

»Nicht verletzt, nur ein paar blaue Flecken.« In raschen Worten erzählte sie von ihrem Absturz, wie sie nach ihnen gesucht und gehofft hatte, sie lebend zu finden. Die Worte sprudelten nur so aus ihr hervor. »Ich hatte solche Angst, dass euch etwas passiert ist. Es war alles meine Schuld. Ich sollte euch helfen, aber stattdessen musste diese verfluchte Kante abbrechen. Ich ...«

Bär legte ihr eine Pranke auf die Schulter. »Du holst jetzt erst einmal Luft, bevor du am Ende noch auf die Idee kommst, dir die Schuld dafür zu geben, dass dir der Boden unter den Füßen weggebrochen ist.«

Sie atmete einmal tief durch. »Was ist passiert? Wie seid ihr entkommen?«

»Nachdem wir ziemlich schnell feststellen mussten, dass wir gegen acht Gegner nichts ausrichten können, sind wir abgehauen«, sagte Dainn.

»Einfach so?«

»Mit ihren Pferden konnten sie uns nicht folgen, weil wir uns durchs Unterholz geschlagen haben«, meinte Bär. »Und zu Fuß waren sie ziemlich lahm. Bis wir allerdings sicher waren, dass wir sie abgehängt hatten, dämmerte es bereits. Als wir schließlich die Stelle erreichten, an der wir dich verloren hatten, war es dunkel. Uns blieb nichts anderes übrig, als bis zum Morgen zu warten, bevor wir uns auf die Suche nach dir machen konnten. Am Morgen dann sind wir den Spuren der Pferde gefolgt.«

»Ist mit euch alles in Ordnung? Geht es euch gut?« Besonders Bär, der sonst stets sehr emotional reagierte, wenn es um sie ging, benahm sich überraschend zurückhaltend und weit weniger herzlich, als sie erwartet hatte.

Bär stieß einen Seufzer aus. »Ja«, sagte er. »Jetzt, da wir dich gefunden haben, am Leben und unversehrt, geht es uns gut. Du ahnst gar nicht, was das für eine Nacht war. Nicht zu wissen …«

»Bei aller Wiedersehensfreude sollten wir sehen, dass wir fortkommen, bevor diese Kerle wieder auftauchen«, unterbrach ihn Dainn.

Rayne nickte. Sie war noch immer müde und fühlte sich zerschlagen, zugleich jedoch verspürte sie den Wunsch, diesen Wald so schnell wie möglich hinter sich zu lassen.

Sie führte die Männer zu den Pferden und zog die Satteltasche unter dem Busch hervor, unter dem sie sie versteckt hatte, dann brachen sie auf. Im Vorübergehen warf sie einen Blick auf die beiden Stöcke, die das Ende der Spur ihrer Verfolger kennzeichneten. Sie hatte ihre Freunde gefunden, es war nicht mehr nötig, sich damit zu befassen. Allerdings würde sie diesen Trevelian, wenn sie ihn fanden, fragen, wie es sein konnte, dass jemand imstande war, seine Magie so zu verbergen.

Der Pfad war schmal und voller Wurzeln und Unebenheiten, sodass sie es vorzogen, die Pferde hinter sich herzuführen. Dainn hatte die Spitze übernommen, hinter ihm ging Bär, zuletzt Rayne. Eine Weile folgte sie den Männern schweigend, bis ihr Blick auf das Moos an den Baumstämmen fiel und ihr bewusst wurde, dass sie nach Westen gingen – zurück in die Richtung, aus der sie gekommen waren.

»Dainn, müssen wir nicht nach Osten?«

Er drehte sich, ohne stehen zu bleiben, um. »Müssen wir. Allerdings sind wir im Osten auf eine weitere Abbruchkante gestoßen, die uns den Weg abschneidet. Wir müssen also einen Bogen schlagen, um sie zu umgehen.«

Rayne erinnerte sich daran, wie weit sich der Steilhang in beide Richtungen erstreckt hatte. Dort, wo sie gewesen war, hatte er den Weg zwischen Norden und Süden geteilt und offenbar später, außerhalb ihrer Sichtweite, einen Knick gemacht.

»Es gibt noch eine Straße, die ein Stück weiter im Nordwesten um den Wald herumführt«, fuhr Dainn fort. »Das ist die Handelsroute zu den Drei Seen. Dort sollten wir auf keine Hindernisse stoßen.«

Bär nickte. »Allerdings sollten wir darüber nachdenken, ob wir wirklich noch zur Garnison wollen. Ich fürchte, die Kerle kennen unser Ziel und werden uns dort auflauern.«

Aber die Nachricht an Vater. »Was schlägst du vor?«

»Nach Norden, in Richtung Hochland und dann entweder von Latmeria oder Kinnel aus eine Nachricht an deinen Vater schicken.«

Was Bär sagte, klang vernünftig. Doch allein bis Latmeria wären sie beinahe zwei Wochen unterwegs, bis Kinnel noch länger. Wenn man den Weg einrechnete, den die Nachricht nach Naranor brauchte, würde ihr Vater erst in vier oder fünf Wochen erfahren, dass sie am Leben war und was sie über die Magie und die Söldner wusste.

Das war zu lang. Andererseits würde es niemandem helfen, wenn sie vor der Garnison abgefangen wurden.

»Lasst uns erst einmal sehen, dass wir aus dem Wald rauskommen«, sagte Dainn. »Dann hören wir uns in den Gehöften und Siedlungen um. Wenn die Söldner die Handelsroute nach Osten genommen haben, muss jemand sie gesehen haben. Sobald wir mehr wissen, entscheiden wir über unseren weiteren Weg.«

Das war zwar nicht wirklich beruhigend, aber vermutlich das Beste, das sie im Moment tun konnten.

Als sie schließlich die Stelle erreichten, an der sie getrennt worden waren, fiel Raynes Blick erneut auf die getrockneten Blutspritzer auf den Blättern. Einmal mehr war sie froh, dass ihre Freunde den Kampf weitgehend unversehrt überstanden hatten.

Nicht lange nachdem sie die Stelle hinter sich gelassen hatten, hielten sie kurz an, und Rayne verteilte Brot und geräucherten Speck, den sie im Gehen essen konnten. Dainn und Bär setzten sich schon wieder in Bewegung, während sie noch die Satteltasche schloss. Dabei streifte sie mit dem Ellbogen den Wasserschlauch, den sie über dem Sattelknauf kurz abgelegt hatte, und fegte ihn zu Boden. Natürlich landete er mitten in einem Gebüsch. Rayne sah sich nach den Männern um, die ihr inzwischen ein gutes Stück voraus waren. Offenbar hatten sie noch nicht bemerkt, dass sie zurückgeblieben war. Sie wollte ihnen schon zurufen, dass sie warten sollten, überlegte es sich dann aber anders. *Ich hole sie gleich wieder ein.* Spätestens wenn ihnen auffiel, dass sie zurückgefallen war, würden sie ohnehin auf sie warten.

Fluchend bog sie die Zweige auseinander und bückte sich nach dem Wasserschlauch, als ihr Blick an einem Schatten weiter hinten im Buschwerk hängen blieb. Die abgenutzten Sohlen brauner Lederstiefel blitzten zwischen den Blättern hindurch. Sie kroch darauf zu. Ein Schwarm Fliegen erhob sich träge brummend in die schwüle Sommerluft, aufgescheucht von ihrer Bewegung. Rayne stieß ein unterdrücktes Keuchen aus. Das war nicht einfach ein Paar weggeworfener Stiefel. Es war ein Leichnam. Und gleich daneben lag ein weiterer. Die Fliegen, die sich von ihrem Schreck erholt hatten, sanken langsam wieder herab und legten sich wie ein dunkler Schleier über die beiden Männer.

Rayne erkannte die Söldner an ihrer Kleidung. Warum

hatten Dainn und Bär nicht gesagt, dass sie zwei von ihnen erwischt hatten? *Und warum liegen sie hier in den Büschen? Als hätte man sie … versteckt.*

Sie erinnerte sich an das Blut, das sie auf den Blättern und am Boden gesehen hatte. An den Toten jedoch vermochte sie keine Wunden auszumachen. Kein Blut, nicht einmal die Gewänder wiesen Spuren einer Klinge auf. Ihr Blick glitt zu Dainn und Bär. Die beiden hatten noch immer nicht bemerkt, dass sie stehen geblieben war.

Einer Eingebung folgend, kroch Rayne tiefer in das Gebüsch, neben den ersten Leichnam. Sein gebrochener Blick war starr nach oben gerichtet, und in seinem Augenwinkel erkannte sie dieselbe schwarze Substanz, die ihr Khardal in den Augen von Bruder Albus' Leichnam gezeigt hatte.

Sie wappnete sich gegen das, was folgen mochte, dann streckte sie die Hand nach dem Toten aus und legte sie auf seinen Arm.

Ein Ruck durchfuhr sie. Der Wald verschwand – nein, er veränderte sich. Sie befand sich an einer anderen Stelle. Zurück an dem Ort, an dem sie ihre Freunde gestern aus den Augen verloren hatte.

Plötzlich stand Dainn vor ihr, das Schwert zum Schlag erhoben, drosch er auf Rayne ein. Schweiß hatte sich auf seiner Stirn gesammelt und tropfte von seinen Augenbrauen. Konzentriert starrte er Rayne – dem Söldner – in die Augen.

Hieb um Hieb trieb der Söldner ihn weiter zurück, bis ein Baum in seinem Rücken Dainn bremste. Von der Seite kam ein weiterer Gegner und bedrängte Dainn. Der Söldner, durch dessen Augen Rayne sah, trat einen Schritt zurück. Plötzlich veränderte sich ihre Perspektive. Eine dunkle Wolke verschattete ihren Blick. Mit einem Mal wirkten die Bäume höher. Nur ganz allmählich begriff Rayne, dass der Söldner in die Knie gebrochen war. Die schwarze Wolke, ganz ähnlich der, die in ihrer letzten Vision über Bruder Albus gekommen war, stieg nun aus der Brust des Söldners in die Luft. Und raste Dainn entgegen! Die Dunkelheit drang in seinen Körper, versickerte darin wie Nebel. Einen Herzschlag später ließ Dainn sein Schwert sinken. Der Kampf war vorüber, und der Blick des Mannes, durch dessen Augen Rayne gesehen hatte, brach.

Sie riss die Hand zurück. Augenblicklich war sie zurück in den Büschen, über dem Leichnam des Söldners kniend. Den zweiten Toten berührte sie nicht. Sie hatte genug gesehen. Sie wusste, dass die Bilder einander gleichen würden. Nur, dass dieses Mal Bär das Opfer der dunklen Wolke wäre.

Mit einem Mal war ihr klar, warum die beiden sich anders verhielten. Nicht viel, eigentlich kaum merklich, doch Bärs fehlende Herzlichkeit und die plötzliche Richtungsänderung … Vielleicht gab es im Osten wirklich eine Abbruchkante. Vielleicht war es aber auch nur eine Lüge, um sie dazu zu bewegen, eine andere Richtung einzuschlagen.

Rayne kroch aus dem Gebüsch. Sie hatte schon zu viel Zeit verloren und wollte nicht, dass Dainn und Bär von ihrem Fund erfuhren. Rasch schnappte sie sich den Wasserschlauch, griff nach dem Zügel und führte den Braunen hinter den Männern her. Sobald die verborgenen Leichen ein Stück hinter ihr lagen, rief sie: »Wartet auf mich!«

Noch nie waren ihr Worte schwerer über die Lippen gekommen. Alles in ihr schrie danach, sich in den Sattel zu schwingen und davonzugaloppieren, doch hier, inmitten des dichten Waldes, gab es keine Möglichkeit, schnell zu entkommen. Solange die beiden nicht ahnten, dass sie hinter ihr Geheimnis gekommen war, konnte sie sich zumindest in Ruhe nach einer besseren Gelegenheit umsehen.

Bär blieb stehen und drehte sich um. »Was ist los?«

»Mir ist der Wasserschlauch runtergefallen und ich durfte ihn aus den Dornen fischen.«

Es kostete sie Mühe, trotzdem schaffte sie es, sich zu

benehmen wie immer, als sie ihren Weg fortsetzten. Es gelang ihr sogar, mit den beiden zu scherzen, so wie sie es immer taten. Das Schlimmste war, dass die Männer darauf eingingen, als seien sie ganz die alten.

Die ganze Zeit über fragte Rayne sich, wie viel von ihren Freunden noch hinter den vertrauten Gesichtern steckte. Lebten die beiden überhaupt noch, oder waren es lediglich ihre Hüllen, die weiterexistierten? *Er war nicht er selbst*, hatte Khardal gesagt, als er ihr Bruder Albus' Augen gezeigt hatte. Wenn sie den Gedanken weiterverfolgte, bedeutete das, dass auch die toten Söldner nicht sie selbst gewesen waren. Dieser dunkle Nebel, war er es, der diese Menschen lenkte? Sie erinnerte sich an die Schwärze, die aus Bruder Albus' Poren gekrochen war, kurz bevor Khardal und sie die Flucht ergriffen hatten. Hätte sich daraus eine ähnliche Wolke gebildet, wenn sie nur noch ein wenig länger geblieben wären? Bei den Göttern! Hätte diese Wolke, die in ihren Visionen wie ein Schatten ausgesehen hatte, dann von ihr oder Khardal Besitz ergriffen?

Ein Schatten. War es das gewesen, was Khardal ihr in der Akademie erklären wollte, bevor ihre Verfolger aufgetaucht waren und sie zur Flucht gezwungen hatten? Dass ein Schatten Besitz von Bruder Albus ergriffen und ihn seinem Willen unterworfen hatte? War jeder dieser Männer, die in die Akademie eingedrungen waren, von so einem Schatten besessen gewesen?

Sie hatte gedacht, die Schatten von denen Khardal ihrem Vater gegenüber gesprochen hatte, wären eine Art Geheimbund. Auf den Gedanken, dass es eine Form von Wesen sein könnte, war sie nicht gekommen. Das bedeutete, dass dieselben Schatten, gegen die sich Khardal Hilfe von ihrem Vater erhofft hatte, auch hinter ihr her waren! Und somit auch etwas mit dem Angriff auf ihre Mutter zu tun hatten.

Was hatte Khardal noch einmal gesagt? Sie töteten

Menschen. Sie benutzten sie, und wenn sie sie nicht länger benötigten, ließen sie nur die toten Leiber zurück.

Wie hatte sie auch nur für einen Moment glauben können, Bär und Dainn seien der Übermacht an Gegnern entkommen! Die Söldner hatten die beiden in die Enge gedrängt und sich ihrer Körper bemächtigt. Natürlich würde Rayne ihren Freunden ohne Widerstand folgen. Sie auf diese Weise an ihr Ziel zu bringen, war weitaus einfacher, als es gegen ihren Willen tun zu müssen.

Kurz nach Mittag erreichten sie die Königsstraße. Dieser würden sie, erklärte das Dainn-Wesen, bis zur Abzweigung zur Handelsroute folgen. »Dann sehen wir weiter.«

Als sie eine Rast in einer Senke am Wegesrand einlegten, entschied Rayne, dass dies der geeignete Moment zur Flucht war. Sie wusste nicht, wie weit das Ziel der Männer entfernt war. Je mehr Zeit sie verstreichen ließ, desto näher würden sie ihm kommen. Ganz sicher wollte sie nicht warten, bis es zu spät war.

Die beiden Kreaturen, die die Gesichter ihrer Freunde trugen, führten ihre Pferde von der Straße, nahmen den Proviant aus einer der Satteltaschen und ließen sich auf einem umgestürzten Baumstamm nieder.

»Vorhin habe ich da hinten einen Fluss gesehen«, rief Rayne, die noch im Sattel saß, den beiden zu. »Ich tränke die Pferde und fülle die Wasserschläuche auf.«

Bär stand auf. »Ich komme mit.«

»Das wirst du schön bleiben lassen«, sagte sie in aller Ruhe, die sie trotz aufkommender Angst, aufbringen konnte. »Sieh mich an. Ich bin über und über voller Schlamm und Erde. Ich will mich waschen. Und dabei brauche ich nun wirklich keine Zuschauer.«

Einen Moment stand Bär da und sah sie unschlüssig an. Der echte Bär, ihr Freund und Beschützer, hätte ihr zumindest angeboten, sie zu begleiten und ihr den Rücken zuzuwenden.

Dieser Bär jedoch dachte nur kurz nach, dann nickte er und setzte sich wieder.

»Bleib in Rufweite«, sagte Dainn.

Rayne nickte. »Wenn ihr mir nichts von dem Schinken übrig lasst, werde ich euch eigenhändig erwürgen.«

Dainn lachte. Bär grinste. Beides schnitt ihr mitten ins Herz.

Mit den beiden Pferden der Männer im Schlepptau ritt sie zum Fluss, der kaum mehr als ein breiter Bach war. Das Land um sie herum war hügelig, immer wieder durchschnitten von größeren und kleineren Baumgruppen. Sie blickte nach hinten, zu der Stelle, an der sie die Männer zurückgelassen hatte. In der Senke waren sie nicht zu sehen. Das bedeutete, dass auch sie für die beiden unsichtbar war. Zumindest, solange sie blieben, wo sie waren.

Rayne glitt aus dem Sattel, suchte sich einen langen Stock und testete die Wassertiefe. Niedrig genug, um ohne Schwierigkeiten hindurchzuwaten. Sie zog die Stiefel aus und befestigte sie am Sattel, raffte die Röcke und führte die Pferde hinter sich her in den Bach. Das Wasser war erstaunlich kalt, wirkte aber angenehm belebend. Auf der anderen Seite angekommen, schlüpfte sie wieder in ihre Stiefel, dann schwang sie sich auf ihr Pferd, wand die Zügel der beiden anderen Tiere um ihren Sattelknauf und preschte los.

Sie ritt, ohne sich noch einmal umzudrehen. Immer weiter trieb sie ihren Braunen an, so schnell sie es mit den beiden anderen Pferden neben sich wagte. Hügel auf und Hügel ab, über Wiesen und zwischen Feldern hindurch, bis sie sicher war, dass die Männer sie, selbst wenn sie die Senke verließen und auf den nächsten Hügel stiegen, nicht mehr sehen konnten. Schließlich brachte sie die Tiere zum Stehen.

Sie nahm Bärs Armbrust, den Köcher mit den Bolzen, ein Seil und was sie sonst noch gebrauchen konnte, an sich. Ganz unten in der Packtasche fand sie ein Säckchen Münzen, das ihr zweifelsohne gute Dienste leisten würde. Dann nahm sie den Pferden der Männer Zaumzeug und Sättel ab und ließ beides ins Gras fallen. Mit einem Klaps trieb Rayne die beiden Tiere an und schickte sie fort, ehe sie sich selbst in den Sattel schwang und davonritt.

Sie hielt sich nach Osten, in Richtung der Garnison. Es war riskant, da die beiden wussten, wohin sie wollte. Zugleich aber war es die schnellste Möglichkeit, Schutz und Hilfe zu finden. Gegen dreihundert Soldaten kämen auch diese Schatten nicht an.

Als sie ihnen in der Akademie entkommen war, hatte sie einen Weg eingeschlagen, mit dem ihre Verfolger nicht gerechnet hatten. Wenn sie Glück hatte, würden sie deswegen nun in Richtungen suchen, die auf den ersten Blick nicht offensichtlich waren, statt direkt zur Garnison zu gehen. Und aus diesem Grund würde sie genau dorthin gehen – auf dem offensichtlichsten Weg.

Sollten die Männer sie trotzdem verfolgen, konnte sie nur hoffen, dass ihr Vorsprung groß genug war und sich der Rest der Söldnertruppe nicht bereits in der Nähe von Drei Seen herumtrieb.

Von der Garnison aus wollte sie eine Nachricht an ihren Vater schicken. Er musste wissen, was geschehen war und was sie herausgefunden hatte. Und natürlich, dass sie noch lebte.

Obwohl sie mit Dainn und Bär ihre Reisebegleiter verloren hatte, dachte Rayne nicht daran, sich nach Hause eskortieren zu lassen. Es ging jetzt nicht mehr allein um das Leben ihrer Mutter, sondern auch um das ihrer Freunde. Wenn dieser Trevelian wirklich so weise war, wie ihr Vater vermutete, kannte er vielleicht auch einen Weg, die Schatten aus einem Körper zu vertreiben, ohne dass dieser Schaden nahm. Sobald die Nachricht an ihren Vater verfasst war, würde sie sich mit einem Trupp Soldaten auf den Weg ins Hochland machen, um den Zauberer zu suchen.

Bald schon erreichte Rayne eine Straße, die in Richtung Osten verlief. Das musste die Handelsstraße sein, von der Dainn gesprochen hatte. Sie zog sich die Kapuze ins Gesicht und trieb ihr Pferd an. Immer wieder kamen ihr Karren entgegen, Männer die einen Esel vor sich hertrieben, oder Frauen, die Körbe mit Eiern und Brot trugen.

Die Straße führte an einer Schenke und einem Dorf vorüber. Rayne unterdrückte das Bedürfnis, dort Schutz zu suchen. Selbst wenn sie auf ein oder zwei Soldaten ihres Vaters stieß, wären das zu wenige, falls ihre Verfolger sie finden sollten. Statt zu rasten, machte sie einen großen Bogen um die Schenke und das Dorf. Wenn Dainn und … nein, nicht Dainn und Bär: die Schatten. Wenn die Schatten ihr folgten, würden sie auch in dieses Dorf kommen und nach ihr fragen. Wenn niemand sie sah, konnte sie auch niemand verraten.

Hinter dem Dorf passierte sie einige Gehöfte. Manchmal sah sie jemanden bei den Stallungen, manchmal im Garten oder auf dem Hof. Zu ihrer Erleichterung schenkte ihr niemand Beachtung.

Am späten Nachmittag gingen die Felder und Wiesen in ein ausgedehntes Waldstück über. Das musste ein Ausläufer jenes Waldes sein, den sie heute Morgen hinter sich gelassen hatten. Das Land wurde hügeliger, die Straße verlief nicht länger geradeaus, sondern wand sich zwischen den Bäumen hindurch. Als der Nachmittag in den Abend überging, wurde es Zeit, ein Lager aufzuschlagen. Sie glitt aus dem Sattel und führte den Braunen von der Straße, zwischen die Bäume. Hinter einer besonders dichten Reihe von Büschen und Bäumen band sie das Pferd an. Sie schnappte sich Satteltasche, Armbrust und Bolzenköcher, und marschierte in die entgegengesetzte Richtung davon, wobei sie nach ihrer Magie griff, um ihre Spuren zu verwischen. Dieses Mal gelang es ihr, ihre Energie besser zu dosieren, sodass der Boden nicht aussah, wie ein frisch gepflügtes Feld, sondern völlig unberührt.

Ein ganzes Stück von ihrem Pferd entfernt hielt sie am Fuße einer mächtigen Eiche mit ausladenden Zweigen inne. Doch statt ihr Lager im Schatten des Baumes aufzuschlagen, kletterte sie an den Ästen nach oben. Sie befestigte die Satteltasche an einem Ast über sich, hängte die Armbrust und den Köcher in Reichweite daneben und ließ sich dann mit dem Rücken an den Stamm gelehnt auf dem dicken Ast darunter nieder.

Es dauerte nicht lange, bis die Anstrengung des Tages ihren Tribut verlangte. Bevor Rayne einschlief, band sie sich mit ihrem Seil an dem Ast fest und befestigte die Knoten sicherheitshalber mit Magie. Notfalls konnte sie sie mit derselben Magie ebenso schnell wieder lösen. Mit dem Gedanken an Dainn und Bär und der quälenden Frage, ob sie die beiden hätte retten können, wenn sie nicht abgestürzt wäre, glitt sie schließlich in den Schlaf.

17

Darragh Fjal'Har blickte auf die Überreste der Akademie des Bronn. Eine ausgebrannte Ruine und die dicke Außenmauer waren alles, was von dem alten Bau geblieben war. Schwarz wie faulige Zahnstümpfe ragten die Trümmer vor dem Heiligen Hain von Ereleah empor. Vom Dach waren nicht einmal mehr ein paar geschwärzte Balken geblieben, es war einfach verschwunden, als hätte es das Flammenmonster mit einem einzigen Bissen verschlungen. Das Inferno musste grauenerregend gewesen sein. Die Flammen hatten alles verzehrt, was nicht aus Stein war. Das Dach, die Wandbehänge und Holzvertäfelungen, Teppiche, Holztreppen, Möbel, Bücher und Schriftrollen, das alles hatte gewiss gebrannt wie Zunder. Das Feuer musste sich in Windeseile ausgebreitet und alles verschlungen haben, was sich in seinem Weg befand. Für die schlafenden Menschen in ihren Betten hatte es kein Entkommen gegeben.

Seit dem Überfall waren beinahe drei Wochen vergangen, sodass es ausgeschlossen war, in den Trümmern noch Überlebende zu finden. Stattdessen hatten Darragh und seine Männer sich während der letzten Tage in den umliegenden Dörfern und Gehöften umgehört, um herauszufinden, ob jemand die Männer gesehen hatte, die für das Feuer verantwortlich waren. Abgesehen davon hegte Darragh die Hoffnung, dass es noch andere Überlebende als dieses Mädchen gegeben haben könnte, die in der Nähe Schutz und Hilfe gesucht hatten. Von dem Mädchen, mit dem er inzwischen gesprochen hatte – Talina war ihr Name –, wusste er, dass Rayne nicht in ihrer Kammer gewesen war. Er hatte sich so sehr gewünscht, dass sie entkommen war. Hatte es von ganzem Herzen gehofft. Aber niemand hatte sie gesehen oder von ihr gehört. Mit jeder Tür, an die er klopfte, jedem Haus, das er betrat, um nach ihr zu fragen, sank seine Hoffnung weiter. Schließlich musste er sich eingestehen, dass er Rayne nicht finden würde. Wäre sie am Leben, hätte sie längst die Garnison benachrichtigt, doch auch dort hatte niemand Kunde von ihr.

Darragh vernahm das leise Klirren eines Kettenhemdes, als Lucan zu ihm trat. »Ich kann einfach nicht glauben, dass Rayne nicht mehr lebt«, sagte er, den Blick auf das Tor gerichtet, von dem nur noch ein paar verkohlte Reste in den geschmolzenen Angeln hingen. Lucan war Beolans Sohn und wie ihre Väter waren auch Darragh und er Freunde. Sie dienten in der gleichen Einheit, und während Darragh sie kommandierte, war Lucan sein Stellvertreter. Auch er war fast wie ein Bruder mit Rayne zusammen aufgewachsen.

Darragh riss seinen Blick von der Ruine los, bei deren Anblick sich ihm auch jetzt noch das Herz zusammenzog, und sah Lucan an. Die gewohnte Fröhlichkeit war schon in Naranor von seinem Freund abgefallen, nachdem er erfahren hatte, was Rayne zugestoßen war. Seit sie jedoch vor ein paar Tagen die Ruine erreicht hatten, wirkte Lucan regelrecht verbissen. Wie Darragh selbst, war er wild entschlossen, die Schuldigen zu stellen und zur Verantwortung zu ziehen.

»Willst du immer noch nach Norden reiten?«, wollte Lucan wissen.

Darragh nickte. Von Talina hatte er sich den Mann, der bei Rayne gewesen war, noch einmal genau beschreiben lassen. Es bestand kein Zweifel daran, dass es Khardal war. Niemand hatte ihn und seine Handlanger in der näheren Umgebung gesehen, weshalb Darragh ein paar Männer nach Norden und Osten ausgesandt hatte. Tatsächlich war Khardal nördlich der Akademie gesichtet worden, jemand behauptete sogar, dass er ein Pferd gestohlen hätte. Dann jedoch verlor sich seine Spur. Darragh ging davon aus, dass er in Valin Unterschlupf suchen würde, und wenn sie ihn dort nicht fanden, wusste Eyron womöglich, wo er sich versteckte.

Der Brudermörder würde für das bezahlen, was er getan hatte. Zumindest dafür wollte Darragh sorgen, wenn er schon sonst nichts mehr für Rayne tun konnte. Er ballte die Hände zu Fäusten und dachte daran, wie sie vor ein paar Wochen im Garten miteinander gescherzt hatten. Damals hatte er ihr grinsend versprochen, dass er sie rächen würde, wenn ihr jemand etwas antun sollte. Wenn er geahnt hätte … Er schüttelte den Kopf und schob den Gedanken von sich.

Warum hat Eyron ihn zurückgeholt? Wäre Skandar *sein* Bruder gewesen, hätte Darragh ihn in der Verbannung verrecken lassen. So viele Tote; seine Schwester und all die unschuldigen Männer und Frauen aus der Akademie und dem Ordenshaus. Wofür? Als Rache dafür, dass der König ihn abgewiesen hatte?

»Sind die Männer zum Aufbruch bereit?«, fragte Darragh.

Lucan nickte. »Allerdings ist einer der Späher, die du nach Osten geschickt hast, immer noch nicht zurück.«

»Die anderen sind da. Warum er nicht?« Die Männer hatten den Befehl gehabt, im Morgengrauen wieder zu ihrer Einheit zu stoßen.

»Sie haben sich getrennt, um schneller ein größeres Gebiet abdecken zu können. Meras hatte den weitesten Weg.«

»Zwei Männer sollen zurückbleiben und bis zum Abend warten. Wenn er dann nicht zurück ist, sollen sie ihm ein Zeichen hinterlassen und uns folgen. Wir brechen auf!«

18

Während der letzten Tage hatte Skandar die Pausen so kurz wie möglich gehalten. Er hatte schon genug Zeit verschwendet und wollte auf dem schnellsten Weg zurück zur Akademie. Es war heiß und schwül, die Luft flimmerte vor Hitze, und die Gewitter der letzten Tage hatten kaum Abkühlung, dafür aber Schwärme von Mücken gebracht.

Er war noch etwa einen halben Tagesritt von seinem Ziel entfernt, als er in der Ferne die Staubwolke eines größeren Trupps ausmachte, der ihm entgegenkam. In den letzten Tagen waren ihm nie mehr als zwei oder drei Reisende gleichzeitig begegnet. Größtenteils waren es Händler, die auf der Straße nach Norden unterwegs waren, entweder allein oder in kleinen Gruppen. Meistens mit Eseln oder Karren, nur wenige mit Pferden. Die Staubwolke am Horizont kündete jedoch gleich von mehreren Pferden, der Größe nach bestimmt einem Dutzend, schätzte Skandar. Sollte er am Ende so vom Glück gesegnet sein, dass ihm ausgerechnet die, nach denen er suchte, entgegenkamen?

Sicher, die Männer, die in die Akademie eingedrungen waren, waren bestimmt doppelt so viele gewesen, doch wer sagte, dass sie noch immer zusammen unterwegs waren? Vielleicht hatten sie sich getrennt. Er trieb den Schimmel zu einem schnelleren Gang, was der sture Gaul belohnte, indem er stieg. Sobald seine Vorderhufe den Boden wieder berührten, preschte er los.

Skandar folgte der Straße, bis er eine Wegkreuzung in Richtung Osten erreichte, saß ab und führte das Pferd vorbei an ein paar Felsen, hinter eine Baumgruppe. Als er das Tier angebunden und sich vergewissert hatte, dass es vom Weg aus nicht zu sehen war, schlich er zur Kreuzung zurück und suchte sich ein Versteck zwischen den Felsen, von wo aus er die Straße im Blick hatte. Die Kreuzung war der perfekte Ort. Wenn es wirklich die Söldner waren, die ihm da entgegenkamen, konnte er beobachten, in welche Richtung sie ritten, und ihnen dann folgen.

Seine Geduld wurde nicht lange auf die Probe gestellt. Die Staubwolke kam immer näher, bald konnte er den Hufschlag der Pferde hören und ein wenig später Stimmen, die sich daruntermischten. Dann kamen die Reiter hinter der Straßenbiegung in Sicht. Skandar kniff die Augen zusammen, um die Männer besser erkennen zu können, doch noch waren sie zu weit entfernt. Als der Trupp die Kreuzung erreichte, gab der Mann an seiner Spitze ein Zeichen, anzuhalten. Skandar unterdrückte einen Fluch, als er in ihm den Thronfolger erkannte.

Während der Prinz und ein junger Krieger ihre Pferde in die Mitte der Kreuzung führten und sich umsahen, duckte sich Skandar tiefer hinter die Felsen und spähte durch einen Spalt im Gestein.

»Mir gefällt nicht, dass Meras noch immer nicht zurück ist, Lucan«, hörte er den Prinzen sagen.

Der Mann neben ihm runzelte die Stirn und warf einen Blick nach Osten. »Um ehrlich zu sein, glaube ich allmählich nicht mehr, dass er noch kommen wird. Auch wenn er weiter im Osten war als die anderen Kundschafter, hätte er längst zurück sein müssen.«

Prinz Darragh nickte. »Ich fürchte, du hast recht.«

»Willst du noch auf unsere Nachhut warten?«

Der Prinz schüttelte den Kopf. »Nein. Die anderen werden uns einholen. Ich will den Brudermörder. Und ich will keine Zeit verschwenden!« Daraufhin trat er seinem Pferd in die

Flanken. Gefolgt von seinen Männern ritt der Prinz weiter in Richtung Norden. Skandar starrte ihnen hinterher.

Ich will den Brudermörder. Offenbar hatte es die Prinzessin nicht nur sicher zurück nach Naranor geschafft, sondern Skandar gleich noch ihren Bruder auf den Hals gehetzt. Auch wenn er nicht verstand, wieso sie das getan haben sollte. *Warum suchen sie nach mir und nicht nach den Söldnern?*

Zumindest wusste er jetzt, dass ihn in Richtung der Akademie noch weitere königliche Soldaten erwarteten. Unglücklicherweise hatte er nicht die geringste Vorstellung davon, wie viele. Es konnten drei oder drei Dutzend sein. Solange noch Nachzügler unterwegs waren, lief er Gefahr, ihnen geradewegs in die Arme zu laufen. Da vermutlich jeder von ihnen wusste, dass sie nach einem Mann mit einer Narbe im Gesicht suchten und er – dank der Prinzessin – keinen Umhang mehr besaß, dessen Kapuze er sich ins Gesicht hätte ziehen können, würde ihn jeder sofort erkennen. Einen großen Trupp würde er schon aus der Ferne bemerken und sich verstecken können. Was aber, wenn es lauter kleine Gruppen waren, bestehend aus zwei oder drei Mann? Er konnte sich unmöglich jedes Mal ein Versteck suchen, sobald er jemanden vor sich auf der Straße bemerkte. Bei all den Händlern, die unterwegs waren, würde er mehr Zeit im Straßengraben verbringen als auf der Straße selbst.

Plötzlich kam ihm noch ein anderer Gedanke. Was war mit den Händlern, die ihm bisher begegnet waren? Würden sie ihn womöglich an den Prinzen verraten? Unwillkürlich schüttelte er den Kopf. Niemand hatte ihm Beachtung geschenkt und er hatte mit niemandem gesprochen. Mit ein wenig Glück war er unsichtbar geblieben.

Wenn sich der Prinz und seine Soldaten längere Zeit in der Nähe der Akademie aufgehalten hatten, würde er dort vermutlich nichts mehr finden, das noch auf die Söldner oder die Schatten hindeutete. Den Weg konnte er sich also sparen.

Im Westen gab es für mehrere Tagesritte nichts als Wald. An vielen Stellen, erzählte man sich, war der Heilige Hain von Ereleah dermaßen undurchdringlich, dass er bezweifelte, dass sich die Söldner dorthin zurückgezogen hatten. Im Norden hatte Skandar ebenfalls keine Spur von ihnen gefunden. Es blieb also nur der Weg nach Süden, in Richtung Naranor, oder der nach Osten. Den Süden wollte Skandar meiden, solange dort noch Männer des Prinzen waren. Er konnte jedoch einen Bogen nach Osten schlagen und erst jenseits der Akademie wieder auf die Straße nach Naranor zurückkehren. So konnte er sich im Osten nach den Söldnern umhören und gleichzeitig die Männer des Prinzen umgehen.

Er holte das Pferd und setzte seinen Weg in Richtung Osten fort. Von Zeit zu Zeit stieß er auf ein Gehöft am Wegesrand und hielt an, um dort nach einem Trupp Söldner zu fragen, der womöglich in den letzten Tagen oder Wochen durch diese Gegend gezogen war. Niemand hatte etwas gesehen. Von einem Mann, den er auf einem Acker antraf, erfuhr er, dass es ein Stück weiter südlich noch einen Weg nach Drei Seen gab. Wenn die Männer, nach denen Skandar suchte, nicht gesehen werden wollten, meinte der Mann, würden sie diesen Weg wählen, denn dort gab es keine Höfe und Siedlungen. Allenfalls würde ihnen einer der Priester begegnen, die dort im Wald gelegentlich Pilze sammelten. Dann schüttelte er den Kopf und fügte mit bedauernder Miene hinzu, dass das wohl der Vergangenheit angehöre, nach allem, was in der Akademie geschehen war.

Am Abend kehrte Skandar in einer Schenke am Wegesrand ein. Er ließ sich in einer schummrigen Ecke nieder, die linke Seite zur Wand, sodass seine Narbe nicht auffallen würde. Von seinem Platz aus hatte er freie Sicht zur Tür. Sollte er auch nur den Hauch einer königlichen Uniform im Eingang entdecken, brauchte er nur durch den Gang zu seiner Rechten und dann durch die Hintertür verschwinden.

Er bestellte beim Wirt eine Schüssel Eintopf und etwas Brot und Käse für die Reise. »Sagt, guter Mann, ist hier in letzter Zeit ein größerer Trupp Krieger vorbeigekommen, der nicht zur königlichen Armee gehört?«, fragte er, nachdem er seine Bestellung aufgegeben hatte.

Der Wirt, ein schmerbäuchiger Geselle mit schütterem Haar und feistem Gesicht, strich sich nachdenklich übers Kinn. Skandar nahm eine Münze aus seinem Beutel und schob sie über den Tisch. Mit einer Schnelligkeit, die er einem Mann dieser Statur nicht zugetraut hatte, schnappte der Wirt das Geldstück vom Tisch und ließ es unter seiner Schürze verschwinden.

»Vor einer Weile sind ein paar hier gewesen«, sagte er dann. »Haben nach einem Mädchen gefragt.«

»Wann war das?«

»Das erste Mal vor etwa drei Wochen.«

»Das erste Mal?« Skandar horchte auf. »Und danach?«

»Heute Nachmittag waren noch einmal zwei hier.«

»Haben sie auch nach einem Mädchen gesucht?«

Der Wirt nickte.

»Konntet Ihr ihnen behilflich sein? Wisst Ihr, in welche Richtung sie weitergeritten sind?« Als der Wirt keine Anstalten machte, zu antworten, gab Skandar ihm eine weitere Münze.

»Hier hat niemand ein fremdes Mädchen gesehen«, sagte er und ließ auch diese Münze verschwinden. »In welche Richtung sie geritten sind, weiß ich nicht. Ich interessiere mich für gewöhnlich nicht dafür, was außerhalb dieses Gasthauses vor sich geht.« Damit machte er kehrt, um Skandars Essen zu holen.

Keiner der Männer, die Skandar im Laufe des Tages entgegengekommen waren, war ihm verdächtig erschienen. Deshalb ging er davon aus, dass die Männer, nach denen er suchte, vor ihm auf dem Weg nach Osten sein mussten. Skandar war versucht, sofort aufzubrechen. Doch seine Chancen, die Männer in der Nacht zu finden, standen gering. Sie konnten in einem Gehöft oder einer anderen Schenke untergekommen sein oder irgendwo am Wegesrand ein Lager aufgeschlagen haben. Wenn sie auf ein Feuer verzichteten, könnte er ein paar Meter entfernt an ihnen vorüberreiten, ohne sie zu bemerken. Sosehr es ihn auch in den Fingern juckte, es war besser, bis zum Morgen zu warten.

Der Wirt brachte sein Essen und den Proviant und Skandar machte sich über den Eintopf her. Er hatte gerade das letzte bisschen mit dem Brot aufgetunkt, als eine aufgelöste Frau in den Gastraum stolperte. Dem einfachen Kleid und der Schürze nach zu schließen, war sie eine Bäuerin. Ihr dunkles Haar war bis auf wenige Strähnen unter einer Haube verborgen, ihr Gesicht gerötet und nass vor Schweiß und Tränen. Vollkommen erschöpft wankte sie auf einen Tisch in der Mitte des Raumes zu, um den herum sich einige Bauern und Händler versammelt hatten. Sofort sprangen die Männer auf.

»Hesia!«, rief einer und griff nach dem Arm der Frau, als sie vor Erschöpfung ins Taumeln geriet. »Was ist passiert?«

Hesias Tränen wurden heftiger und verschluckten die Worte, die den Weg über ihre Lippen suchten. Skandar hatte Mühe den Lauten, die sie schließlich zwischen heftigen Schluchzern hervorbrachte, einen Sinn abzutrotzen. »... tot!«, war das Erste, was er verstand. »Auf dem Feld gefunden.«

Der Mann, der Hesia gestützt hatte, zog ihr einen Stuhl heran und drückte ihr einen Humpen in die Hand. Gierig trank die Frau. Flüssigkeit schimmerte auf ihren Lippen, als sie ihn wieder abstellte.

»Er war schon seit einer ganzen Weile so merkwürdig«, schniefte sie. »Drei Wochen lang hat er sich benommen, als würde ihn der Hof nicht interessieren. Er hat gearbeitet, das schon, aber nicht so wie sonst. Es war eher ... als würde er auf etwas warten. Und dann, heute Nachmittag, ist er einfach umgefallen. Er war doch stark und gesund! Wir wollten noch einen Sohn!«

Ihre weiteren Worte gingen in erneutem Schluchzen unter. Skandar hatte ohnehin genug gehört. Das war vielleicht die Spur, nach der er gesucht hatte. Natürlich waren da auch noch die Männer von heute Nachmittag, von denen der Wirt gesprochen hatte. Zuerst jedoch wollte er sich den Leichnam des Bauern ansehen.

Als drei der Männer kurz darauf mit Hesia die Schenke verließen, bezahlte Skandar seine Zeche, griff nach seinem Bündel und folgte ihnen nach draußen. Während er darauf wartete, dass der Stallbursche ihm sein Pferd brachte, beobachtete er, wie die Bauern Hesia auf ein Fuhrwerk halfen und der Karren sich rumpelnd in Bewegung setzte. Skandar folgte ihnen in sicherem Abstand.

Sie kamen nicht schnell voran, sodass es eine Weile dauerte, bis sie ihr Gefährt schließlich auf einen der Höfe lenkten, an denen Skandar im Laufe des Nachmittags vorübergekommen war. Es war eines der wenigen Gehöfte gewesen, auf denen er niemanden angetroffen hatte.

Während die Männer mit ihrem Karren vor das Wohnhaus fuhren, führte Skandar den Schimmel von der Straße, band ihn ein Stück entfernt an und schlich sich dann von der Seite näher an das Haus. Er sah, wie drinnen Lampen entzündet wurden. Menschliche Gestalten, kaum mehr als Schattenrisse, bewegten sich hinter einem Fenster. Mit einem raschen Blick vergewisserte er sich, dass sich niemand draußen herumtrieb, dann näherte er sich geduckt dem Fenster und spähte hinein. Die Schlafkammer, die er dahinter erblickte, war kaum groß genug, um Hesia und den drei Männern Platz zu bieten. Auf dem Bett lag der blasse Leichnam eines Mannes mittleren Alters. Soweit Skandar es zu erkennen vermochte, hatte er keine Verletzungen.

Die Männer blieben lange Zeit. Einer schürte ein Feuer im

Kamin, ein anderer ging in den Stall, um sich um das Vieh zu kümmern, während der dritte an Hesias Seite blieb. Je länger Skandar wartete, desto mehr überkamen ihn Zweifel. Er fühlte sich wie ein Eindringling in die Trauer dieser armen Frau. Was wollte er hier? Genügte ihm nicht, was er in der Schenke gehört hatte? Unbekannte Männer, die nach einem Mädchen fragten. Das sollte doch Hinweis genug sein. Doch etwas in ihm verlangte danach, sich absolute Gewissheit zu verschaffen.

Die Gelegenheit dazu kam kurz vor dem Morgengrauen, als die Männer schließlich den Hof verließen. Skandar zog sich tiefer in die Schatten hinter der Hausecke zurück und beobachtete, wie sie vor die Tür traten. Sie versprachen Hesia, bald mit ihren Frauen zurückzukommen, um sich um alles Nötige zu kümmern.

»Versuch ein paar Stunden zu schlafen«, rief einer von ihnen der Frau zu, als der Karren vom Hof rumpelte.

Skandar fürchtete schon, dass die Frau wieder in ihre Schlafkammer zurückkehren würde, doch stattdessen ließ sie sich auf einer Bank vor dem Haus nieder. Sie barg das Gesicht in den Händen und weinte, bis sie schließlich vor Erschöpfung einnickte. Das war seine Gelegenheit, entschied Skandar. Wenn er noch länger wartete, kehrten die anderen am Ende zurück, bevor er sich den Toten ansehen konnte.

Vorsichtig löste er sich aus den Schatten. Darauf bedacht, wohin er seinen Fuß setzte, schlich er um das Haus herum. Solange er noch nicht an der Tür war, konnte er der Frau irgendeine Geschichte auftischen. Wenn sie ihn jedoch erwischte, wie er sich ins Haus stahl oder bereits drinnen war, würde ihm keine noch so gute Erklärung mehr helfen. Dann müsste er fliehen. Und das in der Gewissheit, dass ihn jemand gesehen hatte und beschreiben konnte.

Er schaffte es unbemerkt zur Tür. Das Holz knarrte leise, als er sie langsam aufdrückte. Skandar hielt inne und warf einen Blick auf die Frau. Sie hatte sich nicht gerührt. Er schob die Tür ein Stück weiter auf und schlüpfte ins Haus.

Im Schlafzimmer brannten noch immer die Kerzen, die die Männer entzündet hatten. Skandar griff nach einer und ging zum Kopfende des Bettes. Hesia hatte ihrem Mann die Augen geschlossen. Die Haut des Toten war aschfahl. Skandar brachte die Kerze näher an das Gesicht heran und zog mit der freien Hand ein Augenlied des Toten auf. Zähflüssige schwarze Schlieren lagen über der Pupille und sickerten wie dunkle Tränen aus dem Augenwinkel. Kein Zweifel, in diesem Körper hatte ein Schatten gewohnt.

Drei Wochen lang hatte er sich merkwürdig benommen, hatte Hesia gesagt. Ziemlich genau die Zeit, die seit dem Überfall auf die Akademie vergangen war. Je länger Skandar darüber nachdachte, desto mehr wuchs sein Verdacht, dass es derselbe Schatten gewesen sein musste, der sich des Priesters bemächtigt und ihn dazu gebracht hatte, die Tore zu öffnen. Hatte er sich einen Körper in dieser Gegend gesucht, um nach der Prinzessin Ausschau zu halten? Oder war er nach dem Tod seines letzten Wirtes so geschwächt, dass er seinen Kameraden nicht folgen konnte? Aber warum war er jetzt fort? Während Skandar über diese Frage grübelte, fielen ihm die Worte des Soldaten im Trupp des Prinzen wieder ein. *Auch wenn er weiter im Osten war als die anderen Kundschafter, hätte er längst zurück sein müssen.* War es möglich, dass es einen Zusamenhang gab? Hatte der Schatten den Kundschafter entdeckt und sich des kräftigeren Körpers bemächtigt?

Ein Geräusch von draußen schreckte ihn auf. Hesia war erwacht. Er sah ihren Hinterkopf vor dem Fenster. Hastig stellte er die Kerze auf den Nachttisch zurück und schlich geduckt unter das Fenster. Als er ihre Schritte von draußen vernahm, huschte er aus der Schlafkammer in den Wohnraum und ging hinter dem Esstisch in Deckung. Einen Herzschlag später betrat Hesia das Haus. Wenn sie jetzt zum Herd ging, würde sie ihn entdecken. Er duckte sich noch tiefer und wartete. Ihre Schritte entfernten sich, sie betrat die Schlafkammer. Ohne sich noch einmal umzusehen, lief Skandar zur Tür und verschwand.

19

Dunkle Nachtmahre in Form von Schatten durchstreiften Raynes Träume. Ganz gleich, wie oft sie kehrtmachte und einen anderen Weg einschlug, sie holten sie immer wieder ein. Dann fand sie endlich Bär. Erleichterung durchströmte sie, als sie den großen Krieger erkannte. Keine zwei Meter entfernt stand er vor einer Feuerstelle und drehte einen riesigen Braten am Spieß. Er wandte ihr den Rücken zu, drehte sich jedoch zu ihr herum, als sie seinen Namen rief. Raynes Schritte wurden schneller, getrieben von dem Verlangen, ihren Freund zu erreichen. Als sie jedoch sein Gesicht sah, erstarrte sie. Nicht Bärs vertraute Züge blickten ihr entgegen, sondern eine dunkle Masse aus wabernden Schatten.

»Hast du etwa deinen Freund erwartet?«, erhob sich eine Stimme aus dieser Dunkelheit, dort wo Bärs Mund sein sollte. »Wie bedauerlich, Prinzesschen. Er ist nicht hier. Niemand ist hier, nur ich und mein Mahl.« Der Schatten trat einen Schritt zur Seite, sodass Rayne das Wild sehen konnte, das über dem Feuer briet. Nur, dass es kein Wild war. Es war ein Mensch, und als der Schatten den Spieß drehte, blickten ihr Dainns tote Augen entgegen. Der Schatten lachte, als sie erschrocken zurückwich. »Hättest du sie nicht im Stich gelassen, wären sie beide noch am Leben.«

Mit einem Schrei schreckte Rayne aus dem Schlaf. Nur das Seil, mit dem sie sich an den Ast der Eiche gebunden hatte, bewahrte sie vor einem Absturz. Sie zitterte, nicht vor Kälte, sondern vor Grauen. *Ich habe sie im Stich gelassen.*

»Am Tag deiner Geburt«, pflegte Bär oft zu sagen, »schwor

ich, mein Leben für dich zu geben, sollte es nötig sein.« Rayne hoffte, dass es nicht so weit kommen würde und es einen Weg gab, ihre Freunde zu retten.

Sie wischte sich die Tränen aus den Augen. Es dämmerte bereits. Flüchtig berührte sie das Seil, ließ ihre Energie fließen und löste die Magie, die den Knoten hielt. Der Strick wickelte sich ab und fiel auf die Erde. Rayne ließ die Satteltasche folgen, dann schnappte sie sich Armbrust und Bolzenköcher und kletterte vom Baum. Ihre Glieder waren kalt und steif, jeder Knochen in ihrem Leib schien zu schmerzen, und ihr Hinterkopf hämmerte dort, wo sie bei ihrem Absturz gegen den Baum geprallt war. War das wirklich erst vorgestern gewesen?

Unten angekommen streckte sie sich ausgiebig, was zumindest ein wenig half. Ihr Frühstück, ein Kanten altes Brot und etwas Dörrfleisch, nahm sie im Stehen zu sich. Sie hatte den letzten Bissen noch nicht heruntergeschluckt, da packte sie schon ihre Sachen und machte sich auf den Weg zu ihrem Pferd.

Gegen Mittag wurde der Wald immer dichter. Die Straße wand sich durch die dunklen Schatten, die die Bäume warfen. An manchen Stellen war es so düster, dass Rayne die Straße mehr erahnte, als dass sie sie wirklich sah. Sie zügelte den Braunen in eine langsamere Gangart und zog sich den Umhang enger um die Schultern.

Hinter einer Biegung kam ein Reiter in Sicht, keine fünfzig Meter entfernt. Er hatte sein Pferd mitten auf der Straße zum Stehen gebracht, an einer Stelle, an der die Sonne durch die Baumkronen auf ihn fiel, und blickte ihr entgegen. Rayne hätte ihn auch im Zwielicht sofort erkannt. Die massige Gestalt, die typische Haltung eines selbstsicheren Kriegers. Das vertraute, bärtige Gesicht.

»Bär«, flüsterte sie, obwohl sie wusste, dass es nicht ihr Freund war, der ihr den Weg versperrte. »Es tut mir leid.«

Sie wollte gerade umkehren, als sie hinter sich einen weiteren Reiter bemerkte, der schnell näher kam. Dainn!

Da sie keinen anderen Ausweg sah, trieb sie den Braunen von der Straße, zwischen die Bäume. Schon nach wenigen Metern wurde das Unterholz dichter, die Äste reichten immer tiefer, und mehr als einmal musste sie sich weit über den Pferdehals beugen, um nicht von einem Ast zu Boden gefegt zu werden. Rayne glitt aus dem Sattel und wollte das Pferd hinter sich herführen, musste jedoch schon nach ein paar Schritten erkennen, dass sie mit dem Tier im Schlepptau niemals entkommen würde. Hinter sich hörte sie die Männer – die Wesen – bereits, die sich nun ebenfalls zwischen die Bäume schlugen.

Sie schnappte sich Armbrust und Köcher und rannte los.

Während sie durch das Unterholz hetzte, verfluchte sie sich dafür, die Armbrust statt der Satteltasche genommen zu haben. Welchen Nutzen hatte eine Waffe, die sie ohnehin nicht einsetzen würde? Abgesehen davon, dass sie zwischen den Bäumen kein freies Schussfeld hatte, bezweifelte sie, dass sie es über sich bringen würde, auf ihre Verfolger zu schießen. Nicht, solange sie in den Körpern ihrer Freunde steckten.

Rayne rannte so schnell, wie der unebene Boden es zuließ. Die Kapuze rutschte ihr vom Kopf, der Umhang wehte hinter ihr her. Immer wieder stolperte sie über Wurzeln, ihr Haar verfing sich in Ästen und Zweigen, das Kleid und der Umhang blieben in den Sträuchern hängen. Sie rannte einfach weiter, ignorierte den Schmerz, wenn ihr Haar ausriss, ebenso wie das Reißen des Stoffes.

Sie wusste nicht, wie lange sie schon gelaufen war. Jeder Baum sah aus wie der davor, jeder Strauch glich dem nächsten. Die Rufe ihrer Verfolger verstummten nicht. Tatsächlich wurden sie lauter. Sie kamen näher! Während sie rannte, sah sie sich nach einem Versteck um. Einem Ort, an dem sie sich verkriechen konnte. Alles, was sie brauchte, war ein Moment der Konzentration. Dann könnte sie ihre Magie dazu benutzen, sich zu verbergen. Doch solange sie nicht mehr Abstand zwischen sich und die Schatten brachte, brauchte sie nicht einmal daran zu denken, ihre Magie einzusetzen.

Sie rannte weiter, immer auf der Suche nach einem Versteck. Stattdessen stieß sie auf eine Lichtung, hinter der sich ein undurchdringliches Dickicht aus dornigen Brombeerbüschen erstreckte. Sie wandte sich nach rechts und war erstaunt, als sie zwischen den Bäumen einen Blick auf die entfernte Straße erhaschte. Wenn sie es dorthin schaffte, käme sie schneller voran.

Sie hatte die Lichtung nicht einmal zur Hälfte überquert, als ihre Verfolger hinter ihr aus dem Wald brachen. Rayne fuhr herum, die Armbrust abwehrend erhoben. Erschießen würde sie die Männer nicht, davor, sie niederzuschlagen, hatte sie hingegen keine Skrupel.

»Kommt nicht näher!« Noch während sie die Worte aussprach, wusste sie, wie lächerlich sie klang. Was sollte sie gegen zwei erfahrene Krieger ausrichten?

Die beiden schienen der gleichen Meinung zu sein und waren sich ihrer Sache offenbar sehr sicher. Sie hatten nicht einmal ihre Schwerter gezogen.

»Was ist denn los mit dir?« Dainn streckte die Arme zur Seite aus, um ihr zu zeigen, dass er nicht bewaffnet war. Dass er nicht vorhatte, ihr etwas anzutun. »Warum bist du weggelaufen? Mit unseren Pferden?«

»Wir haben uns Sorgen gemacht.« Der Bär-Schatten schaffte es tatsächlich, wie Bär zu klingen, wenn er Angst um sie hatte.

Sie wirken so echt.

»Ich weiß, *was* ihr seid«, sagte sie und wich langsam zurück.

Der Dainn-Schatten grinste. »Das bezweifle ich.«

Schritt für Schritt zog Rayne sich weiter zurück. Bis zum Ende der Lichtung war es nicht mehr weit. Sobald sie dort war, würde sie kehrtmachen und losrennen. Dann stieß sie mit dem Rücken gegen einen Baum. Noch bevor sie entscheiden konnte, ob sie nach rechts oder links wollte, hatten ihre Verfolger sie eingeholt. Bär versperrte ihr den Weg nach links, Dainn baute sich an ihrer anderen Seite auf. Sie saß in der Falle. *Denk nach*, trieb sie sich an. *Es muss einen Ausweg geben!*

»Was wollt ihr von mir?«, fragte sie, in der Hoffnung, Zeit zu schinden.

»Das erfährst du noch früh genug, Prinzessin«, sagte das Dainn-Wesen.

»Ihr hetzt mich durch das Land und dann erweist ihr mir nicht einmal den Respekt einer Erklärung?« Dieses Mal lachten sie beide, und es wirkte so schmerzhaft echt, dass Rayne Tränen in die Augen stiegen.

»Wenn *ER* dir diesen Respekt erweisen will, soll *ER* es tun. Unser Auftrag ist es lediglich, dich zu *IHM* zu bringen.«

Rayne tastete nach ihrer Energie. »Wer ist *ER*?«

Bär schüttelte den Kopf.

»Natürlich«, sagte sie. »Ich vermute, das wird auch *ER* mir sagen, wenn er es möchte.« Letztlich war es gleichgültig. Alles, was sie wollte, war Zeit zu gewinnen. Zeit, damit sie ihre Magie einsetzen konnte. Sie spürte, wie die Energie in ihren Adern rauschte. Spürte ihre Kraft. Dass die beiden nicht nebeneinanderstanden, machte es komplizierter. Was immer sie tat, würde nur einen von ihnen treffen. »Bär«, sagte sie und zwang sich, in die schmerzlich vertrauten Augen zu blicken. »Ich weiß, dass du da drin bist.« Sie wusste es nicht, aber sie *hoffte* es. Wenn es ihr gelänge, ihren Freund zu erreichen … »Du bist stark, viel stärker als dieses Ding. Du musst dagegen ankämpfen! Erinnerst du dich an deinen Schwur, mich immer zu beschützen?« War da ein Flackern in seinen Augen? Ein erstes Anzeichen, dass sie zu ihm durchdrang? »Das wäre jetzt wirklich eine gute Gelegenheit, dein Wort zu halten. Komm schon, Bär, du musst kämpfen!«

Wenn sie wirklich ein Flackern gesehen hatte, war es genauso schnell wieder erloschen, wie es gekommen war. Der Mann, den sie ihr Leben lang als Bär gekannt hatte, betrachtete sie mit kalter, desinteressierter Miene.

»Das reicht«, sagte das Dainn-Wesen. »Schnappen wir sie uns.«

Die beiden setzten sich in Bewegung. Rayne hörte auf nachzudenken. Sie hob den Arm und richtete ihn auf Dainn, der ihr am nächsten war. Mit Wucht ließ sie ihre Energie frei. Eine Druckwelle schoss aus ihrer Hand, traf Dainn in der Brust und warf ihn zu Boden. Der Moment der Befriedigung währte allerdings nur kurz, denn inzwischen war Bär bedrohlich nah. Noch ein Schritt, dann konnte er sie packen.

Rayne hob erneut den Arm. Er fühlte sich müde an, schwer und kraftlos. Sie hatte zu viel Energie in ihren ersten Angriff gesteckt. Sie war nicht sicher, ob es für einen zweiten genügen würde. Bevor sie jedoch herausfinden konnte, wie weit ihre Kräfte noch reichten, brach neben ihr eine Gestalt aus dem Unterholz und sprang mit erhobenem Schwert vor sie.

20

Am Horizont zeigten sich die ersten hellen Streifen des aufziehenden Tages, als Skandar das Gehöft der frisch verwitweten Hesia hinter sich ließ. Er trieb den Schimmel auf die Straße und ritt in Richtung Osten, bis er am späten Vormittag in einem schattigen Waldstück eine Pause einlegte. An einem Bach, nahe der Straße, tränkte er das Pferd, dann setzte er sich auf einen Felsen, um selbst etwas zu essen. Schneller Hufschlag ließ ihn aufhorchen, noch bevor er seinen Proviant auspacken konnte. Er schlich zum Straßenrand, um zu sehen, wer es so eilig hatte. Zwei Reiter preschten die Straße entlang. Die Art, wie sie im Sattel saßen, wie sie den Kopf neigten und ihren Blick schweifen ließen, gab sie als erfahrene Krieger zu erkennen.

Womöglich waren es zwei der Söldner. Er konnte sich nicht erinnern, sie in der Akademie gesehen zu haben, das bedeutete jedoch nicht, dass sie nicht trotzdem zu ihnen gehörten. Vielleicht waren es welche, die in jener Nacht nicht dabei gewesen waren. Skandar beschloss, ihnen zu folgen, als die beiden ihre Pferde zügelten und abstiegen. Von seinem Versteck aus beobachtete er, wie die Männer den Boden zwischen den Bäumen beäugten.

»Hier sind Spuren, sie muss hier gelagert haben«, sagte einer der beiden, ein gewaltiger Kerl, dessen Gesicht größtenteils unter einem struppigen Bart verborgen lag. Er grinste. »Das Prinzesschen will tatsächlich zur Garnison.«

»Sie kann nicht viel Vorsprung haben.« Der andere, ein schlanker Krieger, der sein langes Haar zu einem Zopf zusammengebunden hatte, warf einen Blick zwischen die Bäume. »Wir nehmen sie in die Zange. Wenn du dich hier in den Wald schlägst, kannst du einen Bogen um die Straße herum schlagen und vor ihr herauskommen. Ich komme von hinten.«

Die beiden schwangen sich wieder in den Sattel und trennten sich. Skandar blickte ihnen hinterher. Prinzesschen? Meinten sie *die* Prinzessin? Sollte sie etwa nicht längst in Naranor sein? Wenn die beiden wirklich von Rayne Fjal'Har gesprochen hatten, bestand für ihn die Hoffnung, seinen ursprünglichen Plan doch noch in die Tat umzusetzen. Er musste sie nur finden. Und wenn sie von jemand anderem gesprochen hatten, den sie nur Prinzesschen nannten? Ein gehässiger Spitzname vielleicht? Egal, das würde er ja sehen, sobald er sie einholte.

Skandar holte sein Pferd und folgte dem Kerl mit dem Zopf, der die Straße genommen hatte. Auf ausreichend Abstand bedacht, blieb er dem Mann auf den Fersen. Es dauerte nicht lang, bis er sah, wie die Männer ein gutes Stück vor ihm tatsächlich einen Reiter zwischen sich in die Zange nahmen. Die Gestalt trug einen Umhang und hatte die Kapuze tief ins Gesicht gezogen, sodass er ihre Züge nicht erkennen konnte. Das Kleid jedoch, das darunter hervorblitzte, gab sie als Frau zu erkennen, und das Pferd, auf dem sie ritt, war ganz eindeutig sein Brauner.

Plötzlich ging alles ganz schnell. Nach einem Moment des Zögerns preschte die Prinzessin von der Straße, die Männer hinter ihr her. Kurz darauf fand auch Skandar sich im Unterholz wieder. Wie die anderen auch, war er bald gezwungen sein Pferd zurückzulassen und zu Fuß weiterzulaufen. Er konnte die Männer hören, wie sie vor ihm durch das Unterholz brachen, und hielt sich nahe der Straße, parallel zu ihnen. Als sie die Prinzessin auf einer Lichtung stellten, schlug er einen Bogen und zog sein Schwert. Die Waffe in der Hand pirschte er sich von der Seite an die drei heran und sah gerade noch, wie die Prinzessin den Arm hob. Einen Augenblick später wurde der mit dem Zopf auf die andere Seite der Lichtung geschleudert. Skandar zögerte nicht. Er sprang aus seinem Versteck und baute sich mit erhobenem Schwert zwischen dem Bärtigen und der Prinzessin auf. Erst jetzt wurde ihm bewusst, dass die Männer keine Waffen gezogen hatten. Eine Nachlässigkeit, die sein Gegenüber nun hastig korrigierte.

Skandar hob sein Schwert und trat einen Schritt auf den Bärtigen zu.

»Nein!«, rief die Prinzessin hinter ihm. »Ihr dürft ihn nicht töten! Auf keinen Fall töten!«

Unter anderen Umständen wäre er dieser Bitte gern nachgekommen. Schließlich hatte er tagelang nach den Söldnern gesucht, in der Hoffnung, dass sie ihn zu den Schatten führten. Doch nun, mit der Prinzessin in Gefahr, sah er keine andere Möglichkeit, als anzugreifen.

Ein Stoß in den Rücken ließ Skandar zur Seite taumeln.

»Nicht töten!«, rief sie noch einmal.

Sie hatte ihn gestoßen! War sie verrückt? Er machte einen raschen Schritt zur Seite und fand sein Gleichgewicht gerade rechtzeitig wieder, um den Angriff des Bärtigen abzuwehren. Skandar fegte die Klinge zur Seite und nahm seine Position vor der Prinzessin wieder ein. »Seid Ihr übergeschnappt?«, fuhr er sie an, ohne sich zu ihr umzudrehen. »Ich versuche, Euch zu helfen!«

»Das sind meine Freunde«, gab sie zurück und klang dabei so kläglich, dass es ihm das Herz zusammenschnürte. Auch wenn sie es nicht ausgesprochen hatte, begriff er, was sie sagen wollte. Die Männer vor ihm waren keine Handlanger, sondern von Schatten besessen. Wenn er sie tötete, erreichte er nichts. Die Schatten würden sich andere Körper suchen, doch die Freunde der Prinzessin wären unwiederbringlich fort.

»Ich kann sie ablenken«, rief Skandar über seine Schulter hinweg, während er im Augenwinkel sah, wie der zweite sich auf die Beine kämpfte und ebenfalls sein Schwert zog. »Verschwindet! Bringt Euch in Sicherheit!«

»Wie rührend«, säuselte der Bärtige. »Der Held will sich opfern.«

Der mit dem Zopf kam nun ebenfalls näher. Er streckte die Arme zur Seite und bot grinsend seine Brust dar. »Und er darf uns nicht töten.«

Ein Schlag, um euch auszuschalten, genügt mir. Er musste sie nur erwischen, bevor sein verfluchter Edelmut ihn das Leben kostete.

Die Prinzessin war noch immer nicht geflohen. Er wollte sie anfahren, endlich abzuhauen, als er sie dicht hinter sich spürte. Wollte sie ihm jetzt auch noch im Weg stehen?

»Wenn ich es sage, dann schließt die Augen«, flüsterte sie.

»Was?« Sie war verrückt, kein Zweifel!

»Tut es einfach«, zischte sie. »Jetzt!«

Skandar blieb keine Zeit, abzuwägen. Er schloss die Augen. Ein gleißendes Licht erfüllte die Lichtung, dessen Echo er selbst hinter den geschlossenen Lidern noch deutlich sah.

»Lauft!«, rief die Prinzessin. »Schnell!«

Als Skandar die Augen öffnete, sah er, wie die beiden Schatten sich geblendet die Augen hielten. Blinzelnd und halb blind wankten sie umher. Die Prinzessin machte kehrt und hielt auf das Dickicht zu.

Wenn sie jetzt flohen, gewannen sie einen kurzen Vorsprung, doch das war nicht genug. Die Kerle würden ihnen weiter folgen, und beim nächsten Mal bliebe ihm vielleicht gar keine andere Wahl, als die Männer zu töten.

Er wandte sich dem Bärtigen zu, der ihm am nächsten war. Mit einem Tritt entwaffnete er ihn, dann holte er aus und schlug ihm den Schwertknauf gegen die Schläfe. Der Bärtige ging wie ein gefällter Baum zu Boden. Skandar wandte sich dem anderen zu und schlug auch ihn nieder. Keiner der beiden hatte ihn kommen sehen.

»Habt Ihr ein Seil?«, rief er der Prinzessin zu, die am Rand der Lichtung stehen geblieben war.

»Wartet hier«, sagte sie und verschwand. Als sie kurz darauf zurückkehrte, hatte sie ihr Pferd – *sein* Pferd! – dabei. Sie holte ein Seil aus einer der Satteltaschen und warf es ihm zu. Skandar fesselte die Männer an einen Baum. Sobald er fertig war, trat die Prinzessin an seine Seite. Sie legte dem Bärtigen die Hand auf die Brust und schloss die Augen.

Skandar hatte in seinem Leben viele Geschichten über Zauberer gehört, doch noch nie hatte er gesehen, wie jemand Magie wirkte. Ihre Stirn legte sich in Falten, Schweißperlen bildeten sich an ihren Schläfen und liefen wie stumme Tränen über ihre Wangen. Ihre Hand zitterte, sie wankte leicht. Mit einem Keuchen ließ sie den Arm schließlich sinken und taumelte einen Schritt zurück.

»Ich kann sie nicht vertreiben.« Sie klang hilflos und verzweifelt zugleich. Wütend und beinahe ein bisschen überrascht, als wäre sie der festen Überzeugung gewesen, die Schatten verjagen zu können.

»Dann lasst uns verschwinden, bevor sie wieder zu sich kommen.«

Sie sah ihn an, als würde ihr seine Anwesenheit erst jetzt wirklich bewusst. »Wo kommt Ihr plötzlich her? Ich dachte, ich wäre Euch losgeworden.«

»Wo ich …« Skandar fehlten die Worte angesichts solcher Undankbarkeit. »Wollt Ihr mich vielleicht noch einmal niederschlagen? Das scheint ja Eure Art zu sein, Eure Dankbarkeit dafür zu zeigen, dass man Euch das Leben rettet. Ich könnte Euch einen Stein suchen. Oh, und ich habe ein neues Pferd, das Ihr stehlen könntet. Ihr mögt doch Pferde, die Euch nicht gehören, oder?«

»Dankbarkeit?«, schnaubte sie. Ihr Haar war zerzaust, das Gesicht voll Erde, die Röcke schmutzig und teilweise zerrissen, und ihre Wangen glühten, als sie ihn voller Empörung ansah. »Ihr seid doch nur hier, um zu vollenden, was Ihr begonnen habt.«

»Ihr tut ja gerade so, als hätte ich Euch bedroht, statt Euch zu retten!«

Sie kniff die Augen zusammen. »Wollt Ihr etwa behaupten, dass Ihr nicht hinter mir her seid, um mich zu entführen?«

»Was? Warum sollte ich das tun?«

»O bitte, warum sonst hättet Ihr in der Akademie sein sollen?« Ihre bernsteinfarbenen Augen funkelten vor Zorn. Sie machte zwei Schritte zurück, fort von ihm und zückte einen Dolch. Die Waffe drohend erhoben blieb sie stehen.

Für einen Moment starrte Skandar ungläubig auf die kurze Klinge in ihrer Hand. »Lasst mich raten«, sagte er dann, »jemand, der seinen Bruder umgebracht hat, schreckt auch nicht davor zurück, die Tochter des Königs zu entführen. Ist es das, was Ihr denkt?«

Sie runzelte die Stirn, als fände sie sein Verhalten merkwürdig. Dann jedoch erkannte er, dass sie ihn gar nicht ansah. Vielmehr schien es, als wäre ihr Blick nach innen gerichtet. Sie konzentrierte sich, so wie vorhin, als sie versucht hatte, den Schatten aus ihrem bewusstlosen Freund zu vertreiben. Sie war kurz davor, ihre Magie gegen ihn einzusetzen!

»Versucht Ihr gerade, mich mit einem Zauber anzugreifen? Was habe ich euch denn jema…« Er hielt abrupt inne. Da war ein Geräusch.

»Was? Wollt Ihr Euren lächerlichen Versuch, mich von Eurer Unschu…«

»Schsch!« Skandar hob die Hand und brachte sie zum Schweigen. Er neigte den Kopf zur Seite, um besser hören zu können. Reiter. Sie waren noch hinter der Biegung, aber wenn er mit der Prinzessin hier stehen blieb, würden die Reiter sie von der Straße aus sehen. Noch schlimmer: Sie würden sie schon von Weitem hören, wenn sie weiter stritten.

Skandar zweifelte nicht daran, dass es sich um weitere

Schatten handelte. Wo zwei waren, war der Rest sicher nicht weit. Mit einem Schritt war er bei der Prinzessin. Sie hatte ebenfalls gelauscht und deshalb einen Moment lang nicht auf ihn geachtet. Mit einer beiläufigen Geste wischte er ihren Dolch beiseite, schlang einen Arm um ihre Taille und zerrte sie ins Gebüsch. Im Schutz eines umgestürzten Baumstamms zog er sie mit sich zu Boden. Sie versuchte, nach ihm zu stechen. Mit einer geübten Bewegung entwand Skandar ihr den Dolch, von dem er jetzt erkannte, dass es seiner war, und steckte ihn an seinen Gürtel. Dann packte er sie fester und hielt sie, halb neben, halb über ihr liegend, mit seinem Gewicht auf dem Boden.

»Seid still«, zischte er in ihr Ohr. »Hört Ihr die Reiter denn nicht? Wenn das noch mehr von denen sind, kommen wir vielleicht nicht mehr so einfach davon.«

Schlagartig hörte sie auf, gegen ihn anzukämpfen. Die Reiter waren jetzt so nah, dass er nicht mehr wagte, sich zu bewegen. Einen Arm noch immer um ihre Mitte geschlungen, verharrte er. Sobald die Gefahr vorüber war, würde sie bestimmt erneut versuchen, ihn mit ihrem Zauberwerk auszuschalten. Und wenn ihm nicht schnell etwas einfiel, würde es ihr vermutlich auch gelingen.

Auf der Straße kamen die ersten Reiter in Sicht. Tatsächlich, es war ein Teil der Söldner aus der Akademie. Skandar zählte sechs. Als die Prinzessin einen Blick auf sie erhaschte, duckte sie sich noch tiefer hinter den Baumstamm. Skandar spürte, dass sie zitterte. Unwillkürlich zog er sie näher zu sich heran. Sie fühlte sich so warm an, so lebendig. Mit einem Mal wurde ihm bewusst, dass er seit seiner Kindheit keinem Menschen mehr so nah gekommen war wie ihr in diesem Moment.

Er beobachtete, wie die Kreaturen – inzwischen konnte er wohl davon ausgehen, dass sie allesamt Schatten waren – an ihrem Versteck vorüberritten, ohne auch nur langsamer zu werden. Sie bemerkten weder ihn und die Prinzessin noch ihre besinnungslosen Kameraden.

Als die Schatten außer Sicht verschwanden, hielt Skandar das Mädchen noch immer fest. Für den Fall, dass noch ein Nachzügler käme, sagte er sich. Wenn er ehrlich zu sich selbst war, gefiel ihm ihre Nähe einfach ein wenig zu gut, um sie sofort wieder freizugeben.

Beinahe hätte er nicht bemerkt, dass die Konzentration in ihre Züge zurückgekehrt war. Sofort waren alle warmen Gedanken vergessen.

»Wartet! Hört Euch an, was ich zu sagen habe«, raunte er in ihr Ohr. »Wenn es Euch nicht gefällt, könnt Ihr mich danach immer noch in ein Häufchen Asche verwandeln.«

21

Ein Häufchen Asche? Um ein Haar hätte Rayne gelacht. Als ob das möglich wäre. Andererseits konnte es ihr nur recht sein, dass der Nordländer ihre Fähigkeiten derart überschätzte. So konnte sie zumindest sicher sein, dass er keine Dummheiten versuchen würde.

In Wahrheit war sie nicht einmal sicher, ob sie noch genügend Energie aufbringen würde, um überhaupt etwas auszurichten. Dainn niederzustrecken und die beiden anschließend zu blenden, hatte sie einen Großteil ihrer Kraft gekostet. Trotzdem hatte sich der Blendzauber als Glücksgriff erwiesen. Sie hatte die Kristallsonne benutzt und zusätzliche Energie hineingeleitet, um das Licht des Medaillons um ein Vielfaches zu verstärken. Was die Energie anging, war sie dabei eindeutig zu großzügig gewesen. Es war so viel leichter, ihre Magie richtig zu dosieren, wenn sie Zeit hatte, sich vorzubereiten. Ohne diese Vorbereitung fehlte ihr die Einschätzung, wie viel Energie nötig war, um den Effekt zu erreichen, den sie wollte. Sie hatte sichergehen müssen, dass es ihr gelang, Bär und Dainn auszuschalten. Entsprechend viel Kraft hatte sie aufgewendet. Ohne Erfahrung Magie im Kampf einzusetzen war, als würde man einem Kind eine gespannte und geladene Armbrust in die Hand drücken, die jederzeit losgehen konnte.

»Hört mich an«, sagte Khardal noch einmal. Sein heißer Atem strich über ihre Wange, und schlagartig wurde ihr bewusst, dass er sie noch immer zu Boden gedrückt hielt. Eine Strähne seines goldblonden Haars streifte ihren Hals. »Bitte.«

Sie wollte ihn von sich stoßen, doch die Dringlichkeit in

seinem Tonfall ließ sie innehalten. Was konnte es schaden? Abgesehen davon, dass sie mit jedem verstreichenden Augenblick ein bisschen mehr Energie zurückgewann, wusste er womöglich Dinge über die Schatten, die ihr helfen konnten, Dainn und Bär von ihnen zu befreien.

Sie nickte. Khardals Gewicht verschwand von ihrem Rücken. Er griff nach ihrem Arm und half ihr hoch.

»Also gut, redet.«

»Vor einigen Wochen war ich mit einem Anliegen bei Eurem Vater, aber er wollte mir nicht helfen.« Zu Raynes Überraschung berichtete er, dass er beobachtet hatte, wie sie mit jemandem sprach. Sie war ihm freundlich erschienen. Interessiert. »Das hat mich auf den Gedanken gebracht, dass Euch das Leben anderer vielleicht mehr bedeutet als Eurem Vater. Ich hatte gehofft, mit Euch sprechen und Euch auf meine Seite bringen zu können, damit Ihr ein gutes Wort für mich einlegt.«

Er erzählte ihr, wie er versucht hatte, sie allein abzupassen, und ihr deswegen den ganzen Weg zur Akademie gefolgt war. Deshalb war er dort gewesen, als der Überfall stattfand. Rayne war nicht sicher, ob sie ihm glauben sollte. Sie wollte es. Andererseits aber wusste sie, wer er war und was er getan hatte. Allein der Anblick seiner harten, grimmigen Züge sorgte dafür, dass sie sich unwohl fühlte. Doch ganz gleich, was sie von ihm halten mochte, wenn sie ihren Freunden helfen wollte, musste sie herausfinden, was er über diese Schatten wusste.

»In der Nacht des Überfalls habt Ihr mir Bruder Albus' Augen gezeigt und wolltet mir etwas darüber erzählen, bevor wir fliehen mussten«, sagte sie.

Er nickte. »Und das hätte ich längst getan, wenn Ihr mir die Gelegenheit dazu gegeben hättet.«

»Ich war womöglich ein bisschen vorschnell in meinem Urteil«, räumte Rayne etwas widerwillig ein. »Erzählt mir von diesen Schatten.«

Khardals Blick glitt über die Lichtung, zu der Stelle, an der Dainn und Bär noch immer bewusstlos an einen Baum gefesselt waren. »Nicht hier«, sagte er. »Lasst uns unsere Pferde holen und verschwinden, fort von hier und der Straße.«

Rayne zögerte. Ihn anzuhören war das eine, ihm zu folgen etwas vollkommen anderes.

Er griff nach dem Dolch, den er ihr abgenommen hatte, und hielt ihn ihr hin. »Ihr habt mein Wort, dass ich Euch nichts tun werde.«

Ob er seinem Bruder denselben Schwur gab, bevor er ihn umgebracht hat? Sie streifte den Gedanken ab. Schließlich nickte sie und nahm den Dolch entgegen.

Sie ließen Dainn und Bär gefesselt zurück. Khardal war der Ansicht, dass die beiden, sobald sie wieder zu sich kamen, nicht lange brauchen würden, um sich zu befreien. Wenn sie Glück hatten, würde es ein paar Stunden dauern, bis jemand die Straße entlangkam, den sie zu Hilfe rufen konnten. Wäre es nach ihm gegangen, hätte er die beiden geknebelt. Rayne jedoch bestand darauf, es nicht zu tun. Vielleicht war es dumm, doch was, wenn keine Hilfe kam? Die Schatten konnten sich jederzeit einen neuen Körper suchen und ihre Freunde zum Sterben zurücklassen.

Sie holten ihre Pferde und trieben die der Schatten fort, ehe sie davonritten – zurück in die Richtung, aus der Rayne am Morgen gekommen war, und weg von den Schatten, die die Straße in Richtung Osten passiert hatten. Einmal mehr rückte die Garnison in weite Ferne.

Am späteren Nachmittag verließen sie die Straße und folgten einem Netz aus kleinen Pfaden, die sie fort von den Dörfern und Gehöften führten, tiefer in ein unberührtes Land aus Wiesen und Wäldern. Hier, so hoffte Khardal, würden sie niemandem begegnen, der die Schatten auf ihre Spur führen konnte.

Am Ufer eines Flusses zügelte Khardal schließlich sein

Pferd. Um sie herum verlief das Land in sanften Hügeln und saftig grünen Wiesen, immer wieder durchbrochen von vereinzelten Bäumen und kleinen Wäldchen. Zum Fluss hin war der Boden abgerutscht, sodass sie durch die entstandene Abbruchkante vor Blicken verborgen waren.

Khardal sah sich um. »Wenn wir auf ein Lagerfeuer verzichten, sollte uns hier niemand entdecken, und falls doch, können wir immer noch durch den Fluss entkommen.«

Sie sattelten die Pferde ab und führten sie zum Ufer, um sie zu tränken.

»Ich hoffe, Euch gefällt mein Pferd«, sagte Khardal mit Blick auf seinen Braunen.

Rayne ignorierte den Anflug schlechten Gewissens. »Er ist ein braves Tier. Wie ich sehe, habt Ihr ja Ersatz für ihn gefunden, sodass ich ihn mir sicher noch eine Weile borgen kann.«

Khardal tätschelte dem Schimmel den Hals. »Der Weiße hier ist ein wunderbares Tier. Falls Ihr Euch noch einmal davonmachen wollt und ein Pferd benötigt, würde ich ihn Euch ans Herz legen. Er ist eindeutig das bessere Pferd, im Geradeausreiten unschlagbar.«

»Was sollte mich davon abhalten, einfach beide Pferde zu nehmen?«

»Eine freundliche Bitte meinerseits und der Hinweis, dass es Tage dauern würde, in dieser Gegend ein neues Pferd aufzutreiben?«

»Ihr seid ein fähiger Mann, Ihr werdet Euch schon zu helfen wissen.«

Bis sie die Pferde versorgt und ihr Lager im Schutz der Abbruchkante aufgeschlagen hatten, dämmerte es bereits. Rayne lehnte sich mit dem Rücken gegen den Erdwall. Erst jetzt wurde ihr bewusst, wie müde sie war. Die letzten Tage schienen endlos gewesen zu sein. Um nicht sofort einzuschlafen, zwang sie sich zu einer aufrechten Haltung, was ihr geschundener Körper mit einer Welle aus Schmerz quittierte. Es gelang ihr nicht ganz, ein Stöhnen zu unterdrücken.

»Seid Ihr verletzt?« Khardal musterte sie aus zusammengekniffenen Augen.

»Nichts Ernstes, nur ein paar blaue Flecken.«

Er holte ein in ein Tuch geschlagenes Stück Käse und einen Laib Brot aus seiner Packtasche und gab Rayne einen Teil davon ab. »Was ist passiert?«

Während sie aßen, erzählte Rayne ihm, wie Dainn, Bär und sie ihren Verfolgern eine Falle stellen wollten und wie der Plan aus dem Ruder gelaufen war, nachdem der Boden unter ihr weggebrochen war. Sie berichtete, wie sie ihre Freunde wiedergefunden und kurz darauf entdeckt hatte, was mit ihnen geschehen war.

Khardal brach sich ein weiteres Stück Brot ab. »Wie habt Ihr erkannt, dass sie besessen sind?«

»Ich habe die Leichen der Männer gefunden, derer sich die Schatten zuvor bemächtigt hatten.« Auf seinen skeptischen Blick hin, erzählte sie ihm, was geschehen war, als sie den Leichnam berührt hatte. »Ich habe die letzten Momente im Leben dieses Mannes gesehen, bevor der Schatten seinen Körper verließ, um in den meines Freundes zu schlüpfen. Dasselbe ist in der Akademie passiert, als meine Finger Bruder Albus gestreift haben.«

»Wie ist das möglich? Durch Eure Magie?«

Wohl eher durch die Magie des Schattens, der ihr die Stimme genommen hatte. Dadurch musste er eine Form von Verbindung zwischen ihrer und seiner Magie geschaffen haben. Anders konnte sie sich die Visionen nicht erklären.

»Was Ihr heute Morgen im Wald gemacht habt, dieses Leuchten – wie habt Ihr das angestellt?«

Rayne zog den Sonnenkristall aus ihrem Ausschnitt und strich darüber. Staunend betrachtete Khardal das Licht. »Vorhin war es heller.«

»Das war meine Energie. Damit habe ich es verstärkt.« Einen Moment noch ließ sie ihn das Medaillon ansehen, ließ es ihn sogar berühren, dann löschte sie das Licht und verstaute es wieder.

»Ihr hättet in Naranor bleiben sollen.«

Im ersten Moment wusste sie nicht, was er meinte. Dann begriff sie, dass er offenbar davon ausging, dass sie nach dem Überfall auf die Akademie nach Hause zurückgekehrt war. »Ich bin gar nicht so weit gekommen.«

Er zog eine Augenbraue in die Höhe. »Warum ist dann Euer Bruder hinter mir her? Ich dachte, Ihr hättet ihn mir auf den Hals gehetzt.«

Rayne schüttelte den Kopf. »Er glaubt, Ihr hättet mich umgebracht.« Sie erzählte ihm von dem Boten, der die Nachricht ihres vermeintlichen Todes überbracht und Khardal eindeutig beschrieben hatte. »Offenbar war man nach Eurem letzten Besuch in Naranor der Ansicht, dass nur Ihr der Schuldige sein könnt.«

Er schien sich nicht entscheiden zu können, ob ihn das amüsieren oder erschüttern sollte. Er verzog das Gesicht auf eine Weise, die beinahe komisch wirkte. Dann schüttelte er den Kopf. »Woher wisst Ihr das alles, wenn Ihr gar nicht dort gewesen seid?«

»Von Dainn und Bär. Ich habe die beiden durch Zufall auf dem Weg nach Naranor getroffen.«

»Ihr seid reichlich weit vom Weg abgekommen.«

Rayne zuckte nur die Schultern. Es ging ihn nichts an, wohin oder warum sie mit den beiden Kriegern unterwegs gewesen war. »Ich habe gehört, was Ihr meinem Vater über diese Schatten erzählt habt«, kehrte sie zu dem Thema zurück, das sie interessierte. »Zumindest einen Teil davon. Jetzt würde ich gerne alles darüber wissen.«

»Ihr habt es gehört? Seid Ihr etwa bei der Audienz zugegen gewesen?«

»Inoffiziell.«

Sein plötzliches Grinsen traf sie vollkommen unvorbereitet. Der Grimm verschwand dabei aus seinen Zügen, seine hellblauen Augen funkelten, und in seinen Mundwinkeln zeigten sich Grübchen, die Rayne bisher nicht bemerkt hatte. Mit einem Mal wirkte er jünger, mehr seinem wahren Alter entsprechend, und beinahe unbeschwert. »Ihr habt also gelauscht.« Das Grinsen erlosch so schnell, wie es gekommen war, und schlagartig wirkte er wieder bedrohlich. »Ihr wolltet sicher einen Blick auf den Brudermörder werfen.«

Nicht nur. »Ich wollte den Bruder des Mannes sehen, den ich heiraten werde.«

»Dann ist die Verbindung also offiziell?«

»Noch nicht«, räumte sie ein. »Nicht vor meinem Wiegenfest im Herbst. Aber was soll sich bis dahin noch ändern?«

»Manchmal kann sich ein Leben schneller ändern, als einem lieb ist.« Die Worte schienen mehr an ihn selbst gerichtet zu sein, dennoch machten sie Rayne unangenehm betroffen. Sprach er von seinem Leben? Vom Tod – dem Mord an seinem Bruder Yoren?

Sie merkte, dass es ihr zunehmend schwerfiel, ihre Gedanken zu kontrollieren und nicht ständig abzuschweifen. Sie unterdrückte ein Gähnen. »Die Schatten«, erinnerte sie ihn. »Erzählt mir davon.«

Während die Nacht das letzte Licht des Tages vertrieb, erfuhr Rayne, wie Khardal zum ersten Mal auf die Spur der Schatten gestoßen war und warum er sie so nannte. Letztendlich wusste er kaum mehr über diese Wesen, als sie inzwischen selbst herausgefunden hatte. »Ich weiß nicht, woher sie kommen oder was sie wollen. Alles, was ich weiß, ist, dass die Menschen sterben, wenn die Schatten ihre Körper verlassen«, schloss er seinen Bericht.

»Aber warum brauchen sie überhaupt einen Körper? Kämen sie in ihrer eigentlichen Gestalt nicht schneller voran?«

»Vielleicht ist es ihnen nicht möglich, sich länger außerhalb eines Körpers zu bewegen«, mutmaßte Khardal. »Womöglich brauchen sie die Lebenskraft eines Menschen, um überhaupt existieren zu können.«

Rayne biss sich auf die Lippe. Seine Worte bestätigten, was sie längst befürchtet hatte. »Wisst Ihr, ob der Mensch, den sie benutzen, noch … noch …«

»Ob er noch da ist?« Er schüttelte den Kopf. »Ich weiß es nicht. Vielleicht sterben sie in dem Augenblick, in dem die Schatten sich ihrer bemächtigen. Vielleicht sind sie aber auch Gefangene in ihrem eigenen Körper, dazu verdammt, mit anzusehen, was die Schatten mit ihnen machen.«

»Gibt es eine Möglichkeit, sie zu erkennen?«

»Die schwarzen Schlieren in den Augen sind das einzige Anzeichen, das ich bisher gefunden habe.«

»Ich meine, in einem lebendigen Körper. Hätte ich jemals bemerkt, was mit Dainn und Bär geschehen ist, wenn ich die Leichen nicht gefunden hätte?«

»Habt Ihr einen Eurer Freunde berührt?«

Bär hatte sie zwar nicht umarmt, ihr aber eine Hand auf die Schulter gelegt. Ob Dainn sie ebenfalls berührt hatte, vermochte sie nicht mehr zu sagen. »Einen von ihnen.«

»Habt Ihr etwas gespürt?«

Sie runzelte die Stirn. »Wie bei den Toten? Nein, keine Vision.«

»Etwas anderes?«

»Auch nicht.«

»Dann fürchte ich, lässt es sich nicht herausfinden. Es sei denn, es gäbe eine Möglichkeit, Eure Magie entsprechend einzusetzen.«

Wenn es die gab, wusste Rayne nicht, wie sie das anstellen sollte.

Sie hatte gehofft, von Khardal zu erfahren, wie sie Dainn und Bär von diesen Wesen befreien konnte. Zu hören, dass es ihren Tod bedeuten würde, die Schatten auszutreiben, ließ ihren Mut sinken. Doch auch wenn Khardal davon ausgehen mochte, dass ein Mensch das nicht überleben konnte, bedeutete das nicht, dass dem tatsächlich so war.

Rayne schloss erschöpft die Augen. Als sie bemerkte, dass sie einzuschlafen drohte, öffnete sie die Augen rasch wieder und richtete sich auf. »Es muss doch einen Weg geben, wie wir sie retten können.«

»Wenn es einen gibt, habe ich ihn noch nicht gefunden. In der Akademie konnte man mir nicht helfen und Euer Vater ...«

Rayne verspürte das Bedürfnis, ihren Vater in Schutz zu nehmen. *Wenn er gekonnt hätte, hätte er geholfen.* »Ihr wart nicht gerade freundlich zu ihm.«

»Nein, vielleicht war ich das nicht. Aber wie sonst hätte ich ihn dazu bringen sollen, mich anzuhören, nachdem er mich bereits abgewiesen hatte?« Er sah sie an. Im Mondschein waren seine Züge deutlich genug auszumachen, dass sie die Hoffnung in seinem Blick erkennen konnte. »Werdet Ihr mir helfen?«

Es dauerte einen Moment, bis sie begriff, was er meinte. »Ob ich mich für Euch bei meinem Vater einsetze?« Bei den Göttern, was sollte sie darauf erwidern? Wie sollte sie ihm erklären, dass sie nichts für ihn tun konnte? Sie hatte ja nicht einmal vor, so bald nach Naranor zurückzukehren. Allerdings wusste sie auch nicht, wie es jetzt weitergehen sollte, nachdem die Schatten ihr den Weg zur Garnison abgeschnitten hatten. Wie sollte sie ihren Vater benachrichtigen? Wie ins Hochland kommen, um diesen Trevelian zu finden? Eine undurchdringliche Stille legte sich über ihr Lager, während sie um eine Antwort rang. Wie viel sollte sie Khardal erzählen? Machte es überhaupt einen Unterschied? Letztlich war es das Gefühl, ihm etwas schuldig zu sein, das sie zum Reden brachte. »Ich werde Euch etwas erzählen«, sagte sie schließlich. »Aber Ihr müsst mir schwören, dass Ihr absolutes Stillschweigen darüber bewahren werdet.«

»An wen sollte ich es weitererzählen? An einen meiner unzähligen Freunde?«

Er klang so verbittert, dass sie um ein Haar nach seiner Hand gegriffen hätte. Stattdessen sagte sie: »Dem Händler, bei dem Ihr Euer nächstes Brot kauft? Der Schankmaid, die Euch das Ale ausschenkt? Eurem Bruder? Ich will Euer Wort, Khardal.«

Ihre Eindringlichkeit schien ihn zu überraschen. »Ihr habt es. Ich schwöre bei meinem Leben, dass Euer Geheimnis bei mir sicher ist.«

Nicht wissend, ob es überhaupt noch ein Geheimnis war, sagte sie: »Mein Vater wollte Euch helfen, doch er konnte es nicht. Meine Mutter kann es nicht.« Ein wenig stockend offenbarte sie ihm, was ihrer Mutter zugestoßen war. »Ihr müsst meinen Vater verstehen«, sagte sie, nachdem sie ihm alles erzählt hatte. »Er hält ihren Zustand geheim, um den Attentäter in Sicherheit zu wiegen. Er hofft, dass ihn seine Männer dann leichter aufspüren können. Abgesehen davon könnte sich die Furcht vor Magie im Volk wieder ausbreiten, wenn die Menschen erfahren, was passiert ist.«

»Als ich nicht nachgeben wollte, musste Euer Vater mich also mit Nachdruck loswerden«, schlussfolgerte Khardal. »Hat er den Attentäter gefunden?«

Sie schüttelte den Kopf. »Noch nicht. Aber inzwischen bin ich mir sicher, dass der Angriff auf meine Mutter und die Schatten, die mich verfolgen, zusammenhängen.«

»Wie kommt Ihr darauf?«

»In der Akademie hat mir einer der Kerle mit einem Zauber die Stimme geraubt. Was ich gespürt habe, war anders als jede Magie, der ich bisher begegnet bin. Nur ein einziges Mal bin ich auf etwas Ähnliches gestoßen: Als ich meine Mutter untersucht habe, fand ich dieselbe Spur von Dunkelheit, dieselbe Schwärze.« Rayne unterdrückte ein Gähnen. Der Tag war lang gewesen, und jetzt, wo sie endlich zur Ruhe kam, begannen die Ereignisse ihren Tribut zu fordern. »Darüber muss ich mehr herausfinden.«

Khardal wirkte überrascht.

»Was seht Ihr mich so an? Ihr seid hier, um vollkommen Fremde vor den Schatten zu schützen. Ich will meine Mutter und meine Freunde retten. Findet Ihr etwas daran merkwürdig?«

»Nein. Nur, dass Ihr immer weniger dem Bild entsprecht, das ich von Euch hatte«, entgegnete er mit einem Lächeln.

»Die schutzbedürftige Prinzessin?«

Er wirkte ertappt, das Lächeln schwand jedoch nicht aus seinen Zügen. »Auf jeden Fall keine Frau, die ihren Retter niederschlägt und offenbar ganz gut allein zurechtkommt.«

Sie kam gut zurecht, das stimmte. Heute allerdings, das musste sie sich inzwischen eingestehen, wäre sie ohne sein Eingreifen verloren gewesen. Fast schon widerwillig sagte sie: »Ihr habt mich schon zweimal gerettet. Dafür danke ich Euch.«

Jetzt war er wirklich überrascht. Als hätte er keinen Dank von ihr erwartet. Dann lächelte er erneut. »Solange Ihr mir nicht wieder eins überzieht, ist es wohl gern geschehen.«

Eine Weile saßen sie still nebeneinander und blickten in die Dunkelheit. Rayne setzte dazu an, ihm von Trevelian zu erzählen, doch es wollte ihr nicht mehr gelingen, einen zusammenhängenden Gedanken zu fassen. Immer wieder fielen ihr die Augen zu. Sie schüttelte den Kopf und versuchte, die Müdigkeit zu vertreiben. Schließlich gelang es ihr nicht mehr, die Augen ein weiteres Mal zu öffnen.

22

Skandar starrte nachdenklich vor sich hin. Seine Müdigkeit war verflogen, dafür hatten ihre Worte gesorgt. Heute Mittag noch hatte er geglaubt, der schwierigste Teil seines Vorhabens bestünde darin, die Prinzessin zu überzeugen, ihm zu helfen. Jetzt wusste er, dass sie nichts für ihn tun konnte. Die mächtigste Zauberin Tharennias befand sich in einem todesähnlichen Schlaf und er stand wieder ganz am Anfang. An dem Punkt, an dem er nicht wusste, was er tun sollte. Und dieses Mal gab es keine Zauberer mehr, an die er sich wenden konnte.

»Was machen wir jetzt?«, fragte er in die Stille hinein. Er erhielt keine Antwort. »Prinzessin?« Nichts. Er beugte sich ein Stück zu ihr hinüber und sah, dass sie eingeschlafen war.

Seufzend stand er auf, holte seine Decke und breitete sie über ihr aus. Seine Frage war ohnehin hinfällig. Es gab kein *wir*. Nur sie und ihn. So wie es aussah, blieb ihm keine andere Wahl, als sie nach Naranor zu geleiten. Sein Bruder würde es ihm nie verzeihen, wenn er sie allein ziehen ließ und ihr etwas zustoßen sollte. Verflucht, er würde es sich selbst nicht verzeihen!

Mit ihr zu gehen hieß, die Spur der Schatten zu verlieren. Er konnte nur hoffen, dass es ihm gelingen würde, sie später wieder aufzunehmen. Zumindest konnte die Prinzessin seine Unschuld am Überfall auf die Akademie bezeugen, und mit ein wenig Glück konnten sie eine Nachricht an ihren Bruder schicken, damit dieser ihn nicht länger verfolgte.

Mit leisen Schritten umrundete er das Lager und überzeugte sich davon, dass alles ruhig war. Zufrieden kehrte er an die Seite der Prinzessin zurück, ließ sich neben ihr nieder und schloss die Augen.

Am nächsten Morgen teilten sie ein karges Frühstück. Die Prinzessin wirkte ausgeruht, ihre Schmerzen schienen sich gebessert zu haben. Nachdenklich kaute sie an ihrem Brot und starrte auf den Boden.

»Ich werde dafür sorgen, dass Ihr sicher zurück nach Naranor kommt«, sagte Skandar.

Sie sah auf. »Auf keinen Fall!«

Ihre heftige Ablehnung traf ihn wie ein Giftpfeil. »Ihr müsst mich nicht mögen, Prinzessin«, sagte er gezwungen ruhig. »Meinen Schutz allerdings solltet Ihr akzeptieren, solange die Schatten Euch noch immer verfolgen.«

»Darüber, ob ich Euch mag oder nicht, habe ich mir noch kein Urteil gebildet«, gab sie zurück. »Ich habe allerdings noch immer das Bild vor Augen, als ihr meinem Vater gegenübergestanden und wie ein zorniger Wilder ausgesehen habt.«

Er zog eine Augenbraue in die Höhe. »Ein zorniger Wilder?«

Es gelang ihr beinahe, ihr Lächeln zu verbergen. »Und vergesst nicht, dass ich bis gestern der Überzeugung war, dass Ihr mich entführen wollt. Ich muss mich wohl erst noch daran gewöhnen, dass ich mich geirrt habe.«

»Dann akzeptiert Ihr meinen Schutz?«

»Ja.«

»Gut. Wir sollten so schnell wie möglich aufbrechen. Je früher wir in Naranor sind, desto besser.«

»Ich werde nicht nach Naranor zurückkehren.«

Einen Moment lang war er verwirrt, dann jedoch begriff er, was sie vorhatte. »Ihr wollt nach Antworten suchen? Allein? Das könnt Ihr unmöglich tun!«

Sie lächelte zuckersüß. »Aber ich habe doch soeben Euren Schutz angenommen.« Ihr Lächeln verlieh ihr etwas Schelmisches. Zum ersten Mal fielen ihm die Sommersprossen auf ihrer gebräunten Haut auf. Winzige Male, die ihren Zügen die Perfektion nahmen und sie dadurch nur noch anziehender machten. »Wir wollen beide mehr über die Schatten in Erfahrung bringen. Und genau das werden wir tun.«

»Wie sollen wir das anstellen? Die Zauberer sind tot, die Akademie ist zerstört und Eure Mutter …«

»Als die Schatten meine Freunde und mich angriffen, waren wir auf dem Weg zu einem Zauberer namens Trevelian«, erklärte die Prinzessin. »Dainn sagte, dass meine Mutter vor vielen Jahren einmal bei ihm war, in der Hoffnung, ihn für die Akademie zu gewinnen.«

»Er wollte nicht?«

Sie schüttelte den Kopf. »Offenbar wollte er nichts mehr mit anderen Zauberern zu tun haben. Nach allem, was ich gehört habe, scheint er jedoch sehr mächtig und weise zu sein. Deshalb hofft mein Vater, dass er helfen kann.«

»Wie lange ist es her, dass Eure Mutter bei diesem Mann war?«

»Beinahe zwanzig Jahre.«

Skandar spürte, wie sich eine Faust um sein Herz schloss. »Dann ist er vermutlich längst tot.«

»Ein Zauberer stirbt doch nicht einfach so!«

»Wie alt schätzt Ihr ihn?«

Sie zuckte die Schultern. »Siebzig? Neunzig? Ich weiß es nicht und es spielt auch keine Rolle! Wenn er wirklich so mächtig ist, wird er uns helfen können!«

Skandar unterdrückte den Drang, die Augen zu verdrehen. Sein eigenes Vorhaben, die Schatten zu verfolgen, um mehr über sie zu erfahren, war vermutlich nicht viel aussichtsreicher. Wenn auch nur die geringste Hoffnung bestand, dass dieser Mann existierte, mussten sie es versuchen. »Und was, wenn wir ihn nicht finden? Wenn er nicht mehr lebt? Oder uns ebenso wenig helfen kann wie die anderen?«

»Ich würde vorschlagen, darüber machen wir uns Gedanken, wenn es so weit ist.«

Plötzlich gab es also doch ein *Wir.*

23

Rayne war erleichtert, als sie endlich aufbrachen. Durch den gestrigen Angriff der Schatten hatte sie einen weiteren Tag verloren. Sie wusste nicht, wie es ihrer Mutter ging und wie viel Zeit ihr noch blieb, umso mehr drängte es sie, ihre Suche nach Trevelian endlich aufzunehmen.

Sie mochte Khardals Schutz akzeptiert haben, trotzdem fühlte sie sich in seiner Nähe noch immer unbehaglich. Ob es an seiner Vergangenheit lag oder daran, dass sie im Thronsaal ihres Vaters erlebt hatte, wie aufbrausend er sein konnte, wusste sie nicht. Vielleicht war sie auch ungerecht. Immerhin hatte er sie nun schon zum zweiten Mal gerettet. Abgesehen davon schien er sich aufrichtige Sorgen um die Menschen in seiner Heimat zu machen. Aber wer konnte schon sagen, was geschah, wenn er die Beherrschung verlor?

Tatsächlich hatte sie daran gedacht, ihn fortzuschicken und allein ins Hochland zu reiten. Es war riskant, aber solange die Schatten ihre Spur nicht wiederaufnahmen, wäre es zu schaffen. Aber was, wenn die Schatten, die von Dainn und Bär Besitz ergriffen hatten, in die Erinnerungen ihrer Freunde ebenso eingedrungen waren wie in ihre Körper? Die beiden hatten sich zwar anders benommen als gewöhnlich, doch der Unterschied war nicht groß gewesen. Das legte nahe, dass die Schatten durchaus Zugriff auf das Wissen ihrer Freunde hatten. Wenn dem so war, wussten sie nicht nur, wohin Rayne wollte, sondern konnten womöglich auch einschätzen, wie sie dachte und plante.

Rayne war nicht so dumm, Schutz abzulehnen, wenn er

nötig war. Abgesehen davon hätte sie es falsch gefunden, Khardal nichts von Trevelian zu sagen. Immerhin suchte auch er nach einem Weg, gegen die Schatten anzugehen. Was lag also näher, als sich mit dem Nordländer zu verbünden?

Wie gestern auch, hielten sie sich abseits aller größeren Straßen. Immer wieder endeten die schmalen Pfade, denen sie folgten, und sie mussten querfeldein reiten, bis sie auf einen neuen Weg stießen. Die meiste Zeit waren sie gezwungen, hintereinanderzureiten, was dazu führte, dass sie den Großteil des Tages schweigend verbrachten.

Ihr Ziel waren die ersten Ausläufer der Steppe von Sola im Norden. Dort gab es ein weitverzweigtes Netz von Straßen und Wegen, die sie über Latmeria und Kinnel ins Hochland von Pyne bringen würden. In Kinnel, einer der größten Städte des Fürstentums Assana, wollten sie sich umhören und versuchen, etwas über Trevelian in Erfahrung zu bringen.

Als der Weg ein wenig breiter wurde, lenkte Khardal sein Pferd neben Raynes und brach die inzwischen drückende Stille. »Dafür, dass Ihr ins Hochland wolltet, seid Ihr ziemlich weit vom Weg abgekommen, Prinzessin.«

Rayne erklärte ihm, dass sie auf dem Weg zur Garnison gewesen waren, um eine Nachricht an ihren Vater zu schicken. Noch immer hatte sie die Worte im Kopf, die sie während der letzten Tage in Gedanken formuliert hatte. Es schmerzte, sie nicht auf ein Pergament bannen und abschicken zu können. »Es wäre kein großer Umweg gewesen, doch dann kamen die Schatten.«

»Aber jetzt wollt Ihr nicht mehr zur Garnison?«

Sie schüttelte den Kopf. Natürlich wollte sie nichts lieber, als dass ihre Familie erfuhr, dass sie am Leben war, doch der Weg nach Drei Seen war zu gefährlich geworden. Vielleicht fand sie in Latmeria oder Kinnel die Gelegenheit, eine Nachricht zu senden. »Wir haben keine Zeit zu verlieren. Je weiter wir nach Norden kommen, bevor die Schatten ihre Suche hier aufgeben und unserer Spur ins Hochland folgen, desto besser ist es.«

»Eine kluge Entscheidung, Prinzessin.«

Sie seufzte. »Bitte hört auf damit.«

»Womit? Eurem scharfen Verstand zu schmeicheln?« Da war es wieder, dieses verschmitzte Lächeln, das den Grimm aus seinen Zügen vertrieb.

»Dem dürft Ihr meinetwegen gerne weiter nachgehen, aber nennt mich nicht ständig Prinzessin. Abgesehen davon, dass ich es vorziehe, bei meinem Namen genannt zu werden, ist es für unser Unterfangen sicher ratsam, wenn nicht sofort jeder weiß, wer ich bin.«

»Wie wäre es damit: Ich höre auf, Euch Prinzessin zu nennen, und Ihr nennt mich nicht länger Khardal.«

Rayne runzelte die Stirn. »Aber das ist Euer Name.«

»Und der meines Vaters, meines Bruders, meines Onkels und jedes weiteren Mitglieds meiner Familie.« Er sah sie an. »Ich heiße Skandar.«

»Also gut«, stimmte sie zu. »Skandar.«

»Rayne.« Er neigte das Haupt.

Schweigend setzten sie ihren Weg fort. Bis zum Abend kamen sie gut voran. Alle ein oder zwei Stunden hielten sie für eine Weile an, gerade lange genug, damit Rayne mithilfe ihrer Magie ihre Spuren verändern konnte. Am liebsten hätte sie die Spuren vollständig getilgt. Da sie jedoch wusste, dass ihre Energie dafür nicht ausreichte, begnügte sie sich damit, immer wieder Teile davon zu verwischen oder falsche Fährten zu legen. Falls die Schatten ihnen folgten, genügte das hoffentlich, um sie in die Irre zu führen.

Je länger die Stille andauerte, desto mehr fühlte sie sich wie eine Wand an, die zwischen ihnen aufragte und von der Rayne nicht wusste, wie sie sie einreißen sollte. Khardal – Skandar – wirkte mit jeder verstreichenden Stunde grimmiger. Wann immer sie zu ihm hinüberschielte, saß er aufrecht im Sattel, den Blick entschlossen geradeaus gerichtet, den Kiefer angespannt. Er hatte sie gerettet, hatte ihr mit keinem Wort und keiner Tat zu verstehen gegeben, dass sie etwas von ihm zu befürchten hatte. Und doch wirkte er so bedrohlich, dass sie sich zunehmend unwohler fühlte.

Als sie bei Einbruch der Dunkelheit im Schutz einer Baumgruppe ihr Lager aufschlugen, wusste Rayne, dass sie so nicht weitermachen konnte. Sie musste sich entscheiden, ob sie weiterhin misstrauisch bleiben oder ihm vertrauen sollte. *Natürlich kannst du ihm vertrauen!*, schalt sie sich. *Ihr verfolgt dasselbe Ziel. Es gibt keinen Grund, warum er dir etwas antun sollte.* Eine andere Stimme hielt dagegen, dass das sein Bruder vermutlich auch gedacht hatte. Bevor Skandar ihn umgebracht hatte. Sie schüttelte den Kopf. Himmel, er war damals doch selbst noch ein Kind gewesen! Sie wusste nicht einmal, was genau geschehen war. Menschen neigten dazu, Ereignisse verfälscht wiederzugeben. Und von jedem Mund zu jedem Ohr veränderte sich das, was einmal die Wahrheit gewesen sein mochte, ein bisschen mehr. Den Blick auf Skandar gerichtet, fasste Rayne einen Entschluss: Sie würde sich nicht vom bloßen Ruf dieses Mannes ins Bockshorn jagen lassen!

Nachdem sie den ganzen Tag über keine Spur eines Verfolgers ausgemacht hatten und auch sonst keiner Menschenseele begegnet waren, wagten sie es, ein kleines Feuer zu entzünden. Sobald es brannte, umrundete Skandar ihren Lagerplatz in einem weiten Kreis. Als er zum Feuer zurückkehrte, nickte er zufrieden. »Aus der Ferne ist es kaum zu sehen«, sagte er.

Sie teilten ihre Vorräte und begannen zu essen. Schon den ganzen Tag über beschäftigte Rayne eine Frage, auf die sie einfach keine Antwort fand. Wenn hinter dem Angriff auf die Akademie und dem auf ihre Mutter dieselben Kreaturen steckten, warum war ihre Mutter dann dem Tode nahe, während die Schatten bei ihr selbst nur versucht hatten, sie in ihre Gewalt zu bringen?

»Was wollt Ihr tun, wenn wir diesen Zauberer nicht finden oder wenn er uns nicht helfen kann?«, riss Skandar sie aus ihren Grübeleien.

Auch darüber hatte sie sich bereits den Kopf zerbrochen. »Dann bleibt uns wohl nur noch Thanasses.«

»Die Metropole der Zauberer?« Skandar runzelte die Stirn. »Ist die nicht nur noch ein Haufen Ruinen?«

Rayne nickte. »Trotzdem glaube ich, dass es innerhalb der Ruinen noch immer Räume und Bauten gibt, die nicht zerstört wurden. Vielleicht existiert noch irgendwo ein Archiv.« Es war durchaus denkbar, dass es dort noch etwas gab, das ihnen helfen konnte. Geheimes Wissen oder verborgene Artefakte. Zumindest war es eine Hoffnung, an die Rayne sich klammerte, für den Fall, dass sie im Hochland nicht die erhofften Antworten fanden.

»Warum versuchen wir unser Glück nicht gleich dort, statt nach einem Zauberer zu suchen, der vermutlich längst tot ist?«

Trevelian zu suchen, war der Einfall ihres Vaters gewesen, und Rayne vertraute darauf, dass er wusste, was das Richtige war. »Abgesehen davon, dass ein lebendiger Zauberer uns nicht nur Antworten geben, sondern uns auch mit seiner Macht helfen könnte, würde es Wochen oder Monate dauern, die Ruinen zu durchsuchen. Vielleicht noch länger. Und das womöglich für nichts.«

Der Nordländer starrte ins Feuer. »Immerhin ist es gut, noch einen Plan in der Hinterhand zu haben, falls wir im Hochland nicht weiterkommen.«

Nachdem sie gegessen hatten, verstaute Rayne die restlichen Vorräte, während Skandar nach den Pferden sah und sich noch einmal vergewisserte, dass ihr Lager gut verborgen war. Als er sich wieder zu ihr setzte, kehrte Stille ein. Eine Stille, die Rayne bewusst machte, wie wenig sie miteinander gemein hatten. Wenn sie mit Dainn und Bär, ihren Brüdern oder Eyron zusammen war, fiel ihr immer etwas ein, worüber sie sprechen konnten. Und selbst wenn nicht, war die Stille zwischen ihnen angenehm und nicht so drückend.

Zu ihrer Überraschung war es Skandar, der das Schweigen brach. »Fürchtet Ihr Euch vor mir?«

Rayne sah auf. Er blickte sie über das Feuer hinweg an. Die Flammen tauchten sein Gesicht in flackernden Schein, vor dem sich die Narbe an seiner Wange umso deutlicher abhob. »Es fällt mir schwer, Euch einzuschätzen.«

»Das ist vermutlich immer so, wenn man Geschichten über jemanden gehört hat, bevor man sich selbst ein Bild machen konnte«, sagte er, ohne den Blick abzuwenden.

»Geschichten? Ist es denn … Ich meine …«

»Nein, es ist keine Geschichte. Was Ihr gehört habt, ist wahr. Ich habe meinen Bruder getötet.« Er sagte es so bestimmt, dass deutlich war, dass er nicht mehr dazu sagen würde.

Als die Stille zurückkehrte, war Rayne nicht länger bereit, ihr Raum zu geben. Natürlich wollte sie wissen, was damals passiert war, doch sie war klug genug, zu erkennen, dass dies der falsche Zeitpunkt war, weiter nachzubohren. Wenn er nicht darüber reden wollte, dann eben über etwas anderes. »Erzählt mir etwas«, forderte sie ihn auf.

Sie sah, wie der Nordländer sich kerzengerade aufrichtete. »Ich spreche nicht über meine Vergangenheit, Rayne.« Die Worte klangen gepresst, als würde er die Zähne aufeinanderbeißen.

Sie schüttelte den Kopf. »Das meinte ich nicht. Eine Geschichte. Ihr sollt mir eine Geschichte erzählen.«

Er blinzelte irritiert. »Ist das Eure Variante von ›Böse Menschen kennen keine Lieder‹? Versucht Ihr, mich auf diese Weise besser einzuschätzen?«

Sie zuckte die Schultern. »Vielleicht hilft es ja. Ansonsten ist es einfach gut gegen die Langeweile.«

Skandar dachte eine Weile nach, dann nickte er. »In Maél gibt es eine alte Legende. Sie stammt noch aus einer Zeit, in der das Fürstentum noch nicht existiert hat.« Die ersten Worte kamen ihm ein wenig stockend über die Lippen, als hätte er noch nie zuvor jemandem eine Geschichte erzählt. Je länger er jedoch sprach, desto mehr schien er sich zu entspannen.

»Damals herrschte ein grausamer Tyrann über das Land, der von seinen Untertanen absoluten Gehorsam verlangte. Wer sich weigerte, den strafte er mit dem Tode. Die Menschen lebten in Angst und Schrecken, selbst jene, die geschworen hatten, ihm zu dienen, fürchteten sich vor seinen Launen. Denn wer den Unmut des Tyrannen auf sich zog, musste das Schlimmste fürchten. An einem guten Tag vernichtete er womöglich nur das Vieh desjenigen, der seinen Zorn erregt hatte. An einem weniger guten Tag tötete er den Mann selbst und seine ganze Familie. Und an einem besonders schlimmen Tag löschte er vielleicht sogar eine ganze Siedlung aus, wenn ihm danach war.« Skandar nahm einen Stock und stocherte in der Glut, um das Feuer weiter anzufachen. »Eines Tages jedoch hatten die Menschen genug. Sie flehten um Hilfe und wurden erhört. Zauberer, mächtiger als alle, die nach ihnen kamen, standen den Menschen zur Seite. Sie lockten den Tyrannen nach Norden und überzogen ihn mit ihrem Zorn. Selbst als er längst tot war, hörten sie nicht auf. In einem Sturm aus Magie überschütteten sie seinen Leichnam mit immer mehr Felsen. Stein um Stein schichteten sie über ihm auf und verbanden die einzelnen Brocken zu jenem gewaltigen Felsmassiv, das heute das Herz Maéls ist. Der Tyrann war besiegt, die Menschen in Sicherheit. Einige jedoch sagen, dass er eines Tages zurückkehren wird.«

»Dass er in seinem Gefängnis unter den Felsen darauf wartet, befreit zu werden und Rache an denen zu üben, die ihm einst alles genommen haben«, fügte Rayne hinzu.

»Ihr kennt die Geschichte?«

»Eyron hat sie mir erzählt, als ich neun war. Ich hatte nächtelang Albträume, und er rannte mir ständig mit einem Stein hinterher, von dem er behauptete, dass darin der Tyrann säße und nur darauf warte, mich heimzusuchen.« Bei der Erinnerung musste sie lächeln. Eyron war tagelang hinter ihr hergelaufen, hatte den faustgroßen Stein in die Luft gereckt und gerufen: »Er kommt und holt dich!«

Eine Weile betrachtete Skandar sie schweigend, dann sagte er: »Es ist wirklich bedauerlich, dass Ihr Eyron versprochen seid.«

Rayne spürte, wie ihre Wangen heiß wurden. Sie verzichtete darauf, ihm zu sagen, dass sie Eyron nicht versprochen war, sondern sich aus freien Stücken für ihn entschieden hatte. Es machte keinen Unterschied. Abgesehen davon, zog Skandar sie ohnehin nur auf, das verschmitzte Lächeln und die Grübchen in seinen Mundwinkeln waren ebenso schwer zu übersehen wie das amüsierte Funkeln in seinen Augen.

»Was glaubt Ihr, wer dieser Tyrann gewesen sein mag?«, fragte sie, um das Thema zu wechseln. »Oder warum er zum Tyrannen wurde?«

Darauf kannten weder die Legende noch Skandar eine Antwort.

* * *

Am nächsten Morgen, als sie ihre Sachen zusammenpackten und sich zum Aufbruch bereit machten, warf Rayne einen Blick auf ihr Kleid. Oder das, was davon noch übrig war.

»Ich brauche dringend andere Gewänder, wenn ich nicht überall auffallen will.«

Skandar betrachtete sie mit gerunzelter Stirn. »Habt Ihr denn nichts anderes dabei?«

»Bei meiner Flucht vor den Schatten kam die Zeit ein wenig zu kurz, um meine Reisetruhen zu packen.«

»Natürlich, entschuldigt. Wenn wir uns ein Stück östlich halten, kommen wir gegen Mittag zu einer kleinen Stadt. Da können wir Euch etwas besorgen.«

Tatsächlich erreichten sie den Ort, von dem Skandar gesprochen hatte, noch weit vor der Mittagszeit. Sie brachten ihre Pferde auf einer Anhöhe zum Stehen und blickten auf ein kleines Städtchen hinab, das eingebettet zwischen Feldern und Wiesen lag. Es war abseits der großen Handelsrouten, doch nicht so abgelegen, dass nicht trotzdem ein steter Strom von Händlern und Bauern in den Ort zog. Nachdem Rayne und Skandar die Hauptstraße eine Weile beobachtet hatten, kamen sie zu dem Schluss, dass sie es wagen konnten, hinunterzureiten.

»Sucht etwas aus, worin ich Euch auf einen Ball führen kann«, riet Skandar mit ernster Miene, nur das Funkeln in seinen Augen verriet den Scherz. »Vielleicht mit Perlen bestickt, ein kleines Diadem, nicht zu protzig und hübsche Ohrringe, bestickte Schühchen.«

Rayne unterdrückte ein Lachen. »Ihr würdet mir beim Tanz nur die Füße platt treten und mir Kleid und *Schühchen* ruinieren.«

Während sie sich auf den Weg zu einem Schneider machte, sollte Skandar sich um frische Vorräte bemühen, ehe sie sich in einer Schenke wiedertreffen wollten.

Für einen Teil der Münzen, die sie in Bärs Satteltasche gefunden hatte, erstand Rayne ein Paar lederne Reithosen und ein Hemd. Beides zog sie gleich an und bat den Schneider, ihr Kleid und den Umhang zu verbrennen. Bevor sie das Geschäft verließ, kaufte sie noch zwei einfache Umhänge aus Wolle. Da sie nicht wusste, wie dringend sie die Münzen noch benötigen würden, verzichtete sie auf neue Stiefel und besorgte stattdessen auf dem Weg zur Schenke eine weitere Decke.

Der Nordländer erwartete sie bereits im Schankraum,

neben sich die Satteltaschen, prall gefüllt mit frischen Vorräten. Rayne setzte sich ihm gegenüber auf die Bank und warf ihm einen der zusammengefalteten Umhänge zu. »Euer alter wurde unterwegs ein wenig in Mitleidenschaft gezogen.«

Skandar legte den Umhang beiseite und betrachtete ihre neuen Gewänder. »Das heißt dann wohl, dass Ihr meine Einladung zum Ball ausschlagt.« Er zuckte die Schultern. »Aber ich bin froh, dass Ihr so praktisch veranlagt seid. In diesen Sachen wird Euch niemand erkennen.«

Er winkte den Wirt herbei und bestellte für sie beide Eintopf und Ale. Erst, als die dampfende Schale vor ihr auf dem Tisch stand und ihr der Duft in die Nase stieg, wurde Rayne bewusst, wie hungrig sie war. Und wie sehr sie sich danach gesehnt hatte, etwas anderes als altes Brot, Käse, Speck oder Dörrfleisch zu essen. Selbst das Ale war köstlich, obwohl sie es sonst nicht sonderlich mochte. In der Schenke herrschte reges Treiben, die Luft war geschwängert von Essensgerüchen und Pfeifenrauch, und über alldem lagen das Gelächter und die Stimmen der Gäste wie eine warme Decke. Zum ersten Mal seit Tagen fühlte sie sich beinahe wohl. Trotzdem konnte sie nicht verhindern, dass sie jedes Mal erschrocken aufsah, wenn jemand die Tür öffnete. Ein ums andere Mal rechnete sie damit, einen Schatten auf der Schwelle zu sehen, doch es waren nur Händler und Bauern, die hereinkamen. Skandar und sie waren die einzigen Reisenden.

»Ich glaube, er hatte Zahnschmerzen«, sagte Skandar plötzlich.

Rayne runzelte die Stirn. »So unfreundlich war der Wirt doch gar nicht.«

»Nicht der Wirt. Der Tyrann unter dem Fels.« Skandar brach ein Stück Brot ab und tunkte die Reste seines Eintopfs damit auf. »Ich hatte einmal Zahnschmerzen und kann verstehen, wenn jemand da zum Tyrannen wird.«

Rayne, die gerade ihren Löffel zum Mund führen wollte,

hielt mitten in der Bewegung inne. Verwirrt starrte sie ihn an. Dann sah sie sein Grinsen.

Später, nachdem sie gegessen und ihre Pferde bepackt hatten, sagte sie: »Ich glaube, der Eintopf, den seine Frau ihm vorgesetzt hat, war kalt.«

Sie führten die Pferde die Straße entlang, am Marktplatz vorbei. »Kalter Eintopf kann etwas Wunderbares sein. Vor allem im Sommer«, hielt Skandar dagegen.

»Ich bin mir sicher, es war Winter. Und die Winter im Norden sind doch recht garstig, oder?« Rayne begrüßte dieses unbekümmerte Geplänkel. Nicht nur, dass es ihr Vergnügen bereitete, sich verrückte Gründe dafür auszudenken, warum der Tyrann unter dem Fels zum Tyrannen geworden war, es gefiel ihr auch, wie ihre Unterhaltung die Spannung vertrieb, die sie gestern den ganzen Tag über begleitet hatte.

Skandar schien es ähnlich zu gehen. »Vielleicht kam er ja auch einfach zu spät zum Essen und deswegen war der Eintopf kalt.«

»Er hat sich also über sich selbst geärgert und das an den Menschen um sich herum ausgelassen?«

»An ganz Maél, oder wie auch immer das Land damals geheißen haben mochte«, stimmte Skandar zu. Sie hatten die letzten Häuser der Stadt erreicht und schwangen sich in den Sattel. »Ich glaube, mit dem Eintopf liegt Ihr falsch. Er hätte ihn einfach wieder aufwärmen können.« Skandar trat seinem Pferd in die Flanken.

Den Rest des Tages überlegte er sich immer neue Gründe, aus denen der Tyrann zum dem geworden war, vor dem sich alle fürchteten. Jede neue Idee war aberwitziger als die davor, und ganz allmählich begann Rayne, den Nordländer mit anderen Augen zu sehen. Er war nicht länger der Wilde aus dem Thronsaal ihres Vaters und auch nicht mehr der bedrohliche Krieger, von dem sie angenommen hatte, er wollte sie entführen. Sie sah nicht einmal mehr den Mann in ihm, der seinen eigenen Bruder ermordet hatte. Durch die Geschichten, die er spann, und den Humor, den er dabei zeigte, wurde er in ihren Augen zu einer eigenständigen Persönlichkeit, losgelöst von allen Vorurteilen, die sie bisher gehegt haben mochte. Als er schließlich schwor, sie nicht zu entführen und zu ehelichen, ehe er nicht herausgefunden hatte, ob sie imstande war, Eintopf lange genug warm zu halten, musste sie so sehr lachen, dass sie sich um ein Haar an ihrem Stück Brot verschluckte.

An diesem Abend fühlte sie sich in seiner Gegenwart zum ersten Mal weder befangen noch unwohl. Sie sprachen über Belanglosigkeiten. Rayne erzählte von ihrer Ausbildung an der Akademie und Skandar davon, wie er im Inselreich Cymholt am Hofe des Fürsten von Parwá gelebt und dort das Kriegshandwerk erlernt hatte. Die dortigen Soldatenunterkünfte waren während der letzten Jahre sein Zuhause gewesen.

»Warum seid Ihr nach Valin zurückgekehrt?«

»Eyron wollte, dass ich zurückkomme.« Die Kürze seiner Antwort machte Rayne bewusst, dass sie jenem Teil seiner Vergangenheit zu nah gekommen war, über den er nicht sprechen wollte.

»Wärt Ihr denn den Rest Eures Lebens in Cymholt geblieben, wenn Eyron euch nicht zurückgeholt hätte?«

Es dauerte eine Weile, bis er antwortete. Offenbar hatte er sich diese Frage nie zuvor gestellt. Schließlich zuckte er die Schultern. »Vermutlich schon. Ich hatte dort Freunde, die Art, der man bereitwillig sein Leben anvertraut, und …« Er brach ab.

»Und eine Frau?«, mutmaßte Rayne.

»Nein, keine Frau. Mein Leben dort war gefährlich. Es kam häufig zu Kämpfen mit den benachbarten Fürstentümern und es gab immer wieder Tote. Das ist nicht das passende Leben für eine Familie.«

»Das klingt einsam.«

»Ich hatte meine Kameraden.«

Seine nachdenkliche Miene jedoch strafte seine Worte Lügen. Er war einsam gewesen. Vermutlich von dem Tag an, an dem er seinen Bruder … Zum ersten Mal wollte Rayne den Gedanken nicht vollenden. Dabei hatte er doch gar kein Mitleid verdient. War es nicht seine eigene Tat gewesen, die ihn zu einem Leben in Einsamkeit verdammt hatte? Er musste sogar froh sein, dass sein Vater ihn lediglich in die Verbannung geschickt hatte, ebenso gut hätte er ihn hinrichten lassen können.

Plötzlich begriff sie, wie der Satz weitergegangen wäre, den er abgebrochen hatte. *Ich hatte dort Freunde, die Art, der man bereitwillig sein Leben anvertraut, und niemand verurteilte mich wegen meiner Vergangenheit.*

Er hatte für seine Tat bezahlt, vermutlich mehr, als ihm selbst bewusst war. Menschen änderten sich. Doch ein skrupelloser Mörder würde nicht unter der Vergangenheit leiden, wie Skandar es offensichtlich tat. Er versuchte es zu verbergen, aber es hing wie ein Schatten über ihm. Und trotz allem war da dieser Mann, der ungeachtet seiner einschüchternden Größe und seines Rufs so warmherzig sein konnte, beschützend und voller Humor.

In diesem Augenblick beschloss Rayne, ihn als den Mann zu behandeln, den sie gerade erst kennenlernte. Was auch immer davor geschehen war, war ohne Belang.

24

Sechs Tage waren sie nun schon gemeinsam unterwegs. Gestern Morgen hatten sie die Grenze überquert, die sie vom Fürstentum Atandara nach Assana führte. Sie kamen langsamer voran, als es auf den Handelsstraßen der Fall gewesen wäre, doch das nahm Rayne in Kauf, solange sie dafür unbemerkt und unbehelligt blieben.

Der Sommer hatte längst auch im Norden Einzug gehalten, was sie neben der Hitze vor allem in Form von staubigen Straßen und unzähligen Stechinsekten zu spüren bekamen. Schon bald erschien Rayne jeder noch so kleine Gewitterschauer wie eine Erlösung, auch wenn die Luft danach von Hitze und Feuchtigkeit geschwängert war und die Mückenschwärme sie nahezu zur Verzweiflung trieben. Mehr als einmal waren sie gezwungen, sich trotz der drückenden Hitze in ihre Umhänge zu wickeln, um nicht von den Insekten gefressen zu werden.

Seit Rayne ihre Furcht vor Skandar abgelegt hatte, fühlte sie sich in seiner Gegenwart zunehmend wohler. Je häufiger es ihr gelang, hinter seine grimmige Fassade zu blicken, desto mehr mochte sie, was sie dort fand.

Auch in den vergangenen Tagen hatte er immer wieder neue Einfälle über den Tyrannen unter dem Fels zum Besten gegeben. Obendrein versuchte er nach wie vor, ihr seinen Schimmel schmackhaft zu machen. Rayne, der nicht entgangen war, dass das Tier so gehorsam war wie ein Stück Fels, hatte dankend abgelehnt.

Tatsächlich gelang es Skandar, Raynes Gedanken von

Dainn und Bär abzulenken. Sie vergaß nie, in welcher Gefahr die beiden – oder ihre Mutter – schwebten, aber es tat gut, dass dieses Wissen nicht ständig zu den ersten Gedanken gehörte, die ihr in den Sinn kamen. Die Prellungen, die sie sich bei ihrem Sturz zugezogen hatte, waren weitgehend verblasst, die Schwellung an ihrem Hinterkopf fort. Alles in allem hatte sie mit jedem Tag, den sie weiter vorankamen, das Gefühl, dass es wirklich vorwärtsging. Dass alles gut werden konnte. Was nicht zuletzt an Skandar lag, dessen Entschlossenheit keinen Zweifel daran ließ, dass er nicht ruhen würde, ehe sie ihr Ziel erreicht und die nötigen Antworten gefunden hatten. Wenn es so weit war, wusste Rayne, dass er alles daransetzen würde, die Schatten zu besiegen. Ganz gleich, was es ihn selbst kostete.

Eines Abends am Feuer bat Skandar sie, ihm etwas über seinen Bruder zu erzählen.

»Ich bezweifle, dass es etwas über Eyron gibt, das Ihr nicht wisst«, wehrte Rayne ab.

Skandar, der sein Schwert polierte, sah sie an. »Ich habe die Jahre verpasst, in denen er erwachsen wurde. Ich kenne das Kind, das er einmal war, aber ich weiß nur wenig darüber, wie er zu dem Mann wurde, der er heute ist.«

Rayne begriff, dass er versuchte, auf diese Weise einen Teil der verlorenen Zeit nachzuholen. Also erzählte sie ihm, wie Eyron nach Naranor gekommen war. »Er war damals ziemlich still und hat sich kaum mit jemand anderem als Darragh abgegeben.« Sie wussten beide, warum Eyron sich so verhalten hatte. Der Tod seines älteren Bruders und die Verbannung des jüngeren hatten damals gerade einmal ein paar Monate zurückgelegen. Kein Wunder, dass er die Gesellschaft eines anderen Jungen suchte, einem, der ihn vielleicht an seine eigenen Brüder erinnerte. »Die beiden waren unmöglich. Nichts in der Burg war vor ihnen sicher und ständig heckten sie irgendetwas aus. Meistens war Darragh derjenige, der

Eyron dazu anstiftete. Einmal hätte er mir beinahe meine Zöpfe in Brand gesteckt, weil er davon überzeugt war, ein Tier hätte sich in meinen Haaren eingenistet. Dabei war es nur eine Haarspange, die die Form eines Frosches hatte.« Bei der Erinnerung daran musste sie lächeln. »Taeril und ich haben die beiden trotzdem vergöttert. Wir sind ihnen auf Schritt und Tritt gefolgt. Anfangs haben sie versucht, uns loszuwerden, mussten aber bald erkennen, dass das nicht so leicht war. Taeril drohte, jede ihrer Schandtaten zu verraten, wenn wir nicht dabei sein durften.«

Rayne erzählte von ihren Ausflügen in den Wald, davon, wie sie – natürlich begleitet von Wachen, die sich unauffällig im Hintergrund gehalten hatten – draußen gejagt und sogar übernachtet hatten. Es war Eyron gewesen, der ihr beigebracht hatte, wie sie auch ohne Magie ein Feuer machen konnte. Zumindest hatte er es versucht, wirklich gelungen war es ihr nie.

»Ihr habt viel Zeit mit meinem Bruder verbracht.« Skandar klang nachdenklich. »Mehr als ich.«

»Mag sein. Die meiste Zeit allerdings verbrachte er in Darraghs Gesellschaft. Niemand vermochte es so gut wie Eyron, meinen Bruder zu lenken, ohne dass er sich bevormundet fühlte. Darragh ist kein Mensch, der sich so leicht etwas sagen lässt.«

»Er kann mich nicht ausstehen.«

»Eyron? Das bezweifle ich. Immerhin hat er Euch zurückgeholt.«

»Nein, Euer Bruder.«

»Darragh kennt Euch nicht. Ich bin mir sicher …«

»Sagt jetzt nicht, er würde mich mögen, wenn er mich erst besser kennt. Ich bezweifle sehr, dass er Interesse daran hat, mehr Zeit mit mir zu verbringen, als nötig ist, um mich festnehmen zu lassen.«

»Sobald er erfährt, dass Ihr mich weder umgebracht noch entführt habt, wird sich das ändern.«

Skandars Blick drückte seinen Zweifel daran aus, dass ihm die Aufklärung dieses Missverständnisses den Respekt ihres Bruders einbringen würde. Einmal mehr sah sie die Einsamkeit in seinen Augen. Ohne nachzudenken, griff sie nach seiner Hand und drückte sie. »Wenn Ihr diese Schatten erst bezwungen habt, werden die Menschen Euch wie einen Helden feiern. Gebt Ihnen Zeit, die Vergangenheit hinter sich zu lassen.«

Zu ihrem Erstaunen erwiderte er den Druck ihrer Finger sanft, sagte jedoch nichts. Rayne war überrascht, wie zart die Berührung seiner großen schwieligen Hand war. Plötzlich hatte sie das Gefühl, dass er es war, der ihr mit seiner Berührung und seiner Wärme Trost spendete, und nicht umgekehrt.

Am nächsten Morgen ging Skandar zum nahen Bach, um die Wasserschläuche aufzufüllen. Rayne wollte ihn begleiten, doch er winkte ab, also nutzte sie die Zeit, um die Vorräte durchzugehen. Viel war nicht mehr übrig. Sie schloss die letzte Packtasche und richtete sich auf. Wo blieb Skandar? Er war schon viel zu lange fort. Was, wenn die Schatten ihn aufgespürt hatten? Sie lief unruhig auf und ab und fragte sich, ob sie nach ihm sehen sollte, als er endlich zurückkehrte.

»Bei den Göttern, wo habt Ihr so lange gesteckt?«

»Habt Ihr Euch etwa Sorgen um mich gemacht?« Seine Miene schwankte irgendwo zwischen Belustigung und Erstaunen. »Auf dem Weg zurück bin ich auf einen Händler gestoßen. Der Mann war auf dem Weg nach Tarrel, um Wein zu laden. Er hatte Äpfel bei sich, die er mir verkauft hat. Die werden uns über den Tag bringen, trotzdem sollten wir sehen, dass wir unsere Vorräte auffrischen.«

Rayne nickte. Sie war erleichtert, dass Skandar nichts passiert war, doch bei dem Gedanken, sich nach so vielen Tagen wieder unter Menschen zu begeben, war ihr nicht ganz wohl.

Ihr Weg führte an Feldern und Wiesen vorbei, immer

weiter nach Norden. Als sie an eine Kreuzung kamen, hielt Skandar an. »Wenn wir weiter nach Norden reiten, erreichen wir bald die ersten Ausläufer der Steppe«, erklärte er. »Spätestens dort müssen wir einen anderen Weg einschlagen, wenn wir nicht mitten hindurchwollen.«

Die Steppe war ein unwirtlicher Ort, dort würden sie keine Gehöfte und Schenken finden. Die nächste größere Stadt war Latmeria, doch um dorthin zu kommen, mussten sie erst an der Steppe vorbei – oder eben hindurch.

Er deutete auf die Straße nach Westen. »In dieser Richtung liegen einige Gehöfte«, fuhr er fort. »Wenn wir da nach Vorräten fragen, müssen wir nicht bis zur Königsstraße und brauchen auch keine der dort gelegenen Schenken aufsuchen. Stattdessen können wir uns zwischen der Königsstraße und der Steppe nach Norden halten, bis wir Latmeria erreichen. Die Wege werden nicht so verlassen sein wie bisher – es gibt dort einige Dörfer und eine kleine Stadt –, aber weit weniger frequentiert als die Königsstraße.«

Rayne hätte nichts gegen eine warme Mahlzeit einzuwenden gehabt, doch in den gut besuchten Gasthäusern am Rande der Königsstraße, in denen die Wirte und Schankmaiden nichts lieber taten, als den Geschichten der Reisenden zu lauschen und zu beobachten, wer kam und ging, würde man sich nur allzu leicht an die Frau erinnern, die in Gesellschaft eines Kriegers mit einer Narbe im Gesicht reiste.

Am späten Vormittag kam das erste Gehöft in Sicht. Ein flacher Steinbau, mit einem Dach aus Stroh. Daneben ein lang gezogener Stall, an dessen Rückwand Rayne einen Schweinekoben ausmachen konnte. Auf einer großen Weide, die sich hinter dem Haus über einige Hügel erstreckte, glaubte sie in der Ferne Schafe zu erkennen.

Als die beiden ihre Pferde auf den Hof lenkten, ergriffen ein paar Hühner gackernd die Flucht. Ein unangenehm süßlicher Gestank hing in der Luft, kaum verborgen unter der

Mischung aus Tierausdünstungen und den Gerüchen der nahe gelegenen Wiesen.

Rayne verzog das Gesicht. »Riecht Ihr das auch?«

Skandar nickte. »Als wäre ein Tier verendet.«

Sie saßen ab und schlangen die Zügel um einen Strauch an der Seite des Wohnhauses. Skandar spähte hinter das Haus zu den Feldern, und als er niemanden sah, hielt er mit großen Schritten auf das Haus zu und pochte an die Tür.

Rayne, die ein paar Schritte hinter ihm stehen geblieben war, ließ ihren Blick am Haus entlangschweifen. Das Kräuterbeet, das sie zu ihrer Linken an der Hausmauer entdeckte, wirkte verwildert und trocken. Unkraut wucherte zwischen Salbei und Rosmarin und setzte seinen Eroberungszug entlang der Hausmauer fort. Die Fenster waren blind vor Staub und Schmutz, und selbst an der Tür, zu Skandars Füßen, entdeckte sie Unkraut.

Skandar klopfte noch einmal.

»Ich glaube, hier ist niemand«, sagte Rayne und deutete auf das Kraut an der Tür. »Seht Euch an, wie vernachlässigt alles aussieht.«

»Vielleicht ist der Bauer allein und die Arbeit ist zu viel für ihn. Sehen wir im Stall nach.«

Jeder ihrer Schritte ließ kleine Staubwölkchen aus dem trockenen Erdboden in die Luft steigen. Das gedämpfte Knirschen ihrer Sohlen war das einzig vernehmbare Geräusch. Je näher sie dem Stall kamen, desto durchdringender wurde der Gestank. Während Skandar auf das geschlossene Tor zuhielt, ging Rayne an der Wand entlang, bis zur Ecke des Stalls. Etwas, das sie aus der Entfernung nicht erkennen konnte, lag im Schatten der Stallwand. Rayne hoffte, dass es sich nicht um den Hofhund handelte. Langsam, eine Hand an ihrem Dolch und ihren Geist nach ihrer Energie ausgestreckt, ging sie darauf zu. Ein Strick war an einem Ring in der Mauer festgeknotet und schwang träge in der lauen Brise. Raynes Blick folgte dem lockeren Seil nach unten. Es war um den Hals einer Ziege gebunden, die halb verwest und von Fliegen und Maden überzogen am Boden lag.

Mit einem angewiderten Laut machte Rayne kehrt und lief zu Skandar zurück, der vor dem Stalltor auf sie wartete. »Der Gestank kommt von einer Ziege«, sagte sie. »Ich glaube nicht, dass wir hier etwas zu essen bekommen werden.«

»Ich auch nicht. Aber vielleicht braucht jemand Hilfe.«

Das Bild eines einfachen Mannes blitzte vor ihren Augen auf, der mit gebrochenen Knochen – womöglich hatte ein Esel ihn getreten – im Stall lag und sich aus eigener Kraft nicht mehr helfen konnte. »Die Ziege ist schon halb verwest«, sagte sie leise, ohne zu wissen, warum sie plötzlich flüsterte. Was auch immer hier geschehen sein mochte, musste sich bereits vor Wochen ereignet haben. Sie bezweifelte, dass es hier noch eine Menschenseele gab, die ihre Worte hören konnte. Oder ihrer Hilfe bedurfte. Falls dort drin jemand lag, war er inzwischen zweifelsohne ebenso verhungert wie das arme Tier hinter dem Stall.

Skandar nickte. »Ich werfe nur rasch einen Blick hinein. Am besten wartet Ihr hier.« Er griff nach dem Riegel, schob ihn zurück und zog einen der beiden Torflügel auf.

Der Gestank, der aus dem Inneren des Stalls nach außen drängte, schlug wie eine Welle über Rayne zusammen. Würgend wich sie einen Schritt zurück. Skandar war wie angewurzelt stehen geblieben. Seine Hände ballten sich zu Fäusten. Öffneten sich. Ballten sich erneut. Langsam, geradezu widerwillig, setzte er sich in Bewegung. Schon bald konnte Rayne ihn im Zwielicht, das im Inneren des Stalls herrschte, kaum noch erkennen.

Obwohl sie wusste, dass sie es bereuen würde, folgte sie ihm. Und erstarrte, kaum dass sie sah, was hinter der Tür lag.

In der Mitte des Stalls erhob sich ein Haufen aus toten Leibern. Arme, Beine und Köpfe ragten aus dem von Fliegen umschwirrten Gebilde heraus wie Äste, die sich weigerten sich in ein Flechtwerk einzufügen. Der Gestank war so überwältigend, dass Rayne sich die Hand vor Mund und Nase halten musste, und selbst dann hatte sie noch das Gefühl, nicht atmen zu können.

Um den Leichenhaufen herum hatte jemand Holz und Reisig aufgeschüttet. *Als wäre es ein ... Scheiterhaufen.* Tatsächlich entdeckte sie bei genauerem Hinsehen Brandspuren. Dort, wo das Feuer entzündet worden war, lagen einige geschwärzte Scheite auf dem Boden verteilt. Sie mussten aus dem Haufen gerutscht und erloschen sein, bevor das Feuer auf weiteres Holz und auf die Toten übergreifen konnte.

Skandar ging näher heran und betrachtete die Leiber. Schritt für Schritt umrundete er den makabren Berg, während Rayne stehen geblieben war und so intensiv auf die Leichen starrte, dass es vor ihren Augen zu verschwimmen begann. Ihre Sicht verzerrte sich mehr und mehr, bis sie aus dem Gleichgewicht geriet und einen Schritt zur Seite machen musste, um nicht zu stürzen. Die Bewegung löste die Lähmung, die sie beim Anblick der Toten überfallen hatte. Langsam schob sie sich näher heran. Alles in ihr schrie danach, kehrtzumachen und davonzulaufen, doch etwas zog sie vorwärts und zwang sie, sich genau anzusehen, was dort lag.

Was anfangs ein Durcheinander aus Leibern und Gliedern gewesen war, offenbarte aus der Nähe betrachtet immer mehr Einzelheiten. Rayne erkannte, dass es sich größtenteils um Männer handelte, doch auch ein paar Frauen hatten hier ihr Ende gefunden. Und ein Kind, kaum älter als zehn oder elf Sommer. Sie vermutete, dass es sich um etwa zwei Dutzend Menschen handeln mochte, und soweit sie es beurteilen konnte, war keiner von ihnen verletzt.

Sie fuhr zusammen, als Skandar plötzlich neben ihr auftauchte. »Himmel, Rayne, was macht Ihr hier! Ihr solltet das nicht sehen müssen!«

Raynes Blick war noch immer auf die Toten gerichtet. Sie atmete flach durch ihre Hand. »Ist das das Werk der Schatten?«

»Ich habe ihre Spur in den Augen eines der Toten gesehen«, sagte er leise. »Und ich bin mir sicher, dass wir sie auch in den Augen der anderen finden werden, wenn wir nachsehen. Ich habe einen der Männer erkannt, ein Stoffhändler aus Valin. Er ist einer von denen, die vermisst werden.«

»Jemand hat versucht, sie zu verbrennen«, sagte Rayne. »Offenbar waren sie schon fort und haben nicht mehr bemerkt, dass das Feuer erloschen ist.« *Andernfalls hätten wir nichts weiter als einen niedergebrannten Stall vorgefunden.* »Aber warum sind diese Menschen hier? Was ist passiert?«

»Ich weiß es nicht.« Skandar legte eine Hand auf ihren Arm und brachte sie dazu, ihn anzusehen. »Lasst uns gehen. Hier gibt es nichts, was wir noch tun könnten, und auch keine Antworten.«

Mit Letzterem irrte er sich. Es gab eine Möglichkeit, wie sie Antworten bekommen konnten. Rayne trat vor. Sie hörte, wie Skandar etwas sagte, sie vermutlich erneut bat, den Stall zu verlassen, doch ihre Aufmerksamkeit war jetzt wieder auf die Toten gerichtet. Ihr Blick ruhte auf einer jungen Frau, kaum älter als sie selbst. Zögernd streckte sie die Hand nach ihr aus. Ihre Finger zitterten, als sie den Arm der Frau berührte.

Das Innere des Stalls verschwand und plötzlich fand Rayne sich draußen, vor der geschlossenen Tür, wieder. Dunkle Gewitterwolken hingen über dem Land. Blitze zuckten über den Himmel, gefolgt von krachenden Donnerschlägen. Die ersten Tropfen eines kommenden Wolkenbruchs schlugen auf dem Boden auf. Rayne sah sich um und blickte in die Gesichter der Männer und Frauen, vor deren aufgetürmten Leichnamen sie gerade noch gestanden hatte.

Bevor der Regen einsetzte, öffnete sie – die Frau, durch deren Augen Rayne sah – das Stalltor. Zu Raynes Überraschung war der Stall nicht verlassen. Ein Trupp Männer hatte sich in seinem Zentrum versammelt, an derselben Stelle, an der sich bald darauf ein Scheiterhaufen befinden würde. Rayne erkannte einige der Gesichter. Einer von ihnen war der Mann, der ihr in der Akademie die Stimme geraubt hatte. Nur, dass er im Augenblick nichts weiter war als ein einfacher Söldner. Nichts ahnend von der Gefahr, die nun in Form einer zerlumpten Truppe die Scheune betrat.

»Der Bauer sagte uns, wir könnten hier Schutz vor dem Gewitter suchen«, sagte jemand hinter Rayne. Ein wenig murrend zwar, aber dennoch bereit, ihren Unterschlupf zu teilen, begannen die Söldner zusammenzurücken. Rayne spürte die Anspannung der Frau, durch deren Augen sie blickte, und begriff sofort, dass es nicht die Gefühle der Frau waren, sondern die des Schattens, der ihren Körper lenkte. Aus den Augenwinkeln sah sie, wie sich die Neuankömmlinge den ahnungslosen Söldnern näherten.

Bis die Krieger bemerkten, dass etwas nicht stimmte, waren die Schatten bereits über ihnen. Wie eine alte Haut streiften sie die Körper ab, die sie von Maél bis hierher gebracht hatten. Überall um sie herum fielen die Körper der Männer und Frauen zu Boden. In ihren letzten Momenten mussten sie erkannt haben, was mit ihnen geschah, denn jedes einzelne Gesicht war zu einer Maske des Entsetzens erstarrt. Dunklen Wolken gleich rasten die Schatten durch die Luft und drangen in die Leiber der Söldner, eroberten sich ihre neuen Gefäße, während die Söldner noch immer verwirrt auf die Körper starrten, die um sie herum zu Boden sackten.

Als der Schatten aus dem Körper der Frau schoss, durch deren Augen Rayne die Szene beobachtete, glitt sie in die Schwärze.

Bevor sie stürzen konnte, war Skandar neben ihr und fing sie auf. Er hob sie auf seine Arme und trug sie nach draußen. Erst als der halbe Hof zwischen ihnen und dem Stall lag, blieb er stehen.

»Was habt Ihr Euch dabei gedacht?«

»Es geht mir gut.« Das war übertrieben, aber zumindest war sie der Überzeugung, dass sie aus eigener Kraft stehen konnte.

Widerstrebend stellte Skandar sie auf den Boden, ohne jedoch seine Hand von ihrem Arm zu nehmen, als wollte er bereit sein, sie jederzeit aufzufangen, sollte es nötig sein.

»Ihr seid vollkommen übergeschnappt, wisst Ihr das?« Obwohl er aufgebracht war, klang er zugleich überraschend sanft. »Was sollte das?«

»Ich musste es einfach wissen«, sagte sie.

Er sah sie an. »Dann hattet Ihr eine dieser Visionen?«

Sie nickte. »Ein Trupp Söldner hatte im Stall sein Lager aufgeschlagen, als die ... die Schatten kamen.« Ein wenig stockend erzählte sie ihm, was sie gesehen hatte. »Sie haben es nicht kommen sehen. Keiner von ihnen erkannte die Bedrohung, die von diesen scheinbar einfachen Menschen ausging.«

Rayne wusste, warum Skandar die Schatten jagte, warum er einen Weg suchte, sie zu vernichten. Er hatte mehr als einmal darüber gesprochen. Die Visionen hatten ihr gezeigt, was mit Bruder Albus und Dainn geschehen war, doch erst jetzt, nachdem sie mit angesehen hatte, was die Schatten diesen Menschen angetan hatten, verstand sie das Grauen wirklich, das sie verbreiteten. *So viele Tote. So viele sinnlose Opfer. Einfach weggeworfen ...* Noch immer sah sie vor sich, wie beiläufig die Schatten ihre Körper und damit das Leben der Menschen hinter sich gelassen hatten. Sie wusste nicht, was sie mehr erschreckte: es gesehen zu haben oder zu wissen, dass Dainn und Bär jederzeit dasselbe zustoßen konnte.

Als sie ihre Befürchtung aussprach, schüttelte Skandar den Kopf. »Die Schatten werden die Körper Eurer Freunde nicht aufgeben«, sagte er. »Nicht, solange sie ihnen als Druckmittel gegen Euch dienlich sind.«

»Glaubt Ihr das wirklich?«

»Ja.«

Die Überzeugung, die Skandar in dieses eine Wort legte, war so überwältigend, dass Rayne die Tränen in die Augen traten. Er zog sie an sich und sie vergrub ihr Gesicht an seiner Brust. Sie schloss die Augen und atmete tief durch.

»Danke«, sagte sie leise und löste sich aus seiner Umarmung. Hastig wischte sie die Tränen fort. »Was meint Ihr, ist mit der Familie passiert, die hier lebt?«

Skandars Gesichtsausdruck sagte deutlich, dass er sich keine Hoffnungen machte, dass jemand den Besuch der Schatten überlebt hatte. Trotzdem ging er zum Wohnhaus hinüber. Rayne folgte ihm. Er hatte die Hand bereits auf den Riegel gelegt, als er sich zu ihr umdrehte. »Wartet hier.«

Sie nickte und sah zu, wie er die Tür öffnete und im Halbdunkel des Hauses verschwand. Hinter ihm schwang die Tür mit einem leisen Knarren zu.

Die Zeit zog sich endlos hin. Immer wieder wanderte Raynes Blick zur Scheune zurück. Die Bilder aus ihrer Vision blitzten vor ihrem inneren Auge auf und ließen sie immer wieder durchleben, was hier geschehen war. Obwohl sie in der Sonne stand, fror sie. Sie schüttelte den Kopf, in der Hoffnung, die Erinnerung abstreifen zu können. Als das nichts half, begann sie vor dem Haus auf und ab zu gehen.

Wo blieb Skandar?

Sie zählte bis zehn, und als er dann noch immer nicht zurück war, bis fünfzig. Als sie das dritte Mal bei fünfzig angekommen war, trat sie auf die Schwelle. Vorsichtig schob sie die Tür auf und spähte in den Wohnraum, der sich vor ihr erstreckte.

»Skandar?«

Keine Antwort.

Obwohl sie nicht sehen wollte, was im Innern des Hauses wartete, trat sie ein. Sie fand Skandar in der Küche. Ein Mann und eine Frau lagen vor dem Herd auf dem Boden, die Augen aufgerissen, die Kehlen mit einem blutigen Schnitt durchtrennt. Überall war getrocknetes Blut. Skandar kniete neben dem Leichnam eines Jungen von zehn oder elf Sommern und starrte ihn an.

»Skandar?«

Er reagierte nicht, schien sie nicht einmal zu bemerken. Ihren Blick einzig und allein auf Skandar gerichtet, trat sie zu ihm und legte ihm eine Hand auf die Schulter. Als weckte ihre Berührung ihn aus einer Art Trance, fuhr er sich über die Augen, richtete sich auf und sah sie an. Rayne hielt ihm ihre Hand entgegen, ein stummes Angebot, das er annehmen oder ignorieren konnte. Er nahm es an. Fest und warm schlossen sich seine Finger um ihre. Schweigend verließen sie das Haus.

Erst auf dem Hof blieben sie stehen. Es schmerzte Rayne, diese Menschen einfach so zurückzulassen, ihr war jedoch bewusst, dass sie sie unmöglich alle begraben konnten. Den Stall anzuzünden kam ebensowenig infrage. Nicht, wenn sie fürchten mussten, dass die Rauchwolke womöglich ihre Verfolger anlocken könnte.

»Wir können hier nichts mehr tun«, sagte Skandar, als hätte er ihre Gedanken erraten.

Er drückte ein letztes Mal ihre Hand, dann gab er sie frei. Seite an Seite kehrten sie zu ihren Pferden zurück. Bevor sie aufsaßen, streifte er noch einmal kurz mit der Hand ihren Arm. Eine Geste des Trosts, die er ebenso nötig zu haben schien wie sie selbst.

25

An diesem Abend war die Stimmung am Feuer gedrückt. Beide hingen sie ihren eigenen Gedanken nach, ohne viel zu reden. Die bleischwere Stille ihrer ersten gemeinsamen Tage war zurückgekehrt, doch Skandar spürte, dass es dieses Mal nichts mit seiner Gegenwart zu tun hatte.

Seine anfängliche Sorge um Rayne hatte sich im Laufe des Tages ein wenig gelegt. Er hatte zunächst nicht gewusst, wie sie mit dem, was sie heute gesehen hatte, fertigwerden würde. Während er lediglich den Anblick der Leichen hatte ertragen müssen, hatte sie zusätzlich in ihrer Vision mit angesehen, wie das alles geschehen war. Den ganzen Tag über hatte er sie kaum aus den Augen gelassen. Er sah ihre Anspannung, sah, wie sie mit den Ereignissen zu kämpfen hatte. Doch er erkannte auch, dass sie darüber hinwegkommen würde. Sie war stark. Und auf eigenartige Weise erfüllte ihn das mit Stolz.

Sie war heute für ihn da gewesen, als er sie gebraucht hatte. In einem Moment, in dem er geglaubt hatte, einen Geist zu sehen. Skandar wusste nicht, wie lange er in dieser Küche gestanden hätte, wäre sie nicht gekommen. Ihr war es zu verdanken, dass aus dem Gespenst seiner Vergangenheit wieder der Leichnam eines ihm unbekannten Jungen geworden war. Unwillkürlich durchlief ihn ein Schauer.

Er schob die Erinnerung beiseite. Warum hatten der Junge und seine Eltern überhaupt dort gelegen? Warum hatten die Schatten sie nicht in die Scheune gebracht oder zumindest versucht, das Wohnhaus ebenfalls in Brand zu stecken?

Als er die Frage laut aussprach, dachte Rayne eine Weile

darüber nach. »Vielleicht ging es ihnen nur darum, die magischen Spuren zu zerstören, die etwas über ihre Anwesenheit, womöglich über ihre bloße Existenz verraten könnten.«

Dann hätte es genügt, die Körper zu verbrennen, in deren Augen sich die verräterischen schwarzen Schlieren fanden und denen keinen offensichtliche Todesursache anzusehen war. Aber warum hatten sie dann nicht auch die anderen Körper vernichtet, die Rayne und er während der letzten Wochen gefunden hatten. Bruder Albus' Leichnam war zweifelsohne von dem Feuer verzehrt worden, das die Akademie zerstört hatte. Aber was war mit dem Bauer, dessen Leichnam Skandar sich angesehen hatte, und den beiden Söldnern, die Rayne in den Büschen gefunden hatte? Den vereinzelten Toten in Maél? Skandar kam zu dem Schluss, dass den Schatten entweder nicht ausreichend Zeit geblieben war, um ihre Spuren zu vernichten, oder aber, dass sie nicht davon ausgingen, dass jemand einen einzelnen Leichnam untersuchen würde. *Zwei Dutzend Frauen, Männer und Kinder würden zweifelsohne weit mehr Aufmerksamkeit und Misstrauen erregen.*

Skandar betrachtete Rayne über das Feuer hinweg. Die Arme um die angezogenen Beine geschlungen und das Kinn auf die Knie gelegt, saß sie da und sah in die Flammen. Als er sie in Naranor zum ersten Mal gesehen hatte, war sie nichts weiter als eine Adlige für ihn gewesen. Auch als sie gemeinsam aus der Akademie geflohen waren, hatte er in ihr lediglich die Prinzessin gesehen, von der er sich Unterstützung für sein Unterfangen erhoffte. Während der letzten Tage hatte sich das verändert. Wenn er sie jetzt ansah, sah er nicht länger eine Prinzessin oder jemanden, dessen Einfluss er nutzen wollte, sondern einfach nur die Frau, in deren Gesellschaft er die letzten Tage verbracht hatte. Einen Menschen, der ihm in dieser kurzen Zeit nähergekommen war als jeder andere in den letzten Jahren. Rayne berührte etwas in ihm, von dem er nicht genau sagen konnte, was es war. Der Wunsch nach Nähe?

Nach einem Menschen, der ihn akzeptierte, wie er war? Ihn verstand? Es waren alberne Gedanken, denn schon bald würden sich ihre Wege wieder trennen, und wenn sie einander erneut begegnen sollten, wäre sie die Gemahlin seines Bruders.

Aber vielleicht war gerade dieses Wissen der Grund, warum er sie überhaupt so nah an sich herankommen ließ. Sie war die Frau eines anderen – zumindest würde sie es bald sein. Die wenigen Momente der Nähe, die Augenblicke, in denen er sich vorstellte, dass mehr zwischen ihnen sein könnte, waren nichts anderes als schöne Tagträume. Träume, die niemals wahr werden würden und deshalb auch nicht die Gefahr bargen, Rayne zu enttäuschen oder gar zu verlieren. *Wie könnte ich etwas verlieren, das ich nie besessen habe?* Rayne Fjal'-Har würde ihm nie nah genug kommen, um herauszufinden, wie es war, an der Seite eines Mannes zu leben, der den Ruf eines Mörders hatte. Er würde nicht sehen, wie sich ihre Freundlichkeit ihm gegenüber mehr und mehr in Verachtung wandelte. Er konnte die Erinnerung an ihre gemeinsame Zeit in seinem Herzen verschließen und für immer bewahren. Dafür war er dankbar.

Es war gut so, wie es war. Am Ende ihrer Reise, wenn sich ihre Wege trennten, würde er Tharennia verlassen und nicht mehr zurückblicken.

»Der Junge im Wohnhaus«, durchbrach sie die Stille. »Er hat Euch an Euren Bruder erinnert, oder?«

Skandar nickte widerwillig. Anfangs war es nur ein fremder Junge gewesen. Doch je länger er ihn angesehen hatte, desto mehr hatten sich seine im Tode erstarrten Züge verändert, waren zu etwas Vertrautem geworden. Plötzlich hatte er sich in der Vergangenheit wiedergefunden, neben dem Leichnam seines Bruders kniend, und das Grauen von einst hatte erneut von ihm Besitz ergriffen. Bis Rayne gekommen war und ihn in die Gegenwart zurückgeholt hatte.

»Was ist damals wirklich passiert?«, riss sie ihn aus der Erinnerung.

Skandar hatte geglaubt, deutlich genug zum Ausdruck gebracht zu haben, dass er nicht gewillt war, über diesen Teil seines Lebens zu sprechen. Sie war ohnehin die Erste seit langer Zeit, die es überhaupt wagte, ihn danach zu fragen. Seit seiner Rückkehr nach Valin fand um ihn herum ein fast schon komischer Eiertanz statt. Die Menschen in der Burg und in der Stadt tuschelten hinter seinem Rücken und zeigten mit dem Finger auf ihn. Sie erschreckten ihre Kinder mit der Geschichte vom Brudermörder, der auch sie holen würde, wenn sie nicht artig waren. Manchmal kam er sich vor wie ein Tier im Käfig, das neugierig angestarrt wurde, dem sich aber niemand zu nähern wagte. Selbst Menschen, die ihm in seiner Kindheit vertraut gewesen waren, fanden nicht den Mut, die Sprache auf die Vergangenheit zu bringen. Weder der alte Haudegen Kalis, der früher der Kommandant der fürstlichen Wache und für Skandar so etwas wie ein Onkel gewesen war, noch Thowen, der einstige Berater seines Vaters, der ihm sogar noch näher als Kalis gestanden hatte, verloren je ein Wort darüber. Selbst Eyron hatte das Thema bisher gemieden wie eine felsige Küste bei Nebel.

»Ich habe meinen Bruder umgebracht. Das ist passiert.« Skandar gab sich alle Mühe, seinen Worten eine Härte zu verleihen, die Rayne dazu bringen sollte, keine weiteren Fragen zu stellen.

Offenbar war ihr das Beben in seiner Stimme, von dem er geglaubt hatte, dass nur er es bemerken würde, nicht entgangen. Statt zu schweigen, schüttelte sie den Kopf. »Das kann ich nicht glauben«, sagte sie. »Ihr seid kein kaltblütiger Mörder.«

»Was wisst Ihr schon über mich?«, fragte er scharf, doch selbst damit gelang es ihm nicht, sie zum Schweigen zu bringen.

»Was ich über Euch weiß? Ihr seid dem Hilferuf von Menschen gefolgt, die Ihr nicht einmal kennt. Menschen, die Euch vermutlich für Eure Vergangenheit verachten. Und trotzdem habt Ihr Euch auf den weiten Weg zur Akademie und zu meinen Eltern gemacht, um ihnen zu helfen. Wenn Ihr sogar den Tod von völlig Fremden verhindern wollt, warum solltet Ihr dann den Tod Eures eigenen Bruders gewollt haben?«

Sie sah ihn über das Feuer hinweg an, doch er wich ihrem Blick aus. Statt etwas zu erwidern, griff er nach einem Stock und stocherte damit in der Glut. Eine Weile herrschte Stille, und gerade, als Skandar zu glauben begann, dass sie endlich aufhören würde, weiter in ihn zu dringen, durchbrach sie erneut das Schweigen.

»Habt Ihr ihn gehasst?«

Skandar war überrascht, dass sie nicht aufgab. Nach ihrer ersten Begegnung mochte sie sich vor ihm gefürchtet haben, und noch vor ein paar Tagen hätte sie nicht gewagt, die unsichtbare Grenze zu überschreiten, die er mit seinem Schweigen gezogen hatte. Warum schreckte die Mauer, die er errichtete, sie nicht länger ab? Die Antwort war simpel und verblüffend zugleich: Rayne Fjal'Har fürchtete sich nicht länger vor ihm.

Da er inzwischen herausgefunden hatte, dass sie in vielerlei Hinsicht ebenso unnachgiebig sein konnte wie er, wusste er, dass sie sein Schweigen nicht einfach hinnehmen würde. Was sollte er tun? Sie anschreien, damit sie endlich aufhörte, Fragen zu stellen, die zu beantworten er nicht bereit war?

»Er war mein ältester Bruder«, hörte er sich zu seinem eigenen Erstaunen sagen. »Ich … habe zu ihm aufgesehen. Er hat mir beigebracht, wie ich ein Schwert halten muss, und mich das Jagen gelehrt. Zumindest dachte ich Letzteres, bis ich herausfand, dass man sich nicht von oben bis unten mit Ziegenblut einreiben muss, um sich an einen Hirsch anzuschleichen.« Bei der Erinnerung daran musste er lächeln. Damals hatte ihn der Jagdaufseher seines Vaters erwischt, wie er über und über mit Blut beschmiert in den Wald wollte. Erst da hatte er herausgefunden, dass Yoren ihn hereingelegt hatte. Um sich zu rächen, hatte Skandar seinen Bruder am nächsten Tag beim Fischen in den Fluss gestoßen.

»Er hat Euch sicher oft wütend gemacht«, sagte Rayne.

»Tun das nicht alle Brüder?« Aber niemals war er so wütend gewesen, dass er Yoren hätte umbringen wollen. Nie!

»Was ist passiert?«, fragte sie noch einmal, diesmal sanfter.

Skandar starrte ins Feuer und schwieg. Das war etwas, das nur ihn etwas anging. Sie hatte kein Recht, in der Vergangenheit zu wühlen und sie erneut zum Leben zu erwecken, wo es sein einziger Wunsch war, sie für immer zu begraben. Er hatte damit abgeschlossen.

Während er jedoch in die Flammen sah, wurde ihm mehr und mehr bewusst, dass es ihm – entgegen seiner eigenen Annahme – in all den Jahren nicht gelungen war, wirklich einen Abschluss zu finden. Warum sonst sollte er sich nun so dagegen wehren, Vergangenes wieder lebendig werden zu lassen. Alles, was er getan hatte, war, die Erinnerung zu verdrängen und zu hoffen, dass niemand mehr daran rühren würde. Doch was geschehen war, war ein Teil von ihm. Die Menschen würden ihn stets danach beurteilen. Selbst, wenn er an einen Ort ging, an dem niemand ihn kannte und niemand etwas über ihn wusste, würde ihm seine eigene Geschichte wie ein dunkles Gespenst folgen. Er selbst würde immer wissen, was geschehen war. Wenn er sich je davon befreien und eine Zukunft haben wollte, musste er sich der Vergangenheit stellen. Vielleicht war es an der Zeit, die Erinnerungen ans Licht zu zerren, in der Hoffnung, dass sie dort ihren Schrecken verloren.

Um ein Haar hätte er geschnaubt. Er hatte seinen Bruder getötet. Wie sollte das jemals seinen Schrecken verlieren?

Rayne mochte sich einreden, dass er nicht der war, für den

alle ihn hielten. Dass es einen Grund für seine Tat gegeben haben musste. Dass es nicht seine Schuld war oder es sich um einen tragischen Unfall gehandelt hatte. Wenn er jetzt sein Schweigen brach, würde sie ihn fortan mit anderen Augen betrachten. Sie würde ihn verachten, wie all die anderen. Vielleicht würde auch ihre Furcht vor ihm zurückkehren. Doch ihr stetes Drängen hatte etwas in ihm in Gang gesetzt, das es ihm unmöglich machte, sein Schweigen länger aufrechtzuerhalten.

»Wir haben uns gestritten«, begann Skandar. »Ich weiß nicht einmal mehr, was der Auslöser dafür war. Für gewöhnlich verstanden wir uns gut, und wenn wir uns in den Haaren lagen, war es fast immer Yoren gewesen, der einlenkte. Von Zeit zu Zeit rauften wir miteinander, wie Brüder es eben tun. Aber er hat mir nie ernsthaft etwas getan. Nie.« Er erinnerte sich an den Tag, an dem alles seinen Anfang genommen hatte. Nachdem sie ihre Waffenübungen hinter sich gebracht hatten, waren Eyron, Yoren und Skandar auf die Koppel hinter dem Stall gegangen. Sie hatten im Schatten gesessen und ihren nächsten Ausflug in die Berge geplant. Yoren und Eyron waren erst am Vortag von einem längeren Ausritt zurückgekehrt, und es juckte die beiden schon wieder, die Burg hinter sich zu lassen. Plötzlich war es zu jenem Streit gekommen, an dessen Ursache Skandar sich nicht zu erinnern vermochte. Wie oft hatte er zu ergründen versucht, wie es so weit hatte kommen können, doch ganz gleich, wie sehr er sich bemühte, der Anfang des Streits lag hinter dem Schleier des Vergessens verborgen.

»Wir standen uns gegenüber und brüllten uns an.« Daran erinnerte er sich noch. Auch an die unbändige Wut, die er empfunden hatte. »Wir gingen aufeinander los. Ich weiß noch, dass Yoren mir einen Schlag verpasst hat, der mich zu Boden schickte. Normalerweise war das das Ende einer jeden Rauferei, doch als ich wieder auf die Beine kam, zog Yoren seinen Dolch und verpasste mir einen tiefen Schnitt, quer über die Wange.«

Rayne, die ihn die ganze Zeit über nicht aus den Augen gelassen hatte, schnappte überrascht nach Luft. »Daher stammt die Narbe? Von einem Angriff Eures Bruders?«

»Schwer zu glauben, ich weiß.« Die meisten hielten die Narbe für das Andenken an eine Schlacht, nicht für das Ergebnis einer Rangelei unter Brüdern.

Skandar wusste noch, wie heiß sich das Blut angefühlt hatte, das ihm über die Wange gelaufen war. Wie heftig der Schmerz gepocht hatte. Er erinnerte sich an den Unglauben, angesichts der Tat seines Bruders. Und an den plötzlich aufflammenden Hass. »›Dafür bringe ich dich um!‹, brüllte ich und stürzte mich auf ihn. Wenn Eyron nicht dazwischengegangen wäre, hätte Yoren mich vermutlich erstochen. Unser Kampf hat einige Zuschauer angelockt, alle haben gehört, wie ich Yoren gedroht habe.«

»Aber das war im Zorn gesprochen. Das kann doch unmöglich jemand ernst nehmen!« Rayne schüttelte den Kopf, und Skandar erkannte, dass sie noch immer darauf wartete, dass er ihr offenbarte, Yorens Tod wäre ein Unfall gewesen. Dass einzig und allein seine im Zorn gebrüllten Worte die Menschen glauben ließen, er hätte es getan.

»Sie brachten mich in mein Gemach und holten den Heiler. Die Wunde entzündete sich, ich bekam hohes Fieber.« Er erzählte Rayne nichts von den Schmerzen, er wollte ihr Mitleid nicht. Sie sollte keinen Anlass haben, seine Tat kleinzureden.

Sie hatten ihm Mohnblumensaft gegeben, um den Schmerz zu betäuben. Vieles, was in den Tagen nach Yorens Angriff geschehen war, lag hinter einem undeutlichen Fiebernebel verborgen. Leute kamen und gingen, sie flößten ihm Suppe und Wasser ein, strichen Salben auf seine Wunde und wechselten die Verbände. Die Bilder und Personen verschwammen in seiner Erinnerung, vermischten sich mit den immer wiederkehrenden Bildern von Yorens Angriff und seinem eigenen Schwur, ihn dafür umzubringen – bis zu dem Augenblick, in dem alles schlagartig wieder vollkommen klar war.

»Drei Tage später fand ich mich mitten in der Nacht in seinem Schlafgemach wieder. Ich kniete neben ihm auf dem Boden, die Hand noch am Griff des Dolchs, der aus seiner Brust ragte. Überall war Blut, an meinen Händen, meinem Wams, meiner Hose. Überall.« Als er begriff, was er getan hatte, hatte er zu schreien begonnen. Dann war sein Vater plötzlich da gewesen. Skandar wollte sich zu ihm flüchten, wollte, dass sein Vater ihm versicherte, dass alles nur ein böser Traum war. In dem Augenblick, in dem sein Vater ihn von sich stieß und nach den Wachen rief, hatte er gewusst, dass er nicht träumte. Zur endgültigen Gewissheit war es jedoch erst geworden, als er das Entsetzen in Eyrons Zügen gesehen hatte. Sein Bruder hatte auf der Schwelle gestanden. Bleich wie ein Leintuch, die Augen aufgerissen, hatte er ihn angestarrt.

»Sie sperrten mich in mein Gemach, und für Tage waren die Einzigen, die ich zu sehen bekam, die Wachen vor meiner Tür und Thowen, der Berater meines Vaters.« Immer wieder hatte Thowen ihn gefragt, was geschehen war. Skandar hatte darauf beharrt, es nicht getan zu haben. Er *wusste*, dass er das unmöglich getan haben konnte. Er liebte seinen Bruder! Und trotzdem …

»Längst wussten alle, dass ich nach Yorens Angriff geschworen hatte, ihn zu töten. Doch statt unter dem Beil des Henkers zu enden, eröffnete Thowen mir, dass mein Vater entschieden hatte, mich in die Verbannung zu schicken. Das war Eyron zu verdanken. Hätte er sich nicht für mich eingesetzt, wäre ich nicht mehr am Leben.«

Sein Verstand mochte vom Mohnblumensaft betäubt und vom Fieber vernebelt gewesen sein, das änderte jedoch nichts daran, dass er seinen Bruder getötet hatte. Es hatte Jahre gedauert, bis er endlich akzeptieren konnte, selbst am Leben zu sein, während Yoren seinetwegen tot war.

Nachdem er geendet hatte, breitete sich Schweigen über das Lager. Rayne sah ihn noch immer an, nachdenklich, skeptisch. Mehr als einmal setzte sie dazu an, etwas zu sagen, öffnete den Mund und schloss ihn dann doch wieder. Er wartete darauf, dass sie endlich die Worte fand, um ihn zu verdammen. Darauf, dass sie sich abwandte und ihm zu verstehen gab, nicht länger in seiner Nähe sein zu wollen. Doch einmal mehr überraschte sie ihn.

»Danke, dass Ihr das mit mir geteilt habt.« Mehr sagte sie nicht. Aber sie wandte sich auch nicht ab.

Eine Weile noch saßen sie am Feuer, bis Rayne schließlich ihre Decke nahm und sich zum Schlafen hinlegte. Skandar ging ein paar Schritte vom Feuer weg und ließ sich, an einen Felsen gelehnt, nieder. Den Blick in die Dunkelheit gerichtet, wartete er darauf, dass sich die Geister der Vergangenheit zu ihm gesellten.

26

Rayne fand in dieser Nacht keinen Schlaf. Ein Blick zu Skandar zeigte ihr, dass es ihm nicht anders erging. Während sie noch immer von den Bildern ihrer Vision und dem Anblick der aufgetürmten Leichen verfolgt wurde, schien es bei ihm die Vergangenheit zu sein, die ihn nicht zur Ruhe kommen ließ. Sie dachte darüber nach, sich zu ihm zu setzen, doch sie war nicht sicher, ob ihm ihre Gesellschaft in diesem Moment willkommen war. Also blieb sie neben dem Feuer liegen und starrte den größten Teil der Nacht in den Himmel.

Von Zeit zu Zeit stand Skandar auf, um ein paar Scheite nachzulegen. Die Nacht war warm, sodass ein Feuer nicht nötig gewesen wäre, aber vielleicht half ihm der helle Schein, die Schatten der Vergangenheit zu verdrängen.

Irgendwann nickte sie doch noch ein und fiel in einen unruhigen, von albtraumhaften Bildern durchzogenen Schlaf, in dem sich die Erinnerung an das Gehöft mit Skandars Erzählung mischte.

Als sie im Morgengrauen erwachte, war das Feuer heruntergebrannt und Skandar war bereits auf den Beinen. Rayne beobachtete, wie er die Pferde versorgte. Als er zur Feuerstelle zurückkehrte, setzte sie sich auf. Sie fühlte sich müde und zerschlagen.

»Konntet Ihr schlafen?«, fragte er und begann, die Packtaschen nach etwas Essbarem zu durchsuchen.

Rayne schüttelte den Kopf. »Nicht besonders gut. Ich konnte die Bilder einfach nicht aus dem Kopf bekommen.« Sie schlug die Decke zur Seite, stand auf und streckte sich, um die Steifheit aus ihren Gliedern zu vertreiben. »Habt Ihr etwa die Pferde schon getränkt?« Er nickte nur, und ihr fiel auf, dass er es vermied, sie anzusehen. »Dann hattet Ihr wohl auch keine sonderlich gute Nacht.«

Skandar antwortete nicht, sondern hielt ihr nur einen Apfel hin. Sie griff danach und drehte ihn nachdenklich in ihrer Hand. »Wir brauchen Vorräte«, sagte sie. »Wie weit ist es noch bis Latmeria?«

»Einen Tagesritt. Wenn wir uns beeilen, schaffen wir es vielleicht bis Einbruch der Dunkelheit, ansonsten sollten wir spätestens morgen Mittag dort ankommen.«

»Wir schaffen es bis heute Abend«, sagte sie überzeugt und seufzte dann. »Gut, dass Ihr die Äpfel ergattern konntet. Die werden uns immerhin über den Tag bringen. Und heute Abend gönnen wir uns ein warmes Mahl und für die Nacht ein Zimmer in einem Gasthaus, bevor wir nach Kinnel aufbrechen.« Der Gedanke an ein richtiges Bett, ein heißes Bad und ein Mahl, das nicht aus Brot und Käse bestand, munterte sie ein wenig auf.

Sobald Rayne ihren Apfel gegessen hatte, machte sie sich daran, die Decke zusammenzurollen. Skandar hatte die ganze Zeit über kein Wort gesagt. Allerdings wich er auch ihrem Blick nicht länger aus. Stattdessen betrachtete er sie mit einem Stirnrunzeln, als sei sie ein Rätsel, das zu lösen ihm einfach nicht gelingen wollte.

»Ihr seid heute ungewöhnlich still.« Rayne befestigte die Decke an einer der Packtaschen. »Es wäre gedankenlos von mir, zu fragen, ob etwas nicht stimmt, denn Tatsache ist, dass seit gestern gar nichts mehr stimmt. Dieser Stall, was die Schatten getan haben …«

»Ich bin davon ausgegangen, dass Ihr bei Tagesanbruch nicht mehr hier sein würdet«, sagte er. »Ich dachte, Ihr würdet warten, bis ich eingeschlafen bin, und dann das Weite suchen.«

»Warum sollte ich das tun?«

»Ist das Euer Ernst?« Auch wenn sie es kaum für möglich gehalten hatte, vertiefte sich sein Stirnrunzeln noch weiter. »Nach allem, was ich Euch gestern Abend erzählt habe?«

Sie hatte gewusst, dass er nicht über seine Vergangenheit sprechen wollte. *Nicht über diesen Teil.* Trotzdem hatte sie nicht aufgehört, ihn zu drängen. Natürlich war ihr nicht verborgen geblieben, wie sehr ihm die Erinnerung zu schaffen machte. Sie hatte geglaubt, dass es diese Erinnerung war, die ihn in der Nacht um den Schlaf gebracht hatte. Jetzt jedoch wurde ihr bewusst, dass zumindest zum Teil eine vollkommen andere Sorge schuld daran gewesen war. Er hatte befürchtet, dass sie ihn nach seinem Geständnis verlassen würde.

Sie machte einen Schritt auf ihn zu. Er hatte sein Haar noch nicht zurückgebunden, sodass es ihm ins Gesicht fiel und seine Augen halb verbarg.

»Ihr habt mir von einem Jungen erzählt, der offenbar schwer verletzt und vermutlich fiebernd war.« Sie war ziemlich sicher, dass er diesen Teil ebenso ausgelassen hatte wie die Schmerzen, die ihn zweifelsohne furchtbar gequält haben mussten. »Und von einem Ereignis, das – so schrecklich es auch sein mag – vor langer Zeit stattgefunden hat. Warum sollte mich das vertreiben?«

Hätte sie ihre Furcht vor ihm nicht schon vor Tagen verloren, wäre es spätestens gestern geschehen. Was passiert war, war entsetzlich, doch die Art, wie er darüber gesprochen hatte, sein offener Schmerz, hatte sie in ihrem Gefühl bestätigt, ihm vertrauen zu können. Was auch immer den Angriff seines Bruders ausgelöst haben mochte, war der Beginn einer Tragödie gewesen, an dem sie unmöglich Skandar allein die Schuld geben konnte. Dieser Mann, der sich so sehr um das Wohlergehen anderer sorgte, dass er sogar riskierte, den König gegen sich aufzubringen, war kein eiskalter Mörder. Davon war sie nun mehr denn je überzeugt.

Rayne trat noch näher an ihn heran. Einen Moment lang betrachtete sie sein Gesicht, die inzwischen so vertraute Narbe, die sein grimmiges Äußeres nur noch mehr unterstrich, die kantigen Züge und den kraftvollen Schwung seiner Augenbrauen. Sie wollte ihm in die Augen sehen. Ein wenig zögernd hob sie die Hand und strich ihm das Haar aus dem Gesicht. Die Verletzlichkeit in seinem Blick traf sie vollkommen überraschend. Wie nah sie ihm gekommen war, bemerkte sie erst, als sich seine Arme um sie schlossen. Einen Atemzug lang verharrte er still, dann zog er sie an sich und vergrub sein Gesicht in ihrem Haar.

»Danke«, flüsterte er.

Rayne schluckte die Tränen herunter. Zum ersten Mal begriff sie, wie einsam er tatsächlich war. Sie hatte ihr ganzes Leben lang ihre Familie und Freunde um sich gehabt, Menschen, die sich um ihr Wohlergehen sorgten und für sie da waren, wann immer sie sie brauchte. Sie konnte sich nicht vorstellen, wie es war, vollkommen allein zu sein. Niemanden zu haben, mit dem man seine Sorgen und Nöte ebenso teilen konnte wie die schönen Dinge. Als sie den Kopf hob, trafen sich ihre Blicke. Wie hatte sie ihn je für grimmig oder gar einen Wilden halten können? Alles, was sie in seinen Augen fand, waren Wärme und Freundlichkeit – und etwas, das sie nicht recht deuten konnte. Für einen Moment lehnte er seine Stirn an ihre, dann beugte er sich herab und küsste sie.

Seine Lippen waren warm und überraschend weich. Er vergrub eine Hand in ihrem Haar und zog sie enger an sich. Sein Kuss schmeckte nach Apfel und Verheißung. Rayne wusste, dass sie sich von ihm lösen musste. Dass es falsch war, ihn zu küssen. Aber wie konnte sich etwas Falsches so gut anfühlen? So richtig. Während sie sich immer weiter in seinem Kuss verlor, schienen es einzig seine Arme zu sein, die sie noch aufrecht hielten. Sie spürte seine Kraft, als er sie enger an sich zog, spürte sein Verlangen und die Leidenschaft ebenso wie eine tiefe Zuneigung, die sie niemals erwartet hatte. Eyrons Küsse waren stets keusch und zurückhaltend. Skandars Kuss war nichts davon. Er war zärtlich und ungestüm, sanft und fordernd zugleich. Der Sturm, den er in ihrem Innersten entfachte, drohte Rayne mit sich zu reißen.

Eyron! Bei den Göttern!

Mit einem Keuchen löste sie sich von ihm und trat einen Schritt zurück. »Verzeiht mir.« Sie hielt sich noch immer an seinem Arm fest, aus Furcht, ihre weichen Knie könnten ihr den Dienst versagen. »Ich weiß nicht, was in mich gefahren ist. Ich …« Verlegen blickte sie zu Boden. Skandars Einsamkeit hatte etwas in ihr ausgelöst, das sie alles andere vergessen ließ. Nein, nicht seine Einsamkeit – er, Skandar, hatte das bewirkt. »Ihr wisst, dass ich Euren Bruder heiraten werde.«

Er nickte. »Ich bin es, der um Verzeihung bitten muss. Ich habe Euch in eine unmögliche Situation gebracht. Ich war selbstsüchtig und habe Euere freundschaftliche Geste ausgenutzt.«

Ich habe mich nicht gerade gewehrt.

Skandars distanzierter Tonfall kühlte Raynes erhitzte Gedanken schlagartig ab. Sie nickte kurz, ließ seinen Arm los und wandte sich ihrem Pferd zu, um ihn nicht sehen zu lassen, wie aufgewühlt sie war.

Es war merkwürdig, noch vor nicht allzu langer Zeit hätte sie unzählige Gründe nennen können, warum sie Eyron heiraten wollte. Seit sie einander das letzte Mal gesehen hatten, waren lediglich ein paar Wochen vergangen, und doch fühlte es sich wie eine Ewigkeit an. Seitdem war so viel passiert, dass ihr die Erinnerung an ihn beinahe unwirklich vorkam.

Auch als sie ihr Lager längst abgebrochen hatten und schweigend in Richtung Latmeria ritten, kehrten ihre Gedanken immer wieder zu dem Kuss zurück. Was sie dabei empfunden hatte, verwirrte sie. Wenn sie jedoch ehrlich war, musste sie sich eingestehen, dass es nicht der Kuss allein war.

Es war Skandars Nähe. Die Art, wie er sie ansah, mit ihr sprach und lachte, für sie da war, wenn sie ihn brauchte. All das ließ sie plötzlich daran zweifeln, ob Eyron wirklich derjenige war, den sie wollte. *Natürlich ist er das!* Seit ihrer ersten Begegnung, als Eyron damals nach Naranor gckommen war, schwärmte sie für ihn. Skandar war sein Bruder, ihr zukünftiger Schwager! In den letzten Tagen hatten sie einiges miteinander durchgemacht, da war es doch kein Wunder, wenn sie sich ihm verbunden fühlte. Die gestrigen Ereignisse hatten sie beide aufgewühlt und nach Trost suchen lassen, das war alles. Sie mochte Skandar, sie wollte für ihn da sein, doch ihre Liebe gehörte einem anderen. Wenn sie erst wieder bei Eyron war, würde alles so sein, wie es sein sollte.

Zuerst jedoch müssen wir Trevelian finden.

Am späten Vormittag mündete der Weg auf die Handelsstraße, die am westlichen Rand der Steppe von Sola entlangführte. Da sie fürchteten, dass weitere Nebenstraßen sie zu weit von ihrem Ziel fort- oder gar in die Steppe führen würden, beschlossen sie, der Straße zu folgen. Sie waren gut vorangekommen, sodass sie es bis zum Abend nach Latmeria schaffen würden. Dort konnten sie in der Menschenmenge untertauchen. Wenn es nötig war, würde Rayne mit ihrer Magie nachhelfen, um ihre Spuren zu verwischen.

Nach all den Tagen, in denen sie kaum einer Menschenseele begegnet waren, war es eigenartig, sich die Straße plötzlich wieder mit so vielen anderen Reisenden zu teilen. Die meisten waren Händler, die mit ihren Fuhrwerken und Karren nach Latmeria fuhren oder ihnen von dort entgegenkamen. Von Zeit zu Zeit begegneten ihnen vereinzelte Reiter. Anfangs war Rayne beunruhigt gewesen, wann immer sie einen Reiter erblickten. Je weiter sie jedoch kamen, desto mehr gewöhnte sie sich an den Anblick.

Immer wieder führte die Straße jetzt durch Dörfer, manche zählten nur wenige Häuser, andere hatten die Ausmaße kleiner Städte. Einmal kamen sie an einem Wanderzirkus vorbei, der seine bunten Zelte auf halbem Weg zwischen zwei Dörfern auf einer Wiese aufgeschlagen hatte.

Je mehr sie zu sehen bekam, desto deutlicher wurde Rayne bewusst, wie wenig sie bisher von dem großen Land, das ihre Heimat war, kennengelernt hatte. Kaum mehr als Naranor, den Königshain und die Orte, die auf dem Weg zur Akademie lagen. Dabei gab es so viel mehr zu sehen und zu entdecken. Bunte, lebendige Städte, Abteien und alte Burgen. Wie wunderbar wäre es, eine Weile durch das Land zu reisen und sich die Geschichten und Legenden anzuhören, die die Menschen in den verschiedenen Landstrichen zu erzählen hatten. Sich vielleicht auch ferne Länder anzusehen. Ihr wurde jedoch schnell bewusst, dass sie das niemals tun würde. Ihre Zukunft lag in Valin, an Eyrons Seite – nicht auf dem Rücken eines Pferdes auf dem Weg durch das Königreich.

Zu ihrer Rechten säumten jetzt Felder und Wiesen den Weg, während zu ihrer Linken die Ausläufer der Steppe begannen. Karges Land, durchzogen von Steinen und Steppengras erstreckte sich, so weit das Auge reichte. Die Straße selbst war zu einem breiten Pfad aus festgetretenem, trockenem Erdreich geworden, über dem stets eine Wolke aus Staub zu hängen schien.

In der Ferne sahen sie einen Trupp Reiter, der sein Lager am Straßenrand aufgeschlagen hatte. Rayne folgte Skandar, der seinen Schimmel von der Straße und zwischen ein paar Bäume lenkte.

»Wir müssen herausfinden, wer sie sind.« Die Sorge, dass es sich um Schatten handeln könnte, war seinem Tonfall deutlich anzuhören. »Dann können wir entscheiden, ob wir weiterreiten oder uns verbergen, bis sie ihre Rast beenden und sich wieder auf den Weg machen.«

»Wenn wir zu viel Zeit verlieren, schaffen wir es heute nicht mehr nach Latmeria«, gab Rayne zu bedenken.

»Wir können aber auch nicht riskieren, dass wir den Schatten in die Arme laufen.«

Das konnten sie tatsächlich nicht. »Was, wenn ich uns mit meiner Magie tarne? Wir sind ziemlich verdreckt und ich trage andere Gewänder als bei meiner letzten Begegnung mit den Schatten. Wenn ich meine Magie einsetze und dafür sorge, dass der Staub noch ein wenig dichter wird, werden sie uns für zwei Männer halten.«

Skandar dachte einen Moment darüber nach, dann nickte er. »Wie viel Zeit benötigt Ihr dafür?«

Rayne warf einen Blick auf die Straße. Sie verlief schnurgerade, sodass es ihnen schon aus einiger Entfernung möglich sein sollte, zu erkennen, ob die Lagernden eine Bedrohung darstellten. »Nicht viel. Den Staub würde ich schon vorher verdichten, das kostet nur wenig Energie und ist unauffälliger, als wenn die Wolke schlagartig größer wird, sobald wir sie erreichen. Zusätzlich kann ich einen Zauber wirken, der ihre Pferde unruhig werden lässt, sodass sie uns nur wenig Aufmerksamkeit schenken werden.« Sie versuchte abzuschätzen, wie lange das dauern mochte. »Ich denke etwa die halbe Wegstrecke bis zu ihnen sollte genügen, um beide Zauber zu wirken.«

In gemäßigtem Tempo setzten sie ihren Weg fort, schnell genug, um keine Aufmerksamkeit zu erregen, zugleich aber so langsam, dass Rayne Zeit bleiben würde, ihre Magie einzusetzen.

Als ihnen ein hagerer Mann mit einem Eselskarren voller geflochtener Käfige und Körbe entgegenkam, hielt Skandar auf ihn zu. »Sagt, guter Mann, die Männer, die dort vorn ihr Lager aufgeschlagen haben, sind nicht zufällig die Söldner der Schwarzen Klinge?«

Die Schwarze Klinge war der größte und berüchtigste Söldnerhaufen Tharennias. Der Händler vermochte vermutlich nicht zu sagen, ob die Männer zur Schwarzen Klinge gehörten, ob sie jedoch Söldner waren, hatte er vielleicht erkannt.

Die Augen des Händlers schimmerten dunkel in seinem staubigen Gesicht. »Söldner?« Er schüttelte lachend den Kopf. »Nein, sie tragen das Wappen von Maél. Wenn sie die Uniformen nicht gestohlen haben, kommen sie wohl aus dem Norden.«

Skandar bedankte sich rasch bei dem Mann und ließ ihn weiterziehen. Er setzte dazu an, etwas zu sagen, doch Rayne war schneller.

»Wir könnten sie beauftragen, meinem Vater eine Nachricht zu überbringen.« In Latmeria gab es keine Garnison, und der einzige Weg, eine Nachricht zu senden, wäre es, einen Boten anzuheuern. Schon seit Tagen wägte Rayne Für und Wider dieser Möglichkeit ab und kam mehr und mehr zu dem Schluss, dass sie eine Nachricht dieser Tragweite nur ungern einem Fremden anvertrauen wollte. Wer konnte schon ahnen, in wessen Hände sie gelangte? Am Ende erfuhren die Schatten auf diese Weise, dass sie in Latmeria war – oder zumindest gewesen war – und was sie bisher über sie und ihre Magie in Erfahrung gebracht hatte. Eyrons Krieger erschienen ihr die bessere Option zu sein. Kein Soldat würde es wagen, eine Nachricht für den König in Hände zu übergeben, für die sie nicht bestimmt war.

Nachdem sie nun wussten, dass ihnen von den lagernden Männern keine Gefahr drohte, setzten sie ihren Weg fort, ohne dass Rayne ihre Magie wirkte. Als sie das Lager am Wegesrand erreichten, zügelten sie ihre Pferde. Selbst ohne die Lederrüstungen, auf denen das Wappen von Maél prangte – ein einzelner, zackiger Berg, an dessen Gipfel weiße Stickereien Schnee symbolisierten, auf dunkelblauem Grund –, wurde aus der Nähe sofort deutlich, dass diese Männer keine Söldner, sondern Soldaten waren. Das Lager mochte auf den ersten Blick willkürlich wirken, doch Rayne erkannte die innere Ordnung. Die Wachen am Rand, die Männer, die ihre Plätze nach Rang eingenommen hatten, Offiziere im Zentrum des Lagerplatzes, wo sie sich besprachen. Niemand riss Zoten und Befehle wurden ohne Widerworte befolgt.

Sie hatten ihre Pferde kaum an den Straßenrand gelenkt, als ihnen zwei Krieger in den Weg traten. »Ihr sucht Euch besser einen anderen Platz für Euer Lager«, sagte einer der beiden, ein ausgezehrt wirkender Mann mit einer Haut gegerbt wie Leder, der ebenso von Staub überzogen war wie Skandar und Rayne.

Skandar zog seine Kapuze zurück. Schlagartig änderte sich etwas in der Haltung des dürren Mannes. Er stieß seinen Kameraden in die Seite. »Hol den Kommandanten!«

Skandar und Rayne saßen ab. Sie brauchten nicht lange zu warten, bis ein Offizier erschien, ein hochgewachsener Mann, nicht ganz so groß wie Skandar, dafür aber beinahe doppelt so breit, der einen Helm unter dem Arm trug. Vor Skandar blieb er stehen und verneigte sich gerade so weit, dass es nicht als Beleidigung ausgelegt werden konnte.

»Euer Gnaden, ich bin Kommandant Navra.« Die Stimme des Mannes klang so trocken wie Herbstlaub. »Meine Männer und ich werden Euch nach Valin eskortieren.«

Rayne runzelte die Stirn. Zweifelsohne waren die Krieger mit einem Auftrag unterwegs, es erschien ihr merkwürdig, dass sie so freimütig anboten, Skandar zu geleiten. Und das, ohne dass er überhaupt darum gebeten hatte.

»Das wird nicht nötig sein«, sagte Skandar.

Der Kommandant schüttelte den Kopf. »Ich fürchte, Ihr versteht nicht.«

»Da fürchtet Ihr in der Tat richtig. Hört zu, wir sind in Eile und suchen kein Geleit. Allerdings wäre es von äußerster Wichtigkeit, dass Ihr eine Nachricht für uns überbringen lasst.«

»Wir haben den Befehl, Euch zu Fürst Eyron zu bringen,

sobald wir auf Euch stoßen.« Nachdrücklich und beinahe schneidend fügte er hinzu: »Umgehend.«

»Bestellt meinem Bruder, dass ich nach Valin kommen werde, sobald ich kann«, sagte Skandar.

Hinter dem Kommandanten und zu beiden Seiten waren die Soldaten näher gerückt. Ein Dutzend Männer standen nun um sie herum, allesamt staubig und müde, doch die Entschlossenheit in ihren Zügen sagte Rayne, dass sie sie nicht einfach ziehen lassen würden.

Rayne trat neben Skandar und zog nun ebenfalls ihre Kapuze zurück. »Ich bin Prinzessin Rayne Fjal'Har, Kommandant«, stellte sie sich vor.

Sofort verneigte sich der Kommandant, tiefer, als nötig gewesen wäre, und weit tiefer, als er es bei Skandar getan hatte. »Hoheit, vergebt mir, ich habe Euch nicht erkannt.«

Rayne wusste nicht, ob der Mann sie jemals zuvor gesehen hatte. Möglich, dass er zu einer von Eyrons Eskorten gehört hatte, vielleicht behauptete er auch nur, zu wissen, wer sie war, um sich keine Blöße zu geben.

»Skandar Khardal befindet sich derzeit in meinen Diensten, und es ist von äußerster Wichtigkeit, dass wir unseren Weg fortsetzen.«

Der Kommandant wirkte nicht mehr ganz so selbstsicher. Er nahm eine aufrechte Haltung ein und erwiderte ihren Blick. »Verzeiht mir, Hoheit, aber meine Pflicht ist es, meinem Herrn zu Diensten zu sein. Wenn der Befehl von Eurem Vater käme, könnte ich mich ihm nicht entziehen, so jedoch bleibt mir keine andere Wahl, als den Anweisungen meines Fürsten Folge zu leisten.«

»Ihr wollt uns also gegen unseren Willen nach Valin bringen?« Rayne musste ihre Wut unterdrücken. Sie sah sich nur selten gezwungen, ihren könglichen Rang zu nutzen, um ihren Willen durchzusetzen. Dass jemand sich ihr trotz allem widersetzte, hatte sie noch nie erlebt.

»Euch ist es natürlich freigestellt, ob Ihr uns begleiten oder Eure Reise fortsetzen wollt, Hoheit. Meine Befehle betreffen nur den Bruder meines Fürsten.«

Rayne setzte zu einem weiteren Versuch an, die Männer zu überzeugen. Tatsächlich spielte sie sogar mit dem Gedanken, ihre Magie einzusetzen. Wenn es ihr gelang, für Ablenkung zu sorgen oder die Soldaten zumindest zu verwirren, konnten Skandar und sie die Gelegenheit nutzen und verschwinden.

Sie tastete schon nach ihrer Energie, als sie Skandars Hand an ihrem Arm spürte. »Tut nichts Unüberlegtes«, sagte er so leise, dass nur sie seine Worte verstehen konnte. »Ich fürchte, uns bleibt keine andere Wahl, als den Umweg nach Valin auf uns zu nehmen. Ganz gleich, was wir tun, sie würden uns doch nur folgen.«

Dann wären nicht nur die Schatten, sondern auch Eyrons Krieger hinter ihnen her. Rayne unterdrückte ein Seufzen. Immerhin würde niemand sie in Valin vermuten, und sie konnte endlich eine Nachricht an ihren Vater verfassen und ihm alles, was sie bisher über die Schatten und den Angriff auf ihre Mutter in Erfahrung gebracht hatte, mitteilen. Sie hätte es gerne sofort getan, wie sich jedoch herausstellte, hatten die Krieger kein Pergament bei sich. Sie übermittelten ihre Botschaften mündlich. Dafür jedoch war Raynes Nachricht zu komplex. Und zu vertraulich. Als die maélischen Krieger schließlich ihr Lager abbrachen und sich auf den Weg in Richtung Norden machten, befanden sich Rayne und Skandar in ihrer Mitte. Kommandant Navra hatte einen Reiter ausgesandt, der Eyron über ihre nahende Ankunft unterrichten sollte.

Nachdem sie eine Weile schweigend geritten waren, lenkte Rayne ihren Braunen näher an Skandars Schimmel heran.

»Warum ist Eyron so versessen darauf, dass Ihr nach Valin kommt?«

Der Nordländer zuckte die Schultern. »Bei Eurer inoffiziellen Anwesenheit während meiner Audienz bei Eurem Vater ist Euch sicher nicht entgangen, dass Eyron nicht wusste, dass ich dort war.« Er deutete auf die Soldaten um sie herum. »So wie es aussieht, hat er inzwischen davon erfahren.«

»Das rechtfertigt noch lange nicht, Euch wie einen entflohenen Verbrecher nach Valin zu schleifen!«

»Wenn er nicht nur nichts von meinem Vorhaben wusste, sondern es mir ausdrücklich untersagt hat, vielleicht doch.«

Rayne verdrehte seufzend die Augen. Kein Wunder, dass Eyron wütend war. Allerdings fragte sie sich auch, aus welchem Grund Eyron Skandars Hilfe nicht nur ablehnen, sondern sie schlichtweg verbieten sollte. Zweifelsohne würde Eyron seinem Bruder zürnen. Rayne war jedoch davon überzeugt, dass es ihr gelingen würde, ihn zu beschwichtigen. Vermutlich fußte alles ohnehin nur auf einem Missverständnis. »Warum sollte er Euch das untersagen?«

»Offen gestanden bin ich mir nicht sicher, ob es mir gelungen ist, ihm den Ernst der Lage zu verdeutlichen. Er weiß, dass einige behaupten, einen Schatten gesehen zu haben, der aus einem Leichnam aufstieg. Mir ist aber erst in Naranor bewusst geworden, dass ich ihm nie von den Rückständen in den Augen erzählt habe.«

»Denkt Ihr, das hätte ihn überzeugt, wenn die Toten selbst es nicht vermochten?«

Skandar schüttelte den Kopf. Dann zuckte er die Schultern. »Seine Männer haben keine Spuren gefunden, und offenbar hat er entschieden, die Angelegenheit allein zu klären. Vielleicht aus Sorge, vor Euch oder Eurem Vater schwach zu wirken?«

»Es ist doch kein Zeichen von Schwäche, um Hilfe zu bitten!«

»Was ist es dann?«

»Eines von Klugheit.«

27

Ohne unnötige Pausen ritten Darragh und seine Männer immer weiter in Richtung Norden. Der fehlende Kundschafter war noch immer nicht zu ihnen gestoßen, und allmählich gelangte Darragh zu der Überzeugung, dass das auch nicht mehr passieren würde. An jedem Gehöft, jeder Schenke und jedem Dorf entlang der Königsstraße machten sie halt und fragten nach Khardal. Eine Weile gelang es ihnen so, seiner Spur nach Norden zu folgen, bis sie sich kurz nach der Grenze von Atandara nach Assana plötzlich verlor – etwa auf halber Strecke zwischen der Akademie und Valin. Es war, als hätte sich der Erdboden aufgetan und den Nordländer verschluckt.

»Vermutlich ist ihm irgendwann aufgegangen, dass er verfolgt werden könnte, und er hat angefangen, Orte zu meiden, an denen man sich an ihn erinnern könnte«, meinte Lucan, als sie an einer Wegkreuzung haltmachten, an der die Königsstraße sich gabelte. Eine Abzweigung führte nach Osten, zur Steppe von Sola und nach Latmeria, die andere weiter nach Norden, in Richtung Maél.

Darragh musste seinem Freund recht geben. Vermutlich hatte der Brudermörder seine Vorräte aufgefüllt und hielt sich seitdem abseits belebter Straßen und Orte. Immerhin wussten sie mit ziemlicher Sicherheit, wohin er wollte.

Als sie schließlich die Fürstenburg in Valin erreichten, kostete es Darragh alle Mühe, den Empfang des Haushofmeisters über sich ergehen zu lassen. Ihn interessierte weder die Ehrerbietung des Mannes noch die der anderen Burgbewohner, die herbeigerufen werden sollten, um »dem Prinzen einen angemessenen Empfang zu bereiten«, wie der Mann es ausdrückte.

»Spart Euch das«, sagte Darragh. »Ich bin als Soldat hier, nicht als Prinz. Sorgt dafür, dass meine Männer etwas zu essen bekommen, und bringt meinen stellvertretenden Kommandanten und mich zu Fürst Eyron.«

Der Haushofmeister wurde ein wenig bleich, fast als griffe es seine Gesundheit an, vom Protokoll abzuweichen, fing sich aber, als Berater Thowen zu ihnen auf den Hof trat. In befehlsgewohntem Ton wies er die Diener an, Darraghs Krieger zu den Soldatenunterkünften zu bringen, und folgte ihnen, nachdem er sich noch einmal tief vor Darragh verneigt hatte, um sicherzustellen, dass die Männer versorgt wurden.

Darragh richtete seine Aufmerksamkeit auf Thowen. Der Berater des Fürsten war sichtlich gealtert, seit er ihm das letzte Mal begegnet war. Sein einst volles blondes Haar war jetzt licht und grau geworden. Was er an Haar eingebüßt hatte, schien er an Leibesumfang hinzugewonnen zu haben. Ein stattlicher Bauch wölbte sich unter seiner dunkelblauen Robe und hob die Kette mit den dicken Gliedern an, die ihn als fürstlichen Berater zu erkennen gab.

»Euer Hoheit, es ist mir eine Freude, Euch in Valin begrüßen zu dürfen.« Thowen verneigte sich, dann lächelte er. »Mit Verlaub, Ihr hättet Eure Ankunft ankündigen sollen. Haushofmeister Firal wird vermutlich dem Wahnsinn anheimfallen bei dem Versuch, Euch so kurzfristig einen gebührenden Empfang zu bereiten.«

Ankündigen? Und den Brudermörder warnen, dass wir ihm auf den Fersen sind? Wohl kaum.

Darragh lachte gezwungen. »Keine Sorge, Meister Thowen, wir sind nur hier, um mit dem Fürsten zu sprechen. Es wird keinen Ball geben und auch keine anderen Festivitäten. Etwas zu essen für mich und meine Männer und ein Bett für die Nacht wird uns genügen.«

Wenig später wurden Darragh und Lucan von einem Diener in Eyrons privates Empfangszimmer geführt. Eyron kam den beiden schon an der Tür entgegen und umarmte erst Darragh und dann Lucan freundschaftlich. Eyron hatte sich verändert, das war Darragh schon bei dessen letztem Besuch in Naranor aufgefallen. Er war nie ein unbeschwerter Junge gewesen, seit dem Tod seines Vaters erschien er jedoch noch ernster. Er hatte die einfachen Gewänder eines Knaben gegen die edlen Stoffe getauscht, die einem Fürsten gebührten, und zusammen mit der neuen Gewandung hatte er sich auch die Verantwortung übergestreift, die sein Titel mit sich brachte.

»Wie schön, euch zu sehen!«, rief Eyron und entließ den Diener mit einer Handbewegung und dem Befehl, Erfrischungen zu servieren. »Meine Güte, Darragh, seit wann trägst du einen Bart? Ich habe nicht mit eurem Besuch gerechnet.«

»Keine Sorge«, erwiderte Lucan, »dein Haushofmeister wird darüber hinwegkommen.«

»Ihr hattet also schon das Vergnügen.« Das Lächeln, das sich in Eyrons Zügen zeigte, war so flüchtig wie feiner Sand, der einem durch die Finger rann. »Sosehr ich mich freue, euch zu sehen, so wenig vermitteln mir eure Gesichter den Eindruck, dass dies ein reiner Freundschaftsbesuch ist.« Er runzelte die Stirn. »Ist etwas geschehen?«

»Wo ist dein Bruder?«, fragte Darragh ohne Umschweife.

»Skandar? Er ist nicht hier. Offen gestanden weiß ich nicht, wo er ist.« Er kniff die Augen zusammen. »Was geht hier vor, Darragh? Was will der Prinz von Tharennia von meinem Bruder?«

Darragh berichtete in knappen Worten, was in der Akademie geschehen war. Mit sichtlich wachsendem Entsetzen lauschte Eyron ihm. Als er zu der Stelle kam, an der Skandar als einer der Verantwortlichen erkannt worden war, stand Eyron auf und begann im Raum hin und her zu laufen.

»Abgesehen von dieser einen Schülerin hat niemand die

Nacht überlebt.« Darraghs Stimme drohte zu versagen, als er hinzufügte: »Auch Rayne nicht. Dein Bruder hat sie ermordet, Eyron.«

Eyrons Gesicht hatte jede Farbe verloren. »Rayne ist tot?«, flüsterte er und sank in einen der Sessel, als hätte ihm diese Nachricht alle Kraft geraubt. »Bist du sicher? Kann es nicht sein, dass ...«

»Ich habe die Ruinen gesehen«, sagte Darragh tonlos. Noch immer verfolgte ihn der Anblick der niedergebrannten Akademie und der Gedanke an die Toten, die sich unter den Trümmern befanden. »Wir haben Tage damit verbracht, die Umgebung abzusuchen und mit jedem im Umkreis zu sprechen. Verflucht, ich habe meine Späher sogar weit nach Osten und in den Heiligen Hain von Ereleah geschickt. Es gibt keine Überlebenden. Andernfalls hätten sie sich in eines der Dörfer, zu einem Gehöft oder in eine Schenke geflüchtet. Und Rayne wäre ...«

»Sie wäre nach Hause gekommen«, beendete Lucan seinen Satz.

Lange Zeit schwieg Eyron. Zwischendurch stand er einmal auf, ging zu einer Anrichte und füllte drei Becher mit Branntwein. Je einen reichte er Darragh und Lucan, den dritten leerte er in einem Zug und schenkte sich noch einmal nach. Dann kehrte zwar zu seinem Sessel zurück, setzte sich aber nicht.

»Warum sollte Skandar so etwas tun?«, fragte er schließlich.

Warum hätte er damals seinen eigenen Bruder umbringen sollen? Darragh schüttelte den Kopf »Wir wissen es nicht. Wir wissen nur, dass er in der Akademie war. Und dass er auch danach noch in der Nähe gesehen wurde.«

»Vielleicht war er aus einem anderen Grund dort, und es war Zufall, dass ...«

»Dass ihn eine Schülerin ausgerechnet in jener Nacht sah?

Mit einem Schwert in der Hand?« Darragh schnaubte verächtlich. »Wohl kaum.«

Lucan warf Darragh einen fragenden Blick zu, und als dieser nickte, erzählte er von Skandars Audienz und davon, dass der König ihn des Thronsaals verwiesen hatte. »Wir sind der Ansicht, dass er sich dafür rächen wollte.«

»Aber doch nicht an Rayne! Er weiß, dass ich sie heiraten werde!« Er hielt abprupt inne. Als er weitersprach, brach seine Stimme kurz. »Heiraten wollte … Er würde mir so etwas niemals antun. Ganz zu schweigen davon, dass er niemals eine Unschuldige … so ist er nicht!«

»Das denkst du immer noch?« Darraghs Ton war kalt geworden. »Er hat deinen Bruder auf dem Gewissen, und du stehst ernsthaft hier und willst mir erzählen, dass er zu so einer Tat nicht imstande wäre?«

»Du kannst Yorens Tod doch damit nicht vergleichen!«, schrie Eyron. Dann sank er plötzlich in sich zusammen. Um ein Haar wäre ihm der Becher aus der Hand geglitten. Lucan griff gerade noch schnell genug zu und stellte ihn zur Seite.

Eyron schüttelte den Kopf. »Verzeih mir, Darragh. Das sind entsetzliche Neuigkeiten. Ich fürchte, ich brauche Zeit, das zu verarbeiten.«

Obwohl keiner von ihnen hungrig war, ließ Eyron ein Mahl in seinem Speisezimmer auftragen. Schweigend saßen sie vor ihren Tellern, starrten darauf und aßen schließlich ohne großen Appetit.

Darragh ertappte sich bei dem Gedanken, ob Eyron wirklich nichts über den Verbleib seines Bruders wusste. Er empfand einen Anflug schlechten Gewissens angesichts seines Misstrauens gegenüber seinem Freund und stellte die Frage schließlich laut.

Eyron ließ sein Besteck auf den Teller fallen und blickte finster drein. »Ich wusste bereits, dass er in Naranor war«, räumte er ein. »Im Übrigen gegen meinen ausdrücklichen

Willen. Aber ich weiß nicht, wohin er danach gegangen ist. Ein paar meiner Männer suchen nach ihm und haben die Order, ihn sofort hierherzubringen, wenn sie ihn finden.« Noch immer sichtlich fassungslos schüttelte er den Kopf. »Als ich diesen Befehl gab, gab ich ihn, weil nicht einfach hinnehmen konnte, dass Skandar meine Anweisungen missachtet hat. Niemals hätte ich gedacht, dass ...«

Dass deine Männer den Mörder deiner Braut zu dir bringen werden, wenn sie ihn finden? Den Mörder meiner Schwester.

»Denkst du, sie werden ihn finden?«

»Es sind nicht viele Männer.« Eyron schüttelte den Kopf. »Wenn Skandar wirklich getan hat, was du sagst, dann wird er alles daransetzen, ihnen aus dem Weg zu gehen. Gleich morgen früh werde ich weitere Truppen aussenden.«

»Gibt es einen Ort, an dem er sich verstecken könnte?«, fragte Lucan.

»Er war erst seit ein paar Monaten wieder hier und hat die meiste Zeit in der Burg verbracht.« Mit finsterer Miene fügte Eyron hinzu: »Zumindest bis zu dem Augenblick, in dem er offenbar entschieden hat, sich gegen mich zu wenden.«

Darragh fuhr sich nachdenklich über das Kinn. Während der letzten Wochen hatte er seinen Bart wachsen lassen, was nur zum Teil seinem Mangel an Zeit geschuldet war. Der andere Grund war, dass er das Gefühl hatte, sich ebenso verändern zu müssen, wie sich sein Leben verändert hatte, seit Rayne ihnen genommen worden war. Und ebenso wenig wie er sich mit ihrem Verlust abfinden konnte, schien er sich an die kratzige Gesichtsbehaarung gewöhnen zu wollen. »Denkst du, er könnte nach Cymholt zurückkehren?«

Darüber dachte Eyron eine Weile nach. »Zweifelsohne war ihm die Insel in den letzten Jahren eine Heimat. Wenn er vorhat, Tharennia zu verlassen, wäre sie vermutlich sein Ziel.«

Das wäre auch eine Erklärung dafür, warum sie seine Spur verloren hatten. Vielleicht hatte er die Schenken und Dörfer gar nicht gemieden, wie sie angenommen hatten, und war stattdessen zur Küste geritten, während Darragh und sein Trupp sich weiter in Richtung Norden gehalten hatten. Die nächstgelegene Hafenstadt war Tarrel, eine gute Woche von Valin entfernt.

Darragh nickte. »Wir werden gleich morgen früh nach Tarrel aufbrechen«, sagte er an Lucan gewandt, dann richtete er seine Aufmerksamkeit wieder auf Eyron. »Du sendest deine Männer aus, damit sie das Land nach ihm durchkämmen. Außerdem werde ich dir eine Nachricht für die nächste Garnison geben, mit der deine Männer dort Verstärkung anfordern können.«

»Kannst du uns und unseren Männern andere Kleidung beschaffen?«, fragte Lucan. »Wir können uns unauffälliger bewegen, wenn wir nicht schon von Weitem als königliche Soldaten zu erkennen sind.«

Eyron nickte. »Sagt Thowen einfach, was ihr braucht, dann wird bis zum Morgen alles für euch bereit sein.«

Darragh saß noch lange mit Eyron und Lucan zusammen, doch obwohl sie sich seit einer Weile nicht mehr gesehen hatten und es unter anderen Umständen einiges zu erzählen gegeben hätte, waren sie alle zu sehr mit ihren eigenen Gedanken beschäftigt, um viel zu sprechen.

Als es schließlich an der Zeit war, sich zurückzuziehen, bestand Darragh darauf, bei seinen Männern in den Soldatenunterkünften zu schlafen.

Er lag auf einer Pritsche, im hintersten Winkel des lang gezogenen Raumes, lauschte dem Schnarchen und Schnaufen der Männer und starrte in die Dunkelheit, bis er endlich wegdämmerte.

Ein Alarmruf ließ ihn mitten in der Nacht hochfahren. Darragh sprang auf und griff nach seinem Schwert. Zwei seiner Männer standen bereits mit gezogenen Waffen da und sahen sich um. Ein dritter lief zwischen den beiden Reihen an

Feldbetten entlang, stürmte durch die Tür nach draußen und kehrte gleich darauf mit einer brennenden Laterne in der Hand zurück.

»Was ist los?«, zischte Darragh den Männern zu.

»Hier schleicht jemand herum!«, gab Varren, der Mann mit der Laterne, mit gedämpfter Stimme zurück.

»Das bildest du dir ein«, sagte Bjarn und steckte sein Schwert weg.

Mortin, der sein Schwert zwar nicht wegsteckte, aber zumindest sinken ließ, stimmte Bjarn zu. »Ale und Braten im Übermaß sind ein Garant für interessante Träume.«

Lucan trat zu ihnen. »Vermutlich hast du nur einen der anderen gesehen, der auf dem Weg zum Donnerbalken war.«

»Hoheit, Ihr müsst mir glauben, dass ich nicht betrunken bin«, wandte Varren sich eindringlich an Darragh. »Ich bin mir sicher, dass jemand vor Tarvils Pritsche stand. Und niemand, der zum Balken muss, schleicht geduckt umher.«

»Wenn er Krämpfe hat, vielleicht schon«, sagte Mortin grinsend.

Lucan ließ die Männer stehen und ging in die Richtung, in die Varren gedeutet hatte. Es dauerte nicht lange, bis er zurückkehrte. »Tarvil war es jedenfalls nicht. Der schnarcht laut und vernehmbar.«

Varren starrte ins Halbdunkel. »Was ist mit der Pritsche daneben?«, wollte er wissen. »Die sieht verlassen aus.«

»Das ist meine«, sagte Lucan. »Und ich gäbe einiges darum, dorthin zurückkehren zu können.«

Darragh wusste, dass Varren keine Ruhe geben würde, also fragte er: »Wo ist dieser Jemand hin, den du gesehen hast, Soldat?«

Varren deutete auf eine Tür am hinteren Ende des Raumes. Plötzlich verstummten Bjarn und Mortin, die sich bis dahin Scherze auf Varrens Kosten zugeraunt hatten. Das war nicht der Weg zum Donnerbalken. Tatsächlich war es ein Weg, der nirgendwohin führte, außer in eine Kammer, in der Decken, Kissen und weitere Pritschen lagerten.

Ein paar der anderen Männer waren inzwischen ebenfalls aufgewacht. Lucan gab ihnen ein Zeichen, die restlichen zu wecken und sich bereitzuhalten. Wofür wusste keiner von ihnen so recht.

Darragh, Lucan, Mortin, Bjarn und Varren gingen zu der Tür, auf die Varren gezeigt hatte. Während Lucan mit erhobenem Schwert vor die Tür trat, bezogen die anderen rechts und links von ihm Posten. Mit einem raschen Blick vergewisserte sich Lucan, dass die anderen bereit waren, dann löste er den Riegel. Lautlos schwang die Tür nach innen auf. Varren hielt die Laterne in die Höhe und leuchtete in den Raum.

Sie fanden den Toten gleich hinter der Tür. Er lag auf dem Rücken, den gebrochenen Blick an die Decke gerichtet.

»Das ist einer der Männer des Fürsten«, sagte Mortin. »Wir haben ihn beim Essen gesehen.«

Darragh gab Varren ein Zeichen, stehen zu bleiben und die Laterne hochzuhalten, während er mit den anderen in den Raum trat, wo sie sich verteilten. Die Waffe bereit, sah Darragh sich um. Überall wuchsen Schatten empor, und einmal riss er sein Schwert hoch, in dem Glauben, einem Gegner gegenüberzustehen. Doch es war nur ein Stapel Kisten, der sich ihm entgegenneigte. Der Raum war nicht groß, und es dauerte nicht lange, ihn bis in die hinterste Ecke zu durchsuchen. Nachdem sie sicher waren, dass sich hier niemand verbarg, kehrte Darragh zu dem Toten zurück und kniete neben ihm nieder. Der Mann war unbewaffnet. Er trug eine Uniform mit Eyrons Wappen, an der keinerlei Risse oder Einstichstellen zu erkennen waren. Zusammen mit Lucan hob er den Toten an und drehte ihn herum, doch auch an seinem Rücken ließen sich keine Verletzungen erkennen. Sein Kopf war ebenso unversehrt wie der Rest seines Körpers. Nichts kündete von einem gewaltsamen Tod – keine Wunden, kein Blut, es gab absolut nichts, was darauf hindeutete, woran dieser Mann gestorben war.

»Ich schlage Alarm.« Lucan verließ die Kammer.

Es dauerte nicht lange, bis die ganze Burg auf den Beinen war. Eyron ließ seine Männer jeden Winkel auf den Kopf stellen. Darragh und sein Trupp unterstützten ihn dabei. Doch obwohl die Tore verschlossen waren und die Wachen schworen, niemanden herein- oder herausgelassen zu haben, fanden sie in den folgenden Stunden nichts, das auf einen Eindringling hindeutete.

Schließlich war es der Heiler, der ihnen die Antwort gab: Er hatte den Toten untersucht und in seinen Augen eine schwarze, beinahe ölige Substanz entdeckt. Seiner Ansicht nach konnte es sich nur um die Spuren von Gift handeln. Woher das Gift gekommen war, konnten sie nicht in Erfahrung bringen. Keiner der anderen Männer war krank oder fühlte sich unwohl, obwohl sie alle dasselbe gegessen und getrunken hatten. Der Tod des Soldaten blieb auch bei ihrer Abreise am nächsten Morgen noch ein Rätsel.

28

Eyrons Soldaten ritten schnell und nur mit kurzen Pausen. Die Krieger teilten zwar ihr Lagerfeuer und ihren Proviant mit Rayne und Skandar, blieben ansonsten aber unter sich. Während die Männer, allen voran Kommandant Navra, Rayne mit ausgesuchter Freundlichkeit behandelten, ließen sie Skandar lediglich ein Mindestmaß an Höflichkeit zukommen. Ganz sicher behandelten sie ihn nicht so, wie es sich dem Bruder ihres Fürsten gegenüber geziemt hätte. Dieses ungebührliche Verhalten machte Rayne zum ersten Mal wirklich bewusst, dass auch Skandar von hoher Geburt war. Bei Eyron war das auf den ersten Blick offensichtlich. Sein ganzes Auftreten, die Art, wie er sprach und sich kleidete, wiesen ihn als einen Angehörigen des Adels aus. Skandar hingegen erinnerte sie in seinem Auftreten mehr an Dainn oder Bär. Männer, die zwar offiziell einen Titel führten, der für sie aber keinerlei Bedeutung zu haben schien. Nachdem Skandar die letzten Jahre tatsächlich als Krieger und nicht als Adliger verbracht hatte, war das wohl auch nicht weiter verwunderlich.

Zwei Tage nachdem sie die Grenze zu Maél hinter sich gelassen hatten, veränderte sich die Landschaft allmählich. Im Osten kamen die ersten Ausläufer des Hochlands von Pyne in Sicht, während das Land vor ihnen zunehmend rauer wurde. Die Felder schienen zurückzuweichen, und die Wiesen, die sich anfangs über die sanften Hügel gezogen hatten, machten mehr und mehr nacktem Fels Platz. Die Straße begann anzusteigen, und je höher sie kamen, desto weiter schienen sie den Sommer hinter sich zu lassen. Schon bald gehörte die Hitze der letzten Wochen der Vergangenheit an und Rayne zog ihren Umhang enger um sich. Die Vegetation wurde immer karger, das Land unwirtlicher. Ihr Weg führte über Berge und Täler, bis sie schließlich von einem Gipfel aus das Tal von Valin mit der gleichnamigen Stadt erblickten. Am Ende des Tals wand sich eine Straße den Berg hinauf, bis zur Fürstenburg, die dort auf einem ausladenden Plateau kauerte.

Am späten Vormittag, zwei Wochen nachdem sie auf Kommandant Navra und seine Männer gestoßen waren, erreichten sie ihr Ziel. Es war das erste Mal, dass Rayne die Burg sah, in der sie nach ihrer Vermählung mit Eyron leben würde. Durch ihre Lage auf dem Plateau war sie vor feindlichen Angriffen geschützt. Ein äußerer Mauerring, in dem sich Stallungen und verschiedene Nebengebäude sowie ein Teil der Soldatenunterkünfte befanden, erhob sich am Rand des steil ansteigenden Berges. Durch ein weiteres Tor erreichten sie den hinter einem zweiten Mauerring gelegenen, inneren Teil der Festung. Dunkel hob sich die Burg vor dem dahinter aufragenden Felsmassiv ab. Der gewaltige L-förmige Bau mit hohen Wänden war frei von jedem Zierrat. Keine Erker oder Türme, keine Ornamente im Mauerwerk, nur kalter, grauer Stein.

Auf der anderen Seite des Innenhofes erstreckten sich kleinere Gebäude, vermutlich Soldatenunterkünfte und Gesindehäuser.

Im Gegensatz zur Königsburg in Naranor, in deren Mauern das Rauschen des Meeres auf die Geräusche der Stadt traf, war es hier still. Natürlich waren die Menschen zu hören, die auf dem Hof ihren Geschäften nachgingen, ebenso die Schritte der Pferde und das leise Klirren des Zaumzeugs, doch kein Laut von außerhalb der Mauern mischte sich darunter. Die Stadt lag so weit unter ihnen, dass die Geräusche es nicht vermochten, bis zu ihnen vorzudringen.

Als sie absaßen, eilte ihnen ein dicker Mann in einer dunkelblauen Robe entgegen. Um seinen Hals lag die Amtskette eines fürstlichen Beraters. Er verneigte sich so tief vor Rayne, dass sie durch das lichte weiße Haar an seinem Hinterkopf die Kopfhaut schimmern sah.

»Euer Hoheit, ich bin Thowen, der Berater des Fürsten, und heiße Euch in seinem Namen und im Namen Valins in unserer bescheidenen Burg willkommen!«

»Danke, Thowen.«

Der Mann richtete sich wieder auf und wandte sich nun Skandar zu. »Euer Gnaden, es ist gut, Euch wieder hierzuhaben.«

Skandar, der dieselbe steinerne Miene zur Schau trug, die er auch den Soldaten gegenüber an den Tag gelegt hatte, nickte knapp. Während der letzten Tage hatte er sich wieder in den grimmigen Mann verwandelt, für den Rayne ihn anfangs gehalten hatte. Nur, wenn sie unter sich gewesen waren, hatte er die Maske abgelegt.

»Führt uns zu meinem Bruder, Thowen.«

Der Berater neigte das Haupt. »Bitte folgt mir.«

Durch ein doppelflügliges Portal betraten sie das Haupthaus. Die wenigen Fenster ließen nur spärliches Licht ein, sodass selbst jetzt, mitten am Tag, Fackeln die Gänge erhellten. Mit wehender Robe führte Thowen sie durch einige Flure, bis er schließlich vor einer breiten Tür stehen blieb. Er bat Skandar und Rayne zu warten, klopfte an und trat durch die Tür.

Rayne musterte Skandar aus dem Augenwinkel. Er wirkte keineswegs erfreut, wieder zu Hause zu sein. Sie war nicht sicher, ob das allein der Tatsache geschuldet war, dass der Umweg nach Valin sie von ihrem eigentlichen Vorhaben abhielt, oder ob mehr dahintersteckte. Wenn sie zurückdachte, wurde ihr bewusst, dass er, wann immer die Sprache auf Valin gekommen war, nie das Wort »Zuhause« benutzt hatte. Eyrons Festung mochte kein sonderlich anheimelnder Ort sein, doch Rayne bezweifelte, dass es daran lag. Was einen Ort zu einem Zuhause machte, waren die Menschen, die dort lebten, Familie und Freunde, die einen erwarteten, wenn man fort war, und einen verabschiedeten, wenn man sie verließ. Das alles hatte Rayne in Naranor, und sie war sicher, dass sie es auch hier haben würde, wenn sie erst hier lebte. Wenn aber das Verhalten, das die Soldaten Skandar gegenüber an den Tag legten, beispielhaft für all die anderen hier war, war es nicht verwunderlich, dass er diesen Ort nicht als sein Zuhause betrachtete.

Spätestens morgen früh ist alles geklärt und wir können Valin wieder verlassen.

Die Tür vor ihnen wurde geöffnet. Thowen bedeutete ihnen, einzutreten. Sobald sie an ihm vorbei waren, trat er auf den Gang hinaus und schloss die Tür hinter sich. Vor ihnen erstreckte sich die Große Halle, das schmucklose Gegenstück zum Thronsaal in Naranor. Statt eines Throns stand ein wuchtiger hochlehniger Stuhl auf dem Podest am anderen Ende des Raumes. Als Rayne eintrat, war Eyron bereits aufgestanden. Mit großen Schritten überwand er die drei lang gezogenen Stufen, die vom Podest nach unten führten, und eilte ihr entgegen.

»Rayne!« Er nahm sie bei den Schultern, musterte sie einen Moment lang, als müsste er sich vergewissern, dass sie es wirklich war, dann zog er sie an sich. Rayne erwiderte seine Umarmung, schmiegte sich an ihn und sog seinen vertrauten Geruch ein. Als er sie schließlich widerstrebend freigab, schob er sie ein Stück von sich, um sie erneut eingehend zu betrachten, was Rayne ihrerseits Gelegenheit gab, ihn zu mustern.

Noch immer hatte sie sich nicht daran gewöhnt, wie sehr er sich in den wenigen Monaten, seit seinem Weggang aus Naranor, verändert hatte. Das blonde lockige Haar, das immer ein wenig wild und zerzaust ausgesehen hatte, wurde jetzt von einem Stirnreif in Form gehalten. Die Sonnenbräune, die er in Naranor gehabt hatte, war gewichen, seine Haut so hell wie eine frisch gekalkte Wand. Wie lange war er nicht mehr an die frische Luft gekommen? Sie wusste, dass er viel zu tun hatte, viel lernen und in seine Aufgaben als Fürst hineinwachsen musste. Dass ihm da nicht mehr viel Zeit blieb, sich außerhalb der Burg aufzuhalten, durfte sie eigentlich nicht überraschen. Würde ihr Vater nicht regelmäßig die Königsburg verlassen, um Städte, Dörfer oder andere Adlige aufzusuchen, hätte seine Haut vermutlich einen ähnlich blassen Farbton.

»Du lebst«, flüsterte Eyron und strich ihr über die Wange. »Ich kann es nicht fassen. Darragh war hier. Bei den Göttern, ich dachte, du seist tot! Er sagte, dass Skandar …«

»Dein Bruder hat mir das Leben gerettet, Eyron.«

»Er hat meinen ausdrücklichen Befehl missachtet. Nicht wahr, Bruder?« Er wandte sich Skandar zu. »Ich hätte wissen müssen, dass du nicht bereit bist, dich mir unterzuordnen.« Schlagartig verschwand alle Wärme aus Eyrons Zügen. »Es war ein Fehler, dich zurückzuholen.«

Skandar stand mit ausdrucksloser Miene da, ein Muskel an seinem Kiefer zuckte. Die Schultern gerade, den Rücken gestreckt, hatte er die Haltung eines Kriegers eingenommen. Eines Soldaten. Trotzdem entging Rayne nicht, dass sich etwas in seinem Blick veränderte und der Ausdruck in seinen Augen noch härter wurde. Als hätten Eyrons Worte das letzte Gefühl von Zugehörigkeit in ihm ausgelöscht.

Sie war schon im Begriff, die Hand nach ihm auszustrecken, als ihr bewusst wurde, dass er ihr Mitleid in Eyrons Gegenwart niemals akzeptieren würde. Es nicht akzeptieren *konnte.* Abgesehen davon würde es Eyron nur noch weiter gegen ihn aufbringen, wenn sie sich so offen auf seine Seite stellte. So schwer es ihr auch fiel, sie blieb, wo sie war, und schwieg.

Eine Weile betrachtete Eyron seinen Bruder nachdenklich. »Da du nicht bereit zu sein scheinst, dich in Valin einzufügen«, sagte er schließlich, »sehe ich mich gezwungen, dir eine Aufgabe zuzuweisen, bei der das keine Rolle spielt. Ab sofort bist du für die Verwaltung von Eldir zuständig.« Skandars Kopf ruckte hoch. Er hatte die Hände an den Seiten zu Fäusten geballt, doch ehe er widersprechen konnte, fuhr Eyron bereits fort: »Du wirst sofort aufbrechen. Noch in dieser Stunde.« Nach einer kurzen Pause fügte er hinzu: »Das ist alles.«

»Erst müssen wir mit dir reden.«

»*Wir* müssen gar nichts. Ich werde mit Rayne sprechen.«

Skandar rührte sich nicht.

»Geh! Thowen wird dir bei deinen Reisevorbereitungen zur Hand gehen und dir alles Nötige erklären.«

Einen Moment lang trafen sich die Blicke der Brüder, dann machte Skandar kehrt und verließ die Große Halle. Rayne starrte ihm nach. Er hätte etwas sagen, sich wehren sollen! Er hatte nicht einmal versucht, Eyron zu erklären, was geschehen war und was sie vorhatten. Als sie ihren Blick erneut auf Eyron richtete, wurde ihr jedoch klar, dass jeder Versuch einer Erklärung sinnlos gewesen wäre. So kalt und starr hatte sie Eyron noch nie gesehen. Seine Wut war nur mühsam unterdrückt, die Enttäuschung, die sich dahinter verbarg, nur unwesentlich besser.

»Eyron, das kannst du nicht machen! Nicht, solange die Schatten noch immer ihr Unwesen treiben!«

Eyron bedachte sie mit einem Blick, der sie verstummen ließ. Seine Miene veränderte sich nicht einmal, als Thowen hereinkam, sich verneigte und darauf wartete, dass Eyron ihm seine Aufmerksamkeit zuwandte.

»Fang du nicht auch noch davon an, Rayne. Ich habe es meinem Bruder schon einmal gesagt, meine Männer kümmern sich um diese Schatten. Tatsächlich sind sie längst unterwegs, um sich des Problems anzunehmen. Was mein eigensinniger Bruder auch wüsste, wenn er sich an meine Anweisungen gehalten hätte, statt auf eigene Faust loszuziehen.«

»Aber du musst ihn doch deswegen nicht fortschicken!«

Eyron antwortete nicht. Stattdessen wandte er sich seinem Berater zu. »Gebt meinem Bruder die nötigen Vollmachten, die ihn als neuen Verwalter von Eldir ausweisen. Und sorgt dafür, dass er noch in dieser Stunde aufbricht.«

Thowen verneigte sich und zog sich zurück.

Lange bevor die Fürsten von Maél ihre Burg in der Sicherheit der Berge errichtet hatten, war ihr Sitz in Eldir gewesen, einer Waldfestung im Nordwesten. Eyron hatte Rayne einmal erzählt, dass die einstige Festung später als Landsitz genutzt und wegen ihrer Lage auch die *Grüne Zuflucht* genannt wurde. Es war der Ort, an den die damaligen Fürsten ihre Frauen und Kinder geschickt hatten, wenn sie ihnen in Valin im Weg umgegangen waren. Inzwischen wurde Eldir schon lange nicht mehr genutzt und musste verlassen sein. Dass er Skandar ausgerechnet dorthin schickte, war seine Art, ihn zu bestrafen.

Es war nichts anderes als eine erneute Verbannung.

Jetzt, da er mit Rayne allein war, wurde Eyrons Blick wieder weicher. »Lass uns nach oben in mein privates Empfangszimmer gehen, dort ist es weniger kalt und formell.«

Er führte sie durch eine Tür am hinteren Ende der Großen Halle. Sie folgten einem Gang in ein Treppenhaus und kurz darauf fand sich Rayne in einem behaglich eingerichteten Raum mit dicken Teppichen und einladenden Sesseln wieder. Im Kamin brannte ein Feuer und auf einem Tisch standen zwei Becher mit Wein bereit. Eyron reichte ihr einen und griff selbst nach dem anderen, ehe er sie bat, sich zu setzen.

Rayne ließ sich auf einem Sofa nieder und stellte den Wein auf dem Beistelltisch ab. Sie wollte einen klaren Kopf behalten.

Eyron, der neben ihr Platz genommen hatte, seufzte. »Bitte hör auf, mich anzusehen, als wäre ich ein Monster. Du kennst mich, du weißt, dass ich niemanden absichtlich quäle. Aber mein Bruder muss lernen, meine Autorität zu akzeptieren. Mach dir keine Sorgen um ihn, er ist ebenso zäh wie stur. Und in ein paar Monaten, wenn ich sicher sein kann, dass er seine Lektion gelernt hat, werde ich ihn zurückholen.«

»Du hast gesagt, dass es ein Fehler war, ihn nach Tharennia zu holen. Denkst du das wirklich?«

»Ich war wütend, Rayne. Er ist mein Bruder, trotz allem.«

Das beruhigte sie ein wenig. Womöglich würde sein Zorn bald verrauchen und sie konnte ihn doch noch umzustimmen. Wenn er nur nicht befohlen hätte, dass Skandar sofort aufbrechen musste. Vielleicht konnte sie zumindest das verhindern.

»Es waren die Schatten, die die Akademie überfallen und alle umgebracht haben«, sagte sie. »Dein Bruder ist der Grund, warum ich entkommen bin. Ohne ihn wäre ich jetzt nicht hier.«

Eyron runzelte die Stirn. »Sie waren in der Akademie? Deshalb konnten meine Männer sie in Maél nicht aufspüren!«

»Und nicht nur das. Ich habe Grund zu der Annahme, dass sie auch in Naranor waren, zumindest einige von ihnen.« Wenn sie Eyron alles erzählte, was geschehen war und was sie und Skandar herausgefunden hatten, konnte ihn das womöglich dazu bewegen, Skandar nicht fortzuschicken. Also erzählte Rayne ihm vom Überfall auf ihre Mutter, sparte sich jedoch die Beschreibung, wie sie mit ihrer Magie nach einer Ursache gesucht und was sie gefunden hatte. Für Eyron war ihre Magie – ganz gleich, wie sehr Rayne sich auch bemühte, sie ihm nahezubringen – immer ein Rätsel geblieben. Deshalb sagte sie nur: »Meine Mutter hat sich nicht von diesem Angriff erholt.«

Für einen Moment wurde sein Blick mitfühlend. Er griff nach ihrer Hand und drückte sie. »Es tut mir aufrichtig leid, das zu hören.«

Sie lächelte ihn dankbar an. »Nachdem die Akademie überfallen und niedergebrannt worden war, begab ich mich auf den Weg nach Naranor.« Sie erzählte von ihrer Begegnung mit Dainn und Bär, davon, dass diese auf der Suche nach einem Heilmittel für ihre Mutter waren, und wie sie sich ihnen angeschlossen hatte. Es fiel ihr schwer, noch einmal zu durchleben, wie die Schatten sie verfolgt und von ihren Freunden Besitz ergriffen hatten. Erst als sie zu dem Teil kam, in dem Skandar zur Stelle gewesen war, um sie vor den beiden zu retten, wurde sie wieder ruhiger. Sie bemühte sich, Skandars Eingreifen besonders hervorzuheben, in der Hoffnung, dass auch Eyron begriff, was für ein guter Mensch er war. Während sie über ihn sprach, wurde ihr jedoch bewusst, dass es nicht nötig war, etwas besonders zu betonen. Was Skandar getan hatte, sprach für sich.

Sie erzählte auch von ihrem Entschluss, die Suche nach dem Heilmittel fortzusetzen, und von ihrer Hoffnung, dass Trevelian ihnen im Kampf gegen die Schatten helfen konnte. Als sie darauf zu sprechen kam, worauf sie im Stall und im Wohnhaus des Gehöfts gestoßen waren, brachen die Bilder dieses Tages wieder an die Oberfläche. Sie geriet ins Stocken und musste sich erst einen Moment sammeln, ehe sie fortfahren konnte.

Nach und nach zeichnete sie mit ihren Worten ein Bild der Ereignisse der letzten Wochen, bis hin zu dem Augenblick, in dem sie auf Eyrons Männer gestoßen waren. Als sie schließlich zum Ende kam, fühlte sie sich so erschöpft, als hätte sie alles noch einmal durchlebt.

Sie merkte erst, dass Eyron näher herangerückt war, als sie seinen Arm um ihre Schultern spürte und er sie an sich zog.

»Das ist schrecklich«, flüsterte er. »Es tut mir so leid, dass du das alles durchmachen musstest.« Er küsste sie auf die Schläfe. »Jetzt bist du in Sicherheit, und ich verspreche dir, dass ich alles daransetzen werde, diese Schatten zu vernichten.«

Rayne sah ihn an. »Dann lass Skandar nicht gehen«, bat sie. »Er kann uns helfen.«

Eyron gab sie frei und richtete sich auf. »Ich habe dir mein Wort gegeben, diese Kreaturen zu bekämpfen, und ich werde alles tun, um Dainn und Bär und deine Mutter zu retten. Aber ich werde meine Entscheidung, Skandar betreffend, nicht ändern. Und ich werde sie auch nicht länger mit dir diskutieren. Das ist eine Familienangelegenheit, in die ich keine weitere Einmischung wünsche.«

»Wie du meinst.« Die Verantwortung, die auf seinen Schultern lastete, seit er seinem Vater auf den Fürstenthron gefolgt war, hatte Eyron verändert. Er war schon immer ein ernster und nachdenklicher Mensch gewesen, doch nie zuvor hatte sie ihn derart unnachgiebig erlebt. Oder so zornig. Zu gerne hätte sie Skandar gefragt, ob ihm diese Veränderung auch aufgefallen war. Oder wie Eyron früher gewesen war, bevor ihre Familie durch den Tod des ältesten Sohnes auseinandergerissen worden und sie ihm begegnet war. Doch Skandar war fort.

Eine Weile starrte sie auf ihre Hände, dann schluckte sie ihre Wut und Enttäuschung herunter und sah Eyron wieder an. »Was ist mit meiner Suche nach dem Heilmittel für meine Mutter? Wirst du mir ein paar deiner Männer mitgeben?«

Er atmete tief durch. »Ich glaube nicht, dass es eine gute Idee ist, dich weiterziehen zu lassen, denn offensichtlich schwebst du in großer Gefahr. Es ist besser, wenn meine Männer die Suche allein aufnehmen.«

»Ich fürchte, das geht nicht.« Nur zu gern hätte sie sich hinter sicheren Mauern versteckt, während andere die gefährliche Reise auf sich nahmen, aber manchmal ließ einem das Leben keine Wahl. »Ohne mich – ohne meine Magie – müssten deine Männer das ganze Hochland durchkämmen. Und selbst dann ist nicht sicher, ob sie Trevelian finden würden. Er könnte sich magisch verbergen.«

»Lass mich darüber nachdenken«, sagte Eyron. »Ich bin sicher, wir werden eine Lösung finden, wie wir den Zauberer aufspüren und dich schützen können. Ich will nicht, dass du dich in Gefahr begibst.« Er fuhr sich über die Augen. »Du musst müde sein. Und hungrig. Wie wäre es, wenn du dich ausruhst und etwas isst, während ich mich mit meinen Leuten berate?«

Rayne unterdrückte den Impuls, ihm zu widersprechen. Für den Moment gab es ohnehin nichts weiter zu sagen, und womöglich war es gut, wenn sie ein wenig Ruhe zum Nachdenken hatte. Als sie sich erhob, tat Eyron es ihr nach.

»Das tut mir alles so leid, Rayne«, sagte er leise und zog sie noch einmal an sich. Rayne lehnte sich an seine Schulter und schloss die Augen. Sie war noch immer wütend, dass er sich wegen Skandar nicht erweichen ließ. Zugleich aber war sie auch erleichtert, dass er bereit war, ihr zu helfen. Ebenso gut hätte er sie mit einer Eskorte nach Hause schicken können.

Eyron ließ einen Diener kommen, der sie nach oben in eines der Gästegemächer brachte, einen überraschend behaglichen Raum mit dicken Teppichen, einem großen Bett und einem prasselnden Feuer im Kamin. Die Satteltaschen mit ihren Sachen sowie Armbrust und Bolzen lagen auf einem gepolsterten Stuhl, und auf einem Tisch stand ein Tablett mit einer Karaffe Wein und einem Teller mit Braten und Gemüse, dessen bloßer Anblick Rayne das Wasser im Mund zusammenlaufen ließ.

»Habt Ihr noch einen Wunsch, Hoheit?«

Rayne schüttelte den Kopf und wollte den Diener schon entlassen, als ihr noch etwas einfiel. »Der Bruder des Fürsten, ist er noch hier?«

»Nein, Hoheit. Er ist schon vor geraumer Zeit aufgebrochen.«

Tatsächlich wurde ihr erst jetzt bewusst, wie lange sie mit Eyron zusammengesessen hatte. Der Nachmittag war ins Land gezogen, und es würde nicht mehr lange dauern, bis die Nacht hereinbrach. Rayne entließ den Diener und sank auf die Bettkante. Skandar war fort und sie hatte sich nicht einmal verabschieden können.

Sie fragte sich, ob sie ihre Magie einsetzen konnte, um Eyron dazu zu bringen, Skandar zurückzurufen. Wenn sie ehrlich war, wusste sie jedoch, dass sie das nicht schaffen würde. Die Gedanken eines Menschen zu kontrollieren, war schwierig und nur für wenige Augenblicke durchzuhalten. Der Zauber würde von Eyron abfallen, lange bevor er den Befehl erteilen konnte, Skandar zurückzuholen. Selbst wenn sie es vermocht hätte, ihn auf diese Weise zu beeinflussen, war sie nicht sicher, ob sie es auch getan hätte. Den Willen anderer mithilfe ihrer Magie zu manipulieren und zu missbrauchen, war etwas, das gegen jede Moral verstieß, die man sie auf der Akademie gelehrt hatte.

Ich will nicht, dass du dich in Gefahr begibst, schossen ihr Eyrons Worte durch den Kopf. Natürlich freute sie sich, dass er sich um ihr Wohlergehen sorgte, zugleich aber verspürte sie einen gewissen Widerwillen, dass er über sie zu bestimmen versuchte. Eyron war wie Darragh. Ständig versuchte er, alle Gefahren des Lebens von ihr fernzuhalten. Früher war das anders gewesen. Als Kinder waren sie gemeinsam auf Bäume geklettert und durch den Wald gestreift. Heute konnte sie einen Baum nicht einmal ansehen, ohne dass einer der beiden sich schützend vor sie geworfen hätte.

Skandar versuchte nicht, sie vor den Schrecken des Lebens fernzuhalten oder sie daran zu hindern, zu tun, was getan werden musste. Stattdessen schien er darauf zu vertrauen, dass sie ihre eigenen Grenzen kannte, und war für sie da, wenn sie ihn brauchte. Aber er behandelte sie nicht, als wäre sie zerbrechlich. Er behandelte sie ebenbürtig. So wie ihr Vater ihre Mutter. Rayne starrte auf den Teppich. Zum ersten Mal in ihrem Leben fühlte sie sich allein.

29

Dem Befehl seines Bruders folgend, hielt sich Skandar am Fuße des Berges in Richtung Westen. Er war wütend und enttäuscht. Nie hätte er erwartet, dass Eyron sich derart unnachgiebig zeigen könnte. Zornig, ja. Damit hatte er gerechnet. Aber dass er ihn fortschickte, ohne ihn anzuhören?

Etwa eine Stunde nachdem er die Burg verlassen hatte, lenkte er sein Pferd – er hatte den Schimmel genommen und Rayne seinen Braunen gelassen – von der Straße, zwischen ein paar hohe Felsen. Dort schlug er sein Lager auf. Er musste nachdenken, wie es weitergehen sollte. Sicher, er konnte nach Eldir gehen, wie Eyron es befohlen hatte. Vermutlich würde sein Bruder sich früher oder später beruhigen und ihn zurückholen. Aber wollte er das? Wollte er sich für den Rest seines Lebens den Befehlen seines Bruders beugen, ganz gleich, wie sehr dieser sich irrte? Könnte er das überhaupt? Eyrons Verhalten war nicht das des Bruders, den er aus seiner Kindheit kannte. Menschen veränderten sich, wenn sie älter wurden, trotzdem hatte Skandar geglaubt, er und Eyron würden einander verstehen. Doch statt wie einen Bruder behandelte Eyron ihn mehr und mehr wie einen weiteren Untergebenen, dem er befehlen konnte, wie es ihm beliebte. Vielleicht würde sich das ändern, wenn sie mehr Zeit miteinander verbrachten. Vielleicht auch nicht. Ganz davon abgesehen war Skandar immer noch nicht überzeugt, dass Eyron das Problem mit den Schatten wirklich ernst genug nahm. Sein Bruder hatte die aufgetürmten Leichen in diesem Stall nicht gesehen. Hatte nicht gesehen, wie die Schatten Menschen wie Gewänder wechselten und nur leblose Hüllen zurückließen. Und er war nicht Zeuge der Trauer jener gewesen, die zurückblieben. Konnte er wirklich gehen und darauf vertrauen, dass Eyron eine Lösung fand?

Und was war mit Rayne? Natürlich war ihm von Anfang an bewusst gewesen, dass ihre gemeinsame Reise früher oder später enden musste. Damit, dass dieses Ende derart schnell und plötzlich kommen würde, hatte er allerdings nicht gerechnet. Er hatte immer geglaubt, dass ihnen noch Zeit bleiben würde. Er mochte Rayne, bewunderte ihren Mut und die Leidenschaft, mit der sie die Dinge anging. Wenn er sich die Wahrheit eingestand, gingen seine Gefühle weit darüber hinaus, sie nur zu mögen. Aber das spielte keine Rolle, denn selbst wenn er nicht der verachtete Brudermörder gewesen wäre, konnte er ihr unmöglich den Hof machen. Ganz gleich, wie wütend er auf Eyron sein mochte, er würde niemals um die Frau werben, die sein Bruder liebte. Wenn er sie nur nie geküsst hätte! Dann wäre sie vielleicht noch immer nur ein Mädchen, das er zwar mochte und in Erinnerung behalten würde, aber auch eines, das zu verlassen ihm weitaus leichter fiele. Dieser verdammte Kuss hatte etwas in ihm ausgelöst, das er sich nicht erlauben konnte. Etwas, das nicht für ihn bestimmt war. *Sie* war nicht für ihn bestimmt.

Allein deshalb musste er gehen. Aber wenn er nicht nach Eldir wollte, was dann? Zurück nach Cymholt? Oder doch zu Ende bringen, was er und Rayne angefangen hatten? Wenn er kehrtmachte, konnte er die ersten Ausläufer des Hochlands in wenigen Tagen erreichen. Dann …

Seine Gedanken wurden von einem sich nähernden Reiter unterbrochen. Die Felsen fingen das Schlagen der Hufe auf und warfen es in unzähligen Echos zurück. Bald darauf kam ein einzelner Reiter in Sicht. Obwohl er statt einer Uniform lediglich einfache schwarze Gewänder trug, erkannte Skandar den Mann mit dem stahlgrauen Haar sofort: Es war Kalis.

Skandar hätte den ehemaligen Kommandanten passieren lassen können, ohne bemerkt zu werden, doch ein Teil von ihm hoffte darauf, dass Eyron ihn gesandt hatte. Eine Rückkehr würde seine Probleme zwar nicht lösen und ihn auch nicht davon abhalten, Valin früher oder später den Rücken zu kehren. Aber vielleicht fand er zumindest die Gelegenheit, die Dinge mit seinem Bruder ins Reine zu bringen, ehe er ging.

Skandar trat zwischen den Felsen hervor, gerade weit genug, dass Kalis ihn sehen konnte. Der Grauhaarige erblickte ihn sofort, lenkte sein Pferd zu Skandar und saß ab. Er warf einen raschen Blick zur Straße zurück, als wollte er sich vergewissern, dass ihm niemand auf den Fersen war, dann folgte er Skandar mit seinem Pferd zwischen die Felsen.

Unter Skandars Vater war Kalis der Kommandant der fürstlichen Wache gewesen, hatte seinen Posten jedoch vor einigen Jahren geräumt, um einem Jüngeren Platz zu machen. Seitdem diente er als militärischer Berater und Ausbilder für neue Rekruten. Soweit Skandar zurückdenken konnte, hatte Kalis graues Haar gehabt, trotzdem hatte der alte Haudegen stets Ehrfurcht gebietend und niemals alt gewirkt. Noch immer waren die Bewegungen des Kriegers, der mittlerweile im sechsten Jahrzehnt seines Lebens sein musste, kraftvoll und geschmeidig und sein Verstand ebenso scharf wie sein Schwert.

»Bis zum Einbruch der Dunkelheit dauert es noch Stunden«, sagte der Kommandant. »Du könntest noch ein gutes Stück vorankommen. Stattdessen liegst du mal wieder auf der faulen Haut.«

Skandar ignorierte die spitzen Worte. Schon als er noch ein Knabe gewesen war, hatte Kalis ihn mit Bemerkungen über seine vermeintliche Faulheit angetrieben und ihn dazu gebracht, sich noch härter im Umgang mit seinen Waffen zu üben. Dabei war er nie faul gewesen.

»Hat mein Bruder Euch geschickt, um mich zurückzuholen?«

»Niemand hat mich geschickt. Ich bin hier, um mit dir zu reden.«

Obwohl Skandar beinahe davon überzeugt war, dass er Eyrons Bitte, zurückzukehren, ohnehin nicht nachgekommen wäre, war er doch enttäuscht. Mit einer Geste bat er den Kommandanten ans Feuer, wo sie sich niederließen. Eine Weile musterte Skandar den Mann schweigend, der ihm vor langer Zeit so vertraut gewesen war wie ein Onkel. Seit seiner Rückkehr nach Valin vor einigen Monaten war niemand zu ihm gekommen, um mit ihm zu reden. Wann immer es sich vermeiden ließ, waren sie ihm aus dem Weg gegangen. Kalis war die meiste Zeit über nicht in der Burg gewesen, weshalb Skandar nicht sagen konnte, ob er sich ähnlich verhalten hätte. Meistens hatten sich ihre Wege nur kurz auf dem Burghof gekreuzt, und Skandar musste dem Krieger zugutehalten, dass er – im Gegensatz zu anderen – nie den Blick abgewandt hatte.

»Was gibt es ausgerechnet jetzt zu besprechen, das Ihr mir nicht in den letzten Monaten hättet sagen können?«

»Geh nicht nach Eldir«, sagte der Kommandant. »Ich weiß von Thowen, dass du dich gegen Eyrons Befehl auf die Suche nach Hilfe im Kampf gegen diese Schatten gemacht hast.«

Skandar runzelte die Stirn. »Was wollt Ihr, Kalis? Warum seid Ihr hier?«

»Um dich zu bitten, weiterzumachen. Gib nicht auf!«

Das war eine Prüfung! Das musste es sein. Eyron hatte den alten Mann geschickt, um seine Loyalität auf die Probe zu stellen. »Ich bin sicher, mein Bruder wird sich darum kümmern.«

»Das wird er nicht. Darum geht es ja!«

Prüfung hin oder her, jetzt war Skandars Aufmerksamkeit geweckt. Mit einer Geste bedeutete er Kalis, fortzufahren.

»Thowen war heute bei ihm und hat gehört, wie er der Prinzessin versicherte, dass seine Männer bereits auf der Suche nach den Schatten seien«, sagte Kalis. »Aber das sind sie nicht. Kein einziger Mann hat die Burg mit diesem Befehl verlassen, und offen gestanden glaube ich auch nicht, dass das passieren wird. Es gibt so viele Dinge, um die sich dein Bruder kümmern muss, und er ist noch nicht lange genug Fürst, als dass ihm alle Aufgaben vertraut wären. Ich fürchte, dass er die Gefahr, die uns durch diese Wesen droht, falsch einschätzt.«

»Warum macht Thowen ihn nicht darauf aufmerksam?«

»Eyron ist noch immer wütend wegen deines eigenmächtigen Handelns. Das hindert ihn daran, zuzuhören, wenn es um diese Angelegenheit geht. Früher oder später wird Thowen ihn dazu bringen, doch bis dahin ...«

»Sterben womöglich weitere Menschen.« Skandar seufzte. Schon vor Kalis' Ankunft hatte er eine Ahnung gehabt, was er als Nächstes tun sollte. So wie es aussah, hatte er soeben den letzten nötigen Anstoß bekommen, der diese Ahnung zur Gewissheit werden ließ.

»Ich bin mir sicher, Ihr habt Männer, denen Ihr vertraut und deren Abwesenheit vielleicht nicht einmal auffiele. Warum wollt Ihr, dass ausgerechnet ich gehe?«

Darüber dachte Kalis einen Moment lang nach. »Wie die meisten anderen habe ich bisher nur Geschichten und Gerüchte über die Schatten gehört«, sagte er schließlich. »Halbwahrheiten, kaum mehr als das Geschwätz von Waschweibern und Küchenhilfen. Du hingegen bist ihnen begegnet. Du weißt, wie gefährlich sie sind und was sie anrichten können. Abgesehen davon vertraue ich dir mehr als jedem meiner Männer. Thowen ist da im Übrigen derselben Ansicht.«

Skandar starrte ins Feuer. »Thowen schätzt mich in etwa so sehr wie einen Haufen Pferdemist unter der Schuhsohle.«

Kalis zog eine Augenbraue hoch. »Hat er mich deshalb gebeten, dir auszurichten, dass er daran glaubt, dass du es schaffen wirst?«

Das überraschte Skandar. Ebenso wie Kalis' Eingeständnis,

ihm mehr zu vertrauen als seinen eigenen Männern. Er wusste nicht, was er darauf sagen sollte.

»Warum denkst du so schlecht von einem Mann, der so viel für dich getan hat?«, wollte Kalis mit einem Stirnrunzeln wissen.

»Wovon in aller Welt redet Ihr eigentlich?«

»Du weißt es nicht!«, entfuhr es dem Kommandanten. »Bei den Ärschen der Götter, wie kann das sein?«

»Was weiß ich nicht?«

»Was Thowen getan hat. Himmel! Hast du etwa all die Jahre geglaubt, wir hätten dich damals einfach so im Stich gelassen?«

Skandar ging allmählich die Geduld aus. »Warum sagt Ihr mir nicht einfach, was ich nicht weiß, statt mir ständig Fragen zu stellen, die ich nicht beantworten kann?«

Kalis' Mundwinkel zuckten amüsiert. »Das Temperament der Khardals haben sie dir im Süden jedenfalls nicht ausgetrieben.« Rasch wurde er wieder ernst, beinahe nachdenklich sah er Skandar an. »Die Vorstellung deines Vaters von Verbannung war es, dich auf das nächstbeste Schiff zu verfrachten, ganz gleich mit welchem Ziel, und dich am Ende der Reise dir selbst zu überlassen. Es war ihm gleichgültig, ob du irgendwo als Sklave endest, von Räubern abgestochen wirst oder wegen einer Krankheit draufgehst. Für ihn warst du bereits gestorben.«

Das konnte unmöglich sein! Sein Vater hatte ihn an den Hof von Fürst Parwá geschickt. Hätte er seinen Tod gewollt, hätte er ihn doch einfach hinrichten lassen können.

»Thowen hat dafür gesorgt, dass du nach Cymholt kommst. Erinnerst du dich an den Mann, der dich vor deiner Abreise am Hafen in Empfang nahm?«

Skandar nickte. Zwei Krieger seines Vaters hatten ihn damals nach Tarrel begleitet. Am Hafen war ein Mann auf sie zugekommen. Sie hatten sich eine Weile unterhalten, Skandar wusste nicht worüber, schließlich hatte der Mann genickt und gemeint, er würde ihn auf ein Schiff bringen. *Ein* Schiff. Nicht: *das* Schiff. Konnte es wirklich sein, dass die Krieger geglaubt hatten, er würde das nächstbeste Schiff auswählen?

»Thowen hat dafür gesorgt, dass dieser Mann dich dort erwartet, um dich nach Cymholt zu bringen. Zusammen mit einer Nachricht an den Fürsten von Parwá, mit der Bitte, dich aufzunehmen.«

»Warum? Und wie kann ein einfacher Berater eine solche Bitte an einen Fürsten richten?«

»Warum Thowen das getan hat? Keiner von uns hätte es ertragen, auch noch dich zu verlieren. Es war schlimm genug, dass du fortmusstest. Du bist ein guter Junge, Skandar, lass dir von niemandem etwas anderes einreden. Und was den Fürsten von Parwá angeht, so ist er Thowens Bruder.«

Das war Skandar neu. Thowen besaß nicht einmal einen Familiennamen, zumindest keinen, den er kannte. »Aber warum hat mir nie jemand etwas davon gesagt?«

»Um ehrlich zu sein, dachte ich, du wüsstest es. So wie ich Thowen kenne, könnte ich mir glatt vorstellen, dass der alte Knabe es nicht für wichtig genug hielt, um es dir zu erzählen.«

»Er hat mir das Leben gerettet und hält das nicht für wichtig?«

»Er hält es nicht für wichtig, dir davon zu erzählen«, korrigierte Kalis.

Tatsächlich würde ein derartiges Verhalten zu Thowen passen. Er war stets darum bemüht, seinem Herrn zu dienen und sich dabei selbst im Hintergrund zu halten. Bei allem, was er tat, zählte für ihn immer nur, dass Dinge ordentlich erledigt wurden, das Lob dafür war ihm einerlei.

»Was ist nun?«, riss Kalis ihn aus seinen Gedanken. »Wirst du etwas gegen diese Schatten unternehmen?«

»Natürlich werde ich das.«

»Das ist mein Junge!« Lachend schlug Kalis ihm auf die Schulter, dann erhob er sich und ging zu seinem Pferd.

»Bitte dankt Thowen in meinem Namen«, sagte Skandar, als sich der Kommandant in den Sattel schwang. »Ich fürchte, dass ich selbst keine Gelegenheit mehr dazu bekommen werde.«

»Das werde ich. Gibt es sonst noch etwas, das ich für dich tun kann?«

Er wollte schon verneinen, als ihm doch noch etwas einfiel. »Sagt der Prinzessin, dass ich nicht aufgeben werde.«

30

Rayne erwachte bei Anbruch der Dämmerung. Trotz des weichen Bettes hatte sie nur wenig Schlaf gefunden. Tatsächlich hatte sie einen großen Teil der Nacht am Fenster verbracht und gedankenverloren auf den Hof geblickt, der still und verlassen unter ihr lag.

Gähnend schlug sie die Decken zurück und stand auf. Wo Skandar jetzt wohl sein mochte? Sie tappte zum Fenster. Die Berge, die sich hinter der Festung erhoben, schimmerten blau im Morgenlicht. Frühnebel hing zwischen den Gipfeln und tastete, Fingern gleich, ins Tal. Der Burghof füllte sich allmählich mit Leben. Diener schleppten Wassereimer und Feuerholz ins Haupthaus, Mägde eilten geschäftig hin und her, und soeben kam ein Trupp Reiter durch das Tor auf den Hof, wo sie ihre Pferde zügelten und absaßen. Die Nacht war kalt und feucht gewesen und die Männer hatten sich noch immer die Kapuzen ihrer Umhänge tief ins Gesicht gezogen.

Berater Thowen eilte den Neuankömmlingen entgegen. Während sich ein Teil der Männer um die Pferde kümmerte, lösten sich zwei aus der Gruppe und sprachen mit dem Berater. Einer überreichte Thowen ein Schreiben. Nachdem dieser es gelesen hatte, nickte er und bedeutete den beiden, ihm zu folgen. Kurz darauf waren sie im Haupthaus verschwunden und Rayne richtete ihre Aufmerksamkeit wieder auf den Rest der Truppe. Einige hatten inzwischen ihre Kapuzen zurückgezogen. Rayne erstarrte, als sie Bärs vertraute Züge erblickte.

Unmöglich! Das Morgenlicht täuschte ihren Blick! Sie

kniff die Augen zusammen und sah genauer hin. Kein Zweifel, er war es. Die Schatten waren in Valin! Erschrocken wich sie vom Fenster zurück. Was wollten sie hier? Wussten sie, dass sie hier war? Oder hatten sie es auf Eyron abgesehen? Bei den Göttern, hatten sie Thowen etwa gerade um eine Unterredung mit dem Fürsten gebeten, um in seine Nähe zu kommen?

Sie musste sofort mit Skandar … Der Gedanke endete abrupt. Skandar war fort. Aber sie musste Eyron warnen!

Hastig schlüpfte sie in ihre Stiefel und trat auf den Flur hinaus. Die Gänge und Treppen der Burg waren ihr noch nicht vertraut, sodass sie Schwierigkeiten hatte, sich zu orientieren. Wo sollte sie hin? Zur Großen Halle, zu der Thowen die Neuankömmlinge zweifelsohne führen würde? Nein! Dann würde sie den Schatten geradewegs in die Arme laufen. Sie musste Eyron in seinen privaten Gemächern abpassen. Sie wusste, dass seine Räume sich an das Empfangszimmer anschlossen, in das er sie gestern geführt hatte. Irgendwo dort würde sie ihn finden, und wenn es bedeutete, dass sie in sein Schlafgemach platzen musste, dann war das eben so.

Rennend folgte sie den Gängen und Treppen, über die der Diener sie gestern in ihr Gemach geführt hatte. Einmal nahm sie eine falsche Abzweigung und musste umkehren, als der Gang plötzlich nicht weiterführte. Danach wurde sie nur noch schneller. Sie musste Eyron erreichen, bevor er sich auf den Weg in die Große Halle machte!

Was, wenn die Schatten vorhatten, ihn zu übernehmen? Was, wenn es ihr Plan war, die Herrschaft an sich zu reißen, in dem sie sich der Körper der Fürsten und des Königs bemächtigten? Rayne schob den Gedanken beiseite. So erschreckend er auch sein mochte, jetzt war nicht der passende Zeitpunkt, sich damit zu beschäftigen. Alles, was im Augenblick zählte, war, dass sie Eyron rechtzeitig fand.

Sie schoss eine Treppe hinauf. Endlich erreichte sie den Gang, in dem seine Gemächer lagen. Schon gestern war ihr aufgefallen, dass es hier keine Wachen gab. Ihr erster Gedanke war gewesen, wie schön es war, dass es hier offenbar nichts zu befürchten gab. Jetzt jedoch hätte sie sich ein paar Krieger mit Schwertern gewünscht.

Je näher sie Eyrons Gemächern kam, desto mehr wuchs eine ganz andere Angst in ihr. Wenn Eyron seine Krieger alarmierte, würden sie versuchen, die Schatten festzunehmen. Aber das würde ihnen nicht gelingen. Sie konnten lediglich den Körpern, die sie beherbergten, etwas anhaben. Und dann wären die Schatten gezwungen, diese Körper zu verlassen … *Das aber würde Bärs und Dainns Ende bedeuten.* Fast schon hoffte sie, dass die Schatten auf dem Hof die Flucht ergreifen würden, sobald sie erfuhren, dass sie enttarnt worden waren.

O Himmel, sie wünschte wirklich, Skandar wäre hier! Er hätte gewusst, was zu tun war.

Eyron durfte den Schatten nicht begegnen, das war die einzige Möglichkeit, um eine Katastrophe zu verhindern. Sowohl für Eyron wie auch für Dainn und Bär. Wenn Thowen behauptete, dass Eyron die Burg verlassen hatte und so schnell nicht mit seiner Rückkehr zu rechnen sei … das konnte klappen.

Als sie endlich die Tür zu Eyrons Empfangszimmer erreichte, drang seine Stimme aus dem Raum nach draußen. Er war nicht allein.

Bei den Göttern, lass es nur Thowen sein!

Da sie kein Risiko eingehen wollte, trat sie näher heran und legte ihr Ohr an das Holz. Anfangs waren Eyrons Worte nur undeutlich zu verstehen. Erst, als sie ihre Energie fließen ließ und die Durchlässigkeit des Holzes verstärkte, wurde es besser.

»… die Suche abbrechen«, hörte sie Eyron sagen. »Sie ist hier.«

Rayne erstarrte. Wer war hier? Sie? Der Satz war aus dem Zusammenhang gerissen, und solange sie nicht wusste, mit wem er überhaupt sprach, konnte sie nichts daraus ablesen.

Nicht das Geringste! Vermutlich war es nur Thowen. Aber welche Suche sollte er abbrechen?

»Habt Ihr einen neuen Auftrag für uns, Herr?«

Die Stimme gehörte nicht dem Berater. Sie gehörte niemandem, den Rayne kannte. *Die Schatten!*, schoss es ihr durch den Kopf. Sie waren schneller gewesen als sie. Ihr wurde übel, trotzdem zwang sie sich, still zu verharren und weiter zu lauschen.

»Allerdings. Ihr Bruder ist keine Bedrohung für uns, solange er weiter im Nebel stochert. Skandar hingegen ist zur Gefahr geworden. Er weiß zu viel über euch und ist entschlossen, euch zu vernichten.« Spätestens jetzt sah Rayne ihre schlimmsten Befürchtungen bestätigt. Die Schatten waren zu Eyron vorgedrungen. Doch seine Worte machten ihr bewusst, dass alles noch weit schlimmer war, als sie zunächst angenommen hatte. Eine kurze Pause folgte, danach war Eyron deutlicher zu vernehmen, so als hätte er zuvor mit dem Rücken zur Tür gestanden. Die warme Stimme, die Rayne so vertraut war, klang jetzt kalt und gefühllos. »Sorgt dafür, dass er sich nicht länger einmischen kann.«

»Wird er noch benötigt?«

»Nein. Tötet ihn!«

Nur langsam sickerte die Bedeutung der Worte zu ihr durch. *Tötet ihn.*

Rayne war fassungslos. Sie verstand nicht, welche Rolle Eyron auf einmal spielte. Wie konnte er mit den Schatten gemeinsame Sache machen? Ihnen sogar befehlen!

»Kümmert euch um Skandar, dann wartet auf weitere Anweisungen«, erklang Eyrons Stimme erneut. Seinen Worten folgten Schritte, die sich der Tür näherten.

Rayne fuhr herum. So schnell sie konnte, rannte sie den Gang entlang. Ihre Augen suchten nach einem Versteck, vergebens. Keine Nischen, keine verborgenen Ecken, in denen sie sich mit ihrer Magie hätte tarnen können. Nur ein paar

Türen, von denen sie nicht wusste, wohin sie führten und wem sie dahinter in die Arme laufen mochte.

Hinter sich vernahm sie Stimmen. Offenbar hatten die Schatten die Tür bereits geöffnet, waren aber noch einmal stehen geblieben. Sie nutzte die kostbaren Augenblicke und tauchte in das Halbdunkel des Treppenhauses ein. Die Schatten waren jetzt auf dem Gang zu hören und kamen rasch näher. Rayne blieb abrupt stehen, als ihr bewusst wurde, wie laut ihre eigenen Schritte von den steinernen Wänden widerhallten. Hastig drückte sie sich in einer Ecke an die Wand und griff nach ihrer Energie. Sie verdichtete die Dunkelheit um sich herum, bis sie vollkommen darin verschwand. Da sie nicht wusste, wie gut die Schatten im Umgang mit Magie waren, dämpfte sie zusätzlich ihre Geräusche, sorgte dafür, dass sie weder ihre Atemzüge noch ihren Herzschlag hören würden, der ihr selbst laut in den Ohren dröhnte. Trotz ihres Zaubers hielt sie den Atem an, als die beiden das Treppenhaus betraten. Wenn sie die Arme ausgestreckt hätte, hätte sie nach ihnen greifen können, so nah gingen sie an ihr vorüber auf ihrem Weg nach unten. Rayne wartete, bis ihre Schritte nicht mehr zu hören waren. Dann rannte sie zurück in ihr Gemach und eilte zum Fenster, gerade rechtzeitig, um zu sehen, wie die Schatten aufsaßen und vom Hof ritten.

Skandar! Sie musste ihn warnen!

Rayne stopfte die wenigen Sachen, die sie ausgepackt hatte, samt Armbrust und Bolzen in die Packtaschen. Während sie die Riemen schloss, dachte sie fieberhaft darüber nach, was sie tun sollte. Den Weg nach Eldir würde sie notfalls finden. Schwieriger war die Frage, wie sie Skandar vor den Schatten erreichen sollte.

Ein Klopfen an der Tür ließ sie erstarren. Sie durfte sich nichts anmerken lassen. Wenn Eyron oder einer seiner Männer mitbekam, dass sie Bescheid wusste, würden sie Wachen vor ihrer Tür postieren. Womöglich würden sie sie sogar einsperren. *Sie ist hier.* Bei dem Gedanken daran, dass die Schatten die ganze Zeit über in Eyrons Auftrag gehandelt hatten, wurde ihr übel. Das Blut der Priester und der Zauberer der Akademie klebte an seinen Händen. Ebenso das von Bär und Dainn, wenn sie keinen Weg fand, die beiden zu retten.

Es klopfte noch einmal. Zögernd richtete Rayne sich auf und ging zur Tür. »Wer ist da?«

»Mein Name ist Kalis«, drang eine gedämpfte Stimme durch das Holz. »Ich habe eine Nachricht für Euch, Hoheit.« Leiser fügte er hinzu: »Von Skandar.«

Rayne öffnete die Tür. Auf dem Gang stand ein grauhaariger Krieger. Sein Gesicht mochte von einem Netz aus Falten durchzogen sein, seine Haltung jedoch war so kraftvoll wie die eines weit jüngeren Mannes. Er trug eine schmucklose Uniform, auf deren Hemdbrust das Wappen des Fürsten prangte. Sein Blick wanderte den Gang entlang und richtete sich auf einen Diener, der am anderen Ende mit einem Stapel Wäsche um eine Ecke entschwand. Sobald niemand mehr zu sehen war, trat er ein. Sie musste sich beherrschen, ihn nicht mit Fragen zu bestürmen. Solange sie nicht wusste, um welche Art von Nachricht es sich handelte, durfte sie sich keine Blöße geben.

»Eine ungewöhnlich frühe Stunde für eine Nachricht«, sagte sie.

Kalis neigte das Haupt. »Verzeiht mir, Hoheit. Ich wollte Euch gestern Abend nicht mehr stören, dachte aber, es wäre besser, die Nachricht zu überbringen, bevor Ihr Euch in die Gesellschaft des Fürsten begebt.«

Oder bevor ich von hier verschwinde. »Dann sprecht, bitte.«

»Ich … traf Skandar gestern außerhalb der Burg.« Er fuhr sich durch das kurze stahlgraue Haar und grinste ein wenig schief. »Um ehrlich zu sein, bin ich ihm gefolgt, um ihn zu bitten, nicht nach Eldir zu gehen und stattdessen weiterzumachen.«

»Weitermachen? Womit?«

»Mit dem Kampf gegen die Schatten.«

Rayne war überrascht. »Und warum wolltet Ihr das?«

Kalis schien abzuwägen, wie viel er ihr verraten konnte. »Weil außer ihm niemand etwas gegen sie unternehmen wird«, sagte er dann. »Ich weiß, dass der Fürst Euch versichert hat, seine Männer seien bereits auf der Suche nach ihnen. Ich kann Euch meinerseits jedoch versichern, dass dem nicht so ist.«

Ich weiß. Statt sich dazu zu äußern, nickte sie nur. Je weniger sie von ihrem Wissen preisgab, desto sicherer war sie. »Und welche Nachricht habt Ihr nun für mich?«

»Ich soll Euch bestellen, dass Skandar nicht aufgeben wird.«

»Dann ist er nicht auf dem Weg nach Eldir?«

»Nein.«

Den Göttern sei Dank! Rayne stieß erleichtert den Atem aus. In ihr löste sich eine Anspannung, von der sie erst jetzt merkte, dass sie da gewesen war. Skandar war nicht auf dem Weg nach Westen, sondern wollte in den Osten, zum Hochland! Die Schatten hatten es zwar noch immer auf sein Leben abgesehen, aber jetzt bestand zumindest die Hoffnung, dass sie ihn nicht so schnell finden würden. Rayne konnte ihn vor ihnen erreichen!

Sie musterte Kalis, als könnte sie, wenn sie ihn nur lange genug betrachtete, herausfinden, ob sie ihm vertrauen konnte.

Ihm entging ihr Blick nicht. »Hoheit?«

Kalis hatte es nicht nur gewagt, Skandar zu folgen, sondern ihn auch noch gebeten, gegen den Befehl seines Bruders und Fürsten zu handeln. Wenn sie ihm nicht vertrauen konnte, wem dann? Natürlich könnte es eine Falle sein, aber – selbst wenn Eyron wusste, dass sie das Gespräch eben belauscht hatte – warum sollte sich jemand diese Mühe machen, statt sie einfach einzusperren?

»Könnt Ihr mir ein Pferd beschaffen, Kalis?«

Einen Moment lang wirkte der alte Krieger überrascht, dann stahl sich ein Lächeln in seine Mundwinkel. »Das kann ich, Hoheit.«

Rayne dachte darüber nach, wie sie unbemerkt aus der Burg kommen sollte. Ihre Mutter war einmal in einer ähnlichen Situation gewesen und hatte sich entschieden, mithilfe ihrer Magie das Aussehen eines Mannes anzunehmen, den aufzuhalten niemand gewagt hätte. Es war ihrer Mutter auf diese Weise gelungen, zu entkommen, allerdings hatte die Magie sie so viel Kraft gekostet, dass sie danach nicht mehr weitergekonnt hatte. Das durfte Rayne sich nicht erlauben. Abgesehen davon war sie nicht gut darin, ihr eigenes Äußeres magisch zu verändern. Sie konnte mit Schatten verschmelzen oder grob das Äußere eines Gegenstandes verändern. Wann immer sie jedoch versucht hatte, ein Gesicht nachzuahmen, hatte das Ergebnis ausgesehen, als hätte jemand eines aus Ton modelliert und die geformte Masse dann fallen gelassen. So hatten es zumindest Darragh und Taeril immer beschrieben. Und selbst wenn sie übertrieben hatten – um aufzufliegen reichte es schon, wenn die Nase sich verschob oder die Wangenknochen zu hoch oder zu tief saßen. Nein, das war keine Möglichkeit.

»Gibt es einen Weg, auf dem ich die Burg ungesehen verlassen kann?«

»Ihr müsst auf jeden Fall durch das äußere Tor. Um zumindest das Innere zu umgehen, weiß ich jedoch einen Weg.« Er dachte einen Moment lang nach, dann sagte er: »Und ich habe eine Idee, wie Ihr zwar nicht ungesehen, aber zumindest unerkannt hier herauskommt, Hoheit.«

Kalis beschrieb ihr den Weg zur Küche, dort gab es eine Pforte, die in den äußeren Mauerring führte. »Wartet hinter dem Pferdestall auf mich.«

Er öffnete die Tür und vergewisserte sich mit einem raschen

Blick, dass der Gang verlassen war, ehe er hinaustrat. Rayne zählte bis zwanzig, dann nahm sie die Packtaschen und verließ ebenfalls ihr Gemach.

Wann immer ihr jemand in den Gängen oder Treppenhäusern begegnete, nutzte sie ihre Magie, um für Ablenkung zu sorgen. Ein Geräusch, ein herunterfallender Gegenstand oder der vermeintliche Ruf eines anderen Dieners sorgten dafür, dass die Menschen, die ihr entgegenkamen, stets in eine andere Richtung sahen und ihr keine Aufmerksamkeit schenkten.

In der Küche herrschte bereits Hochbetrieb. Mägde und Küchenjungen eilten geschäftig hin und her, schleppten Bottiche und Töpfe und schürten die Feuer an. Gemüse wurde geputzt und geschnitten und Fleisch und Geflügel auf Spieße gezogen. Eine Gruppe Frauen in edlen Gewändern stand vor einem Mann, vermutlich dem Küchenchef, und redete aufgeregt auf ihn ein. Niemand schenkte Rayne Beachtung. Nur ein einziges Mal war sie gezwungen, ihre Magie zur Ablenkung einzusetzen, als sie um ein Haar mit einem Küchenjungen zusammengestoßen wäre, der vor ihr um die Ecke schoss. Mit einem Energiestoß ließ sie einen Topf voller Haferbrei umkippen. Der Junge rutschte darauf aus und fiel hin. Rayne schlug einen Haken an ihm vorbei und war zur hinteren Tür hinaus, noch ehe er sich wieder aufrichten konnte.

Sie fand sich im Küchengarten wieder, der an die innere Mauer grenzte, zog sich die Kapuze tief ins Gesicht und trat an die Pforte in der Mauer heran. Vorsichtig hob sie den Riegel, zog die Tür einen Spaltbreit auf und spähte nach draußen. Zu ihrer Linken lagen die Hühnerställe, rechts das hintere Ende des Pferdestalls. Die Gebäude standen so eng beieinander, dass gerade genug Abstand zwischen ihnen war, um der Pforte in den Küchengarten Raum zu lassen. Rayne trat in den Schatten der Stallungen hinaus und schloss die Pforte hinter sich.

Bei ihrer Ankunft gestern hatte sie noch weitere Pferdeställe gesehen, sie ging jedoch davon aus, dass Kalis sie nicht durch den halben äußeren Mauerring laufen lassen wollte und deshalb von *diesem* Stall gesprochen hatte. Zwischen der Mauer und dem Stall gab es einen Spalt. Dorthin zog sich Rayne zurück und wartete. Wann immer sie Schritte hörte, drückte sie sich an die Mauer und hielt die Luft an.

Meistens waren es Dienstboten oder Soldaten, die an ihrem Versteck vorüberhasteten. Einmal waren es zwei Jungen von vielleicht neun oder zehn Sommern, und für einen Moment fürchtete Rayne, sie hätten sich ausgerechnet den Platz hinter dem Stall für ihre Spiele ausgesucht. Glücklicherweise hatten sie es auf die Pforte zum Küchengarten abgesehen. Einer von ihnen hielt einen langen Holzspan in der Hand, den er durch den Türspalt schob, um den Riegel auf der anderen Seite anzuheben. Überrascht sah er seinen Kameraden an, als er feststellte, dass der Riegel gar nicht vorgeschoben war. Dann grinsten sich die beiden an, öffneten die Tür und verschwanden in Richtung Küche.

Kurz darauf erschien Kalis. Er hatte einen der dunkelblauen Umhänge dabei, wie ihn auch Eyrons Soldaten trugen, und reichte ihn ihr. »Damit seid Ihr unauffälliger.«

Rayne verstaute ihren eigenen Umhang und griff gerade nach dem, den Kalis ihr entgegenhielt, als ein Soldat um die Ecke bog.

»Ah, dachte ich es mir doch, dass ich Euch gesehen habe, Kommandant!«, rief der Mann und trat auf Kalis zu. Obwohl dieser sich sofort vor Rayne stellte, entdeckte der Soldat sie. Für die meisten Männer in der Burg wäre sie nichts weiter als eine fremde Frau, nur wenige würden sich vielleicht zusammenreimen, dass sie die Prinzessin sein könnte, die gestern angekommen war. Dieser Mann jedoch erkannte sie sofort und salutierte. »Prinzessin!«

Trotz ihres Schreckens zögerte Rayne nicht. Sie griff nach

ihrer Energie und drang damit in seinen Geist, wo seine Gedanken wie unzählige winzige Blitze umherzuckten. *Hier ist keine Prinzessin*, gab sie ihm ein. *Nur zwei Soldaten.* Sie spürte, wie ihre Energie ihr Ziel fand und die Magie ihre Wirkung entfaltete. Vorsichtshalber verstärkte sie den Fluss ihrer Energie noch ein wenig. *Keine Prinzessin*, wiederholte sie, ehe sie sich aus seinem Geist zurückzog und einen Schritt zur Seite wankte, etwas schwummerig nach diesem immensen Energieeinsatz. Die Haltung des Soldaten veränderte sich. Erst schien er verwirrt, doch dann schüttelte er den Kopf und grinste.

»Für einen Moment dachte ich glatt, du wärst ein Mädchen!«, sagte er an Rayne gewandt.

Kalis runzelte die Stirn, fing sich aber gleich wieder. »Soldat, hol sofort deine Ausrüstung und dein Pferd und reite unverzüglich nach Lantar«, befahl er. »Richte Kommandant Terven aus, dass er sich auf eine Inspektion seiner Truppen vorbereiten soll.«

»Jawohl, Kommandant!« Der Soldat, der vergessen zu haben schien, warum er nach Kalis gesucht hatte, salutierte und ging mit zackigen Schritten davon, ohne Rayne noch einmal anzusehen.

»Kommandant?«, fragte Rayne mit hochgezogener Augenbraue.

Kalis zuckte die Schultern. »Die meisten nennen mich noch immer so, auch wenn ich längst einem Jüngeren Platz gemacht habe.« Er ging zur Ecke der Stallmauer und spähte daran vorbei. Als er nach einer Weile zu Rayne zurückkehrte, schüttelte er beinahe ungläubig den Kopf. »Er ist soeben zum Zeugmeister gegangen, um sich Rationen für den Ritt zu holen. Wir warten noch, bis er seine Ausrüstung geholt hat und durch das Tor hinaus ist.« Sein Blick richtete sich nachdenklich auf Rayne. »Ich habe noch nie gesehen, wie jemand Magie anwendet. Das war doch Magie, oder?«

Sie nickte. Gestern noch hatte sie darüber nachgedacht,

Eyron zu manipulieren, damit er Skandar zurückholte. Im Grunde genommen war es eine ähnliche Form von Beeinflussung, die sie jetzt angewandt hatte. Und zugleich vollkommen anders. Hätte sie Eyrons Gedanken manipuliert, hätte sie ihn gegen seinen Willen dazu gezwungen, etwas zu tun, das er nicht tun wollte. Ein derartiger Eingriff kostete viel Energie und hielt nicht lange an. Dem Soldaten hingegen hatte sie lediglich eingegeben, etwas anderes gesehen zu haben, als er tatsächlich gesehen hatte. Dabei hatte sie keinen Einfluss auf seinen Willen genommen, sondern lediglich auf seine Wahrnehmung und diese dauerhaft verändert. Unter den gegebenen Umständen war das entschuldbar, fand sie.

»Ich habe dafür gesorgt, dass er mich für einen Soldaten hält.«

»Könnt Ihr das auch bei den Torwachen machen?«

»Unglücklicherweise nicht.« Die Wahrnehmung eines einzelnen Mannes auf diese Weise zu manipulieren war nicht weiter schwierig, kostete aber einiges an Energie. Bei mehreren Torwachen und den Männern, die sich gerade in der Nähe des Tors aufhielten, war es schlicht unmöglich. Es überstieg ihre Fähigkeiten bei Weitem.

Der Kommandant nickte. »Dann machen wir es auf meine Weise.«

»Und die wäre?«

»Guter, alter Mummenschanz«, sagte er grinsend. »Legt den Umhang an.«

Rayne warf sich den Soldatenumhang über, dann bedeutete Kalis ihr, zu warten, und verschwand um die Stallecke. Als er schließlich wieder erschien, blickte er zufrieden drein. »Der Soldat ist fort«, sagte er. »Jetzt sind wir dran. Zieht Euch die Kapuze ins Gesicht und kommt.«

Rayne tat wie geheißen und folgte ihm in den Stall, wo Skandars Brauner gesattelt bereitstand.

»Nehmt das Pferd und folgt mir nach draußen.«

»Wartet, Kommandant.« Sie legte ihm eine Hand auf den Arm und hielt ihn zurück. Mit einem raschen Blick vergewisserte sie sich, dass niemand sie hören konnte. »Nehmt Euch in Acht. Der Fürst ist nicht er selbst … er spielt ein falsches Spiel, was die Schatten angeht. Er ist gefährlich, meidet ihn, wenn Ihr könnt.« Sie hätte ihm gern mehr erklärt, doch dazu war keine Zeit.

Der Kommandant kniff die Augen zusammen. Einen Moment lang sah es so aus, als wollte er etwas sagen oder fragen, doch er schluckte die Worte herunter und nickte nur. »Ich werde für ein oder zwei Tage in die Garnison nach Valin reiten. Mir fällt schon ein Grund für meinen Aufenthalt dort ein.«

Rayne war froh, das zu hören. Je länger er sich von Eyron fernhielt, desto sicherer war es für ihn. Dass er weder Fragen nach Eyron und den Schatten stellte noch ihre Aussage infrage stellte, überraschte sie. Andererseits hatte er ja bereits gezeigt, wem seine Loyalität gehörte, und das war zweifelsohne Skandar.

Sie befestigte ihre Packtaschen und führte das Pferd an der Seite des Kommandanten aus dem Stall, in Richtung des Tors. Sobald sie in Hörweite der Wachen waren, raunte er ihr zu, stehen zu bleiben.

»Sieh zu, dass du fortkommst«, donnerte er dann plötzlich so laut, dass alle im Umkreis ihn hören konnten. »Ich erwarte, dass du bis zum Abend mit Nachricht zurück bist!«

Rayne salutierte zackig, dann schwang sie sich in den Sattel.

»Was glotzt ihr so blöd!«, fuhr Kalis eine der Torwachen an, die zu ihnen hinübersah. Sofort wandte der Mann seine Aufmerksamkeit jemand anderem zu.

Keiner der Männer beachtete Rayne, als sie dem Braunen in die Flanken trat und aus der Burg ritt.

31

Kurz vor Mittag gelangte Rayne an eine Wegkreuzung. Die Straße in Richtung Süden war jene, auf der sie mit Eyrons Kriegern nach Valin gekommen waren. Von einem Händler, den sie fragte, wohin die Abzweigung nach Osten führte, erfuhr sie, dass es die Straße nach Lantar war. Die Stadt lag auf der anderen Seite der Berge, an den nördlichen Ausläufern des Hochlands von Pyne. An Skandars Stelle hätte sie sich für diesen Weg entschieden, abseits der Königsstraße, wo die Felsen ausreichend Verstecke boten. Sie hoffte, dass sie ihn richtig einschätzte, dankte dem Händler und lenkte ihr Pferd nach Osten. Wenn sie Skandar nicht bis morgen Mittag eingeholt hatte, konnte sie immer noch darüber nachdenken, kehrtzumachen und auf der Königsstraße nach ihm zu suchen.

Als es am Abend allmählich kühler wurde und sie den Umhang enger um sich zog, begann sie, nach einem Platz für die Nacht Ausschau zu halten. Ein Stück vor ihr führte ein schmaler Pfad zwischen die Felsen. Rayne zügelte den Braunen, um sich die Stelle anzusehen, als plötzlich eine Gestalt auf die Straße trat. Für einen winzigen Moment setzte ihr Herzschlag aus, da sie schon fürchtete, Räubern – oder noch schlimmer: Schatten – in die Arme gelaufen zu sein. Dann erkannte sie die hochgewachsene Gestalt mit dem grimmigen Blick und den vertrauten Zügen und ihr Herz setzte sich stolpernd wieder in Gang. Mit einem unterdrückten Schrei sprang sie aus dem Sattel und lief zu ihm. Noch bevor Skandar reagieren konnte, warf sie sich ihm in die Arme.

»Ich bin so froh, dass ich Euch gefunden habe!«

Skandar schloss seine Arme um sie und hielt sie mit einem überraschten Lachen fest, dann schob er sie ein Stück von sich und sah sie an. »Was macht Ihr hier? Ihr solltet in Valin sein! In Sicherheit!«

»Sicherheit?« Um ein Haar hätte sie gelacht.

Skandar runzelte die Stirn, statt jedoch nachzufragen, warf er einen Blick auf die Straße. »Seid Ihr allein? Natürlich seid Ihr das. Ihr seid abgehauen.«

»Ich hatte nicht gerade eine Wahl. Habt Ihr einen Lagerplatz?«

Er deutete vage zwischen die Felsen. Auf seinen Pfiff hin kam der Braune angetrabt. Skandar nahm den Zügel und führte das Tier von der Straße. Rayne folgte ihm bis zu einer Stelle, an der sich der enge Durchgang zu einer freien Fläche öffnete, die von der Straße nicht einsehbar war. Unter einem Felsüberhang brannte ein kleines Feuer. Sie beobachtete, wie Skandar den Braunen zu seinem Schimmel führte, der ein Stück weiter hinten stand, und ihm den Sattel abnahm.

Erfüllt von der plötzlichen Gewissheit, dass jetzt wieder alles so war, wie es sein sollte, ging Rayne zu ihm und nahm ihm die Packtaschen ab. Bei den Göttern, wie froh sie war! Je länger sie ihn ansah, desto mehr wurde ihr bewusst, wie sehr sie ihn tatsächlich vermisst hatte. Er trug noch immer das vertraute Lederwams, und auch sonst schien sich nichts verändert zu haben, wenn man einmal davon absah, dass er Hemd und Hosen gewechselt hatte.

Nachdem er das Pferd abgesattelt und gefüttert hatte, wandte er sich wieder Rayne zu. »Jetzt bin ich wirklich auf Eure Erklärung gespannt.«

Das Hochgefühl, das ihr das Wiedersehen mit Skandar beschert hatte, verflog. Wie sollte sie ihm erklären, was sein Bruder getan hatte? Eine Weile suchte sie nach den passenden Worten, bis ihr bewusst wurde, dass es für etwas Derartiges womöglich einfach keine passenden Worte gab. »Ich bin hier, um Euch zu warnen«, platzte es aus ihr heraus. »Ihr seid in großer Gefahr.«

»Das will ich wohl meinen.« Skandar bedeutete ihr, sich ans Feuer zu setzen, und ließ sich dann neben ihr nieder. »Wenn Eyron erfährt, dass ich nicht nach Eldir gegangen bin und dass Ihr bei mir seid, wird er mir den Kopf abreißen.«

»Er wird viel mehr tun als das«, sagte sie düster. Als sie seinen verständnislosen Blick sah, seufzte sie. Dann brachte sie die Worte endlich über die Lippen: »Eyron ist derjenige, der die Schatten befehligt!« Plötzlich wusste sie nicht mehr, wie sie es geschafft hatte, ihm diese Neuigkeit nicht schon von Weitem entgegenzurufen. Als wäre ein Damm gebrochen, erzählte sie in schnell abgefeuerten Sätzen, wie sie die Ankunft der Schatten beobachtet und was sie gehört hatte, als sie zu Eyron gelaufen war, um ihn zu warnen. »Er hat sie auf Euch angesetzt! Sie sollen Euch töten!«, schloss sie atemlos.

Für einen Moment schwieg Skandar, dann brach ein humorloses Lachen aus ihm hervor. »Das ergibt sogar Sinn. Er wollte die ganze Zeit nicht, dass ich mich mit den Schatten befasse. Oder dass ich andere damit *belästige*. Ich konnte nicht verstehen, warum er so sehr darauf beharrte. Zu wissen, dass er einer von ihnen ist, erklärt so einiges.«

»Ich glaube nicht, dass er einer von ihnen ist.« Tatsächlich wurde ihr das erst jetzt bewusst. Vielleicht hatte sie es auch einfach nicht wahrhaben wollen. Denn wenn ein Schatten von ihm Besitz ergriffen hätte, bestünde zumindest die Hoffnung, ihn zu retten. Jetzt jedoch, als sie sich daran erinnerte, was Eyron gesagt hatte, wusste sie, dass es keine Hilfe für ihn gab. »›Er weiß zu viel über euch und ist entschlossen, euch zu vernichten‹, das waren seine Worte an die Schatten. Euch. Wäre er einer von ihnen, hätte er *uns* gesagt.«

Skandar nickte. »Vermutlich ahnt er bereits, dass ich nicht nach Eldir unterwegs bin oder zumindest nicht lange dort bleiben würde. Also bleibt ihm keine andere Wahl, als mich aus dem Weg zu räumen.«

Rayne starrte ihn an. »Habt ihr gehört, was ich gesagt habe? Euer Bruder macht aus freien Stücken gemeinsame Sache mit den Schatten! Trifft Euch das denn gar nicht? Wie könnt Ihr …?«

»Natürlich trifft es mich! Verflucht, Ihr habt mir gerade gesagt, dass mein eigener Bruder hinter dem Überfall auf die Akademie und den Angriffen auf Euch steckt. Vermutlich hat er auch den Befehl gegeben, Eure Mutter anzugreifen.«

Rayne stutzte. »Er war tatsächlich in Naranor, als das geschah.« Bei der Erinnerung daran, wie er am Morgen, kurz bevor ihre Mutter aufgefunden wurde, abgereist war, wurde ihr übel. »Bei den Göttern!«

Skandar griff nach ihrer Hand und drückte sie. »Ich hätte mir wirklich gewünscht, dass auch Eyron *nur* von einem Schatten besessen ist. Er ist alles, was mir von meiner Familie geblieben ist«, sagte er leise. »Ich dachte, er und ich würden einander verstehen. Dass er mich nach Eldir schickte, ohne mich überhaupt anzuhören, hat mir gezeigt, dass ich mich geirrt habe. Zu hören, dass er über die Schatten gebietet, ist wohl nur noch so etwas wie eine letzte Bestätigung.«

»Mal abgesehen davon, dass wir jetzt wissen, dass es ohnehin sinnlos gewesen wäre – warum habt Ihr gestern nicht versucht, mit Eyron zu sprechen und Euch zu erklären?«

Er schüttelte den Kopf. »Ich kenne meinen Bruder – zumindest dachte ich das bis vor Kurzem – und weiß, dass es hoffnungslos ist, ein Gespräch zu suchen, wenn er sich in einer Stimmung wie der gestrigen befindet. Allerdings dachte ich, dass ich später noch Gelegenheit haben würde, mit ihm zu sprechen. Ich hatte nicht damit gerechnet, dass er mich tatsächlich sofort losschicken würde.«

Eine Weile hingen sie ihren eigenen Gedanken nach. Skandar sah ins Feuer, ohne etwas zu sagen. Selbst nachdem er den

Proviant ausgepackt und zwischen ihnen verteilt hatte, saß er noch immer da, das Brot in der Hand, und starrte vor sich hin. Nachdem sie schweigend aufgegessen hatten, wollte er wissen, wie Rayne entkommen war. Als er von Kalis' Hilfe hörte, wirkte er erleichtert.

Inzwischen war es dunkel geworden, und Skandar hatte das Feuer ein Stück weit herunterbrennen lassen, um sicherzugehen, dass sein Schein von der Straße aus nicht gesehen werden konnte. Es war jedoch noch immer hell genug, um sie sein vertrautes Gesicht erkennen zu lassen. Obwohl sie lediglich etwas mehr als einen Tag getrennt gewesen waren, verspürte sie den Drang, ihn zu berühren. So konnte sie sich nicht davon abhalten, hin und wieder seine Hand oder seinen Arm in einer beiläufigen Bewegung zu streifen, wenn sie nach dem Wasserschlauch griff oder das Brot nahm, das er ihr entgegenhielt. Nur um sich zu vergewissern, dass er wirklich da war.

Sie zerbrach sich den Kopf darüber, was Eyron von ihr wollte. *Sie ist hier*, hatte er zu den Schatten gesagt. Aber warum hatte er diese Kreaturen ausgesandt, um sie zu sich zu bringen? Gewaltsam! Hätte er einen Boten geschickt und sie zu sich gebeten, wäre sie seinem Ruf vermutlich, ohne zu fragen, gefolgt. Etwas musste passiert sein. Sie erinnerte sich daran, was einer der Schatten gesagt hatte, der sie in ihrer Kammer in der Akademie überfallen hatte. *Es funktioniert nicht. Wir müssen sie mitnehmen.* Eyron hatte also ursprünglich gar nicht vorgehabt, sie nach Valin bringen zu lassen, wurde ihr klar. Weil es zu auffällig gewesen wäre? Aber was hatte der Schatten gemeint, was funktionierte nicht? Ihre Energie zu stehlen? Ihre Magie? Ihre Kräfte waren zwar gut ausgebildet, aber nicht besonders mächtig. Jeder ihrer Ausbilder in der Akademie hatte über mehr Macht verfügt als sie. Was also war es, das Eyron von ihr wollte? Und die viel größere Frage: Warum das alles? Wie konnte sich der Junge, den sie kannte und liebte, in einen Mann verwandeln, der so etwas tat?

»Ich weiß nicht, wie viele Schatten unter Eyrons Befehl stehen«, sagte Skandar in die Stille hinein, »aber wir müssen davon ausgehen, dass jetzt auch seine menschlichen Krieger nach uns suchen werden.«

»Das haben sie bereits«, erinnerte Rayne ihn an Kommandant Navra und seine Männer.

»Das war ein einzelner Trupp.« Skandar blickte düster drein. »Dieses Mal wird er alle verfügbaren Männer aussenden.«

Rayne schüttelte den Kopf. »Wie soll er das begründen?«

»Er braucht ihnen nur zu erzählen, dass ich Euch entführt habe und sie uns aufspüren müssen.«

»Dann hätte er sogar einen Grund, Euch hinrichten zu lassen! Und was er mit mir vorhat, will ich mir nicht einmal vorstellen.«

Es gelang ihr nicht, ihr Zittern zu unterdrücken. Was war nur geschehen? Vor wenigen Wochen noch war sie glücklich gewesen, hatte sich auf ihre Hochzeit mit dem Mann gefreut, den sie schon so lange liebte – und der nun seinem Bruder und womöglich auch ihr nach dem Leben trachtete. Die bloße Vorstellung, Skandar zu verlieren, war so schwer zu ertragen, dass ihr ein gequälter Laut entfuhr.

Plötzlich war Skandar dicht neben ihr und legte ihr einen Arm um die Schultern. Rayne lehnte sich an seine Brust. Eine Weile saßen sie schweigend so da.

Raynes Blick glitt nach oben zum Himmel, wo der Schweifstern stand. »Glaubt Ihr, dass der Stern etwas zu bedeuten hat?«, fragte sie Skandar, ohne sich aus seinen Armen zu lösen. »Dass er ein Vorbote ist?«

»Ein Vorbote wofür?«

Sie zuckte die Schultern. »Darragh hält ihn für ein böses Omen.«

Schweigend betrachteten sie den Stern, dann meinte Skandar: »Vielleicht hat Euer Bruder recht.«

32

Der Herr der Schatten konnte es nicht fassen: Das Mädchen war fort! Er hatte vorgehabt, Rayne heute auf ihren baldigen Aufbruch vorzubereiten. Unter einem Vorwand und mit ein paar freundlichen Worten, notfalls mit dem leeren Versprechen gepaart, Skandar zurückzuholen, wäre sie ihm sicher bereitwillig überallhin gefolgt. Zumindest hatte er das bis zu dem Augenblick angenommen, in dem er feststellen musste, dass sie verschwunden war.

Nachdem der Diener, der sie zu ihm bringen sollte, allein zurückgekehrt war, hatte er zwei Wachen auf die Suche nach ihr geschickt. Natürlich handelte es sich bei ihnen um Schatten. Seine gesamte Leibgarde bestand inzwischen aus Schatten in der Haut einstiger Wachen. Sie waren die einzigen, denen er vertraute. Und doch waren auch sie mit leeren Händen in die Große Halle zurückgekehrt.

»Wann wurde sie zuletzt gesehen?«, verlangte der Herr der Schatten zu wissen.

»Gestern Abend, als der Diener sie in ihr Gemach brachte«, sagte der Schatten, der in einem gedrungenen, muskulösen Körper steckte.

Der andere, hochgewachsen und drahtig, fügte hinzu: »Das Gemach ist verlassen, ihre Sachen sind fort, Herr.«

»Findet sie! Befragt jeden, der in der Nähe ihres Gemachs war, und lasst die Tore schließen. Niemand verlässt die Burg ohne meinen ausdrücklichen Befehl!«

Die beiden Schattenkrieger verneigten sich und machten sich daran, ihre Befehle auszuführen.

Der Herr der Schatten stieg von seinem Podest herunter, ging zu einem der Kamine an der Längsseite der Großen Halle und blickte ins Feuer. Dass das Mädchen entkommen war, war unglücklich. Ganz besonders, wenn man bedachte, was er alles unternommen hatte, um das widerspenstige Biest aufzuspüren und hierherzubringen. Er hatte sogar ihren Bruder auf eine falsche Fährte gesetzt, damit die Geschwister in Valin nicht aufeinandertreffen konnten. In der Nacht vor Darraghs Aufbruch hatte er einen Schatten in den Trupp des Prinzen eingeschleust. Auf diese Weise war er immer darüber informiert, wo er sich aufhielt und was er vorhatte. Er hätte den Prinzen töten können, doch sein Tod, selbst ein spurloses Verschwinden, hätte zu viel Aufmerksamkeit erregt. Zu viele Menschen hatten den Thronfolger in Valin gesehen. Die Gefahr, dass jemand hierherkommen und herumschnüffeln könnte, war zu groß. Solange der Prinz auf dem Weg zum Hafen von Tarrel war, würde er ihm nicht in die Quere kommen. Und wer weiß, womöglich konnte der Thronfolger eines Tages noch von Nutzen sein.

Den ganzen Tag und die ganze Nacht durchkämmten seine Schatten die Burg, sprachen mit Leuten und durchsuchten Gänge und Kammern. Als sie am nächsten Morgen in die Große Halle zurückkehrten, stießen sie Kommandant Kalis vor sich her. Der Herr der Schatten hatte sich auf seinem Thron niedergelassen und betrachtete ihn interessiert.

Der gedrungene Schattenkrieger schob den ehemaligen Kommandaten vor das Podest. »Ein Diener hat ihn gestern Morgen vor dem Gemach der Prinzessin gesehen, Herr.«

»Sieh an.« Der Herr der Schatten betrachtete Kalis interessiert. Er hätte nicht gedacht, dass ausgerechnet dieser Mann, der der Fürstenfamilie sein ganzes Leben lang treu ergeben gewesen war, die Unverschämtheit besaß, sich gegen ihn zu stellen. *Du hast Skandar schon immer bevorzugt, nicht wahr, alter Mann?*

Kalis stand aufrecht da. Das Kinn gereckt, die Schultern gerade, erwiderte er den Blick seines Herrn.

»Was hattet Ihr vor dem Gemach der Prinzessin zu suchen?«

»Der Diener muss sich irren«, erwiderte Kalis. »Ich bin gestern am frühen Morgen nach Valin aufgebrochen. Wo mich Eure Männer im Übrigen gefunden haben, Herr.« Er warf den Wachen einen zornigen Blick zu, nicht ahnend, dass sie nicht länger die Krieger waren, die einst unter seinem Kommando gedient hatten.

»Wir wissen beide, dass das nicht stimmt, Kommandant.«

Kalis erwiderte nichts. Der Herr der Schatten schwankte zwischen Wut angesichts des Starrsinns des alten Mannes und Bewunderung ob seiner Loyalität. Auch wenn diese gerade nicht ihm galt. »Gleich werden wir wissen, was Ihr wirklich getan habt.«

Der ehemalige Kommandant sah auf. »Ich habe nichts weiter zu sagen, Euer Gnaden.«

Der Herr der Schatten lächelte. »Das wird auch nicht nötig sein.«

Der Kommandant bemerkte den dunklen Nebel nicht, der sich aus dem gedrungenen Körper des Kriegers in seinem Rücken löste. Er stand noch immer in unerschütterlicher Ruhe vor seinem Fürsten, stolz und unbeugsam. Als die leere menschliche Hülle hinter ihm zu Boden sackte, brachte ihn der dumpfe Aufprall des Körpers dazu, den Kopf zu wenden. Doch da war es bereits zu spät. Während der frühere Kommandant noch verwundert auf den Leichnam blickte, raste der Schatten in seiner gestaltlosen Form auf ihn zu.

Kalis sah die Dunkelheit kommen. Er öffnete den Mund zu einem Schrei, doch noch bevor ein Laut über seine Lippen kroch, drang der Schatten in seine Brust und erstickte jedes Geräusch. Die Augen des alten Kriegers weiteten sich. Dann veränderte sich seine Miene, kalte Ruhe trat an die Stelle des Schreckens.

Der Herr der Schatten lehnte sich zurück und wartete. Zu beobachten, wie seine Handlanger einen Körper eroberten, war immer wieder ein interessantes Schauspiel. Der Ausdruck auf den Gesichtern der Menschen, in dem einen Augenblick, bevor ihr Ich verdrängt wurde und der Schatten die Kontrolle übernahm, amüsierte ihn jedes Mal aufs Neue.

Schließlich sagte Kalis, oder wohl eher das, was aus ihm geworden war: »Er ist Skandar gefolgt, um ihn zu überzeugen, nicht nach Eldir zu gehen und uns stattdessen weiter zu bekämpfen.«

»Dann ist er auf dem Weg ins Hochland, zu diesem Zauberer?«

Der Schatten lauschte für einen Moment in seinen Gastkörper hinein, dann nickte er. »Kalis war auch bei der Prinzessin. Bei dieser Gelegenheit hat sie ihn gebeten, sie aus der Burg zu bringen.«

Die kurze Beschreibung, wie das Mädchen gestern die Burg verlassen hatte, hörte der Herr der Schatten kaum noch. Zu sehr brodelte der Zorn in ihm. Er hatte sie gehabt! Und dieser alte Mann hatte sie ihm wieder genommen. Wenn er nur etwas früher zu dem Schluss gekommen wäre, dass Rayne diejenige sein könnte, die er brauchte, hätte er ihrer bereits in Naranor habhaft werden können. Gleich nachdem er mit ihrer Mutter fertig gewesen war. Er betrachtete den grauhaarigen Krieger, dann wedelte er mit der Hand. »Such dir einen jungen, kräftigen Körper«, befahl er dem Schatten.

Während der einstige Kommandant das Haupt neigte und »Ja, Herr« sagte, zog sich der dunkle Nebel bereits unter Kalis' Haut zusammen, kroch aus den Poren und stieg in einer sich immer weiter verdichtenden Wolke in die Luft. Erneuter Schrecken zeichnete die Züge des alten Kriegers. Dann trübte sich sein Blick und brach. Er war tot, noch bevor sein Körper den Boden berührte. Der Schatten schoss aus dem Saal, auf der Suche nach einem neuen Gefäß.

Der Herr der Schatten wandte sich an seinen verbliebenen Krieger. »Lass mehrere Trupps zusammenstellen«, befahl er. »Sie sollen die Wege ins Hochland absuchen. Auch die menschlichen Soldaten sollen sich an der Suche beteiligen. Sorgt nur dafür, dass jedem Trupp mindestens ein Schatten angehört. Lasst durchsickern, dass Skandar die Prinzessin verschleppt hat. Offiziell lautet der Befehl, beide zurück nach Valin zu bringen. Ich erwarte, dass nur das Mädchen lebend hier ankommt.«

33

Am Abend des achten Tages nach ihrem Aufbruch aus Valin erreichten Darragh und seine Männer Tarrel. Die Hafenstadt zog sich in einem langen Streifen an der Küste entlang. Die äußeren Bereiche gehörten den Fischern, danach kamen die Trockendocks der Bootsbauer, gefolgt vom Hafen, der den größten Teil der Stadt einnahm. Hinter dem Hafen gab es mehrere Gasthäuser, in denen Reisende ein Bett für die Nacht finden konnten, ganz gleich, ob sie gerade von einem Schiff kamen oder auf eines wollten. In den Gassen, die sich vom Hafen fort weiter ins Landesinnere zogen, reihten sich die Stände der Fischhändler aneinander, durch die die ohnehin schon engen Gassen noch enger wurden. Fuhrwerke mit Waren ruckelten in einer endlosen Kolonne über das Kopfsteinpflaster zum Hafen hinunter oder vom Hafen kommend den Hügel hinauf in Richtung der Stadttore. Über der ganzen Stadt lag der Geruch von Meerwasser, Algen und Fisch.

Schon in Valin hatten die Männer ihre Uniformen gegen schmucklose Reisekleidung getauscht, und während der vergangenen Tage hatten Darragh und Lucan ihnen immer wieder ins Gedächtnis gerufen, sich nicht wie Soldaten zu benehmen. Zu Darraghs Überraschung fiel es seinen Kriegern viel schwerer, als er angenommen hatte, die jahrelang antrainierte Disziplin zu vergessen.

Sitzt nicht so aufrecht. Lasst den Bart und das Haar wachsen. Achtet darauf, dass eure Gewänder sauber, aber nicht übertrieben sauber sind. Seid nicht zu jedem höflich. Und vergesst, um Himmels willen, die höfischen Umgangsformen!

Als Darragh die Männer in einem der beiden Schlafsäle, die sie in einer Schenke mit dem klangvollen Namen *Weltumsegler* angemietet hatten, zusammenrief, erinnerte er sie noch einmal an all die Dinge, die er ihnen seit Tagen eintrichterte. Anfangs hatte er noch geglaubt, seine Männer könnten als eine Gruppe Reisender durchgehen. Doch schon nach kurzer Zeit auf der Straße hatte sich gezeigt, dass ihnen das niemand abkaufen würde. Deshalb hatten Lucan und er beschlossen, sich als Söldnerhaufen auszugeben – nur, falls jemand Fragen stellte.

»Vergesst nicht«, rief Darragh den Männern noch einmal ins Gedächtnis, »wir sind Söldner, und ich bin Dar, euer Hauptmann.«

Während die Männer sich aufteilten, um sich in den Straßen umzuhören, führte Darraghs Weg zum Hafen. Zu seinem Leidwesen hatte die Hafenmeisterei bereits geschlossen. Lucan gelang es allerdings, einen Mann aufzutreiben, der ihnen zumindest sagen konnte, dass das nächste Schiff nach Cymholt in vier oder fünf Tagen ablegen würde. Die *Stolz von Tharennia*, ein großes Handelsschiff, lag am Ende des Anlegers. Die Segel waren ebenso eingeholt wie die Landungsbrücke und das Deck bis auf zwei Wachen verlassen.

»Sind bereits Passagiere an Bord?«, fragte Lucan den Mann.

Der schüttelte den Kopf. »Du warst wohl noch nie auf einem Schiff, Junge. Sonst wüsstest du, dass es Unglück bringt, die Passagiere so früh an Bord zu lassen. Erst am Tag des Ablegens, keinen Tag früher.«

Das war eine gute Nachricht. Seeleute waren ein abergläubisches Volk, weshalb Darragh bezweifelte, dass es für den Brudermörder eine Ausnahme geben würde. Natürlich hätte er sich an Bord schleichen können, doch das Risiko entdeckt und vom Schiff geworfen statt mitgenommen zu werden, war Khardal vermutlich zu groß. Wahrscheinlich wähnte er sich in

Sicherheit und wartete in einer Schenke darauf, an Bord gehen zu können.

Wann das letzte Schiff nach Cymholt ausgelaufen war, wusste der Mann nicht. Das konnte ihnen nur der Hafenmeister beantworten. Fürs Erste war Darragh jedoch mit den Informationen zufrieden. Über Nacht postierte er vorsichtshalber ein paar Männer am Hafen, die die *Stolz von Tharennia* im Auge behalten sollten.

Am nächsten Morgen gingen Darragh und Lucan erneut zur Hafenmeisterei, während seine Männer ihr Glück weiterhin in den Straßen, Geschäften und Gasthäusern versuchen sollten. Vom Hafenmeister erfuhren sie, dass das letzte Schiff nach Cymholt vor fünf Wochen ausgelaufen war. Darragh dankte dem Mann und verließ das Büro.

Kaum dass er draußen und die Tür hinter ihm zugefallen war, blieb er fluchend stehen. »Fünf Wochen! Das hätte er schaffen können!« Es würde zeitlich auch mit den Berichten der Leute zusammenpassen, die ihn gesehen hatten.

»Was machen wir jetzt?«, wollte Lucan wissen.

»Wir beten, dass er in ein paar Tagen an Bord der *Stolz von Tharennia* gehen wird – und uns direkt in die Arme läuft.«

»Dann warten wir ab?«

Darragh nickte. »Drei Männer sollen Tag und Nacht den Hafen und das Schiff im Auge behalten. Der Rest durchkämmt mit mir die Stadt.« Was er nicht aussprach, was ihm aber durchaus Kopfzerbrechen bereitete, war die Tatsache, dass der Mistkerl an Bord jedes verdammten Schiffs mit jedem verdammten Ziel hätte gehen können. Dass sie sich nur auf Cymholt konzentrierten, lag einzig und allein daran, dass es ihr einziger Anhaltspunkt war. Khardal hätte genauso gut das erstbeste Schiff, das einen der südlichen Häfen Tharennias anlief, nehmen und von dort aus weiter nach Cymholt fahren können. Das würden sie jedoch nie herausfinden. Alles, was sie in Erfahrung bringen konnten, war, ob er noch hier war und ob er vorhatte, an Bord der *Stolz von Tharennia* zu gehen.

Tagelang suchten sie alles ab, fragten sich in den Schenken, Geschäften und auf dem Markt durch und machten auch vor den Hurenhäusern nicht halt. Ohne Erfolg. Am Abend des vierten Tages nahmen Darragh, Lucan und eine Handvoll Männer gerade eine Abendmahlzeit im *Weltumsegler* ein, als ein rundlicher Mann zu ihnen an den Tisch trat. Hastig zog er sich die Kappe vom Kopf und drückte sie gegen seinen stattlichen Bauch.

»Seid Ihr die Männer, die nach dem mit der Narbe suchen?«, fragte er in die Runde.

Lucan nickte. »Die sind wir.«

»Mein Name ist Quarren, ich bin Weinhändler, ich handle mit den edelsten Tropfen.«

Der Mann wollte noch mehr sagen, doch Darragh, dessen Geduld in den letzten Tagen mehr und mehr geschwunden war, kam ihm zuvor. »Deinen Wein in allen Ehren, aber uns interessiert nur, was du über diesen Mann zu sagen hast.« Im Schankraum war es laut. Gelächter, Gespräche und Gesänge erfüllten die von Aledunst, Eintopf und Pfeifenrauch geschwängerte Luft und machten es schwer, mehr als die eigenen Worte zu verstehen. Deshalb bedeutete Darragh dem Händler, sich neben ihm auf die Bank zu setzen. »Hast du ihn gesehen? Ist er hier?«

Quarren ließ sich mit einem Seufzer auf die Bank fallen. Für einen Moment schien er nicht zu wissen, wohin mit seiner Kappe. Er machte Anstalten, sie auf den Tisch zu legen, überlegte es sich dann aber anders und legte sie in den Schoß. Darragh gab einem seiner Männer ein Zeichen, woraufhin dieser einen leeren Humpen nahm, etwas Wein aus dem Krug einschenkte und Quarren über den Tisch zuschob. Während der Händler trank – wobei er mehr wie ein Verdurstender wirkte als jemand, der mit den edelsten Tropfen handelte –, tauschte Darragh einen Blick mit Lucan. Seine eigene Ungeduld spiegelte sich in Lucans Augen wider, gepaart mit derselben Hoffnung. Einer Hoffnung, die sie während der vergangenen Tage jedes Mal gehabt hatten, wenn jemand behauptete, den Brudermörder gesehen zu haben. Und jedes Mal war sie aufs Neue zerschlagen worden. Die Hinweise waren entweder derart vage gewesen, dass sie nichts damit anfangen konnten, oder aber es war ziemlich schnell deutlich geworden, dass ihr Gegenüber Khardal noch nie zu Gesicht bekommen und es lediglich auf ein paar Münzen Belohnung abgesehen hatte.

Quarren hatte seinen Humpen geleert und schob ihn von sich. »Ich habe ihn gesehen«, sagte er. »Den mit der Narbe.«

»Beschreibt ihn genauer«, verlangte Lucan, der offenbar ebenso wenig Lust auf eine weitere Lüge verspürte wie Darragh. »Wie sah er aus?«

»Groß, goldenes Haar, Gewänder eines Reisenden. Trägt ein Schwert an der Seite. Lange Narbe über der rechten … nein, der linken Gesichtshälfte.« Mit dem Finger deutete er den Verlauf der Narbe an, der – ebenso wie die restliche Beschreibung – weitaus treffender war als bei jedem anderen, der bisher behauptet hatte, Khardal gesehen zu haben.

»Das könnte er sein«, sagte Lucan.

Darragh nickte. »Wo hast du ihn gesehen? In einer Schenke?«

»Auf ihn ist doch sicher eine Belohnung ausgesetzt«, meinte der Händler trocken. Sein Blick glitt zu seinem leeren Humpen. Auf Darraghs Wink hin füllte einer der Männer ihn erneut. Es kostete Darragh Mühe, seine aufkommende Wut zu unterdrücken, denn er war es nicht gewohnt, dass die Menschen für eine Auskunft bezahlt werden wollten. Normalerweise wussten sie, mit wem sie es zu tun hatten, und rückten freiwillig mit der Sprache raus. *Wir sind Söldner*, rief er sich ins Gedächtnis und nickte Lucan knapp zu.

Lucan griff in einen Lederbeutel an seinem Gürtel und fischte drei Goldmünzen heraus. Er beugte sich über den Tisch und hielt Quarren die zwischen seinen Fingern aufgefächerten Münzen vors Gesicht. »Wo?«

Der Händler leerte seinen Becher ein weiteres Mal, ohne dabei die Münzen, die er über den Rand hinweg fixierte, auch nur für einen Moment aus den Augen zu lassen. »Nicht hier in der Stadt«, sagte er, als er den Becher abstellte. »Westlich der Steppe von Sola. Er wollte Vorräte von mir kaufen, ich hatte aber nur ein paar Äpfel übrig.«

»Wisst Ihr, wo er hinwollte?«

Quarren fixierte Lucan, bis dieser eine weitere Münze hervorzog. »Er befand sich auf der Straße in Richtung Latmeria, etwa zwei Tagesreisen von der Stadt entfernt. Das war vor drei Wochen.«

Das war eine wertvolle Information. Jetzt wusste Darragh mit Sicherheit, dass Khardal das letzte Schiff nach Cymholt unmöglich genommen haben konnte. Es war nicht viel, aber es war eine erste Spur. Und die führte nach Latmeria.

34

Der Herr der Schatten hatte gerade die Tür seines Schlafgemachs hinter sich geschlossen, als er spürte, dass einer seiner Diener versuchte, Kontakt zu ihm aufzunehmen.

Mit einem Wink löschte er die Kerzen im Raum und richtete seinen Blick auf die dunkelste Stelle, eine Ecke neben dem erkalteten Kamin. In die Finsternis kam Bewegung, zunächst wabernd und flackernd wie Nebel, dann schien sie zunehmend an Substanz zu gewinnen, als sich das Abbild einer menschlichen Gestalt darin manifestierte, die das Gesicht von Prinz Darraghs Freund und Stellvertreter trug. Tatsächlich waren die menschlichen Hüllen, die die Schatten trugen, die einzige Möglichkeit, seine Diener auseinanderzuhalten. In ihrer Schattengestalt sahen sie nicht nur gleich aus, sondern klangen auch einer wie der andere. *Nun, bald werden sie wieder in ihrer gewohnten Gestalt unter uns sein.* Die Schatten schienen sich jedoch nicht daran zu stören, dass er sie nie bei den Namen nannte, die sie zu ihren Lebzeiten getragen hatten.

»Herr«, sagte der Schatten, der Lucans Gesicht trug. »Skandar ist nicht hier. Ein Händler hat ihn zuletzt auf dem Weg nach Latmeria gesehen. Vor einigen Wochen.«

Natürlich war Skandar nicht in Tarrel, das wusste der Herr der Schatten selbst. Den Prinzen in die Hafenstadt zu schicken, war nichts weiter als ein Ablenkungsmanöver gewesen.

»Was hast du sonst zu berichten?«

»Der Prinz will zwei Männer am Hafen zurücklassen, falls er doch noch auftaucht, und mit dem Rest in Richtung Latmeria ziehen. Soll ich ihn aufhalten?«

Der Herr der Schatten schüttelte den Kopf. »Lass ihn ziehen, vielleicht kann er uns noch nützlich sein. Falls er sich dem Hochland nähert, will ich es wissen. Ansonsten warte auf weitere Befehle.«

»Ja, Herr.«

Der Schatten neigte das Haupt. Sein Herr schnippte einmal mit den Fingern, dann war der Diener verschwunden und hinterließ nichts als das gewöhnliche Dunkel der Nacht.

35

Am Morgen nachdem Rayne zu Skandar gestoßen war, brachen sie gemeinsam in Richtung Lantar auf. Die Straße wand sich wie ein endloses, graues Band durch das Gebirge, führte mal bergauf, dann wieder bergab. Von Zeit zu Zeit durchquerten sie ein schattiges Tal oder kamen an sanft ansteigenden Bergwiesen vorüber. Wann immer sie an einen Bach kamen, hielten sie an, um die Pferde zu tränken und ihre Wasserschläuche zu füllen. Sie begegneten nicht vielen Menschen, doch wenn ihnen jemand entgegenkam – zumeist waren es Händler oder Bauern –, zogen sie ihre Kapuzen tief ins Gesicht. Es war noch immer kühl, doch die durchdringende Kälte, die Rayne seit ihrer Ankunft in Valin verspürt hatte, war von ihr gewichen.

Eyron wusste, dass sie ins Hochland reiten würden, Rayne hatte es ihm selbst erzählt. Da es also nur eine Frage der Zeit war, bis die Schatten ihre Spur wieder aufnahmen, hielten sie die Pausen kurz und ritten, so schnell es das Gelände zuließ. Wenn sie Glück hatten, gewannen sie einen oder zwei Tage, während derer die Schatten Skandar auf der Straße nach Eldir suchen würden. Mit etwas weniger Glück waren sie ihnen bereits auf den Fersen.

In der Nacht, nachdem sie Skandar eingeholt hatte, war Rayne in seinen Armen eingeschlafen, noch während sie beide den Schweifstern betrachtet hatten. Seitdem waren sie einander nicht noch einmal so nah gekommen. Es war seltsam, denn bisher hatte Rayne der unbefangenen Nähe zwischen ihnen keine besondere Beachtung geschenkt. Wie oft hatten sie einander während ihrer gemeinsamen Reise berührt, kleine Gesten des Trosts und der Freundschaft, ohne dass es ihr wirklich aufgefallen war? Jetzt jedoch wurde ihr das Fehlen dieser Nähe bewusst. Skandar hatte sich verändert. Rayne hatte nicht erwartet, dass es spurlos an ihm vorübergehen würde, was sie über Eyron herausgefunden hatte. *Sein eigener Bruder will ihn tot sehen!* Sie hatte erwartet, dass er nachdenklich oder ernst sein würde. Womit sie nicht gerechnet hatte, war, dass er sich auch ihr gegenüber anders verhalten würde. Er benahm sich weniger unbefangen, schien regelrecht Abstand zu halten und wich jeder Berührung aus. All die kleinen freundschaftlichen Gesten der letzten Wochen schienen ihm plötzlich unangenehm zu sein. Einmal, als sie ihm die Hand auf den Arm legte, um ihn auf eine Abzweigung aufmerksam zu machen, spürte sie, wie sein Arm unter ihrer Berührung zuckte. Als wollte er ihn wegziehen. Zu einer anderen, ähnlichen Gelegenheit fiel ihr auf, dass er den Atem anhielt, bis sie ihre Hand zurückzog. Er machte keine Scherze mehr und auch seine augenzwinkernden Schmeicheleien gehörten der Vergangenheit an. Auf ihre Versuche, ihn zu einem Wortgefecht herauszufordern oder zu einem Wettkampf zu bewegen, wer die verrücktesten Einfälle zum Tyrannen unter dem Fels hatte, ging er nicht ein. Lediglich einmal hatte er eine Erwiderung darauf, die sie jedoch alles andere als unterhaltsam fand: »Vielleicht hat ihm jemand genommen, was er liebte.« Sie wusste, dass ihm Eyrons Verrat zu schaffen machen musste. Dafür hatte sie auch Verständnis. Was sie jedoch nicht verstand, war, warum er sich deshalb auch von ihr zurückzog.

Nach sechs Tagen erreichten sie Lantar. Die Stadt, die sich selbst den Namen *Das Tor zum Hochland* gegeben hatte, schien Rayne eher ein Hinterausgang zu sein. Im Schatten eines hohen Felsmassivs, das wie ein zum Sprung ansetzender Riese über der Stadt kauerte, wirkten die Fachwerkhäuser beinahe furchtsam. Die Stadtmauer war gerade einmal zwei Meter hoch, lächerlich niedrig, wie Rayne fand, und vollkommen nutzlos, wenn es jemand darauf anlegte, die Stadt zu erobern. Andererseits, wer sollte schon Interesse daran haben, diese Ansammlung düster wirkender Häuser einzunehmen?

In angemessener Entfernung zum Stadttor zügelten sie die Pferde und saßen ab. Die Tiere hinter sich herführend, legten sie das letzte Stück zu Fuß zurück. In der Nacht hatte es zu regnen begonnen. Inzwischen war der strömende Regen zu einem feinen Nieseln abgeklungen, Raynes Umhang jedoch war noch immer nass, die Gewänder darunter klamm.

Kurz vor dem Tor war sie versucht, sich die Kapuze tiefer ins Gesicht zu ziehen. Skandar jedoch deutete auf die wenigen Leute, die vor ihnen auf Einlass warteten. Jeder, der seine Kapuze nicht selbst abstreifte, wurde von den Wachen dazu aufgefordert.

»Werden sie Euch erkennen?«, fragt Rayne.

Er zuckte die Schultern. »Nicht, solange nicht einer von Eyrons Männern aus Valin unter ihnen ist.«

Als der Mann vor ihnen an den Wachen vorbei in die Stadt ging und der Wachmann Skandar und Rayne zu sich winkte, ließ sie ihren Blick über den aufgeweichten Boden gleiten und blieb an einem Haufen Pferdemist hängen. Ihr kam eine Idee.

»Geht so dicht an den Mann heran, dass er gezwungen ist, einen Schritt zurück oder zur Seite zu machen«, raunte sie Skandar zu.

Der Nordländer hielt mit ausgreifenden Schritten auf die Wache zu, schnell und energisch. Tatsächlich wich der Mann mit der Hellebarde einen Schritt zurück. Im selben Moment, in dem er sich bewegte, griff Rayne nach ihrer Energie. Sie lenkte ihre Kraft in den Pferdemist. Ein Blick genügte und die Energie setzte den Haufen in Bewegung. Lautlos rutschte er an die Stelle, an der der Wachmann seinen Fuß wieder aufsetzte. Fluchend machte er einen weiteren Schritt zur Seite und versuchte, den Mist von seinen Stiefeln zu streifen, ein sinnloses Unterfangen in all dem Matsch. Skandar und Rayne waren vor ihm stehen geblieben und beobachteten den ungelenken Tanz, den der Mann aufführte.

»Hört auf zu glotzen!«, fuhr der Wachmann sie an. »Seht zu, dass ihr weiterkommt, schadenfrohes Pack!«

Die Hufe klapperten auf dem regennassen Kopfsteinpflaster, als sie die Pferde durch das Tor führten. Die Stadt war noch weniger imposant, als es von außen den Anschein gemacht hatte, die Straßen und Gassen waren eng und schmutzig, viele der Häuser halb zerfallen.

An einem Mietstall ließen sie ihre Pferde zurück – es kostete sie zwei Münzen extra, damit der Stallbursche sich dazu bereit erklärte, die Tiere auch zu füttern und zu tränken – und setzten ihren Weg in Richtung Markt zu Fuß fort. Seit Rayne mit Skandar unterwegs war, hatten sie Menschen gemieden und waren die meiste Zeit auf verlassenen Pfaden unterwegs gewesen. Schon die gemeinsame Reise mit Kommandant Navra und seinen Männern war Rayne wie eine Störung der Ruhe vorgekommen, und obwohl sie nicht viel davon gesehen hatte, war ihr auch Eyrons Burg laut und hektisch erschienen. Das alles war nichts gegen Lantar. Die Stadt mochte noch so trist und trostlos erscheinen, die Sinneseindrücke, die auf Rayne einprasselten, seit sie das Tor durchschritten hatten, überforderten sie beinahe. Der Lärm von spielenden Kindern, Frauen, die sich lautstark unterhielten, irgendwo stritten ein paar Männer, und aus der offenen Tür einer Schenke schnappte sie die Melodie eines Lautenspielers auf. Händler priesen aus vollem Hals ihre Waren an, Hufschlag und das Rattern von Fuhrwerken hallten von den Häuserwänden wider. Zu den Geräuschen mischten sich Gerüche von Eintopf, Pferdemist, Obst und Blumen, Schweiß und Duftwasser und unzähligen anderen Dingen, die Rayne nicht einmal benennen konnte.

Obwohl sich ein Teil von ihr nach einem trockenen Zimmer und einer warmen Mahlzeit sehnte, war sie froh, dass sie sich entschieden hatten, nicht in der Stadt zu verweilen. Schon vor Tagen hatten sie sich darauf geeinigt, lediglich lange genug zu bleiben, um frische Vorräte zu kaufen, und ihr Lager lieber außerhalb der Mauern aufzuschlagen.

Der Marktplatz war nicht mehr weit, Rayne konnte in der Ferne bereits die ersten Zeltplanen der Stände ausmachen, die im Wind flatterten, als Skandar einen gedämpften Fluch ausstieß. Rayne entdeckte den Grund dafür sofort: Eine Kompanie Stadtwachen kam ihnen entgegen. Hektisch sah sie sich nach einem Versteck um, als Skandar nach ihrem Arm griff.

»Spielt mit«, raunte er. Dann wirbelte er sie herum und drückte sie gegen eine Hausmauer. Ein Holzbalken bohrte sich in ihren Rücken, geriet jedoch einen Atemzug später in Vergessenheit, als Skandar ihr Gesicht in beide Hände nahm und sie küsste. Rayne hatte das Gefühl, dass ihr der Boden unter den Füßen weggezogen wurde, und wenn sie nicht mit dem Rücken an der Hauswand gelehnt hätte, wäre sie vermutlich ins Taumeln geraten.

Seine Lippen waren warm und lebendig, sein Kuss lang und leidenschaftlich. All die Veränderungen, die sie während der letzten Tage an ihm bemerkt hatte, waren wie weggeblasen. Der Mann, der sie küsste, war wieder der warmherzige und temperamentvolle Mann, den sie kennengelernt hatte.

Ich gehöre doch zu Eyron, meldete sich eine Stimme in ihrem Kopf zu Wort, die sofort von einer anderen zum Schweigen gebracht wurde: *Was denkst du da?* Nach allem, was sie inzwischen erfahren hatte, würde sie Eyron ganz sicher nicht heiraten. Aber was bedeutete das für Skandar und sie? Hatte es überhaupt eine Bedeutung? Sie spürte die Wärme seiner Hände auf ihren Wangen, die sanfte und zugleich fordernde Berührung seiner Lippen auf ihren. Ihr Herz hämmerte beinahe schmerzhaft in ihrer Brust, und irgendwo am Rand ihres Bewusstseins lauerte die Erkenntnis, warum sie Skandar wirklich vermisst hatte, nachdem Eyron ihn fortgeschickt hatte.

Ihre Knie wurden weich, und ihre Hände zitterten, als sie ihre Finger in den Stoff seines Umhangs krallte.

Nur am Rand war sie sich der Wachen gewahr, die hinter ihnen vorübermarschierten, ohne Notiz von ihnen zu nehmen. Selbst, als die Männer bereits vorbei waren, gab Skandar sie nicht sofort frei. Als er es schließlich tat, fühlte Rayne sich wie benommen.

»Was war das?«

»Männer aus Valin.« Skandars Gesicht war noch immer dicht an ihrem, seine Hände ruhten auf ihren Wangen. Mit einem Daumen strich er sanft über ihre Haut. »Sie hätten mich erkannt.«

Ohne sich von ihm zu lösen, griff Rayne nach seiner Kapuze und zog sie ihm über den Kopf. »Versucht es das nächste Mal doch einfach damit.«

Skandars plötzliches Lächeln ließ ihr Herz noch schneller schlagen. Wie sehr hatte sie dieses Lächeln in den letzten Tagen vermisst! »Meine Tarnung hat mir besser gefallen«, gab er ungerührt zurück. Sein Blick war so intensiv und sagte so viel mehr als all seine Worte der letzten Tage. »Außerdem wäre es ziemlich auffällig gewesen, mir so plötzlich die Kapuze ins Gesicht zu ziehen.«

Er sah Rayne an, bis sie unruhig wurde. »Was ist? Noch mehr Soldaten?«

»Leider nicht.«

Dann veränderte sich etwas in seinem Blick, die Wärme und der Anflug von Humor darin schwanden. Er ließ sie los und trat einen Schritt zurück. Schlagartig war die Mauer wieder da, die er während der letzten Tage zwischen ihnen aufgebaut hatte. Rayne stolperte fast in die plötzliche Leere vor sich. Sie wollte noch nach Skandar greifen, ihn zurückhalten, doch er war schon wieder auf den Weg getreten, und seine Miene war so verschlossen, dass sie es nicht wagte, etwas zu sagen.

Sie erledigten ihre Besorgungen, ohne weiteren von Eyrons Kriegern zu begegnen, und kehrten mit zwei Bündeln voller Brot, Käse, Schinken und Obst zu ihren Pferden zurück. Sie standen vor dem Stall und teilten alles auf die Packtaschen auf, während Rayne fieberhaft darüber nachdachte, wie sie Skandar auf sein Verhalten ansprechen sollte.

Sein Kuss hatte ihre Gefühle vollkommen in Aufruhr versetzt, und dann behauptete er, dass es nichts weiter als Tarnung gewesen sei? Sie wusste nicht, was sie mehr verletzte: dass es wahr sein könnte oder dass er log.

»Skandar, das kann so …« Raynes Worte erstarben, als sie die Rufe in ihrem Rücken vernahm.

»Da!«, brüllte ein Mann. »Das sind sie! Der Prinzessin darf nichts geschehen!«

Ein halbes Dutzend Männer kam aus Richtung des Marktplatzes auf sie zugelaufen. Ihre Uniformen zierte nicht das Wappen von Lantar, sondern Eyrons silbergrauer Berg. Männer aus Valin. Rayne vermochte nicht zu sagen, ob Schatten unter ihnen waren, und vielleicht war das auch gar nicht von Belang. Gefährlich waren sie so oder so.

Sie warf einen hastigen Blick die Straße entlang. Nicht weit entfernt, hinter einer Biegung, lag das Stadttor. Sie konnten es schaffen. Dann sah sie die Armbrust in der Hand eines der Männer.

Skandar hatte sie ebenfalls gesehen. »In den Stall!« Er packte sie und schob sie vor sich her. Zwei Stallburschen kamen ihnen aufgeregt entgegengelaufen. »Wenn ihr leben wollt, haut ab!«

Das ließen sich die beiden nicht zweimal sagen. Sobald sie draußen waren, schloss Skandar hinter ihnen das Tor. Schlagartig wurde es dunkel. Rayne zog die Kristallsonne unter ihrem Kragen hervor und strich mit dem Finger darüber. Blaues Licht flammte auf, hell genug, um sie ihre Umgebung erkennen zu lassen.

»Und jetzt?«

Skandar sah sich um. Sein Blick blieb an einem niedrigen Heuboden hängen, keine drei Meter über ihnen. »Da hinauf! Zieht die Leiter hinter Euch hoch, wenn Ihr oben seid!«

»Was ist mit Euch?«

»Ich werde unsere Gäste in Empfang nehmen.«

Rayne kletterte die Leiter hinauf und zog sie hinter sich nach oben. Ihr Blick fiel auf die Berge von trockenem Stroh. Was, wenn die Soldaten die Türen von außen verschlossen und den Stall in Brand steckten? Nein, das würden sie nicht tun. Sie wollten sie lebend.

Unten wedelte Skandar mit der Hand. »Macht das Licht aus und versteckt Euch!«

»Ich habe eine bessere Idee.« Seine Worte ignorierend kroch sie ein Stück nach vorne. »Wenn ich *Jetzt* rufe, schließt die Augen.«

Er runzelte die Stirn. »Der Blendtrick?«

»Genau der.« Alle anderen Zauber würden sie nur wieder zu viel Kraft kosten. Dieser hingegen war perfekt, abgesehen davon hatte er schon bei Dainn und Bär hervorragend funktioniert. Er war nicht nur wirksam, sondern benötigte auch nur wenig Energie.

Skandar zog sein Schwert und bezog an der Wand neben dem Tor Stellung. Sie wechselten einen Blick, und als Skandar nickte, strich Rayne über das Medaillon. Das Licht erlosch und der Stall versank in Dunkelheit. Einzig der Umriss des Tors, durch dessen Spalten das trübe Tageslicht sickerte, war deutlich auszumachen. Draußen kamen die Schritte näher.

Rayne rief ihre Energie und ließ sie durch ihren Körper strömen. Ihre Finger lagen noch immer auf der Kristallsonne. Sie war bereit.

Als das Stalltor endlich aufflog, hätte sie vor Schreck beinahe ihre Energie freigelassen. Sie biss sich auf die Lippe und konzentrierte sich. Eyrons Krieger stürmten herein, die

Schwerter erhoben blieben sie im Zwielicht in einem Halbkreis stehen und sahen sich um. Skandar, der neben dem Tor lediglich als eine dunkle Silhouette auszumachen war, verharrte reglos. Einer plötzlichen Eingebung folgend richtete Rayne ihren Blick auf das offene Tor. Sie hob ihren Arm und ließ Energie in ihre Hand fließen. Als sie sie freiließ, machte sie gleichzeitig eine Geste, als wollte sie jemanden zu sich heranwinken. Die Energie traf das Tor und verwandelte sich durch die Kraft ihrer Konzentration in Magie. Krachend schlug das Tor zu und der Stall versank in erneuter Dunkelheit.

Die Männer fuhren herum. Rayne hörte das Knirschen ihrer Schritte, durchbrochen von aufgeregtem Flüstern. Sie legte ihre Finger auf das Medaillon.

»Jetzt!« Erneut setzte sie Energie frei und lenkte sie in die Kristallsonne. Als sie das Medaillon aktivierte, schloss sie ebenfalls die Augen. Die Wirkung war beeindruckend. Schon im Wald war es ihr hell und strahlend vorgekommen, das gleißende Licht jedoch, das jetzt durch ihre fest geschlossenen Lider drang, erschien ihr um ein Vielfaches heller.

Unten schrien die Männer auf. Rayne hörte hektische Schritte, gepaart mit dem Klirren von Kettenhemden und heftigen Flüchen. Als das Licht abebbte und nur noch das kaltblaue Glimmen des Sonnenamuletts blieb, öffnete Rayne die Augen. Die Männer taumelten mit erhobenen Schwertern umher, die freie Hand vor die Augen haltend, und versuchten, sich zu orientieren. Skandar trat vor. Zwei Schläge mit dem Heft seines Schwertes, dann hatte er die ersten beiden Männer ausgeschaltet. Überrascht und zugleich erleichtert registrierte Rayne, dass er sie nicht tötete, sondern lediglich kampfunfähig machte. Wenn Schatten unter ihnen waren, schützte er die Körper der Männer, die die Kreaturen geraubt hatten. Waren es normale Soldaten, die lediglich dem Befehl ihres Herrn folgten, hatten sie ebenfalls den Tod nicht verdient.

Diejenigen, die die Strafe verdient hätten, waren für Rayne und Skandar nicht greifbar.

Skandar schaltete zwei weitere Männer aus und wandte sich gerade den letzten beiden zu, als hinter ihm die Tür aufflog und vier weitere Krieger hereinstürmten. Er fuhr herum, die geblendeten Männer in seinem Rücken ignorierend, und wandte sich den Neuankömmlingen zu, die mit erhobenen Waffen auf ihn zukamen. Mit dem Schwert fing er den ersten Angriff ab. Stahl klirrte auf Stahl. Skandar wirbelte herum, schlug ein weiteres Schwert zurück und wich mit einer Drehung dem dritten Angreifer aus. Der vierte bewegte sich seitlich zu ihm, und Rayne erkannte schnell, dass er versuchte, aus Skandars Blickfeld zu gelangen. Skandar wich einige Schritte zurück, bis er mit dem Rücken zur Wand stand. Mit einem Ausfallschritt und einem schwungvollen Hieb drängte er den Krieger zurück, der ihm am nächsten gekommen war. Während die drei Männer ihn beschäftigten, kam der vierte langsam näher. Rayne erkannte, dass Skandar wusste, dass er da war. Sie sah es an seinen zur Seite zuckenden Blicken, mit denen er versuchte, den Mann im Auge zu behalten. Dass änderte jedoch nichts daran, dass er sich ihm nicht zuwenden konnte, ohne einem der anderen drei seine Deckung zu öffnen.

Hieb um Hieb prallten die Klingen aufeinander. Skandar hatte einen langen Dolch gezogen, mit dem er die Schwertstreiche seiner Angreifer abfing und sie ablenkte, während er mit dem Schwert zustieß. Er war schnell und geschickt, das rettete ihn mehr als einmal vor einem Treffer. Im Versuch, sich die drei vom Leib zu halten und zugleich dem vierten keine Angriffsfläche zu bieten, war er gezwungen, sich wieder von der Wand wegzubewegen. Mit mehreren schnellen Schritten, begleitet von wilden, wuchtigen Schwerthieben, warf er sich seinen Gegnern entgegen und zwang sie, zurückzuweichen. Rasch wechselte er seine Position, um zu verhindern, dass der vierte Krieger hinter ihn gelangen konnte. Dass er angriff, konnte er jedoch nicht mehr verhindern.

»Links!«, rief Rayne. »Vorsicht!«

Skandar wirbelte herum. Das Schwert seines Angreifers raste auf ihn zu, und als er merkte, dass er die Klinge nicht mehr rechtzeitig abfangen konnte, warf er sich auf den Boden. Die gegnerische Waffe zischte über ihm durch die Luft. Skandar rollte sich zur Seite, keinen Herzschlag zu spät, denn ein weiteres Schwert krachte dort, wo eben noch sein Kopf gewesen war, in den Boden. Dann sprang er auf und stieß sein Schwert noch in derselben Bewegung nach vorne. Die Klinge bohrte sich in den Leib seines Angreifers. Skandar zog das Schwert zurück und der Krieger sackte in die Knie. Einem weiteren, der seitlich näher gekommen war, drosch er den Ellbogen ins Gesicht, als er sein Schwert wieder in Position brachte. Ein hässliches Knirschen ertönte und der Mann taumelte mit blutender Nase rückwärts zu Boden.

Die beiden verbliebenen Angreifer versuchten erneut, Skandar in die Zange zu nehmen. Während der eine auf ihn eindrang und ihn mit mehreren heftigen Attacken zur Abwehr zwang, nutzte der andere die Gelegenheit, in seinen Rücken zu gelangen.

Rayne wollte nach ihrer Energie greifen, erkannte jedoch, dass ihr keine Zeit dafür blieb. Das Schwert des Mannes würde Skandar durchbohren, noch bevor sie ihren Zauber gewirkt hatte. Ohne nachzudenken, tat sie das Einzige, das ihr möglich erschien. Sie stieß sich vom Heuboden ab und sprang dem Angreifer auf den Rücken. Von ihrem Schwung mitgerissen, taumelte er nach vorne, dann gingen sie beide zu Boden. Der Aufprall war so hart, dass es Rayne die Luft aus der Lunge presste. Keuchend rollte sie sich herum und hielt nach dem Kerl Ausschau. Erschrocken stellte sie fest, dass er bereits wieder auf die Beine kam. Skandar war noch immer mit dem anderen beschäftigt!

Rayne warf sich nach vorne, schlang ihre Arme um die Beine des Mannes und zog sie ihm unter dem Körper weg. Mit einem dumpfen Schlag landete er neben ihr auf dem Boden. In dem Versuch, seine Beine zu befreien, trat er nach Rayne. Sein Stiefel traf sie schmerzhaft an der Schulter. Schlagartig wurden ihre Finger taub. Dann war der Kerl frei. Rayne kämpfte sich auf die Knie und wollte sich erneut auf ihn werfen, doch das war nicht mehr nötig. Skandar hatte sich inzwischen seines Gegners entledigt. Jetzt packte er ihren Angreifer am Kragen und riss ihn nach vorne, mitten hinein in einen kraftvollen Fausthieb. Als er ihn freigab, fiel der Mann in sich zusammen, als hätte er keinen einzigen Knochen im Leib.

Skandar hielt Rayne die Hand entgegen, und als sie sie ergriff, zog er sie auf die Beine. »Ich bin wirklich froh, dass Ihr auf meiner Seite seid.«

Rayne rieb sich die Schulter, dort wo der Stiefel sie getroffen hatte. Sofort kniff er die Augen zusammen. »Seid Ihr verletzt?«

»Ich habe nur einen Tritt abbekommen. Vermutlich werde ich es überleben.«

»Das ist gut.« Er sah sich um. Ein paar der Geblendeten taumelten noch immer orientierungslos umher, während sich die ersten derjenigen, die er niedergeschlagen hatte, zu regen begannen. »Wir sollten sehen, dass wir fortkommen.«

Sie rannten zu ihren Pferden, schwangen sich in die Sättel und preschten los in Richtung Stadttor. Bevor sie die Biegung erreichten, warf Rayne noch einmal einen Blick zurück. Einer der Männer hatte sich aufgerappelt und war ihnen nach draußen gefolgt. Eine Armbrust in Händen, rannte er hinter ihnen her. Dann waren sie um die Biegung und Rayne verlor ihn aus den Augen.

Sie trieben ihre Pferde an, ohne Rücksicht auf die Menschen zu nehmen, die die Straße bevölkerten. Skandar schrie ihnen eine Warnung zu, schien sich ansonsten aber darauf zu verlassen, dass sie ihnen auswichen. Als das Tor in Sicht kam, drehte sich Rayne noch einmal um. Der Krieger mit der Armbrust hatte sich ebenfalls ein Pferd geschnappt und trieb es hinter ihnen her.

»Tore schließen!«, brüllte er den Wachen zu. Noch war er zu weit entfernt, um gehört zu werden. Rayne selbst hatte die Worte nur mit Mühe verstanden, doch je näher sie dem Tor kamen, desto größer war die Gefahr, dass jemand ihn hörte. Und selbst wenn es den Stadtwachen nicht gelang, die Tore rechtzeitig zu schließen, so konnten sie sich ihnen doch mit ihren Speeren und Hellebarden in den Weg stellen.

Der Krieger holte immer weiter auf. Als er erneut den Mund öffnete, griff Rayne nach ihrer Energie und schickte ihm einen Windstoß entgegen, der ihm die Worte aus dem Mund riss und ungehört zerstreute. Trotzdem wurden die Wachen jetzt auf sie aufmerksam. Einige rannten zu den großen Torflügeln, mussten jedoch erst die Leute zurückdrängen, die darauf warteten, eingelassen zu werden, bevor sie sie in Bewegung setzen konnten. Rayne trieb ihren Braunen weiter an. Sie würden es schaffen!

Noch einmal warf sie einen Blick nach hinten. Der Krieger hatte sein Pferd gezügelt und legte die Armbrust an. Er würde nicht auf sie schießen! Das wäre gegen seinen Befehl! Er schoss trotzdem. Und in dem Augenblick, in dem er den Bolzen abfeuerte, begriff sie, dass der Schuss nicht ihr galt. Sie sah, wie Skandar zusammenzuckte. Für einen Moment verlor er das Gleichgewicht und wäre um ein Haar aus dem Sattel gerutscht. Doch dann fing er sich wieder.

»Los!«, brüllte er ihr zu und riss sie damit aus der Starre, in die sie beinahe verfallen wäre.

Rayne richtete ihre Aufmerksamkeit wieder nach vorne. In atemberaubendem Tempo schoss der Braune durch das halb geschlossene Tor aus der Stadt. In vollem Galopp trieben sie ihre Pferde vorwärts. Von Zeit zu Zeit warf Rayne einen raschen Blick nach hinten, doch noch waren keine Verfolger zu sehen. Die Stadtwachen würden ihnen nicht folgen, ihre Aufgabe war der Schutz der Stadt. Und bis Eyrons Krieger dazu in der Lage waren, sich ihnen an die Fersen zu heften, hatten sie hoffentlich einen ordentlichen Vorsprung gewonnen.

Obwohl ihr Weg an der Stadtmauer entlang nach Süden führen müsste, dirigierte Skandar sie im Zickzackkurs voran, bis sie schließlich ein Waldstück erreichten. Auf den schmalen Wegen, die zwischen den Bäumen hindurchführten, zügelte Rayne ihr Pferd in eine langsamere Gangart und sah sich nach Skandar um. Ihr wurde eiskalt, als sie den Bolzen aus seiner Schulter ragen sah. Trotz allem hielt er sich aufrecht im Sattel. Aber wie lange noch? Sie mussten haltmachen, damit sie sich die Wunde ansehen und sie versorgen konnte. Als sie dazu ansetzte, ihm das zu sagen, schüttelte er den Kopf.

»Wir müssen weiter«, sagte er. »Sie wissen, dass wir ins Hochland wollen, deshalb werden wir uns heute Nacht hier im Wald verstecken und erst morgen weiterreiten.«

»Aber wir müssen …«

»Auch morgen bleiben wir noch im Wald. Im Laufe des Tages halten wir uns dann nach Westen, in Richtung Berge. Sie werden damit rechnen, dass wir den direkten Weg nach Süden einschlagen. Wenn wir unseren Zickzackkurs halten und stattdessen durch die Ausläufer des Gebirges reiten, verlieren wir zwar einen halben Tag oder auch einen ganzen, aber vielleicht können wir sie so abhängen.«

Er trat seinem Pferd in die Flanken und trieb es an ihr vorbei.

»Skandar!« *Der Bolzen!*

»Nicht jetzt, Rayne. Erst müssen wir unseren Vorsprung ausbauen und einen sicheren Unterschlupf finden.«

Zwei Stunden später, es war inzwischen Nachmittag geworden, entdeckte Rayne eine Höhle. Sie saß ab, um sie sich genauer anzusehen. Der Eingang war größtenteils von Büschen überwuchert und gerade breit genug für ein Pferd. Sie spähte zwischen den Zweigen hindurch.

»Da drin ist genug Platz«, rief sie Skandar zu. »Für uns und die Pferde.«

»Es ist noch ein paar Stunden hell, wir sollten weiterreiten.«

Rayne schüttelte den Kopf. »Wir sind schon viel zu lange geritten. Die Pferde können kaum noch weiter. Abgesehen davon werden wir kein besseres Versteck finden – und Eure Wunde muss versorgt werden.«

»Mir geht es gut.«

»Nein, das tut es nicht.«

Wie konnte er auch nur denken, dass sie die Schweißperlen auf seiner Stirn nicht sah? Oder dass ihr entging, wie er bei jeder Bewegung zusammenzuckte. Während der letzten Stunden war er immer wieder in sich zusammengesunken, ehe er den Rücken gestrafft und wieder eine aufrechte Haltung angenommen hatte. Der Bolzen steckte noch immer in seiner Schulter, und Rayne war froh, dass sie dem Impuls nicht nachgegeben hatte, ihn herauszuziehen. Sonst wäre Skandar womöglich verblutet, lange bevor sie ein Versteck gefunden hätten. Jetzt jedoch war sie nicht länger bereit, nachzugeben. Ganz gleich, wie sehr er auch darauf beharren mochte, dass es ihm gut ging, sie wusste, dass dem nicht so war.

Ohne auf seinen Protest zu achten, aktivierte sie den Sonnenkristall und trat in die Höhle. Im Inneren war nicht nur ausreichend Platz für sie, am hinteren Ende führte ein Gang sogar noch tiefer hinein. Rayne folgte ihm, bis er sich nach wenigen Metern zu einer weiteren, noch größeren Höhle öffnete. Das war perfekt. Hier konnten sie ein Feuer entzünden, ohne dass es jemand sah. Rasch holte sie ihr Pferd und brachte es nach hinten. Als sie zu Skandar zurückkehrte, saß er noch immer im Sattel und sah sie aus zusammengekniffenen Augen an.

»Hat Euch schon mal jemand gesagt, dass Ihr stur seid?«

»Hin und wieder«, gab sie zurück. »Ich nenne es beharrlich.«

Ein Lächeln zog über sein angespanntes Gesicht. Rayne trat zu ihm und nahm ihm den Zügel aus der Hand. Sie hätte ihm auch aus dem Sattel geholfen, fürchtete jedoch, dass sein Stolz das nicht zulassen würde. Also hielt sie seinen Schimmel still, der sich überraschend fügsam zeigte, und wartete, bis er abgesessen war. Sobald seine Beine den Boden berührten, taumelte er einen Schritt zur Seite. Rayne griff nach ihm, um ihn zu stützen. Zu ihrer Erleichterung ließ er es geschehen. Den Arm seiner unverletzten Seite über ihre Schultern gelegt, führte sie ihn in die hintere Höhle und half ihm, sich zu setzen. Sie gab ihm ihr Sonnenmedaillon, damit er nicht im Dunkeln ausharren musste, und kehrte noch einmal nach draußen zurück, um sein Pferd zu holen.

»Ich mache später Feuer«, sagte sie, als sie den Schimmel zu ihrem Braunen führte. »Zuerst muss ich mir Eure Verletzung ansehen.« Sie deutete auf seine Packtaschen. »Habt Ihr ein frisches Hemd dabei?«

Er runzelte die Stirn. »Findet Ihr nicht, dass ein sauberes Hemd gerade mein geringstes Problem ist?«

»Ich will die Wunde damit verbinden.«

»Und dafür wollt Ihr mein Hemd versauen?« Ein unterdrücktes Lächeln ließ seine Grübchen erahnen. »Nehmt lieber die Verbände. Dann habe ich sie wenigstens nicht umsonst mitgeschleppt.«

Rayne holte die Packtaschen und legte sie neben ihm auf den Boden. Dank seiner Anweisungen fand sie die Verbände schnell und legte das in ein Leinentuch geschlagene Bündel neben sich auf den Boden. Dann zog sie ihren Dolch.

»Wollt Ihr mich etwa abstechen?«

»Hört Ihr dann auf, zu behaupten, dass es Euch gut geht?« Sie betrachtete den Bolzen, der aus seinem Lederwams ragte.

»Ich hoffe, Ihr habt trotzdem ein anderes Hemd dabei. Dieses werde ich wohl aufschneiden müssen.«

»Zieht einfach den Bolzen raus«, sagte er ungerührt.

»Um dann, wenn ich die Blutung stillen muss, das Hemd im Weg zu haben? Dreht Euch um«, befahl sie. »Lehnt Euch mit der Seite gegen die Wand, damit Ihr mir nicht umkippt.«

Skandar gab ein Schnauben von sich, das eindeutig besagen sollte, für wie unwahrscheinlich er es hielt, umzukippen. Trotzdem folgte er ihrer Aufforderung. Rayne kniete sich hinter ihn und besah sich seine linke Schulter, dort wo der Bolzen steckte. Soweit sie es beurteilen konnte, war er nicht allzu tief eingedrungen. Tatsächlich schien er leicht schräg im Fleisch zu stecken, als hätte sich Skandar in dem Moment, in dem der Bolzen einschlug, nach vorne gebeugt.

Rayne atmete noch einmal tief durch, dann machte sie sich daran, das Wams so weit aufzuschneiden, dass sie es um den Bolzen herum abstreifen konnte. Sie warf es zur Seite und richtete ihre Aufmerksamkeit auf das Hemd darunter. Um den Bolzen herum war der Stoff von Blut getränkt, der Holzschaft jedoch hatte verhindert, dass Skandar zu viel Blut verlor. Wieder machte sie sich mit dem Dolch an die Arbeit. Einmal sog Skandar zischend die Luft ein, als der Stoff mit einem Ruck an der Klinge hängen blieb. Dann war der Stoff durch und sie befreite ihn aus den Fetzen seines Hemdes. Achtlos ließ sie es fallen.

Ihr Blick glitt über seinen Rücken, folgte den Muskelsträngen von seinem Nacken über die Schultern seinen breiten Rücken hinab. Sie unterdrückte den plötzlichen Wunsch, sie mit den Fingern nachzuzeichnen, und legte ihm eine Hand auf die unversehrte Schulter. Ihr Mund war trocken, ihre Kehle fühlte sich rau an. »Ich muss den Bolzen jetzt rausziehen.«

Er nickte. Als wollte er ihr Mut zusprechen, legte er seine Hand auf ihre. »Egal, wie Ihr es macht, macht es schnell.«

Einen Moment drückte er ihre Hand, dann gab er sie frei und lehnte sich gegen die Wand.

Rayne legte ihre rechte Hand flach auf sein Schulterblatt, die Finger der linken schloss sie um den Schaft des Bolzens. Sie spürte, wie Skandar sich anspannte, und zwang sich, es zu ignorieren. Bevor sie den Mut verlieren konnte, packte sie zu und zog. Der Bolzen rührte sich nicht. Skandar gab ein unterdrücktes Knurren von sich. Sie zog noch einmal, dieses Mal fester. Plötzlich gab es einen Ruck, dann hatte sie den blutigen Bolzen in der Hand. Rayne ließ ihn fallen. Mit der einen Hand knüllte sie das zerschnittene Hemd zusammen und presste es auf die Wunde, um die Blutung zu stoppen, die andere legte sie wieder auf sein Schulterblatt. Skandar atmete heftig und stieß kurze, zischende Laute zwischen den Zähnen hervor, unter die sich der eine oder andere Fluch mischte.

»Es wird gleich besser«, flüsterte sie neben seinem Ohr. Dann griff sie nach ihrer Energie und ließ sie über ihre Fingerspitzen in seine Schulter fließen. Auch wenn sie nicht in der Lage war, die Wunde zu heilen, so vermochte sie zumindest, seinen Schmerz zu dämpfen. Vorsichtig ließ sie ihre Energie frei und spürte ihr nach, wie sie in seine Schulter und seinen Körper drang. Ganz allmählich beruhigte sich sein Atem, und sie spürte, wie er sich entspannte. Trotzdem machte sie weiter, so lange, bis Skandar nach ihrer Hand griff.

»Das genügt«, sagte er. »Ihr braucht Eure Energie für die Suche nach Trevelian. Vielleicht brauchen wir sie auch noch, um Eyrons Männer abzuhängen.«

»Aber ich kann Euch den Schmerz nehmen.«

»Das habt Ihr schon. Mit dem, was noch übrig ist, werde ich fertig.«

Rayne unterbrach den Energiefluss und zog ihre Hand zurück. Als sie schließlich den Stoff von der Wunde nahm, war die Blutung nahezu versiegt. »Könnt Ihr den linken Arm bewegen?« Er hob ihn. »Was ist mit den Fingern?« Vorsichtig bewegte er seine Finger, erst hin und her, ehe er sie zur Faust ballte. Rayne nickte zufrieden.

Nachdem sie sich vergewissert hatte, dass der Bolzen keine Sehnen oder Muskeln verletzt hatte, machte sie sich daran, die Wunde zu reinigen. Schließlich legte sie einen Verband an. Als sie Skandar dann noch einmal nach einem Hemd fragte, gab er keine Antwort. Er lehnte noch immer an der Wand, sein Kinn war auf seine Brust gesunken, die Augen geschlossen. Nach einem ersten Schreckmoment begriff sie, dass er eingenickt war. Wie anstrengend musste es gewesen sein, sich in diesem Zustand den ganzen Tag im Sattel zu halten?

In seiner Packtasche fand sie ein frisches Hemd, doch statt ihn zu wecken, um es ihm anzuziehen, wickelte sie ihn, so gut es ging, in seinen Umhang. Nachdem sie Holz gesammelt, ein Feuer entzündet und die Pferde versorgt hatte, wachte Skandar lange genug auf, um das Hemd anzuziehen und etwas zu trinken. Er murmelte etwas davon, dass er Wache halten müsse, war aber wieder eingeschlafen, bevor sie ihm überhaupt widersprechen konnte.

Rayne ging noch einmal nach draußen und suchte ein paar größere, belaubte Äste, mit denen sie den Höhleneingang abdeckte. Dann ließ sie sich neben Skandar nieder und blickte in die Flammen, während stumme Tränen über ihre Wangen liefen.

36

Als Rayne am nächsten Morgen erwachte, war die Stelle, an der Skandar eingeschlafen war, verlassen. Erschrocken setzte sie sich auf. Eine Decke rutschte von ihren Schultern, Skandar musste sie im Lauf der Nacht über sie gebreitet haben, denn sie konnte sich nicht erinnern, es selbst getan zu haben. Außerdem hatte er Holz nachgelegt. Die lodernden Flammen verbreiteten Licht und Wärme in der Höhle.

»Wir sind fast zum Aufbruch bereit.« Skandar trat ans Feuer und hielt ihr den Beutel mit dem Proviant und einen Wasserschlauch entgegen. »Nehmt das. Ich bin mir ziemlich sicher, dass Ihr gestern nichts mehr gegessen habt.«

Rayne nahm ihm Beutel und Wasserschlauch ab und musterte ihn. Seine Schritte wirkten sicher, und auch wenn er ein wenig blasser als gewöhnlich war, schien es ihm keine Mühe zu bereiten, sich auf den Beinen zu halten. »Wie geht es Euch?«

»Besser, dank Euch.«

»Sollen wir nicht trotzdem lieber …«

»Wir werden keinen Tag verschwenden, damit ich mich erholen kann! Es geht mir gut, ich kann reiten. Und ich *werde* reiten.«

Rayne hob abwehrend die Hände. »Schon gut. Aber lasst mich einen Blick auf die Wunde werfen, bevor wir aufbrechen.«

»Erst esst Ihr etwas und danach lasse ich Euch einen Blick auf mein *Hemd* werfen, wenn es nicht durchgeblutet ist, brechen wir sofort auf.«

»Ich werde etwas essen«, sagt sie bestimmt. »Und danach wechsle ich den Verband und sehe mir die Wunde an. Wenn ich mit dem zufrieden bin, was ich sehe, brechen wir auf.«

Zu ihrem Erstaunen lächelte Skandar, murmelte etwas von Sturkopf und setzte sich zu ihr. Rayne aß einen Apfel und ein wenig Brot. Sobald sie den restlichen Proviant verstaut und ihre Decke zusammengerollt hatte, half sie ihm, das Hemd abzustreifen, und löste den Verband. Sie war tatsächlich mit dem zufrieden, was sie sah. Keine Blutung und keine Entzündung, soweit sie es beurteilen konnte. Allerdings war ihr nicht entgangen, dass er bei jeder Bewegung ein Zusammenzucken unterdrücken musste. Sie legte ihm eine Hand auf die Schulter und griff nach ihrer Energie.

Skandar fuhr herum und packte ihre Hand. »Nein!«

Sie kniff die Augen zusammen. »Woher wollt Ihr wissen …?«

»Ich kann Eure Magie spüren«, sagte er. »Sie prickelt unter der Haut. Der Schmerz ist auszuhalten, schont Eure Kräfte.«

Rayne wollte widersprechen, doch der lange Blick, mit dem er sie bedachte, hielt sie davon ab. »Also gut«, seufzte sie. »Dreht Euch wieder um, damit ich einen frischen Verband anlegen kann.«

Ein wenig tat es Rayne leid, die Höhle zu verlassen, sie war ein gutes und sicheres Versteck. Gleichzeitig aber war sie froh, dass sie ihren Weg fortsetzen konnten.

Wie Skandar schon tags zuvor angekündigt hatte, schlugen sie einen Bogen zurück nach Westen und ritten am Fuß des Gebirges entlang, ehe sie sich schließlich nach Süden wandten und gegen Mittag die ersten Ausläufer des Hochlands erreichten. Rayne hatte sich das Hochland immer wie eine höher gelegene Steppe vorgestellt, flach, mit spärlichem Bewuchs und weithin einsehbar. Was sie stattdessen erblickte, waren sanft geschwungene Hügel, überzogen von saftig grünem Gras und blühenden Büschen, so weit das Auge reichte. Immer wieder gab es kleinere Waldstücke oder Baumgruppen. Wasserfälle stürzten in Schluchten und kleine Bäche oder Flüsse wanden sich zwischen den Hügeln hindurch. Es war atemberaubend schön, allerdings auch weit unübersichtlicher, als sie es sich vorgestellt hatte. Es würde nicht leicht werden, Trevelian hier aufzuspüren.

Sie befanden sich noch immer am äußeren Rand des Hochlands, als Skandar in einiger Entfernung ein einfaches Haus entdeckte, kaum mehr als eine Holzhütte. Davor saß eine alte Frau auf einer Bank und rupfte ein Huhn. Skandar hielt sich im Hintergrund, um die Alte nicht zu erschrecken, während Rayne zur Hütte ritt, um nach Trevelian zu fragen.

Tatsächlich schien die Frau ihn zu kennen. Der Name sagte ihr zwar nichts, doch sie beschrieb einen alten Zausel, der häufig das Hochland durchstreifte. »Wenn er seine Kräuter gesammelt hat, zieht er zur Küste, Richtung Osten weiter«, sagte die Alte. »Aber ich glaube nicht, dass er dort lebt. Ich war schon oft in der Gegend, dort gibt es keine Häuser.«

Rayne war sich sicher, dass es dort mindestens ein Haus geben musste – durch Magie vor neugierigen Blicken geschützt. Es musste mächtige Magie sein, wenn sie in der Lage war, ein Haus offenbar dauerhaft abzuschirmen. Sie bedankte sich und kehrte zu Skandar zurück.

»Das ist nicht gerade eine sehr akurate Wegbeschreibung«, brummte er. »Aber immerhin wissen wir jetzt, dass wir uns auf den Osten konzentrieren müssen.«

Sie setzten ihren Weg in Richtung Küste fort. Nachdem sie die Hütte der Alten hinter sich gelassen hatten, wurde Skandar zunehmend einsilbiger. Seine Antworten bestanden häufig nur noch aus einem kaum zu deutenden Brummen. Raynes Fragen, ob ihm die Wunde zu schaffen machte und ob sie eine Pause einlegen sollten, ignorierte er entweder komplett oder beantwortete sie mit einem von Mal zu Mal harscher klingenden »Es geht mir gut«.

Bis zum frühen Abend ritten sie über die Hügel und durch die Täler des Hochlands, ohne einen Hinweis auf ihre Verfolger zu entdecken. Einmal kamen sie an einer weiteren Hütte vorbei, doch als Rayne ihr Pferd darauf zulenken wollte, hielt Skandar sie zurück.

»Wir haben schon einen Anhaltspunkt«, sagte er. »Belassen wir es dabei und riskieren nicht, dass weitere Menschen den Schatten sagen können, in welche Richtung wir unterwegs sind.«

Rayne musste ihm recht geben. Es war zu gefährlich. Abgesehen davon, glaubte sie ohnehin nicht, dass sie hier mehr erfahren würden als von der alten Frau. Trevelian wollte nicht gefunden werden. Warum also sollten die Leute hier mehr über ihn wissen? Sie verharrten lange genug im Schatten einer Baumgruppe, um sicherzugehen, dass dies nicht das Haus des Zauberers war – nach einer Weile trat ein Mann mittleren Alters vor die Tür, der eindeutig nicht auf die Beschreibung der alten Frau passte –, dann setzten sie ihren Weg fort.

Am Abend schlugen sie ihr Lager im Schutz einer Senke auf. Sie versteckten die Pferde zwischen den Bäumen und verzichteten auf ein Feuer. Skandar wollte sich um die Pferde kümmern, doch Rayne scheuchte ihn zum Lager, um sich seine Wunde anzusehen.

Er wich ihrem Blick aus, was ihr Misstrauen erregte. Sie griff nach seinem Kinn und zwang ihn, sie anzusehen. Seine Augen waren glasig, und er schien Mühe zu haben, sie zu fokussieren. Seine Stirn glühte vor Fieber. Dass er nicht einmal widersprach, als sie ihm befahl, sich zu setzen, machte deutlich, wie schlecht es ihm ging.

Nachdem sie ihm aus dem Hemd geholfen hatte, entfernte sie den Verband. Sie war darauf gefasst, geschwollene und entzündete Wundränder zu erblicken, doch die Wunde sah gut aus und schien bereits zu heilen. Rayne runzelte die Stirn, legte ihre Hand auf seine Schulter und ließ ihre Energie fließen. Skandar versuchte ihre Finger abzustreifen, doch sie schob seine Hand fort. »Lasst das! Ich muss herausfinden, was nicht stimmt!«

Es dauerte nicht lange, bis sie die Antwort fand. Das Gift pulsierte roh und aggressiv in Skandars Blut. Sie schloss die Augen. Warum hatte sie ihn gestern nicht genauer untersucht? Warum war sie nicht einmal auf den Gedanken gekommen, dass der Bolzen vergiftet sein könnte? *Ein ganzer Tag, an dem sich das Gift ungehindert ausbreiten konnte!* Sie konnte nur hoffen, dass es noch keinen Schaden angerichtet hatte, der sich nicht mehr rückgängig machen ließ. »Es ist Gift«, sagte sie tonlos. »Ich muss es neutralisieren.«

Skandar schien darüber nachzudenken, als gäbe es für ihn eine Wahl, dann nickte er. Rayne legte ihm auch noch die zweite Hand auf den Rücken und spürte dem Gift nach. Sie hatte erst ein- oder zweimal mit Giften zu tun gehabt, bei Übungen in der Akademie, und jedes Mal hatte es sich bei dem Opfer um ein Tier gehandelt. Doch sie wusste, was sie zu tun hatte. Sie sammelte ihre Energie und ließ sie über das Gift strömen. Es war ein wenig so, als würde man ein Feuer löschen. Die Energie war wie Sand, der die giftigen Flammen ersticken sollte. Stück für Stück arbeitete sie sich auf diese Weise durch Skandars Blut. Doch sosehr sie sich auch bemühte, es wollte ihr nicht gelingen, das Gift zu zerstören. Es fraß ihre Energie, bis ihr schwindlig wurde, aber es löste sich nicht auf. Rayne begriff, dass sie mit dem verbliebenen Rest ihrer Energie nichts mehr erreichen würde. Um dennoch etwas zu bewirken, konzentrierte sie sich darauf, eine Art Schutzmauer zu erschaffen, die die Ausbreitung des Giftes verlangsamen sollte. Als sie damit fertig war, kümmerte sie sich um das Fieber. Es gelang ihr, Skandars Körpertemperatur zu senken, doch sie wusste, dass es nur von kurzer Dauer sein würde. Wenn sie Trevelian nicht bald fanden oder er Skandar nicht helfen konnte … Ihre Hände zitterten vor Angst und

Erschöpfung, als sie ihm einen neuen Verband anlegte und ins Hemd half.

In dieser Nacht fand Rayne nur wenig Schlaf. In regelmäßigen Abständen weckte sie Skandar, um ihm etwas Wasser einzuflößen, und während er schlief, überprüfte sie immer wieder seine Temperatur. Am Morgen war seine Stirn noch immer kühl und er drängte zum Aufbruch.

Sie ritten weiter in Richtung Osten, der Küste entgegen. Von Zeit zu Zeit nutzte Rayne ihre Energie, um nach Trevelians Magie zu spüren. Da sie noch weit von der Küste entfernt waren und sie ihre Kräfte für Skandar brauchen würde, beließ sie es jedoch bei vereinzelten Versuchen.

Bis zum Mittag stieg das Fieber wieder an. Rayne brauchte keine Magie, um zu erkennen, dass es ihm stündlich schlechter ging. Sein glasiger Blick und seine starre Haltung sagten ihr alles, was sie wissen musste. Dennoch ließ er sich nicht zu längeren Pausen überreden.

Am Abend fanden sie einen Lagerplatz auf einer Lichtung. Rayne saß ab und wollte Skandar aus dem Sattel helfen, ganz gleich wie sehr er sich dagegen wehren mochte, doch noch bevor sie bei ihm war, sackte er zusammen und glitt vom Pferd.

Rayne fiel neben ihm auf die Knie. »Warum hast du mir nicht gesagt, dass es dir so schlecht geht, du sturer Ochse!« Sie war so erschrocken und zugleich von hilfloser Wut erfüllt, dass sie jede Förmlichkeit vergaß.

Seine Lider flatterten. Er streckte die Hand nach ihrem Gesicht aus, sein Arm fiel jedoch kraftlos herab, ehe er sie berühren konnte. Dann grinste er plötzlich. »Bestimmt wurde der Kerl zum Tyrannen, weil sein Weib ihn einen Ochsen schimpfte«, murmelte er und war im nächsten Moment eingeschlafen.

Noch einmal versuchte Rayne, das Gift zu neutralisieren, doch auch dieses Mal gelang es ihr nicht. Da sie nichts weiter tun konnte, setzte sie erneut ihre Energie ein, um das Fieber zu senken und das Gift in seiner Ausbreitung zu verlangsamen. Als sie fertig war, bettete sie Skandars Kopf in ihren Schoß und strich ihm über die Stirn. Seine Haut fühlte sich kühler an. Doch das würde nicht lange so bleiben. Sobald die Energie ihres Zaubers aufgebraucht war, würde sein Fieber erneut steigen. Seine Lippen bewegten sich, und er murmelte etwas im Halbschlaf, das sie nicht verstand.

»Schlaf«, flüsterte sie und hauchte ihm einen Kuss auf die Stirn. Sanft zeichnete sie die Narbe auf seiner Wange nach. Sie wusste, was die Menschen über ihn dachten. Sie wusste, dass sie ihn für seine Vergangenheit verurteilten. Anfangs hatte sie das selbst getan. Doch das schien eine Ewigkeit her zu sein. Jetzt wünschte sie sich nur noch, dass er am Leben blieb.

37

Am nächsten Morgen brachte Rayne Skandar zumindest so weit auf die Beine, dass er sich im Sattel halten konnte. Er sprach kaum und befolgte ihre Anweisungen ohne Widerspruch. Als sie am frühen Abend ihr Lager aufschlugen, schaffte er es gerade noch, etwas zu essen und zu trinken, ehe er einschlief. Wieder setzte Rayne ihre Energie ein, um das Fieber zu senken und das Gift im Zaum zu halten. Sie wusste nicht, wie lange sie das noch durchhalten würde, denn ihre Kräfte erholten sich weit langsamer, als sie sie benötigte. Dass die Wunde, die der Bolzen gerissen hatte, heilte, war dabei nur ein kleiner Trost.

Auch in dieser Nacht schlief Rayne nur wenig. Als sie im Morgengrauen aus unruhigen Träumen erwachte, entschied sie, Skandar noch schlafen zu lassen, nahm die Wasserschläuche und ging zu einem nahen Bach. Sie waren nicht mehr weit von der Küste entfernt, einen halben Tagesritt vielleicht. Schon gestern hatte sie manchmal von einer Hügelkuppe aus einen Blick auf die glitzernden Wellen erhascht. Die Küste zu erreichen, war das eine. Doch wie lange würde es dauern, Trevelian aufzuspüren? Tage? Wochen? Wie viel Zeit blieb Skandar noch?

Nachdem Rayne die Wasserschläuche aufgefüllt hatte, wusch sie sich. Das kalte Wasser vertrieb die Müdigkeit, und auch wenn dieser Zustand nicht lange anhalten würde, trug er doch dazu bei, dass sie sich zumindest für den Moment besser fühlte. Bevor sie sich auf den Rückweg zum Lager machte, stieg sie auf einen nahen Hügel. Den Blick in Richtung Osten gerichtet, ließ sie ihre Energie fließen, in der Hoffnung, endlich das ersehnte Flimmern in der Luft zu entdecken. Jenes Flimmern, das ihr die Gegenwart von Magie anzeigte. Doch wie schon in den letzten Tagen geschah nichts. Die Energie verlor sich in der Luft, ohne auf etwas zu treffen.

Einen letzten Versuch wollte sie noch machen. Da sie fürchtete, sich zu sehr auf eine Richtung zu konzentrieren und dabei womöglich etwas zu übersehen, drehte sie sich dieses Mal mit langsamen Schritten im Kreis, während sie ihre Energie freigab. Sie hatte sich von der Küste abgewandt, als sie plötzlich glaubte, einen leichten Schimmer wahrzunehmen. Es war kein richtiges Flimmern, das Gras und die Büsche vor ihr sahen eher leicht verschwommen aus. Vielleicht hatte sie sich auch einfach den Schlaf nicht richtig aus den Augen gewaschen und sah noch nicht klar. Andererseits sah die restliche Landschaft nirgendwo unscharf aus. Obwohl es ihr widerstrebte, sandte sie noch mehr Energie in die Richtung. Tatsächlich! Jetzt war das Flimmern deutlicher. Schwach, aber eindeutig zu erkennen. Rayne erstarrte, als sie etwas realisierte: Es kam aus der Richtung ihres Lagers! Abrupt ließ sie die Energie versiegen und rannte los.

Kurz bevor sie den Rand der Senke erreichte, ließ sie die Wasserschläuche fallen und zog ihren Dolch. Obwohl sie am liebsten ins Lager gestürmt wäre, um sich zu vergewissern, dass dort alles in Ordnung war, schlich sie geduckt zum Rand der Senke. Ihr blieb fast das Herz stehen, als sie eine Gestalt im Umhang erblickte, die sich über Skandar beugte. Mit langen Schritten lief sie nach unten, den Dolch erhoben.

»Sofort weg von ihm!« Sie tastete nach ihrer Energie, bereit dem Fremden alles entgegenzuschleudern, was sie hatte.

Langsam richtete sich die Gestalt auf, und noch während sie sich zu Rayne herumdrehte, zog sie sich die Kapuze vom Kopf. Darunter kam ein kahler, von Altersflecken überzogener Schädel zum Vorschein. Das Gesicht war zerfurcht vom

Alter, die weißen Augenbrauen dicht und buschig. Grüne Augen, wach und voller Leben, musterten Rayne von oben bis unten.

»Warum suchst du nach mir?« Die Stimme des alten Mannes war tief und fest. Als Rayne nicht antwortete, kam er näher. Sein Umhang klaffte auf und offenbarte den Blick auf eine einfache graue Robe. Er war schlank und groß und vom Alter ungebeugt. Er betrachtete sie eingehend, und Rayne spürte, dass er sie nicht nur mit seinen Augen einer Musterung unterzog, sondern auch mit Magie. Plötzlich zeigte sich etwas wie Interesse in seinen Zügen. »Du bist die Tochter der Königin.«

»Woher …?«

Er lächelte, was weitere Furchen in sein Gesicht grub. »Deine Magie ist wie ein Leuchtfeuer. Abgesehen davon weiß ich es einfach.«

Raynes Herz schlug unwillkürlich schneller. Sie hatten ihn gefunden! Das musste er sein! *O Götter, bitte!* »Dann seid Ihr Trevelian?«

Der Alte neigte den Kopf. »Selbst nach all den Jahren scheint mir mein Ruf noch immer vorauszueilen.«

Vor Erleichterung entfuhr Rayne ein Laut, der halb Lachen und halb Schluchzen war. Ihre Knie wurden weich, und ihre Hände zitterten, als sie den Dolch wegsteckte. Gegen einen Zauberer wie Trevelian könnte sie damit ohnehin nichts ausrichten.

Mit einem Blick auf Skandar sagte der Alte: »Er ist mehr tot als lebendig, was ist mit ihm passiert?«

Rayne erzählte von dem Bolzen und davon, dass sie das Gift erst einen Tag später entdeckt hatte. Trevelian nickte. »Bringen wir ihn zu mir. Es ist nicht weit, nur ein paar Stunden nach Osten.«

»Könnt Ihr ihm helfen?«

Trevelian musterte sie einmal mehr, dann zuckte er die

Schultern. »Vielleicht. Das kommt darauf an, ob du bereit bist, den Preis zu bezahlen.«

Sie würde ihm bereitwillig alles Gold und Geschmeide geben, das sie besaß, wenn er im Gegenzug Skandars Leben rettete. Sie konnte nur hoffen, dass ihm ihr Wort genügen würde, denn sie hatte nichts von Wert bei sich und müsste erst nach Naranor, wenn sie ihn bezahlen wollte. »Nennt mir Euren Preis.«

»Später«, sagte er.

Rayne weckte Skandar und nutzte noch einmal ihre Magie, um sein Fieber zu senken. Er schien Trevelian kaum zu bemerken, und sie war sich nicht einmal sicher, ob er begriff, dass sie am Ziel waren, als sie ihm sagte, dass der alte Zauberer hier war. Sie überließ Trevelian ihren Braunen und schwang sich vor Skandar in den Sattel des Schimmels.

Gegen Mittag erreichten sie die Steilküste und folgten einem schmalen Pfad, der am Rand der Klippen entlangführte. Unter ihnen brach sich das Meer in schäumenden Wellen an den Felsen, und um sie herum erstreckten sich saftige Wiesen, durchzogen von gelbem Ginster, dessen süßes Aroma sich mit der salzigen Seeluft mischte. Die Küste zog sich vor ihnen entlang, so weit das Auge reichte, nirgendwo war ein Haus zu sehen oder auch nur ein Einschnitt in der Landschaft, in dem sich ein Haus verbergen könnte.

»Wir sind da«, sagte Trevelian plötzlich.

Rayne sah sich um, ohne etwas anderes als Klippen, Hügel und Wiesen auszumachen. Neugierig hob sie den Arm und ließ ihre Energie los. Es dauerte nicht lange, bis sie auf etwas stieß. Ein sanftes Flirren, das beinahe vor dem blauen Himmel unterging. Als sie sich dem Zauberer zuwandte, bemerkte sie, dass er sie beobachtete.

»Du hast das Talent deiner Mutter geerbt«, stellte er fest. »Nicht viele sind des Aufspürens mächtig.«

Jetzt hob auch er die Hand. Die Luft flimmerte kurz und

heftig, die Umgebung vor ihr verschwamm für einen Moment, und als Rayne wieder klar sehen konnte, stand keine fünf Meter vom Abgrund entfernt ein Haus. Ein rechteckiger, ebenerdiger Bau aus Stein, die Ritzen mit Moos und Lehm abgedichtet, das Dach mit Schilf gedeckt. Etwa in der Mitte der Längsseite befand sich eine niedrige Tür. An einer Seite des Hauses lag hinter einem Holzzaun ein Kräutergarten, auf der anderen lehnte ein windschiefer Stall an der Hausmauer.

Rayne stützte Skandar auf dem Weg zur Tür. Sie spürte seine Anstrengung, als er sich bemühte, ihr nicht zu viel seines Gewichts aufzubürden, und ignorierte seinen schwachen Protest, dass er ebenso gut allein gehen konnte. Seine zitternden Muskeln straften ihn Lügen.

Trevelian ließ die beiden ein. Das Innere des Hauses war sauber, aber vollgestopft mit Regalen, in denen sich entweder Bücher und Pergamente oder verschiedenste Gefäße stapelten, die von Kräutern bis zu toten Kröten so ziemlich alles enthalten mochten. Gegenüber der Tür entdeckte Rayne einen großen Tisch und eine Feuerstelle, beides umrahmt von weiteren Regalen, sodass der Raum wie eine Mischung aus Küche und Labor wirkte. Zu ihrer Rechten gab es einen kleinen Wohnbereich mit einem Kamin, mehreren Sesseln, deren Bezüge ausgebleicht und zerschlissen waren, und ein paar kleinen Tischchen, auf denen sich Bücher stapelten. Dicke Teppiche aller Farben und Größen lagen auf den Holzdielen und verliehen dem Raum etwas Heimeliges.

Trevelian wies Rayne an, Skandar zu einem Bett zu bringen, das am anderen Ende des Hauses durch einen Vorhang vom Rest abgetrennt war. Nachdem sie Skandar geholfen hatte, sich hinzulegen, zog sie ihm die Stiefel aus, dann wandte sie sich dem Zauberer zu.

»Neben dem Haus ist ein Stall«, sagte er. »Er sollte groß genug für deine Pferde sein. Ich werde mir inzwischen ansehen, womit wir es hier zu tun haben.«

Rayne zögerte während Trevelian sich neben Skandar auf das Bett setzte. Doch dann ging sie, um sich um die Pferde zu kümmern.

Als sie später mit den Packtaschen ins Haus zurückkehrte, erhob sich Trevelian von der Bettkante. Eine tiefe Falte zerfurchte seine Stirn und das Grün seiner Augen wirkte wässrig. Rayne fragte sich, ob das an der Anstrengung lag, die die Magie für ihn bedeutete.

»Es wundert mich nicht, dass du nichts gegen das Gift ausrichten konntest. Es ist mit dunkler Magie gebunden. Einer Art von Magie, auf die ich noch nie zuvor gestoßen bin. Komm her.« Er winkte sie heran und trat zur Seite, um sie an das Bett zu lassen. »Sieh selbst.«

Rayne ließ sich auf der Bettkante nieder. In Skandars Augen brannte einmal mehr das Fieber. Er schien sie kaum wahrzunehmen. Sie legte ihm eine Hand auf den Arm und sandte ihre Energie aus. Dieses Mal jedoch suchte sie nicht nach dem Gift, sondern nach Magie. In seinem Körper fand sich dieselbe Spur dunkler Magie, die Rayne auch bei ihrer Mutter gefunden hatte. Dieselbe finstere Kraft, mit der der Schatten ihr in der Akademie die Stimme geraubt hatte.

Rayne ließ den Kopf sinken. »Ich hätte es merken müssen.« Zuerst war sie so auf die Wunde konzentriert gewesen, dass ihr das Gift entgangen war, und anschließend hatte ihre volle Aufmerksamkeit der Bekämpfung des Gifts gegolten. Sie war nicht einmal auf den Gedanken gekommen, nach Magie zu suchen.

»Wenn du denkst, dass es deine Schuld ist und dass du besser hättest aufpassen müssen«, sagte Trevelian, »vergiss das ganz schnell wieder. Selbst wenn du die Magie bemerkt hättest, hättest du nichts dagegen ausrichten können.«

Rayne hob den Kopf und sah ihn an. »Aber Ihr könnt es. Ihr könnt ihn heilen, nicht wahr?«

»Das weiß ich nicht.«

»Ihr habt von einem Preis gesprochen«, sagte sie. »Was verlangt Ihr?«

Trevelian sah sie an. »Zehn Lebensjahre.«

Seine Antwort fühlte sich an wie ein Fausthieb. Unwillkürlich wich Rayne einen Schritt vor ihm zurück, abgestoßen von seiner Forderung und erdrückt von der Gewissheit, dass sie Skandar verlieren würde, wenn sie dem Zauberer nicht gab, was er haben wollte. Wie konnte er so etwas verlangen? Sie hatte damit gerechnet, eine hohe Summe zu hören, vielleicht auch den Wunsch nach Ländereien oder einem Titel, aber das … Sie sah ihn an, hoffte, er möge in Gelächter ausbrechen und ihr sagen, dass es nichts weiter als ein Scherz war. Doch Trevelian verzog keine Miene.

»Ich …« Ihr Mund war trocken, und sie musste schlucken, ehe sie fortfahren konnte. »… kann nicht einfach über Skandars Leben, seine Lebenszeit, verfügen. Das ist eine Entscheidung, die nur er selbst treffen kann.«

Der Alte lächelte trocken. »Oh, ich bin nicht an den Jahren seines Lebens interessiert, sondern an den deinen. Ich bin alt. Älter, als du womöglich annimmst, und ich werde schwächer.«

Rayne, die noch immer versuchte, seine Forderung zu begreifen, ließ ihren Blick über sein Gesicht wandern, über jede Falte, jeden Altersfleck. Wie alt mochte er sein? Wie oft schon hatte er einen derartigen Pakt geschlossen und seine Lebenszeit auf unnatürliche Weise verlängert? Machte ihn das zu einem Monster, nicht besser als die Schatten, oder war er nur ein Mann, der zu überleben versuchte? Trevelian mochte sich für Letzteres halten, doch damit belog er sich selbst. Er war ein Monster, wenn auch eine andere Art als die Schatten. Niemals hätte ihre Mutter zugelassen, dass ein Mann wie er, kalt und egoistisch, an der Akademie unterrichtete. Mit seiner Gier stand er für alles, für das die Zauberer von einst gefürchtet worden waren. War ihre Mutter deshalb allein zurückgekehrt? Nicht, weil er ihr Angebot abgelehnt, sondern weil sie erkannt hatte, was er war, und jemanden wie ihn nicht an der Akademie haben wollte?

»War das auch Eure Forderung, als meine Mutter Euch für die Akademie gewinnen wollte?«

Trevelian zog eine Augenbraue in die Höhe. »Hat sie euch erzählt, sie sei deswegen bei mir gewesen?« Dann lachte er, ein Geräusch wie raschelndes, altes Laub. Er schüttelte den Kopf. »Mädchen, ich will niemandem etwas Böses, und ich bin bereit, meine Kräfte einzusetzen, um zu helfen. Nur erwarte ich dafür eine entsprechende Gegenleistung, das ist alles. Jeder Handwerker wird für seine Arbeit entlohnt, warum also nicht auch ich?«

Weil es kein Gold ist, das Ihr verlangt.

»Deine Mutter brauchte Hilfe, deshalb kam sie zu mir«, fuhr er fort. »Und ich gewährte sie ihr. Und, nein, ich habe keinen Preis von ihr verlangt, denn die Angelegenheit, in der sie mich aufsuchte, betraf uns alle.« Sein Blick glitt zu Skandar, der eingeschlafen war. »Er hingegen ist für mich nicht von Bedeutung. Du kannst meinen Preis zahlen oder es lassen. Die Entscheidung liegt bei dir.«

Mit jedem weiteren Wort wuchs die Abscheu, die Rayne für den Zauberer empfand. Die ganze Zeit hatte sie gedacht, wenn sie Trevelian erst fänden, würde sich alles zum Guten wenden. Stattdessen wurde alles nur noch schlimmer. Anstelle des hilfsbereiten alten Mannes, auf den sie ihre Hoffnung gesetzt hatte, war sie auf ein gieriges, altes Monster gestoßen, das sich auf Kosten anderer am Leben hielt. Sie wollte ihn beschimpfen. Wollte heulen. Und schreien. Etwas zerschlagen. Doch sie durfte jetzt nicht die Fassung verlieren, denn sie war noch immer auf ihn angewiesen. Und das in mehr als einer Hinsicht. Wenn sie ihm seinen Wunsch abschlug, würde er nicht nur Skandar sterben lassen, sondern ihr vermutlich auch jede weitere Hilfe verweigern. Dann wäre alles umsonst gewesen.

»Seine Zeit läuft ab, du solltest dich schnell entscheiden.«

Sie brauchte Skandar nur anzusehen, die vertrauten Züge, die für ihn unnatürliche Blässe und die fiebernasse Stirn, um zu wissen, dass ihre Entscheidung längst gefallen war. »Also gut, ich gebe Euch, was Ihr verlangt. Aber Ihr müsst mir versprechen, alles in Eurer Macht Stehende zu tun, um ihn zu retten. Und ich will Euer Wort, dass Ihr mir darüber hinaus auch in zwei weiteren Angelegenheiten helft.«

Der Alte neigte den Kopf, fast schon wirkte er überrascht, dass sie es überhaupt wagte, zu verhandeln. Doch dann nickte er. »Meinetwegen. Wenn es in meiner Macht steht, dir zu helfen, werde ich es tun.«

»Gut.« Rayne gab sich Mühe, ihrer Stimme einen festen Klang zu verleihen, obwohl sich ihre Knie wie Grütze anfühlten. »Dann nehmt Euren Preis und rettet sein Leben.«

Trevelian winkte sie heran. Nur widerwillig trat Rayne zu ihm, und als er die Hand ausstreckte und ihr die Fingerspitzen auf die Stirn legte, hätte sie sich am liebsten übergeben, so sehr ekelte sie die Gier dieses Mannes an. »Schließ die Augen.«

Sie folgte seiner Anweisung. Er murmelte etwas, das sie nicht verstand, dann spürte sie die Energie, die in seinen Fingerspitzen gegen ihre Stirn pulsierte. Im nächsten Moment wurde ihr schwindlig. Sie taumelte zur Seite und musste sich am Fußende des Bettes abstützen, um nicht zu fallen. Trevelian zog seine Hand zurück.

»Ich danke dir«, sagte er.

Rayne blinzelte. »Das war alles?« *Zehn Jahre meines Lebens verschwinden mit einem einzigen Taumeln?*

»Das war alles«, bestätigte er und wandte sich Skandar zu. »Wir müssen das Gift zusammen mit der Magie neutralisieren. Doch die Magie ist mächtig, deshalb werde ich neben meiner auch deine Energie brauchen.« Er befreite Skandar von Hemd und Verband und drehte ihn auf die Seite. Einen

Moment lang musterte er die Wunde. Die Wundränder waren sauber und zeigten nicht das geringste Anzeichen einer Entzündung oder Vergiftung. Als Trevelian seine Hand auf die Wunde legte, zuckte Skandar zusammen.

Rayne beobachtete, wie der Alte die Augen schloss. Seine Brauen zogen sich in Konzentration zusammen und mit jedem verstreichenden Augenblick schienen sich die Falten in seinen Zügen weiter zu vertiefen. Schweiß trat auf seine Stirn. Obwohl sonst nichts geschah, wusste Rayne, was er tat. Sie hatte tagelang dasselbe versucht. Sie konnte nur hoffen, dass der alte Zauberer mehr Erfolg hatte als sie.

Trevelian wankte. Ohne die Augen zu öffnen, streckte er den freien Arm nach ihr aus. »Gib mir deine Hand. Ich brauche mehr Energie!«

Rayne folgte seiner Aufforderung. Die Haut des Alten fühlte sich an wie Pergament, trocken und dünn. Fast schon glaubte sie, ein Knistern zu vernehmen. Ein Ruck durchfuhr sie, als Trevelian an ihrer Energie zog. Rayne kämpfte gegen den Drang an, ihn abzuwehren, stattdessen gab sie ihrer Energie einen Stoß und ließ sie über ihre Hand in den Zauberer fließen. Rayne spürte, wie schnell ihre Kräfte schwanden. Sie begann zu wanken und musste sich abstützen, während Trevelian unerbittlich an ihrer Energie zerrte. Ihre Kräfte waren nahezu aufgebraucht, als der Alte ihre Hand schließlich freigab.

Skandar schlief. Sein Atem ging ruhig und gleichmäßig, und als Rayne nach seinem Herzschlag tastete, wurden ihre Fingerspitzen mit einem regelmäßigen Wummern belohnt.

»Ist er geheilt?«

Trevelian schüttelte den Kopf. »Ich konnte die Magie aufheben, aber das Gift ist stark. Es hat sich in ihm eingenistet und lässt sich noch immer nicht neutralisieren. Hättest du es nicht aufgehalten, wäre er längst tot.«

»Dann wird er sterben?« Rayne brachte die Worte kaum über die Lippen.

»Nein, aber ich fürchte, er wird mindestens die Hand verlieren, vielleicht den ganzen Arm.« Er hob Skandars linken Arm an, dessen Haut von den Fingerspitzen bis zum Handgelenk schwarz verfärbt war. »Ich habe das Gift in seinen Arm geleitet, das schien mir die Stelle zu sein, wo es am wenigsten Schaden anrichten kann, und dort vom Rest des Körpers abgekapselt. Aber das Gewebe stirbt ab. Wenn sich bis morgen nichts daran ändert, muss ich ihm zumindest einen Teil des Arms abnehmen, ehe sich das tote Gewebe weiter nach oben fressen kann.«

Rayne fühlte sich, als hätte ihr jemand den Boden unter den Füßen weggezogen. Wie erstarrt beobachtete sie, wie Trevelian die Wunde neu verband. »Können wir denn nichts weiter tun?«

»Wir werden es versuchen.« Trevelian stand auf. »Komm mit und hilf mir einen Trank zu brauen.«

38

Sie gingen in den Teil des Hauses, der halb Labor, halb Küche war. Während es in den Regalen keinerlei freien Raum mehr zu geben schien, war die Arbeitsfläche sauber und leer. Das änderte sich jedoch rasch, als Trevelian begann, diverse Tiegel, Phiolen und Beutel aus den Regalen zu holen und dort aufzutürmen. Auf seine Anweisung hin räumte Rayne einen Kessel mit Eintopf zur Seite und machte sich daran, ein Feuer in der Kochstelle zu entzünden.

»Wirst du es ihm sagen?«, fragte Trevelian, als er einen Kupferkessel auf das Feuer stellte und eine trübe Flüssigkeit hineingoss.

»Was?«

»Was du für ihn geopfert hast?«

Sie konnte sich nicht vorstellen, dass Skandar Verständnis dafür zeigen würde, dass sie zehn Jahre ihres Lebens gegeben hatte, um seines zu retten. Er würde sich vermutlich ewig Vorwürfe deswegen machen. »Nein.«

Während das Wasser im Kessel heiß wurde, machte sich Trevelian daran, verschiedene Zutaten abzumessen und in kleine Schälchen zu füllen, wobei er peinlich genau darauf achtete, flüssige von trockenen Zutaten zu trennen, ebenso wie er Pflanzen von Lebewesen – oder besser den eingelegten Teilen davon – getrennt hielt. Rayne reichte ihm die Gefäße, auf die er deutete, öffnete sie für ihn oder maß, seinen Anweisungen folgend, etwas von ihrem Inhalt ab.

»Ihr habt also nach mir gesucht, du und dein Begleiter. Warum?«

Während sie weiter Zutaten abmaß und anreichte, erzählte sie ihm davon, was ihrer Mutter zugestoßen war, und dass ihr Vater jemanden auf die Suche nach Trevelian geschickt hatte, in der Hoffnung, er kenne ein Heilmittel. Der Zauberer stellte keine Fragen und unterbrach sie nur, um Anweisungen für den Trank zu geben. Erst, als sie geendet hatte, sah er sie an. »Warum bist du nun hier und nicht die Männer deines Vaters?«

»Es gab Schwierigkeiten.« Da sie nicht wusste, wo sie sonst beginnen sollte, und ohnehin alles miteinander in Verbindung stand, berichtete sie zuerst davon, was sich in jener Nacht ereignet hatte, in der die Akademie ein Raub der Flammen geworden, und was in der Zeit danach geschehen war. Wie Bär und Dainn von den Schatten übernommen worden waren und Skandar sie, Rayne, gerettet hatte. Nach und nach offenbarte sie dem Zauberer alles, was sie und Skandar über die Schatten in Erfahrung gebracht hatten. Zuletzt kam sie auf Eyrons Verrat zu sprechen und darauf, dass er derjenige war, der die Schatten befehligte. Eine Wahrheit, die noch immer schmerzte. »Ich habe die Magie der Schatten gespürt«, sagte sie schließlich. »Sie gleicht dem, was ich in meiner Mutter fand – und Ihr in Skandar. Dunkel, wenngleich weniger mächtig. Es … Wir glauben, dass alles zusammenhängt, auch wenn wir nicht wissen, wie. Oder warum.«

Trevelian ließ den Tiegel sinken, aus dem er gerade etwas Eingelegtes entnommen hatte, dessen Ursprung Rayne nicht einmal annähernd erraten konnte, und sah auf. »Und jetzt hoffst du auf meine Hilfe. Für deine Mutter und im Kampf gegen diese Schatten.« Es war eine Feststellung, keine Frage.

Als sie alle Zutaten beisammenhatten, beobachtete Rayne, wie der Zauberer alles nach und nach in einem Mörser zerstampfte, ehe er es in einer Reihenfolge, deren Muster sich ihr nicht erschloss, in den Topf gab. Selbst das Umrühren schien bestimmten Regeln zu folgen. Mal rührte er nur einmal um, mal mehrmals, mal schnell und dann wieder besonders langsam. Sobald alles im Topf war, machte er sich daran, die nicht benötigten Zutaten wieder an ihren Platz zurückzustellen. Von Zeit zu Zeit überprüfte er den Zustand des Gebräus, und sobald er alles weggeräumt hatte, hob er den Kessel vom Feuer. Gemeinsam seihten sie die Flüssigkeit durch ein Tuch in einen Tonkrug.

»Das muss abkühlen«, sagte Trevelian und stellte den Krug zur Seite. Dann sah er sie an. »Ich muss darüber nachdenken, ob ich deiner Mutter helfen kann. Außerdem muss ich ein paar Schriften zurate ziehen.« Er deutete auf das Tuch, in dem die Zutaten nach dem Abseihen in Form eines braunen Breis zurückgeblieben waren. »Wickle ihm das um die Hand.«

Als Rayne sich neben Skandar auf die Bettkante setzte, öffnete er die Augen. »Du hast mich einen Ochsen genannt«, murmelte er.

Unwillkürlich musste sie lächeln, als sie das vertrauliche Du hörte. Offenbar war nicht alles im Fieber an ihm vorübergegangen.

Skandar blinzelte. »Sind wir … da? Hast du den Zauberer gefunden?«

»Er hat uns gefunden.« *Und er ist ein widerwärtiger, gieriger Mistkerl.* »Und er wird dir helfen.«

Sie tastete nach seiner Stirn und stellte erleichtert fest, dass seine Haut sich nicht mehr ganz so heiß anfühlte. Skandar lächelte matt, dann schloss er die Augen und war wieder eingeschlafen, bevor sie überhaupt Gelegenheit hatte, sich zu fragen, wie sie ihm schonend beibringen konnte, was mit seiner Hand geschehen musste. Vielleicht mit seinem ganzen Arm. Ihre Finger zitterten, als sie seine Hand ergriff und ihr Blick auf die geschwärzte Haut fiel. Vorsichtig wickelte sie das Tuch darum. Sie war gerade fertig, als Trevelian sie zu sich rief.

Der Nachmittag war vorüber, der Abend gekommen, ohne dass sie es bemerkt hatte. Draußen kroch die Nacht heran. Der Zauberer hatte die Fensterläden geschlossen und überall Kerzen und kleine Laternen entzündet. Im Kamin, vor dem er sich in einem Sessel niedergelassen hatte, brannte ein anheimelndes Feuer. Eines der Tischchen hatte er freigeräumt, wobei es so aussah, als hätte er die Schriftrollen und Bücher, die sich darauf gestapelt hatten, nur auf den Teppich gefegt. Anstelle der Schriften stand dort eine Schale mit Eintopf, daneben lag ein Stück Brot.

Rayne setzte sich und begann zu essen. Sie war hungrig, wie ihr erst jetzt bewusst wurde, hatte aber keinen großen Appetit. Der einzige Grund, warum sie sich zum Essen zwang, war das Wissen, dass sie ihre Kräfte brauchen würde.

»Was weißt du über mich?«, fragte Trevelian, als sie schließlich die leere Schale zur Seite stellte.

»Nur, dass meine Mutter vor langer Zeit bei Euch war, um Euch für die Akademie zu gewinnen. Außerdem habe ich gehört, dass Ihr über mehr Wissen und Macht verfügen sollt als alle anderen Zauberer.«

»Ist das alles?«

»Für jemand, dem ich noch nie begegnet bin, ist das eine Menge, wie ich finde.«

Der Alte wirkte noch immer überrascht. »Sie hat es dir also tatsächlich nie gesagt. Spätestens als der verfluchte Schweifstern am Himmel erschien, hätte sie es tun müssen.«

»Wovon redet Ihr?«

»Von etwas, über das offenbar nur deine Mutter und ich Bescheid wissen. Vom wahren Grund, warum sie damals zu mir kam – der Weissagung einer sterbenden Seherin.«

Rayne kannte natürlich die Geschichte über den Kampf ihrer Eltern gegen Falinn und wie sie verhindert hatten, dass er die Essenz der Magie an sich reißen konnte. Sie wusste, dass damals eine Seherin in der Burg gewesen war, in der ihr

Vater den Flüchtlingen Schutz gewährt hatte. Davon, dass die Alte ihrer Mutter etwas prophezeit hatte, hörte sie jedoch zum ersten Mal.

»Die alte Malyn hat deiner Mutter gesagt, dass sie verhindern muss, dass *ER* sich ihrer Gabe bemächtigen kann«, sagte Trevelian. »*ER*, verkündete Malyn, sei die erste Gefahr von vielen, die noch folgen würden. Wer auch immer dieser *ER* sein mag.«

Unser Auftrag ist es lediglich, dich zu IHM zu bringen, hatte der Schatten gesagt, wie Rayne sich jetzt erinnerte.

»Deine Mutter kam damals zu mir, damit ich ihr helfe, die Magie zu schützen«, fuhr Trevelian fort. »Sie wollte verhindern, dass jemals jemand diese an sich reißen und missbrauchen könnte. Was niemand wusste, war, dass ihre Magie im Laufe der Jahre immer mächtiger geworden war. Für sie gab es keine Grenzen, sie konnte unendlich viel Energie aufnehmen. Wir vermuteten, dass es etwas mit ihrer Verbindung zur Essenz zu tun hatte, und gingen davon aus, dass sie nicht nur ihren eigenen Energiespeicher füllte, sondern auch die Essenz damit versorgte. Der Umkehrschluss daraus war, dass sie in der Lage sein musste, nahezu endlose Energiemengen aus der Essenz zu beziehen.«

Rayne starrte ihn ungläubig an. »Das ist nicht möglich«, sagte sie. »Meine Mutter hat mich während meiner Ausbilung nach ihrer Energie tasten lassen. Ich kann Euch versichern, dass sie durchaus endlich war. Und in ihrem augenblicklichen Zustand sind ihre Energiereserven komplett verbraucht, da bin ich mir sicher.«

»Natürlich sind ihre Reserven endlich«, sagte Trevelian. »Das sind sie, weil wir dafür gesorgt haben, dass dem so ist. Als sie damals bei mir war, war das vollkommen anders. Zu jenem Zeitpunkt war ihre Macht nahezu grenzenlos. Vermutlich hätte sie die Welt aus den Angeln heben können, wenn sie es gewollt hätte. Und sie fürchtete sich davor, was passieren würde, wenn jemand einen Weg fände, ihre Magie für seine eigenen Zwecke zu nutzen. Wir glaubten, dass es selbst den mächtigsten Zauberern nicht möglich gewesen wäre, die Magie an sich zu bringen. Aber was, wenn jemand Rissa gezwungen hätte, sie zu übergeben?«

»Das würde sie niemals tun!«

»Mit dem richtigen Druckmittel sind Menschen zu erstaunlichen Dingen bereit.« Sein Blick wanderte kurz in Richtung Skandar, ehe er zu Rayne zurückkehrte. »Wir mussten davon ausgehen, dass deine Mutter nicht nur in der Lage wäre, unendlich viel Energie aus ihrer Umgebung abzuziehen, sondern womöglich auch die Essenz der Magie wieder in sich aufzunehmen, wie sie es schon einmal getan hat. So könnte sie selbst nahezu endlose Macht in sich tragen, während die Magie für immer aus der restlichen Welt getilgt wäre.«

Ohne die Essenz gäbe es keine Magie. Wenn jemand ihre Mutter zwang, die Freilassung der Essenz nicht nur rückgängig zu machen, sondern sie ihm auch zu übertragen, konnte niemand mehr gegen seine Macht bestehen.

»Wir wussten nicht, welcher Art die Gefahr war, von der die Prophezeiung sprach. Alles, was wir wussten, war, dass wir etwas tun mussten. Nachdem wir einige Tage meine Bücher und Schriften studiert hatten, fanden wir schließlich einen Weg.« Sein Blick richtete sich auf Rayne. »Ich weiß ehrlich gesagt nicht, wie ich dir das erklären soll. Eigentlich wäre das die Aufgabe deiner Mutter.«

»Ich würde vorschlagen, Ihr sagt es so unverblümt, wie Ihr auch den Preis für Skandars Heilung gefordert habt«, sagte sie kalt. Ohnehin konnte sie sich nicht vorstellen, was schlimmer sein sollte, als zehn Lebensjahre von ihr zu verlangen.

Trevelian nickte. »Rissa und ich fanden einen Weg, die angesammelte Energie von ihr zu lösen, sodass nicht mehr in ihr zurückblieb als die Macht eines gewöhnlichen Zauberers. Ihr Lebensfunke, der nichts weiter als ein abgespaltener Teil der

Essenz ist, enthält noch immer einen winzigen Hauch Magie aus der Essenz, aber er ist nicht länger damit verbunden.«

Als Rayne nach dem Angriff versucht hatte, ihrer Mutter zu helfen, hatte ihr Vater etwas von der Verbindung zwischen dem Lebensfunken und der Essenz der Magie gesagt. Damals hatte sich Rayne darüber gewundert, dass ihre Mutter ihr nie etwas davon erzählt hatte. Jetzt erkannte sie den Grund dafür. Die Verbindung war gekappt worden, offenbar lange vor ihrer Geburt. Und ebenso wenig wie Rayne von der einstigen Verbindung gewusst hatte, schien ihr Vater zu wissen, dass sie nicht mehr existierte.

»Wir konnten die Energie nicht einfach freilassen«, fuhr Trevelian fort. »Wir haben es versucht, aber es ging nicht. Es war, als würde sie sich dagegen wehren. Wir brauchten ein Gefäß.«

Rayne schüttelte ungläubig den Kopf. »Dafür all die Mühe? Um die Magie letztlich von meiner Mutter, die ja auf eine Weise auch ein Gefäß war, auf ein anderes zu übertragen? Welche Sicherheit wollt ihr damit gewonnen haben?« Der bloße Einfall erschien ihr reichlich unüberlegt. Geradezu gefährlich. Solange die Magie mit ihrer Mutter verbunden war, hatte diese zumindest die Möglichkeit, jeden zu bekämpfen, der versuchen sollte, ihrer Habhaft zu werden. In einem anderen Gefäß jedoch, das ihr jederzeit gestohlen werden konnte …

»Der Gedanke dahinter war, dass niemand außer Rissa und mir die Wahrheit kennt«, sagte der Zauberer. »Wer auch immer die unbekannte Gefahr war, mochte die Magie bei ihr suchen, doch niemand käme auf die Idee, dass sie längst an einem anderen Ort verborgen sein könnte.«

Ein Ablenkungsmanöver also. »Aber wenn jemand es wirklich darauf abgesehen hat, wird er doch früher oder später auch herausfinden, dass meine Mutter sie nicht mehr …« Rayne hielt abrupt inne. »Er hat es herausgefunden. In der

Nacht auf dem Turm.« Mit ihrem Handeln mochte ihre Mutter die Magie geschützt haben, doch es hatte sie auch beinahe das Leben gekostet.

Und jetzt sind sie hinter mir her. Sie sah auf. »Wartet! Wollt Ihr etwa sagen, dass ich dieses Gefäß bin? Ist es das, was Ihr mir schonend beibringen wolltet? Dass meine Mutter ihre Macht auf mich übertragen hat?« Das war nicht möglich. Dass Eyron und seine Schatten es jetzt auf sie abgesehen hatten, lag einzig und allein daran, dass sie *vermuteten*, dass Rayne die Energie in sich trug. Sie schüttelte den Kopf. »Das kann es nicht sein, meine Gabe ist nicht mächtiger als die der anderen Zauberer. Und meine Energie ist alles andere als endlos. Tatsächlich ist sie jedes Mal schneller aufgebraucht, als mir lieb ist.«

Trevelian lächelte humorlos. Der Widerschein des Kaminfeuers tauchte seinen kahlen Schädel in feuriges Rot, als stünde er selbst in Flammen. »Denkst du wirklich, dass es so einfach war? Dass wir nichts weiter getan haben, als die Energie von Rissa auf dich zu übertragen? Du bist das Gefäß, Mädchen, doch das ist nur die halbe Wahrheit. Weißt du, was dein Name in der Alten Sprache bedeutet?«

Rayne schüttelte den Kopf.

»Kleiner Schatz.« Er lachte. »Das klingt niedlich, nicht wahr? Und es wird dir nicht annähernd gerecht. Deine Mutter und ich erschufen einen Zauber und banden ihn in ein Kristallamulett, das sie fortan bei sich trug, bis der richtige Moment gekommen war.«

Rayne zog die Kristallsonne unter ihrem Hemd hervor und hielt sie hoch. »Etwa dieses hier?«

Er nickte. »Ja, das ist es. Offenbar hat sie es behalten. Als Rissa erfuhr, dass sie erneut gesegneten Leibes war, sah sie den Zeitpunkt für gekommen«, fuhr Trevelian fort und hielt Rayne mit seinem Blick fest, als wollte er jede noch so kleine Regung aufnehmen. »Sobald dein Bruder geboren war, befreite sie den Zauber aus dem Kristall und gab der Magie eine Form. Ein weiterer Teil des Zaubers war es, die anwesenden Hebammen davon zu überzeugen, dass sie nicht nur einen Jungen, sondern auch ein Mädchen zur Welt gebracht hatte.«

Sie musste sich verhört haben. »Ihr meint sicher, dass sie dafür sorgte, dass niemand merkte, wie meine Mutter ihre Macht auf mich übertrug.«

»Wäre das die Absicht gewesen, hätte sie nur warten müssen, bis sie alleine war.« Der Alte schüttelte den Kopf. »Du hast mich richtig verstanden, auch wenn dein Verstand sich dagegen wehrt. Deine Mutter war nicht mit Zwillingen schwanger, nur mit deinem Bruder.«

»Aber ... Ich ...« Raynes Herz hämmerte wie verrückt. Ihre Hände zitterten, und sie wusste, wenn sie jetzt aufstand, würden ihre Beine unter ihr nachgeben. »Das kann unmöglich sein.«

»Du, Rayne Fjal'Har, bist ein Geschöpf aus reiner Magie, dem deine Mutter die Form eines Lebewesens gab. Du *bist* die Energie, die Rissa von sich selbst löste, und du bist mit der Essenz verbunden, wie sie es einst war.«

Er sagte noch mehr, doch Rayne konnte seinen Worten nicht länger folgen. In ihrem Kopf kreiste nur noch ein Gedanke: *Ich bin kein Mensch. Ich bin nur Magie und Energie.*

Sie wusste nicht, wie lange sie so dasaß, vereinnahmt von diesen beiden Sätzen, die wieder und wieder durch ihren Kopf hallten.

Kein Mensch. Nur Magie und Energie.

Als Trevelian plötzlich vor ihr stand, fuhr sie erschrocken zusammen. Er hielt ihr einen Becher hin. »Trink das!«

Ein Kräutertrank zur Beruhigung. Genau das, was sie jetzt brauchte! Sie war sicher, dass sich alles aufklären würde, sie musste nur die richtigen Fragen stellen. Und dazu musste sie wieder klar denken. Sie setzte den Becher an die Lippen und leerte ihn in einem kräftigen Zug. Die Schärfe des Schnapses traf sie so überraschend, dass sie zu husten begann. Brennend rann der Alkohol ihre Kehle hinunter und entzündete ein loderndes Feuer in ihrem Magen.

»Branntwein!«, rief sie. »Ihr gebt mir Branntwein!«

»Bei einem Schock noch immer das beste Mittel«, gab Trevelian ungerührt zurück und nahm ihr den Becher ab.

Nachdem sich der Husten gelegt hatte, waren tatsächlich auch ihre Gedanken zur Ruhe gekommen. »Ihr irrt Euch«, sagte sie. »Meine Magie ist zwar gut, aber nichts Besonderes. Und meine Energie ist begrenzt. Wenn ich das wäre, von dem Ihr behauptet, dass ich es bin, müsste ich mit einem Wink meines Fingers imstande sein, Euer Haus in Schutt und Asche zu legen.«

»Mädchen, denkst du etwa, wir hätten nicht dafür gesorgt, dass die Magie auch vor dir geschützt ist? Wir haben sie abgeschirmt, sicher und sorgfältig hinter einer Mauer verborgen. Was ist passiert, als du zum ersten Mal deine magische Gabe entdeckt hast?«

»Ich habe die Vorhänge in Brand gesteckt«, murmelte sie.

»Und was glaubst du, wäre passiert, wenn du die Macht zur Verfügung gehabt hättest, aus der du erschaffen wurdest?«

Aus der du erschaffen wurdest. Diese Worte waren wie eine Ohrfeige. »Habt Ihr noch mehr von dem Branntwein?«

»Ja, aber nicht für dich. Komm, der Trank ist abgekühlt. Es ist an der Zeit, dass du dich um deinen Gefährten kümmerst.«

Rayne starrte Trevelian nach, als er zur Kochstelle ging und den gebrauten Trank in einen Becher goss. Wie betäubt erhob sie sich und ging zu ihm. Ihre Finger zitterten, als sie das Trinkgefäß entgegennahm.

»Du musst ihm das in kleinen Schlucken einflößen«, erklärte Trevelian. »Wenn er in der Lage ist, etwas zu essen, gib ihm was vom Eintopf. Ich werde mein Nachtlager am Kamin aufschlagen, du kannst dir das Bett mit deinem Freund teilen. Wir reden morgen weiter.«

Noch ehe sie etwas erwidern konnte, ließ er sie stehen und kehrte zu seinem Sessel zurück. Rayne starrte ihm hinterher. Es gab so vieles, das sie sagen oder fragen wollte, doch es schien keine Worte dafür zu geben. Es wollte ihr nicht einmal gelingen, einen Gedanken zu Ende zu bringen, geschweige denn ihn auszusprechen. Vielleicht, wenn sie eine Nacht Zeit gehabt hatte, über alles nachzudenken. Dann würde ihr sicher ein guter Grund einfallen, warum Trevelian sich irrte. Sie straffte die Schultern und ging zu Skandar.

Als sie ans Bett trat, öffnete er die Augen. Selbst im Schein der Kerzenstumpen, die auf dem Tischchen neben dem Bett standen, erkannte sie, dass seine Augen klar waren und seine Stirn frei von Schweiß. Wie schon zuvor setzte sie sich zu ihm auf die Bettkante.

»Wie fühlst du dich?«

»Besser.« Seine Stimme klang fest, und als er sich aufsetzte, gelang es ihm aus eigener Kraft.

Rayne wollte ihm den Becher an die Lippen setzen, doch er bestand darauf, selbst zu trinken. Seine Finger legten sich über ihre, als er nach dem Becher griff. »Ich bin kein Greis, und ich liege nicht im Sterben, also kann ich das allein.«

Sie gab den Becher frei und beobachtete, wie er ihn Schluck für Schluck leerte, ohne auch nur einmal das Gesicht zu verziehen, was angesichts der Zutaten geradezu heroisch war.

»Hast du Hunger?«

»Ich glaube schon.«

Sie ging zur Kochstelle, schöpfte etwas von dem Eintopf in eine der Schalen und brachte sie ihm.

»Was denn, versuchst du gar nicht, mich zu füttern?«, sagte er und grinste, als sie ihm Schale und Löffel entgegenhielt.

Um ein Haar wäre sie in Tränen ausgebrochen, so glücklich machten sie diese wenigen Worte. Nicht nur, dass es ihm besser zu gehen schien, auch die Normalität dieser Unterhaltung, seine Neckereien, gaben ihr das Gefühl, dass alles in Ordnung war. *Ich bin kein Mensch.* Schnell schob sie den Gedanken beiseite.

»Wir können uns ja darauf einigen, dass ich die Schale halte und du die Herrschaft über den Löffel hast.«

»Das klingt annehmbar.«

Und so machten sie es.

Während er aß und sich beklagte, dass der Eintopf kalt war, musste Rayne plötzlich daran denken, wie er ihr an einem ihrer ersten gemeinsamen Tage geschworen hatte, sie nicht zu ehelichen, solange er nicht wusste, ob sie einen Eintopf warm halten könnte. »Ich fürchte, ich habe deine Prüfung nicht bestanden.«

Einen Moment lang sah er sie verwirrt an. Sein Blick wanderte von der Schüssel zu ihr und wieder zurück. »Kalter Eintopf«, murmelte er, dann begann er zu lachen.

Wie sehr hatte sie dieses Lachen vermisst! Nicht erst seit seiner Verwundung, sondern schon vorher, während der ganzen Zeit, die er sich von ihr zurückgezogen hatte.

Nachdem er gegessen hatte, brachte sie die Schale weg. Als sie zum Bett zurückkehrte, hatte er sich wieder hingelegt und die Augen geschlossen. Rayne sah sich nach einem Platz um, auf dem sie ihr Lager aufschlagen konnte. Sie hatte schon unbequemer geschlafen und im Haus war es immerhin warm und trocken.

»Du wirst nicht auf dem Boden schlafen«, sagte Skandar.

»Du aber ganz sicher auch nicht.«

»Damit wäre das ja geklärt.«

»Was? Nein!« Sie fuhr sich durchs Haar. »Ich kann doch nicht …«

»Ich werde es niemandem verraten.« Schmunzelnd winkte er sie zu sich.

Seufzend streifte Rayne ihre Stiefel ab und legte sich an seine unverletzte Seite. Skandar zupfte und zog mit einer Hand an der Decke, bis sie beide zugedeckt waren.

Als sie seine Wärme spürte und seine regelmäßigen Atemzüge hörte, wurde ihr erst richtig bewusst, dass sie ihn beinahe verloren hätte. Sie versuchte, die Tränen zurückzuhalten, doch es wollte ihr nicht gelingen. Was geschehen war, was sie gehört und erlebt hatte, war einfach zu viel. Sie bemühte sich, leise zu sein, doch es half nichts, Skandar bemerkte es trotzdem.

Er drehte sich ein Stück zur Seite und sah sie an. Langsam hob er die gesunde Hand und zeichnete mit dem Zeigefinger die Tränen auf ihren Wangen nach. »Was ist denn los?«

Da sie es nicht über sich brachte, ihren eigenen Kummer zu beklagen, wenn ihm womöglich noch Schlimmes bevorstand, erzählte sie ihm vom Zustand seiner Hand. Davon, dass Trevelian das Gift dort eingeschlossen hatte, was ihm zwar das Leben gerettet haben mochte, ihn aber womöglich den Arm, zumindest aber die Hand kosten würde.

»Ich habe euch gehört, als ihr darüber gesprochen habt«, sagte Skandar ruhig, als sie geendet hatte. »Aber ich war mir nicht sicher, ob es ein Fiebertraum war.«

Sie wartete darauf, dass er fortfuhr, doch er sagte nichts mehr. Sein Finger folgte noch immer den Tränenspuren auf ihrer Wange.

»Ist das alles? Wie kannst du das so ruhig hinnehmen? Das ist doch schrecklich!«

Er nickte. »Ja, das ist es. Aber ich bin ein Krieger, Rayne. Ich habe nie damit gerechnet, einmal alt in meinem Bett zu sterben.«

Sie fuhr hoch. »Du wirst nicht sterben!«

»Nein, zumindest nicht jetzt. Du weißt genau, was ich meine. Ohne dich wäre ich nicht mehr am Leben.«

»Das hast du Trevelian zu verdanken.« Die Worte hatten einen bitteren Beigeschmck. Während der letzten Stunden war ihr Leben und alles, woran sie geglaubt und was sie für sicher gehalten hatte, über ihr eingestürzt, sodass sie gar nicht mehr daran gedacht hatte, welchen Preis Trevelian für seine Hilfe gefordert hatte.

»Konntest du mit ihm sprechen?«, wollte Skandar wissen.

Sie nickte.

»Und? Was hat er gesagt? Kann er uns helfen?«

Rayne brachte keinen Ton heraus. Immer und immer wieder hörte sie Trevelian sagen *Du bist ein Geschöpf aus reiner Magie*. Erschaffen. Nicht geboren. Ein Ding.

»Rayne?«

Sie rückte ein Stück von ihm ab. »Ich bin kein Mensch«, flüsterte sie.

»Was redest du da?«

Unter Tränen erzählte sie ihm, was sie von Trevelian erfahren hatte. Nachdem die ersten Worte stolpernd ihren Mund verlassen hatten, gab es kein Halten mehr. Die Wahrheit musste raus, andernfalls würde sie daran ersticken. Also erzählte sie ihm von der Prophezeiung der Seherin und davon, wie ihre Mutter Trevelian aufgesucht hatte. Von dem wahren Grund. Ohne auch nur einmal innezuhalten, sprach sie darüber, wie die beiden sie erschaffen hatten. Erschaffen! Da war es wieder, nur ein einziges Wort, und doch sagte es alles, was man über ihre Menschlichkeit wissen musste.

Menschen werden nicht erschaffen, sie werden geboren!

»Ich bin … ein Ding. Etwas, das jemand gemacht hat. Kein Mensch!«

Skandar zwickte sie in den Arm.

»Au! Was soll das?«

»Hat das wehgetan?«

»Natürlich, was denkst du denn?«

»Würde ein Ding, wie du es nennst, Schmerzen spüren?«

»Offensichtlich.« Wieder brannten Tränen in ihren Augen und rannen über ihre Wangen, tatsächlich war sie nicht einmal sicher, ob sie während ihrer Erzählung überhaupt zu weinen aufgehört hatte.

Skandar seufzte. »Sieh mich an, Rayne.«

Widerstrebend folgte sie seiner Aufforderung. Sie fürchtete sich vor dem, was sie in seinem Blick finden mochte, doch alles, was sie in seinen Augen sah, war Wärme. »Du bist ein Mensch. Du bist aus Fleisch und Blut, du hast Gefühle. Du blutest, wenn du dich verletzt. Du atmest, musst essen und du kannst sterben – vermute ich. Dein Ursprung mag nicht natürlich sein, aber alles an dir ist so menschlich, wie man nur sein kann.«

Rayne sagte nichts. Sie war zu sehr damit beschäftigt, seine Worte wirken zu lassen und darüber nachzudenken, als dass sie zu einer Erwiderung imstande gewesen wäre.

»Hast du dich jemals nicht wie ein Mensch gefühlt?«

»Vielleicht weiß ich gar nicht, wie ein Mensch sich fühlt. Woher sollte ich es auch wissen?«

»Sei nicht albern. Noch mal: Hast du dich jemals nicht wie ein Mensch gefühlt?«

Sie schüttelte den Kopf. »Ich glaube nicht.«

»Hattest du je Anlass zu glauben, du könntest anders sein als die anderen? Anders als deine Brüder, deine Freunde oder deine Eltern?«

Rayne spürte in sich hinein, suchte nach Momenten in ihrem Leben, in denen das der Fall gewesen sein könnte. Doch da war nichts. »Nein.«

»Und jetzt? Fühlst du dich jetzt anders?«

Natürlich, wollte sie sagen. *Wie könnte ich mich nicht anders fühlen, nach allem, was ich erfahren habe?* Aber sie wusste, dass Skandar diese Antwort nicht akzeptieren würde. Es ging nicht darum, wie das Gehörte ihre Gefühle beeinflusste, sondern darum, wie sie sich *tatsächlich* fühlte. »Nein, nicht anders.«

»Warum solltest du dann daran zweifeln, was du bist?«

Weil ich nicht bin, was ich geglaubt habe zu sein? Weil ich es nie war?

Sie war verwirrt und überrascht zugleich. Sie hatte damit

gerechnet, dass Skandar sich abgestoßen fühlen würde, wenn er die Wahrheit erfuhr. Dass er sich anders benehmen, sie anders behandeln oder ansehen würde. Doch das tat er nicht. Er benahm sich wie immer. Als hätte sich nichts verändert. Und wenn sie es logisch betrachtete, hatte sich auch nichts verändert. Sie hatte etwas über sich erfahren, das alles, was sie bisher zu wissen geglaubt hatte, infrage stellte, trotzdem war sie noch immer dieselbe, die sie schon ihr ganzes Leben lang gewesen war. Dieselbe Person wie immer. Und wenn diese Person kein gewöhnlicher Mensch war, war sie es auch schon nicht gewesen, bevor sie die Wahrheit erfahren hatte. Es änderte nichts. Oder?

Zumindest kannte sie jetzt den Grund, warum Eyron und die Schatten hinter ihr her waren. Er hatte es auf die Magie abgesehen, ganz so, wie die Seherin es damals vorhergesagt hatte. Bei dem bloßen Gedanken daran, dass der Mann, von dem sie geglaubt hatte, ihn zu lieben, der Mann, den sie hatte heiraten wollen, es einzig und allein auf die Magie abgesehen hatte, wurde ihr übel. Wie hatte sie sich so in ihm täuschen können?

Als sie die Frage laut stellte, ruckte Skandars Kopf hoch. »Entschuldige, ich bin wohl eingenickt.«

»Nein, mir tut es leid.« Rayne schüttelte den Kopf. »Du bist noch immer nicht bei Kräften, und ich mache es nicht gerade besser, wenn ich dich mit meinem Blödsinn vom Schlafen abhalte.«

Er verzog den Mund zu einem halben Lächeln. »Genau genommen war nur der letzte Satz über den Blödsinn Blödsinn. Und wie dir vielleicht aufgefallen ist, konntest du mich nicht wirklich vom Schlafen abhalten. Diejenige, die sich erholen muss, bist allerdings du. Lass deinen Geist für ein paar Stunden zur Ruhe kommen.«

»Ich glaube nicht, dass ich schlafen kann.«

Skandar hob einladend den Arm. Ohne darüber nachzudenken, rollte sich Rayne auf die Seite und bettete ihren Kopf an seine unversehrte Schulter, eher er den Arm wieder senkte und sie an sich zog.

»Ich glaube wirklich nicht, dass ich schlafen kann«, murmelte sie gegen seine Brust. Sie wollte noch etwas sagen, doch bevor sie die Worte in ihrem Kopf sortiert hatte, fielen ihr die Augen zu.

39

Als Rayne erwachte, waren die Kerzen und Laternen erloschen und durch die geöffneten Fensterläden strömte das Licht eines sonnigen Tages herein. Sie wusste nicht, was sie mehr erstaunte; dass sie tatsächlich eingeschlafen war oder dass sie noch immer in Skandars Armen lag. Seine Schulter diente ihr als Kissen, und sein Arm wärmte sie, während sein steter Atem über ihr Haar strich.

Er schlief noch, deshalb nutzte sie die Ruhe, um in sich hineinzuhorchen. Wie schon gestern Abend versuchte sie herauszufinden, ob sie sich anders fühlte. Ob etwas an oder in ihr anders war. Weniger menschlich. Doch alles war wie immer. Und ehe sie noch weiter darüber nachdenken konnte, spürte sie Skandars Hand auf ihrer Schulter.

»Hör auf damit«, sagte er.

»Womit?«

»Ich weiß genau, was du tust, Rayne. Du suchst nach einem Fehler an dir. Nach etwas, das nicht so ist, wie es deiner Ansicht nach sein sollte.«

Wann hatte dieser Mann sie so gut kennengelernt, dass er genau wusste, was in ihr vorging? Wie hatte sie nicht bemerken können, wie nah er ihr gekommen war? Dann wurde ihr noch etwas anderes bewusst, das sie nicht bemerkt hatte. Sie sprang aus dem Bett. Um ein Haar wäre sie über ihre Stiefel gestolpert, konnte sich aber gerade noch fangen und lief weiter.

»Diese Magie, aus der ich … erschaffen wurde«, rief sie Trevelian durch den Raum entgegen. »Ist das eine Kraft, auf die ich zugreifen kann?«

Der Zauberer saß vor dem Kamin, fast hatte es den Anschein, als hätte er sich seit gestern Abend nicht vom Fleck gerührt. Einzig die geöffneten Fensterläden und ein Teller mit Früchten auf seinem Schoß deuteten darauf hin, dass er zwischendurch seinen Sessel verlassen hatte. Er zog an einer Pfeife und blies den Rauch in wabernden Kringeln in die Luft. Jetzt hob er den Kopf und sah Rayne an, die in Strümpfen auf ihn zukam.

»Wenn du einen Weg findest, die Mauer zu durchbrechen, hinter der wir sie verborgen haben, könntest du das.«

»Warum habt Ihr mir das nicht schon gestern gesagt?« Schlagartig war der Zorn zurück, den sie ihm gegenüber verspürte, seit er den Preis für seine Hilfe genannt hatte. Wie hatte er ihr etwas so Wichtiges vorenthalten können?

Ein weiterer Zug an seiner Pfeife, gefolgt von einer Rauchwolke. »Wir haben unser Bestes gegeben, die Magie zu schützen, auch vor dir. Ich glaube nicht, dass du es schaffen wirst. Was willst du überhaupt damit?«

Ihr Blick glitt zum Bett zurück, wo Skandar sich aufgesetzt hatte.

»Ich verstehe.« Er zuckte die Schultern. »Versuch es.«

»Habt Ihr vielleicht einen Rat, wie ich das anstellen soll?« Sein offensichtliches Desinteresse heizte ihre Wut nur noch mehr an. Sie würde es ihm schon zeigen!

»Wie du bereits gelernt hast, hat alles im Leben seinen Preis.«

Rayne schnaubte. »Ihr wollt noch mehr?«

»Nein, denn ich kann dir dafür keine Gegenleistung bieten, ich weiß nicht, wie du die Mauer durchbrechen kannst. Aber wenn du es schaffst, hat das einen Preis. In diesem Fall die Gefahr, dass es womöglich nicht mehr rückgängig zu machen ist, wenn sie einmal durchbrochen ist.«

»Das Risiko gehe ich ein.« Rayne fuhr herum und kehrte zu Skandar zurück.

»Worum ging es da? Was für einen Preis?«, wollte er wissen.

»Nicht weiter wichtig«, sagte sie und setzte sich auf die Bettkante. »Gib mir deine Hand.«

Er hielt ihr die vergiftete Hand entgegen. Sie entfernte den Wickel und wischte die Reste der Paste von seiner Haut. Sie spürte, wie Skandar erstarrte, und erst da wurde ihr bewusst, dass er seine Hand zum ersten Mal in diesem Zustand sah. Der Anblick war erschreckend. Der einzige Trost war, dass sich das abgestorbene Gewebe nicht weiter ausgebreitet hatte. Behutsam strich Rayne über die unversehrte Haut oberhalb seines Handgelenks. »Es tut mir leid«, flüsterte sie.

Sie barg seine abgestorbene Hand in ihrer und schloss die Augen. Sie suchte nach einer Kraft in sich, die ihr bisher noch nicht aufgefallen oder bewusst geworden war. Nach etwas, das anders war. Doch alles, was sie fand, war ihre eigene, vertraute Energie, von der sie gestern den größten Teil aufgebraucht hatte. Rayne spürte ihr nach, in der Hoffnung, dass sich dahinter etwas verbarg. Wenn sie diese Mauer fand, von der Trevelian gesprochen hatte, würde sie auch einen Weg finden, sie einzureißen.

Auf der Suche nach dem Ursprung ihrer Energie tastete sie sich so weit voran, wie sie es noch nie getan hatte. Immer tiefer glitt sie in die bodenlose Schwärze, die dort herrschte, wo sich sonst strahlende Energie befand. Trotz der Schwärze, durch die ihr Geist tauchte, hatte sie keine Angst. Es war eine andere Form von Dunkelheit als die, die sie in der Magie der Schatten gespürt hatte. Diese hier hatte nichts Bedrohliches an sich, sie war nichts anderes als die Abwesenheit von Licht.

Plötzlich stieß Rayne auf den Grund. Er kam so überraschend, dass sie um ein Haar vor Schreck zurückgeprallt wäre. Gerade noch gelang es ihr, die Konzentration zu halten. Ihr Geist tastete sich über den Grund voran, drückte dagegen, bis er nachgab. Es war nicht, als bräche der Boden unter ihr ein, sondern vielmehr, als glitte eine Tür zur Seite. Dahinter offenbarte sich ihr eine massive Mauer. Rayne wusste nicht, ob es wirklich eine Mauer war oder ob das, was sie von der Großen Magie trennte, nur so aussah, weil es durch Trevelians Worte in ihrer Vorstellung dazu geworden war. Was sie in ihrem Geist erblickte, waren dicke Steinquader, die Ritzen so dicht verfugt, dass sie nicht auf die andere Seite spähen konnte. Im Geiste gab sie der Mauer einen Stoß, und als nichts geschah, begann sie, dagegenzudrücken, sich mit aller Willenskraft gegen den Stein zu lehnen und zu versuchen, ihn zum Einsturz zu bringen. Doch sosehr sie sich auch bemühte, es wollte ihr nicht gelingen. Sie drückte und schob, bis ihr schwindlig wurde. Erst dann gab sie widerwillig auf.

Als sie die Augen öffnete, begegnete sie Skandars fragendem Blick. Sie schüttelte den Kopf. »Ich dachte, wenn ich an die Magie, du weißt schon, die, aus der ich angeblich erschaffen wurde, herankomme, könnte ich etwas tun, um deine Hand zu retten. Aber ich kann sie nicht erreichen.«

»Vielleicht erwartest du einfach zu viel auf einmal. Wie wäre es, wenn wir erst einmal etwas essen?«

»Ich weiß nicht, ob das hilft«, sagte Rayne zweifelnd.

»Mir schon. Ich habe Hunger.«

Sie wollte ihm etwas zu essen bringen, doch Skandar bestand darauf, aufzustehen. »Ich war schon viel zu lange nutzlos«, sagte er. »Zwing mich nicht, diesen Zustand noch weiter in die Länge zu ziehen.«

Sie dachte daran, was passieren würde, wenn Trevelian ihm wirklich die Hand abnehmen musste. Wie lange würde ihn das ans Bett fesseln? Seufzend stimmte sie zu, wohl wissend, dass er lediglich aus Höflichkeit auf ihre Zustimmung gewartet hatte. Als er aufstand, wankte er leicht. Rayne griff nach seinem Arm und stützte ihn, bis er sein Gleichgewicht gefunden hatte. Zu sehen, wie er aus eigener Kraft zum Kamin ging, erfüllte sie trotz allem mit Zuversicht und Glück. Verglichen mit seinem Zustand der letzten Tage, war er in guter Verfassung.

Trevelian, der noch immer seine Pfeife schmauchte und dazu in einem Buch blätterte, sah auf. »Es scheint dir besser zu gehen.« Er deutete auf einen Sessel. »Setz dich, bevor du den Fortschritt gleich wieder zunichtemachst.«

Skandar folgte der Aufforderung. »Ich danke Euch für Eure Hilfe und Gastfreundschaft, Zauberer.«

Der Alte winkte ab und wandte sich an Rayne. »Ich habe eure Pferde bereits gefüttert und getränkt. Wenn ihr auch etwas essen wollt; es ist noch Hafergrütze da.«

Ohne ein Wort machte sie kehrt, um zwei Schalen für sich und Skandar zu holen, ehe sie sich zu den beiden setzte. Nachdem sie gegessen hatten, sah sich Trevelian Skandars Hand an. Er wickelte den Umschlag ab und betrachtete die schwarze Haut eingehend, indem er die Hand mal in die eine, dann in die andere Richtung drehte. Rayne spürte, dass er sich konzentrierte, und wusste, dass er nicht nur seine Augen für die Untersuchung verwendete.

»Das Gift hat sich nicht weiter ausgebreitet und auch die Fäulnis nicht.« Er sah Skandar an. »Du wirst deinen Arm behalten, Krieger, die Hand jedoch muss ich dir abnehmen.«

Ein Muskel an Skandars Kinn zuckte kurz, das war die einzige Reaktion die er zeigte. »Wann?«

»Noch heute. Zuerst allerdings möchte ich von dir hören, was du über diese Schatten weißt.«

Also erzählte Skandar noch einmal, was in Maél geschehen war und was er seitdem über die Schatten herausgefunden hatte. Nach den letzten Tagen, die er größtenteils in Schweigen verbracht hatte, tat es Rayne gut, seine Stimme zu hören. Statt jedoch dem Gespräch zu folgen, richtete sie ihre Aufmerksamkeit nach innen. Sie musste einen Zugang zu dieser Magie finden, wenn sie verhindern wollte, dass Skandar seine Hand verlor.

Nachdem sie wusste, wo sie suchen musste, fand sie die Mauer dieses Mal sofort. Der Klang von Skandars Stimme hüllte sie ein wie eine schützende Decke, während sie sich an der Mauer entlangtastete, auf der Suche nach einer Schwachstelle, vielleicht sogar einer verborgenen Tür, die auf die andere Seite führte. Als sie nichts fand, wandte sie sich den Fugen zu, kratzte mit ihrem Geist daran, in der Hoffnung, dass es ihr gelänge, zumindest einen einzelnen Stein zu lockern. *Nur ein einziger Stein.* Mehr brauchte sie nicht. Einmal hatte sie das Gefühl, dass sie etwas zu fassen bekam, dann aber glitt ihr Geist daran ab wie schon zuvor. Ihre Versuche erschöpften sie und schließlich war sie erneut gezwungen aufzugeben. Zumindest für den Moment.

»Ich habe eine dunkle Ahnung, was diese Schatten sein könnten«, sagte Trevelian gerade. »Um mehr herauszufinden, muss ich das Feuer befragen.«

Der Zauberer erhob sich, ging zu einem der Regale und kehrte mit einem dunkelroten, faustgroßen Samtbeutel zurück. Er schob seinen Stuhl vom Kamin fort und forderte Rayne und Skandar auf, ihre Plätze ebenfalls zu räumen. Nachdem er ein paar Scheite nachgelegt hatte, entzündete er sie mit einem Fingerschnippen.

»Es nennt sich Flammenorakel«, erklärte er, während im Kamin das Feuer emporzüngelte und Schatten auf seine graue Robe zeichnete. »Ich kann meinen Geist durch die Flammen mit Kräften verbinden, die mehr wissen als ihr und ich.«

»Feuergeister«, flüsterte Skandar, und sein Blick brachte deutlich zum Ausdruck, dass er diese Wesen für ein Märchen gehalten hatte.

Trevelian nickte. »Wenn sie mir gewogen sind, werden sie meine Fragen beantworten.« Er nahm ein Stück gelber Kreide und malte ein paar verschlungene Zeichen auf die Mauer über dem Kamin. »Ihr müsst leise sein, Feuergeister neigen dazu, sich ablenken zu lassen. Sie sind sehr sprunghafte Wesen. Sagt kein Wort, auch dann nicht, wenn der Geist euch direkt ansieht oder anspricht. Andernfalls werden wir, ganz gleich was er behaupten mag, keine Antworten bekommen.« Ohne eine Erwiderung abzuwarten, öffnete er die Schnüre des Samtbeutels und griff hinein. Seine Hand förderte ein Pulver zutage, dunkelrot, mit silbernem Schimmer. Begleitet von einem monotonen Singsang ließ er es langsam in die Flammen rieseln.

Während Rayne zusah, wie die Flammen die Farbe veränderten, von Gelb-Orange in Orange und schließlich in ein dunkles Rot übergingen, wechselte Trevelian von dem Singsang zu Worten in einer Sprache, die sie noch nie gehört hatte. Kehlige Laute kamen über seine Lippen, abgehackt und fremdartig. Wieder und wieder schien er dieselben Formeln zu wiederholen, und auch als sich die Umrisse eines Gesichts aus den Flammen zu schälen begannen, hörte er nicht damit auf.

Rayne warf einen Blick zu Skandar, der das Schauspiel mit einer Mischung aus Faszination und Sorge betrachtete, ehe sie ihre Aufmerksamkeit wieder auf das Feuer richtete. Das Gesicht hatte sich jetzt über die Flammen erhoben und schwebte darüber wie eine bronzene Maske, die Züge starr, die Augen leer. Trotzdem hatte Rayne das Gefühl, dass das Ding sie anstarrte.

Trevelian beendete sein Murmeln in der fremden Sprache. »Herr des Feuers, Gebieter der Flammen«, sagte er dann. »Blicke in meinen Geist, und sehe, was ich zu erfahren dürste. Erfülle mich mit deinem Wissen und deiner Weisheit.«

Die Flammen unter dem maskenhaften Gesicht loderten kurz auf. Das Gesicht hatte seinen Blick noch immer auf Rayne gerichtet. »Wer bist du, Kind?«

Sie biss sich auf die Lippe und schwieg.

»Blicke in meinen Geist, und sehe, was ich zu erfahren

dürste«, wiederholte Trevelian, doch der Feuergeist beachtete ihn nicht. Die leeren Augenhöhlen waren noch immer auf Rayne gerichtet. »Sie soll mich fragen!«

»Ich habe dich gerufen, und ich bin der Einzige, mit dem du sprechen wirst«, sagte Trevelian bestimmt.

Rayne wollte einen Schritt auf das Feuer zumachen, doch Skandar legte ihr eine Hand auf den Arm. Als sie ihn ansah, schüttelte er warnend den Kopf.

»Du wirst mit mir sprechen«, beharrte Trevelian. »Sieh in meinen Geist!«

Dieses Mal widersprach das Wesen nicht, und als Trevelian die Augen schloss, war Rayne sicher, dass der Feuergeist seiner Aufforderung gefolgt war. Lange Zeit stand der Zauberer still da, die Augen geschlossen, die Stirn von Falten der Konzentration zerfurcht. Er wankte leicht hin und her, gab aber keinen Laut von sich, während er stumme Zwiesprache mit dem Geist hielt. Rayne wusste nicht, wie viel Zeit vergangen war, als er endlich die Augen wieder öffnete.

»Ich danke dir«, sagte er ruhig. Er machte eine Handbewegung, als wollte er einen Vorhang zur Seite schieben, und das Gesicht über den Flammen begann zu flackern. Es wurde unstet und verlor mehr und mehr an Kontur, bis es sich schließlich auflöste, wie Nebel, durch den der Wind fuhr.

Trevelian drehte sich zu Rayne und Skandar um. »Es ist, wie ich befürchtet hatte.« Er scheuchte sie zu den Sesseln zurück. Nachdem sie alle Platz genommen hatten, sagte er: »In Maél gibt es eine alte Legende von einem Tyrannen …«

»… unter dem Fels«, beendeten Rayne und Skandar seinen Satz zeitgleich mit ihm. Um ein Haar hätte Rayne gelacht. Wie hoch war die Wahrscheinlichkeit, dass der alte Zauberer bei allen Geschichten und Legenden Tharennias ausgerechnet auf diese zu sprechen kommen würde, mit der sie sich in den letzten Wochen die Zeit vertrieben hatten?

»Ich sehe, ihr habt davon gehört«, sagte er. »Der unschöne

Teil dieser Geschichte ist, dass es sich dabei nicht um eine Legende handelt und dass der vermeintliche Tyrann kein Mensch war. Das alles ist so lange her, dass es nahezu vollständig dem Vergessen anheimgefallen ist. Was davon blieb, ist eine Geschichte, gesponnen aus falschen Überlieferungen und bloßer Erfindung.«

Rayne und Skandar wechselten einen unbehaglichen Blick.

»Ihr kennt beide die Geschichte der Kirk Tharennae.« Es war eine Feststellung, keine Frage.

Natürlich kannte Rayne die Geschichte von Airleas, der Göttin des Anfangs, und Warian, dem Gott des Endes, die einst einem Mann in Cymholt erschienen waren. Der Mann war im Begriff gewesen, sich von einer Klippe zu stürzen. Die Götter hatten sein Leben gerettet und ihm den Glauben an die Welt zurückgegeben. Aus Dankbarkeit war er zu ihrem ersten Priester geworden und hatte begonnen, den Glauben an Anfang und Ende zu verbreiten. Sein Sohn folgte in seinen Fußstapfen und auch andere schlossen sich ihm an. Mit Siedlern aus Cymholt, die sich in Tharennia niederließen, erreichte der Glaube schließlich auch das Königreich. Nach anfänglichem Schattendasein erfuhr der neue Glaube während des Krieges gegen die Zauberer immer mehr Zulauf und breitete sich als Kirk Tharennae – die Kirche Tharennias – bald im ganzen Reich aus.

»Die meisten denken, dass der Glaube an die Götter von Anfang und Ende erst seit jener Nacht existiert, in der die Götter dem Mann erschienen waren, der zu ihrem ersten Priester werden sollte«, sagte Trevelian. »Die Wahrheit jedoch ist, dass dieser Glaube schon sehr viel älter ist und lediglich in Vergessenheit geraten war. Es gibt Aufzeichnungen, die davon zeugen, dass die Götter schon seit Jahrtausenden über unser Land wachen. Zu einer Zeit, in der der Kontinent, den wir heute als Tharennia kennen, noch keinen Namen hatte, als einzelne Clans das Land beherrschten und Maél noch eine flache Steppenlandschaft war, hat man bereits Airleas und Warian gehuldigt.«

»Maél war noch nie eine Steppe«, wandte Skandar ein. »Das ist doch nur eine Geschichte. Die Berge sind ebenso ein Teil des Landes wie der Himmel darüber. Ein Gebirge wächst nicht plötzlich aus dem Boden, es ist einfach *da*. Immer.«

Trevelian lächelte milde. »So wie auch der Dritte Gott da ist?«

»Welcher Dritte Gott?«

»Zu jener Zeit, als Maél noch eine Steppe war«, nahm Trevelian den Faden wieder auf, »herrschten nicht nur Airleas, die Göttin des Anfangs, und Warian, der Gott des Endes, über das Land. An ihrer Seite thronte auch Darathor, der Gott der Finsternis und des Chaos. Im Gegensatz zu seinen Geschwistern brachte Darathor Tod und Verderben über jene, die sich weigerten, ihm die alleinige Treue zu schwören. Er war unerbittlich in seinem Zorn, löschte Städte und Dörfer aus und trieb ganze Reiche in den Untergang. Angst ist eine mächtige Waffe, entsprechend schnell wuchs seine Anhängerschaft. Die anderen Götter konnten nicht länger tatenlos zusehen, wie er die Menschen versklavte und mehr und mehr Macht gewann. Also lockten sie ihn in den Norden, stellten ihm dort eine Falle und begruben ihn unter von ihnen erschaffenen Felsmassen.« Trevelian sah Skandar an. »Die Felsen, die heute die vertrauten Gebirge Maéls sind. Im Laufe der Zeit schwand die Erinnerung an den Dunklen Gott. Trotzdem erzählt man sich auch heute noch die Legende von einem Tyrannen, der unter den Felsen darauf wartet, Rache zu nehmen. Es ist eine Geschichte, die dazu gedacht ist, kleine Kinder zu erschrecken, an deren Wahrheitsgehalt aber schon sehr lange niemand mehr glaubt.«

Während Rayne noch versuchte, diese Sage vom Dritten Gott in Zusammenhang mit dem Flammenorakel und den gegenwärtigen Ereignissen zu bringen, ergriff Skandar das

Wort. »Ich verstehe nicht, was das mit den Schatten zu tun haben soll.«

»Dazu, junger Nordländer, komme ich noch.« Trevelian lächelte bitter und wandte sich an Rayne. »Schon bevor deine Mutter zu mir kam und mir von Malyns Worten berichtete, wusste ich von einer uralten Prophezeiung. Darin heißt es, dass das Erscheinen eines flammenden Sterns die alte Macht der Finsternis wieder stärken würde.«

»Der Schweifstern«, flüsterte Rayne. »Also ist er doch ein böses Omen.«

»Nenn es, wie du willst. So oder so bringt er große Gefahr mit sich.«

Rayne runzelte die Stirn. »Wenn Ihr all die Jahre von dieser Prophezeiung wusstet, warum habt Ihr dann niemanden gewarnt, als der Stern erschien?«

»Und was hätte ich sagen sollen? Der Stern bedeutet Gefahr?« Der Alte schüttelte den Kopf. »Es gibt unzählige Verrückte, die seit seinem Auftauchen wirres Zeug von Gefahr und Untergang faseln. Hätte ich mich etwa zwischen ihnen einreihen sollen?«

»Aber irgendetwas hättet Ihr doch tun müssen!«

»Sag mir, was das hätte sein sollen.« Jetzt wirkte er beinahe zornig, zugleich strahlte er eine unterschwellige Hilflosigkeit aus, wie jemand, der wusste, dass er etwas tun musste, dem jedoch die Hände gebunden waren. »Ich hatte doch keine Vorstellung davon, welcher Natur diese Gefahr sein würde, die da auf uns zukommt.«

»Aber jetzt wisst Ihr es?«, fragte Skandar.

Trevelian nickte. »Seit dem Augenblick, als Rayne mir von den Schatten berichtete, hatte ich eine Ahnung. Der Feuergeist hat sie bestätigt.« Er stand auf und ging zu einem Tischchen, auf dem ein Tonkrug stand. Mit fahrigen Bewegungen füllte er einen Becher, leerte ihn in einem Zug und stellte ihn zurück. Statt sich wieder in seinem Sessel niederzulassen, blieb er vor dem Kamin stehen. Der Feuerschein hinter ihm hüllte seine Gestalt in eine rot glühende Aura.

»Als Airleas und Warian Darathor unter den Felsmassen begruben, sorgten sie dafür, dass mit ihm auch seine Priester ihr Ende fanden. Diese Priester verfügten zu Lebzeiten über die Gabe, ihre Körper zu verlassen und als nebelhafte Gestalten umherzustreifen. Oft, sagt man, nahmen sie auch andere Körper in Besitz und zwangen ihnen den Willen ihres Gottes auf, ehe sie sie wieder verließen, um in ihren eigenen Leib zurückzukehren.« Trevelian machte eine kurze Pause, dann sagte er: »Jemand hat Darathors einstige Priester erweckt. Ihre Körper sind noch immer unter dem Fels gefangen, doch ihre Seelen oder ihre Substanz, wie auch immer man es nennen will, sind frei.«

»Und in Ermangelung eines eigenen Körpers sind sie auf menschliche Hüllen angewiesen«, mutmaßte Skandar. »Ist es das, was hier geschieht?«

Der Zauberer nickte. »Sie sind schwach, und wann immer sie einen Körper verlassen, nehmen sie dessen Energie mit. Deshalb sterben die Menschen, die Schatten nähren sich an ihnen. Sie brauchen die Körper – um handeln zu können und um sich am Leben zu erhalten. Womöglich war es das Erscheinen des Schweifsterns, das ihnen die Rückkehr in diese Welt ermöglichte.« Er sah Skandar an. »Vielleicht war es auch dein Bruder, der sie beschwor. Zweifelsohne scheint er sie ja anzuführen.«

Skandar war anzusehen, dass er am liebsten aufgesprungen wäre. Er beschränkte sich jedoch darauf, sich kerzengerade aufzurichten. »Warum sollte Eyron das tun? Er ist keiner von ihnen.«

»Er muss kein Schatten sein, um Darathor zu dienen«, sagte Trevelian.

Rayne erhob sich. Ihre Beine zitterten, sie hatte das Gefühl, von der Wucht der Erkenntnis niedergedrückt zu werden, trotzdem hielt sie es nicht länger aus, still dazusitzen. »Dann wollen sie Darathor befreien, ist es das? Und dafür brauchen sie meine Magie?«

»Ich fürchte, so ist es.«

In der Akademie hatten die Schatten versucht, ihr die Magie zu stehlen, nicht ahnend, dass *sie* selbst die Magie war. Auch jetzt schienen Eyron und seine Handlanger die Wahrheit nicht zu kennen. Womöglich war das ein Vorteil, den Rayne nutzen konnte.

»Gibt es eine Möglichkeit, die Magie aus mir herauszulösen, so wie bei meiner Mutter?« Dann könnten sie die Magie vor Eyron und den Schatten verstecken.

Trevelians Kopfschütteln zerschlug ihre Hoffnung. »Es ist nicht einfach nur eine Verbindung, wie damals bei deiner Mutter. Du *bist* die Magie, Mädchen. Ihr seid eins. Du existierst aus der Magie heraus, und wenn sie zerstört oder freigelassen wird …«

»… wird es mich umbringen«, schloss sie an seiner Stelle.

»Dann müssen wir die Schatten, diese Priester, unschädlich machen, bevor sie ihr Ziel erreichen können«, sagte Skandar.

Trevelian nickte. »Nachdem ich nun weiß, womit wir es zu tun haben, weiß ich auch, wie wir dagegen angehen können. Es gibt ein Ritual, allerdings brauche ich Zeit, um alles vorzubereiten.«

»Kennt Ihr auch einen Weg, wie wir Darathor vernichten können?«

Rayne sah Skandar erschrocken an. »Du willst gegen einen Gott antreten?«

»Wenn es sein muss.« Die grimmige Entschlossenheit in seinen Zügen sagte ihr, dass er alles tun würde, um die Bedrohung durch den Dunklen Gott abzuwenden. Ganz gleich, was es ihn selbst kosten würde.

Trevelian dachte eine Weile über seine Frage nach. »Ich glaube, dass er gar nicht vernichtet werden muss. Er ist noch immer eingekerkert. Eine leblose Hülle, die darauf wartet, wieder zum Leben erweckt zu werden. Ich weiß nicht, warum dein Bruder ihm dient oder wie er überhaupt von ihm erfahren hat, aber ich weiß, dass Darathor in seinem Gefängnis nichts ausrichten kann. Andernfalls wäre es niemals gelungen, ihn über Jahrtausende dort festzuhalten. Vermutlich verfügt er in seinem derzeitigen Zustand nicht einmal über ein Bewusstsein.«

»Dann findet das alles ein Ende, wenn Eyron und die Schatten besiegt sind?« Skandar war keine Regung anzusehen, nichts deutete darauf hin, was er über die Beteiligung seines Bruders dachte oder welche Gefühle sie in ihm hervorrief.

Der Zauberer nickte. »Ohne seine Diener, die alles Nötige in die Wege leiten, kann Darathor nichts tun. Er wird nicht einmal erfahren, wie nah er seiner Rückkehr gekommen ist.«

Trevelians Worte erfüllten Rayne mit unglaublicher Erleichterung. Zu wissen, dass es einen Weg gab, auch wenn er vermutlich alles andere als einfach werden würde, genügte ihr. Sie konnten es schaffen. Sie *würden* es schaffen.

40

Den Rest des Tages bekamen sie Trevelian kaum mehr zu Gesicht. Er war so sehr mit den Vorbereitungen des Rituals beschäftigt, dass er sogar Skandars Hand vergessen zu haben schien.

Mit wachsender Besorgnis beobachtete Rayne, wie sich Skandars Laune von Stunde zu Stunde weiter verschlechterte. Sie hatte ihn dazu bewegen wollen, sich wieder hinzulegen, stattdessen hatte er darauf bestanden, immer wieder ein paar Schritte durch die Hütte zu gehen, seine Muskeln zu dehnen und länger auf den Beinen zu bleiben, als in seinem derzeitigen Zustand gut sein konnte. Rastlos lief er hin und her. Einmal geriet er ins Wanken. Sofort war Rayne bei ihm, doch er streifte ihre Hände ab.

»Ich kann nicht tatenlos herumliegen und warten!«, fuhr er sie an, als sie einmal mehr versuchte, ihn zumindest zu einer Pause zu überreden. »Verflucht, wo bleibt der Alte? Wie lange will er mich noch warten lassen?«

Rayne runzelte die Stirn. »Bist du so versessen darauf, deine Hand zu verlieren?«

Er schnaubte. »Natürlich nicht! Aber wenn es schon sein muss, will ich es so rasch wie möglich hinter mich bringen. Je früher wir dieses Ritual durchführen können, desto besser.«

Sie bezweifelte, dass er so schnell wieder auf den Beinen sein würde. Aber vielleicht war das auch gar nicht nötig. »Wir werden das Ritual ohnehin hier durchführen, und du kannst sicher bleiben, bis du wieder ausreichend bei Kräften bist. Also hör auf, so ungeduldig zu sein. Himmel, du treibst mich in den Wahnsinn mit deinem Hin-und-her-Gerenne! Was würdest du tun, wenn ich mich so benehmen würde?«

Seine Mundwinkel zuckten. »Ich würde dir androhen, dich in einen eisigen Fluss zu tauchen, falls du nicht damit aufhörst.« Der Anflug des Lächelns war so schnell verschwunden, wie er gekommen war. »Du glaubst nicht wirklich, dass es so einfach wird, oder?«

»Was meinst du?«

»Dass du dich lediglich mit Trevelian vor den Kamin setzen und dieses Ritual durchführen musst, woraufhin die Schatten augenblicklich vernichtet werden, während ich nebenan im Bett liege und in aller Ruhe genese?«

Rayne seufzte. Nein, daran glaubte sie tatsächlich nicht, aber es war tröstlich, es sich zumindest vorzustellen. »Ich glaube«, sagte sie schließlich, »dass wir aufhören sollten, uns verrückt zu machen. Wir müssen einfach abwarten, was Trevelian uns über dieses Ritual erzählt. Und bis dahin werde ich mir deine Hand noch einmal ansehen.«

Seinen Protest ignorierend, schob sie ihn zum Bett zurück und zwang ihn, sich zumindest zu setzen, wenn er sich schon nicht hinlegen wollte. Widerwillig ließ er sich auf die Bettkante fallen. Rayne setzte sich neben ihn.

»Gib mir deine Hand.« Als er sie ausstreckte, wickelte sie den Verband ab. Einmal mehr stellte sie fest, dass sich nichts verändert hatte – weder zum Guten noch zum Schlechten.

Skandar hatte den Blick starr geradeaus gerichtet. Seine Kiefermuskeln zuckten, seine ganze Haltung war angespannt, als kostete es ihn Mühe, ruhig zu bleiben. Auch ohne dass er es aussprach, wusste Rayne, was in ihm vorging. Er war ein Krieger, der es gewohnt war, an vorderster Front zu stehen, und es hasste, schwach zu sein. Vermutlich ebenso sehr, wie er es hasste, auf die Hilfe anderer angewiesen zu sein.

Sie schob alle Gedanken von sich und schickte ihren Geist erneut auf die Suche nach der Mauer. Dieses Mal konzentrierte sie sich sofort auf eine der Fugen. Wenn es ihr gelang, einen einzelnen Stein zu lösen, würde der Rest der Mauer dem Ansturm der Magie womöglich nicht standhalten können und einstürzen.

Es dauerte lange, und es war anstrengend, doch schließlich gelang es ihr, eine winzige Lücke zu reißen. Sie spürte die pulsierende Macht dahinter, doch entgegen ihrer Erwartungen hielt die Mauer. Nach ein paar Versuchen gelang es ihr immerhin, einen winzigen Teil der Energie durch die Lücke zu ziehen und in sich aufzunehmen. Diese neue Energie vereinte sich mit dem, was von ihrer eigenen geblieben war, und raste durch ihren Geist wie ein Schwarm Bienen, brummend und summend.

Rayne lenkte sie in ihre Finger und ließ sie von dort aus in Skandars Hand fließen, um das Gift aufzulösen. Sie merkte schnell, dass das, was sie hinter der Mauer hervorgeholt hatte, anders war als ihre eigene, vertraute Kraft. Ungebändigt und weitaus mächtiger.

Tatsächlich gelang es ihr damit, das Gift zu neutralisieren. Sie konnte regelrecht spüren, wie es unter dem Ansturm ihrer Energie zerfiel. Das war erstaunlich! Mit dem Gift war zwar die Ursache beseitigt, die Skandars Fleisch absterben ließ, eine Heilung jedoch – das fand sie schnell heraus – stand auch damit nicht in ihrer Macht. Auch wenn das Gift keinen weiteren Schaden mehr anrichten würde, war seine Hand verloren. Das konnte sie einfach nicht akzeptieren! Einer inneren Eingebung folgend, richtete sie den Rest der Energie auf das absterbende Gewebe seiner Hand. Sie tastete über die toten Zellen hinweg und versuchte, sie zu neuem Leben zu erwecken. Wieder und wieder arbeitete sie sich von den Fingerspitzen bis zum Handgelenk entlang. Sie war so konzentriert, dass sie erst merkte, dass ihre Kräfte erschöpft waren, als sie plötzlich Skandars Stimme hörte.

»Rayne!« Er schüttelte sie leicht. »Verflucht, komm zu dir!«

Blinzelnd öffnete sie die Augen und stellte fest, dass sie neben dem Bett auf dem Boden saß. Skandar kniete hinter ihr und hielt sie in seinen Armen.

»Was ist passiert?«

»Sag du es mir!« Seine Stimme schwankte zwischen Wut und Besorgnis. »Du bist plötzlich zusammengesunken.«

Sie setzte sich auf und kämpfte gegen den Schwindel an, der sofort versuchte, sie wieder niederzudrücken. »Zu viel Energie. Ich habe meine Kräfte wohl etwas überschätzt.«

An diesem Abend gingen sie früh zu Bett. Auch wenn Rayne noch immer mit Trevelians Offenbarung zu kämpfen hatte, dass sie kein normaler Mensch, sondern ein Wesen aus reiner Magie war, machte es ihr nicht mehr so viel zu schaffen wie tags zuvor. Die Geschichte über den Dritten Gott und das bevorstehende Ritual beanspruchten ihre Gedanken zu sehr, als dass sie sich mit der Frage auseinandersetzen konnte, *was* genau sie sein mochte.

Als sie sich neben Skandar legte, wünschte er ihr eine gute Nacht und rollte sich herum, bis er ihr den Rücken zuwandte. Rayne wusste nicht, was sie erwartet hatte. Eine Unterhaltung, ein paar freundliche Worte? Seine Arme, in die sie sich flüchten konnte? Alles, aber ganz sicher nicht, dass er erneut diese Mauer zwischen ihnen errichtete.

Warum tust du das?

Sie wollte die Frage laut stellen, wollte endlich wissen, wieso Skandar sie immer wieder abwies, doch die magischen Exzesse der letzten Tage forderten ihren Tribut, und sie war eingeschlafen, bevor die Worte den Weg über ihre Lippen finden konnten.

Am nächsten Morgen ging es Skandar noch besser als am Tag zuvor. Seine Temperatur fühlte sich normal an und seine Kräfte kehrten mehr und mehr zurück. Die Wunde an seiner Schulter sah gut aus und bereitete ihm lediglich bei manchen Bewegungen Schwierigkeiten. Das größte Wunder jedoch war seine Hand, die nicht länger schwarz war. Seine Finger waren steif und unbeweglich, die Haut fühlte sich rau an und hatte eine gräuliche Färbung angenommen. Die Schwärze aber war fort.

Trevelian schien zufrieden mit dem, was er bei seiner Untersuchung sah und spürte. »Ich glaube nicht, dass die Beweglichkeit zurückkehren wird«, sagte er, »aber ich finde auch kein Anzeichen, das noch dafür spräche, dir die Hand abzunehmen.« Er sah Rayne an. »Das Gift ist fort, wie hast du das geschafft?«

Sie zuckte die Schultern. »Ich habe meine Energie immer und immer wieder durch seine Hand fließen lassen.« Es war gelogen, doch sie wollte dem alten Zauberer nicht erzählen, dass es ihr gelungen war, eine Lücke in der Mauer zu öffnen. Abgesehen davon, dass sich die Lücke bis zum Morgen ohnehin wieder geschlossen hatte, fragte sie sich, was Trevelian fordern würde, wenn er wüsste, dass sie auf diese Kräfte zugreifen konnte. Oder zumindest auf einen winzigen Teil davon. Er mochte ihrer Mutter geholfen haben, die Magie von ihr abzutrennen, doch seitdem waren beinahe zwanzig Jahre vergangen. Wer konnte schon wissen, ob er das heute nicht bereute. Vielleicht fragte er sich in ebendiesem Moment, wie viele Lebensjahre er sich mit ihrer Magie erkaufen konnte. Nein, entschied sie, es war besser, dieses Geheimnis für sich zu behalten.

Statt also etwas über die Magie zu sagen, stellte sie die Frage, die sie schon viel zu lange vor sich herschob. »Habt Ihr etwas gefunden, um meiner Mutter zu helfen?«

Er schüttelte den Kopf. »Nein, noch nicht.«

»Was ist mit der Magie in mir? Könnte ich sie damit retten?«

»Das bezweifle ich«, sagte er ernst. »Es ist eine Sache, einen Zauber zu wirken und damit zum Beispiel ein Licht zu entzünden. In den Lauf der Natur einzugreifen, Krankheiten und Verletzungen zu heilen, ist etwas vollkommen anderes. Denn dann arbeiten Magie und Leben gegeneinander, messen ihre Kräfte, wenn du es so willst. Das ist etwas, das selbst mit der größten magischen Macht nur selten gelingt.« Nachdenklich betrachtete er Skandars Hand. »Zweifelsohne verfügst du über außergewöhnliche Kräfte, doch hier ging es nicht um ein Leben – zumindest nicht mehr. Das macht es der Magie leichter.«

»Wenn ich es richtig verstanden habe, geht es doch auch bei der Königin nicht um ihr eigentliches Leben«, mischte sich Skandar ein. »Sondern darum, diesen Lebensfunken ... ich weiß nicht ... neu aufzuladen?«

Skandars Worte brachten Rayne auf einen weiteren Gedanken. »Es war nicht das Leben – keine Krankheit oder Verletzung –, die meine Mutter in diesen Zustand brachte, sondern Magie. Ich müsste also einen Weg finden, diese Magie unschädlich zu machen.« Das war etwas komplett anderes als eine Heilung. Abgesehen davon war die Magie hinter der Mauer deutlich mächtiger als alles, worüber sie bisher verfügt hatte.

Trevelian schüttelte den Kopf. »Aber es ist das Leben, das sie in diesem Zustand hält, lange nachdem die Magie fort ist, die ihn ausgelöst hat.«

»Es muss doch etwas geben, um der Königin zu helfen.« Skandar dachte einen Moment nach. »Was ist mit einem Trank, wie Ihr ihn mir verabreicht habt?«

»Der Angriff hat Rissa den größten Teil ihrer Lebenskraft geraubt.« Trevelian sah Rayne an. »Mir fällt nur eine Möglichkeit ein, wie sich das rückgängig machen ließe, doch ich weiß nicht, auf welchem Weg das zu bewerkstelligen wäre.«

»Welche?«

»Um sie zu retten, müsstest du ihr einen Teil ihrer selbst zurückgeben. Einen Teil der Lebenskraft, die sie verloren hat.«

Ihre Mutter hatte die Essenz von sich gelöst und an Rayne übergeben. *Mich daraus erschaffen.* »Also einen Teil der Magie hinter der Mauer?«

Einmal mehr schüttelte Trevelian den Kopf. »Nein, das meinte ich nicht. Diese Magie mag einmal ein Teil von ihr gewesen sein, doch in dem Augenblick, in dem sie sich entschied, sich davon zu lösen, löste sie auch die Verbindung zwischen sich und der Magie. Wenn derjenige aber, der ihr in diesem Angriff die Energie genommen hat, noch darüber verfügt und sie ihr zurückgäbe …« Er schüttelte den Kopf. »Doch das wird wohl kaum geschehen. Wenn es etwas gibt, das du tun kannst, wirst du die Antwort darauf selbst finden müssen.«

In ein paar Tagen, nahm Rayne sich vor, wenn sie wieder über ausreichend Energie verfügte, würde sie noch einmal versuchen, Skandars Hand zu heilen. Vielleicht gelang es ihr mithilfe der anderen Energie, seine Hand vollständig wiederherzustellen. Und wenn sie das schaffte, würde sie es auch bei ihrer Mutter versuchen. *Es muss einen Weg geben!*

Im Augenblick allerdings war an den Einsatz von Magie nicht einmal zu denken. Nachdem sie sich gestern derart verausgabt hatte, fühlte sie sich noch immer unsicher auf den Beinen. Ganz zu schweigen davon, dass sie sich am liebsten unter der Decke vergraben und zwei Tage lang geschlafen hätte. Dieser Wunsch hatte allerdings auch etwas mit Skandars Verhalten zu tun. Er behandelte sie freundlich, antwortete, wenn sie ihn etwas fragte, und spekulierte während des Frühstücks – das sie ohne Trevelian aßen, der erneut losgezogen war, um Kräuter für das Ritual zu sammeln – mit ihr darüber, was sie bei diesem Ritual erwarten könnte. Trotzdem war da diese Wand, die sie nicht zu durchdringen vermochte. Die Wärme war aus seinem Blick verschwunden, die meiste Zeit sah er sie nicht einmal an, wenn er mit ihr sprach. Und sobald sie zu scherzen versuchte oder das Gespräch persönlicher zu werden drohte, erhob er sich und begann umherzuwandern.

Rayne ging in den Stall, um die Pferde zu versorgen. Als sie später ins Haus zurückkehrte, hatte sie kaum die Tür geöffnet, als Skandar ihr schon entgegenkam.

»Mir fällt die Decke auf den Kopf«, sagte er. »Ich muss an die Luft.« Noch ehe sie etwas erwidern konnte, hatte er das Haus verlassen.

Eine Weile blieb Rayne, wo sie war. Dann hielt sie es nicht länger aus und folgte ihm nach draußen. Sie fand ihn am Rand der Klippen. Er stand im Schatten einer Buche und blickte aufs Meer hinaus.

»Du solltest ins Haus zurückgehen und dich ausruhen«, sagte er, ohne sie anzusehen. »Du wirst deine Kräfte brauchen.«

Rayne konnte nicht länger schweigen. Was auch immer der Grund für sein abweisendes Verhalten war, sie musste es jetzt ein für alle Mal klären. Zu sehr vermisste sie den Mann, mit dem sie bis nach Valin gereist war. Den Mann, der sich vorgestern für ein paar Stunden gezeigt und ihr Trost gespendet hatte.

»Warum bist du so anders, seit wir Valin hinter uns gelassen haben?«

Noch immer sah er sie nicht an. »Das bin ich nicht.«

»Oh, bitte! Du kannst mich vielleicht ausschließen, aber versuch nicht, mich für dumm zu verkaufen! Ich dachte erst, es hätte etwas mit Eyron zu tun, damit, wie er dich behandelt hat, und mit der Erkenntnis, dass er die Schatten befehligt. Aber das ist es nicht. Es hat etwas mit mir zu tun.« Ein wenig leiser fügte sie hinzu: »Findest du nicht, dass ich zumindest eine Erklärung verdient habe?«

Er schaute nur weiter aufs Meer hinaus und schwieg.

»Skandar, bitte.«

Schließlich seufzte er. »Ich habe einfach begriffen, dass es nicht gut ist, mein Herz zu weit zu öffnen, wenn du doch trotzdem immer unerreichbar für mich sein wirst.«

Seine Worte überraschten und schmerzten Rayne zugleich. Sie betrachtete sein Gesicht, die versteinerten Züge, aus denen er jede Regung fernzuhalten versuchte, während er noch immer ihrem Blick auswich.

All die Scherze, die augenzwinkernden Bemerkungen und jede Nähe zwischen ihnen hatten in Valin ihr Ende gefunden. Oder kurz danach. Bis dahin hatte sie immer geglaubt, dass er sie nur aufziehen wollte, wenn er davon sprach, sie nur zu heiraten, sofern sie imstande war, Eintopf warm zu halten, oder grinsend bedauerte, dass sie seinem Bruder versprochen war. Selbst seinen Kuss an jenem Morgen im Wald hatte sie lediglich einem Zuviel an Emotion zugeschrieben. Sein Kuss in Lantar hingegen war vollkommen anders gewesen, leidenschaftlicher und nicht von der Verzweiflung und Trauer überschattet wie beim ersten Mal. Er mochte ihn eine Ablenkung genannt haben, doch sie hatte seinen Blick gesehen, diese Intensität und Leidenschaft – das war echt gewesen. Bei allem, was unmittelbar danach geschehen war, war ihr keine Zeit geblieben, sich damit auseinanderzusetzen, was das für sie bedeutete. Sie hatte gar nicht gewagt, wirklich darüber nachzudenken, solange sie an Eyron gebunden war, doch ein Teil von ihr kannte die Wahrheit schon lange. Wann immer es ihr in den letzten Wochen nicht gut gegangen war oder sie mit jemandem reden musste, war es nicht Eyron gewesen, an den sie gedacht hatte, sondern Skandar. Er war derjenige, mit dem sie sprechen, den sie bei sich haben wollte. Das hätte ihr spätestens in Valin klar werden müssen.

»Warum bin ich für dich unerreichbar? Ich bezweifle stark, dass ich Eyron heiraten werde.« Ein Teil von ihr hatte das womöglich schon vor Valin in Zweifel gezogen, nur dass sie es damals noch nicht begriffen hatte. *Vielleicht wollte ich es mir auch einfach nicht eingestehen.*

»Oh, das bezweifle ich auch«, sagte Skandar und wandte sich ihr endlich zu. »Aber … Es war leicht, bei dir zu sein, solange ich wusste, dass du Eyron versprochen bist. Es war ungefährlich, denn ich hätte mich niemals ernsthaft der zukünftigen Gemahlin meines Bruders in unangemessener Form genähert.«

»Du hast mich geküsst!« Sie erinnerte sich daran, wie er an jenem Morgen ausgesehen hatte, das Haar offen, der Blick von der Sorge überschattet, sie könne ihn verlassen. Noch deutlicher allerdings waren ihr die Erinnerung an die Wärme seiner Lippen, der Geschmack von Apfel und die Verheißung, die sein Kuss versprochen hatte, im Gedächtnis geblieben.

Er zog eine Grimasse. »Manchmal sind auch meiner Selbstbeherrschung Grenzen gesetzt. Es war ein schwacher Moment, das hätte nie passieren dürfen. Ganz gleich, was ich auch für dich empfand, da war stets diese unsichtbare Grenze, die ich niemals überschritten hätte.«

Seine Worte verursachten ihr eine Gänsehaut. »Und jetzt?«

»Jetzt ist diese Grenze nicht mehr da.« Der Grund für seine Zurückhaltung existierte nicht mehr und er hätte seinen Gefühlen nachgeben können. Stattdessen war er auf Abstand gegangen und hatte sie ausgeschlossen. »Es fällt mir nicht leicht, mich von dir fernzuhalten. Wie oft musste ich mir auf die Zunge beißen, um deine Versuche, ein Gespräch zu führen oder einen Scherz zu machen, an mir abperlen zu lassen. Dass ich dich in Lantar geküsst habe, war anfangs mehr oder weniger ein Reflex. Die beste und erste Möglichkeit, die mir einfiel, um die Soldaten nicht auf uns aufmerksam zu machen.« Zum ersten Mal sah er ihr wirklich in die Augen. Seine Züge waren zu einer Maske erstarrt, doch in seinen Augen kämpften seine Gefühle sichtbar gegeneinander an. »Ich bin kein Mann, den man heiratet, Rayne. Ich bin niemand, dem ein König – ein Vater – seine Tochter anvertrauen würde.«

»Ich bin nicht seine Tochter«, sagte sie leise. »Nur ein magisches Ding, das er dafür hält.«

»Rede keinen Unsinn! Wenn er der Mann ist, für den ich ihn halte, wirst du für ihn nie etwas anderes sein als seine Tochter. Ganz gleich, unter welchen Umständen du in dieses Leben gelangt sein magst.« Er klang jetzt forscher, und Rayne merkte, dass er versuchte, das Gespräch von seinem ursprünglichen Thema abzulenken.

Das würde sie nicht zulassen. »Was ist mit dem, was ich möchte? Zählt das nicht?«

Für einen Moment blitzte so etwas wie Überraschung in seinem Blick auf. Er schluckte. »Was du möchtest?«, fragte er leise.

Ihre Kehle war trocken und ihre Knie so weich, dass sie sich am liebsten abgestützt hätte. Oder geflüchtet wäre. Aber sie wollte nicht länger davonlaufen. »Eyron ist mir seit vielen Jahren ein Vertrauter und Freund gewesen. Verflucht, vielleicht liebe ich ihn ja – oder habe ihn geliebt, zumindest bis zu dem Moment, in dem ich von seiner Verbindung zu den Schatten erfuhr –, aber ich beginne zu begreifen, dass es eine andere Art von Liebe ist … *war*. Jene Art, die man für einen Bruder oder einen Freund empfindet.« Sie holte tief Luft. »Mir ist nie in den Sinn gekommen, dass ich mich für den falschen Bruder entschieden haben könnte. Einfach, weil ich dem richtigen noch nicht begegnet war. Ich wusste nicht, wie stark Gefühle wirklich sein können.«

Skandar sah sie schweigend an, so lange, bis sie sich genötigt fühlte, fortzufahren. »Ich habe es selbst lange nicht begriffen. Aber in den letzten Wochen war es immer dein Name, der mir zuerst in den Sinn kam, wenn ich mit jemandem sprechen wollte oder Hilfe brauchte. Ich dachte, dass es daran läge, dass wir so viel Zeit miteinander verbracht haben und dass es in diesen Wochen niemand anderen gab, an den ich mich hätte wenden können. Die Wahrheit aber ist, dass es –

selbst wenn ich eine Wahl gehabt hätte – immer du gewesen wärst, zu dem ich gehen wollte.« Sie wusste nicht, was überwog; der Drang, sich in seine Arme zu werfen, oder der, davonzulaufen. »Du willst dein Herz schützen, das kann ich verstehen. Aber was ist mit meinem?«

Sie hatte ihm ihr Herz zu Füßen gelegt. Jetzt konnte sie nur noch abwarten, ob er es zertreten oder annehmen würde. Statt etwas zu sagen, schwieg er. Sein Blick war noch immer auf ihre Augen gerichtet, doch sie vermochte seine Gefühle nicht länger daran abzulesen.

»Du könntest wirklich langsam etwas sagen«, durchbrach sie sein Schweigen nach einer Weile.

Er blinzelte. »Ich fürchte, du hast mich sprachlos gemacht.«

»Das wäre ein ausgesprochen ungünstiger Moment dafür.«

Seine Mundwinkel zuckten. Dann hob er eine Hand und ließ seine Finger durch ihr Haar gleiten. »Mir fallen sicher noch ein paar Dinge ein, mit denen ich eine Antwort hinauszögern kann.«

Er sah ihr tief in die Augen und Rayne verlor sich in seinem Blick. Statt weiter auf eine Antwort zu warten, machte sie einen halben Schritt nach vorne und küsste ihn einfach.

Einen winzigen Moment zögerte er, dann zog er sie an sich und erwiderte ihren Kuss so leidenschaftlich, dass sich jedes weitere Wort erübrigte. Als er nach einer Weile fast schon widerwillig von ihr abließ, seufzte er.

»Es ist ohnehin längst zu spät, mich noch zu schützen«, flüsterte er. »Und gerade bin ich ganz eindeutig dabei, eine Grenze zu überschreiten.«

Rayne zog ihn zu sich heran und küsste ihn erneut. Ihr Atem mischte sich, als sie mit ihrer Zungenspitze sanft über seine Lippen fuhr. Er öffnete den Mund und einen Moment später trafen sich ihre Zungen. Rayne spürte, wie sich ihr Herzschlag und ihr Atem beschleunigten. Getrieben von dem Gefühl, ihm gar nicht nah genug sein zu können, zog sie ihn mit sich ins Gras. Ihre Stiefel flogen zur Seite. Schwieriger, als das Schuhwerk abzustreifen, war es, sich aus den Kleidern zu befreien. Dass sie dabei nicht aufhören konnten, einander zu küssen, machte es nicht einfacher. Sie zogen und zerrten an den Schnüren, die ihre Hemden und Hosen hielten, zupften ungeduldig an den Stoffen, begierig, alles, was sie voneinander trennte, aus dem Weg zu schaffen.

Skandar richtete sich auf, bis er über ihr kniete. »So geht das nicht«, lachte er, streifte sich das Hemd über den Kopf und warf es zur Seite.

Rayne streckte die Hand aus und ließ ihre Finger über seinen Oberkörper gleiten. Bedächtig zeichnete sie mit ihren Berührungen die Muskelstränge nach, von seinen Schultern über Brust und Bauch weiter nach unten zum Bund seiner Hose. Sie hatte immer gedacht, dass es ihr unangenehm sein würde, bei einem Mann zu liegen. Dass es beschämend sein und sie es nur so schnell wie möglich hinter sich bringen wollen würde. Auf das Verlangen, das seine Berührungen in ihr entfachten, war sie nicht gefasst gewesen.

Bevor sie die Schnüre seiner Hose lösen konnte, beugte er sich über sie. Seine Lippen fanden erneut die ihren in einem leidenschaftlichen Kuss, während seine Hände unter ihr Hemd wanderten und über die Haut darunter strichen. Rayne seufzte auf, als er sanft ihre Brüste umfasste. Sie schloss die Augen und genoss das Prickeln, das seine Berührung auf ihrer Haut hinterließ. Beinahe unbemerkt, streifte er ihr das Hemd ab, und kurz darauf fielen die letzten Kleidungsstücke.

Seine Haut auf ihrer war warm und viel weicher, als sie erwartet hatte. Für einen Mann des Schwertes war er überraschend zärtlich. Er ließ ihr die Zeit, seinen Körper zu erkunden, führte sie sanft, wenn der Mut sie zu verlassen drohte, während er selbst seine Hände, seine Lippen und seine Zunge nutzte, um ihre Rundungen zu erforschen.

Alles war neu, jede Berührung, jeder Kuss, trotzdem verspürte sie keine Angst. Der Mann, der bei ihr lag, war ihr in den letzten Wochen so vertraut geworden, dass sie sich vollkommen sicher und geborgen fühlte. Unter seinen Liebkosungen verlor sie das letzte bisschen Zweifel, das sie noch gehabt haben mochte, und öffnete sich ihm, ließ ihn ein in ihren Körper und in ihre Seele. Ihr Herz besaß er bereits.

* * *

Als sie später in Skandars Armen lag, glaubte Rayne noch immer überall seine Berührungen zu spüren. Er war zärtlich und behutsam gewesen, trotzdem hatte es im ersten Moment wehgetan. Schnell jedoch war der Schmerz gewichen und hatte etwas anderem, wundervollem Platz gemacht, von dem sie beide nicht genug bekommen konnten. Skandar war fordernder geworden, hatte ihr gezeigt, was ihm gefiel, und ihr geholfen, herauszufinden, was sie mochte. Immer wieder hatten sie sich geliebt, und selbst, nachdem sie beide erschöpft waren, war es ihnen schwergefallen, die Finger voneinander zu lassen. Zum ersten Mal seit langer Zeit, vielleicht seit dem Überfall auf ihre Mutter, war sie wirklich glücklich.

Skandar zog sie enger an sich und küsste sie auf die Schläfe. »Weißt du, wann ich mein Herz an dich verloren habe?«

Rayne schüttelte den Kopf. Sie hatte ja nicht einmal bemerkt, wann sie selbst begonnen hatte, mehr für ihn zu empfinden als Freundschaft.

»Erinnerst du dich daran, wie du mit erhobenem Dolch vor mir gestanden und mir vorgeworfen hast, dich entführen zu wollen?«

»*Das* war der Moment?«, entfuhr es ihr ungläubig.

»Du hättest dein Gesicht sehen sollen.« Grinsend zupfte er ihr einen Grashalm aus dem Haar. »Du warst wirklich sehr überzeugend. Vor allem, als du mich auch noch in ein Häufchen Asche verwandeln wolltest.«

»Das könnte ich gar nicht.«

»Angesichts dieser anderen Kräfte, die noch in dir schlummern, wäre ich mir da gar nicht mehr so sicher.«

Auf diesen Gedanken war sie noch gar nicht gekommen. Ein Teil von ihr bedauerte, dass sie keinen Zugriff auf diese Macht hinter der Mauer hatte. Andererseits war es vielleicht wirklich besser so. Macht veränderte Menschen, und früher oder später würde womöglich auch sie den Versuchungen erliegen, die damit einhergingen. Nein, sie würde diese Kräfte dort lassen, wo sie waren, sicher verborgen hinter einem schützenden Wall, an dem sie lediglich noch einmal kratzen wollte, um zu sehen, ob es ihr nicht doch noch gelang, Skandars Hand und vor allem ihre Mutter zu heilen. Sie würde die Hüterin der Magie sein, nicht mehr und nicht weniger. Zuerst jedoch mussten sie die Schatten unschädlich machen und dafür sorgen, dass Eyron kein Unheil mehr anrichten konnte.

Skandar seufzte. »Wir sollten ... Bevor Trevelian zurückkommt.«

Widerwillig löste sich Rayne von ihm und setzte sich auf. Einen Moment später saß er hinter ihr, umschlang sie mit seinen Armen und legte sein Kinn auf ihre Schulter. »Denkst du, dein Vater würde mir den Schädel einschlagen, wenn ich ihn um deine Hand bitte?«

Sie konnte nur mühsam ein Lachen unterdrücken, als sie sagte: »Ich glaube, das würde er Darragh überlassen.«

Bei dem Gedanken an ihren Bruder gab Skandar ein gequältes Stöhnen von sich. Rayne drehte sich zu ihm herum, legte die Arme um seinen Nacken und küsste ihn. Als er sie auf seinen Schoß ziehen wollte, fiel es ihr schwer, zu widerstehen. So gerne sie das auch getan hätte – sie konnten nicht ewig hier im Gras liegen bleiben. Seufzend gab Skandar sie frei.

»Wusstest du übrigens, dass mein Vater meine Mutter entführt hat?«, fragte sie, während sie ihre Gewänder aufsammelte, die um den Stamm der Buche im Gras verstreut lagen.

Da Skandar noch nie davon gehört hatte, erzählte sie ihm diesen Teil der Geschichte ihrer Eltern. Als sie fertig war, waren sie beide angezogen.

»Vielleicht sollte ich das auch tun«, überlegte Skandar. »Du dachtest doch ohnehin, dass ich dich entführen wollte. Würdest du mir glauben, wenn ich dir jetzt sage, dass ich genau das vorhatte?«

»Nein«, lächelte sie und küsste ihn. »Aber ich könnte so tun.«

41

Als Trevelian schließlich zurückkehrte, war Skandar erleichtert und enttäuscht zugleich. Einerseits bedeutete es, dass das Warten ein Ende hatte und sie sich endlich daranmachen konnten, die Schatten zu vernichten. Andererseits war es auch das Ende dieses wunderbaren Nachmittags mit Rayne.

Skandar konnte sich nicht erinnern, wann er jemals so sehr mit sich und seinem Leben im Reinen gewesen war wie in den letzten Stunden. Während seine Gefühle für Rayne im Laufe der letzten Wochen immer weiter gewachsen waren, war er nicht einmal auf den Gedanken gekommen, sie könnte ähnlich empfinden. Wann immer sie über Eyron gesprochen hatte, hatte sie so entschlossen geklungen, so sicher in ihrer Entscheidung, dass er nie erwartet hätte, dass ausgerechnet er etwas daran ändern könnte. *Mir ist nie in den Sinn gekommen, dass ich mich für den falschen Bruder entschieden haben könnte. Ich wusste gar nicht, wie stark Gefühle wirklich sein können.* Selten hatten ihn Worte so berührt. Und er bewunderte Rayne für ihren Mut. Einen Mut, den er selbst nicht aufgebracht hatte. Sie hatte sich ihm offenbart, sich verwundbar gemacht.

Sein Blick glitt zu ihr hinüber. Sie hatte ein Feuer in der Kochstelle entzündet und erhitzte gerade den Eintopf. Unwillkürlich musste er grinsen. Er würde sie auch heiraten, wenn der Eintopf kalt und versalzen wäre. *Wenn ihr Vater oder ihr Bruder mich nicht vorher umbringen.* Mit einem Kopfschütteln beschloss Skandar, vorerst nicht mehr darüber nachzudenken, was ihre Familie von ihm halten würde. Damit konnte er sich auseinandersetzen, wenn es so weit war. Erst einmal mussten sie sich um die Schatten kümmern. Was danach kam, würde sich zeigen.

Trevelian hatte die gesammelten Wurzeln und Kräuter auf dem großen Tisch bei der Kochstelle ausgebreitet und machte sich daran, weitere Zutaten aus den Regalen zu holen. »Ich habe alles Nötige«, erklärte er, während er einen Tiegel nach dem anderen auf den Tisch stellte. »Jetzt muss ich es nur noch mischen und euch alles erklären.«

Rayne warf einen Blick auf die Fülle an Ingredienzien. »Wo ist der beste Platz für das Ritual? Hier im Haus oder draußen?«

Die Schultern des Zauberers bebten unter seinem halb unterdrückten Lachen. »Weder noch«, sagte er und bestätigte mit seinen nächsten Worten, was Skandar bereits befürchtet hatte. »Dachtest du wirklich, es wäre so simpel? Das Ritual von Trag'Ba muss an einem Ort von hoher magischer Dichte ausgeführt werden.«

»Und wo findet sich ein solcher Ort?«, fragte Skandar.

»Früher einmal hätte jeder Ort des Alten Glaubens die Anforderungen erfüllt, heute jedoch ist selbst der Heilige Hain von Ereleah von zu wenig magischer Energie durchzogen, als dass es für dieses Ritual ausreichen würde.« Er griff nach einem Mörser, maß verschiedene Kräuter ab und begann, sie zu zerstoßen. Das reibende Geräusch kratzte an Skandars Nerven. Ohne seine Tätigkeit zu unterbrechen, fuhr Trevelian fort: »Dieser Tage gibt es nur noch einen einzigen Ort für ein solches Ritual: Ihr müsst nach Thanasses.«

Rayne sah abrupt auf. »Wir? Was ist mit Euch? Ich dachte …«

»Du dachtest, ich würde das Ritual durchführen?« Er stieß ein kratziges Lachen aus. »Ich bin zu alt und zu gebrechlich für diese Reise, ich würde euch nur aufhalten. Die Schatten hätten uns eingeholt, noch bevor wir das Hochland verlassen haben.« Er schüttelte den Kopf. »Ihr müsst schnell sein, denn wenn Darathors Anhänger herausfinden, was ihr vorhabt, werden sie alles daransetzen, es zu verhindern.«

Skandar war nie davon ausgegangen, dass sie das Ritual hier vollziehen konnten. Allerdings hatte er, ebenso wie Rayne, darauf gebaut, dass Trevelian bei ihnen sein und die Führung übernehmen würde. Es half nichts, damit zu hadern. Wie der Alte schon gesagt hatte, durften sie keine Zeit verlieren. Wenn sie auf sich allein gestellt waren, sollte das eben so sein. Er trat neben Rayne, seine Hand strich kurz über ihre, ehe er die Arme vor der Brust verschränkte. »Einfach irgendwo in Thanasses?«

Der Zauberer schüttelte den Kopf. Schweiß stand auf seinem blanken Haupt, als er den Stößel zur Seite legte und die pulverisierte Mischung betrachtete. »Ihr müsst ins Herz der Metropole.«

»Dort, wo Nakkon Sawan begraben liegt?«, fragte Rayne.

Skandar kannte die Legende, und wie die meisten Tharennier wusste er inzwischen, dass es mehr als nur eine Geschichte war. Der Leichnam von Nakkon Sawan, dem Ersten aller Zauberer, ruhte tief unter den Ruinen der Metropole. Wann immer ein Zauberer starb, wurde dessen Magie freigesetzt – nicht die Energie, aus der sie sich speiste, sondern der Kern seines Zaubertalents selbst. Über die Jahrhunderte hatte die freigesetzte Magie unzähliger verstorbener Zauberer ihren Weg zu den sterblichen Überresten von Nakkon Sawan gefunden und sich mit ihm zu dem verbunden, was als Essenz oder auch Herz der Magie bezeichnet wurde. Das jedoch hatte Dank Raynes Mutter ein Ende gefunden, als diese die Magie an sich genommen und freigegeben hatte, um sie vor dem Thronräuber Falinn zu schützen.

»Im Haupthaus der Metropole gibt es ein Untergeschoss«, sagte Trevelian. »Dort befindet sich ein Saal, direkt neben der einstigen Hauptbibliothek. Ihr erkennt ihn an einem fünfzackigen silbernen Stern, der in den Boden eingelassen ist. Das ist der Raum, in dem die Zauberer früher ihre Rituale abgehalten haben.« Er schob ein paar Tiegel zur Seite und griff nach einem Beutel. »Nachdem die Essenz nicht länger in Thanasses konzentriert ist, dürfte das der Ort mit der größten magischen Dichte sein. Dort musst du das Ritual durchführen.«

»Die Hauptbibliothek? Denkt Ihr, dass es Schriften gibt, die die Zerstörung der Metropole überlebt haben?«

Die Eröffnung des Zauberers, nicht mit ihnen zu kommen, mochte Rayne überraschend getroffen haben, trotzdem ließ sie sich davon nicht entmutigen. Ihre Neugier hatte bereits wieder die Oberhand gewonnen. Ihr Mut und ihre Tatkraft erfüllten Skandar mit Bewunderung.

Der Alte lächelte vage. »Ich denke, dass in Thanasses so einiges die Zerstörung überlebt hat. Manches Wissen lässt sich nicht vernichten, ganz gleich, wie sehr man es versucht.«

Skandar fing Raynes Blick auf, der ein stummes *Habe ich es nicht gesagt?* in sich trug. So interessant diese Information auch sein mochte, es gab etwas, das Skandar weitaus wichtiger erschien.

»Was ist mit den Dunklen Wächtern?« Nur zu gut erinnerte er sich an die Geschichten, die ihm seine Amme erzählt hatte. Die Dunklen Wächter waren die Bewacher von Thanasses gewesen. Krieger, die im Kampf der Fürsten gegen die Zauberer den Tod gefunden hatten. Doch selbst nach ihrem Ende durchstreiften sie die Metropole noch immer und töteten jeden, der ihre Grenze übertrat. Einzig Rissa Fjal'Har hatten sie kein Haar gekrümmt, da sie in ihr die Essenz der Magie erkannt hatten.

»Einige Jahre nachdem meine Mutter die Essenz freigelassen hat, war sie noch einmal in Thanasses«, sagte Rayne. »Es ist ihr gelungen, die Dunklen Wächter von ihrer Aufgabe zu entbinden und ihnen ihren Frieden zu schenken. Sie werden uns also nicht in die Quere kommen.«

Ich wünschte, das würde auch für die Schatten gelten. »Was ist nun mit diesem Ritual? Wie funktioniert es?«

Trevelian unterbrach seine Arbeit und sah die beiden an. »Das Ritual von Trag'Ba bewirkt, dass die Schatten aus den Körpern gestoßen werden, die sie eingenommen haben. Das geschieht so schnell, dass ihnen keine Zeit bleiben sollte, die Lebensenergie der Körper mit sich zu nehmen.«

»Das heißt, die Menschen, die sie in Besitz genommen haben, werden es überleben?«

»Davon gehe ich aus. Sobald die Schatten körperlos sind, wird der Sog der Magie sie zu euch ziehen. Für die Dauer des Rituals bleibt ihnen der Zugang zu anderen Körpern verwehrt.« Er stemmte beide Hände auf die Arbeitsplatte und beugte sich Skandar und Rayne entgegen. »Sie werden in ihrer Schattengestalt zu euch kommen. Es ist von äußerster Wichtigkeit, dass ihr alle Vorbereitungen abgeschlossen habt, *bevor* ihr die Schatten ruft. In erster Linie arbeitet ihr mit zwei magischen Kreisen. Einem Schutzkreis, in dem ihr selbst stehen werdet und der verhindern soll, dass die Schatten euch etwas anhaben können, und einem Bannkreis, in den die Schatten gezogen werden. Sobald sie darin sind, müsst ihr den Kreis schließen und das Ritual vollenden. Die Energie im Inneren wird die Schatten auflösen. Ich muss die Worte noch niederschreiben, die ihr sprechen müsst. Am besten lernt ihr sie auswendig, denn Pergament kann verloren gehen oder zerstört werden. Ihr dürft euch keinen Fehler erlauben! Wenn ihr euch nur einmal versprecht oder etwas auslasst, wird das Ritual die Schatten nicht vernichten. Sie werden im Kreis gefangen sein, doch jeder, der diesen Kreis findet, kann ihn zerstören und die Schatten befreien.«

Skandar spürte, wie sich Raynes Hand in seine schob. Aufmunternd drückte er ihre Finger.

»Was sind das für Worte?« Rayne runzelte die Stirn. »Und was hat es mit den Kräutern und Kreisen auf sich?«

»Es ist eine alte Form von Magie, wie sie vor langer Zeit gewirkt wurde. Lange bevor die Magie von Energie abhängig war. In einigen anderen Ländern ist es noch heute so, dass die Zauberer ihre Kraft nicht aus Energie gewinnen, sondern sie aus Worten, magischen Kreisen und Ritualen beziehen.«

Rayne sah ihn ungläubig an. »Ihr meint, dieses Ritual, dieser Zauber, soll vollkommen ohne Energie wirken? Seid Ihr sicher?«

»Absolut.« Nachdem Trevelian die zerstoßenen Kräuter in einen Beutel gefüllt hatte, machte er sich daran, weitere Zutaten zusammenzumischen. Dieses Mal waren es nicht nur Kräuter, sondern auch andere Dinge, die Skandar nicht einmal ansatzweise identifizieren konnte. Teile davon schienen von Tieren zu stammen, bei wieder anderen wollte er lieber gar nicht wissen, worum es sich handelte.

Sobald Trevelian alles geschnitten und vermischt hatte, ließ er seine flache Hand über dem Gefäß kreisen und murmelte einige Worte, die sich Skandars Verständnis entzogen. Kaum war das letzte Wort ausgesprochen, loderte eine Flamme auf. Trevelian betrachtete die jetzt zu Asche zerfallene Mischung. Er goss eine halbe Kelle Wasser darüber, begleitet von weiteren Worten, dann nahm er das Gefäß und hielt es Skandar entgegen. »Trink das. Es wird verhindern, dass die Schatten sich deines Körpers bemächtigen können.«

Skandar kniff misstrauisch die Augen zusammen. »Ich dachte, das könnten sie nicht während des Rituals?«

»Das stimmt.« Trevelian wirkte amüsiert. »Aber vielleicht werden sie es versuchen, solange ihr euch noch auf dem Weg nach Thanasses befindet.«

Verflucht! Seine Gedanken waren schon so sehr auf das Ritual fixiert und darauf, die Schatten endlich zu besiegen, dass er gar nicht mehr daran gedacht hatte, welch langer Weg ihnen noch bevorstand.

Skandar griff mit beiden Händen nach dem Becher, den der

Zauberer ihm noch immer entgegenhielt. Er war schwerer, als er gedacht hatte, und seine steife Hand war keine Hilfe. Rasch veränderte er seinen Griff, bevor ihm der Becher entgleiten konnte. Ein widerwärtiger Geruch stieg ihm in die Nase, eine Mischung aus Vergorenem, Kräutern und etwas Metallischem. Blut?

»Trink schon!«, drängte Trevelian.

Skandar setzte den Becher an und leerte ihn in einem Zug. Das Gebräu schmeckte genau so, wie es auch roch. Er schluckte und unterdrückte ein Würgen, als die Flüssigkeit seine Kehle hinab in seinen Magen rann.

»Parifice!«, rief Trevelian, eine Hand auf Skandar gerichtet.

In seinem Innersten breitete sich urplötzlich Hitze aus, fraß sich wie Flammen durch seinen Leib, bis sie jeden einzelnen Zentimeter von ihm zu erfüllen schien. Er unterdrückte ein Keuchen, als das Feuer ihn innerlich zu verschlingen drohte. Dann war es schlagartig vorbei. Die Hitze war fort und mit ihr der Würgereiz.

»Jetzt bist du geschützt.«

Ich schätze, mit Sicherheit werde ich das erst wissen, wenn ein Schatten sein Glück versucht.

»Ich muss noch ein paar letzte Vorbereitungen treffen«, sagte Trevelian. »Morgen früh ist alles fertig, dann könnt ihr aufbrechen.«

»Moment, was ist mit Rayne? Warum bekommt sie keinen Trank?«, verlangte Skandar zu wissen.

»Die Schatten werden sie nicht übernehmen«, sagte der Zauberer im Brustton der Überzeugung. »Sie hatten bereits mehrfach Gelegenheit dazu und haben es nicht getan. Ich nehme an, dass sie nicht wissen, welche Auswirkung das auf die Magie hätte, die sie in Rayne vermuten. In dieser Hinsicht werden sie kein Risiko eingehen, denn ich bezweifle, dass es ohne sie möglich sein wird, Darathor zurückzuholen.

Skandar wechselte einen Blick mit Rayne, die von dieser

Erklärung überzeugt schien, dann nickte er. »Wir sehen nach den Pferden, damit für morgen alles bereit ist.« Gefolgt von Rayne verließ er das Haus.

»Denkst du, dass es funktionieren wird?«, fragte sie, während sie in den Stall traten. »Diese Magie ohne Energie?«

»Das ist nichts, womit ich mich auskenne, aber du wirkst skeptisch.«

Sie seufzte. »Es ist schon schwierig, *eine* Form von Magie zu beherrschen. Zu erfahren, dass es noch andere, weitaus ältere Arten gibt, finde ich doch reichlich verunsichernd.«

Skandar trat zu ihr und drehte sie zu sich herum, sodass sie ihm in die Augen sehen musste. »Du wirst das schaffen, das weiß ich. Und ich werde alles in meiner Macht Stehende tun, um dir zu helfen.«

Als er ihren Blick sah, die Verunsicherung darin, gepaart mit dem Vertrauen darauf, dass er ihr beistehen würde, waren die Pferde plötzlich nicht mehr wichtig. Er zog Rayne an sich. Lange Zeit standen sie eng umschlungen da, und er genoss es einfach nur, sie zu halten und ihre Wärme zu spüren. Dann jedoch spürte er noch etwas anderes: ihre Hände, die sich unter sein Hemd schoben und über seine Haut strichen. Das ließ ihn die Pferde vollends vergessen.

Später an diesem Abend, als Trevelian noch immer mit seinen Vorbereitungen zugange war, bestand Rayne darauf, sich seine Hand noch einmal anzusehen. Sie nahm ihm den Wickel mit den alten Kräutern ab. »Ich denke, den brauchst du nicht mehr.«

Er hatte auch nicht angenommen, dass die Kräuter noch von Nutzen waren. Aber der Wickel hatte immerhin dafür gesorgt, dass er das ergraute Etwas, zu dem seine Hand geworden war, nicht ständig ansehen musste.

Fasziniert beobachtete er, wie Rayne seine Hand ergriff und die Augen schloss. Er spürte ihre Energie, die prickelnd unter seine Haut strömte und eine angenehme Wärme mit sich brachte. Ansonsten spürte er nichts. Allerdings sah er, wie sich, anfangs kaum merklich, Raynes Haltung veränderte. Je länger der Vorgang dauerte, desto schwerer schien es ihr zu fallen, sich aufrecht zu halten. Als sie gegen seine Schulter sank, entzog er ihr seine Hand.

»Was tust du da?«, protestierte sie und richtete sich wieder auf. »Ich bin noch nicht fertig.«

»Doch, das bist du.« Er drehte seine Hand, sodass ihre jetzt in seiner lag und nicht länger umgekehrt. »Es ist in Ordnung, so wie es ist. Ich werde meine Hand nicht verlieren, und ich will, dass du deine Kräfte schonst. Du wirst sie früh genug brauchen.«

»Aber ... Es ist jetzt viel leichter.«

Offenbar aber nicht leicht genug, andernfalls hätte sie wohl keine Schwierigkeiten gehabt, sich aufrecht zu halten. »Dann kannst du dein Glück noch einmal versuchen, wenn das alles hinter uns liegt.« Skandar entging das Gähnen nicht, dass sie zu unterdrücken versuchte. »Das ist genau das, was ich meine. Ich brauche dich konzentriert und bei Kräften.«

»Aber genau so brauche ich dich auch. Deshalb will ich ja ...«

»Es ist nicht meine Schwerthand, Rayne. Ich werde zurechtkommen.« Natürlich war es befremdend und alles andere als angenehm, nur mit einer Hand zupacken zu können, aber er würde verdammt noch mal die Zähne zusammenbeißen und sich daran gewöhnen.

Am nächsten Morgen erklärte Trevelian ihnen noch einmal in aller Ausführlichkeit den Ablauf des Rituals von Trag'Ba. »Ruft es euch immer wieder in Erinnerung«, mahnte der Zauberer. »Jeden Tag. Damit ihr nichts vergesst, wenn es so weit ist.«

Bevor sie aufbrachen, warf Trevelian noch einmal einen Blick auf Skandars Hand und zeigte sich zufrieden. Abgesehen von der Unbeweglichkeit seiner Finger, war alles in Ordnung.

Da der Wickel fort war und Skandar die abstoßend graue Haut nicht ständig vor Augen haben wollte, streifte er seine Lederhandschuhe über.

Rayne war bereits auf dem Weg zum Stall, als Trevelian Skandar zur Seite zog. »Du musst um jeden Preis verhindern, dass sie den Schatten in die Hände fällt. Unser aller Schicksal hängt davon ab.«

»Ich werde sie mit meinem Leben schützen«, sagte Skandar ernst.

Der Zauberer nickte zufrieden. »Ich habe selten zwei Menschen getroffen, die bereit waren, so viel füreinander zu opfern.«

Das erschien Skandar übertrieben – welcher Mann würde nicht sein Leben für die Frau geben, die er liebte?

Schließlich verabschiedeten sie sich von Trevelian und machten sich auf den Weg in Richtung Süden. Der Zauberer hatte sie mit Proviant für die nächsten Tage versorgt, sodass sie es bis Kinnel schaffen würden. Dort wollten sie haltmachen und neue Vorräte kaufen.

Es fühlte sich gut an, wieder im Sattel zu sitzen. Mit Rayne allein unterwegs zu sein, gefiel Skandar weit besser als die Gesellschaft des alten Zauberers. Sicher, Trevelian war in mehrfacher Hinsicht eine große Hilfe gewesen, trotzdem hatte Skandar Rayne lieber für sich allein. Er war unendlich froh, dass sie es gewagt hatte, sich ihm zu offenbaren. Andernfalls würde er noch immer seine Gefühle verleugnen, auch wenn das vollkommen sinnlos war. Dabei hätte ihm der vergiftete Bolzen klarmachen müssen, wie schnell das Leben vorbei sein konnte. Ganz besonders, wenn man es mit den Anhängern eines uralten Gottes zu tun hatte. Unglücklicherweise war er zu stur gewesen, das zu erkennen.

Anfangs beobachtete er Rayne ganz genau. Bei Trevelian war sie ständig beschäftigt gewesen; mit dem, was der Alte ihnen über Darathor eröffnet hatte, aber auch mit den Vorbereitungen des Rituals. Jetzt jedoch, da es nichts weiter zu tun gab, als die Pferde voranzutreiben und die Augen offen zu halten, fürchtete Skandar, dass sie wieder anfangen könnte, darüber nachzugrübeln, was Trevelian ihr über ihre eigene Existenz verraten hatte. In den letzten Tagen hatte er immer wieder bemerkt, dass sie sich den Kopf darüber zerbrach, ob sie wirklich menschlich war, oder – wie sie es nannte – doch nur ein Ding, und diese Momente wurden nun deutlich häufiger. Er erkannte sie an Raynes Blick, an der Art, wie in sich gekehrt sie dann wirkte. Doch für gewöhnlich gelang es ihm, sie schnell von diesen Gedanken abzulenken. Und mit jedem Tag, den sie sich weiter von Trevelian entfernten, schien ihm das besser zu gelingen. Für Skandar selbst hatte nie ein Zweifel daran bestanden, dass sie ein Mensch war. Unter welchen Umständen sie in diese Welt gefunden hatte, war unerheblich.

Ein gutes Stück vor den Toren von Kinnel, schlug Rayne vor, dass sie allein in die Stadt gehen und Skandar versteckt hier draußen warten sollte. Auf diese Weise, meinte sie, wäre es unauffälliger. »Sie werden weniger nach einer allein reisenden Frau Ausschau halten, als nach uns beiden. Und ich kann besser in einer Menschenmenge untertauchen als du.«

Obwohl es Skandar nicht gefiel, sie allein gehen zu lassen, musste er ihr recht geben. Trotzdem stellten ihn das Warten und die Ungewissheit, was in der Stadt geschah, auf eine harte Probe. Zu seiner Erleichterung kehrte Rayne bald unversehrt und mit frischem Proviant bepackt zurück. Außerdem hatte sie ihm ein neues Hemd und ein Lederwams gekauft, nachdem der Bolzen und ihr Dolch beides ruiniert hatten.

Während die Tage vergingen, gewöhnte Skandar sich immer mehr daran, mit nur einer Hand zurechtzukommen und die nutzlose Hand zumindest so weit einzusetzen, wie es eben möglich war. Zum Tragen von Feuerholz oder dem Halten eines Zügels, wenn er ihn ums Handgelenk schlang, reichte es allemal. Immerhin waren die Finger nicht gefühllos geworden, worüber er besonders dann dankbar war, wenn er in den Nächten bei Rayne lag und sie einander liebten. Wenn sie später in seinen Armen lag, griff sie oft nach seiner Hand. Anfangs war es ihm unangenehm, dass sie das widerlich graue Fleisch berührte, doch es schien ihr nichts auszumachen und allmählich entspannte auch er sich.

Wären sein Bruder und die Schatten nicht gewesen, hätte er auf immer und ewig mit Rayne so durch das Land ziehen können. Nur sie beide, ohne die Frage, was ihr Vater und der Rest ihrer Familie von ihrer Verbindung halten mochte. Obwohl sie nie länger als eine Nacht an einem Ort blieben, fühlte er sich an Raynes Seite zum ersten Mal seit vielen Jahren zu Hause.

42

Der Herr der Schatten stand am Fenster seines Empfangszimmers und blickte auf die Berge, die Valin umschlossen wie eine Hand ein Insekt. Bereit, es jederzeit zu zerdrücken. Er hasste das Gebirge, diesen unnatürlichen Haufen Felsen, hingeworfen von den Göttern von Anfang und Ende, um ihren Bruder zu vernichten. *Dabei war es der bloße Neid, der sie getrieben hat.* Neid darauf, dass es Darathor gelungen war, sich die Menschen zu unterwerfen, während sie darauf hofften, dass ihnen diese lächerlichen Kreaturen freiwillig folgen würden. Freiwillig! Ha! Die Menschheit hatte schon immer jemanden gebraucht, der sie führte. Nur dann war sie zu Großem imstande.

Nur zu gern hätte er das Gebirge hinter sich gelassen, das selbst jetzt, im schwindenden Licht des Tages, feindselig auf den Rest der Welt herunterzusehen schien, doch im Augenblick war es der sicherste Ort. Als Fürst von Maél brachte ihn niemand mit den Ereignissen im Land in Verbindung. Diesen Umstand wollte er noch eine kleine Weile länger nutzen.

Obwohl Rayne ihm entkommen war, schienen sich die Dinge endlich wieder in eine Richtung zu entwickeln, die ihm gelegen kam. Seine Schatten hatten ihm berichtet, dass sie das Mädchen vor zwei Tagen in Kinnel gesehen hatten. Von dort aus waren sie und Skandar nach Osten weitergeritten. Dass der Bolzen Skandar nicht umgebracht hatte, war eine unvorhergesehene Entwicklung, störte sein Vorhaben im Augenblick aber nicht weiter.

Dass die beiden nach Osten unterwegs waren, war überaus

interessant. Und hochwillkommen. Der Herr der Schatten wusste noch nicht, was das zu bedeuten hatte oder wo genau das Ziel der beiden liegen mochte, es fügte sich jedoch ganz wunderbar in seine Pläne. Deshalb hatte er den Schatten, der die beiden aufgespürt hatte, angewiesen, sie unbemerkt im Auge zu behalten. Die anderen sollten ihm in größerem Abstand folgen. Solange das Mädchen und ihr Begleiter die Richtung beibehielten, gab es keinen Grund, einzugreifen.

Da das Hochland nun hinter ihnen lag, war anzunehmen, dass sie den Zauberer gefunden hatten. Die Frage war nur, ob er ihnen gegeben hatte, wonach sie suchten: ein Mittel, eine Waffe gegen seine Schatten.

Ich möchte wirklich zu gern wissen, was sie vorhaben.

Er drehte sich herum und richtete den Blick auf eine Ecke seines Gemachs. Mit einem Fingerzeig verstärkte er die Dunkelheit noch weiter, dann streckte er seinen Geist aus. Beinahe sofort waberte der vertraute Nebel auf und verfestigte sich mehr und mehr zu einer menschlichen Form.

Der Schatten, der Lucan in Besitz genommen hatte, neigte das Haupt. »Was kann ich für Euch tun, Herr?«

»Reitet weiter nach Osten, vorbei an Latmeria«, wies der Herr der Schatten ihn an. »Haltet euch an der Küste.«

Der Schatten neigte das Haupt. »Gibt es sonst noch etwas, Herr?«

»Du wirst Verstärkung bekommen.«

Nachdem er seine Anweisungen erteilt hatte, beendete er die Verbindung und nahm noch einmal zu den Schatten Kontakt auf, die Rayne und Skandar auf den Fersen waren.

Alles entwickelte sich ganz in seinem Sinne. Es würde ein Kinderspiel werden.

43

Darragh hatte die Nase voll davon, den Brudermörder wie ein Kaninchen durch das Land zu jagen. Er hatte mehr als genug Straßenstaub geschluckt und in viel zu vielen billigen Absteigen mit mieser Verpflegung genächtigt. Allmählich war er an einem Punkt angekommen, an dem er sich zu fragen begann, ob die Suche nach Khardal überhaupt noch sinnvoll war. Zumindest so, wie er sie betrieb.

In seiner Vorstellung war alles ganz simpel. Er stand diesem Hundsfott gegenüber und sah ihm in die Augen, sah das Begreifen darin, dass sein Leben ein Ende finden würde. Dann zog Darragh sein Schwert und stieß es ihm in die Eingeweide.

Die Realität sah jedoch ganz anders aus.

Seine Hoffnungen hatten auf Latmeria geruht, doch wieder einmal war alles anders gekommen. Sie waren nur noch wenige Tage von der Stadt entfernt gewesen, als Lucan von einer Erkundungsmission mit der Neuigkeit zurückgekehrt war, dass ein Händler den Brudermörder östlich von Kinnel gesehen hatte. An der Küste.

»Das kann nicht sein. Er muss sich täuschen.« Darragh konnte sich nicht vorstellen, was Khardal in dieser Gegend wollen sollte. »Vermutlich hat er jemanden gesehen, auf den die Beschreibung ebenfalls passt.«

Doch Lucan hatte den Kopf geschüttelt. »Ich wünschte, es wäre so«, hatte er gesagt. »Aber der Händler war ein Mann aus Valin. Er kennt Khardal und war sich absolut sicher, dass er es war.«

Also hatten sie Latmeria links liegen lassen und den Weg

zur Küste eingeschlagen. Während der folgenden Tage war Lucan immer wieder vorausgeritten, um sich umzuhören. Und tatsächlich: Khardal war in mehreren Schenken und Weilern gesehen worden. Sie waren auf der richtigen Spur. Endlich!

Dass Khardal zum ersten Mal nach so langer Zeit in greifbarer Nähe zu sein schien, ließ Darragh seine Männer antreiben. Wenn sie sich beeilten, konnten sie ihn in ein paar Tagen einholen. Diese Aussicht besserte seine Laune so sehr, dass er sich nicht einmal an dem wenig einladenden Gasthaus störte, an dem sie kurz vor Einbruch der Dunkelheit haltmachten.

In Tarrel hatte Darragh es zu schätzen gelernt, nicht als Soldat des Königs oder gar als Thronfolger erkannt zu werden. Es war angenehm, nur einer von vielen zu sein. Deshalb hatten sie ihre Uniformen noch immer nicht angelegt und traten weiterhin als Söldner auf. Und für heute Nacht hatte der Hauptmann dieser Söldner seine eigene Schlafkammer, während der Rest der Männer auf dem Dachboden untergebracht war.

Beim Abendessen im Schankraum war die Stimmung gelöst. Darragh gönnte den Männern ihr Ale und genehmigte sich selbst den einen oder anderen Humpen. Es wurde gescherzt und gelacht, ihnen allen war anzumerken, wie sehr das Wissen, ihrem Ziel endlich näher zu kommen, sie aufmunterte.

Die Schankmaid räumte die Platten und Schüsseln des Abendessens ab und stellte frisch gefüllte Humpen auf den Tisch. Darragh nahm gerade einen kräftigen Zug, als er bemerkte, dass Lucan ihn von der Seite beobachtete. »Du findest, dass ich zu viel trinke.«

»Im Gegenteil.« Lucan grinste. »Ich finde, dass du dich viel zu oft zurückhältst und dich geradezu selbst kasteist.«

»Das muss ich.« Natürlich musste er das. Abgesehen davon, dass er die Verantwortung für seine Männer trug und als Kommandant ein Vorbild zu sein hatte, war es ihm weitaus wichtiger, Khardal endlich zu finden, als den Genüssen des Lebens zu frönen. *Eines Lebens, an dem sich Rayne nicht länger erfreuen kann.* Heute jedoch, mit Khardal endlich in Reichweite, war ihm nach Feiern zumute.

»Du warst schon immer viel verantwortungsbewusster, als von dir erwartet wird.« Lucan trank einen Schluck und wischte sich mit dem Handrücken den Schaum vom Mund. »Es liegen harte Zeiten hinter dir. Hinter uns. Und ich bin mir sicher, dass sie längst noch nicht vorüber sind.«

Darragh dachte an seine Rückkehr nach Naranor. Daran, wie es dort sein würde – ohne Rayne. Während ihrer Zeit an der Akademie war sie oft monatelang nicht zu Hause gewesen, doch er hatte ja stets gewusst, dass sie bald wiederkommen würde. Er hatte gewusst, dass es ihr gut ging. Dass sie am Leben und bei Gesundheit war. Jetzt jedoch war sie einfach fort. Als er dieses Mal nach dem Humpen griff und ihn leerte, war ihm nicht länger zum Feiern zumute. Er wollte lediglich den schalen Nachgeschmack des Verlustes herunterspülen. Nur, dass alles Ale der Welt das bestenfalls für ein paar Stunden vermocht hätte. Sobald der Rausch vorüber wäre, würde ihn die Realität wieder einholen. Da es also ohnehin nichts helfen würde, beschloss er, auf den Rausch zu verzichten.

»Es wird einsam sein ohne Rayne«, sagte er düster. »Und still. Sehr still.«

Lucan lächelte traurig. »Ja, das wird es wohl. Erinnerst du dich noch, wie sie uns einmal tagelang hinterhergelaufen ist, weil sie auf keinen Fall unseren Jagdausflug verpassen wollte?«

»Eyron fand es damals unheimlich lustig, sie auf alle möglichen falschen Fährten zu führen.«

»Und er hatte recht. Es *war* lustig.« Lucan seufzte.

»Ich hoffe wirklich, wir finden den Mistkerl«, knurrte Darragh. »Es macht sie zwar nicht wieder lebendig, aber ich werde mich besser fühlen, wenn ich weiß, dass er niemandem mehr etwas antun kann.«

Eine Weile schwelgten sie in Erinnerungen, und Darragh offenbarte Lucan, dass er nicht wusste, wie es weitergehen sollte, wenn sie nach Naranor zurückkehrten. Die Krankheit seiner Mutter, die Trauer seines Vaters – nichts war mehr so, wie es einmal gewesen war. Während ein Teil von ihm es kaum erwarten konnte, nach Hause zurückzukehren, wollte ein anderer Teil die Rückkehr so lange wie möglich hinauszögern.

»Ich weiß nicht, was ich dort noch soll«, gestand er Lucan leise.

Lucan hob eine Augenbraue. »Es ist dein Zuhause, Darragh. Es wird anders sein, keine Frage, doch neben deiner Familie hast du dort auch Freunde, die dich unterstützen werden. So wie ich.«

Darragh zwang sich zu einem Lächeln.

Es war spät geworden, und als er sich erhob, um sich für die Nacht zurückzuziehen, löste sich auch der Rest der Versammlung auf, und Lucan und die Männer stiegen hinauf in ihre Dachkammer.

Darragh griff nach einer Laterne und ging in den ersten Stock. Die polternden Schritte und das gedämpfte Gelächter seiner Männer wurden leiser, als er dem Gang zu seiner Kammer folgte. Darragh öffnete die Tür und trat ein. Das Licht der Laterne tastete sich zuckend voran und enthüllte die Silhouette eines Mannes. Er stand am Fenster und blickte Darragh mit einer Ruhe entgegen, als wäre dies sein Gemach. Er war groß und breitschultrig, ein Mann in den besten Jahren, auf dessen pockennarbigem Gesicht ein ernster Ausdruck lag.

Darragh hielt inne. Seine Hand legte sich auf das Heft seines Schwertes. »Wer seid Ihr? Was habt Ihr hier zu suchen?«

»Ich bin du.« Mit einem Lächeln fügte der Mann hinzu: »Zumindest gleich.«

»Was redet Ihr da?«

Der Fremde antwortete nicht. Er machte auch keine Anstalten, anzugreifen. Plötzlich weiteten sich seine Augen, dann fiel er mit einem dumpfen Schlag zu Boden und rührte sich nicht mehr.

Ohne die Hand vom Schwertgriff zu nehmen, näherte Darragh sich ihm. Im Schein der Laterne waren keine Verletzungen auszumachen. Er lag einfach nur da, völlig regungslos. Die Tür stand noch offen, draußen waren die letzten der Männer zu hören, auf dem Weg in die Dachkammer. Darragh setzte dazu an, nach ihnen zu rufen, als ein brennender Schmerz in seine Brust fuhr. Ihm wurde schwindlig. Es fühlte sich an, als hätte jemand seinem innersten Kern einen Fausthieb versetzt.

Er wollte sich an die Brust greifen, doch seine Hand gehorchte ihm nicht. Stattdessen ging er auf den Mann zu, von dem er jetzt mit Sicherheit wusste, dass er tot war. Nur, dass nicht er es war, der seinen Körper vorwärtsbewegte. Er *wollte* nicht zu dem Leichnam gehen, trotzdem tat er es.

Darragh stellte die Laterne ab, eine weitere Bewegung, die nicht von ihm kam. *Was geht hier vor?* Er versuchte sich umzudrehen, doch sein Körper gehorchte ihm nicht. Es fühlte sich an, als hätte jemand seinen Verstand vom Rest seines Körpers gelöst und in die hinterste Ecke seines Gehirns gedrängt. Als wäre da noch etwas anderes in ihm. Etwas, das die Kontrolle übernommen hatte.

Panik stieg in ihm auf. Doch weder schlug sein Herz schneller noch bekam er schweißnasse Hände. Es war lediglich eine Reaktion seines Verstandes – oder der winzigen Ecke davon, die ihm noch gehörte.

Bemühe dich nicht, vernahm er eine fremde Stimme in seinem Geist. *Gegen mich kommst du nicht an.*

Darragh zwang sich zur Ruhe. Er musste einen kühlen Kopf bewahren, dann würde er auch einen Weg aus dieser Situation herausfinden.

Ein dröhnendes Lachen durchfuhr seinen Geist. *Du suchst*

nach einem Ausweg, erklang die Stimme erneut. *Das tun sie am Anfang alle. Spar dir die Mühe. Es gibt keinen. Dein Körper gehört mir, solange ich seiner bedarf.*

Darragh schauderte. Zumindest hätte er das getan, wenn sein Körper ihm gehorcht hätte. Merkwürdig nur, dass es sich in seinem Geist dennoch so anfühlte. *Und dann?*

Das Ding in ihm richtete seinen Blick auf den Toten. *Beantwortet das deine Frage?*

Ich bin du, hatte der Kerl gesagt. *Zumindest gleich*. Dieses Ding hatte sich einen neuen Körper gesucht und den alten einfach abgestreift. Er musste einen Weg finden, dieses Ding loszuwerden, bevor ihn dasselbe Schicksal ereilte.

Im Augenblick jedoch konnte er nicht einmal seinen kleinen Finger zu einer Regung bewegen. Hilflos sah er mit an, wie er einen Blick auf den Gang warf und – nachdem er sicher war, dass seine Männer fort waren – zu dem Leichnam ging, ihn schulterte und aus der Kammer trug.

Seine Schritte klangen wie immer, als er die Schenke über die Hintertreppe verließ. Alles klang wie immer. Nur fühlte er seinen Körper nicht mehr. Seit der Schmerz in seiner Brust verebbt war, hatte er jede Verbindung zu sich selbst verloren. Dort, wo einst sein Körper gewesen war, spürte er nur noch ein großes Nichts.

Das Ding, das in ihn gefahren war, zwang ihn Schritt für Schritt voran, bis zu einer dunklen Seitengasse. Dort lud er den Leichnam inmitten eines Haufens Unrat ab und kehrte zur Schenke zurück.

Am Fuß der Treppe traf er auf Lucan. Darragh wollte schreien und um sich schlagen. Er musste seinen Freund warnen. Doch sein Körper versagte ihm nach wie vor jede Kontrolle. Vor Lucan blieb er stehen. Die beiden wechselten einen Blick.

Lucan nickte zufrieden. »Ich sehe, es ist vollbracht, Bruder. Ich kümmere mich um die anderen.«

Voller Entsetzen sah Darragh, wie Lucan zur Hintertür ging und ein knappes Dutzend Männer einließ. Schweigend gingen sie an ihm vorbei und stiegen die Treppen hinauf zur Dachkammer. Auch ohne dass es ihm jemand erklärte, wusste Darragh, dass bald weitere Leichen aus der Schenke geschafft werden würden. Niemand hörte den Schrei, den er im Gefängnis seines Geistes ausstieß.

44

Eine fröhliche Melodie pfeifend, führte Skandar die Pferde vom See zu dem Platz zurück, den sie sich für die Mittagsrast ausgesucht hatten. Die von Büschen und Bäumen gesäumte Lichtung war nicht weit von der Straße entfernt, aber durch das dichte Buschwerk vor Blicken geschützt. Es wäre der perfekte Platz für ein Nachtlager gewesen, doch der Tag war noch jung, und sie hofften, heute noch ein gutes Stück voranzukommen. Abgesehen davon hatten sie ihre Rast schon weit länger ausgedehnt, als sie es vorgehabt hatten. Ursprünglich waren sie nur zum nahe gelegenen Fluss gegangen, um die Pferde zu tränken und ihre Wasserschläuche aufzufüllen. Dann jedoch hatten sie den See entdeckt, in den der Fluss mündete. Der Tag war warm und das Wasser angenehm kühl, sodass er sich von Rayne zum Schwimmen hatte überreden lassen. Streng genommen hatte ihre Überredung darin bestanden, ihn nass zu spritzen und, als er ihr dann noch immer nicht ins Wasser folgen wollte, ihre Gewänder abzulegen und ihn auf diese Weise zu sich zu locken. Das Schwimmen war dabei in Vergessenheit geraten. Schließlich hatte er sich zwingen müssen, das Wasser zu verlassen, andernfalls kämen sie heute keinen Schritt mehr weiter.

Während der letzten Wochen waren sie gut vorangekommen. Jeden Morgen und Abend und oft auch während des Ritts hatten sie sich gegenseitig den Ablauf und die Worte des Rituals aufgesagt. Obwohl sie es nach all den Tagen längst bis in die letzte Silbe auswendig kannten, folgten sie Trevelians Rat und wiederholten es unermüdlich.

Zwei Wochen waren sie entlang der nördlichen Ausläufer der Berge von Demantur gereist. Die Küste zu ihrer Linken, das schroffe, graue Gebirge zu ihrer Rechten. Inzwischen hatten sie die Berge und die Küste hinter sich gelassen und befanden sich inmitten der grünen Weite des Fürstentums Uryen. Ihr Weg führte vorbei an Feldern, Wiesen und Wäldern. Die Straßen waren gut passierbar und selbst das Wetter war ihnen gewogen. Obwohl der Sommer sich dem Ende entgegenneigte, die ersten Blätter sich bunt färbten und die Nächte kühler wurden, waren die Tage noch immer von Hitze geprägt.

Kinnel war die letzte große Stadt gewesen, die sie betreten hatten – zumindest Rayne. Danach hatten sie mehr als zwei Wochen einen Bogen um jede Ansiedlung gemacht und waren selbst den Fischerdörfern an der Küstenstraße ausgewichen, wenn sie keine Vorräte brauchten. Die Kapuzen ins Gesicht gezogen, waren sie an Reisenden und Händlern vorübergeritten, die ihnen auf der Straße begegneten. Nichts deutete auf Verfolger hin, und selbst die Patrouillen der Fürsten, erst in Assana und jetzt in Uryen, hatten sie keines Blicks gewürdigt.

Da Rayne noch ein wenig länger im Wasser bleiben wollte, hatte Skandar sich bereit erklärt, die Pferde zurückzubringen und zusammenzupacken. Er befestigte gerade die letzte Packtasche, als er Hufschlag vernahm, der sich auf der Straße näherte.

Seit sie Trevelian vor drei Wochen verlassen hatten, waren sie weder auf eine Spur der Schatten noch auf eine andere Bedrohung gestoßen. Trotzdem war Skandar sofort alarmiert. Er packte die Zügel und führte die Pferde hinter die Büsche. Mit ein wenig Glück würden die Reiter ihn passieren, ohne auch nur einmal nach rechts oder links zu blicken. Solange Rayne sich nicht ausgerechnet diesen Moment für ihre Rückkehr aussuchte und auf die Lichtung trat, würde niemand bemerken, dass er hier war. *Bitte lass sie noch etwas länger brauchen!* Er streifte die Handschuhe über, die an seinem Gürtel steckten. Die unversehrte Hand am Schwertgriff, wartete er.

Die Reiter wurden langsamer. Skandar fluchte, als er jemanden etwas von einer Rast rufen hörte. Tatsächlich bogen kurz darauf mehrere Reiter auf die Lichtung. Im ersten Moment hielt Skandar sie für Söldner, dann jedoch erhaschte er einen Blick auf das Gesicht ihres Anführers. Der Thronfolger!

Beim Anblick des Prinzen überwog zunächst der Schreck, und alles in ihm warnte ihn, zu bleiben, wo er war. Dann jedoch wurde ihm bewusst, was das bedeutete. Nachdem Rayne es nie zu einer Garnison geschafft hatte, konnte sie ihre Familie endlich wissen lassen, dass sie am Leben war! Und Skandar konnte endlich klarstellen, dass er Rayne nichts angetan hatte. Das würde auch seinen Namen wieder reinwaschen. Zumindest in dieser Hinsicht.

Er schlang die Zügel um einen Ast und trat mit einem entschlossenen Schritt zwischen den Bäumen hervor. Als der Prinz ihn sah, sprang er aus dem Sattel und zog sein Schwert. Flankiert von zwei weiteren Männern, ging er auf Skandar zu. Skandar unterdrückte den Impuls, ebenfalls seine Waffe zu ziehen. Stattdessen hob er die Hände, um zu zeigen, dass er unbewaffnet war.

»Hoheit, es ist gut, Euch zu sehen«, sagte er, obwohl im Gesicht des Prinzen dieselbe Verachtung zu erkennen war wie damals in Naranor. Doch da war noch etwas anderes, kein Hass, wie Skandar ihn zu sehen erwartet hätte, sondern … War das Genugtuung? Freute sich der Prinz etwa, ihn gefunden zu haben? Natürlich! Er hielt ihn für den Mörder seiner Schwester, den er nun endlich zur Rechenschaft ziehen konnte.

»Halt den Mund, Mörder! Du wirst meine Rache zu spüren bekommen!«

»Das wird nicht nötig sein«, erwiderte Skandar in gezwungener Ruhe. »Sie lebt. Rayne ist am Leben.« Er hatte gehofft, die Worte würden dem Prinzen Einhalt gebieten und ihm zumindest die Zeit verschaffen, die er brauchte, um sich zu erklären. Doch Prinz Darragh Fjal'Har hielt nicht einmal inne. Als er und seine Männer mit erhobenen Schwertern vor ihn traten, blieb Skandar keine andere Wahl, als ebenfalls seine Waffe zu ziehen.

45

Erfrischt machte sich Rayne auf den Rückweg zum Lager. Nur zu gern hätte sie den Rest des Tages hier verbracht, doch Skandar hatte recht; solange die Schatten nicht vernichtet waren, konnten sie es sich nicht erlauben, ihre Zeit zu vertrödeln. Seufzend beschleunigte sie ihren Schritt.

Je weiter sie sich vom sonnigen Seeufer entfernte, desto dichter rückten die Bäume zusammen. Sie lauschte dem Zwitschern der Vögel und dem gedämpften Knacken und Rascheln ihrer Schritte. Das Lager war nicht mehr fern, als ihr plötzlich bewusst wurde, dass die Vögel verstummt waren. An die Stelle ihres Gesangs traten nun Stimmen. Durch die dichte Reihe von Bäumen und Büschen hindurch konnte sie den Lagerplatz nicht sehen, die Stimmen jedoch waren nicht zu überhören. Im ersten Moment dachte sie an andere Reisende, die sich die Lichtung für ein Lager ausgesucht hatten. Sie war noch zu weit entfernt, um die Worte zu verstehen, die Tonlage jedoch ließ keinen Zweifel daran, dass das keine harmlosen Reisenden waren.

Ohne innezuhalten, ließ sie ihre Energie fließen. Sandte sie in ihre Füße und sorgte dafür, dass die Geräusche verschluckt wurden, die sie mit jedem Schritt verursachte. Dann eilte sie weiter. Erst kurz vor der letzten Baumreihe wurde sie langsamer. Geduckt schob sie sich weiter voran, getrieben von der Befürchtung, jeden Moment Dainn und Bär zu erblicken, oder Eyrons Krieger, die Skandar nur deshalb noch nicht umgebracht hatten, weil sie erst aus ihm herausbekommen wollten, wo sie steckte.

»Halt den Mund, Mörder! Du wirst meine Rache zu spüren bekommen!« Es waren die ersten verständlichen Worte, die an ihr Ohr drangen, gesprochen von einer Stimme, die ihr so vertraut war wie ihre eigene.

Rayne richtete sich auf. Sie brach zwischen den Büschen hervor, und sofort fiel ihr Blick auf den Mann, der da gesprochen hatte. Darragh stand mit erhobenem Schwert vor Skandar, neben ihm Lucan und noch ein weiterer Krieger, die ebenfalls ihre Waffen auf den Nordländer gerichtet hatten und sich ihm bedrohlich näherten. Auch Skandar hatte sein Schwert in der Hand.

»Darragh! Nicht!«

Ihr Bruder hielt abrupt inne. Seine Augen richteten sich auf sie, während seine Klinge noch immer auf Skandar zeigte. Unbändige Wut lag in seinem Blick, eine Wut, die zweifelsohne Skandar gegolten hatte und nun ganz allmählich Erstaunen wich. »Rayne!« Er klang zugleich überrascht und alarmiert. »Komm her! Hinter mich!«

Obwohl sie sich ihrem Bruder am liebsten in die Arme geworfen hätte, ignorierte sie seine Aufforderung und trat stattdessen zu Skandar. Sie stellte sich so dicht neben ihn, dass ein Schwerthieb sie unweigerlich beide treffen würde.

»Sieh dir an, wen ich gefunden habe«, sagte Skandar mit schiefem Grinsen.

Um ein Haar hätte Rayne gelacht. »Steckt eure Schwerter weg«, sagte sie an Darragh gewandt. »Skandar Khardal hat mir nichts getan.«

Darragh und Lucan kniffen gleichzeitig die Augen zusammen. Ob die beiden wussten, wie ähnlich sie sich im Laufe der Jahre geworden waren? »Da haben wir anderes gehört«, sagte Lucan.

»Wie du siehst, hat er mich nicht umgebracht. Und er hat mich auch nicht entführt. Ich bin aus freien Stücken hier. Jetzt macht schon!«

Darragh betrachtete Skandar wie ein Insekt, etwas, von dem er nicht sicher war, ob er es verscheuchen oder zertreten sollte. »Bist du sicher?«

Sie lächelte. »Vollkommen sicher.«

Darraghs Blick richtete sich auf Skandars Waffe. In einer stummen Aufforderung zog er eine Augenbraue hoch und wartete, bis Skandar das Schwert zurück in die Scheide geschoben hatte. Einige Herzschläge verstrichen, ohne dass sich einer der Männer rührte. Dann senkte Darragh endlich sein Schwert und bedeutete den anderen, es ihm gleichzutun.

Kaum hatte er die Waffe weggesteckt, warf Rayne sich ihm in die Arme. Ihr Bruder fing sie auf, wie er es immer getan hatte.

Sie strich ihm über den Bart. »Was ist das denn?«

»Nach allem, was passiert ist, hielt ich eine Veränderung für nötig.« Er zog sie noch fester an sich. »Bei den Göttern, ich dachte, ich würde dich niemals wiedersehen«, flüsterte er. »Was ist passiert? Wie geht es dir? Bist du in Ordnung?« Darragh setzte sie ab und schob sie ein Stück von sich, sodass er ihr in die Augen sehen konnte. »Wir haben gehört, dass Khardal in der Akademie war. Er … Ich dachte … Wir dachten …«

»Ich weiß«, sagte sie. »Dainn und Bär haben mir von dem Boten erzählt. Aber so war es nicht. Skandar hat mich beschützt.«

Darragh sah an ihr vorbei zu Skandar, der sich nicht vom Fleck gerührt hatte. »Ich werde wohl eine Weile brauchen, bis ich so weit bin, Euch dafür danken zu können.«

Skandar zuckte die Schultern. »Wenn Ihr Euer Schwert dort lasst, wo es jetzt ist, ist mir das Dank genug.«

Rayne war nicht sicher, ob Darragh seine Antwort überhaupt gehört hatte, denn seine Aufmerksamkeit hatte sich schon wieder auf sie gerichtet. »Was hast du überhaupt hier zu suchen? Warum bist du nicht zu Hause? Und warum ist *er* bei dir?«

Die Verachtung, mit der ihr Bruder das *er* aussprach, überraschte Rayne nicht. Aber sie schmerzte. Es war, als könnte sie in diesem Moment einen kurzen Blick auf die Reaktion der Menschen erhaschen, mit der Skandar seit so vielen Jahren leben musste. Unwillkürlich machte sie einen Schritt in seine Richtung, zwang sich dann aber stehen zu bleiben. Darragh würde sich leichter besänftigen lassen, wenn sie Abstand zu Skandar hielt. Zumindest für den Moment.

»Warum setzen wir uns nicht, dann erzähle ich euch alles.« *Jedenfalls so viel ich euch erzählen kann.* Denn es gab Dinge, die würde sie nicht einmal Darragh offenbaren.

Auf dem Weg zu einer Feuerstelle, die andere Reisende vor ihnen errichtet hatten, legte Darragh den Arm um sie, als müsse er sie vor Skandar in Schutz nehmen. Lucan betrachtete sie noch immer ungläubig.

»Ich kann dir gar nicht sagen, wie froh ich bin, dich bei guter Gesundheit zu sehen. Und am Leben.« Lucan machte einen Schritt auf sie zu, und für einen Moment sah es so aus, als wollte er sie umarmen. Stattdessen drückte er nur kurz ihre Hand.

Rayne biss sich auf die Lippe, um nicht loszulachen. Obwohl sie seit frühester Kindheit befreundet waren, hatte Lucan vor ein paar Jahren begonnen, sie nicht länger wie eine Spielkameradin aus Kindertagen, sondern vielmehr wie ein Mädchen – eine Frau – zu behandeln. Seitdem benahm sich der sonst so forsche Krieger in ihrer Gegenwart häufig merkwürdig. Als wisse er nicht recht, was er mit ihr anfangen sollte. Auch jetzt wandte er sich rasch von ihr ab und den übrigen Männern zu, um Anweisung zu geben, ein Lager aufzuschlagen und Wachen zu postieren.

Als sie sich niederließen, entging Rayne nicht, dass Skandar gar nicht erst versuchte, ihrem Bruder den Platz an ihrer Seite streitig zu machen. Stattdessen setzte er sich ihr gegenüber auf die andere Seite der Feuerstelle.

»Wenn ich mir dich und deine Männer so ansehe«, sagte Rayne mit einem Blick auf die Krieger, »scheint ihr ebenfalls einiges zu erzählen zu haben. Was ist mit euren Uniformen passiert?«

Lucan, der sich nun auch zu ihnen setzte, grinste. »Manchmal kommt man leichter voran, wenn man sich nicht als der zu erkennen gibt, der man tatsächlich ist. Wir haben deswe…«

»Wir wollen jetzt erst hören, was *dir* zugestoßen ist«, fiel Darragh ihm ins Wort. Seine Miene war ernst. Die spielerische Leichtigkeit, mit der sie einander sonst begegneten, fehlte. Aber Rayne war klar, dass sie wohl nicht erwarten konnte, dass er die Wochen, in denen er sie für tot gehalten hatte, Wochen der Trauer und der Wut, einfach so von einem Augenblick auf den anderen hinter sich lassen konnte.

Anfangs war es nur Rayne, die erzählte, während Skandar sich damit begnügte, ihre Worte von Zeit zu Zeit mit einem Nicken zu bekräftigen. Sie begann ihre Geschichte mit der Nacht, in der die Akademie abgebrannt war. Je länger sie sprach, desto trockener wurde ihre Kehle. Immer wieder musste sie nach ihrem Wasserschlauch greifen und etwas trinken. Die Pausen halfen ihr auch, sich zu sammeln und den Faden nicht zu verlieren.

Darragh war erschüttert, als er hörte, was mit Dainn und Bär geschehen war, doch das war nichts im Vergleich zu seinem Entsetzen, als sie schließlich zu Eyrons Verrat kam.

»Das ist unmöglich! Das kann nicht sein!«, entfuhr es ihm.

Rayne lächelte müde. »Das dachte ich auch, aber es besteht kein Zweifel. Eyron steckt hinter allem. Auch hinter dem Angriff auf Mutter.«

Noch einmal wiederholte sie, wie sie dahintergekommen war, dass er die Schatten befehligte. Was sie gehört und gesehen hatte und wie er Skandars Ansinnen, den Schatten das Handwerk zu legen, immer wieder in die Quere gekommen war. Da sich die Geschichte jetzt mehr den Schatten zuwandte, überließ sie Skandar das Wort und lauschte ihm, während er davon sprach, was ihn ursprünglich nach Naranor geführt und was er über die Schatten in Erfahrung gebracht hatte.

»Wie habt Ihr herausgefunden, dass mit diesen Toten etwas nicht stimmt?«, wollte Lucan wissen.

»Ihre Augen.« Skandar beschrieb die ölig-schwarzen Rückstände.

Darragh runzelte die Stirn. »Das ist alles, woran man sie erkennt?«

»Ja, und das auch nur, wenn der Mensch tot und der Schatten bereits fort ist«, sagte Skandar. »Nur ein Zauberer könnte womöglich mehr.«

Rayne nahm den Faden auf. »Ich habe einige Tote berührt, die von einem Schatten beseelt waren. Es war wie eine Vision, die mir die letzten Augenblicke im Leben dieser Menschen gezeigt hat, bevor der Schatten ihren Körper verließ. Einmal auch, wie er in ihn fuhr.«

»Und wenn der Schatten noch in ihnen steckt?«, fragte Darragh. »Hast du … bist du ihnen nah genug gekommen, um sie auch dann zu berühren? Hast du dann auch etwas gespürt?«

»Ich bin mir nicht sicher, aber ich glaube nicht.«

»Was soll das heißen?«

»Bär hat mir einmal die Hand auf die Schulter gelegt. Dabei habe ich nichts gespürt.«

Darragh nickte. »Dann müsste der Kontakt also länger sein? So wie bei den Toten?«

»Ich glaube nicht, dass es etwas damit zu tun hat.« Bei Bruder Albus und dem Toten in dem Gebüsch hatte eine flüchtige Berührung ausgereicht. »Vielleicht hat es eher etwas damit zu tun, dass die Schatten auf irgendeine Weise davor geschützt sind, erkannt zu werden, und dass dieser Schutz nach Verlassen des Körpers endet? Vielleicht müsste ich, wenn es sich nicht um einen Toten handelt, bewusst meine Magie einsetzen, um etwas zu finden.« Sie erinnerte sich daran, wie sie die Rückstände des dunklen Zaubers im Körper ihrer Mutter gefunden hatte. Damals hatte sie ihre Magie benutzt. Sie zuckte die Schultern. »Ich weiß es nicht, und da sich bisher kein Schatten für ein derartiges Experiment zur Verfügung gestellt hat …«

»Versprich mir, dass du so etwas Verrücktes auch niemals tun wirst«, verlangte Darragh.

»Dann darf ich es auch nicht an euch versuchen?« Es war nur so dahingesagt, nichts weiter als ein Geplänkel zwischen Geschwistern. Doch als die Worte ausgesprochen waren, erkannte Rayne, dass es weit mehr als ein Scherz war.

Darragh bemerkte es ebenfalls. »Misstraust du uns etwa?«

»Wir haben viel erlebt«, räumte sie ein. »Nach dem, was mit Dainn und Bär passiert ist, und nach Eyrons Verrat ist es schwierig geworden, Freund und Feind zu unterscheiden.«

Darragh erhob sich. »Dann schlage ich vor, du findest es heraus. Steh auf und gib mir deine Hand, oder was auch immer du tun musst, um deine Magie zu wirken.«

Rayne zögerte. Erst, als sie Skandars kaum merkliches Nicken sah, folgte sie Darraghs Aufforderung. Aus dem Augenwinkel sah sie, dass auch Lucan und Skandar sich erhoben. Skandars Haltung hatte sich verändert. Seine Hand lag nicht am Schwertgriff, noch nicht. Doch sie erkannte, dass er bereit war, ganz gleich, was geschehen mochte. *Darragh würde mir das nicht anbieten, wenn er etwas zu befürchten hätte.* Er tat das, um jeden Zweifel auszuräumen und ihr die Sicherheit zu geben, die sie brauchte.

Rayne ergriff die Hand ihres Bruders, schloss die Augen und ließ ihre Energie fließen. Sie spürte das Prickeln, als sie von ihren Fingerspitzen auf Darraghs Hand übersprang. Spürte, wie sie sich ihren Weg durch seinen Körper bahnte, während sie nach Spuren dunkler Magie suchte. Oder etwas anderem, das dort nichts zu suchen hatte. Etwas, das *falsch* war. Dreimal ließ sie ihre Energie durch seinen Körper rauschen, ohne auf etwas zu stoßen. Dann kam ihr der Gedanke, dass es noch einen anderen Weg gab, Magie zu finden: ihre Gabe des Aufspürens.

Sie gab Darraghs Hand frei und trat zurück, ehe sie erneut Energie aussandte, dieses Mal von außen auf ihn gerichtet. Mit angehaltenem Atem wartete sie darauf, dass die Luft zu flimmern begann. Doch nichts geschah. Erleichtert stoppte sie den Fluss der Energie.

»Und?«, wollte er wissen.

»Du bist in etwa so magisch wie ein Stein«, sagte sie mit einem Lächeln. Ihr Bruder war weder ein Zauberer noch ein Schatten.

»Dann solltest du jetzt auch Lucan und meine Männer überprüfen.« In seinen Augen las sie, was er nicht aussprach. *Für den Fall, dass sich eine dieser Kreaturen in meinem Trupp eingeschlichen hat.*

Um ihnen allen die nötige Beruhigung zu verschaffen, wiederholte sie ihr Vorgehen auch bei den übrigen Männern. Manche betrachteten sie ein wenig argwöhnisch, doch keiner verweigerte sich ihr. Als sie sich schließlich wieder an der Feuerstelle niederließen, taten sie es in der erlösenden Gewissheit, dass keine Schatten unter ihnen waren.

Erleichtert und dankbar für Darraghs Verständnis, nahm Rayne ihre Geschichte dort wieder auf, wo sie aufgehört hatte: ihrer Flucht aus Valin.

»Ich kann immer noch nicht fassen, dass du dich allein auf die Suche nach diesem Trevelian gemacht hast!«, sagte Darragh.

Raynes Blick glitt zu Skandar. »Ich war nicht allein.«

»Hatte der Zauberer denn ein Heilmittel für Mutter?«

Noch immer glaubte Rayne, die Worte des Alten zu vernehmen. *Um sie zu retten, musst du ihr einen Teil ihrer selbst zurückgeben. Einen Teil der Lebenskraft, die sie verloren hat.* Doch wie sollte sie das tun, wenn die Magie, die sie in sich trug – die

Magie ihrer Mutter –, das nicht bewerkstelligen konnte? Sie schüttelte den Kopf. »Er machte einige Andeutungen, aber nichts davon ergibt Sinn.«

»Andeutungen welcher Art?« Verständlicherweise wollte Darragh ebenso wenig aufgeben wie sie selbst. »Vielleicht kann ich helfen, einen Sinn darin zu finden.«

Sie lächelte müde. »Es hat mit Magie zu tun.«

Die Miene ihres Bruders verfinsterte sich, wie es oft der Fall war, wenn Zauberei ins Spiel kam. Das war ein Gebiet, auf dem er völlig machtlos war. »Was hatte der Zauberer sonst zu sagen?«

Abwechselnd berichteten Rayne und Skandar, was sie über das Ritual zur Vernichtung der Schatten erfahren hatten. »Wir müssen das Ritual von Trag'Ba in Thanasses durchführen«, sagte sie. »An dem Ort mit der größten magischen Dichte.«

»Magische Dichte? Was soll das sein? *Wo* soll das sein?« Lucan schnitt eine Grimasse. »Willst du etwa die ganze Metropole danach absuchen?«

»Das wird nicht nötig sein. Ich weiß, wo wir hinmüssen.«

Schließlich kamen sie auf die bevorstehende Rückkehr von Darathor, dem Dritten Gott, zu sprechen.

»Das kann unmöglich sein!«, entfuhr es Darragh. »Der Tyrann unter dem Fels, das ist eine Kindergeschichte! Eyron hat sie uns erzählt, damals im Königswald, erinnerst du dich noch?«

»Auch für uns im Norden war es nichts weiter als eine Legende«, sagte Skandar. »Offenbar stimmt das Sprichwort, dass jede Legende einen wahren Kern in sich trägt.«

Darragh hörte nicht auf, Fragen über den Dunklen Gott zu stellen, er wollte alles wissen, was sie herausgefunden hatten. Seine Augen hatten einen merkwürdigen Glanz angenommen und selbst Rayne konnte sich einer gewissen Faszination nicht entziehen. Es war beängstigend, die Rückkehr eines Gottes verhindern zu müssen. Zugleich gab ihr das Wissen um die Existenz dieses Wesens auf eigenartige Weise das Gefühl, etwas Besonderem beizuwohnen.

Um ein Haar hätte sie gelacht. *Als wäre ich nicht schon besonders genug.* Was Trevelian ihr jedoch über sich selbst und ihre Magie eröffnet hatte, erwähnte sie mit keiner Silbe. Ihre Mutter hatte dieses Wissen siebzehn Jahre für sich behalten, in der Überzeugung, dass es zu gefährlich war, andere daran teilhaben zu lassen. Rayne wollte den Kreis der Eingeweihten so klein wie möglich halten, auch wenn es ihr nicht gefiel, ausgerechnet Darragh, dem sie immer alles anvertraut hatte, auszuschließen. Vielleicht würde sie ihm eines Tages davon erzählen, wenn Lucan und seine Krieger nicht in der Nähe waren. Für den Moment jedoch ließ sie ihn in dem Glauben, dass Eyron und seine Schatten nach einer Magie suchten, die zu finden sie sich bei ihrer Mutter erhofft hatten. »Offenbar vermuten sie jetzt, ich könnte über diese Kraft verfügen«, schloss sie diesen Teil ihrer Geschichte.

»Tust du das denn nicht?« Darragh musterte sie, als könne er spüren, dass sie ihm nicht alles erzählt hatte.

»Nicht, dass ich wüsste.« Rayne gab sich alle Mühe, arglos zu klingen, doch sie konnte ihrem Bruder ansehen, dass er ihr das nicht vollends abnahm. Vermutlich ahnte er, dass sie mächtiger war, als sie zugeben wollte. Dass sie vielleicht einen Teil der Macht ihrer Mutter geerbt hatte und dass Eyron deshalb hinter ihr her war. Wie würde er reagieren, wenn er erfuhr, dass sie nicht nur die Magie ihrer Mutter in sich trug, sondern aus ihr erschaffen worden war?

»Wir werden dich nach Thanasses begleiten und dir helfen, diese Schatten zu vernichten.« Darraghs Blick heftete sich auf Skandar. »Dann könnt Ihr Eurer Wege gehen.«

»Das *ist* mein Weg.« Skandar klang ruhig, doch in seinen Augen brannte ein Feuer, von dem Rayne nicht wusste, ob es seinem Zorn geschuldet war oder von etwas anderem herrührte. Sie fragte sich, welche Wirkung das Zusammentreffen mit Darragh auf ihn haben mochte. Fürchtete er, Darragh könne sich zwischen sie drängen? Sosehr sie ihren Bruder liebte, Skandar liebte sie ebenfalls, und sie würde nicht zulassen, dass sie getrennt wurden. Allerdings hielt sie es für besser, ihre Liebe zu Skandar für den Moment noch für sich zu behalten. Wenn Darragh erst sah, was für ein rechtschaffener Mann Skandar war, würde er es verstehen.

»Darragh, ich bin froh, wenn ihr uns begleitet.« Wer konnte schon wissen, welche Gefahren sie auf dem Weg zur Metropole noch erwarten mochten. Und vielleicht war es gut, die Krieger um sich zu haben, wenn sie die Schatten nach Thanasses riefen. Wenn etwas schiefging, würden sie jedes Schwert gebrauchen können. Sie wusste, dass Skandar bereit war, sich den Schatten zu stellen. Aber ebenso gut wusste sie, dass er unmöglich mit zwei Dutzend oder mehr fertigwerden würde, wenn das Ritual versagte. *Falls* es versagte.

»Du musst deinen Männern einschärfen, die Schatten nur im äußersten Notfall zu töten, falls wir auf dem Weg nach Thanasses auf welche von ihnen stoßen sollten«, sagte Rayne.

»Setzt sie außer Gefecht, betäubt und fesselt sie, aber bringt sie nicht um«, fügte Skandar hinzu. »Zum einen, um das Leben der Menschen zu schützen, deren Körper sie in Besitz genommen haben. Und zum anderen, um zu verhindern, dass der Schatten in Euch oder einen Eurer Männer fährt.«

Darragh nickte ernst und gab die Anweisung gleich an seine Männer weiter.

Als die Dämmerung kam, entzündeten sie das Feuer und verteilten Proviant. Während sie aßen, erzählten Darragh und Lucan, wie sie Skandars Spur gefolgt waren. Mehrmals fiel das Wort *Brudermörder*, doch keinem der beiden schien es aufzufallen. Skandar sah mit steinerner Miene darüber hinweg.

Als es schließlich an der Zeit war, sich schlafen zu legen, wusste Rayne nicht so recht, wohin sie gehen sollte. Darraghs

Männer hatten etwa zwanzig Meter entfernt ein großes Lagerfeuer errichtet. Zwei Wachen standen bei der Straße, die restlichen Männer hatten sich um das Feuer versammelt oder schliefen bereits. Lucan hatte sich schon vor einer Weile zu den Kriegern gesellt, nur Darragh machte keine Anstalten, zu gehen. In den letzten Wochen hatte sie jede Nacht in Skandars Armen geschlafen, doch jetzt, in Darraghs Beisein, wagte sie nicht einmal, sich mit ihrer Decke neben ihm niederzulassen. Sie beobachtete sehnsüchtig, wie Skandar sich ein Stück vom Feuer entfernt niederlegte, als Darragh sie zur Seite nahm.

»Ich bin wirklich froh, dass du am Leben bist.« Er betrachtete die Sterne, und Rayne erkannte an seiner Haltung, dass es etwas anderes war, was er ihr sagen wollte, er aber nicht wusste, wie er anfangen sollte.

»Skandar ist ein guter Mann«, kam sie ihm zuvor. »Er hat seinen Bruder getötet, das stimmt, doch die Umstände …« Sie zögerte, wusste nicht, wie viel sie ohne Skandars Wissen preisgeben sollte. »Er war damals verletzt und schwer krank. Und er war ein Kind. Heute ist er ein Mann. Beurteile ihn nicht nach der Vergangenheit, Darragh. Bitte.«

Er dachte über ihre Worte nach. Schließlich sagte er: »Er hat dir das Leben gerettet. Dafür schulde ich ihm meinen Dank. Aber er hat hier nichts verloren. Schick ihn fort, Rayne. Das ist besser für uns alle.«

»Es ist ebenso sein Kampf wie meiner«, sagte sie. »Er hat jedes Recht, mit mir nach Thanasses zu gehen. Ich werde es ihm nicht verwehren – und du auch nicht.«

Einen Moment sah es so aus, als wollte ihr Bruder widersprechen, dann jedoch nickte er. »Also gut, ich akzeptiere deine Entscheidung. Aber ich werde ihn im Auge behalten.« Er nahm seine Decke und breitete sie neben Rayne vor dem Feuer aus. »Und ich schlafe hier, bis ich mit meiner Wache dran bin.«

46

Während der letzten Wochen hatte Darragh herausgefunden, dass die Kreatur, die seinen Körper vereinnahmt hatte, ein Schatten war. Auch war ihm nicht entgangen, dass ausgerechnet Eyron, der Mensch, dem er neben seinen Eltern und Geschwistern am meisten vertraute, nicht nur mit ihnen im Bunde zu stehen, sondern sie anzuführen schien.

Die ersten Tage seiner Gefangenschaft waren ein einziger, kraftraubender Kampf gewesen. Er hatte das Wesen angebrüllt. Hatte abwechselnd geflucht, geschimpft und gefleht, in der Hoffnung, es dazu zu bringen, ihn freizugeben. Oder sich zumindest in irgendeiner Form mit ihm auseinanderzusetzen. Doch der Schatten hatte nicht reagiert, hatte nicht einmal gezuckt. Beinahe schien es, als hätte er eine Barriere zwischen sich und Darraghs Geist errichtet.

Nachdem es Darragh nicht gelungen war, dem Schatten eine Reaktion abzutrotzen, hatte er sich darauf verlegt, ihn und die anderen zu belauschen, in der Hoffnung, mehr in Erfahrung zu bringen. So hatte er sich zwar einiges aus dem zusammenreimen können, was sie untereinander besprachen, bisher war es ihm aber weder gelungen, herauszufinden, was sie wollten, noch, was man gegen sie unternehmen konnte.

Während der letzten Tage hatte er alle Stadien der Verzweiflung durchlaufen und nicht geglaubt, dass es noch schlimmer werden könnte. Doch dann waren sie auf den Brudermörder gestoßen.

Bei seinem Anblick war Darragh zum ersten Mal mit dem Handeln des Schattens einverstanden gewesen. Der Mann, der seine Schwester auf dem Gewissen hatte, musste sterben! Dann jedoch hatte Khardal die Worte gesprochen, die Darragh erstarren ließen: »Sie lebt. Rayne ist am Leben.«

In diesem Moment hatte ihn die Erkenntnis wie ein Schlag getroffen. Wenn sich die Schatten über ihre Pläne unterhielten, hatte Darragh immer der nötige Zusammenhang gefehlt, um zu verstehen, wovon sie sprachen. Lediglich, dass sie einen Mann und ein Mädchen verfolgten, hatte er begriffen. Und, dass sie planten, den Mann zu töten.

Bei den Göttern, wenn Khardal recht hatte und Rayne am Leben und bei ihm war, dann waren sie es, auf die die Schatten es abgesehen hatten! So musste es sein. Darragh hatte den Arm mit der Waffe senken wollen, doch sein Körper hatte ihm nicht gehorcht. Natürlich nicht.

Dann war Rayne erschienen. Wie ein Wunder war sie zwischen den Bäumen herausgetreten. Hätte er die Kontrolle über seinen Körper gehabt, hätte er vor Glück geweint. Zugleich wollte er schreien. Sie warnen, vor der Gefahr, in der sie schwebte, auf die sie geradewegs zulief. Doch ganz gleich, was er auch versuchte, er konnte sie nicht erreichen. Letztlich war ihm keine andere Wahl geblieben, als sich anzuhören, was sie und Khardal zu berichten hatten. Auf diese Weise hatte er zumindest endlich mehr über die Schatten und ihr Vorhaben erfahren.

Je länger Rayne neben ihm gesessen hatte, desto mehr war ihm bewusst geworden, dass der Schatten in ihm auch Zugang zu seinem Wissen und seinen Erinnerungen haben musste. Er sagte all das, was auch Darragh gesagt hätte, bewegte sich und reagierte, wie er es getan hätte. Rayne hatte nicht die geringste Chance, zu bemerken, dass etwas nicht in Ordnung war. Als dann auch ihre Magie keinerlei Hinweis auf den Schatten geliefert hatte, war seine Furcht ums sie ins Unermessliche gewachsen.

Ein winziger Trost war es, dass er immerhin der Androhung

des Schattens zustimmen konnte, Khardal im Auge zu behalten. Wenngleich seine Motive zweifelsohne andere waren. Darragh gefiel nicht, dass die beiden so viel Zeit miteinander verbracht hatten. Seit wie vielen Wochen waren sie gemeinsam unterwegs? Mittlerweile mussten es an die zwei Monate sein, vielleicht länger. Bei dem bloßen Gedanken, dass seine Schwester die ganze Zeit über mit dem Nordländer allein gewesen war, wurde ihm übel. Ihm war nicht entgangen, wie sehr sie Khardal vertraute. Für gewöhnlich besaß sie ein gutes Urteilsvermögen, und wem sie ihr Vertrauen schenkte, der verdiente es auch. Doch dieses Wissen reichte Darragh nicht, um seine persönliche Abscheu gegenüber diesem Mann zu überwinden.

Mittlerweile schliefen Rayne und Khardal seit ein paar Stunden. Darraghs Schatten hatte sich vergewissert, dass sie auch wirklich schliefen, ehe er zu den anderen gegangen war, die sich um ein großes Feuer versammelt hatten. Eine Weile schon saßen sie dort zusammen und die Schatten in Lucan und Darragh hatten die anderen in Raynes und Khardals Pläne eingeweiht. Leise besprachen sie, wie sie fortfahren wollten.

Aus diesem Gespräch erfuhr Darragh, dass die Schatten tatsächlich vorgehabt hatten, Khardal zu töten. Der Befehl dazu schien von Eyron selbst zu kommen. Dann jedoch war Rayne erschienen und hatte ihre Pläne zunichtegemacht. Ihre höchste Priorität schien es zu sein, sich Rayne anzuschließen, und wenn sie Khardal ungeachtet ihrer Intervention umgebracht hätten, hätte sie das vermutlich nicht zugelassen. Abgesehen davon durften sie nicht den geringsten Zweifel in Rayne aufkommen lassen, dass Darragh und seine Männer wirklich sie selbst waren, frei von Schatten.

»Was machen wir jetzt mit Khardal?«, wollte der Schatten wissen, der Varrens Körper übernommen hatte. »Soll er etwa am Leben bleiben?«

Lucan schüttelte den Kopf. »*SEINE* Befehle sind eindeutig.

Aber wir können es uns nicht erlauben, das Mädchen gegen uns aufzubringen.«

Der Schatten mit Bjarns Gesicht lächelte grimmig. »Wer hättc gedacht, dass sie sich auf dem Weg nach Thanasses befindet? Sie will ausgerechnet zu dem Ort, an dem *ER* sie haben will!«

Anfangs, das wusste Darragh inzwischen, war es lediglich das Ziel der Schatten gewesen, herauszufinden, wohin Rayne wollte und was sie vorhatte. Sobald sie diese Informationen hatten, lautete ihr Befehl, sie in ihre Gewalt zu bringen und vorzubereiten. Nachdem sie sie offenbar ohnehin in die Metropole bringen sollten, war es zweifelsohne leichter, Rayne einfach zu begleiten, statt sie dorthin zu schleppen. Was damit gemeint war, sie vorzubereiten, hatte er bisher noch nicht in Erfahrung bringen können. Nach allem, was er heute von Rayne gehört hatte, über die Schatten und den Dritten Gott, vermutete er, dass es etwas mit der Erweckung Darathors zu tun hatte. Was auch immer die Schatten vorhatten, sollte am selben Ort stattfinden, an dem Rayne sie vernichten wollte.

Darragh fluchte. Er musste einen Weg finden, zu ihr durchzudringen und sie zu warnen. *Ihr Götter, ich kann doch nicht zusehen, wie sie geradewegs in die Falle läuft.*

»Was wird denn jetzt aus dem Krieger?«, hakte der Varren-Schatten nach.

Selbst nach Wochen hatte Darragh sich noch immer nicht daran gewöhnt, die vertrauten Gesichter seiner Männer zu sehen und zu wissen, dass nicht sie es waren, die sprachen und handelten. Dass auch sie Gefangene waren. Bei Lucan war es am schlimmsten. Das kühle, berechnende Verhalten der Kreatur in ihm war so weit von Lucans eigentlichem Wesen entfernt, dass es Darragh jedes Mal einen Stich versetzte, wenn die Kreatur zu sprechen begann. So auch jetzt, als der Lucan-Schatten kalt lächelnd sagte: »Er wird in diesem Moment einer von uns.«

Darragh wollte aufschreien. Er wollte den Kopf wenden und zu der Stelle sehen, an der Khardal schlief, wollte aufspringen und es verhindern, doch sein Körper bewegte sich nicht.

»Das Mädchen vertraut uns blind und das ist nicht zuletzt dir zu verdanken, Bruder. Trotzdem war es riskant, ihr zu erlauben, ihre Magie einzusetzen«, sagte der Lucan-Schatten jetzt an ihn gerichtet.

Darragh war sicher, dass ein ähnlich gefühlloses Lächeln auf seinen Lippen lag, wie er es in Lucans Zügen sah. »Ich wusste, dass nichts passieren würde. Sie kann unsere Magie nur spüren, wenn wir sie einsetzen. Da keiner von uns das getan hat, gab es für sie nichts zu finden.«

Darragh hatte die Götter angefleht, dass Rayne etwas spüren mochte. Dass sie ihn in seinem Gefängnis finden und den Schatten in seinem Körper entdecken würde. Doch nichts war geschehen. Stattdessen hatte der Zauber sie noch in dem Glauben bestärkt, dass alles in Ordnung war.

Gedämpfte Schritte in seinem Rücken veranlassten Darraghs Schatten nun doch, sich umzuwenden. Mortin trat zu ihnen ans Feuer.

»Solltest du diesen Körper nicht inzwischen abgestreift haben?« Einmal mehr sah Darragh die Kälte des Schattens in Lucans Augen, eine Kälte, die so untypisch für seinen Freund war, dass er sich fragte, warum nicht jeder sie sehen konnte. Doch die Antwort war denkbar einfach: Die Schatten beherrschten ihr Schauspiel perfekt. In Gegenwart anderer *waren* sie die Person, in deren Körper sie steckten. Lediglich, wenn sie unter sich waren, gab es keinen Grund, sich zu verstellen. Diese Momente waren am schrecklichsten für Darragh.

»Das sollte ich«, stimmte der Mortin-Schatten zu. »Ich wollte gerade meinen Körper verlassen, als ich einen Widerstand spürte.«

»Was soll das heißen?«, vernahm Darragh seine eigene Stimme.

»Ein Zauber. Der Krieger ist geschützt.«

»Was machen wir jetzt?« Die Stimme des Fragenden war so kalt, dass Darragh sie nicht erkannte, ohne ihren Sprecher zu sehen.

Der Lucan-Schatten zuckte die Schultern. »Wir sorgen dafür, dass er nichts merkt, bis wir am Ziel sind. Solange er keinen Verdacht schöpft, wird er uns auch nicht im Weg stehen. Sollte sich eine Möglichkeit ergeben, ihn unbemerkt von dem Mädchen zu beseitigen, werden wir sie ergreifen«, sagte er und erhob sich. »Ich ziehe mich zurück, um *IHN* über die erfreuliche Entwicklung dieses Tages zu informieren.«

47

Am nächsten Morgen erwachte Rayne mit dem ersten Tageslicht. Abgesehen von den Wachposten ihres Bruders war noch niemand auf den Beinen. Sie stand auf und faltete ihre Decke zusammen. Als Skandar sich aufsetzte, warf sie ihm einen Blick zu, griff nach den Wasserschläuchen und machte sich auf den Weg zum Fluss.

Sie musste nicht lange warten, tatsächlich hatte sie gerade genug Zeit, die Verschlüsse der Schläuche zu lösen, als er neben ihr ans Ufer trat. Sie ließ die Lederblasen ins Gras fallen und sich in seine Arme ziehen. Sein Kuss war warm und voller Zärtlichkeit. Auch als er seine Lippen schließlich von ihren löste, hielt er sie weiterhin fest umschlungen. Rayne genoss es, wie sich seine Muskeln unter ihren Händen anfühlten, genoss seine Wärme und seine Nähe, doch ein Gedanke, der ihr während der Nacht gekommen war und sich seitdem nicht mehr hatte abschütteln lassen, spukte ihr auch jetzt noch durch den Kopf.

»Ich denke, dass es für den Moment besser ist, wenn wir für uns behalten, was zwischen uns ist«, sagte sie, ohne sich aus seinen Armen zu lösen. »Mit der Zeit wird Darragh begreifen, dass du ein guter Mann bist und dann …« Sie sah zu ihm auf. »Aber ich will nicht, dass du das Gefühl hast, ich würde dich verleugnen. Wenn du das denkst, werde ich ihm augenblicklich die Wahrheit über uns sagen.«

Ein kurzes Beben ging durch Skandars Brust, überrascht stellte sie fest, dass er lachte. »Keine Eile. Dein Bruder kann mir den Schädel auch noch einschlagen, wenn die Schatten besiegt sind. Abgesehen davon«, fügte er mit einem verschmitzten Grinsen hinzu, »macht der Hauch des Verbotenen es noch aufregender, dich zu küssen.«

Während der nächsten beiden Tage kamen sie gut voran. Die Männer waren frohen Mutes, und Darragh und Lucan schienen es kaum erwarten zu können, nach Thanasses zu kommen und den Schatten den Garaus zu machen.

Skandar sollte recht behalten, der Hauch des Verbotenen verstärkte auch Raynes Herzklopfen, wann immer er in ihre Nähe kam. Jedes Mal, wenn sie einander einen Wasserschlauch, eine Decke oder Proviant reichten, berührten sich ihre Hände verstohlen. Wenn sie nebeneinanderstanden, strich Skandar ihr oft unbemerkt über den Arm oder den Rücken. Rayne genoss diese kleinen Gesten und gestohlenen Augenblicke.

Während einer Rast erwartete Skandar sie einmal ein Stück abseits des Lagers hinter einem Baum. Er griff nach ihrer Hand und zog sie schwungvoll an sich. Lachend ergab sich Rayne seiner Umarmung und erwiderte stürmisch seinen Kuss. Plötzlich hielt Skandar jedoch inne, und als sie die Augen öffnete, sah sie, dass sich sein Blick über ihre Schulter hinweg auf etwas richtete. Mit einem Ruck gab er sie frei und trat einen Schritt zurück.

Rayne blinzelte irritiert. »Was ist?«

»Dein Bruder. Er hat uns gesehen.«

Sie drehte sich um, doch da war niemand. Zweifelsohne wäre Darragh zu ihnen gestürmt und hätte sie von Skandar fortgerissen, wenn er wirklich etwas gesehen hätte. Womöglich hätte er Skandar sogar geschlagen oder ihn zum Kampf gefordert. »Bist du sicher?«, fragte sie mit einem Stirnrunzeln. »Es wäre sehr untypisch für ihn, einfach kehrtzumachen, statt uns sofort zur Rede zu stellen.«

»Absolut sicher. Er stand da drüben, neben der Weide. Vielleicht hat er uns ja in Ruhe gelassen, weil er akzeptiert, was er gesehen hat.« In seinen Augen stand jedoch noch etwas anderes: *Vielleicht will er mit einer Auseinandersetzung aber auch nur bis nach dem Ritual warten.*

Während der kommenden Tage wartete Rayne darauf, dass Darragh zu erkennen gab, dass er ihren Kuss gesehen hatte. Dass er sie ansprach, es sie an seinem Verhalten merken ließ oder sich Skandar gegenüber feindselig zeigte. Nichts davon war der Fall, und obwohl sie froh darüber sein sollte, machte es sie nachdenklich. Ihr Bruder war kein Mensch, der etwas ignorierte, das ihm nicht gefiel.

In den Tagen, nachdem Darragh und seine Männer zu ihnen gestoßen waren, führte sie ihr Weg an den Ausläufern der Schlucht von Correl vorbei, ehe sie den Heiligen Hain von Tarwén erreichten. Der Wald war kühl und friedlich, voller saftigem Grün, das sich mit den Vorboten des Herbstes allmählich zu färben begann.

Nach Verlassen des Waldes erreichten sie das Verdorbene Land, jenen verwüsteten Landstrich, den die Fürsten von Uryen nicht länger zu ihren Ländereien zählen wollten und der deshalb der Krone unterstand. Dort hatte die letzte große Schlacht gegen die Zauberer getobt. Um ihre Energie zu stärken, hatten die Zauberer dem einst grünen und fruchtbaren Land alles Leben entzogen und nichts als schwarze Erde hinterlassen. Rayne wusste aus den Erzählungen ihrer Eltern, wie trostlos es hier ausgesehen hatte. Heute jedoch, beinahe sechs Jahrzehnte nach dem Krieg der Zauberer und mehr als zwanzig Jahre, nachdem ihre Eltern diesen Landstrich durchquert hatten, war der Boden von einer dünnen Schicht starren Grases überzogen. Es war nicht viel, kaum mehr als in der Steppe von Sola, doch es war Leben. Je genauer sie hinsah, desto mehr entdeckte sie: Spuren verschiedenster Tiere, Kaninchenbauten, Maulwurfshügel und Raubvögel, die am Himmel ihre Kreise zogen.

Trotz der Rückkehr des Lebens wollte keiner von ihnen

sich länger als nötig in dieser Gegend aufhalten. Sie hielten die Pausen kurz, und als sie am Abend ihr Lager im Schutz einer Hügelkette aufschlugen, hatten sie bereits die letzten Ausläufer des Verdorbenen Lands erreicht. Morgen, vermutlich gegen Mittag, würden sie an die Grenze zur Metropole kommen.

Rayne hätte am liebsten auf diese letzte Rast verzichtet. Wäre es nach ihr gegangen, hätten sie ihre Pferde angetrieben und erst in der Metropole wieder gezügelt. Ihre Reise dauerte nun schon so lange, doch je näher ihr Ziel kam, desto ungeduldiger wurde sie.

»Bald«, sagte Skandar, der ihre Unruhe bemerkte.

Es war nach Einbruch der Dunkelheit und sie saßen gemeinsam am Feuer. Darragh und Lucan leisteten ihnen wie immer Gesellschaft beim Essen, während die Krieger ihr Feuer ein Stück entfernt entzündet hatten. Drei Wachen umrundeten das Lager in regelmäßigen Abständen, ein vierter Mann hatte auf einem der Hügel Posten bezogen, um die Umgebung im Auge zu behalten. Die Pferde waren auf der anderen Seite des Lagers angepflockt, dort wo sich die Hügel zu einer Ebene öffneten. Rayne sah auf. »Was?«

»Ich sagte: bald«, wiederholte Skandar. »Du musst dich nur noch bis morgen gedulden.«

Gedulden war etwas, das ihr heute besonders schwerfiel. Sie aß schweigend und lauschte den Geschichten, die Lucan zum Besten gab. Doch selbst er wirkte rastlos und abwesend. Als es schließlich an der Zeit war, schlafen zu gehen, wusste Rayne, dass sie keine Ruhe finden würde. Sie wälzte sich von einer Seite zur anderen, während sie sich immer wieder sagte, dass sie morgen ausgeruht sein musste. Aber je mehr sie sich unter Druck setzte, desto weiter schien sich der ersehnte Schlaf von ihr zu entfernen. Wieder kehrten ihre Gedanken zu Darragh zurück und der Frage, warum er noch immer nichts über sie und Skandar gesagt hatte. Es war ihr schon die letzten Tage merkwürdig erschienen, jetzt jedoch, im Dunkel der Nacht, erschien es ihr mehr als das. Es war … verdächtig. Erschrocken über ihren eigenen Gedanken öffnete sie die Augen. *Verdächtig weshalb? Weil er in einer schwierigen Situation keinen Streit vom Zaun brechen will?* Das war doch nur vernünftig!

Plötzlich erinnerte sie sich an Lucans Worte, als sie ihn auf die fehlenden Uniformen angesprochen hatte. *Manchmal kommt man leichter voran, wenn man sich nicht als der zu erkennen gibt, der man tatsächlich ist.* War nicht genau das auch das Vorgehen der Schatten? Sie nahmen die Gesichter anderer an, täuschten ihre Mitmenschen und schlugen zu, wenn niemand damit rechnete.

Rayne versuchte den Gedanken zu vertreiben. Das war absurd! Sie konnte doch unmöglich von Lucans Worten und Darraghs Verhalten – einem vernünftigen Verhalten – darauf schließen, dass die beiden nicht länger sie selbst waren. Verflucht, ihr Bruder hatte zugelassen, dass sie ihn und seine Männer mit ihrer Magie überprüfte! Das hätte er wohl kaum getan, wenn er etwas zu verbergen hätte. Aber was, wenn er sie in Sicherheit wiegen wollte? Wenn er genau gewusst hatte, dass sie mit ihrer Magie nichts finden würde?

Plötzlich dachte sie daran zurück, wie sie die Spur der Schatten im Wald verloren hatte. Damals, als sie den Abhang hinabgestürzt war. Die Schatten hatten etwas getan, um ihre Magie zu verbergen. Schmerzlich wurde ihr bewusst, dass sie vergessen hatte, Trevelian danach zu fragen. Was, wenn etwas Ähnliches passiert war, als sie Darragh und seine Männer überprüft hatte?

Sosehr sie auch versuchte, die Gedanken zu verdrängen, sie ließen ihr keine Ruhe mehr. Schließlich stand sie auf und ging zum Lager der Krieger hinüber. Sie fand Darragh im Schutz eines Hügels vor dem Feuer und setzte sich neben ihn.

»Kannst du nicht schlafen?«

Erst brauche ich eine Antwort. »Nein. Ich bin wohl schon zu sehr auf morgen konzentriert.« Sie rückte dichter an ihn heran, lehnte sich an seine Seite, so wie sie es zu Hause immer tat, wenn sie auf der Suche nach Trost war. Darragh hob seinen Arm und legte ihn um ihre Schulter. Er sagte etwas, doch Rayne hörte ihm nicht zu. Im Stillen bat sie um Vergebung für ihr Misstrauen. Dann schloss sie die Augen und richtete ihre Aufmerksamkeit nach innen.

Womöglich hatte sie sich beim letzten Mal auf die falsche Magie verlassen. Was, wenn es ihr gelänge, auf jene andere Gabe zuzugreifen und … Entschlossen streckte sie ihren Geist in Richtung der Mauer aus. Zu ihrer eigenen Überraschung gelang es ihr beinahe mühelos, ein Loch in die Fugen zu reißen. Sie griff nach der Magie, die durch die Lücke zwischen den Mauersteinen sickerte, und schickte sie, dort wo sie an Darragh lehnte, durch ihren Arm in seinen Oberkörper. Er zuckte und Rayne hielt den Atem an. Dann jedoch kratzte er sich an der Seite und hielt wieder still. Raynes Geist folgte dem Fluss der Magie, die durch seinen Körper pulsierte. Doch sie fand nichts, keine Spur der Schattenmagie und auch sonst nichts, das ihn mit den Schatten in Verbindung gebracht hätte. Sie wollte sich schon zurückziehen, als sie auf einmal doch etwas spürte. Als zupfte etwas an ihrer Energie und versuchte, sie in eine bestimmte Richtung zu lenken. Rayne folgte dem Zug und überließ es ihm, den Fluss der Magie zu kontrollieren.

Rayne, vernahm sie plötzlich eine Stimme in ihrem Geist. *Du darfst ihm nicht vertrauen.*

Rayne musste sich beherrschen, nicht vor Schreck zusammenzuzucken. Um ein Haar hätte sie laut geantwortet. Sie konnte sich gerade noch auf die Zunge beißen. Stattdessen schickte sie ihre Gedanken über den Fluss der Magie aus. *Wer bist du?*

Du weißt, wer ich bin. Komm schon! Enttäusche mich nicht!

Darragh? Schlagartig schien jede Wärme aus ihrem Körper zu weichen. *Bist du …? Hat er …?*

Ein Schatten ist im Besitz meines Körpers. Sie alle sind Schatten. Ich bin gefangen in meinem eigenen Körper und kann nichts tun. Sie wollen dich in Thanasses haben, Rayne. Du musst fliehen. Sofort!

Bei den Göttern! *Aber was ist mit dir? Wie kann ich dich da rausholen?*

Beinahe glaubte sie, sein Lächeln zu hören, als er sagte: *Indem du tust, weshalb du nach Thanasses gekommen bist, und diese verdammten Kreaturen zurück in die Hölle schickst, aus der sie gekommen sind! Du darfst keine Zeit verlieren. Geh. Jetzt!*

Es gab so vieles, das sie wissen wollte. Doch noch bevor sie eine Frage in ihrem Geist formulieren konnte, spürte sie einen Stoß. Die Verbindung brach ab. Darragh war fort. Und neben ihr saß nur noch die Kreatur, die sein Gesicht trug. Der Schatten schien nichts bemerkt zu haben. Offenbar war die Magie, aus der Rayne geschaffen war, gut geschützt. Das erschien ihr nur logisch. Warum sollten ihre Mutter und Trevelian sich all die Mühe machen, sie zu verbergen, dann aber nicht dafür sorgen, dass sie auch wirklich unentdeckt bleiben würde?

Rayne schluckte die Tränen herunter und zwang sich, noch eine Weile sitzen zu bleiben, aus Furcht, der Schatten könne doch noch bemerken, dass etwas nicht stimmte. Und aus Sorge, ihre zitternden Knie könnten sie verraten. Sie konnte sich nur an wenige Augenblicke ihres Lebens erinnern, die schwieriger gewesen waren. Nur mühsam unterdrückte sie den Wunsch, die Kreatur von sich zu stoßen und davonzulaufen. Stattdessen verharrte sie stumm und zählte bis dreihundert. Schließlich täuschte sie ein Gähnen vor und streckte sich.

»Ich sollte wohl versuchen, wenigstens noch ein paar Stunden Schlaf zu bekommen.« Seufzend löste sie sich aus seinen Armen und stand auf. »Gute Nacht, Darragh«, sagte sie und richtete ihre Worte an ihren Bruder, den echten, der irgendwo in diesem Körper gefangen war. »Wir sehen uns bald.«

»Gute Nacht, Rayne.« Der Schatten sah nicht einmal auf, als sie ging. Mit weichen Knien kehrte sie zu ihrem Lager zurück.

Das Feuer war beinahe heruntergebrannt, und als sie sich nach Darragh umwandte, sah sie nichts weiter als den Hügel, hinter dem er sich niedergelassen hatte. Ihr Blick wanderte nach oben, zu den Wachen auf den Hügelkuppen. Alle beide wandten ihr den Rücken zu. Blieben nur noch die zwei, die in regelmäßigen Abständen durch das Lager patrouillierten. Sie verharrte still und wartete, lauschte. Die Krieger waren weder zu hören noch zu sehen.

Geduckt und außerhalb des schwachen Feuerscheins huschte Rayne zu Skandar und schüttelte ihn. Er fuhr hoch, und Rayne sandte ihre Energie aus, um die Worte, die aus seinem Mund kamen, zu einem Flüstern zu dämpfen. »Was ist los?«

Wieder sah sie sich nach allen Seiten um, dann beugte sie sich zu ihm. »Wir müssen verschwinden«, sagte sie dicht an seinem Ohr. »Sie sind alle Schatten.«

Skandar stellte keine Fragen. Binnen weniger Augenblicke war er auf den Beinen, legte seinen Waffengürtel um, schlüpfte in seine Stiefel und griff nach einer der Satteltaschen. Rayne nahm die Armbrust und die Tasche, in der sich alles Nötige für das Ritual von Trag'Ba befand. Sie wollte zu den Pferden, als Skandar auf die zurückgelassenen Decken deutete.

»Wir müssen sie ausstopfen«, wisperte er. »Je länger sie denken, dass wir noch hier sind, desto mehr Vorsprung bekommen wir.«

Hastig machten sie sich daran, Holz, Steine und die übrigen Satteltaschen unter die Decken zu packen, bis es aussah, als läge jemand darunter. Es wirkte nicht sonderlich echt, doch solange es dunkel war, sollte es ausreichen, um die Wachen zu täuschen.

Rayne winkte Skandar zu sich. »Bleib dicht bei mir, ich sorge dafür, dass man uns nicht hört.«

Er schüttelte den Kopf. Seine Augen schimmerten dunkel im Mondlicht. »Keine Magie«, gab er leise zurück. »Wir wissen nicht, wie viel Kraft du für das Ritual benötigen wirst. Verschwende sie nicht.«

»Aber …«

Sein erneutes entschlossenes Kopfschütteln ließ sie verstummen.

Geduckt huschten sie an der Längsseite des Hügels entlang, zu den Pferden. Immer wieder sah Rayne sich nach hinten um, aus Angst, Darragh könnte plötzlich hinter ihnen auftauchen. Doch er war nirgendwo zu sehen. Ebenso wenig wie die Wache, die vor wenigen Augenblicken noch oben auf dem Hügel gestanden hatte. Rayne legte Skandar eine Hand auf die Schulter und machte ihn darauf aufmerksam. Noch während sie sich umsahen, hörten sie ein Stück vor sich Schritte. Ein Plätschern war zu vernehmen. Skandar bedeutete Rayne, zu warten, und schlich geduckt in die Richtung, aus der die Geräusche kamen.

Rayne kniff die Augen zusammen, bis es ihr gelang, der Dunkelheit die Umrisse des Wachpostens abzutrotzen. Er stand mit dem Rücken zu Skandar und erleichterte sich ins Gras. Skandar hielt den Dolch so in seiner Hand verborgen, dass sich das Mondlicht nicht in der Klinge fangen konnte. Immer wieder hielt er kurz inne und sah sich um. Der Soldat bemerkte ihn erst, als Skandar sich hinter ihm aufrichtete. Erschrocken fuhr der Mann herum und öffnete den Mund. Skandar drosch ihm das Heft seines Dolchs gegen den Schädel. Als der Krieger zusammensackte, fing Skandar ihn auf und ließ ihn lautlos zu Boden gleiten. Dann winkte er Rayne zu sich heran. »Kneble ihn, ich hole etwas, um ihn zu fesseln.«

Bevor sie etwas erwidern konnte, verschwand er in Richtung der Pferde. Rayne sah sich nach einem Knebel um. Als sie nichts fand, schnappte sie sich ihren Dolch, schnitt einen langen Stoffstreifen vom Hemd des Bewusstlosen und stopfte ihn ihm in den Mund. Kurz darauf war Skandar mit einem Seil zurück. Sie zerteilten es in zwei Stücke und fesselten dem Mann Hände und Beine. Rayne zurrte die Knoten fest, als Skandar sie ansah. Nein, nicht ansah. Er sah über sie hinweg. In diesem Moment hörte auch sie das leise Knirschen.

»Ducken!«, zischte er.

Rayne ließ sich fallen. Skandar sprang über sie hinweg und riss den Krieger, der sich ihnen genähert hatte, zu Boden. Die beiden Männer rangen miteinander, Fäuste flogen und wilde Tritte trafen mal mehr, mal weniger gut ihr Ziel. Skandar überwältigte seinen Gegener schließlich und kam, eine Hand auf den Mund des Angreifers gepresst, auf dessen Brustkorb zum Sitzen.

Sein Dolch! Wo war sein Dolch? Rayne sah sich nach der Waffe um. Sie lag neben den Seilresten im Gras. Rasch griff sie danach und wollte sie Skandar reichen, doch er hatte seinen Gegner bereits mit einem kräftigen Fausthieb bewusstlos geschlagen. Schnell schnitt sie noch mehr Stoff aus dem Hemd des ersten und ging zu Skandar. Sie beugte sich hinunter, um den Mann zu knebeln, hielt jedoch erschrocken inne, als sie sein Gesicht im Mondschein erkannte. Darragh.

»Den Knebel«, drängte Skandar.

Aus ihrer Erstarrung gerissen, ging sie in die Knie und stopfte ihrem Bruder den Stoff in den Mund. »Wir werden dich befreien«, flüsterte sie und strich ihm über die blutende Stirn. »Das verspreche ich dir!«

Nachdem sie auch Darragh gefesselt hatten, versteckten sie die beiden Männer auf der abseits gelegenen Seite des Hügels.

Leise und sich immer wieder nach allen Seiten umsehend, erreichten sie schließlich die Pferde. Sie führten Skandars Schimmel und Raynes Braunen ein paar Schritte von den anderen fort und machten sich daran, die Tiere zu satteln.

Rayne bemerkte schnell, dass die Unruhe unter den anderen Pferden, ihr rastloses Tänzeln, gepaart mit dem gelegentlichen Schnauben, zu laut war. Ohne in ihrem Tun innezuhalten, ließ sie ein wenig Energie in die Luft fließen, die die Geräusche dämpfte. Skandar warf ihr einen kurzen Blick zu, dann nickte er und machte weiter.

Als die Tiere gesattelt und die Packtaschen befestigt waren, warf Skandar einen nachdenklichen Blick auf die anderen Pferde.

Rayne trat neben ihn. »Wäre es nicht besser für uns, wenn wir sie freilassen?« Je länger die Schatten brauchten, um die Tiere wieder einzufangen, desto größer würde ihr eigener Vorsprung werden.

»Was, wenn welche ins Lager laufen und die Schatten wecken?«, gab Skandar zu bedenken. »Abgesehen davon würde es zu viel Lärm machen, ein Dutzend Pferde davonzutreiben.« Er zögerte einen Moment, dann fragte er: »Oder könntest du dafür sorgen, dass es still bleibt?«

»Nur, solange sie zusammenbleiben.«

Skandar schien ihre Worte abzuwägen, dann schüttelte er den Kopf. »Das ist es nicht wert.«

Sie führten ihre Pferde vom Lager fort, wobei Rayne darauf achtete, das Schlagen der Hufe zu dämpfen. Als sie ein ganzes Stück entfernt waren, blieb Skandar plötzlich stehen. Er schlang seinen Arm um Raynes Taille, zog sie an sich und küsste sie mit solcher Leidenschaft, dass ihr die Luft wegblieb.

»Was immer kommt«, flüsterte er, die Stirn an ihre gelehnt, »wir werden damit fertig. Wir werden die Schatten besiegen und du bekommst deinen Bruder zurück.«

48

Skandar verschwendete keine Zeit damit, sich nach Verfolgern umzusehen. Wenn die Schatten ihr Verschwinden bemerkt hatten und ihnen auf den Fersen waren, würden sie es früh genug bemerken. Er richtete seine Aufmerksamkeit nach vorne. Dank der kargen Beschaffenheit des Geländes war die Gefahr eines Fehltritts für die Pferde gering.

Sie waren etwa drei Stunden geritten und noch immer waren keine Rufe oder das Schlagen von Hufen hinter ihnen zu vernehmen. Also konnten sie ihre Tiere ein wenig verschnaufen lassen. Skandar zügelte seinen Schimmel in eine langsamere Gangart und lenkte ihn neben Raynes Braunen.

»Wie hast du es gemerkt?« Die Frage beschäftigte ihn schon, seit sie ihn geweckt hatte.

»Darraghs Verhalten und etwas, das Lucan gesagt hat, haben mir einfach keine Ruhe gelassen«, sagte sie. »Ich wollte sichergehen und Darragh noch einmal mit meiner Magie überprüfen. Dieses Mal mit der anderen Gabe.«

Erstaunt hörte Skandar, dass es ihr inzwischen relativ mühelos gelang, zumindest auf einen winzigen Teil der Magie zuzugreifen, die ihre Mutter und Trevelian hinter jener Mauer, wie sie es nannte, verborgen hatten. Noch mehr überraschte ihn jedoch, dass sie auch mit dieser zweifelsohne mächtigen Gabe keinen Hinweis auf die Magie der Schatten oder ihre Andersartigkeit gefunden hatte.

»Stattdessen vernahm ich plötzlich eine Stimme in meinem Geist. Darraghs Stimme. Er warnte mich vor den Schatten und drängte mich zur Flucht.«

Zu hören, dass der Mensch, dessen Körper die Schatten vereinnahmten, noch immer da war – irgendwo in einem Winkel seines eigenen Verstandes gefangen –, jagte Skandar einen Schauer über den Rücken. Das war eine furchtbare Vorstellung. Wie schrecklich musste es sein, mit ansehen zu müssen, was die Schatten mit dem eigenen Körper machten, ohne eingreifen zu können? Zugleich ließ es ihn hoffen. Wenn Trevelian recht behielt und die Schatten so schnell aus den Körpern gesogen wurden, dass es ihnen nicht mehr gelang, die Lebensenergie mit sich zu nehmen, würden Raynes Bruder und all die anderen überleben. *Wir können sie wirklich retten!*

»Das ergibt sogar Sinn«, sagte Skandar. »An dem Tag, als sie auf uns gestoßen sind und mit dem Schwert vor mir standen, war ich mir sicher, dass etwas nicht stimmte. Als ich deinem Bruder sagte, dass du am Leben bist, hätte er innehalten müssen. Aber er zeigte keine Regung, nichts in seiner Mimik oder Gestik änderte sich. Als wüsste er es längst. Und natürlich wussten die Schatten Bescheid. Immerhin waren sie hinter uns her.« Tatsächlich war Skandar das Verhalten des Thronfolgers eigenartig erschienen, und eine Weile war er misstrauisch gewesen, bis zu dem Moment, als Rayne die Männer mit ihrer Magie überprüft hatte. Hätte er doch auf sein Gefühl gehört!

Am Himmel zeigte sich bereits das erste Licht des neuen Tages, als sie die Grenze zum Gebiet der Metropole erreichten. Sie zügelten ihre Pferde vor einem rechteckigen Grenzstein, in dessen Oberfläche verschnörkelte Runen getrieben waren. Als Skandar den Kopf nach rechts wandte, erkannte er in regelmäßiger Abfolge weitere dieser Steine, ebenso zu seiner Linken. Vor ihnen in der Ferne waren die Überreste der Festung der Zauberer, dem Herz der Metropole, bereits deutlich auszumachen. Die geschwärzten Mauern hoben sich wie eine Narbe vor dem violetten Morgenhimmel ab. Das Bauwerk war riesig und musste einst mehr als imposant gewesen sein. Jetzt jedoch war das Mauerwerk von Rissen durchzogen, die Türme eingestürzt und der einstige Vorhof ein Feld aus Geröll und herabgestürzten Mauersteinen. Rundherum waren die Überreste nicht minder beeindruckender Bauwerke zu erkennen, einige eingestürzt, andere noch weitgehend intakt.

»Ich kann keine Dunklen Wächter sehen«, sagte Rayne. »Ich glaube, sie sind wirklich fort. Andernfalls wären sie bereits hier.«

»Ich schätze, es gibt nur einen Weg, das ein für alle Mal herauszufinden.« Skandar trieb sein Pferd an und lenkte es zwischen den Grenzsteinen hindurch, auf das Gebiet der Metropole.

Rayne folgte ihm. Eine Weile warteten sie, ob sich etwas tat. Doch von den Wächtern zeigte sich keine Spur. Schließlich setzten sie ihren Weg fort, tiefer in das Gewirr aus Steinbrocken und Ruinen hinein. Sie kamen nur langsam voran, denn der Weg war tückisch, durchzogen von Steinen und Spalten, die sich jederzeit plötzlich im Rasen vor ihnen auftun konnten. Schnell wurde Skandar klar, dass die Hügel, die sich vor ihnen dahinzogen, keines natürlichen Ursprungs waren. Tatsächlich handelte es sich dabei größtenteils um die Überreste eingestürzter Gebäude, die die Natur im Laufe der Jahrzehnte zurückerobert hatte und deren Oberflächen mit dichten Teppichen aus Moos und Flechten überzogen waren. Waren es anfangs nur vereinzeltes Geröll und gelegentliche Überreste längst zerfallener Bauwerke, stießen sie bald auf Ruinen, denen noch anzusehen war, dass es sich bei ihnen einst um Häuser gehandelt hatte. Mauerreste erhoben sich aus dem Gras, ganze Hausfassaden, in denen leere Fensteröffnungen gähnten. Die Dächer waren längst zerfallen und im Inneren der Häuser türmte sich der Schutt eingestürzter Mauern und verrotteter Dachbalken.

»Ich glaube, wir befinden uns auf den Überresten einer

Straße. Das da drüben«, Skandar deutete auf die Mauerreste, die ihren Weg zu beiden Seiten säumten, »scheinen Wohnhäuser gewesen zu sein.«

»Meine Mutter meinte, dass es eine Art Vorstadt war. Sie glaubt, dass hier diejenigen lebten, die für die Zauberer arbeiteten oder ihnen gedient haben, die aber selbst nicht über die Gabe verfügten.«

Je weiter sie kamen, desto deutlicher konnte Skandar die gewaltige Festungsanlage erkennen. Der gigantische, quaderförmige Hauptbau, der sich am hinteren Ende des Geländes über den Klippen erhob, war im Laufe der Jahrhunderte um Dutzende Anbauten erweitert worden. Unzählige Türme und eine Flut weiterer, nicht minder beeindruckender Gebäude ragten im Schatten des Hauptbaus empor. Dazwischen drängten sich zahllose größere und kleinere Bauwerke, von denen die meisten einst mit Treppen und Brücken miteinander verbunden gewesen sein mussten, deren Überreste sich bei genauerem Hinsehen noch erkennen ließen. Wenn noch etwas von den Dächern geblieben war, handelte es sich um löchrige, windschiefe Konstruktionen, deren Anblick Skandar befürchten ließ, dass sie beim leisesten Lufthauch einstürzen könnten. Die Wände waren in sich zusammengefallen, die Türme kollabiert. Von manchen Gebäuden waren nur Teile der Außenmauern geblieben. Ein eingestürzter Mauerring, dessen rußgeschwärzte Reste aus dem Boden ragten, zeigte das gewaltige Ausmaß der einstigen Festung an. Waren die Häuser außerhalb des Mauerrings größtenteils dem Verfall anheimgefallen, so waren die Gebäude dahinter mutwillig zerstört worden.

Skandar blickte verwundert auf die verkohlten Mauern. »Wie haben die Fürsten das geschafft? Wie konnten sie so viel Zerstörung anrichten?«

»Das waren nicht die Fürsten. Es waren die Bronnéa und zum Teil auch die Zauberer selbst. Als sie erkannten, dass sie unterliegen würden, wollten sie nicht zulassen, dass ihre

Metropole in fremde Hände fällt.« Rayne betrachtete die Mauern. »Ich vermute, sie hatten sich mehr Wirkung erhofft.«

An einigen Stellen hatten Flechten und Moose den Stein erobert, doch die meisten Stellen waren kahl und schwarz.

Je näher sie den Überresten des Mauerrings kamen, desto mehr wurde sich Skandar der Nähe des Meeres bewusst. Das Rauschen der Brandung war jetzt deutlich zu vernehmen, das Schlagen der Wellen, die sich an den Klippen brachen, erfüllte die Luft ebenso wie der salzige Meeresgeruch. Skandar warf einen Blick auf die andere Seite der Mauerreste, dann zügelte er seinen Schimmel.

»Das Gelände wird zu unwegsam«, sagte er. »Wir lassen die Pferde hier. Am besten bringen wir sie außer Sicht, damit die Schatten sie nicht sofort entdecken und wissen, wo wir hinwollen.«

Sie führten die Pferde ein Stück von der Mauer fort und banden sie im Schutz einer Hausruine an einem Strauch an. Skandar nahm den Beutel, in dem sich die Zutaten für das Ritual befanden. Außerdem stellte er sicher, dass er neben seinem Schwert auch seinen Dolch griffbereit hatte, ehe er sich vergewisserte, dass auch Rayne nicht unbewaffnet war. Sie hatte sich die Armbrust und den Bolzenköcher über die Schulter gehängt und an ihrem Gürtel steckte ihr Dolch.

Mit dem Gefühl, alles Nötige zu haben und doch nicht gut genug vorbereitet zu sein, kletterten sie schließlich über die kärglichen Reste der Mauer und hielten auf den Hauptbau zu. Je näher sie kamen, desto mehr wurde Skandar bewusst, wie riesig dieses Gebäude war. Die Anbauten mochten zerstört sein, der Hauptbau jedoch, das wurde mit jedem Schritt deutlicher, stand – von den verkohlten Mauern einmal abgesehen – nahezu unbeschadet da. Die Fensterscheiben waren geborsten, an einigen Stellen ragten noch scharfkantige Überreste des bunten Bleiglases aus den Rahmen und das doppelflüglige Eingangsportal hing schief in den Angeln. Skandar griff nach einem der riesigen Ringe und versuchte, das Portal aufzuziehen. Es rührte sich nicht, wackelte nicht einmal. Schnell wurde ihm bewusst, dass es sich, entgegen seiner Annahme, nicht um ein massives Eichentor handelte, sondern dass die beiden Türflügel aus Metall waren. Die Angeln waren geschmolzen und hielten die Flügel unverrückbar an Ort und Stelle.

»Wir müssen durch ein Fenster.« Sein Blick wanderte über die Fassade. Auch in den unteren Etagen waren die Scheiben zerstört, doch die Fensteröffnungen waren zusätzlich mit dicken Gitterstäben gesichert, denen der Ansturm aus Feuer und Magie nichts hatte anhaben können. »Diese Zauberer müssen wirklich Angst gehabt haben, dass es jemand auf sie oder ihre Schätze abgesehen haben könnte.«

Rayne legte je eine Hand um einen der Eisenstäbe und schloss die Augen. Fasziniert beobachtete Skandar, wie sich auf der dunklen Oberfläche der Stäbe eine dünne Rostschicht bildete, die sich immer schneller ausbreitete und allmählich Risse bekam. Rayne bearbeitete zwei weitere Stäbe mit ihrer Magie, dann trat sie zur Seite.

Skandar griff nach dem ersten Stab. Er klammerte die Finger seiner unversehrten Hand darum und zog mit aller Kraft. Er spürte, wie der Rost das Eisen mürbe gemacht hatte, es wackelte und knirschte, doch es löste sich nicht. *Verfluchte, nutzlose Hand!* Er schob die steife Hand zwischen die Gitterstäbe. Wenn er schon nicht damit greifen konnte, konnte er zumindest von hinten dagegendrücken, während er mit der anderen Hand zog. Zunächst sah es so aus, als würde wieder nichts passieren. Dann jedoch gab es ein lautes Knirschen, gefolgt von einem heftigen Ruck, der Skandar zurücktaumeln ließ, als die Stange entzweibrach. Er riss die Reste aus dem Mauerwerk und warf sie zur Seite. Die drei anderen Gitterstäbe löste er auf dieselbe Weise aus ihrer Verankerung, dann hatten sie eine Lücke, die groß genug war, dass sie sich hindurchzwängen konnten.

Skandar zog sich am Mauersims nach oben und ließ sich im Inneren herab. Ein rascher Blick durch das Halbdunkel hinter ihm zeigte ihm keine Gefahr, deshalb wandte er sich wieder dem Fenster zu und zog Rayne hoch.

Er hatte ihr kaum durch das Fenster geholfen, als er in der Ferne die Reiter sah, die ihre Pferde an der Grenze zur Metropole zügelten. »Sie sind da!«

Raynes Blick folgte dem seinen. Er hatte noch immer seine Hand auf ihrem Arm liegen und spürte, wie sie beim Anblick ihres Bruders zusammenzuckte.

»Gehen wir«, drängte er. »Wir müssen fertig sein, bevor sie uns finden.«

Rayne seufzte. »Ich bin wirklich froh, dass ich ihnen nicht erzählt habe, wo das Ritual stattfinden soll.«

»Hast du nicht?«

Ihre Augen blitzten. »Ich habe lediglich von dem Ort mit der größten magischen Dichte gesprochen. Mit ein wenig Glück werden sie uns zuerst in der Grabkammer des Ersten Zauberers suchen. Das war auch der erste Ort, der mir in den Sinn kam.«

Draußen setzten sich die Schatten wieder in Bewegung und tatsächlich ritten sie parallel zum Hauptbau und verschwanden schließlich hinter den Ruinen außer Sicht.

»Irgendwo dort drüben muss sich der Zugang zu den Katakomben befinden, durch den meine Eltern damals gegangen sind.« Rayne lächelte grimmig. »Die Schatten werden Stunden brauchen, um die Grabkammer überhaupt zu finden. Und noch länger, um uns aufzuspüren. Bis dahin sind wir längst fertig.«

Sie wandten dem Fenster den Rücken zu und sahen sich um. Vor ihnen erstreckte sich die größte Eingangshalle, die Skandar je zu Gesicht bekommen hatte. Dicke Säulen mit kunstvollen Ornamenten stützten die Decke, zu beiden Seiten befanden sich Türen, und lange Gänge verschwanden vor ihnen in der Dunkelheit. Im Zentrum der Halle führte eine gut und gerne zehn Meter breite Treppe mit flachen Stufen nach oben. Der Boden war mit Staub überzogen, Vögel hatten Stroh und Gras hereingeschleppt und ihre Nester in Nischen und auf Mauervorsprüngen gebaut. Den Spuren nach zu urteilen hatten sich auch andere Tiere hierher verirrt.

»Trevelian sagte, dass der Ort, nach dem wir suchen, im Untergeschoss ist.« Vorsichtig setzte sich Rayne in Bewegung. Skandar blieb dicht an ihrer Seite. Jetzt, da er wusste, dass die Schatten hier waren, war er jederzeit auf einen Angriff gefasst.

Je weiter sie sich von den Fenstern entfernten, desto undurchdringlicher wurde die Dunkelheit. Schließlich zog Rayne ihr Amulett unter dem Hemd hervor und strich mit dem Daumen darüber. Das bläuliche Licht breitete sich über den Gang aus und erleuchtete ihren Weg.

Einige der Säulen waren eingestürzt und ein Teil der Decke heruntergekommen. Auf der Suche nach einer Treppe, die nach unten führte, stiegen sie über Schutt und Geröll hinweg. Selbst hier drinnen hatten die Feuer gewütet. An vielen Stellen war der Stein geschwärzt und jeglicher Prunk, den es einmal in Form von Teppichen, Gemälden oder Wandschmuck gegeben haben mochte, war den Flammen zum Opfer gefallen. Der stete Luftzug hatte die Asche aufgenommen und verteilt. Erst, als sie sich von den Fenstern entfernten und weiter ins Innere der Festung kamen, fanden sich Spuren des einstigen Zierrats. Ausgeblichene Gemälde, von denen Skandar annahm, dass sie berühmte Zauberer zeigten, zerschlissene Teppiche und Wandbehänge und morsche Möbelstücke, in denen Holzwürmer mit dem Moder um die Vorherrschaft kämpften.

Ein Stück hinter der breiten Treppe fanden sie eine schmucklose Tür. Skandar zog an dem Eisenring. Anfangs sperrte sich das Holz, dann gab es einen Ruck und die Tür schwang mit vernehmlichem Knarren auf. Dahinter war es finster. Rayne hob ihr Amulett und leuchtete hinein. Langsam schälten sich die ausgetretenen Stufen einer Wendeltreppe aus der Dunkelheit.

»Das passt so gar nicht zum prunkvollen Rest«, murmelte Rayne.

Skandar musste ihr recht geben. »Lass uns trotzdem nachsehen. Nach unten müssen wir so oder so.«

Mit jedem Schritt, den sie der schmalen Treppe weiter folgten, wurde die Luft feuchter und kälter. Skandar sah die Gänsehaut auf Raynes Armen und spürte, dass sich auch ihm die Nackenhaare aufstellten. Am Fuß der Treppe stießen sie auf einen breiten, grob gemauerten Gang, zu dessen Seiten sich Vorratsräume öffneten. Manche hinter Türen verborgen, andere durch einen offenen Durchlass erreichbar. Ganze Fluten von Räumen beherbergten unzählige Fässer und Regale mit Töpfen und Tiegeln. Staub und Spinnweben hatten den Ort erobert und ließen Rayne immer wieder angewidert das Gesicht verziehen, wenn sie sich ihren Weg durch einen dichten Vorhang daraus bahnen mussten. Skandar zog sein Schwert und schob die staubigen Spinnweben mit der Klinge zur Seite.

»Danke.« Rayne schenkte ihm ein Lächeln, das es ihm schwer machte, sie nicht sofort an sich zu ziehen und zu küssen.

Am Ende eines Labyrinths aus Gängen und Räumen endete ihr Weg vor einer Tür. Skandar wollte sie öffnen, musste aber feststellen, dass sie von der anderen Seite verriegelt war. Er drückte gegen das Holz, dann schüttelte er den Kopf. »Ohne einen Rammbock bekomme ich die nicht auf. Wir müssen nach oben zurück und einen Weg suchen, der auf die andere Seite dieser Tür führt.«

Rayne grinste. »Darf es ein magischer Rammbock sein?«

»Das kommt darauf an, wie viel Kraft dich das kostet.«

»Nicht viel.« Sie trat an ihm vorbei, legte ihre flache Hand auf das Holz und ließ sie langsam über die Oberfläche wandern. Eine steile Falte der Konzentration zeigte sich auf ihrer

Stirn. Schließlich verharrte ihre Hand an einer Stelle etwas über Hüfthöhe. Skandar glaubte die Energie zu spüren, mit der sie das Holz auflud, und holte überrascht Luft, als es an einer armdicken Stelle durchsichtig wurde und den Blick auf einen Holzbalken freigab, der die Tür von der anderen Seite verschlossen hielt. Rayne machte ihm Platz. Ohne zu zögern oder sich zu fragen, was passieren würde, wenn ihre Magie sie jetzt verließ, schob er seine Hand durch das Loch und griff nach dem Balken. Nach einigem Rütteln und Rucken hob er sich und Skandar verpasste ihm einen letzten Stoß. Klappernd fiel der Balken zu Boden und Skandar öffnete die Tür.

Das Gewölbe, das sich vor ihnen erstreckte, hatte keinerlei Ähnlichkeit mit dem Vorratslager, durch das sie gekommen waren. Die Decken waren hoch und von ebenso kunstvoll gearbeiteten Säulen getragen wie die in der Eingangshalle. Die Wände waren so glatt poliert, dass sie den Lichtschein aus Raynes Amulett widerspiegelten. Zu ihrer Rechten lag eine weitere Treppe, nicht so breit wie die im Eingangsbereich, in ihrer Machart jedoch ähnlich. Auf der linken Seite befanden sich in größerem Abstand drei Türen. Hinter einer davon musste ihr Ziel liegen. Skandar blieb an der ersten stehen und öffnete sie. Dahinter lag etwas, das vermutlich einmal ein Besprechungsraum gewesen war. Der gewaltige Tisch in seinem Zentrum war von einer dicken Staubschicht regelrecht verkrustet. Zwei Dutzend Stühle mit hohen Lehnen umgaben den Tisch, ebenso staubig wie der Rest des Raumes, die Stoffe der Sitzpolster von Motten zerfressen und fadenscheinig. Die Kerzen, die im Kronleuchter über dem Tisch steckten, waren größtenteils heruntergebrannt. Einige hatten sich aus ihren Halterungen gelöst und hingen schief herab, nur noch gehalten von alten Wachsschichten.

Eine Verbindungstür zog Skandars Aufmerksamkeit auf sich. Als er sie öffnete, blickte er in einen Raum von derart gewaltigen Ausmaßen, dass er sich zu fragen begann, ob er überhaupt zu den übrigen Maßen der Festung passen konnte oder ob hier nach all den Jahren noch immer Magie am Werk war. Daran jedoch, dass dies die Hauptbibliothek war, von der Trevelian gesprochen hatte, bestand kein Zweifel. Die Wände waren an jedem Zentimeter von Regalen gesäumt. Überall lehnten Leitern, die es den Benutzern einst möglich gemacht hatten, an die oberen Regale zu gelangen. Vier Wendeltreppen wanden sich auf eine ausschweifende Galerie, auf der sich wiederum Regal an Regal reihte, gefolgt von weiteren Treppen, die sich in noch engeren Kreisen auf eine weitere Ebene hinaufzogen, die ebenfalls von Regalen gesäumt war. Vor ihnen lag ein wahres Labyrinth aus Regalen, die teilweise so eng standen, dass sich ein beleibterer Mann nur mit Mühe hätte hindurchzwängen können. Lediglich in der Mitte des Raumes war für mehrere große Tische Platz gelassen worden, manche mit eingeknickten Beinen und gebrochenen Tischplatten, andere unversehrt und lediglich unter Staub begraben.

Der Raum war das Beeindruckendste, was Skandar je zu Gesicht bekommen hatte. Umso tragischer war es, dass alle Regale leer waren. Nicht ein einziges Buch, keine Schriftrolle, nicht einmal ein Fetzen Pergament hatte den Krieg überdauert. Ob die Magier ihre Schriften selbst zerstört oder die Fürsten das nach ihrem Sieg übernommen hatten, vermochte Skandar nicht zu sagen.

Zu seinem Erstaunen waren die Regalböden nicht nur frei von den Schriften, die sie einst gefüllt haben mussten, sondern auch bar jeden Staubs. Während der Boden, die Tische und selbst die Treppengeländer davon überzogen waren, fand sich nichts davon auf den Ablageflächen.

Neben ihm sog Rayne scharf die Luft ein. »Bei allen Göttern! Das ist mehr, als ich erwartet hatte!«

Skandar runzelte die Stirn. »Wovon sprichst du? Es ist alles fort, vermutlich zerstört oder geraubt.«

Ihr Lächeln überraschte ihn. »Es ist nur vor Eindringlingen

gesichert«, sagte sie und griff nach seiner Hand. Er spürte, wie ein Teil ihrer Energie prickelnd über ihre Finger unter seine Haut floss, und als er den Blick erneut auf die Regale richtete, waren sie nicht länger leer. Stattdessen türmten sich überall Bücher und Schriftrollen, an manchen Stellen stapelten sie sich sogar auf den Böden vor den Regalen. Sie hatten alles mit Magie getarnt! Das erklärte, warum die Regale dort, wo die Bücher standen, nicht verstaubt waren.

»Hat deine Mutter nicht wenigstens einen Teil dieser Bücher mit nach Hause gebracht, nachdem sie das letzte Mal hier war?«

Rayne zuckte die Schultern. »Sie hat nie etwas von diesem Ort erzählt. Vielleicht wollte sie verhindern, dass es sich herumspricht.« Sie gab seine Hand frei, griff nach einer Schriftrolle in dem Regal, das ihnen am nächsten stand, und ging damit zur Tür. In dem Moment, in dem sie die Schwelle überquerte, zerfiel das Pergament in ihren Fingern zu Staub. »Offenbar schützt die Magie die Schriften nicht nur davor, entdeckt zu werden, sondern bindet sie auch an diesen Ort.«

Rayne wanderte zwischen den Regalreihen umher. Ihre Wangen glühten vor Begeisterung. Während ihre Energie langsam aus seinem Körper schwand, verblassten die Bücher vor Skandars Augen, bis er wieder nichts als leere Regale vor sich hatte.

»Lass uns das später genauer ansehen«, drängte er. »Wenn die Schatten besiegt sind.«

Sofort riss Rayne sich von den Büchern los und folgte ihm zu einer weiteren Verbindungstür, die im Schatten einer Galerie in den nächsten Raum führte. Dahinter erstreckte sich ein lang gezogener Saal, der Skandar an den Thronsaal in Naranor erinnerte, nur dass dieser Raum etwa dreimal so groß war. Zu seinem Erstaunen gab es hier keinerlei Anzeichen von Verfall und Zerstörung. Kein Körnchen Staub und kein noch so kleines bisschen Schmutz waren zu sehen. Das Licht von Raynes Amulett wurde von den glatten Wänden aufgefangen und reflektiert, sodass es beinahe den gesamten Raum erhellte. Beim Anblick des fünfzackigen silbernen Sterns, der in seinem Zentrum in den glatt polierten Boden eingelassen war, wusste Skandar, dass sie am Ziel waren.

Der Stern nahm das gesamte Zentrum des Saals ein, und um ihn herum wiederholte sich das Muster in kleineren Formen wieder und wieder, dazwischen mischten sich schimmernde Runen, deren Bedeutung Skandar nicht einmal zu erahnen vermochte.

49

Rayne trat ins Zentrum des Sterns und hob den Blick zu dem Kronleuchter, der über ihr von der Decke hing. Sie streifte sich das Amulett über den Kopf, hielt es in die Höhe und gab einen winzigen Teil ihrer Energie frei. Sie spürte, wie die Energie das Medaillon umschloss, und sobald sie ihre Finger öffnete, erhob es sich in die Luft. Langsam stieg es immer weiter nach oben, bis es den Kronleuchter erreichte. Rayne deutete mit einem Finger nach oben und ließ ihn kreisen, woraufhin sich die Kette um einen Arm des Leuchters schlang. Ihr Blick war auf das Kristallherz des Medaillons gerichtet. Noch ein wenig mehr Energie und einen Moment später erstrahlte das Licht heller als zuvor. Der bläuliche Schein erfasste den Saal jetzt von einem Ende bis zum anderen.

Sie sah Skandar an. »Bringen wir es hinter uns.«

»Wo willst du alles aufbauen? Im Zentrum des Sterns?«

Einen Moment lang betrachtete sie den Stern, ihr Blick folgte den silbernen Einlassungen im Boden, dann schüttelte sie den Kopf. »Wenn das Ritual funktioniert und die Schatten zu uns gezogen werden, will ich – Schutzkreis oder nicht – eine Wand in meinem Rücken haben.«

Skandar grinste. »Du denkst wie ein Krieger.« Er durchmaß den Saal mit großen Schritten und legte den Beutel mit den Utensilien für das Ritual etwa in der Mitte der Längsseite vor der Wand auf den Boden. Die Verbindungstür zur Hauptbibliothek lag zu ihrer Rechten, die Tür zum Gang ihnen gegenüber, auf der anderen Seite des Saals. Von hier aus hatten sie jeden Winkel im Blick und die Wand im Rücken.

Einen Moment spielte Rayne mit dem Gedanken, stattdessen in eine der Ecken zu gehen, wo sie von zwei Seiten durch Wände geschützt wären. Doch so sicher ihr ein derartiger Platz auch erscheinen mochte, löste der Gedanke zugleich ein Gefühl der Beklommenheit in ihr aus. Wenn etwas schiefging, konnte eine Ecke sich ebenso gut als Falle erweisen. Nein, sie wollte sich nicht in eine Ecke drängen lassen.

Sie ging neben dem Beutel in die Knie, löste die Schnüre und öffnete ihn. Während sie im Kopf die Worte des Rituals von Trag'Ba durchging, griff sie nach dem Farbtiegel, den sie zum Zeichnen des Kreises benutzen sollte, und schraubte ihn auf. Als sie den Deckel abnahm, stieg ihr ein scheußlicher Gestank in die Nase. Nach Eisen oder Kupfer. *Blut.* Was, bei allen Göttern, hatte Trevelian in diese Farbe gemischt? Ihren Ekel ignorierend, tauchte sie den Finger hinein und begann, einen roten Kreis auf dem Boden zu ziehen.

»Ich brauche die Kerzen«, sagte sie zu Skandar. »Die sieben weißen Stümpfe.«

Während sie die Farbe auftrug, hörte sie hinter sich einen dumpfen Aufprall, gefolgt von einem unterdrückten Fluch. Eine der Kerzen rollte an ihr vorbei. Skandar bremste sie mit dem Fuß und hob sie auf. Die anderen Kerzen hatte er mit seiner steifen Hand an die Brust gedrückt. Dieser Anblick und der Ausdruck in seinem Gesicht zogen ihr das Herz zusammen. Sosehr er auch immer behauptete, dass es ihm nichts ausmachte, was mit seiner Hand passiert war, sosehr strafte dieser Anblick ihn Lügen. Er war wütend, das konnte sie ihm ansehen, seine Lippen verfluchten stumm die nutzlose Hand, doch sie glaubte auch eine Spur Verzweiflung in seinem Blick zu erkennen. Vorsichtig ging er neben ihr in die Knie und legte die Kerzen umständlich ab. Um ein Haar wären sie ihm erneut entglitten.

»Was brauchst du als Nächstes?«

»Vielleicht wäre es besser, wenn du die Tür im Auge behältst«, sagte sie und schob rasch hinterher: »Für den Fall, dass sie uns finden.«

»Wenn sie uns auf der Spur sind, ist es besser, so schnell wie möglich fertig zu sein«, gab er grimmig zurück. »Wenn mir etwas herunterfällt, werde ich es wieder aufheben.«

Seine Entschlossenheit berührte sie. »Die beiden Säckchen mit den Kräutern und die Messingschale, außerdem die Pergamente mit den Runen und der Formel.« Sie tauchte ihren Finger erneut in die zähe rote Farbe und zog den Kreis, bis lediglich noch eine Handbreit fehlte.

Als Skandar ihr die Messingschale reichte, platzierte sie sie im Zentrum. Dann griff sie nach dem ersten der beiden Kräutersäckchen. Sie durchtrennte die Schnur, die es verschlossen hielt, mit ihrem Dolch und schüttete den Inhalt in die Schale. Es kostete sie nur ein wenig Energie und eine Berührung ihres Fingers, die Kräuter zu entzünden. Helle Rauchfäden kräuselten sich über der Schale empor und ein intensiv süßlicher Geruch erfüllte die Luft. Darauf achtend, die Linie nicht zu verwischen, trat sie aus dem Kreis und schloss ihn mit einem letzten Strich ihrer Finger. Dann griff sie nach dem Pergament, das Skandar ihr reichte, entrollte es und sprach die Worte, die das Ritual für diesen Moment vorsah: »Ich rufe euch Geister, kommt und erfüllt eure Pflicht.«

Skandar stellte die sieben dicken Kerzen an den Stellen auf, die sie ihm zeigte.

»Gib mir bitte die lange Kerze«, bat Rayne ihn. Er zog sie aus dem Beutel und reichte sie ihr. Mit einem kurzen Energieschub entzündete Rayne den Docht und gab sie an ihn zurück. »Ich vollende den Kreis, während du die Kerzen entzündest und denk daran …«

»Vor dem Entzünden jeder Kerze die erste Zeile des Rituals zu sprechen«, beendete er ihren Satz. »Ich kenne den Text, habe ihn wie du seit Wochen Tag für Tag wiederholt.«

Rayne nickte, und während sie begann, die Runen von dem

Pergament, das Trevelian ihr gegeben hatte, auf die Linie des Kreises zu übertragen, hörte sie, wie Skandar von Kerze zu Kerze schritt, eine nach der anderen entzündete und immer wieder sagte: »Ich rufe euch Geister, kommt und erfüllt eure Pflicht.«

Nur noch ein paar Runen, dann würde sie anfangen, den Schutzkreis zu ziehen. Sobald er fertig war, musste sie nur noch die letzten Kräuter verbrennen und die nötigen Worte sprechen, die die Schatten zu ihnen rufen und den Wirbel im Inneren des Bannkreises in Gang setzen würden, der sie letztlich zerstören sollte.

Sie war mit der vorletzten Rune beschäftigt, als mit einem lauten Krachen die Tür zum Gang aufflog und eine Schar Schatten in den Raum stürmte.

Rayne keuchte auf, als sie das Gesicht ihres Bruders sah. Hinter ihm entdeckte sie Lucan, Bär und Dainn zwischen den königlichen Soldaten, einigen von Eyrons Kriegern und den Söldnern, deren Körper sich allesamt in Schattenhand befanden.

So viele!

Sie alle hatten ihre Waffen gezogen, vorwiegend Schwerter, einige hielten Dolche oder Knüppel in der Hand. Gut drei Dutzend Schatten kamen mit gezückten Waffen auf sie zu.

Skandar, der die letzte Kerze entzündet hatte, sprang auf und zog sein Schwert. »Mach weiter«, raunte er und baute sich zwischen ihr und den Schatten auf.

50

Mit erhobenem Schwert stellte sich Skandar vor Rayne. Er wusste, dass er kämpfen musste und dass er die Männer zugleich nicht töten konnte. Nicht, solange die Hoffnung bestand, dass Rayne den Bannkreis rechtzeitig fertig bekam, um die Schatten aus den Körpern zu lösen. Er war bereit, ihr die Zeit zu erkämpfen, die sie benötigte, um das Ritual zu vollenden.

Seine Finger schlossen sich fester um das Schwert, als die Schatten näher rückten. Der Thronfolger und sein Stellvertreter wären die ersten, mit denen er es zu tun bekäme. *Ausgerechnet. Wenn ihrem Bruder etwas geschieht …* Er verdrängte den Gedanken und wartete darauf, dass sie den Angriff eröffneten.

Stattdessen hielten seine Gegner plötzlich inne. Die ersten, die ihn beinahe erreicht hatten, traten zur Seite und gaben den Blick auf die offen stehende Doppeltür zum Gang frei. Es dauerte einen Moment, bis Skandar die Gestalt auf der Schwelle erkannte. Es war Eyron, der sich ihm jetzt langsam durch die Gasse näherte, die die Schatten für ihn gebildet hatten.

Sein Bruder bewegte sich anders und schien auf befremdliche Weise sogar anders auszusehen, auch wenn seine Züge Skandar noch immer vertraut waren. Eyron wirkte größer und Ehrfurcht gebietender, als Skandar ihn je gesehen hatte. Überrascht ließ er sein Schwert sinken. Hinter ihm hatte Rayne aufgehört, sich zu bewegen. Skandar brauchte sich nicht umzudrehen, um zu wissen, dass auch sie Eyron anstarrte.

Er wandte den Kopf. »Weiter!«, wisperte er ihr zu. Erleichtert vernahm er gedämpfte Geräusche hinter sich, als sie ihre Arbeit wieder aufnahm. Kaum merklich veränderte er seine Position, um Rayne vor den Blicken seines Bruders abzuschirmen.

Er starrte Eyron aus zusammengekniffenen Augen an. »Wie hast du die Schatten beschworen? Du bist kein Zauberer.« Es interessierte ihn nicht wirklich, doch Eyron in ein Gespräch zu verwickeln, war die beste Möglichkeit, um Zeit zu gewinnen.

Sein Bruder lächelte, und einmal mehr hatte Skandar das Gefühl, einen vollkommen Fremden vor sich zu haben. Mit seinen hellblonden Locken und den dunkelblauen Augen wirkte er noch immer wie eine glattere, hübschere Ausgabe Skandars. Zugleich schien Eyron nie weniger er selbst gewesen zu sein als in diesem Augenblick.

»Ich bin so viel mehr als ein einfacher Magus, *Bruder*.«

Kurz wunderte sich Skandar darüber, dass Eyron das alte Wort für Zauberer benutzte, einen Begriff, der seit Jahrhunderten nicht mehr verwendet wurde. Doch schon im nächsten Moment war seine volle Aufmerksamkeit wieder im Hier und Jetzt. Besorgt sah er, wie der Blick seines Bruders zu Rayne glitt. Wieder veränderte Skandar seine Position und trat Eyron einen Schritt entgegen, um ihm die Sicht zu versperren.

Es hatte Momente gegeben, ganz besonders in letzter Zeit, in denen ihm sein Bruder fremd erschienen war. Jetzt jedoch fand er nichts Vertrautes mehr in Eyrons Blick. Ein eisiger Schauer lief ihm über den Rücken. »Du bist nicht mein Bruder.«

»Es erstaunt mich, dass du das erst jetzt bemerkst. Andererseits warst du ja auch lange fort.« Er zuckte die Schultern.

»Aber du bist auch kein Schatten.« Skandar erinnerte sich an das Gespräch, das Rayne aufgeschnappt hatte. Darin hatte er über die Schatten gesprochen, ohne sich selbst einzubeziehen. »Wer bist du? Und was willst du?«

Mit einer ausholenden Geste deutete Eyron auf die Schatten. »Sie sind meine Priester«, sagte er. »Schon vor Jahrtausenden waren sie an meiner Seite, und jetzt sind sie es wieder, obwohl man sie einst auf so grausame Weise aus dem Leben gerissen hat.«

Skandar stockte der Atem, als ihm die Bedeutung von Eyrons Worten – den Worten des Wesens in Eyrons Körper – bewusst wurde. »Dann bist du … Du bist Darathor? Der Dritte Gott?«

Eyron deutete eine spöttische Verneigung an. »Höchstpersönlich, auch wenn ich nie begriffen habe, warum sie mich den Dritten nennen, wo ich doch der einzig Wahre bin.« Sein Blick glitt zu Rayne. »Und schon bald wird mir mein eigener Körper wieder zur Verfügung stehen.« Er sah sich im Saal um. »Es ist wirklich amüsant, dass ihr euch ausgerechnet den Ort für euren magischen Firlefanz ausgesucht habt, den auch ich für mein Ritual benötige. Damit habt ihr meinen Priestern eine Menge Umstände erspart. Nicht, dass ihr es ihnen nicht schon schwer genug gemacht hättet.«

Skandar versuchte seine Überraschung und seinen Schrecken auszublenden, doch wie konnte er ignorieren, dass ein leibhaftiger Gott vor ihm stand? Eyron war nicht nur ein Anhänger Darathors, er trug den Gott in sich! Der Dritte Gott lenkte seinen Bruder – wie lange schon?

»Ich bin gleich so weit«, vernahm er Raynes Flüstern in seinem Rücken. »Nur noch ein bisschen mehr Zeit.«

Skandar richtete seinen Blick fest auf Darathor. »Was hast du mit Eyron gemacht? Ist er noch am Leben?«

Der Gott lachte das schmerzlich vertraute Lachen seines Bruders. »Er ist bei bester Gesundheit. Ich bin deinem Bruder zu tiefstem Dank verpflichtet, denn ohne ihn wäre ich jetzt nicht hier.«

Skandar sagte nichts. Natürlich wäre dieser Bastard nicht hier, wenn er nicht einen Körper gestohlen hätte. Doch irgendwie wurde er das Gefühl nicht los, dass das nicht alles war, was Darathor meinte.

»Ich sehe, du bist verwirrt.« Der Gott grinste hämisch. »Nun ja, verständlich. Schließlich bist du nur ein Mensch. Dein Bruder hat mir nie gehuldigt, falls das deine Befürchtung ist. Tatsächlich wusste er nicht einmal von meiner Existenz, bis zu dem Tag, an dem er mich unwissentlich befreite und damit eine Kette von Ereignissen in Gang setzte, unter denen du wohl besonders zu leiden hattest.«

Dieses Grinsen! Skandar hätte es ihm am liebsten aus dem Gesicht geprügelt. Unwillkürlich schloss er die Finger fester um das Heft seines Schwertes, nur um sich einen Herzschlag später zu zwingen, seinen Griff wieder zu lösen. Obwohl er das Gefühl hatte, die Antwort nicht hören zu wollen, konnte er die Frage nicht herunterschlucken. »Wovon sprichst du?«

»Von dem, was dem anderen Bruder zugestoßen ist.«

»Yoren?«

»So war wohl sein Name.« Selbst jetzt umspielte noch immer dieses hämische Lächeln seine Lippen. Er machte eine wegwerfende Handbewegung. »Wen interessiert es, er ist nicht mehr.«

»Mich interessiert es. Was war mit meinem Bruder?«, verlangte Skandar zu wissen.

»Ich habe nur einen Wunsch erfüllt, das ist alles. Den unschuldigen Wunsch eines Kindes – deines Bruders, dessen Körper ich trage.«

Skandar war, als hätte ihm jemand einen Fausthieb versetzt. Eyron hatte sich das gewünscht? Yorens Tod? Seine Verbannung? Aber warum? Selbst nach all den Jahren glaubte er, Yorens Blut noch immer auf seinen Händen zu sehen. Glaubte, den Dolch, der dem Leben seines Bruders ein Ende gesetzt hatte, in seiner Hand zu spüren. Und noch immer fehlte ihm die Erinnerung, wie er in Yorens Kammer gelangt war. Oder daran, dass er zugestoßen hatte.

»Wie?«, flüsterte er.

»Unwichtig.« Einmal mehr glitt Darathors Blick an ihm vorbei, zu Rayne. »Oh, ich sehe, wir sind fast fertig. Du glaubst aber nicht wirklich, dass ich dich das vollenden lasse, Mädchen?«

Skandar fuhr zu Rayne herum, bereit sie zur Seite zu reißen, als der Dritte Gott den Arm hob und die Kräuterschale im Zentrum des Kreises ebenso wie die Kerzen mit einer einzigen Bewegung fortfegte. Die Kerzen kippten und rollten über den Boden, die Dochte erloschen. Die Kräuterschale sauste durch die Luft, prallte auf der anderen Seite des Saals gegen die Wand und fiel mit einem erbärmlich klingenden Klappern zu Boden.

»Genug geplaudert.« Darathor trat einen Schritt zurück und gab seinen Schatten ein Zeichen. Die Kreaturen setzten sich in Bewegung.

Skandar wusste, dass er Rayne unmöglich gegen drei Dutzend Schatten beschützen konnte. Wenn er jedoch lange genug durchhielt, wäre es ihr vielleicht doch noch möglich, das Ritual zu beenden. *Und dann? Dann bleibt nur noch ein Gott übrig.* So oder so war es nur eine Frage der Zeit, bis das Unvermeidliche geschah. Wie viele von ihnen würde er mitnehmen, ehe sie ihn überwältigten? Welchen Sinn hatte es überhaupt, zu kämpfen, wenn er doch nur die Körper tötete, während die Schatten fortbestanden? Wenn es eine Möglichkeit gäbe, an ihnen vorbei zu Darathor zu gelangen ... Doch wie sollte er dieses Wesen vernichten, wenn es selbst den anderen Göttern nicht gelungen war?

Die ersten Schatten, angeführt von Raynes Bruder, erreichten ihn. Skandar wehrte einen hastig geführten Schlag ab und ging sofort zum Angriff über. Es war ein sinnloses Unterfangen, und doch war er nicht bereit, sich geschlagen zu geben. Verbissen wehrte er die Hiebe ab, die auf ihn niederprasselten, und musste immer wieder seine Position verändern, um zu verhindern, dass die Schatten an ihm vorbei zu Rayne gelangten.

»Halt sie mir vom Leib!«, rief Rayne hinter ihm. »Ich brauche nur noch einen Moment.«

Angetrieben von ihren Worten hob Skandar sein Schwert und warf sich seinen Widersachern mit einem wütenden Schrei entgegen.

51

Als Eyron den Saal betreten hatte, war Rayne für einen Moment wie gelähmt gewesen. Erst Skandars Aufforderung weiterzumachen, riss sie aus ihrer Starre. Zu sehen, dass Eyron und die Schatten hier waren, war schlimm. Zu erfahren, dass es nicht Eyron war, sondern Darathor selbst, war entsetzlich. *Was sollen wir gegen einen Gott ausrichten?* Die einzige Antwort, die ihr darauf einfiel, war, mit seinen Schergen anzufangen. Sich auf das Ritual und die damit einhergehende Vernichtung der Schatten zu konzentrieren, hatte ihr geholfen, die lähmende Angst, die ihre Finger nach ihr ausgestreckt hatte, abzustreifen. Zumindest für den Augenblick.

Bevor Darathor den Kreis zerstört hatte, hatte Rayne es gerade noch geschafft, den Teil des Rituals abzuschließen, der den Bannkreis errichtete. Alles, was noch fehlte, war jener Teil, der die Schatten aus ihren Körpern zwang. Doch der Kreis war gebrochen, die Kerzen in alle Richtungen davongerollt und die Bronzeschale, in der sie die letzten Kräuter verbrennen musste, auf die andere Seite des Saals gefegt worden. Das Pergament mit den rituellen Worten, das neben ihr gelegen hatte, war ebenfalls fort. Ihr blieb keine Zeit, alles einzusammeln, wieder aufzustellen und den Kreis erneut zu schließen. Sie konnte das Ritual vollenden, aber die Schatten würden dann nicht im Bannkreis eingeschlossen und auch nicht vernichtet werden. Trotzdem war es ihre einzige Hoffnung. Wenn die Schatten aus ihren Körpern gerissen wurden, wäre vielleicht zumindest ein Teil der Männer kampffähig und konnte ihnen helfen.

Sie wagte nicht darauf zu hoffen, dass sie alle in der Lage sein würden, zu kämpfen. Womöglich würden nicht einmal alle die Extraktion unbeschadet überstehen. Doch selbst, wenn es nur ein paar von ihnen wären, war das mehr, als sie im Augenblick hatten.

Sie griff nach dem Beutel mit den letzten Kräutern. In Ermangelung einer Schale dachte sie daran, den Beutel auf den Boden zu leeren. Aber was, wenn ein Luftzug seinen Inhalt verwehte, bevor sie ihren Zauber wirken konnte? Entschlossen schüttete sie die Mischung in ihre Handfläche und entflammte sie mit einem Energiestoß. Das Feuer brannte heiß in ihrer Hand und fraß sich in ihr Fleisch, während es die Kräuter verzehrte. Rayne biss die Zähne zusammen und blinzelte gegen die Tränen an, die der Schmerz ihr in die Augen trieb.

»Kommt, ihr körperlosen Kreaturen! Verlasst die Körper, die ihr eingenommen! Kommt!« Wieder und wieder sprach sie die Sätze, stieß sie zwischen zusammengepressten Zähnen hervor und ließ ihnen die Formel fremder Worte folgen, die sie sich eingeprägt hatte, deren Sinn sie jedoch nicht kannte. »*K'asar'a if derra. Larakk par fosea. Elarra! Elarra!*« Den letzten Teil schrie sie in einer Mischung aus Schmerz und Ungeduld heraus. Dann noch einmal: »*Elarra!* Kommt! Kommt!«

Kaum hatten die letzten Silben ihren Mund verlassen, erlosch die Flamme in ihrer Hand. Zurück blieb ein Häufchen verbrannter Asche auf rohem, von Brandblasen überzogenem Fleisch. Einige schrecklich lange Augenblicke geschah überhaupt nichts. Dann plötzlich erfüllte ein Heulen die Luft, ein Geräusch, als würde ein Sturm um die Ecken eines Gemäuers fegen. Es dauerte einen Moment, bis Rayne begriff, dass das Geräusch von den Schatten kam.

Ihre geraubten Körper waren mitten in der Bewegung erstarrt. Dunkle Schlieren zogen über die Haut der Männer, liefen wie Wellen über ihre Arme, Hälse und Gesicht. Ihre

Umrisse schienen zu flackern, Dunkelheit sickerte aus ihren Poren und Gewändern und stieg über ihnen in die Luft, wie Wolken aus feinem schwarzem Rauch. Raynes Blick schweifte über die Menschen, die die Schatten zurückließen. Einige wirkten verwirrt, andere erleichtert, manche wütend. Taumelnd und mit bleichen Gesichtern bewegten sie sich umher, ein paar stürzten zu Boden und rührten sich nicht mehr.

Raynes Blick fand Darragh, der Skandar mit erhobenem Schwert gegenüberstand. Skandar hatte mitten im Schlag innegehalten, sein Schwert abwehrbereit erhoben, und taxierte ihren Bruder. Mit angehaltenem Atem beobachtete sie, wie Darragh blinzelnd seine Waffe sinken ließ. Irgendwo in dem Durcheinander aus verwirrten und bewusstlosen Kriegern glaubte sie, Bärs Stimme zu hören, die rief: »Packt euch diese Biester!«

Über ihren Köpfen rasten die Schatten umher, deutlich zu erkennen im blauen Licht des Kristalls. Ihr zorniges Kreischen erfüllte die Luft. Binnen weniger Momente formierten sich die Männer zum Kampf. Sich gegenseitig Anweisungen zurufend, warfen sie sich den angreifenden Schatten entgegen. Sie mochten in der Unterzahl sein – etwa ein Drittel von ihnen, vielleicht auch mehr, war zusammengebrochen oder so verwirrt, dass sie nicht in der Lage waren zu kämpfen –, die anderen jedoch zögerten keinen Augenblick.

Rayne sah sich nach Darathor um. Sie erblickte ihn an der Seitenwand zu ihrer Rechten, wo er die Kämpfenden gemächlich umrundete. Jene, die ihm im Weg standen, wichen vor ihm zurück, machten ihm Platz, als drängte seine bloße Gegenwart sie zur Seite.

Es bestand kein Zweifel daran, wohin er wollte. Darathor, der Dritte Gott, kam direkt auf sie zu.

52

Augenblicke nachdem die Schatten zum Angriff übergangen waren, hatte Skandar sich bereits von ihnen umzingelt wiedergefunden. Selbst in ihrer nebelhaften Gestalt hatten sie noch immer menschliche Umrisse. Manche formten Teile ihres Körpers zu speerähnlichen Waffen, mit denen sie auf ihre Gegner einstachen. Bei anderen waren es Schwerter. Keiner hatte bis jetzt Magie eingesetzt, wofür Skandar allen Göttern dankte. *Allen, bis auf einen.* Die Schatten waren ihnen auch so schon überlegen, Magie würde sie unbesiegbar machen.

Er hieb und stach auf die Kreaturen ein, die von oben auf ihn hinabstießen und von vorne und den Seiten auf ihn eindrangen. Bisher war es ihm nicht gelungen, sich einen genaueren Überblick zu verschaffen, wie viele Männer sie nun auf ihrer Seite hatten. Immer wieder stolperte er über jemanden, der auf dem Boden lag, oder stieß gegen einen, der sich verwirrt umsah und nicht wusste, wie ihm geschah. Nach der Häufigkeit zu schließen, in der das geschah, konnten bestenfalls zwei Drittel der Männer kampffähig sein.

Ein Schatten raste auf ihn zu, den nebelhaften Speer nach vorne gereckt. Aus dem Augenwinkel sah Skandar einen weiteren, der ihn umrundete und hinter ihn zu gelangen versuchte. Er würde nur eine der Kreaturen abwehren können.

In der Hoffnung, dem Schwerthieb des Schattens in seinem Rücken noch rechtzeitig ausweichen zu können, richtete er seine Aufmerksamkeit zunächst auf den mit dem Speer, der sich ihm von vorne näherte. Er hob das Schwert und wartete, bis die gegenerische Waffe nah genug war. Hinter sich erahnte er die Bewegung des anderen Schattens mehr, als dass er sie sah. Der Speer raste auf ihn zu. Skandar riss sein Schwert herum, lenkte den Speer ab und trieb dem Schatten die Spitze seiner Klinge in den Leib. Fauchend fuhr die Kreatur zurück. Skandar wirbelte herum. Ein mattschwarzes Schwert schoss auf ihn zu. In der Hoffnung, dem tödlichen Streich zu entgehen, warf er sich zu Boden. Doch die Klinge seines Gegners folgte seinem Ausweichmanöver. Zischend schoss sie ihm entgegen. Ein anderes Schwert schob sich dazwischen. Die ungleichen Waffen prallten aufeinander, Funken flogen, als sie aneinander entlangschrammten. Darragh Fjal'Har hatte den Angriff des Schattens abgefangen.

Skandar sprang wieder auf die Beine, und noch während der Prinz den Schatten zurückdrängte, stieß er dem Wesen die Klinge in den wabernden Leib. Der Schatten verging in einer Wolke aus dunklem Staub, die sich langsam zu Boden senkte.

Der Prinz grinste grimmig. »Ein wenig Rückendeckung gefällig, Khardal?«

»Jederzeit.«

Rücken an Rücken warfen sie sich wieder in den Kampf. Die Schatten hatten eine regelrechte Schneise in die Krieger geschlagen. Soweit Skandar es sehen konnte, stand den Kreaturen nicht einmal mehr ein Dutzend Männer gegenüber. Fluchend ging er auf den ersten Schatten los, der in seine Nähe kam. Er erwischte ihn in der Seite. Zischend fuhr die Kreatur zur Decke empor, schoss herum und stieß mit ausgestreckten Klauen auf ihn herab. Skandar wich einen Schritt zurück, stolperte über einen Bewusstlosen und musste einen Ausfallschritt machen, um sich zu fangen. Der Schatten raste vorwärts, auf den Prinzen zu, dessen Rücken Skandar mit seinem Ausweichmanöver freigegeben hatte. Verflucht!

»Aus dem Weg, Darragh!«, brüllte er und duckte sich.

Der Schatten schoss haarscharf an Skandar vorbei. So

knapp, dass eine der Klauen seine Wange aufriss. Warmes Blut lief ihm über das Gesicht, doch er kümmerte sich nicht darum. Stattdessen fuhr er herum, um nach dem Prinzen zu sehen. Raynes Bruder hatte sich zu Boden geworfen und war so dem Angriff entgangen. Skandar hielt ihm die steife Hand entgegen. Der Prinz griff danach und ließ sich von ihm auf die Beine ziehen. Einander Deckung gebend, stürzten sie sich erneut in den Kampf.

Skandar wehrte einen weiteren Schatten ab, vielleicht war es derselbe, der ihn eben angegriffen hatte. Vielleicht auch nicht. Es war unmöglich, sie voneinander zu unterscheiden. In ihrer nebelhaften Form sahen sie alle gleich aus, und selbst die Waffen boten keinen Anhaltspunkt, konnten sie doch mitten im Gefecht von Speer zu Klaue oder Schwert wechseln.

Als sein Gegner in die Luft schoss und einen Bogen schlug, um erneut anzugreifen, erhaschte Skandar für einen Moment einen Blick auf Darathor. Der Dritte Gott hatte sich an den Rand des Saals zurückgezogen, unmittelbar neben die Verbindungstür zur Bibliothek, und beobachtete das Geschehen.

Dann stürzte sich der Schatten wieder auf Skandar und forderte seine volle Auferksamkeit. Skandar schlug mit seinem Schwert auf ihn ein. Der kräftige Hieb trennte der Kreatur eine Klaue ab. Heulend fuhr sie einmal mehr zur Decke empor. Skandar blickte erneut zu Darathor, doch der Gott stand nicht mehr dort, wo er ihn eben noch gesehen hatte. Er hatte sich in Bewegung gesetzt. An der Wand entlang hielt er auf Rayne zu, vollkommen unbehelligt von den Kämpfenden oder ihren Waffen.

Erst jetzt wurde Skandar bewusst, wie weit er im Laufe des Kampfes abgedrängt worden war. Er befand sich beinahe auf der anderen Seite des Saals, ganz in der Nähe der Tür zum Gang.

Skandar warf einen Blick zu der Stelle, an der er Rayne zuletzt gesehen hatte, doch er konnte sie inmitten des Getümmels nicht ausmachen. Er konnte nicht einmal erkennen, ob sie in die Kämpfe hineingezogen worden war.

»Ich muss zu Rayne«, rief er Darragh über die Schulter hinweg zu.

»Ich komme mit!«

Der Prinz wollte kehrtmachen und den Saal durchqueren, doch Skandar griff nach seinem Arm. Er deutete mit der Schwertspitze auf die Tür. »Da entlang.«

Ohne abzuwarten, ob Raynes Bruder ihm folgte, stürmte er aus dem Saal und folgte dem Gang in Richtung Bibliothek.

»Was soll das?« Mit raschen Schritten holte Darragh zu ihm auf, das Schwert noch immer in der Hand. »Wie sollen wir Rayne hier helfen?«

»Wenn wir durch die Verbindungstür der Bibliothek in den Saal kommen, müssen wir uns nicht durch den kompletten Raum schlagen.« Sich einen Weg durch die Hälfte des Saals zu bahnen, würde schon schwierig genug werden. Wenn sie sich zumindest einen Teil des Kampfes ersparen konnten, würde er diese Gelegenheit nicht verstreichen lassen.

»Ihr seid weit weniger hirnlos, als ich immer dachte, Khardal.«

»Und Ihr weit weniger höflich, als ich bisher annahm.«

Darragh gab einen Laut von sich, den Skandar nur mit Mühe als Lachen erkannte. Dann schlug der Prinz ihm auf die Schulter. »Wenn wir das überleben, gibt es einiges, worüber wir uns unterhalten sollten.«

Skandar war nicht sicher, ob das eine Drohung oder ein Versprechen war. Womöglich beides. Sie eilten den Gang entlang und stürmten in die Bibliothek. Ohne innezuhalten, rannte Skandar, das Schwert bereit, auf die Verbindungstür zu und stieß sie auf. Kaum hatte er den Saal betreten, warf sich ihm auch schon der erste Schatten in den Weg. Ein Krieger, den er nicht kannte, packte die Kreatur und riss sie von ihm fort.

Skandar stürmte weiter. Darathor hatte die Ecke des Saals erreicht. Mit schnellen Schritten folgte Skandar ihm. Im Vorüberlaufen stieß er einen Schatten zurück, einen weiteren schaffte Darragh ihnen vom Hals. Sie kürzten die Ecke ab, dann waren sie vor Darathor und stellten sich ihm in den Weg.

Darathor lachte hämisch. »Ihr dummen, dummen Helden. Fast schon möchte ich euch bedauern. Ihr könnt sie nicht retten. Niemand kann das. Und ihr könnt mich nicht besiegen. Warum also setzt ihr euch nicht einfach in eine Ecke und erwartet euer Ende?«

»Das Ende wird sich schon hierherbemühen müssen«, presste Skandar zwischen zusammengebissenen Zähnen hervor. Die Kälte in den Augen des Gottes war erschreckend. Noch schlimmer aber war es, dass diese Kreatur noch immer das Gesicht seines Bruders trug.

»Oh, das Ende ist bereits hier.« Darathor hob den Arm. Ein Wink riss Darragh von den Beinen und warf ihn zu Boden. Dann wandte er sich Skandar zu. Der Energiestoß kam so schnell, dass ihm keine Gelegenheit blieb, zu reagieren. Die Wucht des Angriffs schleuderte ihn gegen die Wand. Ein trockenes Knacken erklang. Benommen sackte er zu Boden, kämpfte sich aber sofort wieder auf die Knie. Das Atmen fiel ihm schwer, ein stechender Schmerz fuhr durch seinen Oberkörper. Der verdammte Gott hatte ihm eine Rippe gebrochen. Vielleicht mehrere.

Ohne ihn eines weiteren Blickes zu würdigen, ging Darathor an ihm vorbei. Taumelnd kam Skandar auf die Beine und schloss seine Finger fester um das Heft seines Schwertes. Er hatte noch nicht einmal zum Schlag ausgeholt, da hob Darathor, ohne sich umzuwenden, erneut die Hand. Wieder prallte Skandar gegen die Wand.

Blinzelnd kämpfte er gegen die Dunkelheit an, die ihre Klauen nach seinem Geist ausstreckte. Er sah, wie sich der

Gott immer weiter von ihm entfernte und Schatten an seine Stelle traten. Drei, die sich ihm mit erhobenen Klauen näherten. Skandar rollte sich herum und versuchte, aufzuspringen. Schwindel erfasste ihn und die Schwärze vor seinen Augen breitete sich aus. Erneut stürzte er zu Boden.

53

Während um sie herum die Hölle losgebrochen war, stand Rayne noch immer unbehelligt neben den Überresten ihres Bannkreises. Bemüht, den pochenden Schmerz in ihrer verbrannten Hand zu ignorieren, sammelte sie ihre Energie.

Sie hätte ihre Magie gegen die Schatten einsetzen können. Die Männer hatten hart zu kämpfen und schienen den Schatten kaum gewachsen zu sein, doch Rayne wusste, dass sie ihre Kräfte noch brauchte. Wenn es ihr nicht gelang, etwas gegen Darathor auszurichten, stand so viel mehr als nur das Leben der Männer hier im Saal auf dem Spiel. Das Beste, das sie im Augenblick tun konnte, war, sich auf den Dritten Gott zu konzentrieren.

Mit stockendem Atem beobachtete sie, wie Skandar und Darragh sich ihm in den Weg stellten – und hinweggefegt wurden wie lästiges Gewürm. Ein erstickter Aufschrei kroch aus ihrer Kehle, als die beiden hart gegen die Wand prallten und aus ihrem Blickfeld verschwanden. Dann sah sie, wie Skandar sich wieder auf die Beine kämpfte. Seine linke Gesichtshälfte war blutüberströmt, sein Hemd an mehreren Stellen aufgerissen. Einen Arm gegen die Rippen gepresst, näherte er sich Darathor von hinten. Als der Gott ihn dieses Mal von sich schleuderte, stand er nicht wieder auf. Rayne reckte sich, stellte sich auf die Zehenspitzen in dem Versuch, einen Blick auf ihn zu erhaschen, doch alles, was sie sah, waren die Schatten, die sich der Stelle näherten, an der er zu Boden gegangen war.

Ihr Herz hämmerte heftig in ihrer Brust, das Blut rauschte ihr durch die Adern. Nur mühsam gelang es ihr, die aufkommende Panik zurückzudrängen. Es hätte alles so einfach sein sollen! Ein Bannkreis, ein Schutzkreis, eine magische Formel. Die Schatten wären vernichtet und die Gefahr, dass der Dritte Gott jemals wieder einen Fuß auf Tharennia setzen würde, wäre gebannt gewesen. Stattdessen war der Gott selbst erschienen. Mitten unter ihnen.

Sie war so sehr auf Darathor fixiert, der sich ihr noch immer mit der Gemächlichkeit eines lustwandelnden Galans näherte, dass sie die Schatten erst bemerkte, als es zu spät war. Sie kamen von hinten und packten sie. Rayne spürte, dass die Kreaturen selbst stofflos waren. Es war ihre Magie, die es ihnen ermöglichte, sie zu greifen – und sie gleichzeitig selbst angreifbar machte. Rayne versetzte ihnen einen Energiestoß, dort, wo sie sie gepackt hielten. Die Schatten zischten und für einen Moment lockerte sich ihr Griff. Rayne riss sich los. Sie tastete nach ihrem Dolch und fluchte, als sie ins Leere fasste. Sie hatte ihn auf den Boden gelegt, nachdem sie das Kräutersäckchen damit geöffnet hatte. Dort lag er noch immer. Außer Reichweite.

»Rayne!« Keine zwei Meter von ihr entfernt stand Bär, ein Schwert in der einen, einen Dolch in der anderen Hand. Sein Gesicht war schweißüberströmt, der Bart von halb getrocknetem Blut verkrustet und sein Wams blutdurchtränkt. Er hob den Dolch. »Fang!«

Dann warf er.

Da sie nicht riskieren wollte, die Waffe zu verfehlen, ließ sie ihre Energie frei und lenkte den Dolch sicher in ihre Hand. Sofort schloss sie die Finger um das Heft.

Erneut griffen die Schatten nach ihr und versuchten, sie wieder zu fassen zu bekommen. Rayne stach zu, stieß einer der Kreaturen den Dolch in die Hand. Kreischend fuhr der Schatten zurück, ehe er erneut angriff. Dann war Bär neben ihr und hielt ihr den zweiten Angreifer mit seinem Schwert vom Leib. Rayne richtete ihre Aufmerksamkeit auf den Schatten vor sich. Und die drei anderen, die sich von den Seiten näherten. Sie stach und schlug mit dem Dolch nach ihnen und sandte immer wieder Energieladungen aus. Mal trafen sie ihr Ziel, mal verfehlten sie. Sie sprang vor und trieb einen der Schatten mit wilden Hieben von sich fort.

»Lass dich von ihm nicht in die Falle locken!«, rief Bär von der Seite. »Er will, dass du ihm folgst, damit sie dich umzingeln können.«

Rayne ließ sich zu Bär zurückfallen. Seite an Seite erwehrten sie sich der auf sie eindringenden Kreaturen, wobei sie Bär weit härter attackierten als sie selbst.

»Halte deine Magie zurück! Spar dir die Kraft, du wirst sie noch brauchen!«

Ich brauche sie jetzt! Mit dem Dolch allein konnte sie kaum etwas gegen die Schatten ausrichten. Trotzdem wusste sie, dass Bär recht hatte. Statt den nächsten Angriff mit einem Energiestoß zu führen, sprang sie mit ihrem Dolch nach vorne. Der Schatten, den sie sich als Ziel ausgesucht hatte, streckte die nebelhafte Hand aus, packte ihren Dolch an der Klinge und riss daran. Rayne, die darauf nicht gefasst war, verlor das Gleichgewicht und stolperte. Ein Stoß in den Rücken schickte sie auf die Knie. Fluchend fuhr sie herum, um sich gegen den Schatten hinter sich zu verteidigen. Doch da war keiner. Die fünf Schatten, gegen die sie gekämpft hatten, wandten sich jetzt Bär zu. Rayne wollte zu ihm, wurde jedoch von einem sechsten gepackt und zurückgerissen. Bär kämpfte wie ein wild gewordenes Tier. Hieb um Hieb teilte er aus, und für einen Moment sah es so aus, als könnte er eine Bresche in die Mauer aus Schatten schlagen, die ihn umgab. Dann stieß eine weitere Kreatur aus der Luft auf ihn herab. Blut spritzte, als sich die Klauen in Bärs Schulter gruben und ihn zu Boden rissen. Im nächsten Moment waren sie über ihm. Rayne schrie. Sie brüllte seinen Namen. Schrie um Hilfe. Und schließlich schrie sie nur noch ihren Schmerz heraus.

Es gelang ihr, sich zu befreien, doch die Schatten waren jetzt überall. Ihr verzweifelter Blick glitt an ihnen vorbei über den Saal. Viele der Krieger lagen auf dem Boden, Darragh und Skandar konnte sie noch immer nicht entdecken, und viele von denen, die sich noch auf den Beinen hielten, schienen verletzt und erschöpft. Sie selbst war von einem Dutzend Schatten umzingelt, die den Kreis immer enger zogen.

54

Die Schatten waren jetzt über ihm, beugten sich zu ihm herab, bereit zuzustoßen. Skandar tastete nach seinem Schwert, das ihm beim Aufprall aus der Hand geflogen war. Aber die Waffe war außerhalb seiner Reichweite. Er zog seinen Dolch, gerade rechtzeitig, um den ersten Angriff abzuwehren. Aus dem Augenwinkel sah er eine Bewegung und wusste, dass er diesem Hieb nicht mehr entgehen konnte. Er machte sich auf den Schmerz gefasst, während er einen weiteren Angriff von vorne mit dem Dolch abfing. Doch der Schmerz blieb aus.

Die Kreaturen kreischten, als ein Schwert von hinten wie eine Sense durch ihre Leiber mähte und sie regelrecht in Stücke schlug. Zwei zerstoben zu Nebel, eine dritte raste brüllend vor Wut und Schmerz davon. Skandar riss seinen Dolch herum und rammte dem verbliebenen Schatten die Klinge in den Leib. Noch einmal zischte das rettende Schwert durch die Luft. Der Nebel, zu dem die Kreatur zerfiel, senkte sich auf Skandar herab, versengte seine Haut und hinterließ qualmende Flecken auf seiner Kleidung.

Über ihm ragte Darragh auf und hielt ihm die Hand entgegen. Skandar ergriff sie und kam wankend auf die Beine. Er sah sich nach seinem Schwert um, fand es zwei Meter entfernt und hob es auf. Er konnte kaum den Arm heben, das Atmen fiel ihm schwer. Jeder Zentimeter seines Körpers brannte vor Schmerz.

»Wir müssen zu Rayne«, rief er dem Prinzen zu. »Er darf sie nicht bekommen!«

Skandar weigerte sich, sich von seinen Wunden oder den Schatten aufhalten zu lassen, die sich ihnen in den Weg stellten. Den Schmerz ignorierend schlug er mit wuchtigen Hieben auf sie ein, stieß sie zur Seite, ohne auch nur einmal langsamer zu werden. Er wusste, dass seine Kräfte nicht mehr ausreichen würden, wenn er sich jetzt in ein Gefecht verwickeln ließ. Also rannte er weiter.

55

Rayne hatte sich einen Weg zu Bär freigeschlagen. Sein Wams war zerfetzt, der Stoff mit Blut getränkt, das Fleisch an Armen und Schultern aufgerissen. Anfangs hatte er noch versucht, sich auf die Beine zu kämpfen, doch er war immer wieder zusammengebrochen und schließlich liegen geblieben. Sie wusste nicht, wie schwer seine Verletzungen waren, doch noch atmete er, und sie wollte verdammt sein, wenn sie nicht alles versuchen würde, ihn vor diesen Kreaturen zu schützen.

Immer wieder stieß sie mit ihrem Dolch vor, stach auf die Schatten ein, die sich ihr und Bär näherten. Sie wusste, dass sie sie nicht töten würden, aber von Bär schienen sie nicht lassen zu wollen. Plötzlich drängte sich ein Gedanke in ihren Kopf. Wäre es nicht besser, ihre Kräfte zu sparen und sich von den Schatten zu ihrem Meister bringen zu lassen? Früher oder später wäre sie ohnehin zu erschöpft, um sich ihrer noch zu erwehren. Und dann konnte sie auch gegen Darathor nichts mehr ausrichten. Jetzt jedoch, solange sie noch Energie in sich hatte, konnte sie es zumindest versuchen. *Vielleicht lassen sie dann auch von Bär ab.*

Der Entschluss war gefasst, sie ließ ihren Dolch sinken und trat einen Schritt auf die Schatten zu. Im selben Augenblick wurde eines der Wesen aus der Reihe gerissen, einem weiteren ragte plötzlich die Spitze eines Schwertes aus dem Bauch. Durch die Lücke, die dadurch entstanden war, drängten Darragh und Skandar und nahmen Rayne schützend in ihre Mitte.

»Zurück!«, rief Skandar ihr über die Schulter zu. »Überlass das uns!«

Rayne wollte schreien vor Verzweiflung. Sie wusste, dass die beiden nicht weichen würden. Ebenso wenig würden sie es verstehen, wenn sie ihnen sagte, dass sie sich ergeben wollte. Skandar und Darragh würden bis zum Tod für sie kämpfen.

Wenige Atemzüge nachdem die Männer den Kreis durchbrochen hatten, hatten die Schatten ihn bereits wieder geschlossen und gingen erneut zum Angriff über. Skandar und Darragh gaben sich gegenseitig Deckung, trotzdem erkannte Rayne, dass es nur eine Frage der Zeit war, bis es den Schatten gelang, sie voneinander abzudrängen.

Einer stieß von der Decke auf Darragh herab, die Klauen nach ihm ausgestreckt. Rayne feuerte einen Energiestrahl ab, der den Schatten regelrecht pulverisierte.

Viel zu viel Energie an einen einzigen Schatten verschwendet! Sie versuchte, sich zu konzentrieren und ihren nächsten Angriff besser zu dosieren, als sie eine Berührung in ihrem Geist spürte. Die Energie, die sie gebündelt hatte, um sie den Schatten entgegenzuschleudern, entglitt ihr. Rayne wollte erneut danach greifen, doch sie bekam sie nicht mehr zu fassen. Jene fremde Präsenz in ihrem Geist riss die Energie von ihr fort, zog und zerrte daran. Rayne stemmte sich gegen die fremde Macht, versuchte ihre Energie zu halten, sie zu sich zurückzureißen, doch sie floss unaufhörlich aus ihrem Körper. Ihre Beine begannen zu zittern und drohten unter ihr nachzugeben.

Ihr Blick suchte Darathor. Der Dritte Gott stand hinter den Reihen seiner Schatten, eine Hand auf Rayne gerichtet, und erwiderte ihren Blick mit einem kalten Lächeln. Sie wusste, dass er es war, der ihr die Energie raubte, sie ihr gewaltsam und rücksichtslos entriss. Doch es fühlte sich nicht an, als würde Darathor sie in sich aufnehmen. Vielmehr war es, als würde er eine Truhe nach etwas durchsuchen, das sich ganz unten auf dem Boden befand, und dabei alles andere herauszerren. Sie spürte seinen Geist jetzt deutlicher; suchend, stochernd und von zunehmender Wut erfüllt. Brennender Schmerz erfasste sie, als er immer heftiger an ihrer Energie riss. Dann war das letzte bisschen fort und Darathor griff nach ihrer Lebenskraft.

Wo ist sie?, dröhnte seine Stimme in ihrem Verstand. *Wo ist die verdammte Verbindung zur Essenz?*

Hast du meine Mutter deshalb fast getötet? Weil du danach gesucht hast?

Ein Schnauben erklang. *Sie war nutzlos.*

Er zog an ihrer Lebenskraft, bis Rayne ins Taumeln geriet. Sie spürte, wie das Leben ihr entrissen wurde, doch es wollte ihr nicht gelingen, sich aus Darathors unsichtbarem Griff zu befreien. Sie konnte nichts tun, als hilflos zuzusehen.

Sie fragte sich, ob die Mauer ihn davon abhalten würde, sich zu nehmen, wonach er suchte. Tatsächlich hatte sie das Gefühl, dass er die Mauer noch gar nicht entdeckt hatte, so sehr war er auf ihre Energie fixiert. Was würde geschehen, wenn er sie fand? Konnte er sie einfach niederreißen, sich nehmen, wonach er gierte, und sie selbst als leblose Hülle zurücklassen? Würde ihr Tod die Mauer gar zum Einsturz bringen und ihm offenbaren, wonach er suchte?

Rote und schwarze Flecken tanzten vor ihren Augen und raubten ihr mehr und mehr die Sicht. Keuchend taumelte sie zur Seite, bis sie gegen eine Wand stieß. Schweiß trat ihr auf die Stirn, es fiel ihr schwer, zu atmen, und sie musste sich abstützen, um nicht in die Knie zu brechen. Gerade noch hatte sie das kräftige Hämmern ihres Herzens im Rausch des Kampfes gespürt. Hatte das Blut durch ihre Adern pulsieren gehört. Jetzt vermochte sie beides kaum noch wahrzunehmen.

Komm schon, drängte Darathor. *Sei nicht so dumm wie deine Mutter. Wehr dich nicht länger, und gib mir, was ich haben will, dann lasse ich dich am Leben.*

Was für ein Leben sollte das sein, unter der Knechtschaft eines Gottes, der die Menschheit versklaven und einen Rachefeldzug gegen die Anhänger seiner Geschwister und nicht zuletzt gegen Airleas und Warian selbst anzetteln würde? Wie würde die Welt unter der Herrschaft eines gnadenlosen Gottes aussehen, dem niemand noch etwas entgegenzusetzen hatte?

Ich will nur meinen Körper zurück, sagte er ruhig. *Dafür brauche ich die Macht, die einst deine Mutter in sich getragen hat. Jene Macht, von der ich mir sicher bin, dass nur du sie haben kannst.*

Ich bin nicht einmal halb so mächtig, wie meine Mutter. Das, was du suchst, habe ich nicht.

Ein Lachen hallte von den Wänden ihres Geistes wider. *Offenbar bist du nicht nur eine schlechte Zauberin, sondern auch eine schlechte Lügnerin. Gib sie mir freiwillig und ich verschone dein lächerliches kleines Leben.*

Sie *war* die Magie, hatte Trevelian gesagt. Ohne die Magie konnte sie nicht existieren. Abgesehen davon glaubte sie Darathors Versprechen ohnehin nicht. Wenn es stimmte, was Trevelian vermutete, wäre der Dritte Gott, nachdem er ihre Magie an sich gerissen hatte, in der Lage, die Essenz zurückzuholen, die Raynes Mutter vor so langer Zeit freigegeben hatte. Während Darathor selbst dann über die unglaubliche Macht eines Gottes verfügen würde, wären die Menschen aller Magie beraubt. Sie wären ihm schutzlos ausgeliefert. Selbst wenn sich Airleas und Warian ihm noch einmal entgegenstellten, würde es unzählige Tote geben.

So weit durfte es nicht kommen! Rayne lenkte ihre Aufmerksamkeit von Darathor und ihrer schwindenden Lebensenergie fort und richtete sie auf die Mauer, die sie von dem trennte, wonach es den Gott verlangte. Sie würde ihn mit genau der Macht bekämpfen, die er so dringend wollte!

Mit dem gewohnten Widerstand rechnend, legte sie all ihre verbliebene Kraft in den Versuch, eine Fuge zu öffnen. Der

Mörtel löste sich, diesmal jedoch nicht nur aus der einen Fuge, auf die sie sich konzentriert hatte, sondern aus allen gleichzeitig. Ihres Zusammenhalts so plötzlich beraubt, stürzte die Mauer in sich zusammen.

Ein gleißendes Licht breitete sich aus, in dem Rayne die Macht der Magie mit solcher Deutlichkeit spürte, dass sie glaubte, sie greifen zu können. Unendliche Macht, wie Rayne sie noch nie in ihrem Leben gespürt hatte, durchströmte sie.

56

Wieder und wieder hob Skandar sein Schwert, schlug zu und wehrte Angriff um Angriff ab. Sein Arm schmerzte, seine Rippen brannten, und er hatte längst jedes Gefühl dafür verloren, wie lange der Kampf schon andauerte. Es mochten Stunden, aber auch erst Minuten sein. Es war einerlei, denn das Ergebnis war dasselbe: Sie verloren mehr und mehr an Boden. Soweit er es erkennen konnte, standen den Schatten, neben ihm und Darragh, vielleicht noch acht oder neun Krieger gegenüber. Von den anfänglichen drei Dutzend Schatten waren noch immer zwanzig am Leben. Im Gegensatz zu den Menschen schienen diese Kreaturen kaum zu ermüden und auch Verletzungen schienen sie nur kurz zu behindern.

Zwei Schatten bedrängten ihn, als Rayne den Schutz zwischen ihm und Darragh verließ. Er rief ihr zu, sie solle zurückkommen, doch sie schien ihn gar nicht zu hören. Immer weiter entfernte sie sich, taumelnd und mit einem entrückten Gesichtsausdruck, als sei sie nicht länger Herrin ihrer Sinne. Die Schatten machten ihr Platz, während sie sich immer weiter auf Darathor zubewegte. Skandar wollte ihr nach, doch er konnte den Prinzen nicht allein zurücklassen.

»Darragh!«, rief Skandar über den Kampflärm hinweg.

»Ich sehe es.« Der Prinz machte einen raschen Ausfallschritt, wirbelte herum und schlug einen Schatten, der sich zwischen ihnen und der Wand befand, in zwei Hälften. »Noch zwei Schläge, dann habe ich die Wand im Rücken. Dann lauft und holt sie zurück!«

Es brauchte vier Schläge und gehöriges Glück, dass es keinem der anderen Schatten gelang, ihre offene Deckung zu nutzen, während sie sich zur Wand durchkämpften.

»Jetzt!«, rief Darragh außer Atem.

Skandar sprang vor, stieß einen der Schatten zur Seite und schlug einem weiteren mit der Klinge seines Schwertes den Kopf ab. Dann war er an ihnen vorbei und stürmte auf Darathor zu. Rayne hatte den Gott fast erreicht, doch Skandar war schneller. Brüllend warf er sich, den Schwung seines Laufs nutzend, dem Gott entgegen.

Eine einzige Geste Darathors genügte. Ein gewaltiger Schlag riss Skandar von den Beinen und schleuderte ihn rückwärts durch die Luft. Er krachte gegen die Wand. Seine Kiefer schlugen hart aufeinander, seine Knochen knackten und in seinem Brustkorb explodierte ein flammender Schmerz. Er prallte von der Wand ab und fiel zu Boden. Keuchend blinzelte er gegen die Besinnungslosigkeit an und kämpfte sich langsam auf die Knie. Wie durch ein Wunder hielt er sein Schwert noch in der Hand, die Finger so fest um das Heft gekrampft, dass er sie selbst dann nicht hätte lösen können, wenn er es gewollt hätte.

Ein strahlend weißes Licht breitete sich im Saal aus und erfüllte ihn bis in den letzten Winkel. Geblendet blinzelnd hob Skandar den Kopf, auf der Suche nach seinem Ursprung. Um ihn herum waren die Kämpfe zum Erliegen gekommen. Schatten wie Menschen hatten innegehalten und starrten auf die Quelle des Leuchtens.

Rayne stand jetzt unmittelbar vor Darathor, gehüllt in eine Kugel aus Licht. Nein, erkannte Skandar. Sie *war* das Licht. Ein strahlend helles Wesen. Ätherisch und nicht von dieser Welt. *Eine Göttin.* In seinem ganzen Leben hatte Skandar nichts Schöneres, nichts Erhabeneres gesehen.

Ihr Strahlen umfing Darathor und hüllte sie beide in eine Aura gleißender Helligkeit. Keiner der beiden regte sich, doch in seinem Herzen wusste Skandar, dass im Inneren dieser Kugel ein Kampf auf Leben und Tod tobte. Ein Kampf, der über die Zukunft Tharennias entscheiden würde.

Verdammt will ich sein, wenn ich nicht alles tun werde, um meinen Beitrag zu leisten. Von neuer Kraft erfüllt, kam er auf die Beine, warf sich mit einem zornigen Schrei auf den erstbesten Schatten in seinem Weg und stieß ihm das Schwert in den Leib. Als hätte sein Angriff alle aus ihrer Starre gerissen, stürzten sich die verbliebenen Männer mit wildem Geschrei wieder in den Kampf.

57

Um sie herum existierte nichts mehr, nur noch dieses unglaublich strahlende Licht, das alles zu überlagern schien. Rayne wusste, dass sie noch immer im Saal stand, reglos wie eine Statue. Ihr Geist jedoch befand sich an einem anderen Ort. Als wäre er einfach durch die Magie auf eine fremde Ebene gesogen worden. Hier gab es keine Schatten und keine Kämpfe. Kein Blut, keine Toten oder Verletzten. Nur Darathor und sie selbst. Es war ein Ort des Geistes, einer, an dem sie beide körperlos waren. Wenn sie an sich herabblickte, sah sie dennoch ihren Körper, gehüllt in ein bodenlanges, weißes Kleid, sie spürte jeden Muskel, jede Faser, als wäre er noch immer da. Und auch Darathor stand nicht als gestaltloses Wesen vor ihr, sondern trug noch immer Eyrons Körper.

Rayne vermutete, dass diese Körper Abbilder waren, die ihr Geist geschaffen hatte. Etwas, das nur in ihrer Vorstellung existierte, denn ihr wirklicher Körper, dessen war sie sich gewiss, hatte den Saal nie verlassen. Sie spürte, wie die Magie über ihre Haut kroch, wie sie prickelte und wie ihre Macht sie einhüllte. Jede Schwäche war von ihr gewichen und ihre Lebenskraft so stark, als hätte der Dritte Gott nie versucht, sie ihr zu entreißen.

Während sie sich noch bemühte, sich zu orientieren – was kein leichtes Unterfangen war, in einer Umgebung, die abgesehen von dem Licht, das von ihr ausging, nur aus Schwärze zu bestehen schien –, hob Darathor den Arm. Ein Flammenstrahl schoss aus seinen Fingern und raste ihr entgegen.

Rayne war nicht schnell genug. Als der Strahl auf sie traf,

leuchtete ihre Haut auf und lenkte die Flammen wie ein Schild ab. Es schmerzte, doch es war weit weniger verheerend, als sie gedacht hatte.

Darathor setzte sofort nach, feuerte rasend schnell Flammenstrahlen, Blitze und Energieladungen auf sie ab. Nichts davon vermochte es, die Schilde zu durchdringen, die ihre Magie um sie herum errichtet hatte. Rayne merkte jedoch, dass sie immer durchlässiger wurden. Mit jedem Treffer verlor das Strahlen an Leuchtkraft. Als sie an sich heruntersah, bemerkte sie, dass ihr Gewand an mehreren Stellen in Fetzen hing. Die Haut darunter war zerschnitten und verbrannt.

Sie hob nun selbst die Hand und rief ihre Energie. Die Luft um ihre Fingerspitzen herum pulsierte und formte sich zu einem tödlichen Ball aus reiner Kraft. Mit einem wuchtigen Stoß schleuderte Rayne dem finsteren Gott das Geschoss entgegen. Erst eines, dann noch eines und immer weitere. Doch sie war ungeübt im Umgang mit dieser unbekannten Macht. Ihre Angriffe verpufften allzu häufig im Nichts, und wenn sie traf, schien Darathor es kaum zu bemerken.

Er hingegen kannte keine Gnade. Unerbittlich griff er an. Feuerte auf sie, und als ihre Schilde schließlich kurz davor waren, endgültig zu versagen, packte er sie mit der Kraft seines Geistes und schleuderte sie umher wie eine Lumpenpuppe. Wieder und wieder kämpfte sie sich auf die Beine, nur um jedes Mal erneut zu Boden geworfen zu werden. Abermals spürte sie, wie das Leben begann, ihren Körper zu verlassen. Indem sie die Magie hinter der Mauer befreit hatte, war ihr ein kurzer Aufschub gewährt worden, doch sie hatte ihn nicht genutzt. Der letzte Rest Hoffnung drohte Rayne zu verlassen.

Einmal mehr schleuderte der Gott sie quer durch das schwarze Nichts. Rayne prallte hart auf einem Boden auf, den sie nicht sehen konnte, und blieb kraftlos liegen. Die Dunkelheit, aus der ihre Umgebung bestand, wurde mit jedem verstreichenden Augenblick durchdringender. Es dauerte einen Moment, bis sie begriff, dass es nicht die Dunkelheit war, die wuchs, sondern ihr Licht, das langsam, aber stetig versiegte.

»Willst du immer noch leugnen, dass du eine Verbindung zur Essenz in dir trägst?« Darathors Stimme hallte durch das Nichts, wurde von unsichtbaren Wänden aufgenommen und in Echos zurückgeworfen. »Gib sie mir. Dann lasse ich dich am Leben.«

Ich bin so oder so tot. Wenn sie ihm die Magie verweigerte und einen Weg fand, sie vor ihm zu schützen, konnte sie zumindest noch ein gutes Werk vollbringen. »Niemals«, stieß sie hervor und wurde von einem weiteren Angriff zurückgeschleudert.

Je härter er sie traf, je öfter er ihren Schutz durchdrang, desto schwächer wurde das Licht. Wenn sie jetzt die Besinnung verlor oder gar starb, würde Darathor sich die Magie einverleiben. Dann wäre alles verloren. Rayne kämpfte sich auf die Beine, doch ein weiterer Energiestrahl schickte sie erneut zu Boden.

Kriechend versuchte sie, dem nächsten Angriff zu entgehen. Darathor kam langsam näher, so gemächlich, als hätte er alle Zeit der Welt. Und vermutlich hatte er die auch. Was waren schon ein paar Augenblicke für einen Gott, der Jahrtausende darauf gewartet hatte, aus seinem Gefängnis befreit zu werden. Rayne versuchte nicht länger, ihm zu entkommen. Dazu fehlte ihr die Kraft. Reglos verharrte sie und wartete darauf, dass er zu ihr kam. Statt es mit einem weiteren Blitz oder Feuerstrahl zu versuchen, über den sie ohnehin nicht genug Kontrolle haben würde, konzentrierte sie sich. Sie presste eine Hand gegen ihren Oberschenkel, dort wo Darathor sie nicht sofort sehen konnte, und formte mit der Kraft ihrer Gedanken einen Dolch. Sie spürte, wie die Waffe Gestalt annahm, sich verfestigte und mit Magie auflud. Weiter und weiter ließ sie die Energie fließen. Selbst, als die Waffe in ihrer

Hand summte und prickelte, unterbrach sie den Fluss der Magie nicht.

Darathor blieb vor ihr stehen. »Letzte Gelegenheit.« Er ging in die Hocke und betrachtete sie, wie man ein verendendes Tier betrachten mochte. In seinen Zügen jedoch lag kein Mitleid, einzig Neugierde.

Rayne sammelte ihre letzten Reserven und steckte alles, was ihr noch an Kraft geblieben war, in ihre Bewegung. Sie schnellte hoch und warf sich auf Darathor. Für einen Moment wankte er, ehe er seine Überraschung überwand und aufsprang. Dieser eine Moment genügte ihr. Einen Arm um seinen Hals geschlungen, ließ sie sich von ihm mit auf die Beine ziehen. Mit dem anderen Arm holte sie aus und stieß ihm den magisch erschaffenen Dolch ins Auge.

Fluchend schüttelte Darathor sie ab. Rayne landete hart auf dem Rücken und kroch von ihm fort, während sie beobachtete, wie er die Hand nach dem Dolch ausstreckte.

»Ein netter Versuch.« Er lachte. Dieser Bastard lachte tatsächlich! »Aber mir kann nichts etwas anhaben.«

Rayne machte eine Handbewegung, als würde sie nach einem unsichtbaren Seil greifen. Eine leuchtende Verbindung wurde sichtbar, die sich wie ein Faden von ihrer Hand bis zu der Klinge in Darathors Schädel erstreckte. Bei ihrem Anblick zögerte der Gott einen Moment lang.

Rayne legte all ihre Energie in diese Verbindung, trieb sie von sich durch die Klinge geradewegs in Darathors Kopf und tief in seinen Geist hinein. Sie spürte Eyrons Anwesenheit, so wie sie Darragh in dem Schatten gespürt hatte. Spürte, wie ein unsichtbarer Teil der magischen Klinge die Verbindung dort durchtrennte, wo Eyrons Geist mit dem des Gottes verflochten war.

»Komm, du körperlose Kreatur!«, schrie sie. »Verlass den Körper, den du eingenommen! Komm!« Es war eine verzweifelte Tat, aber es war alles, was sie noch tun konnte. »*K'asar'a if derra. Larakk par fosea. Elarra! Elarra!«* Dann noch einmal: »*Elarra!* Komm! Komm!«

Die Gestalt vor ihr flimmerte und schien sich zu teilen. Darathors zornige Schreie erfüllten die Luft, als er aus Eyrons Körper gerissen wurde. Körperlos wie einer seiner Schatten kauerte der Dritte Gott vor ihr, während Eyrons Körper zu Boden sank.

Rayne sammelte ihre Kraft für einen letzten Angriff.

58

Skandar wischte sich mit dem Handrücken den Schweiß von der Stirn und sah sich um. Nur noch eine Handvoll Männer war auf den Beinen. Die restlichen waren entweder tot, zu schwer verwundet oder zu erschöpft, um sich länger aufrecht halten zu können. Er selbst blutete aus mehreren Wunden, sein Kopf dröhnte von seiner letzten Kollision mit der Wand. Sein Arm war vor Anstrengung taub, und er wünschte sich sehnlichst, seine andere Hand wäre zu irgendetwas zu gebrauchen.

Neben ihm geriet der Prinz ins Straucheln und ging zu Boden. Sofort sprangen drei Schatten über ihn hinweg und gingen auf Skandar los. Er wusste, dass er mit ihnen nicht mehr fertigwerden würde. Einer allein wäre schon zu viel.

59

Rayne hob die Hände und richtete sie auf die am Boden kauernde Gestalt. Ohne Eyrons Hülle war nur eine dunkle, vage menschenähnliche Masse geblieben, kaum mehr als das groteske Abbild eines Mannes. Was sie sah, war nicht die wahre Gestalt eines Gottes, davon war sie überzeugt. Es war nur ein Echo jenes Wesens, das irgendwo unter den Felsen auf seine Befreiung wartete. Ihre Angriffe mochten Darathor geschwächt haben, doch es war das Ritual gewesen, gepaart mit dem Schock plötzlich aus seinem Gefäß herausgerissen zu werden, das ihn erst in diesen Zustand versetzt hatte. Ein Zustand, von dem er sich rasch erholen würde, wenn sie sich nicht beeilte.

Schon jetzt begann er, sich langsam aufzurichten. Winzige Blitze glitten zuckend und zischend über seine Oberfläche, krochen darunter und erfüllten ihn mehr und mehr mit neuer Kraft.

Dieses Mal legte Rayne so viel Energie, wie sie nur konnte, in ihren Angriff. Ein gleißend heller Energiestrahl schoss aus ihren Handflächen und fuhr in das, was von Darathor, dem Dritten Gott, noch übrig war.

60

Aus dem Augenwinkel sah Skandar, wie die Kugel aus Licht, die Rayne und Darathor umschloss, bebte und immer heller wurde. Einzelne Strahlen brachen daraus hervor. Gleich würde sie explodieren!

»Runter!«, brüllte er den verbliebenen Männern zu.

Nur einen Augenblick später zeriss ein ohrenbetäubender Knall die Luft und das gleißende Licht breitete sich in rasender Geschwindigkeit aus.

Die Druckwelle erfasste Skandar als einen der Ersten und schleuderte ihn durch den Saal. Skandar schlug mehrmals auf, ob auf dem Boden oder gegen eine Wand, vermochte er nicht zu sagen. Noch ehe sein geschundener Leib endgültig zum Liegen kam, versank sein Bewusstsein in Dunkelheit.

61

Schwer atmend blickte Rayne auf die Stelle, an der Darathor eben noch gekauert hatte. Ruß und Asche waren alles, was von ihm geblieben war. Sie tastete mit ihrer Energie nach seiner Präsenz, doch da war nichts mehr. *ER* war fort. Wirklich fort.

Im nächsten Augenblick war sie zurück in ihrem Körper und im Saal. Das strahlende Leuchten war erloschen, das einzige Licht im Raum stammte von ihrem Sonnenamulett, das noch immer am Kronleuchter hing.

Es war vorüber. Darathor war vernichtet. Nicht ein einziger seiner Schatten schwebte noch im Saal. Der Kampf war zu Ende, sie hatten gesiegt. Es war kein strahlender Sieg und auch kein leichter, aber sie hatten es geschafft. Trotzdem wollte sich in Rayne keine rechte Erleichterung einstellen. Das Gefühl, dass es doch noch nicht vorbei war, wollte sie nicht loslassen. War es am Ende nicht viel zu einfach gewesen?

Sicher, die Magie, auf die sie zugegriffen hatte, war überaus mächtig, doch Darathor war ein Gott! Wie war es ihr gelungen, einen Gott zu besiegen?

Um sie herum herrschte Totenstille. Wankend lehnte sie sich an die Wand und richtete ihre Aufmerksamkeit nach innen. Sie musste die Mauer wieder aufbauen, musste die Magie, die sie freigesetzt hatte, sorgsam verschließen. Am besten für immer. Zu verheerend war diese Macht, zu verlockend für eine Kreatur wie Darathor.

Als sie den ersten Ziegel an seinen Platz setzen wollte, stellte sie fest, dass sich an der Stelle, an der sie die Mauer niedergerissen hatte, nun eine offene Tür befand. Alles, was sie tun musste, war, sie mit der Kraft ihrer Gedanken zu schließen und einen Riegel vorzulegen.

Als sie die Augen wieder öffnete, nahm sie zum ersten Mal wirklich ihre Umgebung wahr. Der ehemals prunkvolle Saal war ein Trümmerfeld. Viel zu viele Männer lagen auf dem vom Blut rutschigen Boden. Einige rührten sich, andere lagen reglos da. Eine Handvoll Krieger hatte sich erhoben, erschöpft und zerschunden, die Waffen bereit, sahen sie sich nach ihren Gegnern um.

Rayne ging neben Eyron in die Knie und legte ihm eine Hand an den Hals. Er rührte sich nicht, doch sein Herzschlag pulsierte unter ihren Fingerspitzen. Er atmete. Erleichtert schloss sie die Augen und ließ ihre Energie fließen. Es überraschte sie, dass sie dazu überhaupt noch in der Lage war, nachdem Darathor ihr alles entrissen hatte. Dann erkannte sie, dass es die Magie war, die sie erst vor Augenblicken weggesperrt hatte, die sie mit der nötigen Kraft versorgte. Als hätte sie mit dem Einreißen der Mauer eine dauerhafte Verbindung geschaffen.

Sie versuchte, Eyron aus seiner Besinnungslosigkeit zu holen. Als ihr das nicht gelingen wollte, suchte sie nach Verletzungen oder nach Spuren von Darathors dunkler Magie. Alles, was sie fand, war ein Geist, der Ruhe benötigte. Vermutlich war die Besinnungslosigkeit eine Reaktion seines Körpers auf die lange Zeit, in der er nicht Herr seiner selbst gewesen war. Ganz ähnlich, wie sie auch einige der Männer bei der Extraktion der Schatten an den Tag gelegt hatten. Eyron würde aufwachen, wenn die Zeit kam, davon war Rayne überzeugt.

Nur langsam begann sie zu begreifen, dass auch er nur als Werkzeug gedient hatte. Nur, dass es kein Schatten gewesen war, der sich seines Körpers bemächtigt hatte, sondern der Dritte Gott selbst. Sie wusste nicht, wie viel von dem, was Darathor über seine Befreiung und Eyrons Verwicklung in

Yorens Tod gesagt hatte, der Wahrheit entsprach. Wenn die Götter ihnen gewogen waren, würden sie es bald herausfinden. Für den Moment genügte es ihr, zu wissen, dass Eyron kein Anhänger des Dritten Gottes gewesen war.

Mühsam erhob sie sich. Zum ersten Mal wurde ihr bewusst, wie erschöpft sie war, ihre verbrannte Hand sandte feurige Schmerzwellen ihren Arm hinauf, jeder Knochen tat ihr weh. Sie wusste, dass sie das, wovor sie sich am meisten fürchtete, nicht länger vermeiden konnte. Suchend ließ sie ihren Blick durch den Saal gleiten und fand allzu schnell, was sie befürchtet hatte. Skandar lag auf der anderen Seite des Saals, nicht weit von der Tür zum Gang entfernt. Er lag still da, viel zu still.

Obwohl Rayne nicht gedacht hatte, dass sie noch die Kraft aufbringen könnte, sich zu bewegen, fand sie sich nur Augenblicke später an seiner Seite wieder.

»Skandar!« Ohne auf ihre verletzte Hand zu achten, drehte sie ihn herum und bettete seinen Kopf in ihren Schoß. Er rührte sich nicht. Verzweifelt hoffend, suchte Rayne nach einem Lebenszeichen.

Da! Ein flacher Atemzug. Ein schwacher Puls. Er lebte. Ein Schluchzer der Erleichterung brach aus ihrer Kehle hervor.

Skandars Wange war aufgerissen, sein Gesicht und sein Hals mit Blut verschmiert. Unzählige Schnitte und Risse hatten sein Hemd zerfetzt und selbst in seinem Oberschenkel klaffte ein tiefer, blutiger Schnitt.

Ohne nachzudenken, griff Rayne erneut nach ihrer Magie und ließ sie durch ihre Hand, die auf seiner unverletzten Wange lag, in seinen Körper fließen. Behutsam tastete sie sich voran. Sie fand eine gebrochene und mehrere geprellte Rippen, unzählige Schnitte, Kratzer und Prellungen. Von Gift oder fremder Magie keine Spur. Aber sie spürte, dass sich sein Geist vor all dem Schmerz und der übermächtigen Erschöpfung in die Bewusstlosigkeit geflüchtet hatte.

Sie wusste, dass selbst die fremde, mächtige Magie in ihr nicht dazu in der Lage war, zu heilen. Trotzdem versuchte sie es. Doch so gewaltig diese Kraft auch sein mochte, fähig, einen Gott zu vernichten – oder zumindest die körperlose Manifestation eines Gottes –, eine Heilung lag außerhalb ihrer Fähigkeiten. Doch zumindest einen Teil seiner Schmerzen konnte sie ihm nehmen.

Sie schloss die Tür zu ihrer Magie wieder, beugte sich zu Skandar herab und küsste ihn auf die Stirn, als sich plötzlich eine Hand auf ihre Schulter legte. Erschrocken fuhr ihr Kopf hoch.

»Schsch, es ist alles gut. Ich bin es nur.«

Ihr Herz machte einen Satz, als sie Darragh erkannte. Den wirklichen Darragh, nicht den Schatten, der seinen Körper geraubt und als Gefäß missbraucht hatte. Er sah angeschlagen aus und blutete aus mehreren Wunden, aber er war auf den Beinen. Vorsichtig legte sie Skandars Kopf zu Boden und stand auf. Sie war noch nicht ganz auf den Beinen, da riss Darragh sie schon in seine Arme. Er drückte sie so fest an sich, dass es ihr die Luft abschnürte, doch sie spürte es kaum. Sie hatte ihren Bruder wieder. Die Schatten hatten ihn nicht bekommen. Ihr wurde erst bewusst, dass sie weinte, als Darragh ihre Tränen mit dem Daumen fortwischte.

Sein Blick richtete sich über ihre Schulter hinweg auf Skandar. »Wird er es schaffen?«

Rayne lächelte müde. »Er ist stur. Wäre er bei Bewusstsein, würde er vermutlich behaupten, dass es nur Kratzer sind.«

»Brauchst du Hilfe?«

Sie schüttelte den Kopf. »Ich komme zurecht.« Ihr Blick schweifte durch den Saal. »Es gibt eine Menge Menschen, denen wir heute Nacht noch helfen müssen.«

Darragh nickte. »Sag mir, wenn du mich brauchst. Ich werde mich so lange um meine Männer kümmern. Wenn du kannst, wäre ich um jede Unterstützung dankbar.« Er wandte sich ab, hielt aber noch einmal inne und blickte auf Skandar hinab. »Er ist ein guter Mann«, sagte er, dann ging er, um den Verwundeten zu helfen.

Rayne sah ihm überrascht nach, als eine vertraute Stimme an ihr Ohr drang. »Das habe ich gehört, er soll später ja nicht behaupten, ich hätte es mir wegen einer Kopfverletzung nur eingebildet.«

Rayne fuhr zu Skandar herum. Er hatte die Augen geöffnet, und während sie neben ihm in die Knie ging – nicht wissend, ob sie ihn berühren konnte, ohne ihm Schmerzen zuzufügen –, zog er sie schon an sich und vergrub sein Gesicht in ihrem Haar.

62

Rayne verband Skandars Wunden. Sie säuberte den Schnitt an seiner Wange und nähte ihn.

»Das Biest hätte wenigstens die andere Wange nehmen können«, beklagte sich Skandar. »Dann hätte ich jetzt gleichmäßige Narben auf beiden Seiten.«

Sie brachte ein müdes Lächeln zustande. »Nur auf einer Seite wirkt es weitaus verwegener.«

»Und verführerischer?«

»Zweifelsohne.«

Sie bestand darauf, dass Skandar noch eine Weile sitzen blieb und sich ausruhte, doch irgendwann ließ er sich nicht mehr davon abhalten, ihr und Darragh zu helfen. Einige der Männer, die bei der Extraktion der Schatten zu Boden gegangen waren, waren inzwischen zu sich gekommen und halfen, die Toten aus dem Saal zu bringen. Neun Männer waren ums Leben gekommen, Lucan war einer davon. Vierzehn weitere waren verwundet, drei schwer. Wer nicht dringend verarztet werden musste und sich aus eigener Kraft auf den Beinen halten konnte, half bei der Versorgung der schwerer Verwundeten, wobei Darragh darauf bestand, dass zuerst jene an die Reihe kamen, deren Leben noch zu retten war. Zwei Männer hatten auf seinen Befehl hin die Packtaschen mit dem Verbandszeug geholt. Außerdem hatte jemand Wasser gebracht.

Skandar half ihr, die Brandwunde an ihrer Hand zu reinigen und zu verbinden, was höllisch schmerzte. Dann machten sie sich daran, den anderen zu helfen. Rayne säuberte Wunden, nähte Risse und Schnitte, legte Verbände an und zerstörte mit ihrer Magie erste Entzündungsherde, bis sie sich kaum noch auf den Beinen halten konnte. Sie versorgte gerade einen gebrochenen Arm – die Bruchstelle hatte sie mithilfe ihrer Magie so positioniert, dass sie gut heilen würde –, als sie hörte, wie jemand hinter sie trat.

»Rayne?«

Sie ließ das Tuch fallen, mit dem sie versucht hatte, den Arm ruhigzustellen, und fuhr hoch. »Dainn!«

Einen Moment lang konnte sie ihn nur anstarren. Sie wollte sich ihm in die Arme werfen, doch die Erinnerung an ihre letzte Begegnung, an all das, was der Schatten ihn hatte tun lassen, ließ sie innehalten. Als Dainn langsam die Hand nach ihr ausstreckte, war das alles vergessen. Ohne länger zu zögern, ließ sich sich in seine Arme ziehen.

»Es tut mir so leid«, flüsterte Dainn in ihr Haar. »Ich wollte das nicht. Du weißt, dass wir nie …«

»Ihr hattet keine Wahl. Ihr wart Gefangene im eigenen Körper. Ich weiß das.«

Dainns Anblick holte die Erinnerung an Bär schlagartig in ihr Bewusstsein zurück. Sie hatte ihren brummigen Freund nicht mehr gesehen, seit er zu Boden gegangen war, und bis zu diesem Augenblick hatte die Versorgung der Verwundeten ihn aus ihren Gedanken vertrieben. Wie hatte sie ihren Freund vergessen können? Fieberhaft dachte sie nach. Bär war nicht unter jenen gewesen, die sie selbst verarztet hatte, was jedoch nichts heißen musste, denn es gab eine Menge Verwundeter, um die sich andere gekümmert hatten.

»Was ist mit Bär?« Ihre Stimme brach. »Hast du ihn gesehen?«

Dainn nickte. »Komm mit.«

Sie ließ sich von ihm in eine Ecke des Saals führen, dorthin, wo die Schwerverwundeten und Sterbenden lagen. Bär lehnte zusammengesunken an der Wand, die Augen geschlossen. Seine Brust hob und senkte sich unter rasselnden, viel zu unregelmäßigen Atemzügen. Seine linke Schulter war vollkommen zerfetzt, der Arm unterhalb des Gelenks weggerissen. Jemand hatte versucht, die Wunde abzubinden, doch der Stoff troff vor Blut, und auf dem Boden hatte sich bereits eine Lache gebildet. Bärs Haut hatte das Grau des nahen Todes angenommen, Schweiß glänzte auf seiner Stirn.

Rayne ließ sich neben ihm auf die Knie fallen und griff nach seiner verbliebenen Hand. Als er nicht reagierte, schickte sie ihre Magie durch seinen Körper. Sie mochte nicht imstande sein, ihm seinen Arm zurückzugeben, aber wenn es ihr gelänge, die Blutung zu stoppen, könnte sie vielleicht sein Leben retten.

Vorsichtig tastete sie nach seinen Verletzungen, suchte nach einer Stelle, an der sie ansetzen konnte. Doch schnell begriff sie, dass sie zwar den Blutfluss beenden konnte, sein Körper aber bereits zu weit ausgeblutet war, um ihn noch zu retten. Trotzdem tat sie es. Sie lenkte ihre Magie in den Stumpf seines Armes und schloss die Arterien und Blutgefäße, durch die das Leben aus seinem Körper floss. Dann setzte sie ihre Untersuchung fort und erstarrte, als ihre Magie seine Lunge erfasste, die durch einen Stich verletzt worden war und langsam in sich zusammenfiel. Schon bald würde er entweder jämmerlich ersticken oder an dem verbliebenen Blut ersticken, das sich in seiner Lunge sammelte. Selbst, wenn er den Blutverlust überstehen sollte, dagegen konnte sie nicht das Geringste tun.

Sie zog ihre Energie zurück und öffnete die Augen. Ihre Hand, in der sie die seine hielt, zitterte. »Bär?«

Flatternd hoben sich seine Lider. Sein Blick war trüb und leer. »Rayne?«, flüsterte er, und für einen Moment erfüllte ein Leuchten seine Augen. »Bist du …« Ein Husten erschütterte seinen Leib, Blutblasen traten auf seine Lippen und ein dünnes rotes Rinnsal fing sich in seinem Bart.

Sosehr Rayne gegen die Tränen ankämpfte, sie konnte sie

nicht länger zurückhalten. »Es tut mir so leid. Das alles ist nur meine Schuld. Wäre ich nicht …«

Bärs Hand zuckte. Es dauerte einen Moment, bis Rayne begriff, dass er versuchte, ihre Finger zu drücken. »Nichts ist deine Schuld, Mädchen.« Seine Stimme wurde schwächer, sie musste näher rücken, um ihn zu verstehen. »Du weißt, was ich am Tag deiner Geburt schwor.«

»Du hast geschworen, dein Leben für mich zu geben, wenn es nötig sein sollte«, wiederholte sie unter Tränen jene Worte, die sie im Laufe der Jahre so oft aus seinem Mund gehört hatte.

Bär nickte. »Und ich bin jemand, der seine Versprechen hält.« Er löste seine Hand aus ihrer, hob den verbliebenen Arm und zog sie an seine Brust.

Rayne spürte, wie viel Mühe ihm die Bewegung bereitete. Sie schlang die Arme um ihn und hielt ihn fest, bis sein Arm schließlich schlaff von ihrem Rücken glitt. Das rasselnde Atmen hatte aufgehört.

63

Später in dieser Nacht hielt Skandar Rayne in den Armen, während sie ihren Tränen freien Lauf ließ. Sie hatten sich in eine Ecke des Saals zurückgezogen, doch obwohl sie beide bis aufs Äußerste erschöpft waren, fand keiner von ihnen Ruhe.

Skandar war bei Eyron gewesen, der noch immer nicht das Bewusstsein zurückerlangt hatte, als der Mann, den Rayne Bär nannte, gestorben war. Er wünschte, er wäre in diesem Moment an ihrer Seite gewesen. Der Anblick ihrer versteinerten Miene wollte ihm nicht mehr aus dem Kopf gehen, als er ihr und Dainn geholfen hatte, den Leichnam ihres Freundes nach draußen zu bringen. Er hatte versucht, sie zu trösten, doch Rayne hatte sich sofort wieder an die Arbeit gemacht und nicht aufgehört, bevor alle versorgt waren. Erst dann war sie zu ihm gekommen. Schweigend und ohne Appetit hatten sie etwas von den Vorräten gegessen, die ein paar der Söldner verteilt hatten. Die ganze Zeit über hatte Rayne wie gelähmt gewirkt, war nicht sie selbst gewesen. Als er eine Hand auf ihren Arm gelegt hatte, war sie zusammengezuckt, und er dachte schon, sie würde ihn von sich stoßen. Stattdessen war sie seiner stummen Einladung gefolgt und in seine Arme gekommen.

Lange Zeit hielt er sie fest, flüsterte ihr Worte des Trosts ins Ohr, die ihm erschreckend hohl und bedeutungslos erschienen, und wischte ihr immer wieder die Tränen von den Wangen, die sie um Bär und Lucan vergoss. Der Morgen war nicht mehr fern, als sie endlich in einen erschöpften Schlaf fiel.

Am nächsten Tag verlagerten sie die Verwundeten in einen Raum, der nicht voll von Blut und dunklen Erinnerungen war. Rayne und Skandar warteten, bis alle den Saal verlassen hatten, dann hob sie den Arm, und der Sonnenkristall schwebte vom Kronleuchter herab in ihre Hand. Nachdenklich betrachtete sie den Anhänger.

»Stimmt etwas nicht?«, fragte Skandar.

Sie schüttelte den Kopf. »Ich musste an meine Mutter denken. Das Amulett war ein Geschenk von ihr. Sie hat es für mich gemacht, damit ich keine Angst mehr vor der Dunkelheit zu haben brauchte.« Sie lächelte traurig. »Wir haben so viel erreicht, aber wir haben kein Heilmittel für sie gefunden.«

»Das werden wir noch.«

Sie verließen den Saal. Skandar schloss die Tür hinter ihnen, und als sie den Keller verließen, löschte Rayne das magische Licht und ließ das Amulett unter den Kragen ihres Hemdes gleiten.

An diesem Abend verbrannten sie ihre Toten. Skandar und einige andere hatten den ganzen Tag Holz gesammelt und oberhalb der Klippen Scheiterhaufen errichtet, auf denen sie die Toten aufbahrten. Als die Sonne unterging, versammelten sich alle, die sich auf den Beinen halten konnten, um Abschied von ihren Kameraden und Freunden zu nehmen. Niemand sprach ein Wort, es gab keine Gebete und keine Trauergesänge. Sie alle standen nur schweigend da und beobachteten, wie die Flammen die Leiber derer verzehrten, die weniger glücklich gewesen waren als sie selbst.

Rayne stand stumm zwischen Darragh und Skandar, je eine Hand in seiner und der ihres Bruders. Sie war blass und weinte immer wieder, doch sie hielt sich überraschend gut.

Zwischen den Trauernden standen auch Dainn und die verbliebenen Krieger aus dem Trupp des Prinzen. Ein Stück abseits entdeckte Skandar Eyron, der der Zeremonie aus der Ferne beiwohnte. Er war am frühen Morgen zu sich gekommen, hatte sich jedoch von Skandar ferngehalten und war selbst Rayne und Darragh aus dem Weg gegangen. Stattdessen hatte er seine Zeit bei den Kriegern aus Valin verbracht, die ihm mit ausgesprochener Vorsicht begegneten. Das wunderte Skandar nicht. Eyron mochte ebenso ein Opfer gewesen sein wie all die anderen, die von den Schatten gelenkt worden waren. Doch es war sein Gesicht, das die Männer mit dem verheerenden Kampf der letzten Nacht in Verbindung brachten. Eyrons Gesicht war gleichbedeutend mit dem des Gottes, dessen Schergen so viele ihrer Kameraden getötet oder verwundet hatten. Es würde Zeit brauchen, das Vertrauen der Männer zurückzugewinnen.

Skandar hatte versucht, mit seinem Bruder zu sprechen, doch als Eyron ihn kommen sah, hatte er kehrtgemacht und war verschwunden. Während des Tages war Skandar damit beschäftigt gewesen, Holz zu sammeln und die Scheiterhaufen aufzuschichten, sodass ihm keine Gelegenheit geblieben war, einen weiteren Versuch zu unternehmen. Es gab viel zu klären, trotzdem musste er sich eingestehen, dass er beinahe erleichtert war, dass Eyron ihn mied. Er fürchtete sich davor, herauszufinden, wie viel von Eyrons Verhalten auf Darathor zurückzuführen und wie viel von ihm selbst gekommen war.

Eyron lebt, schoss es ihm zum wohl hundertsten Mal an diesem Tag durch den Kopf. *Er war von einem Gott bessessen und hat es überlebt.* Darathor hatte seinen Bruder benutzt, hatte ihn zu seinem Sklaven gemacht und ihn zu schrecklichen Dingen gezwungen. Doch entgegen dem, was Rayne und er nach ihrer Flucht aus Valin vermutet hatten, hatte Eyron nicht aus freien Stücken gehandelt. Er war kein williges Werkzeug des Bösen gewesen. Ebenso wenig hatte er die Schatten befehligt. Ein Gedanke drängte sich Skandar in diesem Zusammenhang unwillkürlich auf. Was, wenn Rayne zu Eyron zurückkehren wollte? Was, wenn sie sich ihm – Skandar – nur zugewandt hatte, weil sie Eyron verloren wähnte?

Doch er brauchte sie nur anzusehen, um seine Zweifel zu zerstreuen. Rayne war hier, an seiner Seite, nicht bei Eyron. Es war seine Hand, die sie hielt, und es waren seine Arme gewesen, in denen sie letzte Nacht Trost gesucht hatte, nicht die seines Bruders.

Die Feuer waren beinahe heruntergebrannt und die Krieger zogen sich nach und nach ins Haupthaus zurück. Nur Rayne, Darragh, Dainn und Skandar standen noch vor den Scheiterhaufen und betrachteten die letzten zuckenden Flammen.

Der Blick des Prinzen war auf die Stelle gerichtet, an der die sterblichen Überreste seines Stellvertreters zu Asche verbrannten. »Es wird anders sein, ohne ihn.« Er seufzte wehmütig. »Er war immer derjenige, der mich gebremst hat, wenn ich drauf und dran war, den Männern zu viel abzuverlangen. Er war mein Gewissen.«

»Er war mehr als das«, sagte Rayne leise und drückte seine Hand. »Lucan war dein Freund.«

Darragh nickte. »Bär wird mir auch fehlen.«

Neben ihnen lächelte Dainn traurig. »Ohne ihn wird es in Naranor ziemlich still werden. Wer soll jetzt die Stallburschen anschreien, wenn sie die Pferde mal wieder auf den Kampfübungsplatz lassen?«

Dainn begann Geschichten von früher zu erzählen, aus jener Zeit, in der Bär und er noch jung gewesen waren und in der königlichen Armee gedient hatten. Die anderen steuerten ihre eigenen Erinnerungen bei.

Je länger die drei ihrer gefallenen Freunde gedachten, desto mehr wuchs in Skandar das Gefühl, dass er dabei nichts verloren hatte. Er kam sich vor wie ein Störenfried. Er beugte sich zu Rayne. Leise fragte er: »Macht es dir etwas aus, wenn ich euch eine Weile allein lasse?«

»Wo willst du hin?«

»Das hier ist sehr persönlich«, sagte er. »Ich sollte nicht hier sein.«

»Was für ein Unsinn. Du gehörst ebenso hierher wie ich.« *Du gehörst zu mir*, sagte ihr Blick. »Aber wenn du dir die Beine vertreten willst, komme ich mit.«

»Bleib bei deinem Bruder. Erinnert euch an die Toten.«

Raynes Blick wanderte zwischen ihm, Darragh und Dainn hin und her. Sie wirkte unentschlossen. Es war ihr Bruder, der schließlich die Entscheidung traf.

»Geh mit ihm«, sagte er, und an Skandar gewandt: »Wenn ihr etwas zustößt … Ihr wisst ja, was ich dann machen werde. Abgesehen davon müssen wir uns noch immer unterhalten.«

Darragh und Dainn wandten sich um und kehrten ins Haupthaus zurück, während Skandar und Rayne Seite an Seite an der Klippe entlangliefen, bis er schließlich stehen blieb. Er wäre gerne weitergelaufen, es gab so viele Erinnerungen an Tod und Zerstörung, die er hinter sich lassen wollte, doch die Folgen des Kampfes, seine Verletzungen und die schwere Arbeit des Tages steckten ihm noch in den Knochen und verlangten nach Ruhe und Rast.

Rayne ging zu einem Felsen und setzte sich. Skandar ließ sich neben ihr nieder. Schweigend blickten sie auf die nächtliche See hinaus, auf deren Wellen sich der Mond spiegelte. Nach dem Lärm des letzten Tages war es eine angenehme Stille, vertraut und frei von dem Gefühl, etwas sagen zu müssen. Es gab vieles, worüber sie sprechen mussten, doch für den Moment genügte es ihm, mit ihr hier zu sein. In Sicherheit und am Leben.

Schritte näherten sich und setzten dem Frieden ein viel zu frühes Ende. Als er den Kopf hob, sah er Eyron, der zu ihnen trat. Sein Blick wanderte zwischen Rayne und Skandar hin und her, ein hilfloses Lächeln zeigte sich auf seinen Lippen.

»Vermutlich hasst ihr mich nach allem, was geschehen ist, und legt keinen Wert auf meine Gesellschaft«, sagte er, sein Blick heftete sich auf Skandar. »Aber es gibt etwas, das ich erklären muss.«

Darathors Worte blitzten in Skandars Erinnerung auf. *Ich habe nur einen Wunsch erfüllt, das ist alles. Den unschuldigen Wunsch eines Kindes.* »Wirst du mir sagen, was damals wirklich passiert ist? Mit Yoren?«

Sein Bruder schluckte schwer. »All die Jahre … ich wollte nie, dass das passiert, aber ich konnte es auch nicht verhindern.«

Rayne machte Anstalten, sich zu erheben, doch Skandar hielt sie zurück. »Das ist eine Sache zwischen euch beiden«, sagte sie.

»Nein«, protestierten die Brüder gleichzeitig. »Bitte bleib.«

Und Eyron sagte: »Auch du sollst erfahren, was ich getan habe.«

Skandar war froh, als sie sich wieder setzte. So wie sie ihn letzte Nacht gebraucht hatte, brauchte er jetzt sie. Er wusste nicht, was Eyron ihm sagen wollte, wusste nicht einmal, ob er für diese Konfrontation mit der Vergangenheit gewappnet war, doch Rayne an seiner Seite zu haben, gab ihm die Kraft, die er brauchte.

Eine Weile herrschte Stille, schließlich fasste sich Eyron ein Herz. »Erinnerst du dich noch an den Tag, an dem Yoren ohne Stiefel aus den Bergen zurückkam?«

Skandar blinzelte überrascht. Mit dieser Frage hatte er nicht gerechnet. Aber er erinnerte sich tatsächlich an den Tag. Ihr Vater hatte Yoren damals den Hosenboden stramm gezogen, damit er lernte, den Wert der Dinge zu schätzen und nicht noch einmal ein Paar Stiefel oder etwas anderes einfach wegzuwerfen. Skandar nickte.

»Ich hatte seine Stiefel mit Pferdemist gefüllt, woraufhin er mich zwang, meine eigenen in eine Schlucht zu werfen, und seine anzuziehen.« Bei der Erinnerung zeigte sich ein zaghaftes Lächeln in Eyrons Zügen. »Ich hatte gewusst, dass ihm meine Stiefel zu klein waren, weshalb keine Gefahr bestand, dass er sie anstelle der seinen anziehen konnte. Auf den Gedanken, dass er mich zwingen würde, die seinen zu tragen, und dass er lieber selbst barfuß nach Hause reiten würde, bin ich nicht gekommen.« Er wurde schnell wieder ernst. »Vorher allerdings jagte er mich durch das halbe Gebirge. Er wollte mich verprügeln und drohte, mich den Pferdemist fressen zu lassen, wenn er mich erwischte. Ich versteckte mich in einer Höhle. Aus Angst, er könne mich finden, ging ich immer weiter hinein. Tief drinnen stieß ich auf eine Nische, in der ein Steingefäß stand. Überall waren merkwürdige Zeichen in den Stein geschlagen, die ich weder lesen noch deuten konnte. Ich war sicher, einen Schatz gefunden zu haben. Wenn ich ihn mitbrachte und ihn Yoren zeigte, so dachte ich, würde er vergessen, dass er mich eigentlich verprügeln wollte. Also hob ich das Gefäß aus der Nische. Für einen Moment leuchteten die Schriftzeichen auf. Ich erschrak und das Gefäß rutschte mir aus der Hand. Es fiel zu Boden und zerbrach. Ein Nebel stieg daraus empor, und dann vernahm ich eine Stimme, die mir für die Rettung dankte.«

»Darathor?«, flüsterte Rayne.

Eyron nickte. »Damals wusste ich es noch nicht, aber ja, er war es. Er wollte sich dafür erkenntlich zeigen, dass ich ihn befreit hatte und gewährte mir einen Wunsch.«

Skandars Mund wurde trocken. Er ballte die Hände zu Fäusten. »Du hast dir Yorens Tod gewünscht? Und meine Verbannung?«

»Nein!«, entfuhr es Eyron. »So etwas hätte ich mir nie gewünscht. Wenn ich gewusst hätte, was passieren würde, ich hätte den Wunsch sofort abgelehnt. Doch ich war ahnungslos und naiv. Damals war mir noch nicht bewusst, dass alles im Leben einen Preis hat. Alles, was ich mir zu diesem Zeitpunkt wünschte, war, eines Tages Fürst von Maél zu sein.«

Sein Bruder war schon immer ehrgeizig gewesen, selbst in jungen Jahren. Er wollte stets der Beste in allem sein, was er tat, und ließ gerne durchblicken, dass er Yoren überlegen war und der bessere Fürst wäre. Trotzdem wusste Skandar, dass Eyron Yoren geliebt hatte. Deshalb glaubte er ihm auch, als er beteuerte, nicht geahnt zu haben, welche Konsequenzen sein Wunsch haben sollte.

»Was ist dann passiert?«, fragte Skandar, um die Geschichte weiter voranzutreiben.

»Heute weiß ich, dass Darathor mich schon damals als Gefäß benutzt hat«, fuhr Eyron fort. »Er ist in dieser Höhle in meinen Leib gefahren und hat ihn bis zur vergangenen Nacht nicht mehr verlassen. Als wir nach Hause kamen, hatte ich das Ereignis in der Höhle bereits vergessen. Ich dachte auch nicht mehr daran – bis zu jener Nacht, in der …«

»In der du mich über Yorens Leichnam gesehen hast.« Skandar erinnerte sich an den Ausdruck des Entsetzens in Eyrons Augen, als er ihn dort gesehen hatte.

»Als es zwischen dir und Yoren zu diesem schrecklichen Streit kam, dachte ich mir zunächst nichts dabei. Ihr hattet dieselben hitzigen Gemüter, und ich war es gewohnt, dass ihr euch von Zeit zu Zeit in die Wolle bekamt. Aber plötzlich war alles anders. Es gab keinen Auslöser, alles kam vollkommen aus dem Nichts heraus. Erst habt ihr euch angebrüllt, dann schlug Yoren dich nieder, und plötzlich hielt er den Dolch in der Hand und schnitt dir ins Gesicht.«

»Du bist dazwischengegangen und hast verhindert, dass ich ihn umbringe«, erinnerte sich Skandar.

»Ich bezweifle, dass du das getan hättest. Du warst wütend und entsetzt, aber im schlimmsten Fall hättest du ihn verdroschen.« Eyron drehte sich zur Seite. Sein Blick war aufs Meer gerichtet, doch Skandar wusste, dass seine Augen in Wahrheit in die Vergangenheit sahen. »Nach eurem Streit habe ich mit Yoren gesprochen. Er verstand selbst nicht, was in ihn gefahren war. Einen Herzschlag nachdem er voller Wut nach dem Dolch gegriffen hatte, wollte er ihn wieder fallen lassen. Er wollte sich abwenden und gehen. Stattdessen stieß er zu.« Eyron schwieg einen Moment, dann wandte er sich Skandar zu. »Hast du Erinnerungen daran, was in jener Nacht passiert ist?«

Skandar zuckte die Schultern. »Alles ist hinter einem Nebel verborgen, einer Mischung aus Fieber und Mohnblumensaft. Ich weiß noch, dass ich viel geträumt habe. Von Yoren, seinem plötzlichen Angriff und meinem Schwur, ihn umzubringen. Und dann fand ich mich mitten in der Nacht neben seinem Leichnam wieder.« Er brauchte Eyron nichts von dem Dolch und dem Blut zu erzählen, sein Bruder hatte es mit eigenen Augen gesehen.

»Es war Darathor«, sagte Eyron. »Er ist in deinen und in Yorens Geist gefahren und hat euch zu diesem Streit aufgestachelt. Er hat Yoren dazu gebracht, dich mit dem Dolch anzugreifen. Und dann … Später machte er sich einmal darüber lustig, wie leicht es gewesen war, in deinen fiebrigen Verstand einzudringen und dich dazu zu bringen, zu Yoren zu gehen. Er war es, der deine Hand geführt hat. *Er* hat Yoren getötet. Nicht du, Skandar.« Eyrons Augen schimmerten feucht. Hastig fuhr er sich mit dem Ärmel darüber. »In jener Nacht hörte ich zum ersten Mal seit der Höhle Darathors Stimme. *Dein Wunsch wurde erfüllt*, sagte er. *Geh und schau nach deinen Brüdern.* Als ich auf der Schwelle zu Yorens Gemach stand, vernahm ich ihn erneut. *Sie werden denken, dass dein jüngerer Bruder es war. Keiner der beiden wird dir jetzt noch im Weg stehen, kleiner Fürst.* Das war der Schrecken, den du in meinen Augen gesehen hast. Das Wissen, dass *ich* das getan hatte. *Mein* Wunsch hat das ausgelöst. Du bist unschuldig.«

Skandar schnappte nach Luft. *Unschuldig.* Seine Finger zitterten, und sein Herz hämmerte so heftig, dass er glaubte, es würde in seiner Brust explodieren. Er hatte immer gewusst, dass etwas an den Erinnerungen an diese Nacht nicht stimmte. Dass etwas fehlte. Doch er hatte die Lücken stets dem

Fieber und der betäubenden Wirkung des Mohnblumensaftes zugeschrieben. Niemals wäre er auf den Gedanken gekommen, dass etwas anderes als sein eigener Wille die Klinge geführt haben könnte, die seinem Bruder das Leben nahm. All die Jahre, in denen so viele ihn nur den Brudermörder genannt hatten. All der Hass und die Verachtung, die er ertragen musste. Nichts davon war seine Schuld gewesen. Nichts davon hatte er verdient. Er öffnete den Mund, um etwas zu sagen, doch seine Kehle war wie zugeschnürt. Kein Laut kam über seine Lippen.

Rayne griff nach seiner Hand. Er klammerte seine Finger um ihre, wie ein Ertrinkender, der einen Rettungsanker gefunden hat.

Eyron machte einen Schritt auf Skandar zu, hielt dann jedoch inne und wich wieder zurück. Stockend berichtete er davon, dass er sich bei ihrem Vater für Skandar eingesetzt hatte, damit dieser ihn nicht noch in derselben Nacht hinrichten ließ. »Ich wollte wenigstens dein Leben retten, wenn ich es schon zerstört hatte. Darathor ließ nicht zu, dass ich die Wahrheit sagte. Und selbst wenn ich es gekonnt hätte, wer hätte mir das geglaubt? Ein finsteres Wesen, das von meinem Körper Besitz ergriffen hatte und schuld am Tod meines Bruders sein sollte? Immerhin gelang es mir, Vater die Hinrichtung auszureden, doch deine Verbannung konnte ich nicht verhindern. Ich wusste nicht einmal, wohin sie dich schicken würden.« Eyron warf Skandar einen langen Blick zu, bevor er weitersprach. »Nach allem, was geschehen war, hielt ich es zu Hause nicht länger aus. Deshalb bat ich Vater, für eine Weile fortgehen zu dürfen. So kam ich nach Naranor«, sagte er an Rayne gewandt. »Es gelang mir nie, zu vergessen, was ich getan hatte, aber ich lernte, damit zu leben. Lange Jahre spürte ich Darathor, von dem ich nicht einmal wusste, dass er ein Gott war, nicht mehr. Ich dachte, er wäre nach Yorens Tod verschwunden. Mein Wunsch war erfüllt, was sollte er also noch bei mir? In Wahrheit jedoch verhielt er sich nur ruhig – bis zu dem Tag, an dem der Schweifstern am Himmel erschien. Es gibt eine uralte Prophezeiung, aus der Zeit, zu der er an der Seite von Airleas und Warian über Tharennia geherrscht hat. Sie besagt, dass das Erscheinen des Schweifsterns einem Machtlosen wieder Macht verleihen würde. Darathor war dieser Machtlose.«

Für einige Zeit war das Rauschen der Wellen das einzige Geräusch. Skandar hatte so viele Fragen, doch es fiel ihm schwer, Ordnung in das Durcheinander seiner Gedanken zu bringen. Die Erkenntnis, Yoren nicht getötet zu haben – nicht aus eigenem Antrieb heraus –, überlagerte alles andere. Eines jedoch musste er noch wissen. »Wer hat mich nach Valin zurückgeholt? Warst das du oder schon Darathor?«

»Das war ich.« Bei der Erinnerung daran lächelte Eyron. »Nachdem ich von Vaters Tod erfahren hatte, war der Gedanke, dass du nun endlich nach Hause zurückkehren kannst, das, was mir am meisten Trost gespendet hat.«

Skandar erinnerte sich an die erste Zeit in Valin zurück. Es war schwierig gewesen, den Menschen gegenüberzutreten, die in ihm einen Mörder sahen. Doch Eyron hatte nie auch nur das geringste Anzeichen gezeigt, dass er ihn für das, was er getan hatte, verurteilte. Es war eine gute Zeit gewesen, zumindest während der ersten beiden Monate. Bevor …

»Der Schweifstern erschien am Himmel, als ich noch nicht lange zurück in Valin war«, sagte Skandar nachdenklich.

Eyron nickte. »In der Nacht, in der er sich zum ersten Mal zeigte, war es, als wäre Darathor aus einem jahrelangen Schlaf erwacht. Er übernahm meinen Körper und verdrängte mein Bewusstsein in einen Winkel meines Verstandes. Ich sah und hörte alles, was er tat – was *ich* tat –, aber ich war vollkommen handlungsunfähig. Als Erstes erweckte er seine Priester und befahl ihnen, sich Körper zu suchen. Ein Teil von ihnen blieb als Wachen in der Burg, die anderen suchten sich in den umliegenden Dörfern Körper und warteten außerhalb Valins auf seine Befehle. Unter dem Vorwand, mit dem König über eine Position im Rat zu sprechen, reiste Darathor in meinem Körper nach Naranor.«

»Um meine Mutter anzugreifen«, sagte Rayne tonlos.

»Ich konnte nichts tun.« Eine Träne lief über Eyrons Wange. »Das musst du mir glauben. Ich wollte euch warnen, doch ich war machtlos. Ich habe gesehen, was er mit deiner Mutter getan hat. Wie er …«

»Wie er ihren Lebensfunken beinahe vollständig ausgelöscht hat«, beendete Rayne seinen Satz. Sie biss sich auf die Lippe, ehe sie fortfuhr. »Weißt du, wie wir ihr helfen können? Hat Darathor etwas gesagt?«

Eyron schüttelte den Kopf.

»Gar nichts? Nicht einmal eine Andeutung?«

»Es tut mir leid, Rayne. Alles, was ich weiß, ist, dass er die Magie deiner Mutter brauchte, um seinen Körper zurückzubekommen. Denn um das zu erreichen, benötigte er unvorstellbare Mengen an Energie. Diese der Welt über die Verbindung zur Essenz zu entziehen und sie sich selbst einzuverleiben, war der einzige Weg, sein Ziel zu erreichen. Was er brauchte, war der Schlüssel zur Essenz der Magie, und er glaubte, dass Rissa dieser Schlüssel sei. Dabei bist du es.«

»Mutters Energie … die, die du – die Darathor ihr geraubt hat, trägst du noch etwas davon in dir?«

Wieder schüttelte Eyron den Kopf. »Er hat sie einfach im Nichts versickern lassen, als er merkte, dass es nicht das war, wonach er suchte.«

Rayne gab einen Laut von sich, der irgendwo zwischen einem Schluchzen und einem Schnauben lag. Sie klammerte ihre Finger fester um Skandars Hand.

Skandar kniff die Augen zusammen. »Er war ein verdammter Gott, warum war ihm dieser verflixte Körper so wichtig?«

»Erst in seinem eigenen Körper wäre er wieder zu voller

Macht gelangt. Der Darathor, der euch gegenüberstand, mag stark gewesen sein, doch es war nichts weiter als ein Abglanz seiner eigentlichen Macht. Er verachtete seine menschliche Hülle, weil sie ihn schwach und angreifbar machte, und konnte es kaum erwarten, wieder er selbst zu sein. In all seiner schrecklichen Herrlichkeit.«

»Das erklärt einiges«, sagte Rayne. »Ich habe mich die ganze Zeit gefragt, wie ich es schaffen konnte ... er war ein Gott! Wie hätte ich einen Gott einfach so töten können?«

Sie hatten unfassbares Glück gehabt. Wäre Darathor er selbst gewesen, hätte die letzte Nacht ein anderes Ende genommen.

Eyrons Blick richtete sich auf Skandar. In seinen Augen lagen Furcht, Trauer und Leid. Nach einem Moment straffte er die Schultern und trat vor. Er sank vor Skandar auf die Knie. »Ich habe schreckliche Dinge getan, die ich mir selbst niemals werde verzeihen können. Trotzdem möchte ich dich aus tiefstem Herzen um Vergebung bitten, Bruder.«

Skandar wusste nicht, was er sagen sollte. Die Wunden waren noch zu frisch, die Neuigkeiten noch längst nicht verarbeitet. Statt zu antworten, erhob er sich, zog Eyron auf die Beine und umarmte ihn. »Ich vergebe dir«, sagte er dann und spürte, dass auch er jetzt weinte.

64

Beim Anblick der Umarmung der beiden Brüder hatte Rayne einmal mehr an diesem Tag mit den Tränen zu kämpfen. Dieses Mal jedoch war der Grund ein freudiger. Sie konnte nicht einmal ansatzweise erahnen, wie Skandar sich jetzt fühlen, was in ihm vorgehen mochte, doch sie wusste, dass Eyrons Geständnis eine unvorstellbare Last von ihm genommen hatte.

Sie wartete noch eine Weile, dann zog sie sich unter dem Vorwand, müde zu sein, zurück und ließ die beiden Brüder allein. Sie brauchten diese gemeinsame Zeit, wenn sie sich einander wieder annähern wollten.

Als Skandar spät in der Nacht nach drinnen zurückkehrte und sich neben sie legte, wachte sie gerade lange genug auf, um zu spüren, wie er sie in seine Arme schloss und die Decke über sie beide breitete.

Am nächsten Morgen packten die Söldner ihre Sachen zusammen und verabschiedeten sich. Auch Eyrons Krieger bereiteten sich auf den Aufbruch vor. Ihr Fürst hatte ihnen freigestellt, ob sie ihren Dienst wieder aufnehmen wollten, sie aber gebeten, mit ihm nach Valin zurückzukehren, damit er sie für das Geschehene entschädigen konnte. Rayne war mit einigen anderen nach draußen gegangen, um den Aufbruch der Männer zu beobachten. Sie hielt gerade nach Darragh Ausschau, um ihn zu fragen, wie lange es noch dauern würde, bis auch sie aufbrechen konnten, als Eyron zu ihr trat.

Sie wechselten einen kurzen Blick, dann nickten sie einander stumm zu und gingen nebeneinander her, als wäre es ein

Spaziergang im königlichen Garten. An den Klippen, unweit der Stelle, an der Eyron in der vergangenen Nacht seine Geschichte erzählt hatte, blieben sie stehen. Eyron blickte an ihr vorbei, aufs Meer.

Nur langsam festigte sich in ihr die Gewissheit, dass er wieder er selbst war. Die Ereignisse hatten seine Schläfen grau werden lassen, und das, obwohl er gerade einmal vier Sommer älter war als sie selbst. Eyron war schon immer ernst gewesen, jetzt jedoch entdeckte sie eine Nachdenklichkeit an ihm, die sie so nicht kannte. Schlagartig wurde ihr bewusst, dass Skandar nicht der Einzige war, der während der letzten Jahre zu leiden gehabt hatte. Wie schwer musste es sein, mit dem Wissen zu leben, für den Tod des einen und die Verbannung des anderen Bruders verantwortlich zu sein?

Eyron hatte nicht gewollt und nicht geahnt, was sein Wunsch auslösen sollte, doch es war sein Wunsch gewesen, der die ganze Familie ins Unglück gestürzt hatte. Das Mitleid, das sie mit einem Mal empfand, schnürte ihr die Kehle zu.

»Es tut mir leid, dass du das gestern alles mit anhören musstest«, sagte Eyron, ohne den Blick von den Wellen zu nehmen, die unter ihnen gegen die Klippen brandeten. »Aber ich wollte, dass du weißt, was mit deiner Mutter geschehen ist und wieso. Es tut mir so unendlich leid, dass du meinetwegen so viel erleiden musstest. Ich habe …«

Sie legte ihm den Zeigefinger auf die Lippen und brachte ihn zum Schweigen. »Hör auf, dich zu entschuldigen. Ich weiß, dass nicht du das alles getan hast.«

Hatte sie den wahren Eyron je gekannt? Als er nach Naranor gekommen war, hatte sein Leben bereits unter Darathors Schatten gestanden. Es mochte unbeschwerte Momente für ihn gegeben haben, doch er war nie frei vom Einfluss des Gottes und den tragischen Auswirkungen seines eigenen Wunsches gewesen. Wer war der Junge wirklich, der mit ihr aufgewachsen war und der Mann, den sie heiraten sollte?

»Eyron, das ist womöglich ein schlechter Zeitpunkt, aber ich bin mir nicht sicher, ob je ein besserer kommen wird.« Sie nahm ihren Finger von seinen Lippen und strich ihm über die Wange. Dann ließ sie die Hand sinken. »Ich kann dich nicht heiraten.«

Er lachte humorlos. »Denkst du allen Ernstes, ich würde das noch von dir erwarten? Nach allem, was geschehen ist?«

»Das ist nicht der Grund«, sagte sie. »Es ist …« Wie sollte sie einem Mann, der so viel durchgemacht hatte, jetzt auch noch erklären, dass ihre Gefühle sich geändert hatten? Dass es jemand anderen gab?

Er griff nach ihren Händen. »Rayne, ich weiß, dass du mich nicht liebst.«

Sie sah überrascht auf. Dann wurde ihr bewusst, dass er Skandar und sie gestern zusammen gesehen hatte. Jeder hatte das. »Eine Zeit lang war ich überzeugt, ich würde es tun«, sagte sie leise.

»Und dann bist du Skandar begegnet.« Er sagte es ohne jede Spur von Bitterkeit. »Mir ist nicht entgangen, wie ihr einander anseht, wie blind ihr einander versteht. Du solltest dich mit nichts Geringerem zufriedengeben.«

Rayne schloss ihn in die Arme. Eyron zog sie an sich, wie er es so oft getan hatte. Sie spürte die Wärme seines Körpers und nahm seinen einst so vertrauten Geruch wahr, der ihr in den letzten Monaten fremd geworden war. »Danke, Eyron.«

»Ich danke dir. Für alles.«

Er gab sie frei, und Rayne wollte sich schon abwenden, als ihr eine Frage in den Sinn kam, die sie schon länger beschäftigte, ohne dass es ihr wirklich bewusst geworden war. »In der Nacht, als ich gegen Darathor gekämpft habe, wie viel … was hast du …?«

»Was ich gesehen habe? Was ich über dich und deine Magie weiß?«

Sie nickte.

Eyron schwieg lange Zeit, dann sagte er: »Ich habe nichts gesehen. Das ist die Antwort, die jeder erhalten wird, der mich danach fragt.«

Rayne lächelte dankbar, bevor sie sich endgültig zum Gehen wandte.

Alles sollte gut sein, Darathor war besiegt, sie waren am Leben, Skandars Unschuld war bewiesen, doch das Leben ihrer Mutter hing weiter am seidenen Faden, und Rayne hatte noch immer das Gefühl, dass es noch etwas zu tun gab.

65

Einige Tage nach dem Aufbruch der Söldner waren auch Darraghs Männer so weit wiederhergestellt, dass sie Thanasses verlassen und sich auf den Weg nach Naranor machen konnten. Eyron und seine Krieger würden mit ihnen kommen. Der König musste erfahren, was passiert war, und Eyron wollte Skandars Namen endlich reinwaschen.

In den letzten Tagen hatte Skandar Rayne nur an den Abenden zu Gesicht bekommen. Sie hatte viel Zeit mit ihrem Bruder verbracht und er gönnte es den beiden von Herzen. Rayne hatte ihn eingeladen, sich zu ihnen zu setzen, doch er hatte abgelehnt.

Stattdessen war er oft mit Eyron zusammen und ganz allmählich stellte sich die alte Vertrautheit zwischen ihnen wieder ein. Skandar wusste, dass er nie vergessen würde, was Eyron getan hatte. Aber er konnte es vergeben.

Als sie Thanasses schließlich hinter sich ließen, war Skandar von einer Mischung aus Hoffnung und Unbehagen erfüllt. Bisher hatte er immer gewusst, was das Leben für ihn bereithielt. Er hatte sein Schicksal akzeptiert und sich mit seinem Platz im Leben abgefunden. Doch plötzlich lag eine Zukunft voller Möglichkeiten vor ihm.

Eines Abends fand er sich nach dem Essen allein mit Daragh am Feuer wieder. Wie schon zuvor, als die Männer noch von Schatten beseelt gewesen waren, hatten die Krieger des Prinzen ihr Lager ein Stück abseits errichtet. Eyron war gegangen, um die Wasserschläuche zu füllen, und Dainn und Rayne hatten sich bereits schlafen gelegt.

Eine Weile saßen sie einander schweigend gegenüber. Darragh hatte ein paar Scheite nachgelegt und stocherte mit einem Stock in der Glut, um das Feuer anzufachen. »Ich habe von Rayne und Eyron gehört, was damals wirklich mit Eurem Bruder passiert ist. Ich habe mich Euch gegenüber schäbig verhalten, das bedauere ich.«

Skandar sah auf. »Was würdet Ihr tun, wenn die Dinge anders lägen und ich wirklich für Yorens Tod verantwortlich wäre? Würdet Ihr Euch dann ebenfalls für Euer Verhalten entschudigen?«

Darüber dachte der Prinz eine Weile nach. »An dem Abend, nachdem meine Männer und ich auf Rayne und Euch gestoßen waren, versuchte der Schatten in mir, Rayne von Euch wegzutreiben. Er hat sie vor Euch gewarnt und sie gebeten, Euch fortzuschicken.« Er zuckte die Schultern. »Er wollte Euch ebenso sehr loswerden wie ich damals. Das war vermutlich der einzige Punkt, in dem wir je übereinstimmten.«

»Und jetzt wollt Ihr das nicht mehr, nachdem Ihr die Wahrheit kennt.« Skandar konnte die Bitterkeit nicht vollends aus seiner Stimme fernhalten. Hätte Eyron nicht erzählt, was wirklich zu Yorens Tod geführt hatte, würde der Prinz jetzt nicht so freundlich mit ihm reden. Dabei hatte sich nichts geändert. Skandar war noch immer derselbe, ihm haftete nur nicht länger die Schuld eines Mordes an.

Zu seinem Erstaunen schüttelte Darragh den Kopf. »Es hat nichts mit der Wahrheit zu tun, jedenfalls nicht nur. An jenem Abend, als der Schatten Euch loswerden wollte, erinnerte Rayne mich – ihn – daran, dass Ihr damals noch ein Kind wart. Sie bat mich, den Mann, der Ihr heute seid, nicht nach der Vergangenheit zu beurteilen.«

Skandar erinnerte sich nur zu gut an Darraghs Worte nach seiner Audienz beim König. *Verlasst Naranor, denn im Gegensatz zu Eurem Bruder seid Ihr hier nicht willkommen.* »Und ihre Bitte soll Eure Meinung über mich einfach so geändert haben?«

Der Prinz kratzte sich am Bart. »Nein, aber es gab mir zu denken. Was mich letztlich überzeugt hat, war Euer eigenes Handeln. Die Art, wie Ihr mit meiner Schwester umgeht, dass Ihr bereit seid, für sie zu kämpfen, ganz gleich, was es Euch selbst kostet. In der Nacht, als wir Darathor und seinen Schatten gegenüberstanden, habt Ihr sie keinen Moment aus den Augen gelassen. Egal, wie oft dieser verdammte Gott Euch auch zu Boden geworfen hat, Ihr seid immer wieder aufgestanden, um Rayne beizustehen.« Er seufzte. »Abgesehen davon ist mir auch nicht entgangen, wie sie Euch ansieht. Ihr macht sie glücklich, Skandar. Ich schätze, das ist am Ende alles, was zählt.«

Skandar lachte. »An dem Tag, als Ihr uns im Wald in der Nähe des Lagers gesehen habt, dachte ich …«

»Küssend«, ergänzte Darragh. »Ich habe Euch küssend gesehen, vergesst diesen Aspekt nicht. Das war ein echter Schock für mich. Bis zu diesem Moment hatte ich angenommen, dass meine Schwester Euch nicht mehr als Freundschaft entgegenbringt. Ich hätte Euch liebend gern den Schädel eingeschlagen. Zu Eurem Glück war der Schatten zu diesem Zeitpunkt nicht mehr daran interessiert, Euch zu töten.«

Skandar schnaubte. »Das war wohl mehr Euer Glück.«

Der Prinz richtete sich kerzengerade auf. »Nehmt den Mund mal nicht zu voll. Ich denke, ich könnte es locker mit Euch aufnehmen.«

»Oh, daran zweifle ich nicht.« Skandar grinste. »Aber wie sieht es mit dem Zorn Eurer Schwester aus, wenn mir etwas zustoßen sollte?«

Einen Moment lang sah Darragh ihn überrascht an. Dann begann er zu lachen. »Wohl wahr, mein Freund. Wohl wahr.«

66

Sieben Wochen nach ihrem Aufbruch aus Thanasses erreichten sie am frühen Morgen Naranor. Die ganze Reise über hatte Rayne gegen den Drang angekämpft, Darragh und die Männer voranzutreiben, so sehr sehnte sie sich danach, endlich nach Hause zu kommen. Doch einigen der Männer machten ihre Verletzungen noch immer zu schaffen, sodass sie deutlich langsamer vorangekommen waren, als es unter normalen Umständen der Fall gewesen wäre.

Als endlich die Stadttore in Sicht kamen, musste sie sich zurückhalten, ihrem Braunen nicht in die Flanken zu treten und voranzupreschen. Ungeduldig ritt sie zwischen Darragh und Skandar durch das Tor. Dainn trennte sich von ihnen, er wollte zum Haus der Heilung und sehen, ob seine Frau dort war. Überall blieben Menschen stehen und verneigten sich, andere begannen zu jubeln, als sie Rayne und Darragh erkannten. Sie winkten ihnen zu, was die Leute nur noch mehr beglückte. Vorbei am belebten Marktplatz mit seinen farbenfrohen Ständen und Buden, mit all den Gerüchen und dem bunten Treiben, folgten sie der Hauptstraße den Hügel hinauf, zur Königsburg. Rayne betrachtete die trutzigen Mauern mit ihren Wehrgängen und Türmen, erfüllt von dem Gefühl, endlich zu Hause zu sein.

Darragh hatte schon vor Wochen einen seiner Männer vorausgeschickt, um ihren Vater von seiner Rückkehr und davon, dass Rayne am Leben war, in Kenntnis zu setzen. Einen weiteren Boten hatte er ausgesandt, sobald sie die Stadttore erreicht hatten. Entsprechend war es nicht weiter verwunderlich, dass man sie bereits erwartete. Die Burgtore waren geöffnet, die Wachen salutierten, als Rayne und Darragh an ihnen vorbei auf den Hof ritten.

Ihr Vater stand auf den Stufen vor dem Haupthaus. Als er sie erblickte, schien er alle Würde zu vergessen und lief auf seine Tochter zu. Rayne glitt aus dem Sattel und rannte ihm entgegen. Sie warf sich ihm so schwungvoll in die Arme, dass er einen Schritt zurückmachen musste, um nicht sein Gleichgewicht zu verlieren. Dann drückte er sie lachend und weinend zugleich an sich.

Ohne die Umarmung zu lösen, wandte er sich an Darragh. »Du hast sie uns zurückgebracht. Danke, mein Sohn.«

»Das war nicht mein Verdienst«, räumte Darragh ein. »Es ist vielmehr so, dass sie mich zurückgebracht hat.«

Elathar gab Rayne schließlich frei, ließ jedoch weiter einen Arm um sie gelegt. Zum ersten Mal hatte sie Gelegenheit, ihn genauer zu betrachten. Ihr Vater war gealtert. Sein dunkles Haar war nicht mehr nur von einzelnen silbernen Fäden, sondern von dichten, grauen Strähnen durchzogen. In seinem Gesicht, vor allem um seinen Mund herum, entdeckte sie mehr Falten als zuvor. Er wirkte müde und zugleich zutiefst erleichtert.

»Mir scheint, ihr beiden habt einiges zu erzählen. Lasst uns nach drinnen gehen.« Sein Blick glitt zu Eyron und Skandar, die bei den Pferden geblieben waren. »Mit ihnen spreche ich später.«

Kurz darauf saß Rayne auf einem der Sofas im Empfangszimmer ihrer Eltern. Ihr Vater hatte neben ihr Platz genommen und hielt ihre Hand in seiner, als fürchtete er, sie könnte einfach verschwinden, wenn er sie losließe oder auch nur einen Zoll von ihrer Seite wich.

Ein Diener brachte ihnen Gebäck und Zimtwein, und Rayne musste sich beherrschen, nicht alles in sich hineinzustopfen und den Wein in einem Zug zu leeren. Wie lange war es her, dass sie etwas derart Köstliches bekommen hatte?

In den folgenden Stunden erzählten Darragh und sie, was ihnen alles widerfahren war. Ihr Vater unterbrach sie nur selten, die meiste Zeit hörte er einfach zu. Wut und Schrecken zeichnete sich in seinen Zügen ab, als Rayne erzählte, wie die Schatten Dainns und Bärs Körper geraubt und versucht hatten, sie in eine Falle zu locken. Bei der Erwähnung von Bär bildete sich ein dicker Kloß in ihrem Hals. Sie spülte ihn mit einem Schluck Wein herunter und fuhr fort.

Als ihr Vater hörte, dass sich Rayne auf ihrer Reise mit Skandar zusammengetan hatte, hob er eine Augenbraue, kommentierte es aber ebenso wenig, wie er sich zu Eyrons vermeintlichem Verrat oder dem, was sie von Trevelian über die Schatten und Darathor erfahren hatten, äußerte.

Was sie über die Magie und sich selbst herausgefunden hatte, behielt sie jedoch auch jetzt für sich. Eines Tages würde sie Darragh und ihrem Vater die Wahrheit sagen, wenn sie bereit dazu war. Jetzt jedoch sprach sie lediglich davon, dass ihre Magie mächtiger war, als alle – sie eingeschlossen – angenommen hatten, und dass Darathor es deshalb auf sie abgesehen hatte. Auf Nachfrage ihres Vaters behauptete sie, nicht zu wissen, woher diese Macht kam. »Womöglich hat es etwas mit Mutter und ihrer Verbindung mit der Essenz zu tun.«

Während sie erzählte, dass auch Trevelian kein Heilmittel für ihre Mutter kannte, ertappte sich Rayne dabei, dass sie den Sonnenkristall unter ihrem Hemd hervorzog und ihn unaufhörlich zwischen ihren Fingern drehte. Das vertraute Schmuckstück gab ihr ein Gefühl von Sicherheit und Geborgenheit, während sie die Ereignisse der vergangenen Wochen und Monate noch einmal durchlebte.

Ihrem Vater blieb nicht verborgen, dass sie damit spielte. Er lächelte traurig. »Deine Mutter hat dir das geschenkt, als du noch klein warst. Auf diese Weise ist immer ein Teil von ihr bei dir. Ganz gleich, was die Zukunft auch bringen mag.«

Die Zeit, in der Darragh von seiner Suche nach Skandar und der fatalen Begegnung mit den Schatten erzählte, nutzte Rayne, um sich zurückzulehnen und auszuruhen, bevor sie den Kampf gegen Darathor wieder abwechselnd schilderten. Auch hier spielte Rayne die Macht ihrer Magie herunter. Sie sprach zwar von Zauberei, ließ die beiden aber in dem Glauben, es wäre ihre eigene, gewöhnliche Kraft gewesen, mit der sie den Dritten Gott letztlich besiegt hatte.

Als ihr Vater von Bärs Tod hörte, glänzten seine Augen feucht. Ein trauriges Lächeln trat auf seine Züge. »Er war einer der besten Menschen, der mir je begegnet ist.«

Als sie schließlich am Ende angelangt waren, nickte ihr Vater. »Es gibt einiges, über das ich nachdenken muss, und ich werde sicher noch viele Fragen haben«, sagte er. »Jetzt solltet ihr euch aber ausruhen und etwas Vernünftigeres als Gebäck zu euch nehmen. Ich werde in der Zwischenzeit mit Eyron sprechen.«

67

Das Wiedersehen mit ihrem Vater hatte Rayne für vieles entschädigt, was geschehen war. Und doch … Noch immer wollte diese dunkle Ahnung nicht von ihr weichen, die sie verfolgte und ihr einflüsterte, dass noch nicht alles überwunden war.

Natürlich nicht. Ein wichtiger Teil fehlte noch.

Sie würde den Rat ihres Vaters beherzigen und sich ausruhen, zuerst aber wollte sie noch etwas anderes tun. »Ich gehe zu Mutter«, sagte sie zu Darragh, als sie auf dem Gang standen. »Kommst du mit?«

»Ich sehe später nach ihr. Erst muss ich mit Beolan sprechen. Er weiß noch nichts von Lucans Tod.«

»Soll ich dich begleiten?« Obwohl es sie drängte, zu ihrer Mutter zu gehen, würde sie Darragh in dieser Situation nicht im Stich lassen.

Doch ihr Bruder schüttelte den Kopf. »Es ist das erste Mal, dass ich einem Vater – überhaupt einem Familienangehörigen – eine Todesnachricht überbringen muss. Doch es wird nicht das letzte Mal sein. Ich muss das allein tun, Rayne.«

Sie verstand. Lucan war ihrer beider Freund gewesen, doch er war auch ein Soldat in Darraghs Dienst. Beolan würde es zwar verstehen, wenn sie gemeinsam mit Darragh zu ihm kam, doch für die anderen sollte es nicht so aussehen, als hätte der Thronfolger nicht den Mumm, unangenehme Aufgaben wie diese allein auf sich zu nehmen. Rayne würde Beolan später aufsuchen, um ihm ihr Mitgefühl auszusprechen.

Sie ging zum Schlafgemach ihrer Eltern und schlüpfte

hinein. Die Vorhänge waren zurückgezogen und ließen die Herbstsonne ein. Der Geruch von Kräutern erfüllte die abgestandene Luft.

Raynes Blick fiel auf die Kommode, an der Lyanna so oft gestanden und ihre Tränke gemischt hatte. Offenbar tat sie das immer noch regelmäßig, denn auf der dunklen Holzoberfläche standen mehrere Schalen mit Kräutern, ein paar Fläschchen mit verschiedenfarbigen Flüssigkeiten und ein Mörser bereit. Rayne unterdrückte den Impuls, die Kräuter genauer in Augenschein zu nehmen. Sie wusste, dass sie das nur tun würde, um den Moment hinauszuzögern, in dem sie sich ihrer Mutter zuwenden musste. Sosehr sie das Wiedersehen in den letzten Monaten auch herbeigesehnt hatte, so sehr – das wurde ihr jetzt bewusst – fürchtete sie sich auch davor. Sie hatte immer gedacht, sie würde mit einem Heilmittel zurückkehren. Einem Trank oder einem Zauber, der ihrer Mutter helfen würde. Jetzt stand sie hier. Mit leeren Händen. Hilflos. Unsicher. Und voller Sorge.

Langsam wandte sie sich dem Bett zu. Ihre Mutter lag genauso da, wie Rayne sie das letzte Mal gesehen hatte. Nichts schien sich verändert zu haben, abgesehen davon, dass sie dünn geworden war. Ihre Wangen waren eingefallen, die Haut bleich und unter dem Hemd zeichneten sich ihre Knochen allzu deutlich ab.

Rayne setzte sich an die Seite ihrer Mutter, griff nach ihrer Hand und ließ ihre Energie fließen, wie sie es so viele Wochen tagtäglich getan hatte. Der Lebensfunke war schwächer geworden und die Energiereserven ihrer Mutter hatten sich noch immer nicht regeneriert.

Seit sie aus Thanasses aufgebrochen waren, hatte Rayne immer wieder versucht, Skandar dazu zu überreden, sie seine Hand noch einmal mit ihrer neuen Gabe behandeln zu lassen. Dass sie nun Zugriff darauf hatte, musste doch etwas bedeuten! Doch Skandar hatte stets abgelehnt. Die Reise war lang und anstrengend, und er bestand darauf, dass sie mit ihren Kräften haushaltete. »Wenn wir sicher in Naranor angekommen sind, kannst du es gerne noch einmal versuchen.«

Jetzt waren sie in Naranor. Doch es war nicht Skandar, an dem sie ihre Gabe zuerst einsetzen würde.

Sie schloss die Augen und konzentrierte sich, bis sie die Magie in sich spürte, die hinter der Tür in ihrem Geist schlummerte. Dann ließ sie sie fließen, über ihre Hand in den Körper ihrer Mutter. *Du musst ihr einen Teil ihrer selbst zurückgeben.* Trevelian mochte der Ansicht sein, dass die Magie, die sie in sich trug, nicht länger ein Teil ihrer Mutter war, nachdem sie sie einst von sich gelöst hatte. Trotzdem wollte Rayne nichts unversucht lassen. Es war nicht ihre Energie, die sie aussandte, um einen Zauber zu wirken, sondern die Magie selbst. Jene Kraft, die so viele Jahre in ihr verschlossen gewesen war, ergoss sich jetzt in einem steten Strom in den Körper ihrer Mutter und breitete sich immer weiter aus, bis sie auch die letzte Faser erreicht hatte. Die Magie strahlte hell vor Raynes geistigem Auge und verband Mutter und Tochter durch ein silbernes Band.

Nachdem Rayne sicher war, dass es keinen Teil im Körper ihrer Mutter mehr gab, in dem die Magie nicht pulsierte, beendete sie den Fluss. Die Augen noch immer geschlossen, spürte ihr Geist dem Echo der Magie nach, während sie darauf wartete, dass die Kraft in den Körper ihrer Mutter überging und ihr zurückgab, was sie durch Darathors Angriff verloren hatte. Doch die Magie setzte sich nicht fest. Während das Licht, das von ihr ausging, mehr und mehr an Strahlkraft verlor, musste Rayne mit ansehen, wie sich die Magie langsam aus dem Körper ihrer Mutter zurückzog. Als Rayne begriff, was passierte, löste sie ihre Hand aus der ihrer Mutter. Doch es half nichts. So untrennbar mit ihr verbunden wie der Himmel mit den Sternen, kehrte die Magie in Rayne zurück.

Frustriert griff Rayne erneut nach der Hand ihrer Mutter.

Wieder und wieder versuchte sie, ihrer Mutter einen Teil der Magie zurückzugeben. Als das auch weiterhin fehlschlug, ließ sie ihre eigene Energie fließen, wie sie es auch zuvor schon unzählige Male getan hatte. Doch ganz gleich, was sie auch versuchte, nichts vermochte es, etwas am Zustand ihrer Mutter zu ändern.

Ratlos und von ihren Bemühungen erschöpft, stand sie auf und ging zum Fenster, um Luft hereinzulassen. Eine Weile beobachtete sie, wie unten auf dem Hof Männer und Frauen geschäftig umhereilten, als ihr bewusst wurde, dass sie einmal mehr das Amulett unter ihrem Hemd hervorgezogen hatte und es zwischen ihren Fingern hin- und herdrehte. Plötzlich kam ihr ein Gedanke.

»Ein Teil ihrer selbst«, flüsterte sie. Lange Zeit hatte sie nicht gewusst, was das sein sollte. Doch als sie nun an die Worte ihres Vaters zurückdachte, war es auf einmal vollkommen klar. *Auf diese Weise ist immer ein Teil von ihr bei dir*, hatte er gesagt. Das war es! Als ihre Mutter den Kristall für sie verzaubert hatte, hatte sie einen Teil ihrer Magie hineingelegt. Einen Teil von sich selbst.

Rayne kehrte zum Bett zurück und legte ihrer Mutter das Amulett auf die Brust. Die Hand auf dem Kristall, öffnete sie die Tür in ihrem Geist und ließ die dahinter verborgene Magie fließen. Sie stellte sich vor, wie sich jener Teil ihrer Mutter, den sie vor langer Zeit mit dem Zauber in das Amulett gebunden hatte, langsam löste. Ohne dass Rayne ihn bewusst aktiviert hätte, erstrahlte der Kristall in blauem Licht. Dieses Mal erfüllte das Licht nicht den ganzen Raum, sondern erhob sich langsam aus dem Kristall, floss über seine Ränder und breitete sich über den Körper ihrer Mutter aus, bis dieser vollständig eingehüllt war. Das Leuchten wurde erst stärker, dann verblasste es und verschwand schließlich ganz, als es langsam in der Haut versank.

Dunkel und kalt lag der Sonnenkristall auf der Brust ihrer

Mutter. Rayne legte ihr die Hand auf die Stirn. Vor Anspannung wagte sie kaum zu atmen. Als sie dieses Mal nach dem Lebensfunken ihrer Mutter tastete, fand sie kein schwaches Flimmern, sondern ein starkes, stetiges Leuchten. Rayne riss die Augen auf – gerade rechtzeitig, um zu sehen, wie sich die Lider ihrer Mutter flatternd öffneten.

»Rayne«, flüsterte sie. »Ich habe schreckliche Dinge geträumt.«

Weinend zog Rayne ihre Mutter an sich. Lange Zeit saßen sie so da, hielten einander und spendeten sich gegenseitig Trost. Nach Monaten in diesem Zustand war ihre Mutter schwach und müde. Rayne griff nach ihrer Hand und ließ ihre Energie fließen, bis der Griff ihrer Mutter fester wurde und die Farbe in ihre eingefallenen Wangen zurückkehrte.

Sie wollte aufspringen und ihren Vater und Darragh rufen, ihnen sagen, dass Mutter wach war! Doch sie zwang sich, es nicht zu tun. Noch nicht. Erst musste sie sicher sein, dass es ihrer Mutter auch wirklich gut ging. Dass die Verbesserung ihres Zustands von Dauer sein würde. Die Vorstellung, Hoffnung in ihrem Vater und ihrem Bruder zu wecken, um sie dann womöglich zu zerschlagen …

Nachdem sie aus Lyannas Kräutermischungen einen stärkenden Trank gebraut und ihn ihrer Mutter eingeflößt hatte, überprüfte Rayne noch einmal, ob es ihr wirklich gut ging. Immer wieder sandte sie ihre Energie aus, bis ihre Mutter schließlich nach ihren Händen griff.

»Du kannst damit aufhören, Liebes.« Ihre Stimme war leise und klang rau und ungeübt, doch aus ihren Augen strahlte das Leben. »Ich bin geschwächt und halb verhungert, aber das wird sich geben. Deine Energie hat schon viel bewirkt.«

Rayne sprang auf. »Ich rufe Vater! Und Darragh.« Sie wollte zur Tür, doch ihre Mutter griff nach ihrer Hand und hielt sie zurück.

»Erst will ich wissen, was passiert ist.«

»Aber …« Der Blick ihrer Mutter erstickte Raynes Widerspruch im Keim. Also erzählte sie zum zweiten Mal an diesem Tag ihre Geschichte. Sie beschränkte sich auf das Nötigste. Für Details war auch später noch Zeit, wenn sich ihre Mutter erholt hatte. Als sie schließlich fertig war, lehnte ihre Mutter erschöpft in den Kissen, doch trotz der Schwäche hatte sie keinen einzigen Moment die Augen geschlossen oder war eingenickt.

»Ich wollte nie, dass du es auf diese Weise herausfindest«, sagte sie, nachdem Rayne geendet hatte. »Seit der Schweifstern am Himmel erschienen ist, wollte ich euch die Wahrheit sagen. In jener Nacht, als … Dein Vater war auf seinem Jagdausflug, und ich hatte gerade entschieden, bei seiner Rückkehr mit ihm zu sprechen, als mich dieses Ding angriff.« Sie trank einen Schluck Wasser. »Wie hat dein Vater es aufgenommen?«

»Er weiß es noch nicht.«

»Du hast es ihm nicht gesagt?«

Rayne schüttelte den Kopf. »Nein, und das werde ich auch nicht. Das überlasse ich dir.« Der Entschluss fühlte sich richtig an. Es war von Anfang an die Aufgabe ihrer Mutter gewesen, ihrem Vater die Wahrheit zu sagen. Sosehr sie ihre Mutter liebte und so froh sie war, sie bei Bewusstsein zu sehen, diese Bürde musste sie selbst tragen.

Ihre Mutter lächelte. »Das werde ich tun«, sagte sie leise.

Raynes Gedanken kreisten um ihre Magie und das Geheimnis, das ihre Mutter so viele Jahre gehütet hatte. Die alte Seherin hatte damals von Darathor gesprochen, auch wenn sie seinen Namen nicht gekannt hatte. Doch Trevelian zufolge hatte sie noch etwas gesagt: »*ER* ist die erste Gefahr von vielen, die noch folgen werden.«

Mit einem Schlag begriff Rayne, woher das ständig nagende Gefühl in ihr rührte, dass es noch nicht vorbei war. Es würde niemals vorbei sein. Nicht, solange eine Macht wie die ihre existierte.

Plötzlich erkannte sie mit vollkommener Klarheit, was sie zu tun hatte. »Ich muss Naranor verlassen, Mutter.«

»Bist du nicht gerade erst zurückgekehrt? Wo willst du denn hin, Kind?«

»Ich muss mich vergewissern, dass die Magie wirklich sicher ist. Dass niemand sie aufspüren kann. Es muss eine Möglichkeit geben und ich werde sie finden. Vielleicht in Thanasses, vielleicht an einem anderen Ort. Aber niemand außer dir, Vater und Darragh darf etwas davon erfahren.«

»Das kann dich Jahre deines Lebens kosten.«

Ihre Mutter sprach davon, wie lange es dauern würde, diese Gewissheit zu finden, doch das, was Rayne vorhatte, würde sie mehr als nur Zeit kosten.

»Ich muss die Aufgabe erfüllen, die mir von Anfang an zugedacht war: die Magie schützen.«

68

Skandar kniete vor dem Thron nieder und wartete mit gesenktem Haupt, dass der König das Wort an ihn richtete.

»Erhebt Euch, Skandar Khardal.« König Elathar betrachtete ihn nachdenklich, als er der Aufforderung nachkam. »Ich erinnere mich noch gut an unser letztes Zusammentreffen hier.«

Skandar erwiderte den Blick ruhig. »Ich war womöglich ein wenig zu … nachdrücklich, Euer Majestät.«

Lachend erhob sich der König von seinem Thron und bedeutete Skandar, ihm zu folgen. Er führte ihn in die Ratskammer hinter dem Thronsaal, die von einem gewaltigen Tisch dominiert wurde, um den ein Dutzend Stühle herumgruppiert war. »Setzt Euch.«

Skandar wartete, bis der König am Kopfende des Tisches Platz genommen hatte, ehe er zu einem weiter entfernten Stuhl ging.

»Wollt Ihr, dass ich schreien muss?« König Elathar deutete auf den Stuhl zu seiner Linken. »Euer Bruder hat mir alles erzählt«, kam er ohne Umschweife zur Sache, sobald Skandar saß. »Was ich nicht von ihm gehört habe, habe ich von meinen Kindern erfahren.« Er beugte sich vor. »Ich bin Euch aus tiefstem Herzen dankbar für das, was Ihr für meine Tochter getan habt. Und ich bedauere, welchen Ausgang unser letztes Aufeinandertreffen genommen hat. Es fiel mir damals nicht leicht, Euch fortzuschicken, und nachdem ich inzwischen die ganze Geschichte kenne, bedauere ich es umso mehr.«

Der König erhob sich und ging zu einer Kommode, auf der

eine Karaffe mit Branntwein stand. Er füllte zwei Gläser und kehrte damit zum Tisch zurück. Eines stellte er vor Skandar ab. »Ich reiche Euch diesen Trunk, in der Hoffnung, dass zwischen uns kein böses Blut mehr herrscht.«

Skandar nahm das Glas. »Es gab nie böses Blut, Majestät.« *Nur Enttäuschung und Unverständnis.*

Der König trank und auch Skandar leerte sein Glas in einem Zug. »Ich werde dafür sorgen, dass Euer Name im gesamten Reich reingewaschen wird«, sagte Elathar, als er sein Glas wieder abstellte. »Zudem wird Euer Bruder nicht als Fürst nach Valin zurückkehren. Er hat mich gebeten, ihn von allen Verpflichtungen zu entbinden und Euch die Fürstenkrone zu übergeben.«

Skandar blinzelte überrascht. Er hatte damit gerechnet, dass Eyron seine Zeit brauchen würde, um die Ereignisse zu verarbeiten, doch er wäre nie auf den Gedanken gekommen, dass er alles aufgeben könnte. »Ich verstehe nichts von solchen Dingen. Die letzten sieben Jahre habe ich mit dem Schwert in der Hand verbracht. Ich bin jemand, der Befehle ausführt, nicht jemand, der sie gibt.«

Der König lächelte. »Das war ich auch einmal«, sagte er. »Und seht, was aus mir geworden ist. Eyron wird in Valin bleiben und Euch, zusammen mit Thowen, zur Seite stehen. Euer Onkel Balder wird in meinem Rat sitzen und die Belange Valins vertreten. Jetzt schaut nicht so schockiert! Euch wird eine große Ehre zuteil.«

Skandars Gedanken überschlugen sich, er wusste nicht, wo er anfangen sollte oder wie er ein Fürstentum zu führen hatte. Er wusste jedoch, dass es jemanden gab, den er bei dieser Aufgabe an seiner Seite haben wollte. »Euer Majestät, ich weiß nicht, wie viel Rayne Euch über unsere gemeinsame Reise erzählt hat, womöglich glaubt Ihr, dass ich nur ein schützendes Schwert an ihrer Seite war. Doch dem ist nicht so.« Kurz zögerte er, bevor er mit fester Stimme weitersprach.

»Ich liebe Eure Tochter und bitte Euch hiermit um ihre Hand.«

König Elathar betrachtete ihn schweigend. Falls ihn Skandars Bitte überraschte, ließ er es sich nicht anmerken. Je länger sein Schweigen jedoch andauerte, desto mehr fürchtete Skandar, dass der König ihn gleich zum zweiten Mal aus seiner Burg werfen würde.

»Das ist eine Entscheidung, die ich nicht für meine Tochter treffen werde«, sagte er schließlich. »Ihr werdet sie selbst fragen müssen.«

Skandar blinzelte überrascht. »Aber Ihr seid ihr Vater – und der König.«

Elathar lachte. »Und Ihr seid ein Mann, der sich, wie mir scheint, der Liebe meiner Tochter mehr als würdig erwiesen hat. Wenn sie Euch will, bin ich glücklich, Euch in meiner Familie willkommen zu heißen.«

69

Nachdem Rayne ihrer Mutter alles erzählt hatte, war endlich der Moment gekommen, ihrem Vater die guten Nachrichten zu überbringen. Nicht lange nachdem sie den Diener zu ihm gesandt hatte, flog die Tür auf.

Atemlos hielt Elathar auf der Schwelle inne, zögernd, als fürchtete er, er könne die Botschaft falsch verstanden haben. Sobald er seine Frau jedoch erblickte, wach und aufrecht sitzend, eilte er zu ihr.

Mit Tränen in den Augen beobachtete Rayne, wie ihr Vater Rissa in seine Arme zog, sie aber sogleich wieder freigab, um sich zu vergewissern, ihr keine Schmerzen zuzufügen. Erst als er Rissas Lächeln sah, schloss er sie erneut in seine Arme und vergrub sein Gesicht in ihrem Haar.

Leise, um die beiden nicht zu stören, zog Rayne sich auf den Gang zurück und schloss die Tür hinter sich. Ihre Eltern hatten ihre Liebe zueinander nie vor Darragh und ihr verborgen, doch dieser Moment der Freude sollte ihrer Mutter und ihrem Vater allein gehören.

Es war inzwischen Abend geworden. Rayne war müde und der Gedanke an ein paar Stunden Schlaf erschien ihr verlockend. Allerdings war sie nicht sicher, ob sie noch die nötige Entschlossenheit aufbringen würde, ihr Vorhaben in die Tat umzusetzen, wenn sie nicht jetzt gleich damit begann, alles in die Wege zu leiten. Statt also in ihr Gemach zu gehen und sich hinzulegen, wartete sie. Irgendwann würde ihr Vater herauskommen. Dann wollte sie mit ihm sprechen.

Rayne wusste nicht, wie viel Zeit vergangen war, als endlich die Tür geöffnet wurde und Elathar auf den Gang trat. Bei ihrem Anblick hielt er inne. »Ich wollte gerade zu dir.«

Alarmiert sah sie ihn an. Sie hatte damit gerechnet, dass er nach Darragh schicken lassen würde, oder nach Essen für ihre Mutter. »Stimmt etwas nicht? Geht es Mutter …?«

»Es geht ihr gut, hab keine Angst.«

Sie atmete auf. Natürlich war alles gut. Sie musste ihn nur ansehen, um das zu erkennen. Die Farbe war in seine Wangen zurückgekehrt und trotz der Tränen in seinen Augen lächelte er. Viel zu lange hatte sie ihn nicht mehr so gesehen. Er sah glücklich aus. Erschöpft, aber erleichtert. Doch da war noch etwas anderes in seinem Blick. Etwas, das sie nicht zu benennen vermochte.

»Deine Mutter hat mir alles erzählt.«

Rayne sagte nichts. Meinte er mit alles, dass … Hatte ihre Mutter ihm gestanden, wer Rayne wirklich war? *Was* sie war? Mit angehaltenem Atem und pochendem Herzen starrte sie ihn an. Ihre Handflächen waren schweißnass, in ihrem Nacken prickelte es, und alles in ihr schrie danach, kehrtzumachen und davonzulaufen. Doch sie konnte sich nicht bewegen. Ebenso wenig gelang es ihr, einen Ton hervorzubringen. Was hätte sie auch sagen sollen?

Rayne bemerkte erst, dass sie weinte, als ihr Vater plötzlich vor ihr stand und ihr die Tränen von den Wangen wischte. »Es tut mir leid«, flüsterte sie.

»Oh, Rayne.« Elathar schloss seine Arme um sie und zog sie fest an sich. »Aus Magie erschaffen oder nicht – du wirst immer meine Tochter sein. Ich werde dich deswegen nie weniger lieben.«

Er küsste sie auf die Stirn, wie er es immer getan hatte, als sie noch ein kleines Mädchen war. Dann gab er sie frei. Seiner tröstlichen Wärme beraubt und mit dem Wissen, welches Schicksal sie erwartete, fühlte sie sich mit einem Mal schrecklich allein.

»Bitte sei Mutter nicht böse. Sie wollte nur …«

Ihr Vater nickte. »Ich weiß, was sie wollte. Deine Mutter und ich werden das klären. Mach dir keine Sorgen.« Er legte ihr eine Hand auf die Schulter. »Sie hat mir auch gesagt, was du vorhast.«

»Ich …«

»Lass uns zu ihr gehen. Dann kannst du mir alles erzählen.«

Rissa erwartete sie aufrecht im Bett sitzend. Sie sah noch immer erschöpft aus, doch sie schien munterer als zuvor, was nicht zuletzt an der Erleichterung liegen mochte, die Rayne in ihren Zügen entdeckte.

Elathar schob Rayne einen Stuhl ans Bett, dann setzte er sich zu seiner Frau auf die Bettkante. Wie von selbst, ohne dass einer der beiden es zu bemerken schien, fanden ihre Hände zueinander. Was immer ihr Vater angesichts des so lange vor ihm verborgenen Geheimnisses denken oder fühlen mochte, an seiner Liebe zu Rissa hatte das nichts geändert.

Rayne setzte sich auf die Stuhlkante, zu angespannt, um sich zurückzulehnen, und zu zittrig, um wieder aufzustehen. Während sie sich noch fragte, wo sie beginnen sollte, sagte Rissa: »Dein Vater weiß jetzt alles. Auch darüber, welche Macht du in dir trägst.«

»Ich verstehe, dass diese Magie gefährlich ist und immer wieder Menschen anziehen wird, die sie für ihre eigenen Zwecke nutzen wollen«, sagte Elathar.

Rayne dachte an Darathor. »Nicht nur Menschen.«

»Nein, wohl nicht. Aber die Magie war in dir so lange in Sicherheit. Was sollte sich jetzt daran geändert haben?«

Abgesehen davon, dass es Menschen gibt, die erlebt haben, wie ich Magie bisher ungekannter Macht ausgeübt habe? Rayne glaubte nicht, dass Eyron bewusst sein Wort brechen und jemandem davon erzählen würde. Doch das hieß nicht, dass er nicht dazu gezwungen werden konnte. Und selbst, wenn das nicht geschah, waren da noch immer die überlebenden Krieger. Sie mochten nicht wissen, was sie da gesehen hatten, trotzdem konnte die bloße Erzählung, vielleicht in einer Schenke bei zu viel Bier, Aufmerksamkeit erregen. Doch das war nicht alles, was ihr Sorge bereitete.

»Nachdem ich die Magie aus ihrem Gefängnis befreit habe, bin ich nicht sicher, ob sie noch immer verborgen ist.« Sie mochte die Tür wieder geschlossen haben, doch wer konnte schon sagen, ob nicht trotzdem eine Spur ihrer Macht nach außen drang. »Trevelian hat mich gewarnt, dass es einen Preis geben würde. Dass es womöglich nicht mehr rückgängig zu machen wäre, wenn ich die Magie freilasse. Und vielleicht hatte er recht.«

»Dir blieb keine andere Wahl. Andernfalls stünden wir jetzt alle unter Darathors Knechtschaft oder wären tot.« Ihre Mutter löste ihre Finger aus Elathars Hand und streckte den Arm nach Rayne aus. »Gib mir deine Hand«, verlangte sie. »Übertrag ein wenig von deiner Energie auf mich.«

»Was? Nein! Mutter, du kannst nicht … du bist noch viel zu schwach!«

»Deswegen brauche ich deine Energie, um mich zu stärken. Das ist wichtig, Rayne. Erholen kann ich mich auch später noch.«

Sie wusste, was ihre Mutter vorhatte, wusste, dass sie sich verausgaben wollte, um herauszufinden, ob sich Raynes Verdacht bestätigte. Am liebsten hätte sie Nein gesagt, doch was, wenn sie nicht gehen musste? Zumindest nicht sofort?

Sie hätte es selbst getan, doch auf sich selbst wirkte die Gabe des Aufspürens nicht. Der Zauber musste von einer anderen Person ausgeführt werden.

Ein wenig widerwillig griff Rayne nach der Hand ihrer Mutter und ließ ihre Energie fließen. Um ihre Mutter nicht unnötig zu schwächen, hielt Rayne den Strom auch aufrecht, während diese ihren Aufspürzauber wirkte. Es war merkwürdig, sie dabei zu beobachten, zu wissen, was geschah, aber selbst nichts zu sehen. Nicht sagen zu können, ob die Energie versiegte oder ob sie das für Magie so charakteristische Flimmern auslöste. Das war etwas, das nur Rissa als Wirkerin des Zaubers erkennen konnte. Erst als ihre Mutter die Hand zurückzog, ließ Rayne den Fluss der Kraft versiegen.

Sie musste nicht fragen, was der Zauber gezeigt hatte, sie sah die Antwort im Gesicht ihrer Mutter. In der steilen Falte auf ihrer Stirn und der Traurigkeit in ihrem Blick.

»Es ist nicht viel. Nur ein Hauch. Jemand müsste dich schon berühren, um es zu bemerken.« Rissas Lächeln wirkte gezwungen. »Und das wird nicht passieren. Alles ist gut.«

Das war es nicht. Und sie alle wussten es.

»Du hast diese Macht von dir gelöst, um sie zu schützen. Du hast alles getan, um ihre Spur zu verwischen. Und jetzt soll plötzlich alles gut sein? Jemand könnte …«

»Du bist mein Kind. Das ist etwas vollkommen anderes, als wenn es um mich ginge.«

Rayne schüttelte den Kopf. »Das ist es nicht. Und das weißt du.«

Mit einem unterdrückten Schluchzer sank Rissa in sich zusammen. Elathar zog sie an sich und hielt sie fest. Sein Blick war auf Rayne gerichtet. »Ich werde nicht versuchen, dich von deinem Vorhaben abzubringen, denn ich verstehe durchaus seine Wichtigkeit.«

Rayne blinzelte. Sie war auf eine lange Auseinandersetzung gefasst gewesen, ein hitziges Wortgefecht, womöglich sogar das Verbot, Naranor zu verlassen. Damit, dass ihr Vater nicht einmal einen Versuch unternehmen würde, sie zum Bleiben zu bewegen, hatte sie nicht gerechnet.

Noch heute Morgen war er ihr gealtert erschienen, doch während der letzten Stunden schien sich dieser Effekt umgekehrt zu haben. Sein Haar war noch immer von grauen Strähnen durchzogen, und auch die Falten waren nicht verschwunden, doch seine Haltung hatte sich verändert. War aufrechter geworden, nicht länger vom Gram gebeugt. Er wirkte jetzt wieder so energiegeladen und kraftvoll, wie Rayne ihn ihr ganzes Leben lang gekannt hatte. Das war der Mann – der Vater, der König und Krieger –, den sie vor dem Anschlag auf ihre Mutter das letzte Mal gesehen hatte. Jener Mann, der wusste, dass es Dinge gab, die getan werden mussten.

»Was hast du dann vor?«, fragte sie, noch immer überrascht.

»Ich werde dir den Schutz geben, den du brauchst. Ich kann Darragh nicht weiter entbehren, er war schon viel zu lang fort, aber ich werde dir einen Trupp meiner besten Männer zur Seite stellen.«

»Ich muss das allein tun. Niemand darf wissen, wohin ich gehe, oder auch nur eine Ahnung davon haben, warum ich aufbreche.«

»Meine Männer sind verschwiegen. Ich würde Beolan und Dainn abkommandieren, aber wenn dich ausgerechnet die wichtigsten meiner Männer begleiten, wird das zu viele Fragen aufwerfen.«

Nachdenklich strich er sich über das Kinn, nach einer Lösung suchend, als Rissa nach seiner Hand griff. »Du weißt längst, dass wir sie gehen lassen müssen, Elathar. Selbst der vertrauenswürdigste Mann kann zum Reden gebracht werden. Willst du dieses Risiko wirklich eingehen?«

Ihr Vater schwieg lange Zeit. Schließlich nickte er. »Also gut. Du wirst Naranor allein und unbemerkt verlassen und dich in Karst unter falschem Namen einem Tross Händler anschließen. Ganz gleich, wohin dein Weg dich führt, suche, wann immer du kannst, die Nähe zu Händlern.«

Größere Gruppen von Händlern reisten oft in Begleitung von Wachen, um sich und ihre Waren zu schützen. Es war nicht unüblich, dass Reisende sich ihnen anschlossen. Und es war die beste Möglichkeit, um ihren Vater zu beruhigen. »Das werde ich tun.«

»Wann willst du aufbrechen?«

»Gleich morgen früh. Ich muss mich nur noch von Darragh verabschieden.« *Und von Skandar.*

70

Rayne suchte Darragh in seinen Gemächern auf, und gleich nachdem sie ihm von der Genesung ihrer Mutter erzählt hatte, erklärte sie ihm, was sie schon zuvor ihren Eltern erklärt hatte. Dieselbe Lüge. Nur, dass ihr Bruder nichts über den wahren Ursprung ihrer Magie wusste und sie ihn weiterhin in dem Glauben ließ, lediglich mächtiger zu sein, als sie alle gedacht hatten.

Es fiel ihm schwer, ihre Gründe zu verstehen, und noch schwerer, ihren Entschluss zu akzeptieren. Dennoch versprach er, ihr Geheimnis zu wahren und mit niemandem über ihren Weggang zu sprechen.

»Warum habe ich das Gefühl, dass ich dich nicht wiedersehen werde«, flüsterte er, als er sie in die Arme schloss.

»Das ist bei jedem Abschied so«, sagte sie in erzwungener Leichtigkeit. »Natürlich wirst du mich wiedersehen.« *In deinen Gedanken und Erinnerungen werde ich immer bei dir sein.*

Als Darragh sie schließlich gehen ließ, stahl Rayne sich in Skandars Gemach. Sie liebten sich, und er sprach von Heirat, bis sie ihn küsste und dazu brachte, sie erneut zu lieben.

Skandar ahnte nicht, dass diese Nacht ein stummer Abschied war. Sie sagte ihm nichts von ihren Plänen, denn sie wusste, dass sie dann nicht mehr die Kraft finden würde, zu tun, was getan werden musste. Stattdessen lag sie in seinen Armen und genoss das letzte Mal seine Wärme und seine Zärtlichkeit.

Sie war froh, dass ihr Vater, als es darum ging, wer sie begleiten könnte, nicht an Skandar gedacht hatte. Hätte er sie gebeten, ihn mitzunehmen, wäre es schwer gewesen, einen überzeugenden Einwand zu finden.

Als sich im Morgengrauen der erste Streifen Tageslicht durch den schmalen Spalt zwischen den Vorhängen tastete, befreite sie sich behutsam aus Skandars Armen. Er erwachte nicht, und sie nahm sich einen Moment, um ihn zu betrachten. Sie wollte sich alles einprägen, die energischen Lippen, das kantige Kinn, die Narbe auf seiner Wange, den entschlossenen Schwung seiner Augenbrauen. Alles. Dann küsste sie ihn ein letztes Mal und schlich aus seinem Bett und seinem Leben.

Epilog

Naranor lag seit einem halben Tag hinter ihr und noch immer konnte Rayne den Ausdruck in den Augen ihrer Mutter nicht vergessen. Sie hatten sich kurz nach Tagesanbruch im Gemach ihrer Eltern verabschiedet. Der Blick, mit dem ihre Mutter sie bedachte, als Rayne sich auf der Schwelle ein letztes Mal umwandte, hätte sie um ein Haar alles vergessen lassen. *Sie weiß es!* Ihre Mutter kannte die Wahrheit über ihr Vorhaben. Eine Wahrheit, die sie dieses Mal hoffentlich nicht mit Elathar teilen würde.

Es hatte Rayne alle Kraft gekostet, sich abzuwenden und zu gehen. Fast fluchtartig hatte sie ihr Bündel gepackt, war zum Stall gelaufen und losgeritten. Anfangs war sie der Königsstraße gefolgt, hatte ihr jedoch bei der ersten Gelegenheit den Rücken gekehrt und eine weniger frequentierte Straße genommen.

Ihr war schon seit einer ganzen Weile niemand mehr begegnet, als sie plötzlich das Schlagen von Hufen in ihrem Rücken vernahm. Ohne sich umzudrehen, setzte sie ihren Weg fort, bis der Reiter weiter aufholte.

»Ich glaube es nicht. Du hast schon wieder mein Pferd gestohlen!«

Rayne brachte den Braunen abrupt zum Stehen. »Skandar!« Bei seinem Anblick krampfte sich ihr Herz zusammen. Sie hatte genau gewusst, warum sie ohne Abschied gegangen war. »Was machst du hier? Wie hast du mich gefunden?«

»Dein Bruder.«

Sie unterdrückte einen Fluch. Es war keinen Tag her, dass

Darragh ihr sein Wort gegeben hatte, niemandem zu verraten, was sie vorhatte, und schon hatte er es gebrochen.

Skandar lenkte sein Pferd neben ihres. »Unglücklicherweise konnte er mir nur sagen, dass du die Burg verlassen hast, aber nicht, mit welchem Ziel. Ich musste jeden Reisenden von Naranor bis hierher fragen, um dich aufzuspüren.« Er schüttelte den Kopf. »Warum stiehlst du dich ausgerechnet jetzt, wo mir niemand aus deiner Familie mehr den Schädel einschlagen will, davon?«

Rayne wollte weiterreiten, ihn einfach zurücklassen, doch Skandar beugte sich vor, packte den Braunen beim Zaumzeug und zwang ihn stehen zu bleiben.

»Bitte mach das nicht.«

»Dasselbe hätte ich gesagt, wenn du mir von deinen Plänen erzählt hättest. Nur, dass du mir dazu keine Gelegenheit gegeben hast.« Er nahm ihr den Zügel aus der Hand und saß ab. Sie stieß einen empörten Schrei aus, als er sie aus dem Sattel hob und auf dem Boden absetzte. Jeder Anflug von Humor war aus seinen Zügen gewichen. »Ich bin kein Idiot, Rayne. Ich weiß, was du vorhast. Was hast du deinen Eltern erzählt? Dass du einen Weg suchst, die Magie zu schützen? Sie zu verbergen?«

Widerstrebend nickte sie.

»Nur, dass du glaubst, ihn bereits zu kennen, nicht wahr? Du willst nach Thanasses, um in dieser riesigen Bibliothek herauszufinden, wie du die Magie in dir zerstören kannst.« Die nächsten Worte schrie er beinahe: »Hast du denn nicht gehört, was Trevelian gesagt hat? *Du* bist diese Magie! Sie zu vernichten, bedeutet auch dein Ende!«

»Niemand darf jemals wieder über derart große Macht verfügen«, flüsterte sie und kämpfte gegen die Tränen an.

Hätte sie sich einfach umbringen wollen, hätte sie nur von der nächsten Klippe springen oder sich einen Dolch ins Herz stoßen müssen. Ihr Leben wäre zu Ende, doch die Magie, aus der sie erschaffen war, würde weiter existieren, wäre womöglich frei zugänglich für jeden, der über die Fähigkeiten verfügte, sie aufzuspüren und an sich zu binden. Dieses Risiko konnte sie nicht eingehen. Deshalb musste sie einen Weg finden, die unglaubliche Macht, die sie in sich trug, zu vernichten. Endgültig. Niemand sollte jemals wieder Zugriff darauf haben. Wenn das ihr Ende bedeutete, war es eben so.

»Bist du wirklich so versessen darauf, dich umzubringen, dass du nicht einmal nach einem Ausweg suchen willst?«

»Ein Gott hat versucht, dieser Magie habhaft zu werden. Wir konnten ihn nur besiegen, weil wir unglaubliches Glück hatten, aber es wird nicht der letzte Angriff bleiben. Irgendwann, vielleicht in einem Jahr, vielleicht in zehn oder zwanzig, wird wieder jemand kommen, und dann können wir es womöglich nicht mehr verhindern. Und was passiert, wenn ich alt werde und sterbe?« Trevelian hatte ihr zehn Jahre ihres Lebens genommen. Ein Jahrzehnt weniger, das sie über die Magie wachen konnte. Sie sah Skandar fest in die Augen. »Niemand darf mehr Zugriff auf diese Macht haben. Wenn es bedeutet, dass ich dafür mein eigenes Leben opfern muss, werde ich das tun.« Sie trat einen Schritt auf ihn zu und küsste ihn. »Leb wohl, Skandar Khardal.«

Sich von ihm abzuwenden, war das Schwerste, das sie je getan hatte.

Sie hatte den Braunen noch nicht erreicht, der ein paar Meter entfernt stehen geblieben war, als Skandar sie einholte. »Du wirst nicht sehenden Auges in den sicheren Tod laufen, Rayne. Das lasse ich nicht zu. Nicht, bevor wir nicht alle anderen Möglichkeiten ausgeschlossen haben.«

Rayne blieb stehen. »Wir?«

Er packte sie am Arm und drehte sie zu sich herum. »Glaubst du allen Ernstes, dass ich dich alleinlasse?«

»Aber …«

»Kein Aber! Wir werden einen Weg finden.« Er klang

dabei so entschlossen, dass sie ihm um ein Haar glaubte, dass sie es schaffen könnten. Sie wollte ihm so sehr glauben. Wollte sich in seine Arme werfen, ihn küssen und mit ihm nach Naranor zurückkehren, doch sie wusste, dass das eine Illusion war.

»Skandar, das geht nicht! Es ist zu gefährlich. Wenn wir an die falschen Leute geraten ...«

»Du hast dich wirklich kein einziges Mal gefragt, ob es einen Ausweg geben könnte.« Es war eine Feststellung, keine Frage. Dabei klang er gleichermaßen überrascht und erschüttert. »Du hast einfach entschieden, dass es zu gefährlich ist, jemanden in dein Geheimnis einzuweihen, und geglaubt, die einzige Lösung zu kennen.«

»Es *ist* zu gefährlich«, beharrte sie.

»Wir werden bei Trevelian beginnen«, fuhr Skandar fort, ihre Worte ignorierend. »Er ist bereits eingeweiht und damit keine Gefahr.«

Warum machte er es ihr so schwer? »Er kennt keinen Weg, das hast du selbst gehört.«

Skandar schüttelte den Kopf. »Keinen, um die Magie aus dir zu lösen. Aber vielleicht gibt es eine Möglichkeit, sie zu neutralisieren oder zumindest so weit abzuschwächen, dass es dir nicht schadet, sie aber nicht länger für andere von Interesse ist.«

An eine derartige Möglichkeit hatte sie tatsächlich nicht gedacht. Und für einen kurzen Moment erschien es ihr durchaus nicht abwegig, dass sie existieren könnte. »Meinst du nicht, er hätte es mir gesagt, wenn so etwas tatsächlich denkbar wäre?«

»Wir haben ihn nicht gefragt.«

Rayne kämpfte gegen den winzigen Funken Hoffnung an, der in ihr aufkeimen wollte. Mit jedem weiteren seiner Einwände schwand ihre Entschlossenheit ein bisschen mehr. »Und wenn er mir nicht helfen kann?«

»Dann weiß er vielleicht, an wen wir uns wenden können. Dieser Mann kennt Magie, von der wir noch nicht einmal etwas gehört haben. Womöglich kann uns jemand in einem dieser anderen Länder helfen, von denen er gesprochen hat. Dort, wo sie ihre Zauber mit Worten wirken statt mit Energie.« Rayne setzte zu einem Widerspruch an, doch Skandar ließ sie gar nicht zu Wort kommen. »Wir müssen niemandem offenbaren, wonach wir suchen. Oder warum. Es genügt, wenn wir sie bitten, ihre Archive für uns zu öffnen.« Er nahm sie bei den Schultern und zwang sie, ihn anzusehen. »Du weißt, dass ich immer alles tun werde, um dich zu beschützen. Und wenn wir wirklich keinen Weg finden, oder du der Ansicht bist, die Magie sei in akuter Gefahr, dann werde ich mit dir nach Thanasses gehen und dir helfen, dein Vorhaben zu Ende zu bringen.« Er hielt kurz inne und sprach dann mit noch mehr Nachdruck weiter. »Ich liebe dich, Rayne. Und ich bitte dich nur um eines: Nimm uns nicht die Aussicht auf eine gemeinsame Zukunft, solange wir nicht alles versucht haben. Kannst du mir das versprechen?«

Sie wollte so viel sagen, wie sehr sie ihn liebte und wie froh sie war, ihn an ihrer Seite zu haben. Doch Erleichterung und Glück schnürten ihr die Kehle zu, sodass nur ein zittriges »Ja« über ihre Lippen kroch.

Als Skandar sie an sich zog, schmiegte sie sich in seine Arme und schloss die Augen. Sie würden reisen, und Rayne würde das Land und vielleicht sogar einen Teil der Welt sehen, so wie sie es sich immer gewünscht hatte.

Wenn sie erst weit genug fort waren und ihre Spuren gut genug verwischten, konnte es Jahre dauern, bis jemand auf sie aufmerksam wurde. Vielleicht würde es nie geschehen. Vielleicht fanden sie auch tatsächlich einen Weg, die Magie unschädlich zu machen, ohne dass es ihr schadete. Vielleicht mussten sie am Ende ihrer Reise auch feststellen, dass die Zerstörung der Magie und ihr Tod der einzige Ausweg waren.

Sie wusste nicht, was die Zukunft für sie bereithalten mochte, doch wenn die Götter ihnen gewogen waren, blieben ihnen womöglich ein paar gemeinsame Jahre – vielleicht ein ganzes Leben –, bevor der Tag kam, an dem sie tun würde, was getan werden musste. Und bis dahin wären sie zusammen.

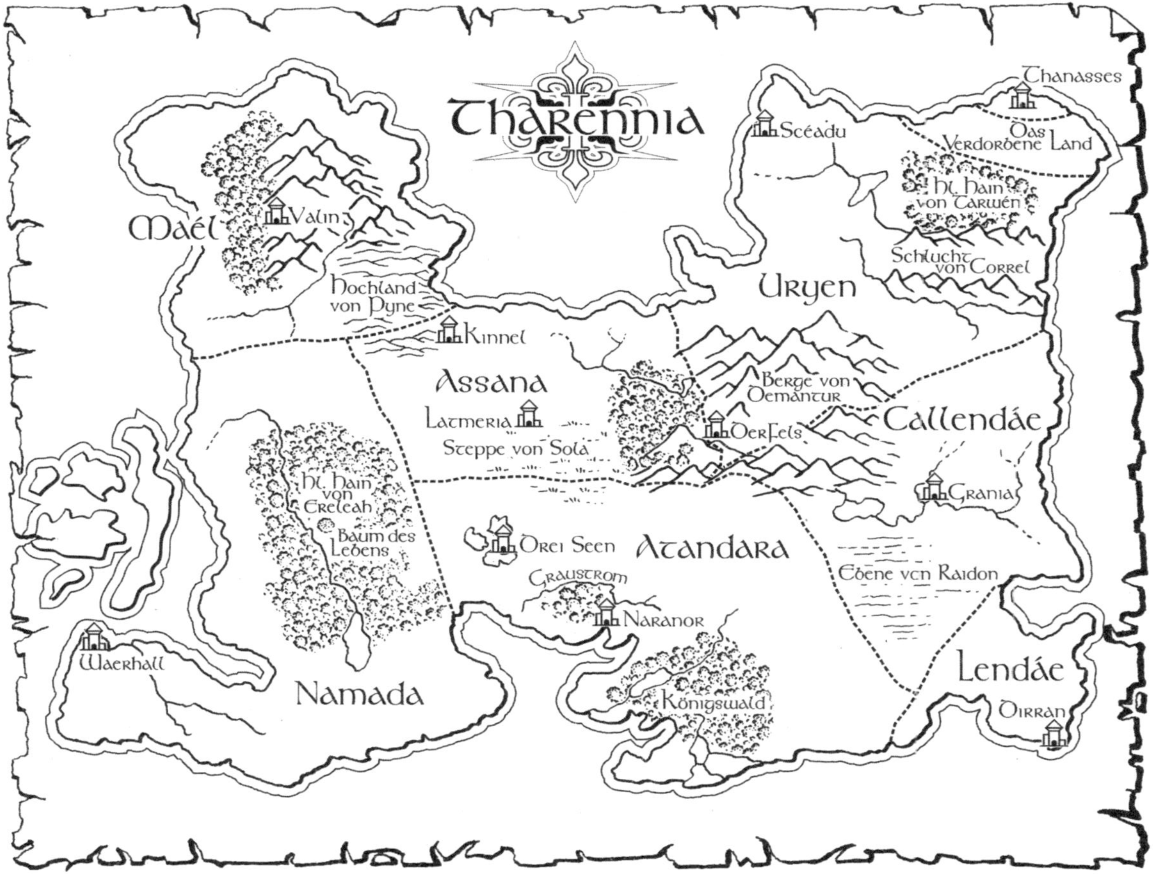
Tharennia
Maél
Valin
Hochland von Pyne
Kinnel
Assana
Latmeria
Steppe von Sola
Sceádu
Thanasses
Das Verdorbene Land
Hl. Hain von Tarwén
Schlucht von Correl
Uryen
Berge von Demantur
Der Fels
Callendáe
Grania
Hl. Hain von Ereleah
Baum des Lebens
Drei Seen
Atandara
Graustrom
Naranor
Ebene von Raidon
Königswald
Lendáe
Dirran
Waerhall
Namada